A Faint Cold Fear Thrills Through My Veins
William Shakespeare

Zu diesem Buch

An diesem Junimorgen hörte Shep auf kein Wort, ignorierte alle Befehle und grub mit wahrem Feuereifer an einer Stelle, die für seinen Herrn wie ein von Unkraut überwuchertes Beet aussah. Shep buddelte wie besessen. Fitzgerald brüllte, drohte ihm mit der Faust, bis er sah, was der Hund ausgegraben hatte. Da verstummte er. Es war ein menschlicher Fuß.

Die Identität des Toten ist bald geklärt: Es ist Rodney Williams, seit über zwei Monaten als vermißt gemeldet. Die Ehefrau, Joy Williams, hatte vor etlichen Wochen mit Chief Inspector Wexford gesprochen, um seinen Rat als Nachbar und Polizist zu bekommen. Ihr Mann sei von einer Tour – er ist Vertreter – nicht zurückgekommen, was sie denn nun machen soll. Abwarten, hatte Wexford gesagt, die meisten verschwundenen Ehemänner tauchen früher oder später wieder auf, weil das Leben zu Hause doch immer noch am billigsten ist. Bestimmt steckte eine Frau dahinter.

Damit trifft Wexford genau ins Schwarze, denn es meldet sich Wendy Williams bei ihm, um ihm mitzuteilen, daß sie erst durch die Zeitung vom Tod ihres seit Wochen verschwundenen Ehemannes erfahren habe. Beide ‹Ehefrauen› sind schockiert und entsetzt über die Erkenntnis, daß ihr fleißiger, wenn auch nicht immer braver Ehemann ein vollkommenes Doppelleben geführt hat, perfekt organisiert und ausgeführt.

Rodney Williams wurde erstochen. Besteht ein Zusammenhang zwischen seinem Tod und den Überfällen auf zwei andere Männer, die mit leichten Verletzungen und dem Schrecken davongekommen sind? Chief Inspector Wexford und Detective Inspector Burden haben kaum Spuren und noch weniger Hinweise, die Klärung in den rätselhaften Mordfall bringen können – bis ihnen eine junge Frau einen wichtigen Tip gibt. Sie ist Mitglied der feministischen Vereinigung ARRIA, deren radikales Programm so gar nicht in eine Kleinstadt wie Kingsmarkham paßt. Weder Wendy noch Joy Williams haben davon je gehört. Sagen sie. Und wie oft im Leben bringt der Zufall den Stein ins Rollen.

Ruth Rendell hat über zwei Dutzend Romane und vier Kurzgeschichtenbände veröffentlicht. Sie hat viele wichtige Preise erhalten, darunter zweimal den *Edgar* der amerikanischen Kriminalromanautoren und den *Gold* und den *Silver Dagger* der British Crimewriters' Association. Ihre Romane und Kurzgeschichten erscheinen in der Reihe rororo thriller.

Ruth Rendell

Die Grausamkeit der Raben

Deutsch von
Edith Walter

rororo
Rowohlt

rororo thriller
Herausgegeben von Bernd Jost

31.–34. Tausend Januar 1990

Deutsche Erstausgabe
Veröffentlicht im Rowohlt Taschenbuch Verlag GmbH,
Reinbek bei Hamburg, Februar 1986
Die Originalausgabe erschien unter dem Titel
he Unkindness of Ravens» bei Hutchinson Publishing Group, London
Redaktion Jutta Schwarz
Umschlagentwurf Manfred Waller
Umschlagbild Bilderbox Hamburg, S. Reinhardt

Satz Bembo (Linotron 202)
esamtherstellung Clausen & Bosse, Leck
Printed in Germany
880-ISBN 3 499 42741 9

Die Hauptpersonen

Rodney Williams	führt zwei Leben und verliert (s)eines.
Joy Williams	vermißt ihren Mann hauptsächlich als Brötchenverdiener.
Wendy Williams	vermißt ihren Mann hauptsächlich als Prestigeobjekt.
Veronica Sarah Kevin	kennen sich und wissen doch nichts voneinander.
Edwina Klein und Caroline Peters	haben nicht nur Ideen, sie leben auch danach.
John und Hope Harmer	werden von den Ereignissen überrollt.
Paulette Harmer	geht dabei unter.
Detective Inspector Michael Burden	macht eine Veränderung durch, die er nie für möglich gehalten hätte.
Detective Chief Inspector Reginald Wexford	tritt erst auf der Stelle und läuft dann um sein Leben.

Für Sonia und Jeff

I

Sie wohnte in der Nachbarschaft. Dora kannte sie, und wenn sie sich auf der Straße trafen, wechselten sie ein paar Worte miteinander. Das letzte Mal war es allerdings nicht nur bei einem freundlichen Guten Tag geblieben.

«Ich habe versprochen, es dir zu erzählen», sagte Dora. «Oder es wenigstens zu erwähnen. Sie hatte wieder diesen seltsamen Gesichtsausdruck, der mir schon öfter an ihr aufgefallen ist. Ehrlich gesagt, war mir das Ganze sehr peinlich.»

«Und was hat sie nun gesagt?» fragte Wexford.

«‹Rod wird vermißt› oder ‹Rod ist verschwunden› – oder so ähnlich. Dann wollte sie wissen, ob ich es dir vielleicht sagen könnte. Sie weiß natürlich, wer du bist.»

Ein Detective Chief Inspector vergeudet seine Zeit nur ungern damit, sich die Klagen einer Frau anzuhören, deren Ehemann mit einer anderen durchgebrannt ist. Wexford war noch keine fünf Minuten bei Joy Williams, als für ihn bereits feststand, daß genau das passiert sein mußte. Aber sie war eine Nachbarin, wohnte praktisch «um die Ecke». Ich sollte froh sein, dachte er, daß es kein Fall zu sein scheint, in dem ich ermitteln muß.

Sein Haus und das der Williams waren zur gleichen Zeit gebaut worden, Mitte der dreißiger Jahre, als Kingsmarkham sich vom Dorf zur Kleinstadt entwickelt hatte. Von der Struktur her waren sie sich sehr ähnlich: drei Schlaf- und zwei Wohnzimmer, Bad und Toilette im Erdgeschoß. Aber sein Haus war ein gemütliches Zuhause, mit Liebe eingerichtet, und dies hier war ... Ja, was war es eigentlich? Ein Unterschlupf, der vor Regen schützte, vier Wände, in denen Menschen essen, schlafen und fernsehen konnten?

Joy Williams führte ihn in das vordere Zimmer, das sie Wohnraum nannte. Es enthielt nicht ein einziges Buch. Der viereckige Teppich wurde von senfgelben Kunststofffliesen eingerahmt. Die dreiteilige Sitzgarnitur hatte einen genarbten senfgelben Kunstlederbezug. Der Kamin aus dem Jahr 1935, der in Wexfords Haus längst durch einen aus Yorkstein gemauerten ersetzt worden war, wurde künstlich beheizt. Der elektrische Einsatz, eine Ungeheuerlichkeit aus Regency- und mittelalterlichem Stil, hatte vorn ein Gitter gegen Funkenflug, das aussah wie das Fallgatter einer Burg. Über dem Kamin hing ein Spiegel mit einem Rahmen aus grünem und gelbem Mattglas, für einen Liebhaber der Art Déco eine Augenweide. Wexford gefiel er nicht besonders. Das einzige Bild war eine Komposition aus buntem Silberpapier. Sie stellte zwei Katzen dar, die mit einem Wollknäuel spielten.

«Sie ist eine ziemlich farblose Person», hatte Dora gesagt. «Scheint sich für nichts zu interessieren und kommt mir oft irgendwie niedergeschlagen vor. Die zwanzig Jahre mit Rodney Williams haben ihr offenbar nicht besonders gutgetan.»

Joy. Der Name, hatte Dora fast entschuldigend hinzugefügt, der Name sei irreführend. Die Frau sei innerlich völlig ergraut, nicht nur ihr Haar. Sie mußte früher recht hübsche Züge gehabt haben, hatte sie vermutlich immer noch, nur waren sie hinter ihrer faltigen, aknenarbigen, rötlichgrauen, rauhen und verbrauchten Haut versteckt wie hinter einer häßlichen Maske. Sie mußte ungefähr fünfundvierzig sein, sah aber zehn Jahre älter aus. Bevor Wexford gekommen war, hatte sie ferngesehen. Der Apparat lief auch jetzt noch, aber ohne Ton. Es war das größte Fernsehgerät, das Wexford je gesehen hatte, auf jeden Fall in einer Privatwohnung. Er vermutete, daß Joy Williams einen großen Teil ihrer Zeit vor dem Bildschirm verbrachte und sich vielleicht unbehaglich fühlte, wenn er dunkel war.

Es gab keine einzige Sitzgelegenheit im Raum, die dem Fernseher nicht zugewandt war. Wexford setzte sich so ans Sofaende, daß er dem Gerät den Rücken kehrte. Joy Williams' Blick schweifte immer wieder zu den Eisläufern ab, die bei irgendeiner Meisterschaft im Rhythmus einer unhörbaren Musik über das Eis flogen. Sie saß auf der äußersten Kante ihres Sessels.

«Hat Ihnen Ihre Frau gesagt, was ich ...»

«Sie hat es erwähnt», unterbrach er sie, um ihr die Peinlichkeit zu ersparen, es noch einmal aussprechen zu müssen, denn um ihre Nase herum und auf ihren Wangen bildeten sich schon dunkelrote Flecken. «Sie hat gesagt, daß Ihr Mann vermißt wird.»

Joy Williams lachte. Es war ein Lachen, das er noch oft hören und sehr gut kennenlernen sollte – ein rauhes Gackern ohne Humor, ohne Heiterkeit, ohne Belustigung. Sie lachte, um Gefühle zu verbergen, oder weil sie Gefühle nicht anders ausdrücken konnte. Die

Hände, die auf ihren Knien lagen, ballten sich zur Faust. Sie trug einen sehr breiten, reich ziselierten Ehering aus Weißgold oder Platin und einen noch reicher verzierten Verlobungsring aus Platin oder Weißgold mit einem Brillantsplitter.

«Rodney mußte auf seine übliche Tour nach Ipswich, und ich habe ihn seither nicht wiedergesehen.»

«Ihr Mann ist Geschäftsreisender, soviel ich von Dora weiß.»

«Ja, bei Sevensmith Harding», antwortete sie. «Farben und Lacke.»

Das hätte sie gar nicht hinzufügen müssen. Von Sevensmith Harding bezogen vermutlich die meisten Einzelhändler für Baumaterialien und Raumausstattung in Südengland ihre Waren. *Sevenstar Matt- oder Seidenglanzfarbe* bedeckt wahrscheinlich eine Million Wände zwischen Dover und Land's End, dachte Wexford. Er und Dora hatten eben das zweite Schlafzimmer damit streichen lassen, und wenn er sich nicht sehr irrte, war die Farbe in Mrs. Williams' Diele die neueste Schattierung von *Sevenshine, nicht tropfend und hochglänzend – Weizengelb*.

«Er bereist ganz Suffolk», sagte sie, «das ist sein Gebiet.» Sie fing an, die Ringe am Finger hin und her zu schieben. «Er ist vergangenen Donnerstag losgefahren – ja, gestern vor einer Woche. Heute haben wir den Dreiundzwanzigsten – ja, es muß der Fünfzehnte gewesen sein. Er hat gesagt, er fahre nach Ipswich und übernachte dort, um am nächsten Morgen gleich anfangen zu können.»

«Wann ist er aufgebrochen?»

«Gegen Abend. Um sechs Uhr herum. Er war den ganzen Nachmittag zu Hause.»

Und genau hier kam Wexford der Gedanke, es müsse eine andere Frau im Spiel sein. Sogar durch den Dartford-Tunnel fuhr man von Kingsmarkham gut dreieinhalb Stunden nach Ipswich. Ein Handelsvertreter, der tatsächlich nach Suffolk wollte, wäre bestimmt schon um vier aufgebrochen, nicht erst um sechs.

«Wo hat er in Ipswich gewohnt? Vermutlich in einem Hotel?»

«In einem Motel außerhalb der Stadt, glaube ich.»

Sie sprach so lustlos, als wisse sie nicht viel über die Arbeit ihres Mannes und interessiere sich auch nicht dafür. Die Tür ging auf, ein Mädchen kam herein, blieb auf der Schwelle stehen und sagte: «Oh, Verzeihung!»

«Sara, wann ist Vater vorige Woche losgefahren?»

«Gegen sechs.»

Mrs. Williams nickte. «Das ist meine Tochter Sara», sagte sie und betonte den Namen auf der ersten Silbe.

«Sie haben doch auch einen Sohn?»

«Kevin. Er ist zwanzig. Studiert an der Universität in Keele.»

Das Mädchen stützte die Arme auf die Lehne des gelben Plastiksessels, in dem niemand saß, die Augen mehr oder weniger ausdruckslos auf die Mutter gerichtet. Wenn man allerdings genauer hinsah, waren sie eher feindselig als freundlich. Sie war sehr schlank, hell, mit dem Gesicht eines Malermodells aus der Renaissance, mit feinen Zügen, einer hohen Stirn und einem leicht verschlagenen Ausdruck. Sie hatte ungewöhnlich langes Haar, das ihr fast bis zur Taille reichte und so gewellt war, als werde es oft zu Zöpfen geflochten. Sie trug Jeans und ein T-Shirt mit einem aufgedruckten Raben und den Buchstaben ARRIA darüber.

Vom einzigen Tisch im Raum, ein Rattantisch mit Glasplatte, der hinter der Sofalehne fast verschwand, nahm sie eine Fotografie in einem verchromten Rahmen. Sie hielt sie Wexford hin und zeigte mit den Daumen auf den Kopf eines Mannes, der mit einem halbwüchsigen Jungen und dem Mädchen, das sie selbst vor fünf Jahren gewesen war, an einem Strand saß. Wexford nahm das Foto in die Hand. Der Mann war groß und breit, aber außer Form geraten und um die Taille herum sogar ziemlich fett. Er hatte eine riesige, gewölbte Stirn. Seine Züge wirkten, vielleicht weil sie von der kahlen Stirn beherrscht wurden, unbedeutend und irgendwie zusammengequetscht. Der Mund, ein lippenloser Schlitz, war für die Kamera zu einem Lächeln verzogen.

Wexford reichte Sara das Foto zurück. Sie stellte es wieder auf den Tisch, ihre Augen ruhten kurz mit einem seltsamen und leicht verächtlichen Ausdruck auf ihrer Mutter, dann ging sie hinaus. Wexford hörte sie die Treppe hinaufgehen.

«Wann haben Sie Ihren Mann zurückerwartet?»

«Sonntagabend wollte er wieder da sein. Als er nicht kam, habe ich mir nicht viel dabei gedacht. Ich war der Meinung, er sei einfach noch eine Nacht geblieben und komme Montag. Aber er kam nicht, und er hat auch nicht telefoniert.»

«Haben Sie denn nicht das Motel angerufen?»

Sie sah ihn an, als habe er ihr eine ungeheure, schwierige Aufgabe zugemutet, die ihre Fähigkeiten weit überstieg.

«Das würde ich nie tun. Es ist doch ein Ferngespräch. Außerdem habe ich die Nummer nicht.»

«Haben Sie irgend etwas unternommen?»

Wieder dieses trockene, humorlose, gackernde Lachen. «Was könnte ich denn unternehmen? Kevin war übers Wochenende zu Hause, ist aber am Sonntag nach Keele zurückgefahren.» Sie sprach, als könnte in einer solchen Angelegenheit nur ein Mann die Initiative ergreifen. «Ich weiß, daß ich verständigt worden wäre, wenn er einen Unfall gehabt hätte. Man hätte ihn schnell identifiziert. Er hat Scheckkarte und Scheckbuch bei sich, viele Sachen, in denen sein Name steht.»

«Und Sevensmith Harding haben Sie auch nicht angerufen?»

«Was hätte das wohl für einen Sinn gehabt? In der Firma hat er sich oft wochenlang nicht sehen lassen.»

«Und Sie haben seither nichts von ihm gehört? Seit – lassen Sie mich mal überlegen – seit acht Tagen haben Sie keinen Hinweis darauf, wo er sein könnte?»

«Das ist richtig. Aber eigentlich sind es nur fünf Tage. Während der ersten drei Tage habe ich ihn ja nicht zurückerwartet.»

Er mußte die Frage stellen. Schließlich hatte sie ihn gerufen. Als Nachbarn, dem sie sich anvertrauen konnte, gewiß, aber vor allem als Polizeibeamten. Nichts, was er bisher zu hören bekommen hatte, machte es seinem Gefühl nach erforderlich, Nachforschungen nach Rodney Williams einzuleiten. Wenn er Mrs. Williams betrachtete, das Haus, die Tochter, das ganze Drum und Dran, fragte er sich nur mit einer Gehässigkeit, die er nicht einmal Dora offen eingestanden hätte, wieso der Mann eigentlich so lange geblieben war. Er war mit oder zu einer anderen Frau durchgebrannt, und nur Feigheit hinderte ihn daran, den notwendigen Brief zu schreiben oder anzurufen, wie es neuerdings üblich war.

«Entschuldigen Sie, aber ist es möglich, daß Ihr Mann ...» Er suchte nach einer Wendung und rettete sich dann in die geheuchelt rücksichtsvolle, die er verabscheute. «Wäre es möglich, daß Ihr Mann mit einer anderen Frau befreundet ist? Kann er sich mit einer anderen getroffen haben?»

Sie warf ihm einen langen, kalten, ungerührten Blick zu. Was sie auch sagen mochte, Wexford wußte jetzt, daß der Gedanke ihr auch schon gekommen war. Vielleicht war es sogar mehr als nur ein flüchtiger Gedanke gewesen. Etwas in diesem Blick sagte ihm, daß sie zu den Frauen gehörte, die es sich fast zum Prinzip machen, nie etwas Unangenehmes zuzugeben.

Natürlich konnte er ihr auch unrecht tun. All das existierte ja nur in seiner Phantasie. «Es ist nur eine Möglichkeit», sagte er. «Tut mir leid, daß ich's überhaupt erwähnen mußte.»

«Ich weiß schließlich nicht, was er tut, wenn er Tag und Nacht unterwegs ist, nicht wahr? Seit wir verheiratet sind, war er genausooft auf Geschäftsreise wie zu Hause. Ich weiß nicht, wie viele Flittchen er gehabt hat, und ich würde auch nie fragen.»

Das Wort paßte irgendwie zu diesem Zimmer und zu Mrs. Williams grauer, in Kräuselkrepp gehüllter, ein bißchen unappetitlicher Ehrpusseligkeit. Erst jetzt fiel ihm auf beiden Schultern ihrer Bluse die dicke Schuppenschicht auf, die aussah wie darübergestäubtes Mehl. Er hatte ihr eine Lösung geboten, die für die meisten Frauen die am wenigsten akzeptable gewesen wäre. Aber sie, dachte er, wirkt erleichtert. Vermutete sie, ihr Mann könnte sich in etwas Ungesetzliches eingelassen haben, so daß etwas Unmoralisches immer noch die bessere Alternative gewesen wäre?

Du mißtraust allem und jedem, sagte er sich. Du Polizist!

«Glauben Sie, daß wir etwas unternehmen sollten?» Es war, von den rein rhetorischen abgesehen, die erste Frage, die sie ihm stellte.

«Wenn Sie damit meinen, ob Sie eine Vermißtenanzeige aufgeben und ihn von der Polizei suchen lassen sollen, dann lautet meine Antwort: nein, ganz gewiß nicht. Wahrscheinlich werden Sie in den nächsten Tagen von ihm hören. Ist das nicht der Fall, wenden Sie sich am besten an einen Anwalt oder an das für Sie zuständige Büro der Bürgerberatung. Aber auch das sollten Sie erst tun, nachdem Sie bei Sevensmith Harding waren. Die Wahrscheinlichkeit, daß Sie ihn durch die Firma finden, ist sehr groß.»

Sie bedankte sich nicht bei ihm, weil er gekommen war. Dabei war er noch nicht einmal zu Hause gewesen, sondern hatte auf dem Heimweg zu ihr hineingeschaut. Sie entschuldigte sich auch nicht, daß sie seine Zeit in Anspruch genommen hatte. Er blickte zurück und sah sie, die Haustürklinke in der Hand, auf der Schwelle stehen, eine sehr dünne, eckige Frau in einer rehbraunen Bluse und einem unmodernen dunkelgrünen Hosenanzug mit stark taillierter Jacke und überweitem Schlag. Ihr Vorgarten war in der Alverbury Road der einzige, in dem keine Frühlingsblumen blühten. Nicht eine einzige Narzisse hellte das Stückchen Rasen oder die dunkle Eibenhecke auf.

Es war ein wolkenverhangener Abend, noch ziemlich hell, aprilkühl. Dieses kleine wabenähnliche Viertel glich einem Obstgarten im Frühling. In allen Gärten üppige rosafarbene und weiße Blütenpracht und auf den Gehsteigen schon dicke Polster aus abgefallenen Blütenblättern. Auf dem Rasen von Wexfords Vorgarten dominierte eine große Trauerkirsche mit bonbonrosa Blüten.

Seine Frau saß in einem Lehnsessel, der fast im gleichen Winkel zum Kamin stand wie der, in dem Joy Williams gesessen hatte, in einem Raum, der so groß war und die gleichen Proportionen hatte wie der, aus dem er kam. Damit war aber auch jede Ähnlichkeit zu Ende. Das Kaminfeuer – ein echtes Holzfeuer! – brannte. Sie hatten einen kalten Winter hinter sich, und auch der Frühling war kalt und hatte sich verspätet. Noch immer bedrohten Nachtfröste die Blüten. Dora arbeitete an einer Patchworkdecke – einer Tagesdecke in Blau und Rot, in allen Schattierungen von Blau und Rot mit vielfältigem Muster. Der fertige Teil lag auf dem langen roten Samtrock ihres Hauskleids, das sie wegen der Kälte jetzt am Abend zu tragen pflegte. Ihr Haar war dunkel und üppig. Wexford hatte ihr einmal gesagt, sie müsse eine Zigeunerin sein, weil sie mit fast sechzig Jahren noch kein graues Haar hatte.

«Hast du Mike heute gesehen?»

Sie meinte Detective Inspector Burden. Wexford sagte nein, er sei in Myringham bei Gericht gewesen.

«Jenny war heute hier, um mir zu sagen, daß jetzt das Ergebnis der Amniozentese vorliegt. Das Baby ist gesund. Es ist ein Mädchen.»

«Was ist eine Amniozentese?»

«Eine vorgeburtliche Untersuchung. Sie durchstechen die Bauchwand und entnehmen der Gebärmutter etwas Fruchtwasser. Es enthält Zellen des Fötus, und die setzen sie wie eine Kultur an. Auf jeden Fall kommt es zu einer Zellteilung, und dann kann man feststellen, ob das Kind mongoloid wird oder an der sogenannten *Spina bifida* – einer angeborenen Mißbildung der Wirbelsäule leidet. Und ob es Junge oder Mädchen ist, sagen ihnen die Chromosomen, die sie auch im Fruchtwasser finden: XY oder XX.»

«Was du alles weißt! Woher hast du das?»

«Jenny hat es mir erzählt.» Dora stand auf und legte die Patchworkdecke auf den Sessel. «Eine Amniozentese kann übrigens erst ab der sechzehnten Schwangerschaftswoche gemacht werden, und es ist immer ein Risiko dabei. Man kann das Baby verlieren.»

Wexford ging ihr in die Küche nach. Noch mehr als sonst war er sich heute der Wärme und der Helligkeit seines Hauses bewußt. Ihm fiel ein, daß Joy Williams ihm nichts angeboten hatte, nicht einmal eine Tasse Tee. Dora hatte die Tür des Backrohrs geöffnet und begutachtete die Steak- und Nierenpastete, die fast fertig war.

«Möchtest du was trinken?»

«Warum nicht?» sagte Dora. «Feiern wir Jennys und Mikes gesundes Baby.»

«Ich bin überrascht, daß sie ein solches Risiko auf sich genommen hat», sagte er, als sie ihren Sherry und er seinen Scotch mit drei Teilen Wasser hatte. «Sie will dieses Kind doch unbedingt haben. Schließlich haben sie jahrelang darauf gewartet.»

«Sie ist einundvierzig, Reg. In diesem Alter ist das Risiko, ein mongoloides Kind zu bekommen, viel höher. Auf jeden Fall ist alles in Ordnung.»

«Soll ich dir von Mrs. Williams erzählen?»

«Die arme Joy», sagte Dora. «Sie war wirklich hübsch, als ich sie kennenlernte. Aber das ist natürlich auch schon achtzehn Jahre her. Ich nehme an, er ist mit einer anderen auf und davon. Habe ich recht?»

«Warum hast du sie mir auf den Hals gehetzt, wenn du das wußtest?»

Dora lachte. Sie hatte ein leises, warmes, ein bißchen kehliges Lachen. Sofort sagte sie jedoch, sie wisse, daß die Sache nicht zum Lachen sei. «Er ist ein schrecklicher Mensch. Du hast ihn nie kennengelernt, nicht wahr? Er wirkt irgendwie verschlossen, unaufrichtig. Ich war immer der Meinung, daß sich so wirklich nur jemand benimmt, der etwas zu verbergen hat.»

«Doch jetzt bist du nicht mehr so sicher.»

«Ich will dir jetzt etwas sagen, was ich mich seinerzeit einfach nicht zu sagen traute. Ich hatte Angst, du würdest gewalttätig.»

«Na klar», sagte er. «Ich war ja schon immer ein übler Schläger. Wovon redest du?»

«Er hat Sylvia belästigt.»

Es klang trotzig. In ihrem langen roten Kleid, das Sherryglas in der Hand, die Augen plötzlich groß und wachsam, sah sie erstaunlich jung aus.

«Und?» Seine älteste Tochter war dreißig, seit zwölf Jahren verheiratet und Mutter zweier hochgeschossener Jungen. «Sie ist eine attraktive Frau. Ich bin überzeugt, daß sie von allen möglichen Männern alle möglichen Anträge bekommt und es sehr gut versteht, sie abzuwimmeln.»

Dora warf ihm von der Seite her einen langen Blick zu. «Ich habe gesagt, ich hätte Angst gehabt, es dir zu erzählen. Sylvia war damals fünfzehn.»

Die gewalttätigen Gefühle, von denen sie gesprochen hatte, waren tatsächlich da. Nach so vielen Jahren! Seine fünfzehnjährige Tochter. Am liebsten hätte er losgebrüllt, doch er beherrschte sich. Er stampfte auch nicht mit den Füßen. Er trank einen Schluck und sagte kühl: «Und sie kam wie ein braves kleines Mädchen zu ihrer Mami gelaufen und hat ihr alles erzählt?»

«Lieb von ihr, nicht wahr?» entgegnete Dora leichthin. «Ich war gerührt. Aber meiner Meinung nach war sie starr vor Angst, Reg.»

«Hast du etwas unternommen?»

«O ja. Ich bin zu ihm gegangen und habe ihn über deinen Beruf aufgeklärt. Er wußte nicht, was du bist. Joy und er haben wohl nie viel miteinander geredet. Auf jeden Fall hat es genutzt. Er ließ sich kaum noch blicken, und Sylvia hat dort nie wieder den Babysitter gemacht. Joy habe ich nichts davon gesagt, doch ich denke, sie wußte auch so, was gespielt wurde, und machte sich keine Illusionen mehr über ihn. Auf jeden Fall hat sie ihn nicht mehr so angebetet wie früher.»

«‹Einst wurde auch ich angebetet›», zitierte Wexford.

«Und wirst es noch heute, Liebling. Du weißt, daß wir dich alle anbeten. Du hast dir ja auch nicht unsere Achtung verscherzt, indem du hinter kleinen Mädchen herläufst. Kann ich noch ein bißchen Sherry haben?»

«Den mußt du dir schon selber holen», antwortete Wexford und machte das Ofenrohr auf. «Immer nur trinken und klatschen! Ich möchte mein Abendessen.»

2

Das Unternehmen Sevensmith Harding war 1875 von Septimus Sevensmith gegründet worden, der sich Farbenhändler nannte. In seinem Laden auf der High Street von Myringham verkaufte er Farben und Zeichenmaterial für Kunstmaler. Farben für den Außenanstrich und die Innendekoration von Häusern kamen erst später hinzu. Eigentlich erst nach dem Ersten Weltkrieg, als Septimus' Enkelin einen Major John Harding heiratete, der bei Passchendaele ein Bein verloren hatte.

Der erste große Bauboom der achtziger und neunziger Jahre war vorüber, und der nächste stand kurz bevor. Major Harding machte sich ihn zunutze. Er begann in riesigen Mengen die Braun- und Grüntöne herzustellen, an denen die Herzen der Baumeister hingen, die im Süden Londons Reihen- und Doppelhäuser wie Pilze aus dem Boden schießen ließen. Wie Fühler streckten sich die neuen Siedlungen aus der Stadt aufs Land hinaus. Und gegen Ende des Jahrzehnts brachte Harding eine gewagte Nuance in Creme heraus.

Schon war die Firma in Sevensmith Harding umbenannt worden. Die Büros waren in der High Street von Myringham geblieben, aber die Produktion sollte bald aus dem Rückgebäude in einen Industriekomplex außerhalb der Stadt verlegt werden. Da sich niemand mehr mit dem Einzelhandel befaßte, wurde das ursprüngliche Geschäft aufgelöst.

Während der sechziger und frühen siebziger Jahre erlebte die Farbenindustrie in der ganzen Welt eine ständig wachsende Konjunktur. Man schätzt, daß es im Vereinigten Königreich fast fünfhundert Firmen gibt, die Farben herstellen, hohe Umsätze machen jedoch nur ein paar große Unternehmen. Vier von diesen großen Unternehmen beherrschen den Markt auf den Britischen Inseln, und zu ihnen gehört Sevensmith Harding.

Ihre Farben *Sevenstar Vinyl Seidenglanz* und *Sevenstar Vinyl matt, Sevenshine Firnis und Satin-Lack* werden heute in Harlow, Essex, erzeugt, und ihre Tapeten, Leisten und die farblich darauf abgestimmten Fliesen in Crawley, Sussex. Die Hauptverwaltung in der High Street in Myringham, gegenüber vom *Old Flag Hotel*, gleicht eher der Kanzlei eines sehr gediegenen Anwalts oder dem Geschäft eines sehr vornehmen Antiquitätenhändlers als den Büros von Farbenherstellern. Tatsächlich weist kaum etwas darauf hin, daß es Farbenhersteller sind. In den abgerundeten Erkerfenstern zu beiden Seiten der Tür werden keine Farbbüchsen oder Pappfiguren begeisterter Hausfrauen mit Pinseln in der Hand ausgestellt. Der Vorübergehende kann höchstens einen Blick auf eine *famille noir*-Vase mit getrockneten Gräsern in dem einen Fenster und einen Hepplewhitestuhl im anderen bewundern. Aber über der Tür findet man im Stil Georgs V. und auf poliertem Mahagoni das königliche Wappen und den Text: *Von Ihrer Majestät Königin Elizabeth und der Königinmutter bestellter königlicher Hoflieferant, Hersteller feinster Farben und Lacke.*

Der Präsident des Unternehmens, Jeremy Harding-Grey, teilte seine Zeit zwischen seinem Haus in Monte Carlo und seinem Haus in Nassau auf, und obwohl der geschäftsführende Direktor George Delahaye in Sussex lebte, wurde er in Myringham nur selten gesehen. Der stellvertretende geschäftsführende Direktor jedoch war ein bescheidenerer Mann und viel eher auf dem Niveau eines Durchschnittsmenschen. Wexford kannte ihn. Sie waren sich im Haus von Sylvias Schwiegervater begegnet, der Architekt war, und seither waren die Gardners einmal bei den Wexfords und die Wexfords einmal bei den Gardners zu Gast gewesen. Dennoch hatte Wexford nicht das Gefühl, mit Miles Gardner auf so gutem Fuß zu stehen, daß er ganz formlos bei Sevensmith Harding hineinplatzen und Miles zu einem Drink und einem Sandwich einladen konnte.

Vierzehn Tage waren verstrichen, seit er mit Joy Williams gesprochen hatte, und er hatte die Angelegenheit buchstäblich vergessen, hatte sie noch am selben Abend, bevor er zu Bett ging, aus seinen Gedanken verdrängt. Und wenn sie ihm zwischendurch wieder einfiel, sagte er sich, daß Mrs. Williams und ihr Anwalt entweder alles zur ihrer Zufriedenheit geregelt hatten oder Williams längst wieder zu Hause saß. Weil er, wie schon viele Männer vor ihm, festgestellt hatte, daß der häusliche Herd immer noch der sparsamste war.

Doch selbst wenn Williams noch nicht wieder aufgetaucht war, hatte Wexford keinen Anlaß, bei Sevensmith Harding Erkundigungen nach ihm einzuziehen. Das überließ er Joy Williams, das mußte sie schon selbst tun. Gleichgültig, wie abenteuerlich das Liebesleben eines Mannes sein mag, er muß zur Arbeit gehen und sich sein Brot verdienen. Außerdem verdiente Williams dieses

Brot in einer so bescheidenen Position, daß Miles Gardner kaum je von ihm gehört haben würde.

Wexford und Burden hatten bei verschiedenen Prozessen, die in Myringham verhandelt wurden, als Zeugen ausgesagt, und beide Kammern hatten sich bis nach dem Lunch vertagt. Burden mußte nach dem Essen wieder zu seinem Fall zurück – einer kniffligen Sache, bei der es um Hehlerei ging –, und er mußte bis zum bitteren Ende bleiben. Wexford hingegen brauchte nicht mehr aufs Gericht, er konnte nach Hause fahren. Auf dem Weg zum Hotel war Burden schweigsam und mürrisch, war es schon, seit sie das Gerichtsgebäude verlassen hatten. Wäre es nicht Burden gewesen, hätte Wexford gedacht, er sei so schlecht gelaunt, weil der Anwalt des mutmaßlichen Hehlers ihn wie einen Schuljungen heruntergeputzt hatte. Aber auf Burden machte so etwas keinen Eindruck. Eine solche Anwaltsschelte hatte er schon zu oft einstecken müssen, um sie noch ernst zu nehmen.

Es muß was anderes sein, dachte Wexford, etwas viel Persönlicheres. Und nachträglich fiel ihm auf, daß Burden schon seit längerer Zeit mürrisch und verdrießlich war. Das Problem schien ihn also schon seit Tagen, nein, sogar seit Wochen zu belasten. Zwar litt seine Arbeit nicht unter seiner Stimmung, sie wirkte sich jedoch sehr negativ auf seine Beziehungen zu seinen Mitmenschen aus.

Äußerlich war er unverändert, man merkte ihm weder Angst noch Sorge an. Er war zwar mager, aber das war er immer gewesen. Wexford wußte nicht, ob er einen neuen Anzug trug oder ob es der vom vergangenen Jahr war – frisch gereinigt und allabendlich mit dem elektrischen Hosenbügelgerät aufgebügelt, das ihm seine Frau zu Weihnachten geschenkt hatte. («So eins wie die Dinger, die man in schicken Hotels auf den Zimmern findet», hatte Burden stolz erklärt.) Burdens zweite Ehe war genauso glücklich wie seine erste. Aber fast jede Ehe, die Burden einging, würde glücklich sein. Er war der geborene Ehemann, der es fertigbrachte, sich seiner Frau unterzuordnen, ohne dabei eine lächerliche Figur abzugeben. Was ihn jetzt bedrückte, konnte nichts mit seiner Ehe zu tun haben. Seine Frau erwartete das langersehnte Kind – auf jeden Fall von ihr lang ersehnt. Burden hatte erwachsene Kinder aus erster Ehe, einen Sohn und eine Tochter. Wexford beschäftigte sich kurz mit einer Idee, die ihm gekommen war, verwarf sie jedoch sofort wieder, denn sie war absurd und paßte nicht zu Burden. Er fürchtete sich bestimmt nicht davor, mit Mitte Vierzig noch einmal Vater zu werden und wieder einen Säugling im Haus zu haben. Damit wurde er auf seine Art bestimmt fertig.

«Was ist los, Mike?» fragte Wexford, als das Schweigen allzu drückend wurde.

«Nichts.»

Die klassische Antwort. Einer jener Fälle, bei denen eine Erklärung genau das Gegenteil von dem bedeutet, was sie aussagt.

Wexford drängte nicht. Er ging weiter und sah sich in dem alten Marktflecken um, der sich in den letzten Jahren sehr verändert hatte. Man hatte zuerst ein riesiges Einkaufs- und später ein Kulturzentrum mit Theater, Kino und Konzertsaal gebaut. Vor drei Wochen hatte an der Universität das neue Semester begonnen, und in der Stadt wimmelte es von Studenten in Bluejeans. Doch hier, an diesem Ende der Stadt, wo man immer mehr Häuser unter Denkmalschutz stellte, war alles fast noch beim alten. Es war alles besser geworden, seit die Stadtverwaltung endlich aufgewacht war und begriffen hatte, daß Myringham schön war und der Kern erhalten werden sollte. Seither war viel gesäubert, aufgeräumt, gestrichen und gepflanzt worden.

Er warf einen Blick in die Erkerfenster von Sevensmith Harding, zuerst auf den Hepplewhite-Stuhl und dann auf die Vase. Hinter dem getrockneten Gras sah er eine junge Empfangsdame, die telefonierte. Dann überquerten er und Burden die Straße und betraten das *Old Flag*.

Wexford kannte das Hotel, er war schon ein- oder zweimal dagewesen. Es war tagsüber nie sehr voll. Die Leute gingen zum Lunch lieber in billigere Pubs, in denen es außerdem fröhlicher zuging. Auch Weinbars waren sehr beliebt. In der kleineren Salonbar, in der man auch essen konnte, waren mehrere Tische frei. Wexford ging auf einen zu, als er Miles Gardner entdeckte, der allein saß.

«Wollen Sie sich nicht zu mir setzen?»

«Sie sehen so aus, als warteten Sie auf jemand», sagte Wexford.

«Auf jede unterhaltsame Gesellschaft, die sich anbietet.» Gardner hatte eine warmherzige Art zu sprechen und drückte sich gewählt aus, was jedoch durchaus nicht gekünstelt wirkte. Wexford erinnerte sich, daß er das immer besonders sympathisch gefunden hatte. «Sie haben hier einen ausgezeichneten Garnelensalat», sagte

Miles Gardner. «Und wenn man es schafft, vor ein Uhr herzukommen, holen sie ein frisches Filetsteak vom Metzger.»

«Was geschieht um eins?»

«Der Metzger schließt. Er macht um zwei wieder auf, aber dann schließt das Restaurant. Das ist Myringham wie es leibt und lebt.»

Wexford lachte. Burden lachte nicht. Er saß mit jener Miene steifer Höflichkeit da, die sogar dem unsensibelsten Menschen begreiflich macht, daß man allein glücklicher – oder zumindest weniger unglücklich wäre. Wexford beschloß, ihn zu ignorieren. Gardner schien sich über ihre Gesellschaft zu freuen und begann, nachdem er eine Runde bestellt hatte, auf die ihm eigene leichte und elegante Art von dem neuen Haus zu erzählen, das er eben bezogen hatte und das von Sylvias Schwiegervater entworfen worden war. Es ist, dachte Wexford, eine wertvolle Gabe, wenn man mit Menschen, die man kaum oder nur oberflächlich kennt, sprechen kann wie mit alten Freunden, mit denen man regelmäßig zusammenkommt.

Gardner war ein kleiner, unauffälliger Mann, der nicht besonders vornehm wirkte. Sein Stil lag in seiner Stimme und in seinem Verhalten. Er hatte eine Frau, die viel größer war als er, und zwei gräßlich laute Töchter. Nachdem er von seinem neuen Haus und den Nöten eines Bauherrn erzählt hatte, kam er auf die Arbeit zu sprechen, auf den Arbeitsmangel und die Arbeitslosigkeit. Ein Thema, das bei Burden auf ein mildes Interesse stieß, so daß er sich sogar zu ein paar einsilbigen Bemerkungen aufraffte. Sevensmith Harding, sagte Gardner, habe alles getan, um im Harlower Werk Massenentlassungen zu vermeiden, und das sei auch gelungen. Man habe nur ein paar Angestellte und Arbeiter freigestellt, es habe jedoch für die betroffenen Männer und Frauen keine Härte bedeutet. Behauptete Gardner.

«Das glaube ich gern», sagte Burden.

Schon immer reaktionär, hatte er sich bis vor ein paar Jahren immer weiter und bis zur Unerträglichkeit nach rechts orientiert, bis Jenny gekommen war und ihn «umgedreht» hatte. Er hatte jetzt viel gemäßigtere Ansichten und begann auch nicht gleich, wie er es früher getan hätte, gegen Arbeitslosengeld, Sozialversicherung und die um sich greifende Arbeitsunlust oder Faulheit zu wettern. Vielleicht stimmte ihn aber auch nur seine eigene Niedergeschlagenheit so nachsichtig.

«Ich stelle fest, daß die Einstellung zur Arbeit sich verändert», sagte Gardner. «Einen Job zu haben und zu halten, hat heute einen ganz anderen Stellenwert als früher.» Er begann darüber zu dozieren, wo seiner Meinung nach die Ursachen dieser neuen sozialen Verhaltensweisen lagen, und er wußte viel Interessantes darüber zu sagen. Das fand zumindest Wexford. Burden, der den Garnelensalat viel zu hastig in sich hineinschlang, sah ständig auf die Uhr. Er wurde um zwei wieder im Gerichtssaal erwartet. Ich werde nicht traurig sein, wenn ich ihn eine Weile los bin, dachte Wexford.

«Damit», wandte er sich an Gardner, «wollen Sie doch eigentlich sagen, daß die Leute trotz drohender Arbeitslosigkeit und zu geringem Arbeitslosengeld die nagende Furcht vor dem Verlust ihrer Stellung verloren haben, von der sie in den dreißiger Jahren geradezu besessen waren?»

«Ja, und sie sind, wenigstens in den mittleren Schichten, auch nicht mehr bereit, ihr Leben lang auf Biegen oder Brechen an einem verhaßten Beruf festzuhalten, weil es nun einmal der Beruf ist, den sie mit zwanzig erlernt haben.»

«Und wie ist es zu dieser veränderten Haltung gekommen?»

«Das weiß ich nicht. Ich habe darüber nachgedacht, doch die Antworten, die ich gefunden habe, befriedigen mich nicht. Ich kann Ihnen aber sagen, daß mit der Angst um die Stellung und dem Respekt vor dem Arbeitgeber – nur weil er eben der Arbeitgeber ist –, leider auch der Stolz auf die Leistung und die Loyalität gegen eine Firma verlorengegangen sind. Mein Marketing-Manager ist ein typisches Beispiel dafür. Früher konnte man sich darauf verlassen, daß ein Mann in einer solchen Position auch ein verantwortungsbewußter Mensch war, jemand, der einen ganz bestimmt nie im Stich ließ. Er wäre stolz darauf und – ja, ich spreche es aus – dankbar gewesen, an der Stelle zu stehen, an der er stand, und das Wohlergehen seiner Firma hätte ihm ehrlich am Herzen gelegen.»

«Was hat er getan?» fragte Burden. «Hat er beschlossen, mitten im Strom die Schiffe – ich meine, den Beruf zu wechseln?»

Das klang hämisch, aber Gardner tat so, als habe er nichts gemerkt.

«Das nicht, soweit ich weiß», antwortete er ganz gelassen. «Er ist eines Tages einfach nicht mehr erschienen. Er hat eine dreimonatige Kündigungsfrist – oder sollte sie haben. Zuerst hat uns seine Frau angerufen und gesagt, er sei krank. Und dann kein Wort mehr, bis zu seinem Kündigungsbrief. Einem kurzen, fast schroffen Brief mit einem P. S. ...» Gardner sah aus, als müsse er sich rechtfertigen und fügte fast um Entschuldigung bittend hinzu: «Es war eine ziemlich unverschämte Bemerkung. Wegen seiner Altersrente, schrieb er, werde er sich mit unserer Buchhaltungsabteilung in Verbindung setzen.»

«War er lange bei Ihrer Firma?»

«Ich glaube, er ist sofort nach der Schule zu uns gekommen und war seit fünf Jahren Marketing-Manager.»

«In diesen schweren Zeiten werden Sie wenigstens keine Mühe haben, Ersatz zu finden.»

«Es bedeutet Beförderung für einen unserer besten Verkäufer. Es war schon seit jeher Firmenpolitik, einen von unseren Leuten nachrücken zu lassen. Aber in der Regel natürlich nur dann, wenn wir ein bißchen mehr Zeit haben.»

Burden stand auf und sagte, er müsse wieder aufs Gericht. Er schüttelte Gardner die Hand und hatte wenigstens den Anstand, etwas vor sich hinzumurmeln, das so ähnlich klang wie: «Hat mich gefreut, Sie kennenzulernen.»

«Darf ich Ihnen noch ein Bier bestellen?» sagte Wexford, nachdem Burden gegangen war, den Gardner – zu Wexfords größter Überraschung – einen netten Kerl nannte.

«Besten Dank, ja. Ich nehme nicht an, daß man uns hier vor halb drei hinauswerfen wird, oder?»

Das Bier kam, eine von hundertdreißig verschiedenen «echten» Ale-Sorten, die das *Old Flag* angeblich führte.

«Haben Sie vielleicht rein zufällig vor, meinen Nachbarn Rodney Williams zu befördern?» fragte Wexford.

Gardner sah ihn überrascht an.

«Rod Williams?»

«Ja. Er wohnt ganz in meiner Nähe, praktisch nur um die Ecke.»

«Rod Williams ist unser ehemaliger Marketing-Manager», sagte Gardner geduldig. «Der, von dem ich eben erzählt habe, daß er uns auf sehr unschöne Weise verlassen hat.»

«Williams?»

«Ja. Ich dachte, ich hätte Ihnen die Sache erklärt. Vielleicht habe ich den Namen nicht genannt.»

«Ich habe das deutliche Gefühl, daß hier jemand etwas mißverstanden hat», sagte Wexford.

«Sie, mein Lieber», antwortete Gardner lächelnd.

«Ja, es sieht ganz danach aus. Jemand hat mich falsch informiert. Soll ich also daraus schließen, daß Williams keiner Ihrer Firmenvertreter war und nicht den Bezirk Suffolk bereiste?»

«Das war er früher, und das hat er früher getan. Bis vor fünf Jahren. Dann mußte unser damaliger Marketing-Manager wegen eines Herzfehlers vorzeitig in den Ruhestand treten, und getreu unserer Firmenpolitik haben wir Rod Williams befördert.»

«Für seine Frau ist er immer noch Vertreter. Was bedeutet, daß er die Hälfte seiner Zeit immer noch in Suffolk verbringt.»

Gardner zog die Brauen hoch und lächelte schief. «Sein Privatleben geht mich nichts an.»

«Mich auch nicht.»

Gardner wechselte das Thema. Er fing an von seiner ältesten Tochter zu sprechen, die im Spätsommer heiraten wollte. Wexford trennte sich schließlich mit dem Versprechen, sich wieder zu melden, «Dora zu bitten, Pam anzurufen und etwas zu verabreden.» Auf der Heimfahrt nach Kingsmarkham dachte er eine Zeitlang über Rodney Williams nach. In seiner eigenen Ehe hatte er nie ein Alibi gebraucht. Er fragte sich, wie es sein mochte, wenn fünf Jahre lang ein feststehendes Alibi wesentlicher Bestandteil einer Ehe war? Undenkbar. Unvorstellbar. Er gab es auf, sich in eine solche Situation hineinzudenken, sie auf sich zu beziehen, und betrachtete sie nur noch mit Abstand.

Möglicherweise hatte Williams vor fünf Jahren ein Mädchen kennengelernt, mit dem er zusammensein wollte, ohne seine Ehe zu beenden. Dadurch, daß er seine Beförderung vor seiner Frau geheimhielt, hatte er die Möglichkeit dazu. Wahrscheinlich wohnte das Mädchen in Myringham. Während Joy Williams ihren Mann in einem Motel bei Ipswich vermutete, hielt er sich bei der anderen auf, lebte wahrscheinlich mit ihr zusammen und saß von neun bis fünf im Büro bei Sevensmith Harding in Myringham.

Es war eine jener Situationen, über die Männer sich amüsieren. Wexford gehörte nicht zu ihnen. Und es gab noch einen anderen Aspekt – einen, den nur wenige Männer komisch finden würden. Wenn Williams seiner Frau nichts von seiner Beförderung erzählt hatte, dann hatte er ihr wahrscheinlich auch verschwiegen, daß er jetzt wesentlich mehr verdiente. Trotzdem war das Rätsel gelöst. Williams hatte an die Firma geschrieben, Joy hatte angerufen und ihn entschuldigt. Und in der Alverbury Road gelang es Williams vielleicht auch noch jetzt, sich mit einem Rest von Täuschung und Lüge davor zu schützen, daß man ihm hinter die Schliche kam.

Es war neun Uhr abends, er saß noch immer im Büro und ging zum zehntenmal die Aussagen durch, die er gegen einen gewissen Francis Wingrave Adams gesammelt hatte, der wegen Betrugs angeklagt werden sollte. Wexford bezweifelte jedoch, daß es ihnen gelingen würde, lückenlose Beweise zu finden, und der Polizeianwalt war derselben Meinung wie er, obwohl sie beide wußten, daß Adams schuldig war. Beim letzten Schlag der Kirchenuhr – die von St. Peter klang genauso dumpf wie die von St. Mary Woolnoth – räumte er die Papiere auf und machte sich zu Fuß auf den Heimweg.

In letzter Zeit ging er immer zu Fuß ins Büro und nach Hause. Dr. Crocker hatte es ihm dringend empfohlen und darauf hingewiesen, daß es ja nicht einmal eine halbe Meile war.

«Dann lohnt es sich doch kaum», hatte Wexford erwidert.

«Zwei Meilen täglich könnten Ihnen das Leben um zehn Jahre verlängern.»

«Heißt das, daß ich dreißig Jahre länger leben kann, wenn ich jeden Tag sechs Meilen zu Fuß gehe?»

Auf diese Frage hatte der Doktor nicht geantwortet. Und Wexford, der so tat, als habe er für den ärztlichen Rat nur Spott und Hohn, befolgte ihn nun doch bis zu einem gewissen Grad. Manchmal ging er durch die Tabard Road, an Burdens Bungalow vorbei, manchmal durch die Alverbury Road, in der die Williams wohnten. Gelegentlich schlug er auch den längeren Weg über einen Wiesenpfad ein. Heute abend wollte er schnell noch bei Burden hineinschauen, um mit ihm ein letztes Mal über den Fall Adams zu sprechen.

Plötzlich hatte er das Gefühl, daß es über den Mann, der eine ältere Frau um 20000 Pfund betrogen hatte, eigentlich kaum noch etwas zu sagen gab. Er wollte auch gar nicht über ihn sprechen. Er wollte versuchen, aus Burden herauszubekommen, warum er so niedergeschlagen war.

Die Burdens lebten noch immer in dem Bungalow, den Burden kurz nach seiner ersten Heirat bezogen hatte. Der Garten sah nicht sonderlich gepflegt aus, und der Efeu, der sich an den Hausmauern emporranken wollte, war rücksichtslos zurückgeschnitten worden. Nur die Haustür veränderte sich von Zeit zu Zeit. Sie hatte schon alle Farben durchgespielt – Burden ersparte einem in dieser Hinsicht nichts –, aber Wexford hatte das Rosenrot am besten gefallen, Jetzt prangte sie in einem dunklen Grünblau – *Sevenshine Pfauenblau, orientalisch* vermutlich. Da der Abend allmählich hereinbrach, brannte die Außenleuchte, eine bleigefaßte sternförmige Laterne.

Jenny öffnete ihm. Sie war jetzt im fünften Monat, «und man sah es schon», wie die alten Weiber sagten. Sie trug keinen Schwangerschaftshänger, sondern ein Kleid mit weiten Ärmeln, viereckigem Ausschnitt und hoher Taille wie die Frau auf dem Vermeer-Gemälde *Der Brief*. Sie hatte sich das goldbraune Haar wachsen lassen, und es reichte ihr jetzt bis auf die Schultern. Trotzdem erschrak Wexford über ihr Aussehen. Sie wirkte mutlos und verhärmt.

Burden, der sich vor Jahren damit einverstanden erklärt hatte, Wexford nicht mehr «Sir» zu nennen, umging seither jede Anrede. Aber Jenny nannte ihn Reg. «Mike ist im Wohnzimmer, Reg», sagte sie und fügte auf eine für sie ganz und gar untypische Weise hinzu: «Ich wollte eben ins Bett gehen.»

Er fühlte sich genötigt zu sagen, es tue ihm leid, daß er so spät noch störe, obwohl es erst zwanzig nach neun war. Sie zuckte mit den Schultern und sagte, das mache doch nichts, und es klang, als sei ihr alles gleichgültig. Er folgte ihr in das Zimmer, in dem sich Burden aufhielt.

Er saß in der Mitte des dreisitzigen Sofas und las die Polizeizeitung. Wexford hätte erwartet, daß Jenny neben ihm gesessen hatte, doch das war nicht der Fall gewesen. Neben einem Sessel am anderen Ende des Zimmers lagen ein aufgeschlagenes Buch mit den Seiten nach unten und ein weißes Strickzeug, das so aussah, als werde nicht gerade mit Begeisterung daran gearbeitet. Auf dem Fensterbrett stand in einer gläsernen Vase welkender Goldlack in einer knappen Handbreit alten bräunlichen Wassers.

«Was zu trinken?» fragte Burden. «Es ist Bier da. Es ist doch Bier da, nicht wahr, Jenny?»

«Keine Ahnung. Ich rühr das Zeug nie an.»

Burden sagte nichts. Er ging in die Küche und kam mit zwei Büchsen Bier auf einem Tablett zurück. Seine erste Frau hätte gesagt, und auch Jenny hatte es noch vor kurzem getan, daß sie Gläser brauchten. Heute setzte sie sich nur matt nieder, hob Buch und Strickzeug auf, sah jedoch keins von beiden an und sagte: «Ihr könnt aus der Dose trinken, nicht wahr?»

Wexford begann sich unbehaglich zu fühlen. Eine starke, zornige Spannung schien in der Luft zu hängen wie Rauch, der ihm in die Luftröhre drang, so daß er glaubte, ersticken zu müssen. Er riß die Lasche von seiner Bierdose ab. Jenny hielt die Stricknadeln in der Faust und starrte die Wand an. Wexford hatte nicht die Absicht, in ihrer Gegenwart über Francis Wingrave Adams zu sprechen. Wenn sie früher etwas Ähnliches zu bereden gehabt hatten, waren sie immer in ein anderes Zimmer gegangen. Burden rührte sich jedoch nicht von der Stelle und runzelte leicht die Stirn, wie immer in letzter Zeit. Er riß mit einer heftigen, unachtsamen Bewegung seine Bierdose auf, sie schäumte über, und der Schaum landete auf dem Teppich.

Vor drei Monaten hatte Wexford erlebt, wie Jenny ihren Mann getröstet und sofort praktische Hilfe geleistet hatte, als er nicht nur einen Löffel voll Bier verschüttet hatte, sondern ein Schälchen mit Erdbeermousse auf den helleren und neueren Speisezimmerteppich fallen ließ. Sie hatte gelacht und gesagt, die «Aufräumungsarbeiten» solle er ruhig ihr überlassen. Jetzt stieß sie einen zornigen Schrei aus und sprang aus dem Sessel auf.

«Schon gut, schon gut», sagte Burden. «Ich bring das schon in Ordnung. Außerdem ist doch kaum was passiert. Ich hole ein Tuch.»

Sie brach in Tränen aus, schlug eine Hand vor das Gesicht und stürzte hinaus. Burden folgte ihr. Das heißt, Wexford hatte gedacht, Burden sei hinter ihr her gelaufen, doch er kam fast umgehend mit einem Putzlumpen zurück.

«Tut mir leid», sagte er, auf dem Boden kniend. «Es geht natürlich nicht um das Bier. Sie fährt wegen jeder Kleinigkeit aus der Haut. Achten Sie einfach nicht darauf.» Er sah mit ärgerlicher Miene auf. «Ich habe jedenfalls beschlossen, in Zukunft nicht mehr darauf zu achten.»

«Aber wenn es ihr nicht gutgeht, Mike ...»

«Es geht ihr ausgezeichnet.» Burden stand auf und ließ den Lumpen auf den gefliesten Kaminsockel fallen. «Ihre Schwangerschaft verläuft geradezu ideal und beschwerdefrei. Sie leidet nicht einmal unter Übelkeit. Wenn ich daran denke, was Jean durchgemacht hat...» Wexford traute seinen Ohren nicht. Ein Ehemann – und noch dazu ein Ehemann wie Burden – zog einen solchen Vergleich! Ihm schien auf einmal klarzuwerden, was er da gesagt hatte, und er wurde feuerrot. «Nein, es geht ihr wirklich bestens. Ehrlich. Sie sagt es ja selbst. Sie ist einfach nur neurotisch.»

Wexford hatte schon früher manchmal gedacht, daß fast die ganze Bevölkerung mit Tranquilizern ruhiggestellt oder gar in Nervenheilanstalten eingeliefert werden müßte, wenn tatsächlich alles neurotisch gewesen wäre, was Burden so bezeichnete. «Die Amniozentese war doch in Ordnung, oder?» sagte er. «Haben die Ärzte ihr vielleicht etwas gesagt, was sie beunruhigt?»

Burden zögerte. «Ja, das haben sie. Leider.» Er lachte auf. Es klang häßlich und unfroh. «Genau das haben sie getan. Sie haben ihr etwas gesagt, was sie beunruhigt. Damit haben Sie den Nagel auf den Kopf getroffen. Mich beunruhigt es nicht, und ich bin der Vater des Kindes. Aber sie macht sich schreckliche Sorgen, und ich bin derjenige, der darunter zu leiden hat.» Er setzte sich und sagte sehr laut, schrie es fast heraus: «Aber ich will nicht drüber reden! Ich habe schon zuviel gesagt und nicht die Absicht, noch mehr zu sagen! Ich habe das Gefühl, eine Formel zu lernen, um das Benehmen meiner Frau zu erklären, und mit dieser Formel jeden Besucher an der Haustür empfangen zu müssen.»

«Dazu brauchen Sie nichts zu lernen», antwortete Wexford gelassen, «das können Sie aus dem Stegreif, weil Sie ohnehin nur brüllen.»

Burden warf ihm einen finsteren Blick zu.

«Ich bin wegen Adams gekommen», sagte Wexford. «Oder nehmen Ihre häuslichen Probleme Sie so in Anspruch, daß Sie sich für unsere Angelegenheiten nicht mehr interessieren?»

«Ich habe Ihnen doch gesagt, daß ich einfach nicht mehr darauf achten werde», erwiderte Burden, und dann sprachen sie eine halbe Stunde lang über Adams, obwohl nicht viel dabei herauskam.

Als Wexford nach Hause kam, saß Dora im Bett und las. Während er sich auszog, berichtete er ihr, was er bei den Burdens erlebt hatte.

«Sie sind schon zu alt, um Babies zu bekommen», war ihr einziger Kommentar.

«Du meinst, sie handeln wider die Natur?»

«Du wirst überrascht sein, mein Junge, aber das meine ich wirklich. – Übrigens, Rodney Williams ist noch immer nicht aufgetaucht. Ich habe Joy getroffen, und sie hat noch kein Wort von ihm gehört.»

«Aber ich dachte, sie hätte bei Sevensmith Harding angerufen», warf Wexford ein.

«Du meinst, du hast ihr dazu geraten. Du hast ihr gesagt, sie soll dort anrufen und feststellen, ob die ihr was sagen können. Und das will sie jetzt auch tun.»

Das hatte Wexford nicht gemeint. Und er ging mit der festen Überzeugung zu Bett, daß er heute nicht zum letztenmal von der Affäre Williams gehört hatte.

3

Länger als zwei Wochen beobachtete er jetzt schon den dunkelblauen Ford Granada, der vor seinem Haus in der Arnold Road in Myringham parkte. Das erste Mal hatte er ihn kurz nach Ostern dort entdeckt. Aus seinen Vorderfenstern konnte Graham Gee ihn ebensowenig sehen wie aus dem Vorgarten, weil ihm dort die hohe Geißblatthecke die Sicht versperrte. Er sah ihn, wenn er selbst am Morgen aus seiner Garage fuhr und am Spätnachmittag um halb sechs nach Hause kam.

Zuerst – sagte er bei der Polizei aus – habe er gedacht, der Wagen könnte etwas mit dem Jungen von gegenüber zu tun haben, dem Teenager-Sohn der Leute, die den Bungalow bewohnten. Doch dann schien ihm das Auto für einen Jugendlichen zu gediegen. Nachdem er diese Theorie verworfen hatte, fragte er sich, ob der Wagen vielleicht einem Pendler gehörte, der die Arnold Road als ständigen Parkplatz benutzte. Zwar war es von hier noch ein gutes Stück zum Bahnhof Myringham-Süd – etwas mehr als eine Viertelmeile –, doch war es vermutlich die dem Bahnhof nächstgelegene Straße, in der nicht auf beiden Seiten Stoßstange an Stoßstange die Autos anderer Pendler parkten.

Für Graham Gee war der Ford Granada vor seiner Gartentür der Anfang vom Ende. Bald würden die Autos von hundert Bahnreisenden die Arnold Road verstopfen. Man mußte dem Übel wehren, solange noch Zeit war. Graham Gee brauchte nicht zu pendeln. Er war Wirtschaftsprüfer und arbeitete in Pomfret.

Die Arnold Road war das, was man eine «gehobene Wohngegend» nennt. Freistehende Häuser inmitten großer Gärten. Dort gab es keine zwielichtigen Elemente, und es gab keine Vergehen oder gar kriminelle Delikte – außer daß im vergangenen Herbst jemand aus Nachbars Vorgarten Dahlien gestohlen hatte. Graham Gee war daher ziemlich überrascht, als eines Morgens die Radkappen des blauen Ford Granada verschwunden waren. Vielleicht hatten sie aber auch schon immer gefehlt, das wußte er nicht so genau. Daß die Räder aber noch dran gewesen waren, das wußte er. Der Wagen hatte nicht immer auf Ziegelsteinen aufgebockt gestanden. Schmutzig, mit getrockneten Regentropfen gesprenkelt, hockte er jetzt unelegant auf seinen Ziegeln und sah aus, als gehöre er doch dem Teenager von gegenüber.

Graham Gee unternahm noch immer nichts, obwohl er jetzt wußte, daß das Auto immer da war, nicht morgens abgestellt und abends abgeholt wurde. Seit einer Woche war es fahruntüchtig, seiner Beweglichkeit beraubt. Erst als jemand die Heckscheibe zertrümmert hatte, hielt Graham Gee es für richtig, etwas zu tun.

Die Heckscheibe war zertrümmert, die vorderen Türen geöffnet und das Wageninnere ausgeschlachtet worden: das Radio herausgenommen, die Kopfstützen entfernt und aus dem Armaturenbrett etwas herausgebohrt worden – eine Uhr vermutlich. Obwohl der Kofferraum aufgebrochen war, hatten die Diebe sich nicht an der Schneeschaufel vergriffen, die darin lag. Gee rief die Polizei an.

Die Polizei brauchte nicht einmal die überregionale Zulassungsstelle in Swansea zu bemühen, um den Halter des Wagens zu ermitteln. Die Wagenpapiere lagen zusammen mit einer Straßenkarte von Südengland, einem Kugelschreiber und einer Sonnenbrille im Handschuhfach.

In den Zulassungspapieren eines Fahrzeugs stehen Name und Adresse des Halters, nicht des Eigentümers, was der Polizei die Arbeit ebenfalls erleichterte. Halter des blauen Ford Granada war ein gewisser Rodney John Williams, wohnhaft in Kingsmarkham, Alverbury Road 31.

Warum hatte Williams den Wagen in der Arnold Road abgestellt, wenn der Firmenparkplatz von Sevensmith Harding hinter dem Bürohaus in der High Street nur eine knappe Viertelmeile entfernt war? Der Parkplatz wurde nie abgeschlossen, es gab auch kein Tor, sondern nur eine Öffnung im Zaun und am Zaun eine kleine Tafel, auf der «Unbefugte» gebeten wurden, den Parkplatz nicht zu benutzen.

«Ich begreife das nicht», sagte Miles Gardner. «Offen gesagt, haben wir uns überlegt, ob wir den Wagen abschleppen lassen sollen, aber wir wissen nicht, wo Williams ist. Er hat das Fahrzeug in seinem Kündigungsbrief nicht erwähnt. Und wo immer er gewesen sein mag, als er kündigte, mit seiner Frau ist er nicht mehr zusammen, sonst hätten wir uns an sie gewandt. Er scheint sich buchstäblich in Luft aufgelöst zu haben. Ein bißchen viel, das Ganze, nicht wahr? Ich vermute, der Wagen sieht schlimm aus, wahrscheinlich ist nur noch das leere Gehäuse übrig.»

«Der Motor ist noch da», sagte Wexford.

Gardner verzog das Gesicht. Sie saßen in seinem zwar luxuriösen, aber ziemlich düsteren Büro, einem Raum, der vollständig mit Eiche getäfelt war. Die Ausstattung stammte aus der Zeit zwischen den beiden Weltkriegen, in der es Hartholz noch in Hülle und Fülle gab. Eure eigenen vier Wände streicht ihr nicht mit *Sevenstar matt*, dachte Wexford.

Es gab hier mehr gerahmte Fotografien als im Wohnzimmer eines älteren Ehepaars: auf Gardners Schreibtisch, gewissermaßen als Blickfang für ihn, wenn er von der Arbeit aufsah, ein großes Bild der langen Mrs. Gardner und ihrer drei Töchter, liebevoll aneinandergeschmiegt, mit verschlungenen Armen; an den Wänden verschiedene Männergruppen bei Jubiläen, anderen Feiern und Festen oder sportlichen Ereignissen der Firma. Unter anderem ein Foto von einem Kricketmatch. Der Schlagmann war ein hochgewachsener, schlaksiger Typ. Rodney Williams. Die hohe Stirn, die ein wenig hohlen Züge, die man vom Profil bestimmt noch deutlicher sah, der schmale Mund, zu einem Lachen verzogen, waren unverkennbar.

Gardner betrachtete ihn bekümmert.

«Damals war er viel jünger», sagte er. «Die Firma hatte seinerzeit ein erstklassiges Team.» Er machte eine Bewegung, als wolle er das Foto herunternehmen – zweifellos ärgerte er sich über den ewig grinsenden Williams –, doch dann überlegte er es sich anders. «Die ganze Sache ist sehr ungewöhnlich. Er hatte einen Autospleen, wissen Sie, gehörte zu den Männern, die nur ihre Autos im Kopf haben. Glauben Sie, daß ihm etwas zugestoßen ist?»

Die Wendung, mit der immer das Wort «Tod» umschrieben wurde...

«Falls Sie an einen Unfall denken – ich weiß es nicht, aber ich glaube es nicht. Es geht doch vielmehr um das, was er im Schilde führte.»

Gardner sah ihn verständnislos an.

«Ich habe den Eindruck, daß er möglicherweise etwas getan hat, was er nicht sollte. Gaunereien meine ich. Entweder hat er sich gesagt, er habe genug herausgeholt – oder es ist etwas passiert, so daß er glauben mußte, man sei ihm auf die Schliche gekommen, und seine Entlarvung stehe unmittelbar bevor. Und wo hätte er die Bücher frisiert, wenn nicht hier? Haben Sie schon mal daran gedacht?»

«Er hätte keine Gelegenheit gehabt, unsere Bücher zu frisieren. Er hat sie ja gar nicht zu Gesicht bekommen. Soll ich unseren Chefbuchhalter heraufbitten? Rod Williams hätte höchstens seine Spesenabrechnungen fälschen können, und Ken Risby ist der Mann, der darüber am besten Bescheid weiß.»

Gardner telefonierte kurz über den Hausapparat. Während sie auf Risby warteten, sagte Wexford: «Gibt es hier nichts Kleines, Tragbares von beträchtlichem Wert, das er gestohlen haben könnte. Ist ihm vielleicht ein Scheck in die Hände geraten, auf dem er die Unterschrift fälschen konnte? Oder hatte er Gelegenheit zu anderen Fälschungen?»

Gardner schien ehrlich verwirrt. «Ich glaube nicht. Nein, ich bin sicher, daß nichts dergleichen vorgefallen ist. Ich meine, ich hätte es inzwischen erfahren. Guter Gott, der Mann ist seit mehr als drei Wochen verschwunden.» Er sprang auf. «Hier kommt Ken. Er wird es uns sagen.»

Aber Risby wußte auch nicht viel. Er war ein magerer blonder Mann in den Dreißigern, wirkte nervös und war über Wexfords Vermutung genauso schockiert wie Gardner. Man könnte glauben, die beiden leben in einer Welt, in der man noch nie etwas von Betrug gehört hat, in der jeder Geschäftsmann ein unbestechliches, harmloses Unschuldslamm ist, dachte Wexford.

«Seine Spesen waren manchmal ein bißchen hoch, aber das ist alles, das ist wirklich alles. Mit Firmengeldern hatte er nie zu tun. Wieso glauben Sie, daß er so etwas getan hat?»

«Überlegen Sie mal selbst. Betrachten Sie die Sache von Ihrer Warte aus. Fünf Jahre lang belügt dieser Mann seine Frau und verschweigt ihr, welche Stellung er in dieser Firma bekleidet. Wie hoch war übrigens sein Gehalt?»

«25000 jährlich», sagte Gardner grollend.

Mehr als Wexford erwartet hatte. 5000 Pfund mehr. «Und auch das hat er ihr verschwiegen und sie belogen. Sie können darauf wetten, daß sie glaubt, er habe weniger als die Hälfte verdient. Eines Tages erzählt er ihr, er fahre nach Ipswich – eine Stadt, in die er bestimmt seit fünf Jahren keinen Fuß mehr gesetzt hat – und zieht ab. Den Firmenwagen läßt er auf der Straße stehen und verschwindet. Sie hören nur noch zweimal von ihm: Einmal telefoniert die Dame, mit der er im wahrsten Sinne des Wortes unter einer Decke steckt, mit Ihnen und entschuldigt ihn wegen Krankheit. Und dann bekommen Sie sein Kündigungsschreiben. Seither – Funkstille. Und Sie fragen mich, wieso ich auf den Gedanken komme, daß er sich etwas zuschulden kommen ließ? Erzählen Sie mir was über den Mann. Wenn er kein Fälscher oder Dieb war – zu welcher anderen Gaunerei war er fähig?»

Sie sahen ihn nur an. Da sie keine Phantasie hatten, wußten sie es nicht und wagten es nicht, Vermutungen auszusprechen. Wexford hatte eine reiche Phantasie und nur eine unklare Vorstellung vom Marketing.

«Könnte er nicht Ihre Farben zu überhöhten Preisen verkauft und die Differenz in die eigene Tasche gesteckt haben? Oder so was Ähnliches?»

Gardner, der ausgesehen hatte, als werde er nie wieder lächeln, brach in Gelächter aus.

«Er hatte nie etwas mit dem Direktverkauf zu tun, Reg. So funktioniert das nicht. Er hatte auch nie etwas mit Geld zu tun – in keiner Form.»

«Das klingt ja, als wäre er eine königliche Hoheit», sagte Wexford. «Ich würde Sie und Mr. Risby trotzdem bitten, daß Sie sich Ihre Bücher einmal ganz genau ansehen. Setzen Sie eine zusätzliche Bücherrevision an oder was man in solchen Fällen eben tut.»

«Das ist wirklich nicht nötig, überhaupt nicht nötig. Ich könnte auf der Stelle vor Gericht gehen und beschwören, daß es in meinen Büchern nicht die geringste Unregelmäßigkeit gibt.»

«Ich hoffe, daß wir in dieser Sache nie vor Gericht gehen müssen, aber verlassen Sie sich nicht darauf», sagte Wexford, und Risby machte dazu große Augen. «Und prüfen Sie bitte die Bücher.» Wexford wandte sich an Gardner: «Kann ich mal den Kündigungsbrief von Williams sehen?»

Gardner rief seine Sekretärin herein, sie sollte den Brief suchen. Wexford fiel auf, daß er sie Susan nannte, und sie, was noch erstaunlicher war, Miles zu ihm sagte. Der Brief war von einem ungeübten Schreiber auf der Maschine getippt worden.

Lieber Mr. Gardner,
mit diesem Schreiben möchte ich Sie davon in Kenntnis setzen, daß ich mein Arbeitsverhältnis bei Sevensmith Harding mit sofortiger Wirkung als beendet betrachte. Ich bedaure, daß ich Sie vor vollendete Tatsachen stellen muß, aber gewisse Umstände, die leider mächtiger sind als ich, zwingen mich dazu. Ich komme nicht mehr ins Büro und bitte Sie, sich nicht mit mir in Verbindung zu setzen.

Hochachtungsvoll,

Rodney J. Williams

P. S. Wegen der Rückerstattung der von mir entrichteten Beiträge zur Altersrente werde ich mich zu gegebener Zeit mit der Buchhaltungsabteilung in Verbindung setzen.

«Hier im Büro scheinen sich alle mit dem Vornamen anzureden», sagte Wexford, «aber Rodney Williams nannte Sie Mr. Gardner. Ist das zutreffend?»

«Nein, natürlich nicht. Auch er nannte mich Miles.»

«Aber nicht in diesem Brief.»

«Ich vermute, er war der Meinung, daß hier eine förmlichere Anrede angebracht sei.»

«Das ist natürlich möglich. Kommt es Ihnen nicht seltsam vor, daß ein Mann von einem Tag auf den anderen kündigt, obwohl seine Kündigungsfrist drei Monate beträgt? Und hätten Sie in einem solchen Fall nicht erwartet, daß er Ihnen, einfach aus Höflichkeit, eine nähere Erklärung gibt und sich nicht hinter der Floskel von den gewissen Umständen versteckt, die ‹leider mächtiger sind als er›?»

«Wollen Sie damit andeuten, daß vielleicht jemand anders den Brief geschrieben hat?»

Wexford umging die Antwort auf diese Frage. «Ich nehme den Brief mit, wenn ich darf», sagte er. «Wir werden ein paar Sachverständige auf die Unterschrift ansetzen. Könnten Sie mir ein Muster von Williams' Unterschrift überlassen, von dem wir genau wissen, daß es von ihm stammt?»

Auf der Karosserie und im Innenraum des Ford Granada hatte man neun verschiedene Fingerabdrucksätze gefunden. Darunter wahrscheinlich auch die Abdrücke derjenigen, die das Auto mit einem Selbstbedienungsladen verwechselt hatten. Die anderen gehörten bestimmt Williams, Joy, Sara, Kevin. Aber noch war es zu früh, sie alle zu bitten, sich die Fingerabdrücke abnehmen zu lassen, damit sie verglichen werden konnten. Von den gepolsterten Lehnen der Sitze hatte man eine Menge grauer und blonder Haare eingesammelt. Blut hatte man keins entdeckt, natürlich nicht. Überhaupt nichts Dramatisches. Dafür aber etwas Merkwürdiges. Auf dem Boden des Kofferraums waren neben der Schaufel ein paar Krümel gefunden worden, die aussahen wie Gips, die das Labor jedoch als Tetrion oder Sevensmith Hardings *Ritzenzu* identifiziert hatte.

Der Bericht über den Brief ließ ein paar Tage länger auf sich warten.

Er war auf einer mechanischen Reiseschreibmaschine, einer Remington 315, getippt worden. An der Spitze des großen A fehlte ein winziges Stück, und ein ähnlicher Mangel tauchte in der Oberlänge des kleinen t auf. Der Kopf des Kommas war leicht verschmiert. Die Unterschrift stammte nicht von Williams. Der Handschriftenexperte vertrat diesmal eine sehr kategorische Meinung, wozu diese Leute sich sonst kaum aufraffen können. Er konnte beinahe nicht fassen, daß irgend jemand auch nur einen Moment glauben konnte, Williams habe diesen Brief unterschrieben.

Als Joy Dora von ihrer Absicht erzählt hatte, bei Sevensmith Harding anzurufen, war sie gleichzeitig mit der Bitte herausgerückt, Dora solle ihr doch Wexford noch einmal «rüberschicken». Diesmal hatte Dora ziemlich scharf erwidert, ihr Mann sei kein Privatdetektiv, und Wexford war natürlich nicht gegangen. Doch Williams' Verschwinden war keine Privatangelegenheit mehr. Auf jeden Fall, dachte er, bin ich in der Alverbury Road nicht unwillkommen. Im Gegenteil, eher die Erfüllung eines Gebets. Er ging gegen acht Uhr abends hin.

Diesmal öffnete ihm Sara. Sie sagte kein Wort, schloß die Haustür hinter ihm, machte die Wohnzimmertür auf, ließ ihn stehen und ging in den ersten Stock hinauf.

Joy Williams saß vor dem Fernseher. Über den Bildschirm flimmerte einer dieser Wettbewerbe, bei denen Kandidatenteams lächerliche oder erniedrigende Aufgaben zu bewältigen haben. Männer in Frack und Zylinder versuchten über einer Masse, die wie Kartoffelbrei aussah, über ein Drahtseil zu gehen. Kurz bevor die Tür geöffnet wurde, hatte Wexford Joy Williams lachen gehört. Sie schaltete den Fernseher nicht aus, drehte nur den Ton leise. Er fand, daß sie nicht besonders erfreut schien, ihn zu sehen. Sie machte plötzlich ein verdrießliches Gesicht.

Ja, gab sie zu, sie hätten ein gemeinsames Bankkonto. Rod war so häufig unterwegs, daß es so am zweckmäßigsten sei. Wexford bat sie, ihm ein paar von den letzten Auszügen zu zeigen.

Sie zog die Schultern ein, schlang die Arme um ihren mageren Körper, legte die rechte Hand auf die linke Schulter und die Linke mit den häßlichen, auffallenden Ringen auf die rechte. Die Geste war ihr schon zur Gewohnheit geworden, und ein Psychiater hätte vermutlich gesagt, sie habe sie ursprünglich wohl angewandt, um sich gegen einen Angriff zu schützen. Sie trug die grüne Hose und eine Strickweste, mit ausgefallenen Haaren und Schuppen auf den Schultern.

«Wie oft bekommen Sie die Bankauszüge zugeschickt?»

«In letzter Zeit einmal monatlich.» Ihr Blick schweifte zu dem stummen Bildschirm hinüber, auf dem sich eine tumultartige Szene abspielte. Ein Kandidat war in den Kartoffelbrei gestürzt. «Es war irgendein Fehler vorgekommen, und Rod hat sich beschwert, deshalb haben sie die Auszüge dann einmal monatlich geschickt.»

Dr. Crocker hatte Wexford von einem Patientenbesuch erzählt, den er kürzlich bei einer Frau mit Bronchitis gemacht hatte. In ihrem Schlafzimmer war der Fernseher gelaufen, und alle sechs Kinder hatten davorgesessen. Als er die Frau untersuchen wollte, hatte sie ärgerlich protestiert, weil er verlangt hatte, daß der Fernseher ausgeschaltet wurde.

«Seither ziehe ich einfach den Stecker raus, ohne lange zu fragen», hatte der Doktor gesagt. «Wenn der Fernseher oder der Videorecorder läuft, mache ich keine langen Geschichten und ziehe den Stecker raus.»

Wexford hätte es jetzt auch gern getan. Und er hätte sich nicht davon abhalten lassen, hätte er nur den geringsten Beweis gehabt, daß ein echter Grund zur Beunruhigung vorlag. Merkwürdig fand er nur, wie unmißverständlich Joy ihm zu verstehen gab, daß er ihr lästig war, obwohl sie Dora keine Ruhe gelassen und immer wieder um seinen Besuch gebeten hatte.

«Darf ich die Bankauszüge sehen?»

Sie wandte sich ihm widerstrebend zu. «Okay, wenn Sie unbedingt wollen.» Er hatte so höflich gesprochen, als bitte er sie um einen Gefallen, und sie reagierte, als tue sie ihm wirklich einen.

Sie hatte die Auszüge schnell gefunden, denn sie wollte nicht mehr von dem Programm versäumen als unbedingt nötig. Während er sich in die Auszüge vertiefte, beugte sie sich vor und drehte den Ton etwas lauter, so daß Schreie, Ausrufe und Kommentare gerade noch zu hören waren. Er fragte sich, was sie wohl vom Fernseher ablenken konnte, welches Ereignis, welcher Schock. Und im nächsten Augenblick wußte er es. Das Telefon. Irgendwo im Haus begann das Telefon zu klingeln.

Sie sprang auf. «Das wird mein Sohn sein. Mein Sohn ruft mich jeden Donnerstagabend an.»

Wexford beschäftigte sich wieder mit den Bankauszügen. Auf jedem erschien regelmäßig Anfang des Monats eine Summe von 500 Pfund. Ein Gehaltsscheck, allem Anschein nach. Aber gegen diese Theorie hatte Wexford einiges einzuwenden. Williams hatte im Jahr 25000 Pfund verdient, und selbst wenn er hohe Abzüge gehabt hatte, konnte eine solche Summe unmöglich auf 500 Pfund im Monat schrumpfen. Zweitens wären die Beträge von Monat zu Monat verschieden gewesen, nicht immer dieselbe runde Summe. Drittens wäre das Geld jeden Monat am selben Tag eingegangen, mit geringfügigen Abweichungen, und nicht einmal am 1. und dann wieder am 8.

Was geschehen war, lag klar auf der Hand. Williams hatte irgendwo ein eigenes Konto, auf das die Firma sein Gehalt überwies. Und von diesem Konto ließ er allmonatlich 500 Pfund auf das gemeinsame Konto überweisen. Wenn das zutraf, und etwas anderes war kaum möglich, war es sinnlos, Joy zu fragen, ob ihr Mann seit seinem Verschwinden etwas von diesem gemeinsamen

Konto abgehoben hatte. Sevensmith Harding würden wohl keine Bedenken haben, ihm zu verraten, wo dieses andere Konto war. Das Problem würde der starrköpfige Bankdirektor sein, der sich weigerte, ihm Informationen über das Konto eines Kunden zu geben. Er sah sich noch einmal den Auszug vom April an. Am 2. April waren 500 Pfund eingezahlt worden. Einen Auszug für den laufenden Monat gab es noch nicht, da der Mai erst halb vorbei war.

Joy kam wieder herein und sah vergnügter und lebhafter und jünger aus, als er sie je gesehen hatte. Sie hatte mit ihrem Sohn gesprochen, mit ihrem Liebling.

«Ich bitte Sie, bei Ihrer Bank anzurufen und zu fragen, ob Anfang des Monats die üblichen 500 eingegangen sind. Würden Sie das tun?»

Sie nickte. Er forderte sie auf, ihm etwas über den letzten Nachmittag und Abend zu erzählen, den Williams zu Hause verbracht hatte. Nachmittags habe Rod den Rasen gemäht, sagte sie, und dann sei er mit ihr zum Einkaufen in den Tesco Discount gefahren. Sie habe keinen Führerschein.

«Als wir wieder zu Hause waren, haben wir eine Tasse Tee getrunken. Rod hat ein Sandwich gegessen. Er sagte, er werde irgendwo unterwegs essen. Dann ist er hinaufgegangen, hat seinen Koffer gepackt, und weg war er. Am Sonntag sei er wieder da, sagte er noch.» Sie lachte rauh auf. «Und seither kein Lebenszeichen mehr. Nach zweiundzwanzig Jahren.»

«Was haben Sie mit dem restlichen Abend angefangen?»

«Ich?»

«Ja. Was haben Sie gemacht? Sind Sie zu Hause geblieben? Oder ausgegangen? Hat Sie jemand besucht?»

«Ich bin mit dem Bus zu meiner Schwester gefahren. Sie wohnt in Pomfret. Ich habe eine Kleinigkeit gegessen, und dann bin ich zu meiner Schwester gefahren.»

«Sara war hier. Oben.» Joy zeigte zur Zimmerdecke. «Hat für ihr Abitur gebüffelt, nehme ich an.» Das klang geringschätzig, als sei ihr unverständlich, wie sich ihre Tochter mit so etwas abgeben konnte.

Etwas war falsch an ihrer Schilderung, so konnte der Abend nicht verlaufen sein, irgend etwas paßte nicht zusammen, aber Wexford kam einfach nicht dahinter, was es war.

«Ich möchte gern mit Sara sprechen», sagte er.

«Wenn es sein muß.»

Sie drehte sich in ihrem Sessel um und sah ihm voll ins Gesicht. Der Fernseher war für den Augenblick vergessen.

«Sie ist zwar in ihrem Schlafzimmer, aber Sie können ruhig hinaufgehen.» Wieder kam ihr schreckliches Lachen. «Sie hat bestimmt nichts dagegen. Eher das Gegenteil, wie ich sie kenne.»

4

Also hatte man die kleine Sara, die aussah wie eine Botticelli-Jungfrau, mit einem Jungen im Bett erwischt. Oder doch nicht im Bett, eher auf der gelben Plastikcouch oder auf den Rücksitzen eines Autos. Mit Töchtern hatte man es schwer. Man war aufgeklärt, fortschrittlich und tolerant, doch wenn es sich um die eigene Tochter handelte, sah plötzlich alles ganz anders aus. Das rechtfertigte jedoch kaum Joys herabsetzende Anspielungen. Während Wexford die Treppe hinaufstieg, sagte er sich, daß Mr. Williams ganz offensichtlich kein besonders sympathischer Zeitgenosse gewesen war, aber Mrs. Williams mochte er auch nicht. Allerdings kam es nicht darauf an, ob er für die beiden etwas übrig hatte oder nicht. Vielleicht war es verständlich, daß die Frau so war. Sie machte eine schwere Zeit durch. Sie, die eben ihren Mann verlor, mußte Bitterkeit gegen die Tochter empfinden, die auf rosaroten Wolken ging. Vielleicht hatte sie Sara und den Jungen erst kürzlich ertappt.

Wexford wußte, welches Schlafzimmer es war, denn durch die Tür drang Musik. Rockmusik, untermalt von monotonem Trommelschlag. Inzwischen mußte Sara seine Schritte auf der Treppe gehört haben. Er hatte absichtlich ein bißchen Lärm gemacht, was auf dem mit dünnem Nadelfilz belegten Linoleum nicht schwierig gewesen war. Er klopfte.

Sie rief nicht «Herein!» Sie öffnete selbst. Wexford achtete meist darauf, wie jemand auf ein Klopfen reagierte. Es war sehr aufschlußreich im Hinblick auf Charakter und die Motive, von denen ein Mensch sich leiten ließ. Die Frau, die «Herein» ruft, ist zum Beispiel viel offener, ungezwungener und umgänglicher als eine, die selbst die Tür öffnet. Letztere ist verschwiegen und zurückhaltend. Was hat sie in den etwa dreißig Sekunden, ehe sie öffnet, hastig in eine Schublade geworfen oder unter einer Zeitschrift versteckt.

Er sah auf den ersten Blick, daß Sara sich ihr Zimmer selbst ausgestaltet hatte. Das Anziehende, das es besaß, hatte nichts mit den Möbeln, dem Teppich und den Vorhängen zu tun, die ihre Eltern beigesteuert hatten. Das Schlafzimmer war winzig. Wexford hatte, als die Mädchen klein waren, ein paar Räume anbauen lassen, doch dieses Haus war noch genauso, wie es ursprünglich gewesen war. Es gab ein großes eheliches Schlafzimmer nach vorn hinaus, ein etwas kleineres mit Blick in den Garten – das hier wohl dem Sohn «zustand» – und eine kaum sechs Quadratmeter große Kammer für die Tochter. Sie hatte die Wände mit Postern tapeziert. Auf einem galoppierte ein rotes Pferd durch den Schnee – der Maler war ein Naiver der jugoslawischen Schule –, auf einem anderen prangte ein gitarrespielender magerer, nackter Schwarzer. Dazwischen hingen ein Tennisschläger und eine Strohpuppe und eine Collage aus Tarotkarten. Das eindrucksvollste Poster war vielleicht jenes, das gegenüber der Tür hing. Ein harpyenähnliches Wesen mit dem Kopf und den Brüsten einer Frau und dem Körper, den Schwingen und den Krallen eines Raben, das ein sich aufrollendes Band mit dem Aufdruck ARRIA – ein Kurzwort? – umklammerte. Wexford erinnerte sich an das T-Shirt, das Sara getragen hatte, als er sie zum erstenmal sah. Die Rabenfrau hatte das Gesicht einer Britannia oder Boadicea, eines jener edlen, schönen, furchtlosen, fanatischen Gesichter, bei deren Anblick man am liebsten die Messer wegschließen und nach Valium greifen möchte.

Bücherregale, die aussahen, als seien sie von Sara selbst gezimmert, darin die Taschenbuchausgabe einer Biographie von Sigmund Freud, außerdem Phyllis Großkurths *Havelock Ellis,* Erich Fromm, Robert D. Laing, Freud *Eine Kindheitserinnerung des Leonardo da Vinci,* Erin Pizzey und Jeff Shapiro über Inzest und Kindesmißbrauch, aber kein einziger Roman. Während ihr winziges Radio die Hintergrundmusik lieferte, hatte sie an einem Toilettentisch gesessen, der gleichzeitig als Schreibtisch diente, und für ein Examen geschwitzt. Unverkennbar Chemie. Das Lehrbuch mit den Formeln war aufgeschlagen.

«Wir bemühen uns, Ihren Vater zu finden, Sara», sagte Wexford. «Ich möchte nicht behaupten, daß er verschwunden ist, aber er hat sich sehr gut versteckt.»

Sie musterte ihn ernst und zurückhaltend. Sie hatte eine wunderschöne Haut, cremefarben, samtig, mit Sommersprossen wie Goldstaub auf der Nase. Als sie ihm die Tür öffnete, hatte sie einen grünen Filzstift in der Hand. Auf den Rücken der anderen Hand hatte sie sich eine grüne Schlange gemalt. Teenager hatten ihre Hände schon immer bemalt, sie hatten es getan, als er und als seine Töchter in diesem Alter gewesen waren, doch jetzt schien es ganz besonders in Mode gekommen zu sein. Hände, Arme und Körper mit roten, schwarzen und grünen Zeichnungen zu «verzieren», war «in». Sara hatte mit ihrem grünen Filzstift eine Schlange mit Pünktchen gemalt, nicht zusammengerollt, sondern lang und wellenförmig, die gespaltene Zunge herausgestreckt.

«Haben Sie sich überlegt, wo er sein könnte?»

Sie schüttelte den Kopf, steckte die Hülse auf den Filzstift und legte ihn weg.

«Wann waren Sie das letzte Mal mit Ihrem Vater zusammen? Waren Sie hier, als er ging?»

Sie zögerte, nickte dann. «Es war der zweite Schultag nach den Osterferien. Ich kam erst später nach Hause, weil ich in der Bibliothek zu tun hatte. Sie hatten ein Buch für mich, ein neues Buch, für das ich mich hatte vormerken lassen.» Sie nahm zwei Bücher vom Stapel und reichte ihm das nächste. Sie wollte beeindrucken, es war ein wissenschaftliches Buch. William Stern *Psychologie der frühen Kindheit.* Er interessierte sich nicht sonderlich für das Buch selbst, um so mehr aber für den Datumsstempel der Bibliothek. «Ich habe in der Bibliothek angerufen und um Fristverlängerung gebeten», sagte sie, als müsse sie sich verteidigen. «Es ist ein sehr schwieriges Buch, ich hab's nicht geschafft, es in drei Wochen zu lesen.» Endlich lächelte sie und verwandelte sich sofort in eine Schönheit. «Ich will damit nicht sagen, daß es für mich zu schwer ist, aber ich stehe vor dem Abitur, und das hat Vorrang.»

«Sie interessieren sich sehr für diese Dinge, nicht wahr?»

«Ich habe einen Studienplatz für Medizin bekommen», antwortete sie, «an der medizinischen Fakultät von St. Biddulph.» Dort hatte auch Crocker studiert, erinnerte sich Wexford. «Er ist mir natürlich sicher, hängt aber im Endeffekt von meinen Abiturnoten ab.» Sie sagte das so selbstsicher, als wisse sie schon jetzt, daß ihr Notendurchschnitt ausreichen werde. «Ich muß mindestens drei Zweien haben, aber eine Eins und zwei Zweien wären besser.»

Sie mußte sehr intelligent sein. Vor ein oder zwei Jahren hatte man eine Statistik veröffentlicht, aus der hervorging, daß viel zu viele junge Leute Medizin studierten und es Ende des 20. Jahrhunderts in Britannien vierzigtausend überzählige Ärzte geben würde. Die medizinischen Fakultäten waren daher angewiesen worden, ihre Anforderungen zu erhöhen und weniger Studenten aufzunehmen. Wenn Sara Williams daher schon einen Studienplatz an der sehr angesehenen Fakultät von St. Biddulph hatte ...

«Ihre Eltern müssen sehr stolz auf Sie sein.»

Der durchdringende Blick, den sie ihm zuwarf, sagte ihm, daß er etwas Dummes oder wenigstens höchst Unangebrachtes gesagt hatte.

«Wie ich sehe, kennen Sie meine Eltern nicht.»

«Wäre ihnen denn etwas anderes für Sie lieber?»

«Ich könnte Stenotypistin werden, nicht wahr? Oder Krankenschwester. Da bekäme ich schon während der Ausbildung ein Gehalt, nicht wahr?» Ihre Stimme war voller Verachtung und Zorn. «Aber sie können mich nicht halten. Außerdem bekomme ich Studienbeihilfe. Keine Ahnung, was ich in der guten alten Zeit getan hätte.»

Mit der «guten alten Zeit» meinte sie wohl die, in der er jung gewesen war und die Eltern für die Ausbildung ihrer Kinder aufkommen mußten. Wenn sie das nicht konnten, mußte man sich sein Studium eben selbst erarbeiten. Heutzutage lagen die Dinge anders. Ein Vater konnte kein Machtwort mehr sprechen, zumindest hatte es nicht mehr dieselbe Wirkung. Er konnte eigentlich nur noch zu- oder abraten.

«Also – wie war das, als Sie Ihren Vater zum letztenmal gesehen haben?» erinnerte er sie.

Ihr Zorn war verraucht. Sie war wieder sachlich, zählte Fakten auf. Manchmal jedoch klang es unverkennbar spöttisch, wenn sie von ihrem Vater sprach. Als sei er eine lächerliche Figur oder ein Organismus, den sie unter dem Mikroskop betrachtete.

«Als ich nach Hause kam, wollte er gerade gehen. Ich hörte ihn mit Mutter über die Route sprechen, die er nehmen wollte. Die A 26 nach Tonbridge, dann durch den Dartford-Tunnel auf die M 25 und schließlich über die A 12 nach Ipswich.»

«Warum hat er ihr die Route so genau erklärt? Hat sie sich dafür interessiert? Ich meine, war das nicht die Route, die er immer fuhr?»

«Ich habe Ihnen schon gesagt, Sie kennen meinen Vater nicht. Erstens ist ihm völlig gleichgültig, was andere interessiert. Vater spricht viel über Autos, über das Autofahren, über Straßen, über solche Dinge eben. Ich interessiere mich überhaupt nicht dafür, und doch redet er mit mir darüber. Das Auto ist für ihn ein Mensch, eine Frau, und es hat sogar einen Namen. Es heißt Greta. Greta, die Granadinerin.»

«Ihr Vater ging also, Ihre Mutter fuhr nach Pomfret, und Sie blieben zu Hause, um zu lernen?»

Bildete er sich das Zögern ein, das kurze Aufflackern in ihren Augen, das einem Warnsignal glich?

«Das stimmt. Ich gehe zur Zeit am Abend nicht weg. Dazu habe ich keine Zeit.» Sie lächelte wieder, doch diesmal wirkte es sehr gekünstelt. «Ich habe gehört, man hat seinen Wagen gefunden.»

«Ja, nachdem man die Räder abmontiert und das Radio gestohlen hatte.»

«Also waren Menschenfresser am Werk», sagte sie und lachte genau wie ihre Mutter. «Arme alte Greta!»

Dürfte er sich einmal im ganzen Haus umsehen? Vor allem in Williams' Papieren und Kleidungsstücken? Joy hatte nichts dagegen. Der Fernseher krakeelte durch den Fußboden, und Popmusik hämmerte durch die Wände. Im Buch der Regeln über menschliches Verhalten, das er genau im Kopf hatte, war eines der ersten Gesetze jenes über die Verteilung der Schlafzimmer. Die britische Mittelklasse bewohnte meist Häuser mit drei Schlafzimmern, einem großen, einem mittelgroßen und einem kleinen. In einer Familie, die aus Eltern, Sohn und Tochter bestand, bekam die Tochter stets das zweite Schlafzimmer und der Sohn das winzige, unabhängig davon, wer von den beiden der ältere war. Es war ein Aspekt im Leben – hätten die Feministinnen erklärt, wenn es ihnen aufgefallen wäre –, bei dem das weibliche Geschlecht gegen das männliche im Vorteil war. Vermutlich kam es daher, daß die Mädchen von Anfang an mehr ans Haus gebunden wurden, sich mehr auf häusliche Dinge konzentrierten und praktisch auf ihre vier Wände angewiesen waren. Was den Feministinnen wiederum nicht sehr recht wäre. In diesem Haushalt war es jedoch das Mädchen, das das kleinste Zimmer hatte, obwohl der Bruder jetzt meistens nicht da war. Selbstverständlich war es möglich, daß Sara selbst es so gewollt hatte. Doch irgendwie glaubte er es nicht.

Wexford öffnete die Tür des zweiten Schlafzimmers und warf einen Blick hinein. Ziemlich neue Schlafzimmermöbel aus Kiefernholz, zwei helle afghanische Teppiche, eine Tagesdecke mit Fransen, die unverkennbar von Mark und Spencer stammte. Er erkannte das Muster. Es sah so aus, als habe hier jemand mit wenig Geschmack und wenig Geld sein Bestes getan, um ein «hübsches» Zimmer daraus zu machen. Die einzige «persönliche Note», die der Bewohner beigesteuert hatte, war die Weltkarte, die er gegenüber vom Bett an die Wand gehängt hatte.

Das Elternschlafzimmer war so groß wie das der Wexfords und hatte dieselben Proportionen. Die Wände waren sogar in demselben Farbton gestrichen wie bei ihm, *Sevenstar Orangenblüte.* Hier endete aber auch jede Ähnlichkeit. Die Williams' schliefen in einem Doppelbett, von denen jedes schmaler war als die üblichen neunzig Zentimeter. Joy schlief in dem Bett am Fenster, das erkannte er an dem mit gestepptem pfirsichfarbenen Satin überzogenen muschelförmigen Kasten für das Nachthemd. Die übrige Einrichtung bestand aus einem Schrank, einem Toilettentisch, einem Hocker, einer Kommode und zwei Nachtschränkchen aus dunklem, rötlichem Holz mit Mattglanz und goldfarbenen Griffen. Außerdem gab es noch einen Einbauschrank.

Wexford schaute zuerst in die Schublade des Nachtschränkchens zwischen Williams' Bett und der Tür. Er fand ein leeres Etui für Manschettenknöpfe, einen Kamm, eine Tube antiseptische Hautcreme, eine unbenutzte Zahnbürste, ein Röhrchen Halspastillen, zwei Sicherheitsnadeln, mehrere Kragenversteifer aus Plastik, eine halbvolle Flasche Nasentropfen und ein leeres Pillenfläschchen. Auf dem Etikett stand: *Mandaret. Zweimal täglich eine Tablette. Rodney Williams.*

Im Schränkchen selbst lagen zwei Spionagethriller in Taschenbuchform, ein noch nicht benutzter Schreibblock, ein gültiger britischer Paß, ausgestellt auf den Namen Mr. R. J. Williams, ein sauberes Taschentuch mit dem eingestickten Buchstaben «R» und zwei elektrische Rasierapparate.

Im Schrank hingen Joys Kleider, eine Sammlung, von der ein ungewaschener, unsauberer Geruch ausging, vermischt mit einem Hauch Kampfer und irgendeinem Desinfektionsmittel. Rodney

Williams' Sachen waren im Einbauschrank. Ein Mantel, eine Schaffelljacke, ein Regenmantel aus Plastik, zwei hüftlange regendichte Jacken, ein schäbiges und ein neues Sportjackett, vier Anzüge, zwei sportliche Leinenhosen. Es waren lauter gute Sachen, von wesentlich besserer Qualität als die von Joy. Keine umfangreiche Garderobe, dachte Wexford, untersuchte das Futter von Mantel und Jakken und griff in die Taschen. Im Seitenteil lagen Unterwäsche und Schlafanzüge, und auf dem Schrankboden standen drei Paar Schuhe und ein Paar Sandalen. Für Kleidung hatte Rodney Williams das Geld, das ihm übriggeblieben war, bestimmt nicht ausgegeben. Es sei denn, er hatte mehr mitgenommen, als Joy und Sara wußten. Vielleicht hatte er im Lauf des Tages heimlich ein paar dicke Koffer in den Kofferraum seiner Greta geschmuggelt.

Das Eßzimmer wurde nur selten benutzt, das merkte man ihm an. In der Mitte stand ein heller, polierter Tisch mit vier hellen Stühlen, deren Sitzflächen mit Möbelplüsch bezogen waren. Eine Anrichte mit einer Capo da Monte-Schale darauf nahm eine ganze Wand ein, und gegenüber thronte ein Zylinderschreibtisch aus Mahagoni, wahrscheinlich ein ererbtes Stück und ganz gewiß das schönste im ganzen Haus. Ein bis zum Fußboden reichendes Flügelfenster mit Obergardinen aus senfgelbem Rips – offenbar der Lieblingsfarbe von Joy Williams – blickte auf den Hintergarten, etwa sechshundert Quadratmeter ungepflegten Rasens mit einem dichten Holzzaun rundherum. Zwei Apfelbäumchen mit in der Abenddämmerung blaß schimmernden Blüten hellten die Trostlosigkeit ein wenig auf. Es sah nicht so aus, als sei das Gras, inzwischen gut fünfzehn Zentimeter hoch, seit Williams' Verschwinden vor fünf Wochen noch einmal gemäht worden.

Der Schreibtisch war nicht abgeschlossen. Wexford schob den Rolladen hinauf. Die Fächer waren fast leer. Briefpapier ohne Kopf, Kuverts, ein Fläschchen Tinte in einer Schachtel, aus der es nie herausgenommen worden war und auch nie herausgenommen werden würde, eine Schachtel Reißzwecken, eine Glasflasche mit Klebstoff, eine Rolle Klebeband. In einer Schublade lagen lauter alte Weihnachtskarten, in der anderen eine quittierte Stromrechnung, ein Taschenrechner und ein zerbrochener Kugelschreiber.

Wexford schaute in die kleinen seitlichen Fächer, fand jedoch weder aufgebrauchte Scheckbücher noch andere, die noch Scheckformulare enthielten. Joy trug ihr Scheckbuch wahrscheinlich immer in der Handtasche mit. Er ging zu ihr zurück. Sie saß noch immer vor dem Fernseher. Über den Bildschirm flimmerte jetzt die Endlos-Serie *Startbahn,* in der seine Tochter Sheila die Hauptrolle der heldenhaften Stewardess spielte. Vielmehr in der vorigen Woche zum letztenmal gespielt hatte. Aber das war ein streng gehütetes Geheimnis und bisher nur ihrer Familie bekannt. Bisher hatte noch nicht einmal die Presse Wind davon bekommen, daß im Herbst eine Katastrophe die Karriere der Stewardess Charlotte Riley für immer beenden würde.

Joy Williams wußte es nicht. Falls sie wußte, daß Sheila seine Tochter war, ließ sie sich nichts anmerken. Es war ein merkwürdiges Gefühl, neben ihr zu stehen und mit ihr seiner Tochter zuzusehen, die sich bemühte, einen unleidlichen Passagier zu beschwichtigen. Dann tat er, was Dr. Crocker ihm empfohlen hatte, ging aber nicht ganz soweit, den Stecker herauszuziehen, sondern schaltete den Apparat nur aus. Joy sah blinzelnd zu ihm auf.

«Besitzt Ihr Mann eine Schreibmaschine, Mrs. Williams?»

«Eine Schreibmaschine? Nein.»

«Nimmt er noch *Mandaret*?»

Sie nickte und schaute zu dem leeren Bildschirm hinüber, als müsse er selbsttätig und ohne Strom wieder lebendig werden.

«Es ist ein Mittel gegen Bluthochdruck, nicht wahr?»

«Ja, er leidet seit zwei oder drei Jahren unter zu hohem Blutdruck.»

«Ich habe in seinem Nachtschränkchen eine leere Flasche gefunden und nehme an, er hat sich einen Tablettenvorrat mitgenommen?»

«Die Tabletten würde er nie vergessen. Er wollte nicht einmal einen Tag lang damit aussetzen. Er nahm immer eine nach dem Aufstehen und eine zum Tee.»

«Ich nehme doch an, daß er Gepäck mitgenommen hat? Einen Koffer? Etwas, wo er seine Sachen unterbringen konnte.»

Wieder nickte sie nur.

«Was hatte er an?»

«Wie bitte?»

«Was für einen Anzug hat er getragen, als er nach Ipswich aufbrach?»

Sie konnte sich nicht erinnern, das war ganz offensichtlich. Sie sah ihn verständnislos an – und sie wirkte gelangweilt. Wexford begriff in diesem Moment, daß sie ihren Mann nicht liebte, vielleicht schon seit Jahren nicht mehr. Ob er anwesend oder abwesend war, ließ sie völlig gleichgültig, für sie zählten nur der Status als verheiratete Frau und das Geld, das Williams nach Hause brachte. Oder waren ihre Gefühle komplizierter und vielschichtiger? Wahrscheinlich waren sie das. Das sind Gefühle immer. Was eine Frau für ihren Mann und ein Mann für seine Frau empfindet, läßt sich nicht einfach und klar analysieren.

Er fragte noch einmal nach der Kleidung.

«Irgendeine rehfarbene Hose», antwortete sie und verzog das Gesicht, so sehr mußte sie sich anstrengen, um sich zu erinnern. «Aus festem Köper mit Kordsamteffekt. Einen dunkelblauen Pullover. Hängt sein Regenmantel oben?»

«Einer aus Plastik, ja.»

«Nein, er hat einen guten Regenmantel. Fast neu. Den hat er wohl mitgenommen. Ich schätze, er hatte auch ein Jackett im Koffer. Wahrscheinlich die braune Wildlederjacke.»

«Hat er sich naß oder trocken rasiert?»

«Wie bitte?»

«Hat er einen Rasierapparat mit Rasiercreme und Wasser benutzt?»

«O ja, er kam mit den elektrischen nicht zurecht. Er hat es versucht, aber es klappte nie.»

Das erklärte den Remington und den Phillips im Nachtschränkchen. Joy starrte unglücklich auf den leeren grauen Bildschirm. Wexford hatte das Gefühl, es sei grausam, ihr den einzigen Trost zu nehmen – wie wenn man einen hungrigen Hund nicht an seine gefüllte Schüssel ließ. Er fragte sie nach Namen und Adresse ihrer Schwester und schaltete den Fernseher wieder ein. Sie sah ihn an, als halte sie ihn für total verrückt, aber sie sagte nichts, und ihre Augen kehrten wie magisch angezogen zum Bildschirm zurück. Dort war Sheila eben dabei, sich in einem Hotelzimmer in Hongkong für einen Abend mit dem Kapitän der Boing 747 umzuziehen.

Auf dem Heimweg dachte Wexford über Williams und über Geld nach. Was hatte der Mann mit dem ganzen Geld gemacht? Auch wenn man Steuern und andere Abzüge abrechnete und seinen knausrigen Beitrag zur Haushaltskasse berücksichtigte, mußten ihm im Jahr mindestens 12000 Pfund geblieben sein. Er hatte einen

Firmenwagen gefahren, das Geld also nicht für Autos ausgegeben. In seinem Paß, der sieben Jahre alt war, war eine einzige Reise nach Mallorca eingetragen. Er leistete sich also auch keine teuren Auslandsreisen. Natürlich mußte er noch seinen studierenden Sohn erhalten, der bei einem so gut verdienenden Vater kaum mit einer Studienbeihilfe rechnen konnte ...

Und plötzlich wußte Wexford, was ihn seit einer Stunde im Unterbewußtsein beschäftigt hatte. Williams war am Donnerstagabend abgefahren. Und am Donnerstagabend rief Kevin Williams regelmäßig zu Hause an. Und an dem Donnerstag, an dem sein Vater verschwunden war, hatte er bestimmt zum erstenmal nach den Osterferien angerufen. Doch seine Mutter, die ihn ganz offensichtlich anbetete, nervös auf seine Anrufe wartete und stolz darauf war, daß er pünktlich jede Woche mit ihr telefonierte – ausgerechnet diese Mutter war an jenem Donnerstag ausgegangen, obwohl sie nichts Wichtigeres vorgehabt hatte als einen Besuch bei ihrer Schwester.

Wenn sie bei ihrer Schwester gewesen war ...

Und wie war das mit Williams' Kleidung? Log Joy, wenn sie behauptete, er habe nur eine Jacke und einen Regenmantel mitgenommen? Oder wußte sie nicht, was er eingepackt hatte? Wexford konnte sich eigentlich nicht gut vorstellen, daß Williams sein Auto in der Arnold Road abgestellt und dann große, vollgestopfte Koffer eine Viertelmeile weit zum Bahnhof Myringham-Süd geschleppt hatte. Warum war er überhaupt nach Myringham gefahren, wenn er einen Zug nach London nehmen wollte? Kingsmarkham lag acht Meilen näher ...

Eine Woche später tauchte Williams' Kleidung – oder zumindest ein Teil davon – wieder auf.

5

Eine einsame Landstraße verbindet Kingsmarkham mit Pomfret. Hat man die Forest Road hinter sich gelassen, sieht man nur noch auf den Abhängen der sanft ansteigenden Hügel ein paar einzelne Häuser, vom Cheriton Forest überragt. Der Wald wirkt ein bißchen dunkel und drohend – wie alle Nadelwälder. Am Horizont ragt ein

Obelisk auf, eine steinerne Nadel, die ein einheimischer Magnat vor etwa hundertfünfzig Jahren dort errichten ließ.

Fast das letzte Haus von Kingsmarkham ist die Polizeistation. Ihr gegenüber zweigt von der High Street die Cheriton Lane ab, die zum Tennis-Club führt. Etwa ein Dutzend weiterer schmaler Straßen bilden ein kleines abgeschlossenes Wohnviertel. Die Gärten der Häuser in der Forest Road grenzen an die Felder. Und zwischen dem Clubgelände und der Stadt gibt es wieder nur Felder, durch die diagonal ein Fußweg verläuft. Ungefähr zweihundert Meter hinter der Polizeistation in Richtung Pomfret steht die letzte Straßenlaterne, und dann gibt es nur noch eine einzelne an der Bus-Haltestelle.

Diese Haltestelle mit Wartehäuschen liegt ungefähr in der Mitte zwischen den beiden Städten. Das Wartehäuschen hatte man aufgestellt, weil dort keine Bäume sind, die vor Wind und Regen schützen können. Und an diesem Abend regnete es, wie schon seit Tagen, und es sah aus, als wehten graue Schleier über die Wiesen.

Der letzte Bus von Pomfret nach Kingsmarkham, der um zehn Uhr vierzig eintreffen sollte, verspätete sich um zehn Minuten. Er fuhr wegen des schlechten Wetters nicht allzu schnell, und unter seinen Reifen spritzte hoch das Wasser auf. Die Haltestelle mit dem Wartehäuschen wurde nicht nur bei Bedarf, sondern regelmäßig angefahren, also lenkte der Fahrer den Bus in die Parkbucht, hielt kurz, wollte aber sofort weiterfahren, da hier niemand wartete. Plötzlich schrie eine Frau auf, die in der ersten Reihe links saß. Der Fahrer, der schon Gas gegeben hatte, bremste wieder, und der Bus blieb ruckelnd stehen.

«Dort kriecht jemand auf dem Gehsteig herum!» rief die Frau.

An den Vorplatz des Wartehäuschens schlossen sich hier ein paar Meter Gehsteig an. Der Busfahrer stieg aus. Zwei oder drei Fahrgäste widersetzten sich seiner Anordnung, im Wagen zu bleiben – wer war er denn, daß er sie herumkommandieren durfte? –, und folgten ihm. Auf den Eindeckerbussen fuhr kein Schaffner mit. Es goß jetzt in Strömen, der Regen trommelte auf den Vorplatz, den Randstein und das triefende Bündel, das wimmernd und aus einer Brustwunde blutend, weiterkroch.

Der Busfahrer hatte zuerst geglaubt, es sei ein verletzter Hund. Aber die Frau hatte recht gehabt, es war ein Mann. Er kroch auf den Fahrer zu und rollte ihm dann vor die Füße.

Am nächsten Tag begann am anderen Ende von Kingsmarkham, auf der Forby-Seite, eine Firma namens Mid-Sussex Kanal- und Tiefbau einen Teich auszubaggern. «Green Pond Hall» hatte jahrelang leergestanden, doch im Januar hatte sich endlich ein Käufer gefunden, und im April wurde der Kaufvertrag unterschrieben. Zu dem Besitz gehörten ein Teich und ein Bach, in dem der neue Eigentümer Forellen züchten wollte.

Einen See nennt man eine Wasserfläche von mindestens einem Morgen. Für einen See war der Green Pond ein bißchen zu klein, aber er war ein sehr großer Teich. Er hatte kein stehendes Wasser, denn durch die Mitte floß der kleine, schnelle Bach, verschwand in einem Rohr, das unter einem Weg durchführte, kam auf der anderen Seite wieder rauschend und schäumend an die Oberfläche und mündete schließlich in den Kingsbrook. Trotzdem war der Teich flach und mit dem dicken grünen Schleim der Wasserpflanzen bedeckt. Er mußte gesäubert und sollte ausgehoben werden. Außerdem mußte man die Algen ausrotten, die – wie man bei der Mid-Sussex Kanal- und Tiefbau meinte – durch den Stickstoff so überhand genommen hatten, mit dem die benachbarten Wiesen gedüngt wurden. Im Grundnetz fand man nach der Säuberung des Teichs einen Einkaufskorb ohne Henkel, eine Anzahl Flaschen, Gläser und Glühlampen, einen Auspufftopf, Zweige und gehacktes Holz, Steine, darunter Feuersteine und Kreidebrocken, einen Gummistiefel, eine feuerfeste Kasserolle, abgestoßen und gesprungen, eine metallene Türklinke, ein Schloß, eine Schere und eine dunkle burgunderrote Reisetasche.

Die Tasche war mit grünem Schleim und feinkörnigem schwarzem Schlamm bedeckt, doch nachdem man die Schnallen und den Reißverschluß geöffnet hatte, stellte man fest, daß nur Wasser durch die Nähte gedrungen war. Die Sachen waren zwar klatschnaß, aber nicht verfärbt. Das Kleidungsstück, das zuoberst lag, war ein brauner Wildlederblouson.

Es war reines Glück, dachte Wexford, daß William Milvey, der Chef der Mid-Sussex Kanal- und Tiefbau, Geld in der Tasche gefunden hat. Zehn Fünfer, zusammengerollt und mit einem Gummiband zusammengehalten. Wären in der Tasche nur Kleidungsstücke gewesen, hätte er sie vermutlich zu dem anderen Unrat in die Grube geworfen, die eigens zu diesem Zweck ausgebaggert worden war. Geld, das hatte Wexford schon oft festgestellt, übte auf

Menschen eine geradezu elektrisierende Wirkung aus. So mancher, der sich für absolut ehrlich hält, behält zwar eine Fundsache, die mit Geld erstanden wurde, nie aber das Geld selbst. Als treffe die Wendung «der glückliche Finder» nur auf jemanden zu, der eine Sache findet, als sei Geld etwas Erhabenes, das ausschließlich dem zusteht, der es verdient hat.

Doch selbst dann hätte Wexford wahrscheinlich nie etwas von der Tasche gehört, hätte in der Brusttasche des Blousons nicht eine Organspenderkarte gesteckt, die mit R. J. Williams unterschrieben war.

William Milvey wußte, wer R. J. Williams war. Er wohnte in der Alverbury Road im übernächsten Haus.

Um das zu erfahren, brauchte Wexford ungefähr eine halbe Stunde. Er vernahm Milvey sehr gründlich. Hatte er die Tasche schon im Teich liegen sehen, bevor er sie im Netz entdeckte. O ja, er denke schon. Nun, da Wexford die Sache erwähne, glaube er sich zu erinnern, daß er am anderen Ufer, in der Nähe des Weges, einen rötlichbraunen Klumpen im Wasser liegen gesehen hatte. Nein, er hatte ihn nicht angefaßt und auch nicht versucht ihn herauszuholen. Das war mit dem Grundnetz geschehen.

Milvey war ein kleiner, untersetzter Mann mit den großen, schweren Händen eines Menschen, der sein Leben lang harte manuelle Arbeit verrichtet hat. Er mußte ungefähr fünfzig sein. Der Taschenfund schien ihn ungewöhnlich aufgeregt zu haben – zumindest hatte Wexford den Eindruck, daß er ungewöhnlich erregt war.

«50 Pfund», sagte er immer wieder, «und diese gute Jacke.»

«Haben Sie im Park von ‹Green Pond Hall› jemanden gesehen?»

«Sie meinen irgendeinen Typen, der irgendwas im Schilde führte?»

«Ich meinte, ob Sie überhaupt jemanden gesehen haben – egal wen.»

«Wir haben niemanden zu Gesicht bekommen und auch nichts gehört.»

Auf der Zufahrt, die von der Forby Road abzweigte, oder auf dem Pfad, der um das tiefer gelegene Ufer des Teichs führte, waren vielleicht Reifenspuren gewesen, nachdem der Dauerregen den Boden in Schlamm verwandelt hatte. Doch die großen, schweren Reifen des Baggers der Mid-Essex Kanal- und Tiefbau hatten alle anderen eventuell vorhandenen Spuren vernichtet.

Milvey konnte sich nicht erinnern, ob Reifenspuren dagewesen waren oder nicht. Sie holten den zweiten Mann herein und befragten ihn, doch auch er wußte es nicht mehr.

«50 Pfund», sagte Milvey, «und die gute Jacke. Einfach weggeschmissen.»

«Lassen Sie mir Ihre Adresse hier, Mr. Milvey. Ich muß wahrscheinlich noch einmal mit Ihnen reden. Privat- oder Geschäftsadresse, das ist mir egal.»

«Es ist ein und dieselbe. Ich arbeite schließlich von zu Hause aus, nicht wahr?» Er sagte das so, als habe er es für selbstverständlich gehalten, daß Wexford das wußte. Und im selben geduldigen Tonfall milden Erstaunens fügte er hinzu: «Kingsmarkham, Alverbury Road 27.»

«Heißt das, daß Sie Mr. Williams' übernächster Nachbar sind?»

Milveys Miene, obwohl offen und arglos, verriet leichtes Unbehagen. «Ich hab gedacht, das wissen Sie.»

«Nein, ich wußte es nicht.» Undeutlich erinnerte sich Wexford jetzt, daß er gelesen hatte, beim Stadtbauamt sei der Antrag eingegangen, im Garten von Alverbury Road 27 den Bau einer Garage oder vielmehr eines Hangars zu genehmigen, der so groß war, daß man einen Bagger darin unterbringen konnte. Da es sich um eine reine Wohngegend handelte, war der Antrag selbstverständlich abgelehnt worden. «Dann müssen Sie Mr. Williams doch kennen.»

«Wir grüßen uns», antwortete Milvey. «Meine Frau schwatzt ab und zu mit Mrs. Williams. Meine Tochter ist in derselben Klasse wie Sara.»

«Mr. Williams wird vermißt», sagte Wexford kurz. «Er ist seit einem Monat verschwunden – oder sogar noch länger.»

«Ach, tatsächlich?» Milvey sah nicht überrascht aus, sagte jedoch auch nicht, er habe es schon gewußt. «50 Pfund in Scheinen», sagte er, «und eine Jacke, die dreimal soviel wert ist.»

Wexford ließ ihn gehen.

«Das muß ein Zufall sein», sagte Burden.

«Wirklich, Mike? Dann wäre es aber schon ein verdammter Zufall, nicht wahr? Williams verschwindet, weil er etwas getan oder weil jemand ihm etwas angetan hat. Seine Reisetasche wird in einen

Teich geworfen, und wer findet sie? Ein Mann, der in derselben Straße im übernächsten Haus wohnt. Ich habe schon seit – warten Sie! – seit mindestens vierzig Jahren keinen John Buchan mehr gelesen. Aber ich erinnere mich, daß in einem seiner Bücher der Held eine Autopanne hat, und das Haus, in dem er um Hilfe bittet, ausgerechnet das Domizil des Chefs der Anarchisten ist. Ein wenig später stellt es sich heraus, daß der Mörder, der angeheuert wurde, um ihn zu erledigen, ein Einbrecher ist, den er vor kurzem vor Gericht erfolgreich verteidigte. Na ja, das sind Romane für Halbwüchsige, würde ich sagen. Aber was Sie Zufall nennen, kann man ohne weiteres mit diesen Geschichten vergleichen. Haben Sie schon einmal einen so unglaublichen Zufall erlebt?»

«Meine Großmütter hießen beide Mary Brown.»

«Nein, wirklich?» Wexford ließ sich vorübergehend ablenken. «Das haben Sie mir noch gar nicht erzählt. Und stammten sie auch aus derselben Gegend?»

«Die eine kam aus Sussex, die andere aus Herefordshire. Ich wette mit Ihnen, daß so etwas viel seltener vorkommt als die Sache mit der Tasche. Warum soll sie nicht zufällig von einem Nachbarn gefunden werden? Wäre sie vergraben gewesen oder hätte sie in einem hohlen Baum gesteckt, und Milvey hätte sie gefunden, wäre das etwas anderes gewesen. Aber die Tasche lag in einem Teich, und Milvey hat nun mal mit Teichen beruflich zu tun. Wenn Sie gründlich darüber nachdenken, werden Sie merken, daß der Zufall gar nicht so groß ist. Sobald die Tasche im Teich lag und Milvey den Auftrag bekam, ihn zu säubern und auszubaggern – was derjenige, der die Tasche hineingeworfen hatte, natürlich nicht wissen konnte –, mußte er sie zwangsläufig finden.»

Wexford wußte, daß mehr dahintersteckte. Er konnte die Angelegenheit nicht so leichthin abtun wie Burden. Milvey hatte sich ohnehin ein bißchen seltsam benommen, und Wexford war überzeugt, daß er ihm nicht alles gesagt hatte, was er wußte.

«Wie lange hat die Tasche Ihrer Meinung nach im Teich gelegen?»

Sie stand auf einer dicken Schicht Zeitungspapier zwischen ihnen auf dem Fußboden. Die Sachen, die Wexford schon genau untersucht hatte, waren wieder hineingepackt worden.

«Seit dem Abend, an dem er nach Ipswich wollte, nehme ich an. Vielleicht wurde sie auch erst am Tag danach hineingeworfen.»

Wexford war auch damit nicht einverstanden, behielt seine Einwände aber vorläufig für sich. Außer dem braunen Wildlederblouson enthielt die Tasche einen Regenmantel, einen modischen Burberry, die 50 Pfund, Zahnbürste, Zahncreme, einen Wegwerfrasierer, eingerollt in eine Unterhose, eine Flasche Eau de Cologne, Marke Monsieur Rochas, und ein Paar funkelnagelneue Socken, an denen noch das Preisschildchen hing. Die Unterhose war eine sehr jugendliche und modische von Homs, hellblau und weiß, die Sokken dunkelbraun, eine teure Marke aus reiner Seide.

Das waren genau die Sachen, die ein Mann einpacken würde, wenn er eine Nacht ausbleiben wollte, nicht aber drei. Und die Unterhose, das Cologne und die Socken schienen darauf hinzuweisen, daß es keine einsamen Nächte werden sollten. Oder hatte die Tasche noch andere Gegenstände enthalten, die herausgenommen worden waren? Dann war es gewiß nur geschehen, weil man verhindern wollte, daß der Eigentümer schnell identifiziert wurde. Aber warum steckte, wenn das der Fall war, die Organspenderkarte noch in der Tasche des Blousons? «Ich möchte nach meinem Tod einem anderen helfen weiterzuleben», verkündete sie etwas naiv in Scharlachrot und Weiß, und auf der Rückseite hatte R. J. Williams erklärt, er sei damit einverstanden, daß nach seinem Tod jeder Körperteil von ihm zur Behandlung anderer verwendet werden durfte. Unter diesem Text standen seine Unterschrift und das – nunmehr ein Jahr zurückliegende – Datum. Als nächste Verwandte war, wie nicht anders zu erwarten, Joy Williams angegeben. Außerdem noch die Telefonnummer in der Alverbury Road.

Die menschliche Natur war eine Anhäufung von Widersprüchlichkeiten, sie kannte kein Folgerichtigkeit, das wußte Wexford. Trotzdem wunderte es ihn, daß ein Ehemann und Vater mit voller Absicht und unglaublicher Rücksichtslosigkeit seine Frau über die Höhe seines Einkommens täuschen und gegen sie und seine Kinder den unerbittlichen Geizhals hervorkehren konnte, andererseits jedoch bereit war, seinen Körper für Transplantate zur Verfügung zu stellen. Doch das kostete ihn nichts, denn dann war er ja tot. War er jetzt schon tot?

«Wir werden anfangen müssen, ihn zu suchen. Ich meine, richtig suchen. Kämmen wir erst mal den Park von ‹Green Pond Hall› richtig durch.»

Burden war im Büro auf und ab gegangen. Er hatte es sich erst in letzter Zeit angewöhnt, und das ewige Hin und Her wirkte auf alle, die sich im selben Raum aufhielten, unglaublich anstrengend und ermüdend. Er hingegen schien kaum zu merken, was er tat. Zweimal war er schon am Fenster gewesen, zweimal an der Tür, hatte einmal eine Pause eingelegt und sich für ein paar Sekunden auf die Schreibtischkante gesetzt. Jetzt war er wieder am Fenster angekommen, blieb stehen, drehte sich um und sah Wexford gereizt und ungläubig an.

«Ihn suchen? Es liegt doch klar auf der Hand, daß er irgend etwas auf dem Kerbholz hat und abgehauen ist, um sich den Konsequenzen zu entziehen.»

«Na schön, Mike. Aber wenn das so ist – was hat er getan? Bei Sevensmith Harding nichts. Dort bescheinigt man ihm eine Weste von reinstem Weiß. Was könnte er sonst getan haben? Es ist natürlich möglich, daß er in einen Betrug verwickelt ist, der noch nicht entdeckt wurde, doch dagegen gibt es einen stichhaltigen Einwand. Er ist weg. Der einzige Grund für ihn zu verschwinden, wäre in diesem Fall doch nur die unmittelbar bevorstehende Aufdeckung des Betrugs gewesen. Warum ist sie dann nicht erfolgt?»

Burden zuckte mit den Schultern. «Wer weiß? Vielleicht hatte Williams einfach Glück.»

«Warum ist er nicht zurückgekommen? Warum kommt er nicht nach Hause, nachdem die Gefahr vorbei ist? Er hat das Land nicht verlassen, es sei denn, er hat einen falschen Paß. Und warum sollte er sich einen falschen Paß besorgen, wenn er einen eigenen hat und erst drei oder vier Tage nach seinem Verschwinden vermißt wird?»

«Es ist der älteste Trick der Welt, Kleidungsstücke an einem Flußufer liegenzulassen, wenn man verschwinden möchte. Haben Sie diese Möglichkeit schon in Betracht gezogen?»

«Sie verwechseln da ein bißchen was, Mike. Kein Mensch, der das vortäuschen will, was Sie meinen, packt seine Sachen in eine Reisetasche und wirft sie in einen Teich, der so flach ist, daß man sich, um Selbstmord zu begehen, im Wasser auf den Bauch legen und den Atem anhalten müßte. Außerdem hat die Tasche höchstens zwei Tage im Wasser gelegen. Hätte sie seit Williams Verschwinden dringelegen, hätten die Sachen schon angefangen zu faulen und würden fürchterlich stinken. Wir werden sie ins Labor hinüberschicken und abwarten, was sie dort dazu sagen. Aber was sie sagen werden, können wir mit eigenen Augen sehen und mit unseren eigenen Nasen riechen.

Williams ist tot. Seine Tasche sagt mir, daß er tot ist. Hätte er sie selbst in den Teich geworfen, damit wir glauben sollen, er sei tot, hätte er das sofort getan. Und der Inhalt sähe anders aus. Er hätte mehr Hinweise auf seine Identität zurückgelassen, zum Beispiel, und wir hätten weder Parfum noch hellblaue Unterhosen gefunden. Und das Geld wäre auch nicht drin gewesen, denke ich. Er hätte es gebraucht, er hätte jeden Penny gebraucht, dessen er habhaft werden konnte. Wir haben keinen Grund anzunehmen, daß er 50 Pfund entbehren konnte – denn was er auch getan haben mag, eine Bank hat er nicht ausgeraubt.

Er ist tot. Und weder Brief noch Telefonanruf sprechen dagegen, daß er, nachdem er Frau und Tochter verlassen hatte, vielleicht nur noch eine oder zwei Stunden lebte.»

Am nächsten Tag begann man den Park von «Green Pond Hall» zu durchsuchen. Das Gelände umfaßte acht Morgen, bestand zum Teil aus Wald, zum Teil aus einem völlig verwilderten von Unkraut überwucherten Landschaftsgarten, aus Stallungen und Koppeln und Weiden. Den Suchtrupp bildeten Sergeant Martin und drei Männer aus seiner Abteilung. Wexford fuhr selbst auch hinaus, um einen Blick auf den gesäuberten Teich und seine nähere Umgebung zu werfen. Es regnete noch immer. Es hatte gestern und vorgestern und mit Unterbrechungen drei Wochen lang geregnet. Die Wetterfrösche prophezeiten den niederschlagreichsten Mai seit man begonnen hatte, Aufzeichnungen über das Wetter zu machen. Der Weg war ein Morast und glich in Farbe und Beschaffenheit geschmolzener Schokolade, in die eine Riesengabel tiefe Furchen gezogen hatte. Es gab noch andere Möglichkeiten, zum Teich hinunterzukommen, doch nur, wenn man zu Fuß ging.

Um drei Uhr hatte Wexford einen Termin im Stowerton Royal Hospital. Colin Budd hatte über Nacht auf der Intensivstation gelegen. Am Morgen ging es ihm schon so gut, daß er in ein kleines Einzelzimmer auf der chirurgischen Männerstation verlegt werden konnte. Die fünf Messerstiche, die man ihm beigebracht hatte, waren nicht nur oberflächlicher Natur – einer war sogar sieben bis acht Zentimeter tief –, doch wie durch ein Wunder hatte keiner Herz oder Lunge verletzt.

Ein dicker weißer Verband bedeckte seine Brust, und darüber trug er eine weit offene gestreifte Schlafanzugjacke. Die Jacke hatte Übergröße, und Wexford schätzte Budds Brustumfang auf ungefähr fünfundachtzig Zentimeter. Budd war ein sehr magerer, knochiger, leichenblasser junger Mensch mit langem schwarzem Haar. Er schien genau zu wissen, was Wexford ihn fragen wollte, und nannte nervös Namen und Alter, gab als Beruf Automechaniker und eine Adresse in Kingsmarkham an. Er wohnte bei seinen Eltern.

«Erzählen Sie mir, was passiert ist.»

«Das Mädchen hat mir das Messer in die Brust gestoßen.»

«Aber Mr. Budd, Sie wissen genau, daß mir das nicht genügt. Ich will alle Einzelheiten hören, alles, woran Sie sich erinnern können. Zu allererst möchte ich wissen, wieso Sie ausgerechnet dort, wo Füchse und Hasen sich gute Nacht sagen, auf den Bus gewartet haben.»

Budd hatte eine nörgelnde Stimme, die immer leicht entrüstet klang. Er gehörte zu den Leuten, die glauben, die Welt schulde ihnen nicht nur ihren Lebensunterhalt, sondern auch ganz besondere Rücksicht.

«Das hat nichts damit zu tun», antwortete er.

«Das zu beurteilen, müssen Sie schon mir überlassen. Ich nehme nicht an, daß Sie dort etwas getan haben, dessen Sie sich schämen müßten. Und sollte das doch der Fall gewesen sein, bleibt es unter uns.»

«Ich weiß nicht, worauf Sie hinauswollen!»

«Sagen Sie mir ganz einfach, wo Sie gestern abend waren, Mr. Budd.»

«Ich habe Billard gespielt», antwortete Budd mürrisch.

Was für ein Idiot! Er sagte das so, als habe er es in einem der Häuschen am Hang mindestens mit der Frau eines Freundes getrieben.

«In einem Billard-Club?»

«Wir spielen immer am Dienstagabend. In Pomfret, in einem Hinterzimmer vom *White Horse*. Es war schon nach zehn, und ich rechnete damit, zu Fuß nach Hause gehen zu müssen.» Budd schob sich ein wenig nach links, zuckte zusammen und zog sich im Bett in die Höhe. «Dann regnete es immer stärker, und ich wurde durch und durch naß. Ich schaute auf meine Uhr und stellte fest, daß in zehn Minuten der Bus kommen mußte. Der Zehn-Uhr-Vierziger. Und ich hatte es nicht mehr weit bis zur Haltestelle.»

«Ein Automechaniker, der keinen eigenen Wagen hat?»

«Ich hatte einen kleinen Unfall. Mein Wagen ist in der Werkstatt und bekommt einen neuen Kotflügel. Ich bin höchstens fünfunddreißig gefahren, als die Frau plötzlich aus einer Seitenstraße einbiegt ...»

«Sie kamen also zur Bus-Haltestelle, zum Wartehäuschen», unterbrach ihn Wexford. «Was passierte dann?»

Budd sah ihn an, dann irrte sein Blick wieder ab. «Auf der Bank saß ein Mädchen. Ich setzte mich neben sie.»

Wexford kannte das Wartehäuschen. Es war ungefähr drei Meter lang, die Bank etwa einen halben Meter kürzer.

«Neben sie?» fragte er. «Oder ans andere Ende der Bank.»

«Neben sie. Ist das wichtig?»

Vielleicht, dachte Wexford.

Ob das nun richtig oder falsch ist, ob es sich auf das soziale Leben nun positiv oder negativ auswirkt, in England ist es jedenfalls üblich, daß ein Mann, der nichts im Schilde führt, sich auf einer Bank nie direkt neben eine Frau setzt, sondern so weit wie möglich von ihr abrückt. Eine Frau handelt wahrscheinlich genauso, wenn eine andere Frau oder ein Mann dort sitzt, und ein Mann hält auch Abstand, wenn vor ihm schon ein anderer Mann da war.

«Haben Sie das Mädchen gekannt? Haben Sie es schon früher mal gesehen?»

Budd schüttelte den Kopf.

«Haben Sie mit ihr gesprochen?»

«Ich habe nur gesagt, daß es regnet.»

Also das wußte sie ja wohl, dachte Wexford. Er warf Budd einen harten Blick zu.

«Ich habe gesagt», fuhr Budd fort, «es sei jammerschade, daß der Mai so verregnet ist, dadurch hätten wir einen längeren Winter, so ungefähr. Sie zog ein Messer aus der Tasche und stürzte sich auf mich.»

«Einfach so? Sie haben nichts anderes zu ihr gesagt?»

«Ich habe eben wiederholt, was ich sagte.»

«Sie war verrückt, nicht wahr? Ein Mädchen, das mit dem Messer auf Männer einsticht, weil sie eine ganz harmlose Bemerkung über das Wetter machen.»

«Ich habe nur noch gesagt, daß ich normalerweise mit meinem Auto unterwegs wäre und sie mitnehmen könnte.»

«Mit anderen Worten, Sie haben versucht, sie anzumachen?»

«Na gut, und wennschon? Ich habe sie nicht angefaßt. Ich habe nichts getan, habe sie nicht erschreckt. Ich habe nur gesagt, daß ich sie heimfahren könnte, wenn ich meinen Wagen hätte. Sie holte das Messer raus und stach vier- oder fünfmal zu. Ich schrie, und sie rannte weg.»

«Würden Sie sie wiedererkennen?»

«Darauf können Sie wetten.»

«Beschreiben Sie sie.»

Es kam nichts Brauchbares dabei heraus, wie Wexford vermutet hatte. Budd wußte nicht, ob sie groß oder klein, dick oder dünn war, weil er sie nur im Sitzen gesehen hatte. Er glaubte jedoch, sie habe einen Regenmantel angehabt. Einen dünnen, hellen Regenmantel. Sie hatte blondes Haar, das wußte er, obwohl sie einen Hut oder ein Kopftuch getragen hatte. Aber darunter hätten blonde Haarsträhnen herausgeschaut. Ihr Gesicht? Durchschnittlich, meinte er. Hübsch könnte man sie nicht nennen. Wexford fragte sich, was Budd dann an ihr so anziehend gefunden hatte? Einfach die Tatsachen, daß sie weiblich und jung gewesen war? Ungefähr zwanzig, sagte Budd. Na ja, möglicherweise auch fünf- oder sechsundzwanzig. Gedrängt, sich genauer zu äußern, sagte er, sie könne zwischen achtzehn und dreißig gewesen sein, er könne nicht gut schätzen, aber jung sei sie gewesen.

«Fällt Ihnen noch etwas anderes ein?»

Eine Schwester war hereingekommen und an der Tür stehengeblieben. Wexford wußte, was sie gleich sagen würde, er hätte den Text für sie schreiben können: «Jetzt ist es aber genug. Mr. Budd braucht Ruhe.» Sie trat ans Bett, nahm die Fieberkurve vom Haken und studierte sie mit begeisterter Konzentration.

«Sie hatte einen Sack bei sich. Den packte sie, bevor sie wegrannte.»

«Was für einen Sack?»

«Einen Plastiksack, wie die, die man in die Mülltonnen gibt. Einen schwarzen. Sie nahm ihn auf, warf sich ihn über die Schulter und rannte.»

«Jetzt haben Sie aber genug gefragt», sagte die Schwester, von Wexfords Konzept ein wenig abweichend.

Er stand auf. Budds Geschichte hatte ein ungewöhnliches Bild in ihm heraufbeschworen, eins, das Wexfords Phantasie beflügelte. Der dunkle, verregnete Abend, das blitzende Messer, das zustieß und immer wieder zustieß, das Mädchen, das, einen Sack über der Schulter, durch den Regen lief ... Es war wie die Illustration in einem Märchenbuch von Andrew Lang, schwer faßbar, unheimlich und wie aus einer anderen Welt.

6

Was hat Burden nur gemeint, als er sagte, bei der Amniozentese sei etwas ans Licht gekommen, das Jenny beunruhige? fragte sich Wexford grübelnd. Nachts war er ein- oder zweimal aufgewacht, und sein erster bewußter Gedanke war diese Frage gewesen. Auf der Fahrt nach Myringham sah er auf dem Gehsteig eine Frau mit einem mongoloiden Kind, und sofort war die Frage wieder da.

Mit Burden hatte er nicht darüber sprechen wollen. So etwas fragte man einen künftigen Vater nicht. Was für einen kleinen Defekt gab es, der dem Vater nichts, der Mutter aber sehr viel ausmachte? Das war grotesk, lächerlich, so etwas gab es nicht. Jeder Defekt wäre eine Tragödie. Taubheit, Schwerhörigkeit, ein Herzgeräusch, eine Hasenscharte oder deformierte Lippen – der Test hätte sie ohnehin nicht aufgezeigt. Ein zusätzliches Chromosom? Das war ein Gebiet, auf dem er völlig unwissend war. Er dachte an seine eigenen Kinder, vollkommen, immer gesund. Sie hatten ihm auch nie ernsthafte Schwierigkeiten gemacht. Ihm wurde warm ums Herz, wenn er an seine Mädchen dachte.

Dabei fiel ihm ein, daß er das Programmheft des Nationaltheaters für die Sommerspielzeit in der Tasche hatte. Sheila gehörte zum Ensemble und sollte in diesem Jahr zum erstenmal große Rollen spielen. Deshalb machte sie auch bei «Startbahn» nicht mehr mit. Er warf einen Blick auf seinen Fahrer, wollte etwas sagen, überlegte es sich jedoch und holte das Theaterprogramm heraus. Dora hatte ihn gebeten festzulegen, an welchen Tagen sie nach London fahren und sich die drei Produktionen ansehen sollten, in denen Sheila spielte. Aus naheliegenden Gründen mußte immer er es sein, der solche Entscheidungen traf.

Das neueste Stück von Stoppard, Ibsens *Klein Eyolf* und Shelleys *Die Cenci*. Wexford hatte schon von *Klein Eyolf* gehört, das Stück aber nie gesehen oder gelesen. Und was *Die Cenci* betraf, mußte er zu seiner Schande gestehen, daß ihm Shelley als Dramatiker bisher überhaupt kein Begriff gewesen war. Er hatte nicht einmal gewußt, daß es Dramen von Shelley gab. Doch hier stand es klipp und klar: *Percy Bysshe Shelley*, und das Stück wurde als Drama in fünf Akten bezeichnet. Wexford malte neben einen Freitag im Juli und zwei Samstage im August vorläufige Fragezeichen ins Programm, und im selben Augenblick hielt sein Fahrer Donaldson vor dem Bürogebäude von Sevensmith Harding.

Miles Gardner hatte nach Wexford Ausschau gehalten und kam mit einem Regenschirm herausgestürzt. Wexford kam sich vor wie ein königlicher Besuch. Sie platschten über den Gehsteig zur Haustür.

Der Hauptbuchhalter Kenneth Risby sagte Wexford, Rodney Williams' Gehalt sei auf sein Konto bei der Filiale der Anglican-Victorian Bank in Pomfret überwiesen worden. Von diesem Konto hatte er dann allmonatlich 500 Pfund auf das gemeinsame Konto überwiesen. Risby war seit fünfzehn Jahren bei der Firma, und er sagte, er könne sich nicht erinnern, daß sich in dieser Beziehung bei Williams je etwas geändert hätte – weder in jüngster Zeit noch damals, als er noch Firmenvertreter gewesen war. Sein Gehalt war immer nach Pomfret gegangen, nie nach Kingsmarkham.

«Wir haben nichts von ihm gehört», mischte sich Miles Gardner ein. «Was er auch mit dem PS. in seinem Brief gemeint haben mag, er hat sich mit unserer Buchhaltung nicht in Verbindung gesetzt.»

«Williams hat den Brief doch nicht geschrieben», erinnerte ihn Wexford.

Gardner nickte unglücklich.

«Als wir uns das erste Mal über diese Sache unterhielten», fuhr Wexford fort, «haben Sie mir erzählt, eine Frau, die sich als Mrs. Williams ausgab, habe angerufen und gesagt, ihr Mann sei krank und könne nicht kommen. War das vielleicht am Freitag, dem 16. April?»

«Ja, ich glaube, genau da war's.»

«Wer hat das Gespräch entgegengenommen?»

«Das muß eine von unseren Telefonistinnen gewesen sein. Sie arbeiten nur halbtags. Ich weiß heute wirklich nicht mehr, ob es Anna war oder Michelle. Als das Gespräch kam, war ich noch nicht hier. Es muß also vor halb zehn gewesen sein.»

«Williams hatte doch eine Sekretärin?»

«Christine Lomond. Er mußte sie mit unserem stellvertretenden Verkaufsdirektor teilen. Wollen Sie mit ihr sprechen?»

«Noch nicht. Heute vielleicht noch nicht. Ich brauche Anna oder Michelle. Aber welche von den beiden?»

«Michelle, nehme ich an», sagte Gardner. «Manchmal tauschen sie den Dienst, aber am Vormittag ist gewöhnlich Michelle hier.»

Sie war an jenem Freitag dagewesen und war auch heute hier. Michelle war ein sehr junges und sehr hübsches Mädchen mit einem auffallenden Make-up. Der Telefonzentrale, die nicht viel größer war als ein Schrank, hatte sie (oder Anna) ihren Stempel aufgeprägt. Da stand ein blauer Blumentopf mit einer Zinerarie, ein Stapel Zeitschriften und ein Strickzeug lagen herum und auf dem Tisch vor ihr, rasch mit dem Rücken nach oben aus der Hand gelegt, das Buch über die neueste Schlankheitsdiät.

Es war klar, daß Michelle das Telefongespräch schon gründlich durchgehechelt hatte. Vielleicht mit Anna oder mit Christine Lomond. Williams' Verschwinden war natürlich Bürogespräch gewesen.

«Ich komme kurz vor neun», sagte sie. «Um die Zeit geht es mit den Anrufen los. Aber das komische war, daß an dem Morgen kein einziges Gespräch hereinkam, bis Mrs. Williams zwanzig nach neun anrief.»

«Sie meinen, bis jemand anrief, der sich Mrs. Williams nannte?»

Michelle sah ihn an und schüttelte heftig den Kopf. «Es war Mrs. Williams. Sie sagte: ‹Hier spricht Joy Williams›.»

Wexford widersprach nicht.

«Was hat sie genau gesagt?»

«‹Mein Mann, Mr. Williams, kommt heute nicht.› Dann zögerte sie irgendwie und fügte hinzu: ‹Ich meine Mr. Rodney Williams, den Marketing-Manager.› Ich sagte, außer mir sei noch niemand da, und sie antwortete, das mache nichts, ich solle Christine nur ausrichten, daß er Grippe habe und nicht kommen könne.»

Wer es auch gewesen sein mochte, Joy war es nicht. Damals hatte sie noch gar nicht gewußt, daß ihr Mann Marketing-Manager war.

Wexford bedankte sich bei Michelle und wandte sich ab, in Gedanken schon bei den Schreibmaschinen der Firma, als ihm plötzlich etwas einfiel.

«Wieso sind Sie so sicher, daß die Frau, mit der Sie gesprochen haben, Mrs. Williams war?»

«Weil sie's war. Ich weiß es einfach.»

«Nein, lassen Sie mich korrigieren. Sie wissen, daß es eine Frau war, die behauptete, Mrs. Joy Williams zu sein. Sie hatte vorher noch nie hier angerufen, nicht wahr? Also konnten Sie auch ihre Stimme nicht wiedererkennen.»

«Vorher nicht, aber später hat sie noch mal angerufen.»

«Was meinen Sie mit später?»

«Ungefähr drei Wochen später.» Michelle sprach jetzt mit übertriebener Geduld, als habe sie einen geistig verwirrten oder sehr einfältigen Menschen vor sich. «Mrs. Joy Williams hat drei Wochen, nachdem ihr Mann die Firma verlassen hatte, noch einmal hier angerufen.»

Natürlich. Wexford erinnerte sich jetzt. Er selbst hatte Joy zu dem Anruf geraten.

«Ich habe sie mit Mr. Gardner verbunden», sagte Michelle. «Ich war ein bißchen verlegen, wenn ich ehrlich sein will. Aber ich weiß, es war dieselbe Stimme. Ich weiß es wirklich. Es war die Stimme der Frau, die an dem bewußten Freitagmorgen hier angerufen hatte. Es war Mrs. Williams.»

Das Mädchen wartete auf dem Grasstreifen, der den Verkehrskreisel vor Kingsmarkham seitlich begrenzt, und hielt ein Stück Pappe in die Höhe, auf dem in Druckbuchstaben MYRINGHAM stand. Die zweite Ausfahrt des Kreisels ist der Anfang der Umgehungsstraße von Kingsmarkham. Brian Wheatley hielt an der ersten Ausfahrt, die ins Stadtzentrum führt, das Mädchen stieg ein und setzte sich auf den Beifahrersitz. Aus einem ihm selbst unerklärlichen Grund – vielleicht weil er schon abgebogen war und es schwierig gewesen wäre, sich wieder in den Kreisverkehr einzufädeln – beschloß Wheatley, durch die Stadt zu fahren, anstatt über die Umgehungsstraße. Sie sollte der Verkehrsberuhigung in der Stadt dienen und den Verkehr um sie herumleiten und war daher meistens viel stärker befahren als die alte Route.

Wheatley kam aus London, wo er dreimal wöchentlich arbeitete, und wollte nach Hause. Es war gegen sechs Uhr abends und natürlich noch taghell. Wheatley war erst vor zwei Wochen nach Myringham umgezogen und kannte sich in den Seitenstraßen und Sackgassen noch nicht gut aus. Das Mädchen sprach kein Wort. Es hatte kein Gepäck bei sich, nur eine Umhängetasche. Wheatley fuhr über die High Street durch Kingsmarkham und wußte plötzlich nicht mehr, wo er war. Die zahlreichen Hinweisschilder verwirrten ihn nur noch mehr. Statt geradeaus weiterzufahren, bildete er sich auf einmal ein, er sei schon zu weit draußen und hätte bei einer etwa eine halbe Meile zurückliegenden Kreuzung links abbiegen müssen. Er hielt daher in der nächsten Parkbucht – an einer leider ziemlich abgelegenen Stelle, wie er selbst zugab – und wollte seine Straßenkarte zu Rate ziehen.

Das habe er, wie er sagte, dem Mädchen auch unmißverständlich klargemacht. Nachdem er den Motor abgestellt hatte, war er gezwungen, an seiner Beifahrerin vorbei zum Handschuhfach zu greifen, um die Karte herauszuholen. Sie schrie leise auf – ob vor Angst oder vor Zorn wußte er nicht –, und dann fühlte er einen heftigen Schmerz in der rechten Hand, einem Brennen ähnlicher als einem Schnitt.

Das Messer bekam er überhaupt nicht zu Gesicht. Das Mädchen sprang aus dem Wagen, knallte die Tür hinter sich zu und lief weg. Nicht die Straße entlang, sondern über einen Pfad zwischen einem Weizenfeld und einem Wald. Aus einer tiefen Wunde an Wheatleys Daumenballen strömte das Blut. Wheatley verband sie so gut er konnte mit dem Taschentuch, war aber so geschockt und fühlte sich so schwach, daß er erst nach ein paar Minuten weiterfahren konnte. Als es ihm besser ging, warf er einen Blick auf die Landkarte, stellte fest, daß er näher bei seinem Haus war, als er gedacht hatte, und kam nach einer knappen Viertelstunde dort an. Der Allgemeinarzt, zu dessen eingetragenen Patienten er seit einer Woche gehörte, hatte noch Sprechstunde. Wheatley ließ sich von seiner Frau zur Praxis fahren, und der Stich wurde genäht. Wheatley erzählte dem Arzt, er sei beim Fleischschneiden versehentlich an die Spitze des Fleischmessers geraten und habe sich gestochen. Ob der Arzt ihm glaubte oder nicht, war eine andere Sache. Er enthielt sich jeden Kommentars. Wheatley hatte ihm die Wahrheit sagen wollen, auch auf die Gefahr hin, daß die Polizei eingeschaltet werden mußte. Seine Frau hatte es ihm jedoch ausgeredet, weil die Polizei bestimmt vermuten würde, daß er das Mädchen belästigt habe.

Das war die Geschichte, die Wheatley drei Tage später Wexford erzählte. Seine Frau wußte nicht, daß er sich nun doch zu einer Anzeige entschlossen hatte. Er sei zur Polizei gegangen, erklärte er, weil es ihn immer mehr empörte, daß dieses Mädchen, dem er nichts getan, ja, mit dem er kaum gesprochen hatte – außer daß er ihm sagte, er müsse jetzt anhalten, um sich die Landkarte anzusehen –, ihn gewissermaßen aus heiterem Himmel mit dem Messer angreifen durfte und ungestraft davonkam.

«Können Sie sie beschreiben?»

Resigniert wartete Wexford auf eine genauso unnütze Beschreibung wie die, die Colin Budd geliefert hatte. Er sollte eine Überraschung erleben. Wheatley schien zwar in vielen Dingen ziemlich unbeholfen zu sein, er war jedoch ein ausgezeichneter Beobachter.

«Sie war ziemlich groß für eine Frau – einszweiundsiebzig bis einsfünfundsiebzig. Jung, achtzehn oder neunzehn. Braunes oder noch helleres Haar, schulterlang, Sonnenbrille, obwohl es nicht sonnig war, helle Haut. Mir fiel auf, daß sie sehr weiße Hände hatte. Jeans und eine Bluse, glaube ich, und eine Strickjacke. Die Tasche war dunkel, schwarz oder marineblau.»

«Hatten Sie den Eindruck, daß sie in Myringham wohnt? Daß sie nach Hause wollte?»

«Ich hatte überhaupt keinen Eindruck von ihr. Als sie einstieg, sagte sie danke. Nur dieses eine Wort ‹danke›, sonst nichts. Ich erklärte ihr, daß ich doch lieber durch die Stadt fahren wollte, als über die Umgehungsstraße. Sie antwortete nicht. Später sagte ich noch, ich müßte jetzt halten und einen Blick auf die Karte werfen. Sie antwortete wieder nicht. Aber als ich die Hand ausstreckte, um ins Handschuhfach zu greifen – ich habe sie dabei nicht berührt, das könnte ich beschwören –, schrie sie leise und ganz kurz auf. Mehr als ‹danke› und den Schrei habe ich von ihr nicht zu hören bekommen.»

Die Vermutung lag nahe, daß Budd von demselben Mädchen überfallen worden war. Doch konnte man in Budds Annäherungsversuch noch ein schwaches Motiv sehen, gab es bei Wheatley, wenn man ihm glauben wollte, nicht den geringsten Grund für einen so heimtückischen Überfall. Hatte das Mädchen vielleicht gedacht, Wheatley wolle gar nicht ins Handschuhfach greifen, sondern ihre linke Schulter packen oder ihr die Hand aufs Knie legen? Diese Angriffe hatten etwas Lächerliches an sich, und doch waren zwei Männer der Ansicht, sie seien bitter ernst zu nehmen. Beim nächstenmal konnte es einen Toten geben.

Oder gab es ihn vielleicht schon?

Der Filialleiter der Anglican-Victorian Bank in Pomfret sah Adolf Hitler zum Verwechseln ähnlich. Das lag nicht nur an dem kleinen bürstenähnlichen Schnurrbart und der dunklen Haarsträhne, die Mr. Skinner tief in die Stirn hing. Das Gesicht war dasselbe – ein recht angenehmes Gesicht mit einem großen Kinn, einer kräftigen Nase und kleinen Augen mit schweren Lidern. Aber das wäre ohne den Schnurrbart und die Haarsträhne nicht aufgefallen, daher mußte man einfach zu dem unerfreulichen Schluß kommen, daß Mr. Skinner die Ähnlichkeit absichtlich herausstrich. Wexfords Ansicht nach, konnte ein Bankdirektor Hitler nur aus einem einzigen Grund nachahmen: er wollte seine Kunden einschüchtern.

Er war jedoch herzlich, freundlich und charmant. All das, aber er war auch unerbittlich. Es kam gar nicht in Frage, daß er Wexford die Kontoblätter von Rodney Williams' Konten überließ, und er war auch nicht bereit, Wexford Aufschluß über diese Konten zu geben.

«Sagten Sie ‹Konten›, weil es mehrere gibt?» fragte Wexford.

«Ja. Mr. Williams hat zwei Girokonten bei uns – und damit habe ich wahrscheinlich schon mehr gesagt, als ich sollte.»

«Zwei Girokonten unter dem Namen Rodney Williams?»

Skinner stand auf, legte den Kopf leicht schief und sah aus wie Hitler, der in Hendaye auf den Zug mit Franco wartete. «Ich habe zwei Girokonten gesagt, Chief Inspector. Und dabei wollen wir es bewenden lassen, ja?»

Ein Gehaltskonto, dachte Wexford, als sein Wagen, mit Donaldson am Steuer, durch das Zentrum von Pomfret zur Ausfallstraße nach Kingsmarkham fuhr. Das andere – wofür? Der Haushalt in Kingsmarkham war von den 500 Pfund bestritten worden, die Williams allmonatlich vom Pomfret-Konto A auf das gemeinsame Kingsmarkham-Konto überwiesen hatte. Wozu dann das Konto B? Seine Frau hatte von der Existenz des Kontos A ohnehin keine Ahnung. Es hätte genügt, um vor ihr geheimzuhalten, über wieviel Geld Williams tatsächlich verfügte. Wozu brauchte er ein drittes Girokonto?

Sie suchten jetzt in dem zum Teil bewaldeten Gebiet zwischen

Kingsmarkham und Forby nach ihm. Doch hatte sich seit dem Taschenfund im Green Pond nichts mehr ergeben. Er ist tot, dachte Wexford. Er muß tot sein.

Burden hatte sich in Pomfret mit der Familie Harmer unterhalten, Joy Williams' Schwester, Schwager und Nichte. John Harmer war Apotheker und hatte ein Geschäft in der High Street.

«Sie bestätigen, daß Mrs. Williams an diesem Abend bei ihnen war», sagte Burden. «Aber ich würde ihrer Aussage keine allzu große Bedeutung beimessen. Sie lügen nicht absichtlich, sie können sich nicht erinnern. Es ist sieben Wochen her. Außerdem ist Mrs. Williams am Abend sehr oft bei ihnen. Eigentlich nur, um dann vor ihrem Fernseher zu sitzen, statt vor dem eigenen, nehme ich an. Wahrscheinlich fühlt sie sich einsam und sehnt sich nach Gesellschaft. Mrs. Harmer erklärt, ihre Schwester sei an jenem Abend ganz bestimmt dagewesen, ihr Mann meint, wenn seine Frau es sagt, muß es stimmen, und das Mädchen weiß es nicht. Man kann auch von einem Teenager nicht erwarten, daß er sich sehr dafür interessiert, wann seine Tante kommt.»

Wexford berichtete ihm, was er von der Telefonistin bei Sevensmith Harding erfahren hatte. «Natürlich kann sich das Mädchen irren, vielleicht redet es sich auch ein, es sei dieselbe Stimme gewesen, damit das Ganze noch ein bißchen dramatischer wird. Aber es ist durchaus möglich, daß die Frau, die bei Sevensmith Harding anrief, um Williams zu entschuldigen, und diejenige, die drei Wochen später mit Gardner telefonierte, um sich nach Williams' Verbleib zu erkundigen, ein und dieselbe war. Und wir wissen, daß der zweite Anruf von Joy Williams kam. Kurz nachdem ihr Mann verschwand, war Joy sehr erpicht darauf, mich hinzuzuziehen, später legte sich dieser Eifer, da verhielt sie sich eher ablehnend. Als ich das erste Mal mit ihr sprach, sagte sie nicht, daß sie an dem Abend ausgegangen war. Das erwähnte sie erst bei meinem zweiten Besuch. Joy betet ihren Sohn Kevin an. Die Tochter bedeutet ihr nichts, der Sohn alles. Was ist denn los, um Himmels willen?»

Burden war sehr blaß geworden, sein Gesicht wirkte seltsam angespannt, und seine Hände umklammerten die Armlehnen seines Sessels. «Sprechen Sie weiter.»

«Na schön. Also – ihr Sohn ruft jeden Donnerstag abend zu Hause an, und der bewußte Donnerstag war der erste nach den Ferien. Hätte eine Mutter, die so an ihrem Sohn hängt, nicht alles mögliche wissen wollen – Dinge, über die sich Mütter unter diesen Umständen eben den Kopf zerbrechen? Hatte er eine gute Reise gehabt? War sein Zimmer in Ordnung? Hatte er sich schon wieder eingewöhnt? Diese liebende Mutter aber wartet nicht auf seinen Anruf. Sie geht weg – nicht weil sie etwas Wichtiges vorhat, nicht zu irgendeiner Veranstaltung, die schon seit Monaten auf ihrem Programm steht, nein, sie geht zu ihrer Schwester, um dort fernzusehen. Was schließen Sie daraus?»

Burden, der seine unerklärliche Erregung inzwischen unterdrückt hatte, lachte gezwungen. «Sie reden wie Sherlock Holmes mit Dr. Watson.» Seit seiner zweiten Heirat las er ab und zu ein Buch, eine Veränderung an ihm, an die Wexford sich nicht gewöhnen konnte.

«Nein», antwortete er, «eher wie ein aufrechter Mann aus Sussex – einer Rasse, die unter einem schweigsamen Äußeren einen sehr gesunden Menschenverstand verbirgt.»

«Also schweigsam würde ich Sie nicht gerade nennen. War das ein Zitat von Sherlock Holmes?»

Wexford nickte. «Also, was denken Sie, Mike?» sagte er weniger geschraubt als vorher.

«Daß Joy Williams irgendwie mit ihrem Mann unter einer Decke steckt. Daß die beiden ein Komplott geschmiedet haben. Wenn Sie von mir wissen wollen, wieso und warum, bin ich überfragt, aber meiner Meinung nach soll alle Welt glauben, daß Williams tot ist. Er hat an dem Abend das Haus verlassen, und sie hat sich später irgendwo mit ihm getroffen. Was sie auch vorhatten, es durfte nicht im Haus geschehen, weil sie es vor ihrer Tochter ebenso geheimhalten mußten wie vor allen anderen Leuten. Am nächsten Morgen rief Joy Williams bei Sevensmith Harding an und entschuldigte ihren Mann mit Krankheit. Es ist natürlich Unsinn, wenn sie behauptet, sie habe nicht gewußt, daß er Marketing-Manager war und daß sie die Höhe seines Einkommens nicht gekannt habe. Als nächstes tippten er oder sie den Kündigungsbrief auf einer gemieteten Schreibmaschine. Wahrscheinlich war sie es, die nicht wußte, wie er Gardner anredete, und deshalb den Fehler machte, ‹Mr. Gardner› zu schreiben. Der verlassene Wagen, die weggeworfene Tasche gehörten zu einem Plan, der uns glauben machen sollte, daß Williams tot ist. Doch daß wir dem Fall immer mehr Aufmerksamkeit widmeten, erschreckte Joy, ihr wäre eine langsamere Gangart lieber gewesen. Daher ihre Zurückhaltung. Ich habe vorhin gesagt, ich kann mir nicht vorstellen, was das Ganze soll. Aber es könnte sich um Versicherungsbetrug handeln, nicht wahr?»

«Ohne Leiche, Mike? Ohne für den Tod mehr Beweise zu haben als eine weggeworfene Reisetasche? Und wenn Sie die Leute glauben machen wollen, Sie seien tot, gäbe es doch wahrhaftig ein gutes halbes Dutzend einfachere und überzeugendere Möglichkeiten, nicht wahr?»

«Dann sind Sie also meiner Meinung? Sie glauben nicht, daß er tot ist?»

«Ich weiß, daß er tot ist», sagte Wexford.

Am nächsten Tag stellte es sich heraus, daß er recht hatte.

Es sah wie ein Grab aus. Es hatte die Form eines Grabes, so klar umrissen, als sei es mit einer Steinplatte abgedeckt, obwohl das Edwin Fitzgerald zunächst gar nicht auffiel. Trotz seiner Form hätte er es als reine Kuriosität angesehen, als er vorüberkam, als Laune der Natur. Es war der Hund Shep, der seine Aufmerksamkeit darauf lenkte.

Edwin Fitzgerald war Polizeibeamter im Ruhestand, ein ehemaliger Hundeführer. Er wohnte in Pomfret und arbeitete halbtags als Wachmann in einer Fabrik in Stowerton. Der Hund Shep hatte, strenggenommen, keine Polizeiausbildung – als Drogenschnüffler zum Beispiel. Fitzgerald hatte ihn gekauft, nachdem sein letzter Hund gestorben war – ein wunderbarer Hund übrigens, intelligenter als jeder Mensch, ein Hund, der jedes Wort verstanden hatte. Shep konnte diesem Hund nicht das Wasser reichen und mußte es sich oft gefallen lassen, daß er mit ihm verglichen wurde, was immer zu Sheps Ungunsten ausfiel. Er verstand nicht jedes Wort, das Fitzgerald sagte, oder benahm sich zumindest so, als verstehe er es nicht.

An diesem Junimorgen, an dem es nicht regnete, dem ersten wirklich schönen Morgen in diesem Sommer, hörte Shep auf kein Wort, ignorierte alle Befehle, reagierte weder auf «hierher» noch auf «bei Fuß» und grub mit wahrem Feuereifer an einer Stelle, die für seinen Herrn wie ein von Unkraut überwuchertes Beet aussah. Shep buddelte wie besessen. Fitzgerald teilte ihm daher allen Ernstes mit, er sei ein Teufel, und Fitzgerald wisse nicht, was in ihn gefahren sei. Er brüllte sogar – was ein guter Hundeführer nie tun sollte –, und er drohte Shep mit der Faust, bis er sah, was der Hund ausgegraben hatte. Da verstummte er.

Es war ein menschlicher Fuß.

Fitzgerald war Polizist gewesen, und das hatte den doppelten Vorteil, daß er gelernt hatte, bei einer solchen Entdeckung nicht hysterisch zu werden und außerdem nichts anzufassen. Er nahm Shep an die Leine und zog ihn weg. Das dauerte eine Zeitlang, da Shep ein junger Deutscher Schäferhund war, der sich am liebsten noch stundenlang mit dem Ding beschäftigt hätte, das aus der Erde ragte.

Soweit Fitzgerald sehen konnte – nachdem es ihm gelungen war, den Hund wegzuziehen –, hing der Fuß noch an einem Bein und das Bein vermutlich an einem Körper. Er steckte in einem durchnäßten, schwärzlich verfärbten, schleimigen, mit Schlamm beschmierten Schuh, und am Knöchel klebte ein Stück verdreckten, durchweichten Stoffs, früher einmal der Aufschlag eines Hosenbeins. Shep hatte den Fuß aus einem merkwürdigen kleinen Rechteck ausgegraben. Es lag am Rand einer Wiese, auf der das Gras, kurz vor der Heuernte, so hoch stand, daß Shep darin verschwand, wenn er hineintauchte. Aber das Rechteck, das er entdeckt hatte – zwei Meter lang und nicht ganz einen Meter breit –, war dicht mit frischem Grün bepflanzt, als sei hier ein Gärtner am Werk gewesen. Es waren zwar lauter Unkrautpflanzen, aber so hübsch, daß man sie ruhig als Blumen bezeichnen konnte – rote Lichtnelken, Klee, Ehrenpreis –, und sie bedeckten das längliche Stückchen Boden so genau, als seien sie gesät worden.

Das Gras, das es umgab, war in Samen geschossen und trug leichte fedrige Samenköpfe in Braun, Beige und silbrigem Gold. Es war so hoch und so dicht, daß man das Rechteck nicht sah, wenn man auf dem Weg blieb. Um das Grab zu entdecken, war schon ein Hund nötig gewesen, der sich in die Wiese stürzte. Noch ein oder zwei sonnige Tage, dachte Fitzgerald, und der Farmer hätte das Heu geschnitten und selbstverständlich auch das Unkraut, ohne sich etwas dabei zu denken ... Shep war also doch ein guter Hund, auch wenn er nicht jedes Wort verstand, das Fitzgerald sagte.

Er ging den Weg zurück, schlug dann die Abzweigung nach Myfleet ein, lief den Hügel hinunter zu seinem Haus und rief die Polizei an.

7

Von der Pomfret Road schlängelt sich eine schmale Straße in die Hügel hinauf bis zum Waldrand. Der erlenblättrige Schneeball mit seinen cremefarbenen Blütenbüscheln bildet hier die Hecken, und darunter wächst, die Wiesen wie weiße Spitze einrahmend, der weißere, zartere Wiesenkerbel. Zu den Häusern – zu denen auch das von Edwin Fitzgerald gehörte – führen Fuß- und Karren- oder noch schmalere Heckenwege, aber die Straße sieht aus, als halte sie direkt auf den Obelisken zu.

Hier oben ist es wie im Flachland – ein baumloses Plateau, das sich bis zu dem Nadelwald im Osten erstreckt. An manchen Stellen tritt der Kreideboden hervor, auf dem üppiges Heidekraut blüht. Und alles überragt drohend der Obelisk, eine Nadel aus Granit mit einer viereckigen Spitze. Die Straße erreicht ihn jedoch nie. Eine Viertelmeile entfernt biegt sie scharf nach Osten ab und gabelt sich. Eine Abzweigung führt nach Myfleet, die andere nach Pomfret. Bald hat man die Heide hinter sich gelassen und geht wieder durch Wiesen. Die Leiche wurde in einer Wiese dicht am Überhang des Waldes gefunden, durch die diagonal ein Fußweg führt, eine Abkürzung nach Myfleet. Im Westen schien sich der Obelisk in den Himmel zu bohren und mit seiner Spitze die Wolkenfetzen aufzufangen.

Das Grab lag in einem Dreieck, das vom Wald, der Straße und dem Fußweg gebildet wurde, in einer leicht stumpfwinkligen Ecke der Wiese. Es war so nah beim Wald, daß die Luft harzig roch. Der Boden war leicht und sandig, mit Tannennadeln vermischt.

«Hier kann man leicht graben», sagte Wexford zu Burden. «Jeder, der nicht gerade altersschwach ist, könnte ein solches Grab in einer halben Stunde ausgehoben haben. Es tief genug zu graben, hätte ein bißchen länger gedauert.»

Sie sahen sich die nähere Umgebung der Fundstelle an, schätzten die Entfernung zur Straße und zum Fußweg ab, während Sir Hilary Tremlett, der Pathologe, mit dem Beamten, der als erster am Tatort gewesen war, der Exhumierung zusah, die mit größter Vorsicht bewerkstelligt werden mußte. Sir Hilary war ganz zufällig in Stowerton gewesen, als Fitzgerald angerufen hatte. Er hatte im Hospital eine Autopsie durchführen sollen. Es war noch nicht zehn Uhr, ein sonniger Morgen, der blaue Himmel mit unzähligen weißen

Wölkchen betupft. Aber alle Männer am Tatort, auch der kleine, plumpe adelige Pathologe, trugen Regenmäntel. Es hatte so viele Wochen tagtäglich geregnet, daß niemand es riskierte, ohne Regenmantel zu gehen. Man konnte kaum seinen Augen trauen.

«Durch den Regen ist das Unkraut so gewachsen», sagte Wexford. «Man sieht geradezu, was geschehen ist. Es ist ziemlich interessant. Überall hier wuchs Gras, dann wurde eine Grube ausgehoben und – das hineingelegt. Es wurde mit umgegrabener Erde zugedeckt, die Unkrautsamen und der Regen kamen, und was an dieser Stelle – und nur hier aus dem fruchtbaren Boden schoß, waren breitblättrige Pflanzen. Hätten wir einen trockenen Frühling gehabt, wäre hier mehr Gras und alles viel weniger grün gewesen.»

«Und der Boden härter. Wäre er nicht so weich gewesen, hätte der Hund wahrscheinlich nicht so hartnäckig weitergebuddelt.»

«Der Fehler war, daß das Grab nicht tief genug ausgehoben wurde. Man fragt sich unwillkürlich, warum er oder sie es nicht getan haben? Aus Faulheit? Zeitmangel? Zuwenig Licht? Die Regel, daß man ungefähr zwei Meter tief graben muß, ist schon richtig, weil solche – Dinge sich gern an die Oberfläche arbeiten.»

«Warum, wenn Ihre Theorie zutrifft», mischte sich Dr. Crocker ein, «muß man dann immer so tief graben, um antike Städte und Tempel und so weiter zu finden?»

«Fragen Sie nicht mich», antwortete Wexford. «Fragen Sie den Hund. Er ist hier der Archäologe. Wohlgemerkt, wir haben hier in Sussex keine Lava.»

Sie gingen ein bißchen näher an die Stelle heran, wo die Detectives Archbold und Bennett ihre knifflige Arbeit erledigten. Man sah schon, daß die Leiche des Mannes weder in eine Hülle eingeschlagen noch zugedeckt worden war, bevor man sie begrub. Die Erde hatte sie auch nicht verschmutzt, wie schwererer lehmiger Boden es möglicherweise getan hätte. Sie war verhältnismäßig sauber, durch und durch naß, hatte dunkle Flecke und verströmte den furchtbaren Geruch, den jeder der hier anwesenden Männer kannte, den süßlichen, fischigen, würgenden, gasähnlichen Gestank faulenden Fleisches. Ihn hatte der Hund gewittert, hatte ihn schön gefunden und wollte mehr davon.

«Ich habe mir schon oft gedacht», wandte sich Wexford an den Arzt, «daß wir mit Hunden nicht viel gemeinsam haben.»

«Das stimmt. In Augenblicken wie diesem begreifen wir, was wir schon immer vermutet haben, aber nie zugeben wollten – daß sie doch nicht fast menschlich sind.»

Das Gesicht war bleich, fleckig, aufgedunsen, die hellen Teile ähnelten in der Farbe einem Fischbauch. Wexford, durchaus nicht zimperlich und mit den Jahren abgehärtet, beschloß, das Gesicht erst wieder anzusehen, wenn er mußte. Die große, gewölbte Stirn, noch größer und gewölbter, weil das Haar ausgefallen war, sah aus wie ein großer gesprenkelter Stein oder eine krankhafte Geschwulst. Diese Stirn war es, die Wexford die Überzeugung eingab, daß der Tote Rodney Williams sein mußte. Er war natürlich in diesem Stadium nicht bereit, das offen zu erklären, doch wäre er sehr überrascht gewesen, wenn es sich nicht um Williams gehandelt hätte.

Sir Hilary war in die Hocke gegangen und beugte sich jetzt noch tiefer über die Leiche. Murdoch, der Beamte, der als erster am Tatort gewesen war, begann Entfernungen auszumessen und Berechnungen anzustellen. Er rief nach dem Fotografen, aber Sir Hilary hob abwehrend die Hand.

Wexford fragte sich, wie er den Gestank so dicht unter seinem Gesicht ertrug? Er schien das alles irgendwie zu genießen, die Leiche, die Atmosphäre, das Grauen, den Schmutz. Aber so waren Pathologen nun einmal, und das war gut. Wie schlimm für einen Pathologen, wenn er davor zurückscheute.

Die Leiche wurde einer langen und gründlichen Betrachtung unterzogen. Sir Hilary musterte sie aus nächster Nähe und von allen Seiten. Fast sah es so aus, als wolle er sie berühren, tat es aber dann doch nicht. Er hatte plumpe, stark gerötete, sehr saubere Hände. Er stand auf, nickte Murdoch und dem Fotografen zu, lächelte zu Wexford hinüber.

«Ich könnte nach dem Lunch ein bißchen dran herumstochern», sagte er. Er nannte seine Autopsien immer «herumstochern». «Habe heute nicht besonders viel zu tun. Irgendeine Ahnung, wer das sein könnte?»

«Ich glaube ja, Sir Hilary.»

«Da bin ich aber froh. Erspart uns eine Menge Scherereien. Wir wollen ihn ein bißchen hübsch machen, bevor seine Nächsten und Liebsten ihn zu sehen bekommen.»

Joy Williams, dachte Wexford. Nein, dem kann man sie wirklich nicht aussetzen. Er fühlte die Sonnenwärme weich und angenehm auf dem Gesicht, drehte sich um und blickte über die weiten Wiesen, die sich bis zur Pomfret Road erstreckten, grünes Gras, goldverbrämt, dazwischen dunkelgrüne Hecken, wie Gobelinbilder hineingewirkt, Schafe auf einem Hang. Doch er sah nur dieses Gesicht vor sich und eine Ehefrau, die es betrachtete. Dies furchtbare Antlitz löset mein Haar und läßt mein ruhig Herz an meine Rippen schlagen...

Ihm fiel auf, daß der nächste feste Punkt auf der Hauptstraße die Bus-Haltestelle war, in der das Mädchen Colin Budd überfallen hatte. Hatte das etwas zu bedeuten? Die Landstraße, die im Abstand von wenigen Metern an der Begräbnisstätte vorüberführte, mündete genau gegenüber der Bus-Haltestelle in die Pomfret Road. Aber Budd war Wochen nach dem Tod dieses Mannes niedergestochen worden. Man konnte den Schwager bitten, den Toten zu identifizieren. John Sowieso, den Apotheker. John Harmer.

Er schien ein vernünftiger Mann zu sein. Fünf oder sechs Jahre jünger als Williams, gehörte er zu den Menschen, bei denen alles stimmte – ein adretter, gut gebauter, nicht sehr großer Mann mit regelmäßigen Zügen und kurzem krausen Haar. Er hatte die Apotheke geschlossen und die Drogerieabteilung in der Obhut seiner Frau zurückgelassen.

Er holte tief Luft und sah dann die Leiche an. Er betrachtete das Gesicht, die regelmäßigen Züge ausdruckslos in ihrer Beherrschtheit. Er zeigte keine Gefühle – er nicht –, weder Schock noch Ekel, noch Mitleid. Fast glaubte man die Stimme einer Mutter zu einem kleinen krausköpfigen Jungen sagen zu hören: «Sei ein Mann, John. Wein nicht. Sei ein Mann.»

Harmer erinnerte sich daran und war ein Mann. Aber er hätte mit Macduff sagen können, es sei nicht genug, nach außenhin ein Mann zu sein, er müsse es auch fühlen, denn sein Gesicht wurde immer blasser, nahm die gleiche grünlichweiße Farbe an wie das der Leiche. Sein Magen, nicht sein Wille, hatte ihn im Stich gelassen. Oder drohte ihn im Stich zu lassen. Er ging hinaus an die Luft, in den Sonnenschein, fort von dem faulenden Fleisch im Leichenhaus, roch den Duft des sommerlichen Mittags, und die Galle hörte auf, ihn zu würgen. Er nickte Wexford zu, nickte heftiger und länger als nötig.

«Ist es Ihr Schwager Rodney Williams?»

«Ja.»

«Sind Sie ganz sicher?»

«Ich bin sicher.»

Wexford hatte daran gedacht, ihn zu bitten, Joy Williams die traurige Nachricht zu überbringen, jedoch rasch erkannt, daß Harmer kein geeigneter, geschweige denn mitfühlender Bote wäre. Er mußte es selbst tun. Tief in Gedanken, ging er zu Fuß in die Alverbury Road. Bevor er den Autopsiebericht bekam und das Labor Williams' Kleidungsstücke untersucht hatte, konnte er nicht viel unternehmen. Voller Ekel rief er sich die blutigen Stoffetzen um die Wunden herum in Erinnerung. Er war jetzt froh, daß er den Wagen von den Laborleuten so gründlich hatte untersuchen lassen, und das zu einer Zeit, zu der alle noch glaubten, Williams habe sich etwas zuschulden kommen lassen und bei Nacht und Nebel aus dem Staub gemacht.

Diese gipsähnlichen Krümel im Kofferraum konnten ein wichtiger Beweis sein. Zunächst hatte er angenommen, sie hingen irgendwie mit Williams' Arbeit zusammen, hätten zu seinem Alltag gehört. Aber Gardner hatte ihm erklärt, Williams habe die Ware, die er verkaufte, nie in die Hände bekommen. Der Wahrheit näher kam wohl, daß die Krümel sich in den Falten der blutbefleckten Kleidungsstücke verfangen hatten und die Leiche im Kofferraum transportiert worden war.

Im Vorgarten von Alverbury Road 31 hatte jemand den winzigen Rasen gemäht und die Ligusterhecke beschnitten. Es sah aus, als sei beides mit derselben stumpfen Schere gemacht worden. Rodney Williams war in einer Beziehung sehr häuslich gewesen, er hatte seinen Garten tipptopp in Ordnung gehalten.

Sara öffnete Wexford die Tür. Er hatte nicht erwartet, daß sie zu Hause sein würde, und war ein wenig betroffen. Es wäre ihm lieber gewesen, mit ihrer Mutter allein zu sprechen. Das Schuljahr war zwar noch nicht zu Ende, aber da sie das Abitur hinter sich hatte, brauchte sie vielleicht nicht mehr in die Schule zu gehen.

Sie trug ein kurzärmeliges reinweißes T-Shirt ohne Aufdruck. Arme und Hände hatte sie mit Filzstift bemalt. Da war wieder die grüne Schlange, dann ein Schmetterling mit einem Babygesicht, eine Rabenfrau mit aufreizenden Brüsten und gebreiteten Schwingen. Sie wirkte irgendwie obszön auf diesen glatten, goldenen, kindlich gerundeten Armen.

«Ist Ihre Mutter zu Hause, Sara?»

Sie nickte. Hatte sein Tonfall ihr alles verraten? Sie warf ihm, als sie durch den kurzen Korridor zur Küche gingen, einen ängstlichen Seitenblick zu.

Joy Williams war ahnungslos. Auf dem Tisch, an dem sie saß, standen die Überbleibsel eines Lunchs für zwei. Sie blickte mit einem leicht unfreundlichen, fragenden Blick auf. Sie hatten Fischstäbchen mit gebackenen Bohnen gegessen – eine unglückliche Mischung, fand Wexford. Woraus die Mahlzeit bestanden hatte, ersah er aus den reichlichen Resten auf Saras Teller. Joy hatte eine Frauenzeitschrift gelesen, eines jener Presseerzeugnisse, in denen es von Histörchen über Adelige wimmelt und die aufgeschlossene, moderne Frau alles über feine Häkelarbeiten, Kosmetik, Liebe und gemütliche Teestunden lernen kann. Die Zeitschrift lehnte an einer Flasche Sojasoße. Wahrscheinlich eine rührende Aufmerksamkeit von Sara für ihre Mutter. Was tut eine Tochter in einer Situation wie dieser? Geht sie zu ihrer Mutter und legt den Arm um sie? Oder stellt sie sich zumindest hinter ihren Stuhl? Sara ging zum Spülbekken, kehrte ihnen den Rücken und schaute aus dem Fenster über der Spüle, betrachtete das Gras, den Zaun und die kümmerlichen kleinen Apfelbäumchen.

Wexford sagte Joy, man habe ihren Mann gefunden. Die Leiche ihres Mannes. Mehr als das konnte er ihr nicht sagen, er wußte nicht mehr. Saras Schultern zuckten. Joy Williams beugte sich über den Tisch und preßte die Hände auf den Mund. So blieb sie ein paar Minuten sitzen. Der Wasserkessel auf dem Herd begann zu pfeifen. Sara drehte sich um, stellte das Gas ab und sah ihre Mutter an. Sie verzog dabei den Mund, als habe sie Zahnweh.

«Wollen Sie eine Tasse Kaffee?» fragte Joy.

Wexford schüttelte den Kopf. Sara gab Pulverkaffee in zwei Tassen. Auf einer war ein großes «S», auf der anderen der Kopf des Prince of Wales. Joy nahm einen Löffel Zucker, überlegte kurz und nahm einen zweiten.

«Muß ich ihn – sehen?»

«Ihr Schwager hat ihn schon identifiziert.»

«John?»

«Haben Sie mehrere Schwäger, Mrs. Williams?»

«Rod hat einen Bruder in Bath. ‹Hatte› sollte ich wohl sagen. Ich meine, er ist noch am Leben, soviel ich weiß, und Rod nicht mehr.»

«O Mutter!» sagte Sara. «Um Himmels willen!»

«Halt du den Mund, du kleine Kuh!» schrie Joy Williams.

Sie sagte kein Wort mehr, sondern fuhr fort zu schreien, hämmerte mit den Fäusten auf den Tisch, so daß die Kaffeetasse hinunterhüpfte, auf dem Boden zerbrach und der Kaffee sich über die ganze Kokosmatte ergoß. Joy schrie, bis Sara ihr heftig ins Gesicht schlug – schon ganz Ärztin, ganz kühler Kopf bei einem Notfall. Wexford hütete sich davor, es selbst zu tun. Einmal hatte er einer hysterischen Frau eine Ohrfeige gegeben, und hinterher hatte man ihm mit einer Anzeige wegen Körperverletzung gedroht.

«Wer könnte sich ein bißchen um sie kümmern?» fragte er. Mrs. Milvey? Er dachte an Dora, verwarf den Gedanken aber sofort wieder.

«Sie hat keine Freundinnen. Ich nehme an, Tante Hope wird bald kommen.»

Mrs. Harmer. Natürlich. Hope und Joy – Hoffnung und Freude. Mein Gott, was für Namen, dachte er. Sara saß jetzt bei ihrer Mutter und hielt ihre Hand. Joy war erschöpft zurückgesunken, ihr Kopf hing über die Lehne des Küchenstuhls nach hinten, und sie weinte lautlos vor sich hin. Wexford spürte jedoch, daß Sara die Nähe ihrer Mutter nur mit Widerwillen ertrug, den sie mit ganzer Kraft zu unterdrücken suchte. Sie zitterte fast vor Widerwillen. Beide würden erst wieder frei atmen können, wenn sie nicht mehr unter einem Dach leben mußten. Sara konnte es kaum mehr erwarten, ihre Abiturnoten zu erfahren und die Bestätigung zu erhalten, daß sie in St. Biddulph angenommen war. Der Oktober und der Semesteranfang konnten nicht schnell genug für sie kommen.

«Ich bleibe bei Mutter», sagte sie, und in der Art, in der sie es sagte, lag ein gewisser Stoizismus. «Ich gebe ihr eine Tablette. Sie hat Valium im Haus. Ich gebe ihr zwei Valium und suche im Fernsehen ein hübsches Programm für sie aus.»

Das stets bereite Universalheilmittel.

Für den Lunch war es jetzt zu spät. Er würde mit Burden im Büro ein paar Bissen essen, sich aus der Kantine ein Sandwich bringen lassen. Er hatte versprochen, um halb drei mit der Presse zu reden. Nun ja, mit dem jungen Varney von der Lokalzeitung, der die überregionalen mit Nachrichten versorgte.

Auf dem Platz vor der Polizeistation stand ein Aufnahmewagen mit der Aufschrift *TV Süd*, und ein Kamerateam stieg eben aus.

«Sie waren oben am Wald und haben das Grab, Fitzgerald und den Hund gefilmt», sagte Burden. «Sie sollen der nächste sein.»

«Das ist gut. Dann kann ich das Spektakel zu einem Aufruf an die Leute benutzen, die Williams' Wagen irgendwo geparkt gesehen haben.» Wexford kam ein weniger erfreulicher Gedanke. «Sie werden mich doch nicht schminken wollen, oder?» Er war noch nie im Fernsehen gewesen.

Burden sah ihn sauertöpfisch an und zuckte mit geradzu beleidigender Gleichgültigkeit die Achseln.

«Es bedeutet schließlich nicht das Ende der Welt, wenn sie's tun, oder?»

Es gab keinen besseren Augenblick als diesen, auch wenn er in zehn Minuten seinen ersten Fernsehauftritt haben sollte.

«Was war das Ende Ihrer Welt, Mike? Was ist passiert?»

Burden wandte sofort den Blick ab. Er murmelte etwas, was Wexford nicht hören konnte, so daß er ihn bitten mußte, es zu wiederholen.

«Ich habe gesagt, ich sollte Ihnen wahrscheinlich wirklich erklären, was los ist.»

«Ja. Ich will es wissen.» Wexford sah Burden an und sah zum erstenmal, daß sich graue Haare unter seine blonden gemischt hatten. «Irgend etwas stimmt nicht mit dem Baby, nicht wahr?»

«Ganz recht.» Burdens Stimme klang sehr trocken. «Jennys – nicht meiner Meinung nach.» Er lachte bellend auf. «Es ist ein Mädchen.»

«Was?»

Wexfords Telefon klingelte. Er nahm ab. *TV Süd*, der *Kingsmarkham Courier* und noch zwei andere Reporter warteten unten auf ihn. Burden war schon gegangen und hatte ganz leise die Tür hinter sich geschlossen.

8

Sie deckte den Tisch mit dem Silber und den Gläsern, die sie zur Hochzeit geschenkt bekommen hatte. Die Spitzendecke hatte sie während ihres ersten Urlaubs nach der Hochzeitsreise in Venedig gekauft. Die Hausarbeit hatte ihr viel Freude gemacht, nachdem sie ihren Beruf als Lehrerin aufgegeben hatte, weil sie wußte, daß sie ein Baby erwartete. Es war natürlich das Neue, das sie so reizvoll fand – den ganzen Tag zu Hause zu sein und Haushalt zu spielen. Seither war sie gleichgültig geworden, war gegen alles gleichgültig geworden. Nur nicht gegen das Kind. Und das Kind haßte sie.

Manchmal, wenn sie den Staubsauger vor sich herschob oder aufräumte, liefen ihr die Tränen aus den Augen und die Wangen hinunter. Sie weinte, weil sie nicht glauben konnte, daß sie fähig war, das Kind zu hassen, das in ihr wuchs, obwohl sie sich so sehr nach einem Baby gesehnt hatte. Das hatte sie bei der zweiten Sitzung auch der Psychiaterin gesagt, die ihr praktisch schweigend zugehört hatte. Einmal hatte sie gefragt: «Warum sagen Sie das?», und einmal hatte sie Jenny aufgefordert, weiterzusprechen. Darüber hinaus hatte sie ihr nur aufmerksam zugehört.

Mike hatte ihr vorgeschlagen, zur Psychiaterin zu gehen. Weil er sonst für die Psychotherapie nur Hohn und Spott übrig hatte, war sie so überrascht gewesen, daß sie sich widerspruchslos fügte. Außerdem konnte sie wenigstens irgendwohin gehen, konnte etwas anderes unternehmen, als zu Hause zu sitzen, über die Zukunft, ihre Ehe und das unerwünschte Kind nachzugrübeln. Und natürlich zu weinen, wenn sie sich daran erinnerte, wie das Leben früher gewesen war, als die Tage zu kurz schienen, als sie den Sechstkläßlern in Haldon Finch Geschichte beibrachte, in einem Orchester Violine spielte und einen Kunstgeschichte-Kurs für Fortgeschrittene besuchte.

Jenny verachtete sich selbst, doch das änderte nichts. Sie fand ihr Selbstmitleid widerlich.

Das Geräusch eines Schlüssels, der sich im Schloß drehte – altehrwürdiges Liebesbarometer – ließ ihren Herzschlag nicht stocken, bewirkte gar nichts bei ihr, außer daß sie sich ein wenig vor dem Abend zu fürchten begann, der vor ihnen lag. Mike kam herein und küßte sie. Das hatte er noch nicht aufgegeben.

«Wie war's beim Gehirnklempner?»

Sie nahm ihm seine Ungeduld übel. Sie sollte gesund werden, damit das Leben so weitergehen konnte wie früher, das fühlte sie. «Was hast du erwartet? Ein Wunder nach zwei Sitzungen?»

Sie setzte sich. Sie fühlte sich dann ein wenig besser, weil man den Bauch nicht so sah. Und das Kind war still, Gott sei Dank, strampelte und trat nicht.

«Laß dir von ihm keine Medikamente geben.»

«Es ist eine Frau.»

Am liebsten hätte sie geschrien vor Lachen. Was für eine bittere Ironie! Sie war Lehrerin, diese andere Frau Psychotherapeutin, und Mikes Tochter Pat stand kurz vor ihrem Staatsexamen als Zahnärztin, und doch saß sie hier und benahm sich so unterwürfig wie eine völlig bedeutungslose Nebenfrau in einem Harem. Weil das Baby ein Mädchen war.

Er brachte ihr einen Drink. Orangensaft mit Perrier. Er trank Whisky, einen großen, und würde sich in ein paar Minuten einen zweiten einschenken. Vor kurzem noch hatte er keinen Alkohol gebraucht, wenn er nach Hause kam. Sie sah ihn an und wünschte, sie brächte es fertig, seinen Arm zu berühren oder seine Hand zu halten. Eine Apathie hinderte sie daran, die genauso stark war wie Energie.

«Mike», sagte sie – und sagte es zum hundertstenmal –, «ich kann nichts dafür. Ich wünschte, ich könnte etwas dagegen tun. Ich hab's versucht.»

«Das beteuerst du immer wieder. Ich verstehe es trotzdem nicht. Es übersteigt meinen Verstand.»

Sie schlug die Augen nieder und sagte leise: «Meinen auch, Mike.» Das Kind begann sich zu bewegen, flatternd zuerst, dann mit einem herzhaften Tritt gegen ihre unterste Rippe. Sie hatte plötzlich Sodbrennen. «Ich wünschte, ich hätte dieses Zeug nie machen lassen!» schrie sie auf. «Ich hätte es nie zulassen dürfen! Sie hätten es mir nicht sagen dürfen! Warum hab ich's nur zugelassen? Wenn ich nichts wüßte, wäre ich heute noch glücklich. Ich hätte das Baby bekommen, und es wäre mir egal gewesen, was es ist. Ich hätte mich über mein gesundes Baby gefreut. Ich wollte ja nicht unbedingt einen Sohn – oder vielmehr, ich wußte nicht, daß ich unbedingt einen wollte. Es war mir egal, was es ist, solange ich nichts wußte. Seit ich es weiß, kann ich's nicht ertragen. Ich kann das alles nicht durchstehen – nicht für ein Mädchen. Die Schwangerschaft, die Geburt, den Schmerz, die Arbeit, die Sorge, den Zwang, es ein Leben lang um mich zu haben – ich halte es nicht aus!»

Mike hörte das nicht zum erstenmal. Es kam ihm vor, als wiederhole sie es Abend für Abend. Das war es, was er zu erwarten hatte, wenn er nach Hause kam. Leicht variiert, abgeändert, mit abgewandelten Redewendungen, aber dem Sinn nach immer dasselbe. Sie sagte es immer wieder, sagte immer dasselbe, sagte es jeden Abend so oft und so lange, bis sie erschöpft war oder weinte oder völlig kaputt in ihrem Sessel zusammensank; oder bis sie, jeden Tag früher, ins Bett ging. Vergeblich hatte er sie gefragt, warum sie ein solches Vorurteil gegen Mädchen hatte, sie, eine engagierte Feministin? Sie unterstützte die Frauenbewegung, sagte, daß ihr die kleinen Töchter ihrer Freundinnen lieber seien als die kleinen Söhne, sie kam mit ihrer Stieftochter besser aus als mit ihrem Stiefsohn und erklärte, sie unterrichte lieber Mädchen als Jungen.

Sie wußte nicht, warum, sie wußte nur, daß es so war. Die lang ersehnte Schwangerschaft, die sie anfangs unendlich glücklich gemacht hatte, hatte sie in den Wahnsinn getrieben. Das schlimmste war, daß auch er allmählich anfing, das ungeborene Kind zu hassen, und wünschte, es wäre nie gezeugt worden.

In der Wein-Bar war es dunkel und kühl. Die höhlenähnlichen Keller waren bei der Sanierung eines alten Hauses in der Queen Street in Kingsmarkham entdeckt worden. Der Besitzer hatte der Versuchung widerstanden, Deckenbalken einzuziehen und mit Feuersteinschlössern und kupfernen Wärmepfannen eine falsche mittelalterliche Atmosphäre zu schaffen. Er hatte lediglich die niedrigen, breiten Mauerbögen weiß getüncht, den Boden gefliest und Tische und Stühle aus Fichtenholz mit dunklen Astlöchern hineingestellt.

Wexford und Burden gingen zweimal wöchentlich in den *Old Cellar* zum Lunch. Das Lokal hatte den großen Vorteil, an kalten Tagen warm und an heißen Tagen wie dem heutigen, kühl zu sein. Auf der Speisekarte stand Quiche mit Salat, geräucherte Makrele, Kohlsalat, Schweinepastete, Quiche, Quiche und noch einmal Quiche.

«Was haben sie in solchen Lokalen auf die Speisekarte geschrieben, bevor die Quiche in Mode kam? Ich meine, vor noch nicht allzu langer Zeit konnte ein Engländer doch noch offen zugeben, er habe das Wort ‹Quiche› noch nie gehört.»

«Aber gegessen hat er es schon immer», entgegnete Wexford. «Nur hat er Käse- und Zwiebelpastetchen dazu gesagt.»

Er hatte die Morgenzeitung mitgebracht. Der *Kingsmarkham Courier* war ein Wochenblatt und erschien erst freitags. Die überregionalen Tageszeitungen hatten über die Entdeckung von Rodney

Williams' Leiche nur eine einspaltige Notiz gebracht, ohne Einzelheiten oder Hintergrundinformationen, obwohl Wexford überzeugt war, daß Varney alles haarklein weitergegeben hatte. Der *Daily Telegraph* hatte lediglich berichtet, daß in einem flachen Grab die Leiche eines Mannes gefunden und später als die von Rodney Williams, Angestellter aus Kingsmarkham in Sussex, identifiziert worden war. Nichts über Joy, nichts über seine Kinder, nichts über seine Stellung bei Sevensmith Harding oder die Tatsache, daß er zwei Monate lang als vermißt gegolten hatte. Wexford war zwar im Fernsehen erschienen, aber nur in dem kurzen regionalen Teil nach den Nachrichten. Der Halbstundenfilm, den sie mit ihm gedreht hatten, war auf dürftige fünfundvierzig Sekunden zusammengeschnitten worden.

Die Leichen von Männern mittleren Alters hatten nicht den gleichen Nachrichtenwert wie die von Frauen und Kindern. Frauen gaben immer etwas her. Vielleicht würde es damit ein Ende haben, wenn sie eines Tages nicht nur ihre Rechte hatten, sondern wirklich gleichberechtigt waren. Eine interessante Überlegung, und eine, die ihn daran erinnerte ...

«Sie wollten mit mir über Ihre privaten Probleme sprechen, als wir unterbrochen wurden, Mike.»

«Es ist nicht so, daß sie im allgemeinen etwas gegen Mädchen hat», sagte Burden. «Sie ist schließlich Feministin. Ich meine, es handelt sich nicht um dieses dämliche ‹Ich muß einen Erben haben› oder ‹Jede Frau möchte einen Sohn haben, um sich selbst zu bestätigen›. Ich glaube sogar, daß sie insgeheim denkt, Frauen seien besser als Männer – klüger und flexibler und so weiter. Sie sagt, sie versteht es selber nicht. Sie sagt, vor dieser Untersuchung sei das Geschlecht des Kindes für sie kein Problem gewesen, aber als man ihr sagte, daß es ein Mädchen ist, war sie – nun ja, bestürzt. Am Anfang. Es wurde schlimmer. Und jetzt ist es nicht nur Bestürzung, es ist Haß.»

«Warum will sie kein Mädchen?» Wexford erinnerte sich an verschiedene Sprüche, die seine Tochter Sylvia, Mutter zweier Söhne, von sich gegeben hatte. «Ist sie der Meinung, daß Frauen in unserer Gesellschaft die zweite Geige spielen, und glaubt es daher nicht verantworten zu können, noch eine in die Welt zu setzen?» Um sich für seine unverblümte Bemerkung zu entschuldigen, fügte er hinzu: «Diese Meinung ist mir nämlich schon zu Ohren gekommen.»

«Sie weiß es nicht. Sie sagt, seit die Welt besteht, sind Söhne immer den Töchtern vorgezogen worden, und das hat sich inzwischen tief in das Gedächtnis der menschlichen Rasse eingebrannt, in das, wie sie es nennt, kollektive Unterbewußtsein.»

«So hat Jung es genannt.»

Burden zögerte, überging dann aber die Bemerkung. «Sie ist wahnsinnig, wissen Sie. Die Schwangerschaft hat sie um den Verstand gebracht. Sehen Sie mich bloß nicht so an. Mir ist es längst egal, ob man mich für unloyal hält oder nicht. Sie ist mir inzwischen überhaupt völlig gleichgültig geworden, wenn Sie's unbedingt wissen wollen. Wissen Sie, was sie sagt? Sie sagt, sie kann unmöglich – nun ja, etwa zwanzig Jahre mit jemandem zusammen leben, den sie schon haßt, bevor er geboren ist. Wie wird mein Leben aussehen, wenn das so weitergeht?»

«Auf das Risiko hin, ein uraltes Klischee zu äußern, möchte ich behaupten, daß sie anders empfinden wird, wenn das Baby erst mal da ist.»

«Ach, tatsächlich? Können Sie mir das garantieren? Sie wird es lieben, wenn man es ihr in die Arme legt? Wollen Sie hören, was sie noch so von sich gibt? Sie sagt, sie will das Kind nie sehen. Es soll sofort zur Adoption freigegeben werden, bevor einer von uns beiden es gesehen hat. Ich habe Ihnen doch gesagt, daß sie wahnsinnig ist.»

Wexford hatte das Gefühl, unbedingt etwas trinken zu müssen, aber er konnte nicht mitten am Tag zu Alkohol greifen, dazu hatte er zuviel zu tun. Burden trank auch nichts. Doch nach dem zu urteilen, wie er jetzt manchmal am Morgen aussah, hob er es sich auf, bis er nach Hause kam. Sie beglichen die Rechnung und kletterten die alten Stufen des *Old Cellar* hinauf. Draußen schien die Junisonne so grell, daß sie blinzeln mußten.

«Sie geht zu einer Psychiaterin. Die ist meine einzige Hoffnung. Ausgerechnet ich setze auf die Psychos! Wenn ich so etwas sage, frage ich mich manchmal wirklich, was aus mir geworden ist.»

Sir Hilary Tremletts Autopsiebericht war eingetroffen. Gerade als Burden ging, kam Dr. Crocker, um Wexford die unverständlichen Passagen zu erklären. Sie trafen sich in der Tür. Mürrisch und einsilbig schob Burden sich an Crocker vorbei. Der Doktor lachte.

«Mike hat eine komplizierte Schwangerschaft.»

Wexford dachte nicht daran, ihn über die Situation aufzuklären. Burden hatte den anderen Stuhl unter den Tisch geschoben, und Wexford stieß ihn mit der Schuhspitze wieder heraus.

«Sir Hilary schreibt hier, er habe in Williams' Magen und in anderen Organen dreihundertzwanzig Milligramm Cyclobarbital gefunden. Was ist Cyclobarbital?»

«Ein intermediär wirkendes Barbiturat – das heißt, daß es ungefähr acht Stunden wirkt, eine schlaffördernde Droge, ein Schlafmittel, wenn Sie so wollen. Der gebräuchliche Markenname ist Phanodorm, glaube ich. Die gebräuchliche Dosis sind zweihundert Milligramm. Aber dreihundertzwanzig würden ihn auch nicht umbringen. Ich nehme an, er hat zwei Tabletten zu je zweihundert Milligramm genommen.»

«Aber daran ist er doch nicht gestorben, nicht wahr? Er starb an den Stichwunden.»

Wexford blickte auf, weil der Doktor ihn eindringlich ansah. Sie dachten beide dasselbe. Sie dachten an Colin Budd und Brian Wheatley.

«Sein Tod wurde durch einen Stich herbeigeführt, der die Halsschlagader durchtrennte.»

«Ach! Tatsächlich? Da muß das Blut doch gesprudelt sein wie ein Springbrunnen.»

«Im Hals, in der Brust und im Rücken hatte er noch sieben weitere Stiche. Hier steht eine Menge über verschiedene Gewebearten.» Wexford reichte die Blätter über den Tisch und behielt nur eins. «Mich interessiert mehr, was Sir Hilary über Form und Größe des Messers schreibt. Ein großes Küchenmesser mit einer Dolchspitze scheint es gewesen zu sein.»

«Sir Hilarys Schätzung nach wurde Williams vor sieben oder acht Wochen getötet. Was meinen Sie? Hat er zwei Schlaftabletten genommen, und jemand hat ihm den Garaus gemacht, während er selig schlummerte? Sie sind der Meinung, daß er schon kurz nach sechs ermordet wurde, bald nachdem er das Haus verlassen hatte. Aber warum sollte er um diese Zeit Schlaftabletten nehmen?»

«Er könnte sie mit einem anderen Medikament verwechselt haben», sagte Wexford nachdenklich. «Mit Tabletten gegen zu hohen Blutdruck zum Beispiel. Er litt darunter.»

Während der Arzt las, griff Wexford nach dem Telefon und ließ sich mit Wheatleys Nummer verbinden. Wheatley hatte gesagt, er arbeite nur dreimal wöchentlich in London, es bestand daher die Möglichkeit, daß er zu Hause war. Er war da.

«Ich finde, Sie haben kein besonders überwältigendes Interesse für meinen Fall gezeigt», sagte er gekränkt.

Darauf wollte Wexford gar nicht eingehen. Außerdem stimmte es. Sie hatten sich wirklich nicht sonderlich für einen Mann interessiert, dem von einer Anhalterin der Daumen mit einem Messer angekratzt worden war. Doch seither hatte der Zwischenfall einen anderen Aspekt bekommen.

«Sie haben mir eine genaue Beschreibung des Mädchens gegeben, das Sie angegriffen hat, Mr. Wheatley», sagte er. «Die Tatsache, daß Sie ein so guter Beobachter sind, hat mich auf den Gedanken gebracht, daß Ihnen vielleicht noch mehr aufgefallen ist. Denken Sie bitte darüber nach, und versuchen Sie sich an alles zu erinnern, was passiert ist. Vor allem hätten wir gern noch nähere Informationen über das Aussehen des Mädchens, über ihre Stimme und so weiter. Wir kämen gern zu Ihnen. Geht das?»

Beschwichtigt antwortete Wheatley, er wolle gern darüber nachdenken und ihnen alles sagen, woran er sich erinnere. Und sie könnten gern irgendwann im Lauf des Abends kommen.

«Es kann nicht in einem Wagen passiert sein, Reg», sagte der Doktor. «Dazu war die Sache zu blutig.»

«Dann vielleicht im Freien?»

«Und hinterher hat man ihm den Hals mit einem geblümten Geschirrtuch von Marks & Spencer verbunden, wie?»

«Davon steht hier nichts drin.»

«Ich habe es zufällig gemerkt, als der arme Teufel exhumiert wurde. Zu Hause haben wir nämlich so ein Tuch.»

Das Telefon klingelte. «Mr. Wexford», sagte die Telefonistin, «hier ist eine Mrs. Williams, die gern mit jemandem über Mr. Rodney Williams sprechen möchte.»

Joy, dachte Wexford. Na schön.

«Mrs. Joy Williams?»

«Mrs. Wendy Williams.»

Die Schwägerin? Die Frau von Williams' Bruder aus Bath? Wenn du nicht weißt, was als nächstes passieren soll, rät Raymond Chandler seinen ebenfalls Kriminalromane schreibenden Kollegen, dann laß einen Mann mit einem Revolver auftreten. Kann es, dachte Wexford, in einem echten Mordfall eine wirkungsvollere

Überraschung geben als den Auftritt einer mysteriösen Frau aus Bath?

Er sah auf, als Burden wieder hereinkam. Burden hatte die Kleidungsstücke untersucht, die man an Williams' Leiche gefunden hatte – eine blaue Unterhose, sehr verschieden von der weißen Unterwäsche, die in der Alverbury Road im Schrank lag, braune Socken, eine rehfarbene Sporthose aus Köper, ein blau, braun und cremefarben gestreiftes Hemd und einen dunkelblauen Pullover von Yves St. Laurent. In der Gesäßtasche der Hose steckten ein Scheckbuch für eines der Konten bei der Anglican-Victorian Bank in Pomfret (R. W. Williams, Privatkonto), eine Brieftasche mit einem Fünfer, drei Ein-Pfund-Noten und zwei Kreditkarten, Visa und American Express, aber weder Auto- noch Hausschlüssel.

«Wahrscheinlich hing sein Hausschlüssel am selben Ring wie der Wagenschlüssel», sagte Burden. «Ich halte es jedenfalls so.»

«Auf jeden Fall können wir jetzt an das Bankkonto heran. Dr. Crocker hat gesagt, um Williams' Hals sei ein Geschirrtuch gewikkelt gewesen. Wahrscheinlich um das Blut zu stillen.»

«Er hatte zwei Geschirrtücher und von einem Bettuch abgerissene Streifen um den Hals», antwortete Burden. «Und das Blut hat sie völlig durchtränkt, bevor es anfing zu gerinnen.»

Es klopfte. Bennett kam mit einer jungen Frau herein, die ganz und gar nicht aussah wie eine biedere Ehefrau aus Bath.

«Mrs. Wendy Williams, Sir.»

Sie sah aus wie fünfundzwanzig. Ein hübsches Mädchen mit einem zarten, nervösen Gesicht und blonden Locken. Wexford forderte sie auf, sich zu setzen, nachdem der Doktor aufgesprungen war. Sie ließ sich in den Sessel sinken, umklammerte die Armlehnen und zuckte zusammen, als Crocker auf dem Weg zur Tür hinter ihr vorbeiging. Burden schloß die Tür hinter ihm und blieb dort stehen.

«Warum wollten Sie mich sprechen, Mrs. Williams?»

Sie antwortete nicht. Sie musterte ihn mit einem durchdringenden Blick und fuhr sich immer wieder mit der Zungenspitze über die Lippen.

«Ich nehme an, Sie sind Rodney Williams' Schwägerin? Oder irre ich mich?»

Sie rutschte mit dem ganzen Körper ein bißchen tiefer in den Sessel, ließ aber die Armlehnen nicht los. «Seine Schwägerin?

Wieso seine Schwägerin?» Sie wartete seine Antwort nicht ab. «Hören Sie, ich – ich weiß nicht, wie ich es sagen soll. Ich war so – ich habe fast den Verstand verloren.» Ihre Stimme wurde immer schriller, wie vor einem hysterischen Anfall. «Ich hab's in der Zeitung gelesen – da war so eine kleine Notiz, und ... Ist dieser – dieser Mann, der da gefunden wurde ... Ist das mein Mann?»

9

Er hatte nur selten Gelegenheit, jemandem etwas Erfreuliches zu sagen, und wollte schon antworten: «Nein, natürlich nicht. Die Leiche wurde identifiziert.» Wendy Williams hielt sich noch immer an den Armlehnen des Sessels fest und rieb mit den Fingerspitzen das Holz.

«Wie ist der vollständige Name Ihres Mannes, Mrs. Williams?»

«Rodney John Williams. Er ist achtundvierzig.» Sie sprach in kurzen, abgehackten Sätzen und wartete nicht, bis sie gefragt wurde. «Einsachtzig groß. Blond mit ein bißchen Grau drunter. Er ist Vertreter. In der Zeitung steht, daß er Vertreter ist.»

Burden starrte sie an, senkte dann den Blick. Sie schluckte und gab sich Mühe, gegen ihre Panik anzukämpfen, indem sie die Muskeln aufs äußerste anspannte.

«Könnten Sie – bitte ich habe ein Foto hier.»

Sie ließ die Armlehnen los, doch als sie ihre Handtasche öffnen wollte, gehorchten ihr die Hände zuerst nicht. Das Foto, das sie Wexford reichte, flatterte, so stark zitterte sie. Er betrachtete es ungläubig.

Es war Rodney Williams, die hohe, gewölbte Stirn, der schmale Mund zu einem breiten Lächeln verzogen. Das Foto, das Joy ihm gezeigt hatte, war älter gewesen. Dieses zeigte Williams in der Badehose – schlaffe, haarlose Brust, spindeldürre X-Beine – mit diesem Mädchen, das einen schwarzen Bikini trug, und einem zweiten Mädchen, auch im Bikini, aber nicht älter als zwölf Jahre. Wexfords Blick kehrte zu dem unverkennbaren Gesicht von Williams zurück, zu dem Kopf, dem man am liebsten eine Fransenperücke aufgesetzt hätte, um ihn dadurch zu verändern.

Sie wartete, beobachtete Wexford. Er nickte. Sie hob die zitternde Hand an die Brust, legte sie aufs Herz und erstarrte sekundenlang in dieser tragischen Pose. Dann fielen ihr die Lider zu, und sie sackte zur Seite.

Später sah er sich gezwungen, es für eine großartige schauspielerische Leistung zu halten, im Augenblick war er jedoch überzeugt, daß sie wirklich ohnmächtig geworden war. Burden nahm sie bei den Schultern und drückte ihr den Kopf auf die Knie. Wexford griff nach dem Telefon und bat, eine Polizeibeamtin heraufzuschicken, Polly Davies oder Marion Bayliss, welche gerade da war. «Außerdem brauche ich eine Kanne starken Tee. Und man soll die Zuckerdose nicht vergessen.»

Wendy Williams kam wieder zu sich, richtete sich auf und preßte das Gesicht in die Hände.

«Sie sind die Ehefrau von Rodney John Williams und wohnen in Pomfret in der Liskeard Avenue?»

Sie trank den Tee, ohne Zucker und sehr heiß, anfangs mit geschlossenen Augen. Als sie sie öffnete und ihn ansah, stellte er fest, daß sie sehr klar und tiefblau waren. Sie nickte langsam.

«Wie lange waren Sie verheiratet, Mrs. Williams?»

«Sechzehn Jahre. Im März haben wir unseren sechzehnten Hochzeitstag gefeiert.»

Er konnte es kaum glauben. Ihre Haut war so frisch und weich wie die eines jungen Mädchens, sie hatte so seidiges Haar wie ein Baby, und die Locken schienen natürlich zu sein. Sie merkte sein Erstaunen und war trotz ihres Schmerzes und ihrer Trauer geschmeichelt, es richtete sie ein wenig auf. Er sah ihr an, daß sie zu den Frauen gehörte, für die Komplimente, auch unausgesprochene, ein wahres Lebenselixier waren. Von ihnen zehrte sie. Ein schwaches, bebendes Lächeln umspielte ihren Mund. Er sah sich noch einmal das Foto an.

«Meine Tochter Veronica», sagte sie. «Ich habe sehr jung geheiratet. Mit sechzehn. Das Foto wurde vor drei oder vier Jahren aufgenommen.»

Er war also Bigamist gewesen, kein «Feld-Wald-und-Wiesen-Fremdgeher» mit einer Freundin in der Nachbarstadt, kein verheirateter Mann mit einer Reihe kostspieliger Geliebter, sondern ein braver, altmodischer, waschechter Bigamist. Wexford zweifelte nicht daran, daß Wendy Williams eine genauso gültige Heiratsurkunde hatte wie Joy, und wenn die ihre nicht rechtskräftig war, dann wußte sie es bestimmt nicht.

Deshalb also hatte er keine Kleidung zum Wechseln mitgenommen. Er hatte die Sachen in seinem zweiten Heim. Und mehr als das. Viel mehr. Wexford begriff jetzt den Sinn der beiden Bankkonten: eins, auf das sein Gehalt überwiesen wurde, und zwei gemeinsame, die er daraus versorgte, eins für jeden Haushalt – R. J. und J. Williams und R. J. und W. Williams. Er hatte sich nicht einmal einen neuen Namen zulegen müssen, um die zweite Ehe einzugehen – Williams gab es so viele, daß es nicht nötig war. Er war wie ein Moslem gewesen, der sich streng an das islamische Gesetz hält und dafür sorgt, daß jede seiner Frauen ein eigenes Haus hat. Der Unterschied war hier nur der, daß die beiden Frauen nichts voneinander wußten.

Daß Williams noch eine Ehefrau hatte, eine – wie man sie vielleicht nennen konnte – Hauptfrau, mußte die junge Frau erfahren. Und Joy durften sie auch nicht verschweigen, daß es eine zweite Familie Rodney Williams gab.

«Wann haben Sie Mr. Williams das letzte Mal gesehen?» fragte Wexford. Er nannte ihn bewußt nicht mehr «Ihren Mann», um allmählich auf das zuzusteuern, was er ihr zu sagen hatte.

«Ungefähr vor zwei Monaten. Kurz nach Ostern.»

Es war jetzt nicht der richtige Moment, um von ihr eine Erklärung für diese Lücke von acht Wochen zu verlangen. Er sagte ihr, er werde sie am Abend zu Hause aufsuchen. Polly Davies würde sich um sie kümmern und dafür sorgen, daß sie gut nach Hause käme.

Endlich hatte sich etwas ereignet, das Burden vorübergehend von seinen privaten Sorgen ablenkte. Sein Gesicht war so neugierig und lebhaft wie das eines kleinen Jungen.

«Was hat er Weihnachten gemacht?» sagte er. «Was Ostern? Wie hat er es mit dem Urlaub gehalten?»

«Das werden wir alles erfahren. Andere Bigamisten haben diese Probleme auch gelöst. Wahrscheinlich hatte er einen Strohmann.»

«Wozu denn das?»

«Nun ja, einen nicht existierenden Freund oder Verwandten, der ihn mit Alibis versorgt. Meiner Meinung nach war Williams' Strohmann eine alte Mutter.»

«Hatte er eine alte Mutter?»

«Das weiß der Himmel. Es wäre ihm aber durchaus zuzutrauen,

daß er eine erfunden hat. Sie wissen doch, daß es heißt, wenn es keine Mütter gäbe, müßte man sie erfinden, weil man sie braucht.»

Burden zuckte zusammen. «Glauben Sie, daß er an dem Abend, an dem er aus der Alverbury Road wegging, zu seiner zweiten Familie fuhr?»

«Ich denke, daß er die Absicht hatte, hinzufahren. Ob er je dort eintraf, ist etwas anderes.»

Von Williams' Familienverhältnissen fasziniert, fuhr Burden fort: «Während Joy glaubte, er fahre für Sevensmith Harding nach Ipswich, war er bei Wendy. Und wo war er Wendys Meinung nach, wenn er sich bei Joy aufhielt?»

«Ich glaube, sie wußte gar nicht, daß er bei Sevensmith Harding angestellt war. Wahrscheinlich hat er ihr über das, was er tat, lauter Lügenmärchen erzählt.»

«Man müßte doch annehmen, daß er manchmal ihre Namen verwechselt hat – ich meine, daß er Wendy Joy und Joy Wendy nannte.»

«Aus Ihnen spricht der unschuldige monogame Ehemann», erwiderte Wexford und verdrehte die Augen. «Was glauben Sie, wie das verheiratete Männer mit Freundinnen machen? Die Ehefrau und alle anderen werden einfach ‹Liebling› tituliert.»

Burden schüttelte den Kopf, als sei er überfordert, wenn er an so etwas auch nur denken sollte. «Glauben Sie, daß eine der beiden ihn getötet hat?»

«Und dann hat sie die Leiche zu dem Grab geschleppt und hineingelegt? Williams hat fast zwei Zentner gewogen – oder hundertneunzig Pfund oder fünfundneunzig Kilo oder wie immer das jetzt heißt.»

«Es könnte Wendy gewesen sein, die das erste Mal bei Sevensmith Harding angerufen hat.»

«Haben Sie den Eindruck, daß ihre Stimme wie die von Joy klingt?»

Burden mußte zugeben, daß das nicht der Fall war. Joys Stimme war monoton, akzentfrei. Wendys Stimme klang wie die eines kleinen Mädchens, sehr angenehm, und außerdem lispelte sie leicht. Wexford sprach noch über Stimmen, über die ziemlich unschöne, aber trotzdem einprägsame Stimme von Joy Williams, als das Telefon abermals klingelte.

«Noch eine junge Dame, die mich sprechen möchte», sagte er zu Burden, als er auflegte.

«Blaubarts dritte Frau?» Es war seit zwei Monaten der erste schwache Scherz, zu dem Burden sich hinreißen ließ.

Wexford nahm es erfreut zur Kenntnis. «Sagen wir, es ist ein Fan von mir, jemand, der mich im Fernsehen bewundert hat.»

«Hören Sie, wie wär's, wenn ich jetzt mit Martin zu Wheatley hinüberführe? Dann könnte ich Sie heute abend zu Wendy Williams begleiten.»

«Okay, und wir nehmen Marion mit.»

Das Mädchen kam mit überheblicher Selbstsicherheit herein. Sie war siebzehn oder achtzehn, hieß Eve Freeborn und sah aus, als spiele sie eine Schelmenrolle in einer mittelalterlichen Komödie. Sie trug Stretch-Jeans, ein kariertes Hemd und Riemchensandalen. Ihr Haar war kurzgeschoren und stellenweise purpurn eingefärbt.

Sie setzte sich mit weit gespreizten Beinen, stützte die Ellenbogen auf die Armlehnen und flocht die Finger beider Hände ineinander, um das Kinn hineinlegen zu können. Sie erzählte Wexford ihre Geschichte knapp, klar und deutlich. Eve ging noch in die Schule und war von dort aus direkt zu Wexford gekommen. Wahrscheinlich ist sie Vorsitzende des Debattier-Clubs, dachte er. Als sie die Hände nach außen drehte, entdeckte er an ihrem Handgelenk eine Filzstiftzeichnung – eine Frau mit einem Rabenkopf. Dann bewegte Eve den Arm, und der Ärmel schob sich wieder über die Zeichnung.

«Ich hielt es für meine Pflicht als Bürgerin, Sie aufzusuchen», sagte sie großspurig. «Und habe es nur so lange aufgeschoben, bis ich die Sache mit meinem Freund besprochen hatte. Er geht in dieselbe Schule wie ich – Haldon Finch. In einem gewissen Sinn ist er nämlich in die Sache verwickelt, wissen Sie. Wir haben uns nämlich geschworen, immer rückhaltlos offen und ehrlich zueinander zu sein.»

Wexford lächelte ihr ermutigend zu.

«Mein Freund wohnt in Myringham, in der Arnold Road. Es ist ein ebenerdiges Haus, Nummer dreiundvierzig.» Gegenüber von Graham Gee, der uns den Hinweis auf die arme alte Greta gegeben hat, dachte Wexford. «Seine Eltern wohnen auch da», fuhr Eve in einem Ton fort, der unmißverständlich besagte, es sei unglaublich gütig und großzügig von ihrem Freund, seinen Eltern zu gestatten, in ihrem eigenen Haus zu wohnen. «Die Sache ist die – und Sie werden sie vielleicht gar nicht für möglich halten, aber ich versichere Ihnen, es ist die reine Wahrheit –, daß es ihnen nicht recht ist, wenn ich bei ihm übernachte. Ich meine, das richtet sich nicht gegen mich persönlich, was ich noch verstehen könnte, wenn sie mich nicht leiden könnten. Sie dulden überhaupt kein Mädchen im Haus. Deshalb bleibt mir nichts anderes übrig, als zu ihm zu kommen, wenn er schon im Bett liegt, und zum Fenster hineinzuklettern.»

Wexford starrte sie nicht mit offenem Mund an. Er fühlte nur den inneren Zwang dazu, konnte jedoch nicht widerstehen zu fragen: «Warum kommt er nicht zu Ihnen?»

«Weil meine Schwester und ich ein gemeinsames Zimmer haben. Aber das hätte ich Ihnen schon noch gesagt. An dem Donnerstag, um den es geht, bin ich gegen zehn Uhr abends zu ihm gefahren. Es war nur eine einzige Parklücke frei, und die war sehr klein. Als ich zurücksetzte, stieß ich leicht gegen den Wagen hinter mir. Es gab nur eine ganz kleine Delle im Kotflügel des anderen Wagens, wirklich nur eine winzige Delle, er hätte keinen neuen Kotflügel gebraucht oder so. Aber ich fand, es sei meine Pflicht, die Sache auf mich zu nehmen und mich nicht zu drücken, daher ...»

«Einen Moment. Das war am Abend des 15. April?»

«Stimmt. Da hatte mein Freund nämlich Geburtstag.»

Da hat er ja ein reizendes Geschenk bekommen, dachte Wexford. «Und welchen Wagen haben Sie beschädigt?»

«Ein dunkelblauer Ford Granada. Es war der Wagen, nach dem Sie im Fernsehen gefragt haben. Ich hatte einen Zettel mit Namen, Adresse und Telefonnummer hinter den Scheibenwischer gesteckt. Aber der Wind muß ihn weggeweht haben, oder er ist sonst irgendwie verlorengegangen, weil der Wagen noch lange dastand. Doch der Fahrer hat sich nie mit mir in Verbindung gesetzt.»

Um zehn Uhr abends. Greta, die Granadinerin, hatte um zehn Uhr also dort gestanden. Aber wie lange schon?

«Und wessen Wagen haben Sie gefahren, wenn ich fragen darf?»

«Ja, meinen eigenen natürlich», antwortete Eve erstaunt.

«Sie haben einen eigenen Wagen?»

«Technisch gesehen gehört er eigentlich meiner Mutter. Aber das kommt auf dasselbe raus.»

Das traf zweifellos zu. Sie waren schon unglaublich, diese jungen Leute! Und das Unglaublichste und Erstaunlichste an ihnen war, sie hatten keine Ahnung, daß frühere Generationen sich nicht so benommen hatten wie sie. Daß Leute alt, langweilig und ‹tranig› wurden, wußten sie natürlich; nicht aber, daß Halbwüchsige früher nicht miteinander geschlafen oder das Auto ihrer Eltern mit Beschlag belegt hatten. Und noch weniger durften sie über Nacht ausbleiben und ihr Haar in allen Regenbogenfarben färben.

Er bedankte sich für ihre Hilfe, und als sie aufstand, sah er wieder die kleine Zeichnung oder Tätowierung an ihrem Handgelenk. Ihm fiel ein, daß er keine Ahnung hatte, welche Schule Sara Williams besuchte. Und die ihm bisher noch unbekannte Größe Veronica Williams ...

«Kennen Sie ein Mädchen namens Sara Williams? Sie muß ungefähr in Ihrem Alter sein?»

Er war sicher, daß sie den Zusammenhang bisher noch nicht gesehen hatte, daß ihr erst jetzt der Gedanke kam, es könnte einen geben. «Wollen Sie damit sagen, daß Sara die Tochter des Mannes ist, der ermordet wurde?»

«Ja. Gehen Sie in dieselbe Schule?»

«Nein», antwortete sie zurückhaltend, «aber ich kenne Sara.»

Wheatley wohnte in einer neuen Siedlung auf der nach Myringham zu gelegenen Seite von Pomfret. Die Häuser waren, erinnerte sich Burden, von einer Gesellschaft gebaut worden, die so darauf erpicht gewesen war, sie zu verkaufen, daß sie den Interessenten eine Hypothek von hundert Prozent garantiert und die Zusage gegeben hatte, die Häuser nach zwei Jahren für den vollen Kaufpreis zurückzunehmen, wenn der Käufer unzufrieden war. Die Siedlung wirkte irgendwie unfertig und sogar in der Junisonne merkwürdig kalt. Wheatleys Frau öffnete Burden. Sie war schwanger. Ein Kind von etwa drei Jahren, ein Mädchen, stand hinter ihr und hielt sich an ihrem Rock fest. Burden stellte die fortgeschrittene Schwangerschaft und das Geschlecht des Kindes mit der gesteigerten Empfindsamkeit fest, die von seiner eigenen Situation herrührte. Vielleicht, dachte er dann, hatte die Schwangerschaft seiner Frau irgendeinen Einfluß auf Wheatleys Verhalten gegen das Mädchen, das er im Auto mitgenommen hat? Vielleicht ist er sexuell frustriert? Darüber wußte Burden genau Bescheid. Vielleicht war Wheatley auch nicht ganz ehrlich gewesen, als er behauptete, er habe sich gegen das Mädchen untadelig benommen. Möglicherweise fürchtete er, seine schwangere Frau könnte erfahren, daß er fähig war, einer anderen die Hand aufs Knie oder – was in diesem Fall wahrscheinlicher war – auf die Brust zu legen.

Das dritte Schlafzimmer dieses sehr kleinen Hauses war in ein Arbeitszimmer oder Büro für Wheatley umgewandelt worden. Er telefonierte gerade, legte aber auf, nachdem Burden und Martin eingetreten waren. Ja, ihm seien noch ein paar Kleinigkeiten eingefallen, und er sei sicher, ihnen eine noch genauere Beschreibung geben zu können. Darüber, was das Mädchen eventuell noch gesagt haben könnte, habe er nicht nachzudenken brauchen, weil es einfach nicht mehr gesprochen hatte. «Danke» und den leisen Aufschrei, mehr habe er von ihr nicht zu hören bekommen.

«Ich habe Ihnen schon gesagt, daß sie für ein Mädchen ziemlich groß war – einsvierundsiebzig oder einsfünfundsiebzig. Noch nicht zwanzig, da bin ich sicher. Sie hatte schulterlanges dunkelbraunes Haar und trug einen Pony. Ihre Haut war sehr hell und ihre Hände ungewöhnlich weiß. Ich erinnere mich an einen Ring, glaub ich. Es war kein Ehe- und auch kein Verlobungsring, sondern einer dieser unförmigen silbernen Ringe, die man heute trägt. Hübsch war sie nicht, überhaupt nicht hübsch.» War das eine Beschwichtigungsformel für seine Frau, die mit dem kleinen Mädchen auf dem Arm leise hereingekommen war? «Sonnenbrille, eine dunkle Umhängetasche aus Leder. Bluejeans und eine graue Strickjacke. Sie war dünn – richtig dürr, würde ich sagen.» Wieder eine Opfergabe auf dem Altar der Ehe. «Und unter der Strickjacke hatte sie ein T-Shirt an. Es war ein weißes T-Shirt mit einem verrückten Bild drauf – irgendeinem Vogel mit einem Frauenkopf.»

«Das haben Sie bei Ihrer ersten Aussage aber nicht erwähnt, Mr. Wheatley.»

«Ebensowenig wie den Ring und die Farbe ihrer Kleidung. Sie haben mich gebeten, darüber nachzudenken, und ich habe nachgedacht. Das sind die Dinge, die mir noch eingefallen sind. Sie können mir glauben oder nicht. Es war ein weißes T-Shirt mit einem Vogel drauf, der ein Frauengesicht hatte.»

«Das glaube ich nicht!»

Sie starrte Wexford an mit vor Entsetzen geöffneten Lippen und flatternden Lidern. Sie hob die Hände und befingerte ihren Hals.

«Ich glaube es nicht!» Jetzt klang ihre Stimme trotzig. «Ich werde es nicht glauben.» Dadurch, daß sie dieses eine Wort hinzufügte, bewies sie ihm, daß sie akzeptierte und begriff, daß er die Wahrheit sagte.

Polly Davies, die er mitgenommen hatte, saß wie eine brave Anstandsdame dabei, schweigend, aber sehr aufmerksam. Sie warf Wexford einen Blick zu, und er nickte.

«Es ist leider wahr, Mrs. Williams.»

«Ich – ich habe kein Recht auf diesen Namen, nicht wahr?»

«Aber selbstverständlich haben Sie ein Recht darauf. Ihr Name hängt doch nicht von einer Heiratsurkunde ab.» Wexford dachte an Eve Freeborn. Zwischen ihr und Wendy Williams lagen Welten, obwohl der Altersunterschied zwischen ihnen nur vierzehn Jahre betrug, nicht einmal eine ganze Generation. Wußte Eve überhaupt, daß es so etwas wie Heiratsurkunden gab?

«Mrs. Williams», sagte die energische Polly, «wir beide sollten jetzt eine Kanne Kaffee kochen. Wir hätten alle gern eine Tasse. Mr. Wexford muß Ihnen zwar noch ein paar Fragen stellen, aber soweit ich ihn kenne, möchte er, daß Sie vorher über den Schock hinwegkommen.»

Wendy Williams nickte und stand schwerfällig auf, als habe sie steife Knochen. Sie sah aus wie betäubt. Sie ging wie eine Schlafwandlerin, und jetzt hätte sie niemand mehr für ein fünfundzwanzigjähriges Mädchen gehalten.

Burden zuckte mit den Schultern, nachdem die Tür hinter den beiden Frauen zugefallen war, und versank in das für ihn neuerdings typische mürrische Schweigen. Wexford sah sich in dem Zimmer um, in dem sie saßen. Das Haus war neuer als das in Kingsmarkham, ein kleines «Stadthaus» mit integrierter Garage, vermutlich Ende der sechziger Jahre gebaut. Wendy war eine gründliche, peinlich saubere und vielleicht sogar fanatische Hausfrau. Wohnzimmer und Eßzimmer bildeten eine Einheit, und beide waren erst kürzlich frisch gestrichen worden – in leuchtendem Weiß mit einem Hauch von zartestem Rosa. War das eine Farbe aus Sevensmith Hardings *Eiscreme*-Serie? Der Teppich war tief erdbeerrot, ein paar Möbelstücke aus Mahagoni, ein paar aus weißem Rohr, die Kissen in verschiedenen Schattierungen von Rosa und Rot. Ein sehr geschmackvolles Zimmer und sehr weit entfernt von der Schäbigkeit, in der Joy lebte. Doch irgendwie wirkte es auch ungemütlich, als sei alles bis ins kleinste ausgeklügelt worden und dürfe keinen Zentimeter verrückt werden – die Hängekörbchen, kleinen Tische, das rote venezianische Glas, alles schien nur vorhanden zu sein, um zu wirken, nicht um gebraucht zu werden.

Wexford erinnerte sich, daß hier auch ein junges Mädchen wohnte. Dafür gab es nicht die geringsten Anzeichen. Aber was für Anzeichen erwartete er? Würde er sie überhaupt erkennen, wenn er sie sah? Auf dem Foto war Veronica Williams zwölf Jahre alt ...

«Meine Tochter ist jetzt sechzehn», sagte Wendy, als sie den Kaffee hereinbrachte. Ein leicht trotziger Unterton kam in ihre Stimme, als sie hinzufügte: «Vor drei Wochen war sie sechzehn.»

Sie senkte den Blick. Er rechnete ein bißchen nach, und ihm fiel ein, was sie über ihren Hochzeitstag im März gesagt hatte. Also hatte Williams drei Monate vor der Geburt des Kindes «geheiratet». Er hatte warten müssen, bis Wendy das gesetzlich vorgeschriebene heiratsfähige Alter erreicht hatte.

«Wo haben Sie geheiratet, Mrs. Williams?»

«Auf dem Standesamt in Myringham. Meine Mutter wollte eine kirchliche Trauung, aber – nun ja, aus offensichtlichen Gründen ...»

Wenn sie im sechsten Monat schwanger gewesen war, konnte Wexford sich nur einen einzigen offensichtlichen Grund vorstellen. Was für eine bodenlose Unverschämtheit von Williams, einem verheirateten Mann, das Kind, das sie damals ja noch gewesen war, nicht mehr als ein Dutzend Meilen von seinem Haus entfernt zu «heiraten»! Die Hochzeit mit Joy, hatte Dora Wexford erzählt, hatte in Kingsmarkham in St. Peter stattgefunden, und die Braut hatte weißen Satin getragen ...

Wendy Williams hielt ihm ein Papier unter die Nase. Es war ihr Trauschein.

Ausgestellt vom Standesamt des Bezirks Myringham. Rodney John Williams, zweiunddreißig. In gewissen Dingen war er wenigstens ehrlich gewesen. Obwohl er diese Angaben wohl kaum hatte verfälschen können. Eine Adresse in Bath, wahrscheinlich die seines Bruders, Beruf Handelsvertreter. Wendy Ann Rees, sechzehn, Pelham Street, Myringham, Verkäuferin. Trauzeugen waren Norman Rees und Brenda Rees gewesen, entweder die Eltern oder Bruder und Schwägerin.

Wexford reichte ihr das Dokument zurück. Sie sah es lange an und fuhr sich mit der Zungenspitze über die trockenen Lippen.

Einen Augenblick glaubte er, sie wolle den Trauschein zerreißen. Doch sie legte ihn in den Umschlag zurück und den Umschlag auf das niedrige weiße Kunststofftischchen, das dicht neben der Armlehne ihres Sessels stand.

Sie preßte die Knie zusammen, und faltete die Hände im Schoß. Sie hatte sehr schöne lange Beine mit schlanken Fesseln. Als sie aufs Revier gekommen war, hatte sie ein graues Flanellkostüm und eine weiße Bluse getragen. Er hatte das Gefühl, daß sie zu den Frauen gehörte, für die es wichtig war, immer richtig angezogen zu sein. Inzwischen hatte sie das Kostüm mit einem Baumwollkleid vertauscht. Sie war der Typ, der seine Sachen «aufhob», nicht in einem engen Rock herumsaß oder einen Fleck auf weißer Seide riskierte. Mit dem traurigen Ausdruck war auch die Jugend in ihr Gesicht zurückgekehrt.

«Mrs. Williams», sagte er, «Sie werden sicherlich nichts dagegen haben, mir zu sagen, wieso Sie sich nicht sorgten, als Ihr Mann wochenlang nicht nach Hause kam?»

Sie hatte etwas dagegen. Sie tat es ungern. Geduld und ganz einfaches ruhiges Warten führte bei ihr zum Erfolg. Hätte er die Geduld verloren, hätte er Wendy gedrängt, wäre sie widerspenstig geworden.

«Rodney und ich ...» Sie unterbrach sich. Sie nannte ihn immer «Rodney», wie Wexford feststellte, nie «Rod». «Wir – wir hatten gestritten. Nun ja, es war ein sehr ernster Streit. Das muß ein paar Tage nach Ostern gewesen sein. Rodney hatte die Osterfeiertage bei seiner Mutter in Bath verbracht. Weihnachten und Ostern war er immer bei ihr. Er war ein Einzelkind, wissen Sie, und sie ist seit vielen, vielen Jahren in einem Altenheim.»

Wexford vermied es sorgfältig, Burden anzusehen. Durch ihre Erklärung auf den Gedanken gebracht, fragte Wendy: «War sie ... Ich meine, weiß sie es schon?»

Ein wenig unklar antwortete Wexford, darum habe man sich gekümmert. «Bitte fahren Sie fort, Mrs. Williams.»

«Wir haben uns gestritten», sagte sie. «Es ging um etwas sehr Privates. Ich möchte es gern für mich behalten, wenn Sie nichts dagegen haben. Ich sagte zu ihm – nun ja, ich sagte, wenn er – wenn das nicht aufhöre, wenn er mir nicht hoch und heilig verspreche, daß er nie ... Nun ja, ich drohte ihm, mit Veronica wegzugehen und nie mehr zurückzukommen. Ich – ich habe ihn sogar geschlagen, so wütend war ich, so verzweifelt. Ich kann Ihnen gar nicht sagen, wie sehr. Er war natürlich auch zornig. Er leugnete selbstverständlich und erklärte, ich brauchte mir nicht die Mühe zu machen, ihn zu verlassen, weil er gehe. Er könne meine ewige Nörgelei sowieso nicht mehr ertragen.» Sie hob den Kopf und sah Wexford in die Augen. «Ich habe genörgelt, ich gebe es zu. Ich hab's nicht ausgehalten, ihn nie zu sehen. Immer war er weg. Wir haben nie miteinander Weihnachten gefeiert. Ich mußte immer zu meinen Eltern fahren. Wir haben kaum einmal Urlaub gemacht. Ich habe ihn gebeten ...» Ihre Stimme begann zu zittern, und Wexford sah, daß sie allmählich begriff. Sie begann zu verstehen, was der wahre Grund für seine häufige Abwesenheit war. «Jedenfalls», sagte sie und bemühte sich um Beherrschung, «beruhigten wir uns nach einer Weile. Er mußte wieder weg und wollte am Donnerstag zurück sein – am fünfzehnten. Ich war noch immer sehr verletzt und aufgeregt, aber ich verabschiedete mich von ihm und sagte, auf Wiedersehen am Donnerstag. Und er antwortete, vielleicht ja, vielleicht nein. Vielleicht komme er nie wieder. Sie sehen also, daß ich, als er nicht wiederkam, glauben mußte, er habe mich verlassen.»

Es war keine sehr überzeugende Erklärung. Wexford versuchte sich in ihre Lage zu versetzen. Er versuchte sich vorzustellen, was er empfunden hätte, wenn Dora, als sie noch viel jünger waren, nach einem Streit gesagt hätte, sie gehe zu ihrer Schwester und komme vielleicht nie mehr wieder. Wahrscheinlich war es tatsächlich so gewesen. So etwas passierte in einer Ehe, sogar in einer sehr guten. Aber wenn sie an dem bestimmten Tag nicht zurückgekommen wäre, ja, wenn sie sich nur zwei Stunden verspätet hätte, wäre er verrückt geworden vor Sorge. Selbstverständlich kam es sehr darauf an, wie ernst der Streit gewesen und um was es dabei gegangen war.

«Erzählen Sie mir, was am Donnerstag passiert ist.»

«Am Abend, meinen Sie?»

«Als er nicht nach Hause kam.»

«Ich war im Geschäft. Donnerstag haben wir immer länger geöffnet. Ach ja, das habe ich Ihnen wohl noch gar nicht gesagt. Ich bin Abteilungsleiterin bei Jickie. Bei Damenmoden.»

Er war überrascht, hatte es irgendwie für selbstverständlich gehalten, daß sie nicht arbeitete. «In Myringham?» fragte er. «Oder in der Filiale in Kingsmarkham?»

«Oh, in Kingsmarkham. Im Einkaufszentrum.»

Jickie war das größte Kaufhaus in Kingsmarkham und beanspruchte im Kingsbrooke-Einkaufszentrum am meisten Platz. Bestimmt hatte Rodney Williams sich gehütet, Joy zu begleiten, wenn sie sich an einem Samstagnachmittag einen Pullover oder eine Strumpfhose kaufen ging. Hatte er es riskiert, in der Einkaufszeit mit ihr Arm in Arm durch die High Street zu schlendern? Hatte er es riskiert, auf dem Parkplatz des Einkaufszentrums zu parken, wenn sein Sohn oder seine Tochter im Wagen saßen? Es war der reinste Hochseilakt gewesen, und zweifellos – denn das liegt in der Natur solcher Menschen – hatte er ihm Spaß gemacht; aber am Ende war er doch abgestürzt. War der Seiltanz der Grund? Oder gab es einen anderen?

«Wir haben am Donnerstag bis acht Uhr offen, doch vor neun komme ich nie weg, und ich brauche eine Viertelstunde bis nach Hause. Als ich hier ankam, war Veronica da, aber Rodney war nicht gekommen. Ich dachte, noch ist ja nicht aller Tage Abend, aber er kam nicht, und da wußte ich Bescheid. Oder glaubte Bescheid zu wissen. Ich dachte, er habe mich verlassen.»

«Und sie haben sich in all den Wochen nicht die geringsten Sorgen gemacht?» warf Burden ein. «Haben sich nicht gefragt, was aus Ihnen und Ihrer Tochter werden soll, wenn er nicht wiederkommt?»

«Finanziell komme ich auch ohne ihn zurecht. Ich habe immer gearbeitet, und jetzt verdiene ich recht gut.» Die sanfte, mädchenhafte Stimme klang jetzt sehr selbstbewußt. Unter dem zarten, rosigen Äußeren, den blonden Löckchen, dem Lispeln und der Scheu steckt möglicherweise ein stählerner Kern, dachte Wexford. «Dieses Haus ist zu neunzig Prozent mit Hypotheken belastet, und bis vor fünf Jahren konnte Rodney nur mit Mühe und Not für unseren Lebensunterhalt aufkommen. Dann wurde er befördert, und wir hatten es leichter, aber ich arbeitete weiter. Ich brauchte auch ein eigenes Leben. Er war so oft fort.»

«Er wurde befördert?» tastete Wexford sich vorsichtig weiter.

«Es ist eine ziemlich kleine Firma, und die Geschäfte sind in letzter Zeit nicht allzu gutgegangen – Badezimmerarmaturen und -möbel und so. Rodney wurde Verkaufsmanager für den Stadtbezirk.»

Polly Davies nahm das Tablett und trug es in die Küche. Ich

kann mir, dachte Wexford, Rodney Williams – oder vielmehr die Vorstellung, die ich von ihm habe – sehr gut in seinem anderen Heim vorstellen, aber es ist mir fast unmöglich, ihn mir in dieses Haus hineinzudenken: in einem der mit rosafarbenem Chintz überzogenen Armstühle an dem Eßtisch mit der polierten Glasplatte sitzend, zum Beispiel, vor sich eine Vase mit weißen und rosafarbenen Rosen. Er war ein großer, derber Mann, und hier war alles so zierlich und zart wie eine rosafarbene Muschel.

«Ich muß wissen, um was es bei Ihrem Streit ging, Mrs. Williams.»

«Das hat nicht das geringste mit Rodneys Tod zu tun», sagte sie mit plötzlich geziert und sehr hochmütig klingender Stimme.

«Woher wissen Sie das?»

Sie sah ihn an, als fühle sie sich von ihm ungerecht verfolgt.

«Wie könnte sein Tod etwas mit unserem Streit zu tun haben? Er wurde ermordet, weil er Anhalter mitgenommen hat. Die haben ihn umgebracht. Das passiert jeden Tag.»

«Das ist eine interessante Vermutung, mehr aber auch nicht, oder? Sie haben keinerlei Beweise dafür, aber es gibt eine Menge Beweise, die dagegen sprechen. Daß der Wagen nach Myringham zurückgebracht wurde, zum Beispiel. Jemand hat in der Firma Ihres Mannes angerufen und später einen Kündigungsbrief geschickt. Glauben Sie wirklich, irgendein mordgieriger Tramper hätte dieses Telefongespräch geführt?»

Sie saß steif da und hielt die Augen eigensinnig abgewandt. Polly kam wieder herein.

«Geht es Ihnen gut, Mrs. Williams?»

Ein Nicken. Ein tiefes Atemholen, ein Seufzen.

«Warum haben Sie gestritten?»

«Ich könnte mich weigern, es Ihnen zu sagen.»

«Sie könnten. Aber warum sollten Sie? Alles, was Sie uns sagen, wird streng vertraulich behandelt. Fragen Sie sich selbst, ob es so schrecklich sein kann, daß es uns noch nie zu Ohren gekommen ist? Und wenn Sie sich weiterhin so strikt weigern, könnten wir doch auch auf die Idee kommen, es handle sich um etwas viel Schlimmeres, als es tatsächlich der Fall war?»

Sie schwieg und machte ein Gesicht wie jemand, der erwartet, etwas Widerwärtiges und Schockierendes auf dem Bildschirm zu sehen. Fast flüsternd sagte sie: «Er hatte eine andere.»

«Wollen Sie damit sagen, daß Ihr Mann eine Freundin hatte, mit der er sich regelmäßig traf?»

«Mit der er sich regelmäßig traf?» wiederholte sie. «Die Wendung gefällt mir. Ja, er hatte eine Freundin, mit der er sich regelmäßig traf. So kann man es auch ausdrücken.»

«Wie würden Sie es nennen?»

«Oh, genauso wie Sie, es gefällt mir. Wie könnte man es sonst ausdrücken? Ziemlich grob, nehme ich an.» Ihre Zurückhaltung bekam winzige Risse, und Groll und Bitterkeit sickerten heraus. «Ich habe gedacht, er würde nie eine andere ansehen. Ich sehe jung aus, nicht wahr? Ich bin recht hübsch, und ich sehe jünger aus. Die Leute schätzen mich auf achtzehn. Was ist mit ihm los, daß er ... Ja, deshalb haben wir gestritten. Wegen eines Mädchens. Er sollte mir versprechen, daß so etwas nie wieder vorkommen würde.»

«Hat er sich geweigert?»

«Oh, er hat es versprochen. Ich habe ihm nicht geglaubt. Ich dachte, daß er bestimmt jede Gelegenheit ausnutzte. Das hielt ich nicht aus, unter diesen Umständen wollte ich ihn nicht. Ich war froh, als er nicht zurückkam. Verstehen Sie das denn nicht? Ich war froh!»

«Sie müssen mir den Namen des Mädchens sagen.»

«Ich weiß ihn nicht.» Das kam blitzschnell.

«Aber Mrs. Williams!»

«Ich weiß ihn nicht, er wollte ihn mir nicht sagen. Es war eben irgendein Mädchen. Wie es heißt, ist doch egal.»

Sie fand, sie habe schon zuviel gesagt. Wexford sah es ihr deutlich an. Ihr Blick verriet ihm, daß sie über ihre Schwatzhaftigkeit entsetzt war. Bevor er jedoch noch etwas sagen konnte, ging die Tür auf, und ein junges Mädchen kam herein. Kurz vorher hatte er unten ein Geräusch und Schritte auf der Treppe gehört – das Wohnzimmer lag im mittleren Stockwerk –, und jetzt stand plötzlich das Mädchen mitten unter ihnen.

Obwohl sie nicht so groß und ihr Haar kürzer war, fiel Wexford sofort ihre große Ähnlichkeit mit Sara Williams auf. Die beiden hätten Zwillinge sein können.

Ihr Haar war genauso hell, nicht lockig, aber auch nicht ganz glatt und knapp schulterlang. Braune Augen, leicht gewölbte Brauen, kleine, gerade Nase, zarte weiße Haut, mit Sommersprossen gesprenkelt. Rodney Williams' hohe, runde Stirn und kleiner, schmaler Mund. Doch sie trug keine Jeans, sondern ein Sommerkleid mit weißer Strumpfhose und weißen Sandalen. Von Wexfords, Burdens und Pollys Anblick überrascht, blieb sie verwirrt auf der Schwelle stehen.

Wendy Williams war bestürzt.

«Das ist meine Tochter Veronica», sagte sie erregt, und zu dem Mädchen: «Du bist aber früh zu Hause.»

«Nicht viel früher als sonst. Es ist nach neun.»

Sie hatte dieselbe Stimme wie ihre Mutter, weich, ein bißchen affektiert, aber ohne das Lispeln. Sie hatte mit Saras schroffer, eintöniger Stimme überhaupt keine Ähnlichkeit. Nachdem Wendy sich wieder gefaßt hatte, sagte sie zu Veronica: «Das sind Polizeibeamte. Sie bleiben nur ein paar Minuten. Wir haben Schwierigkeiten im Geschäft», log sie, ohne lange überlegen zu müssen. «Du hast doch nichts dagegen, uns eine Weile allein zu lassen, Liebling?»

«Ich will sowieso baden.»

Mit der Sorgfalt, die sie ihrer Mutter abgeschaut haben mochte, schloß Veronica die Tür und ging die Wendeltreppe hinauf, die die senkrechte Mittelachse dieses Hauses war.

«Ich weiß nicht, warum sie in letzter Zeit so gleichgültig und abweisend gegen mich ist. Seit einem Jahr ...»

«Sie haben es ihr nicht gesagt?» fragte Wexford.

«Ich habe sie noch nicht gesehen. Am Dienstag geht sie nach der Schule immer zu ihrer Freundin. Sagt sie wenigstens. Sie ist so verschlossen ...»

«In welche Schule geht sie, Mrs. Williams?»

«In die Gesamtschule Haldon Finch. Sobald Sie fort sind, spreche ich mit ihr über ihren Vater. Ich nehme an, ich muß ihr auch sagen, daß er ein Bigamist war und irgendwo eine zweite Frau sitzen hatte. Es wird nicht leicht sein. Ich weiß nicht, ob Sie das begreifen?»

Wenn Wexford jemanden vernahm, erlaubte er zwar gewisse Abschweifungen, ließ sich aber nie völlig ablenken. Die Befragten mußten früher oder später wieder dahin zurück, wo er sie haben wollte. Das war sehr hart für sie, denn oft glaubten sie schon, entkommen zu sein. Die Zügel waren gerissen, und die Freiheit war zum Greifen nah, doch die Hand griff unerbittlich zu und packte das abgerissene Ende.

«Wir haben uns über die Freundin Ihres Mannes unterhalten. Vielleicht wollte er an dem Abend, an dem er starb, zu ihr.»

«Ich weiß nicht mehr über sie, als ich Ihnen schon sagte.»

Aus ihrer Stimme klang jetzt deutlich Angst heraus. Viele hätten es Vorsicht oder Befürchtung genannt, aber es war echte Angst.

«Sie haben sie ein Mädchen genannt. Daraus schließe ich, daß es ein junges Mädchen ist.»

«Ein junges unverheiratetes Mädchen, ein sehr junges Mädchen, mehr weiß ich nicht.» Das wurde wie in Panik hervorgestoßen, hastig und abgehackt. «Ich hab Ihnen doch gesagt, ich weiß nicht mehr.»

Wexford erinnerte sich, daß Williams einmal sogar Sylvia belästigt hatte. Sie war damals fünfzehn gewesen. Hatte Wendy auf etwas Ähnliches angespielt, als sie so rührend gefragt hatte, ob sie nicht noch jung aussehe? Ob sie mit zweiunddreißig für seine achtundvierzig Jahre vielleicht nicht mehr jung genug gewesen war?

«Heißt das, noch jung genug, daß sie bei ihren Eltern lebt?»

Ein Nicken, schmerzlich und verwirrt.

«Was wissen Sie sonst noch von ihr, Mrs. Williams?»

«Nichts. Gar nichts. Glauben Sie, ich wollte, daß er mir von ihr erzählt?»

Das klang nicht unvernünftig. Zuerst hatte er geglaubt, sie lüge, als sie gesagt hatte, sie wisse den Namen des Mädchens nicht. Jetzt war er nicht mehr so sicher. Wie oft hatte er Leute schon sagen hören: «Wenn mein Mann – meine Frau – mir je untreu wäre, möchte ich das gar nicht wissen.» Und wenn sie es notgedrungen erfuhren: «Ich will nichts darüber hören.» Die Messer der Eifersucht wetzen sich an Einzelheiten.

Die Frage, die ihr, wie er wußte, am unangenehmsten sein würde, die er aber stellen mußte, hatte er sich bis zuletzt aufgespart.

«Woher wußten Sie überhaupt, was vorging? Wie haben Sie von ihrer Existenz erfahren?»

Er hatte sich geirrt. Es machte ihr nichts aus, daß er fragte. Es machte ihr nichts aus, weil sie mit einer Lüge antwortete. Mit einer Lüge, die sie sich seit einer halben Stunde, seit sie wußte, daß die Frage unvermeidlich war, im stillen immer wieder vorgesagt hatte.

«Ich habe einen anonymen Brief bekommen.»

Irgendwann würde er die Wahrheit erfahren. Doch das hatte Zeit.

«Und jetzt, Mrs. Williams, Ihre Tochter . . .»

«Was ist mit ihr?» Das kam rasch und voller Abwehr.

«Ich möchte mit Veronica reden.»

«O nein. Das nicht. Bitte!»

«Nachdem Sie mit ihr gesprochen haben und sie einen oder zwei Tage Zeit hatte, über den Schock hinwegzukommen.»

«Aber warum?»

«Ihr Vater wurde ermordet. Er sollte hierherkommen, und sie war hier. Allein hier. Es ist doch möglich, daß er hier war, und sie die letzte ist, die ihn lebend gesehen hat.»

«Er war nicht hier. Das hätte sie mir gesagt.»

«Wir werden sehen, Mrs. Williams. Wir werden uns auch das Haus genau ansehen wollen, und ganz besonders interessieren uns die persönlichen Sachen Ihres Mannes.»

«Wir stoßen immer wieder auf diese jungen Mädchen», sagt Burden.

«Und auf Raben mit Frauengesichtern.»

«Das auch. Budd und Wheatley wurden von einem jungen Mädchen angegriffen. Sie sind beide nicht schwer verletzt, aber sie wurden angegriffen, und das mit einem Messer. Rodney Williams mochte junge Mädchen – ich meine, er scheint sie ganz besonders jung gemocht zu haben haben –, und er hatte eine sehr junge Freundin. Er wurde mit einem Messer getötet, wurde erstochen. Wheatley hat ausgesagt, das Mädchen, das ihn überfiel, habe ein T-Shirt mit einem Muster – einem Vogel mit dem Kopf einer Frau . . .»

«Und Sara Williams», fuhr Wexford fort, «hat auch so ein T-Shirt. Außerdem hängt in ihrem Zimmer ein Poster mit dem gleichen Motiv.»

«Tatsächlich? Ist das kein Witz?»

«Nein. Es ist wahr. Und Eve Freeborn hat einen Raben mit dem Kopf einer Frau auf ihr linkes Handgelenk tätowiert oder gezeichnet. Seit die Sonne wieder scheint, Mike, und die Frauen sich nicht mehr in Jacken und Mäntel einpacken, habe ich in Kingsmarkham und Pomfret nicht weniger als fünf Mädchen in weißen T-Shirts mit demselben Emblem gesehen – einem Raben mit Frauenkopf. Was sagen Sie dazu?»

«Gütiger Gott, und ich dachte, wir kämen endlich ein bißchen weiter. Es kommt mir vor wie die Geschichte in *Ali Baba und die vierzig Räuber*, in der die Frau ihm sagt, daß er den richtigen Ölkrug erkennen wird, weil ein Kreuz draufgemalt ist, und als er hinkommt, hat jemand alle Ölkrüge mit Kreuzen bemalt.»

«Sie haben ja schon wieder gelesen. Oder waren sogar im Theater. Ich habe den Eindruck, daß diese Raben-Harpyie das Emblem oder Symbol einer Vereinigung oder eines Kults ist. Vielleicht sind es moderne Anarchisten oder falsche Freiheitskämpfer.»

«Tierschützer?» meinte Burden zweifelnd.

«Das wäre möglich. Vielleicht soll darauf hingewiesen werden, daß ein Tier – in diesem Fall der Vogel – die gleichen Gefühle und Rechte hat wie ein Mensch? Auf dem Poster in Saras Zimmer sind außer der Abbildung noch ein paar Buchstaben – ein Kurzwort, glaub ich a, r, r, i, a, Arria.»

«‹Aktion rettet Raben› und so weiter?»

«In der römischen Geschichte gibt es eine Frau namens Arria, wie ich mich dunkel erinnern kann. Ich will dem mal nachgehen. Wenn es um Tierschutz ginge, Mike, würden sich im Ernstfall die Aggressionen wahrscheinlich gegen Leute richten, die ihrer Meinung nach grausam zu Tieren sind – Farmer, die ihre Hühner in Legebatterien halten, oder Besitzer einer zur Fuchsjagd abgerichteten Hundemeute. Ich glaube nicht, daß Wheatley sich im Hintergarten angekettete Kälber hält, oder? Wir werden Sara fragen. Aber vorerst möchte ich ihr und Joy die Möglichkeit geben, über den Schock hinwegzukommen, daß Williams noch eine Ehefrau und noch eine Tochter hatte.»

«Haben Sie es ihnen gesagt?»

«Der finanzielle Aspekt scheint Joy am schwersten getroffen zu haben. Sie mußte auf so manches verzichten, damit er für seine zweite Familie sorgen konnte. Sie lachte nur bitter auf, als sie es erfuhr. Wenn meine Frau ein solches Lachen hätte, ginge es mir schrecklich auf die Nerven.»

«Wie kommt Martin mit seinen Ermittlungen wegen der Schreibmaschine weiter?»

Wexford zog den Bericht über den Schreibtisch zu sich heran. Williams' Kündigungsbrief war nicht auf einer Maschine von Sevensmith Harding geschrieben worden. In den Büros in Myringham gab es nur modernste elektronische Maschinen. Weder bei den einen noch bei den anderen Williams' wurde eine Schreibmaschine gefunden. Die Harmers besaßen eine. Sie stand bei ihnen zu Hause. Ihre Wohnung lag über der Apotheke und nahm zwei Stockwerke ein. Hope und Paulette, Joy Williams' Schwester und Nichte, benutzten sie beide. Es war eine kleine elektrische Olivetti.

«Den Brief hat seine neueste Flamme getippt», sagte Burden. «Sobald wir sie haben, haben wir auch die Schreibmaschine.»

«Wenn wir sie finden, wird die Schreibmaschine nicht mehr wichtig sein.»

Sergeant Martin war auch in Bath gewesen, von wo Rodney Williams allem Anschein nach stammte. In einer Siedlung ein paar Meilen außerhalb der Stadt besaß sein Bruder Howard ein Haus, das jenem sehr ähnelte, in dem Rodney mit seiner zweiten Frau gelebt hatte. Es war Howards Adresse, die in Wendys Trauschein eingetragen war.

Rodneys Eltern hatten auch in Bath gelebt, doch den Vater hatte er schon als Kind verloren, und seine Mutter war gestorben, als er siebenundzwanzig war. Daß seine Mutter tot war, hatte er kaltblütig und berechnend zu seinem Vorteil genutzt. Bestimmt hatte er Wendy weisgemacht, die alte Mrs. Williams mißbillige seine Heirat mit einem so jungen Mädchen und lehne es strikt ab, die Schwiegertochter kennenzulernen. Als pflichtgetreuer Sohn müsse er sie jedoch gelegentlich besuchen ...

Der Bruder schien ein offener und ehrlicher Mensch zu sein. Er habe mit Rodney kaum Kontakt gehabt, sagte er. Vor Jahren, fünfzehn oder sechzehn etwa, war ab und zu Post für Rodney an seine Adresse gekommen. Irrtümlich natürlich. Er hatte sie ganz einfach weitergeleitet. Mitteilungen des Standesamts in der Zeit, in der Rodney die zweite Ehe einging, dachte Wexford. Howard Williams war ebenfalls Handelsvertreter und hatte sich am 15. April geschäftlich in Irland aufgehalten.

Joy hatte ihn nicht vom Tod seines Bruders unterrichtet. Er hatte die Nachricht in der Zeitung gelesen und kühl und gleichgültig darauf reagiert.

Wendy Williams' Haus am Stadtrand von Pomfret war von der

Apotheke der Harmers nur eine Meile entfernt. Hatte es Rodney Williams beunruhigt, daß seine angeheirateten Verwandten so nahe wohnten? Hatte er das Haus dort nur gekauft, um Wendy zu beschwichtigen oder ihr einen Wunsch zu erfüllen? Oder war ein solches Risiko für ihn nur ein weiterer Nevenkitzel bei seinem Balanceakt auf dem Hochseil?

Zwischen der Siedlung und dem Stadtkern, der vor noch nicht allzu langer Zeit die ganze Stadt gewesen war, lagen die Sportstätten der Gesamtschule Haldon Finch, Spielfelder, Tennis-, Basketball-, Fußball- und Hockeyplätze, eine Aschenbahn. Die Haldon Finch-Schule, obwohl neu und ein Beispiel für moderne Erziehung mit ihren zweitausend Schülern und Schülerinnen, die in nicht weniger als sechs Gebäuden untergebracht waren, legte ebensogroßen Wert auf Sport und Spiel wie die alten Public Schools. Man konnte in zehn Fächern die besten Noten haben, wenn man eine sportliche Niete war, war man trotzdem ein Nichts.

Um halb sechs spielten zwölf Mädchen auf den Tennisplätzen an der Procter Road.

«Wahrscheinlich ein Match mit einer anderen Schule», sagte Burden. «Solche Spiele werden immer nach Schulschluß ausgetragen.»

Er und Wexford waren zu Veronica Williams unterwegs. Donaldson hatte eine Abkürzung oder – besser gesagt – eine weniger stark befahrene Straße genommen, und sie hatten sich inmitten der Schul-Sportplätze wiedergefunden.

«Kommen Sie, Mike», sagte Wexford, «schauen wir ein paar Minuten zu.»

Burden stieg, wenn auch leicht widerstrebend, aus. «Ich habe immer ein komisches Gefühl, wenn ich herumstehen und Mädchen beobachten soll», brummte er. «Ich meine, man fragt sich doch selber – oder sie fragen sich –, was das für ein Typ ist, der so was tut?»

«Was würden Sie denken, wenn Sie zwei Frauen mittleren Alters sehen, die jungen Männern beim Squash zusehen?»

Burden warf ihm einen Seitenblick zu.

«Na ja, nichts natürlich, oder? Ich würde sie für die Mutter der jungen Männer oder einfach für sportbegeisterte Frauen halten.»

«Genau. Sagt Ihnen das gar nichts? Sagt es Ihnen nicht zweierlei? Erstens, daß es trotz gegenteiliger Behauptungen der Feministinnen zwischen Männern und Frauen einen grundlegenden Unterschied in ihrer Einstellung zum Sex gibt. Und zweitens, daß Frauen

– wenn sie je auf den Gedanken kämen – mit gutem Recht behaupten könnten, daß sie uns in dieser Hinsicht überlegen sind.»

«Aber Sie müssen zugeben, daß auch das sich ändert. Denken Sie doch an die vielen Clubs im Norden, in denen Männer sich vor weiblichem Publikum ausziehen.»

«Ein Unterschied bleibt trotzdem. Männer gehen zu Strip-Shows, und das Wasser rinnt ihnen gewissermaßen im Mund zusammen, während sie stumm die Frauen angaffen.»

«Ist das bei Frauen anders?»

«Frauen lachen, allem Anschein nach», sagte Wexford.

Eine der Tennisspielerinnen war Eve Freeborn. Er erkannte sie an den purpurn eingefärbten Haarsträhnen. In den flachen weißen Tennisschuhen wirkte sie nicht so groß und nicht so langbeinig. Ihre Partnerin war ein mageres dunkelhäutiges Mädchen, ihre Gegnerinnen eine sehr kräftige Blondine und ebenfalls ein mageres dunkelhäutiges Mädchen, aber mit Brille. Die vier spielten auf dem Platz direkt an der Straße. Wexford übersah die beiden anderen Plätze und die anderen vier Paare noch gut genug, um festzustellen, daß Sara Williams nicht darunter war. Sara ging natürlich nicht in die Haldon Finch-Schule, das wäre sogar für Rodney Williams ein zu großes Risiko gewesen. Doch wenn es sich um ein Match handelte, mußten sechs Mädchen von einer anderen Schule kommen. Auf den drei Schiedsrichterstühlen saßen drei junge Frauen, die wie Sportlehrerinnen aussahen.

Er merkte sofort, daß keines der Mädchen besonders gut spielte. Waren die Leistungen allgemein schlechter geworden, seit er Sheila und Sylvia beim Tennis zugesehen hatte? Nein, daran lag es nicht. Es lag am Fernsehen. Woche für Woche sah man auf dem Bildschirm große internationale Matchs, ob sie nun hier oder in Amerika stattfanden, und das verdarb einem den Blick für das Echte, für das, was man vor seiner Haustür zu sehen bekam. Es war wirklich jammerschade. Man reagierte gereizt, weil der Ball so oft nicht getroffen wurde. Eve Freeborn hatte einen guten, harten Aufschlag. Sie wollte Asse servieren, doch kamen sie immer auf der falschen Seite der Linie an. Ihre Gegnerin, das Mädchen mit der Brille, war die schlechteste Spielerin von allen, mit langsamer Beinarbeit, weichem Aufschlag und der Manier, den Ball hoch in die Luft zu schlagen, so daß er für Eves zupackenden Schläger eine leichte Beute wurde.

«Zwei Spielbälle», sagte Burden, der sich mehr für das Spiel selbst interessierte.

Eve machte einen Doppelfehler. Ein Spielball war abgewehrt. Sie schlug noch einmal auf, und die Blonde schickte den Ball wie einen Pfeil die Seitenlinie entlang. Die Schiedsrichterin sagte Einstand an. Eve machte einen zweiten Doppelfehler.

«Vorteil Kingsmarkham!» rief die Schiedsrichterin.

Also spielte Haldon Finch gegen die Kingsmarkham High School, früher ein Gymnasium, jetzt eine Privatschule, an der man Schulgeld bezahlen mußte, weil sie nicht mehr staatlich gefördert wurde.

Kingsmarkham gewann den Satz. Man wechselte die Seiten. Die Mädchen blieben bei der Schiedsrichterin stehen, trockneten sich Gesichter und Arme ab, tranken Cola aus Dosen. Eve stand in Wexfords Nähe. Das kleine feuerfarbene Zeichen am Halsausschnitt ihres weißen T-Shirts, das er bisher nur als orangefarbenen Fleck gesehen hatte, entpuppte sich als Bouton. Er konnte ausgebreitete Flügel und die Buchstaben ARRIA darauf ausmachen. Eve sah ihn nicht oder wollte ihn nicht ansehen. Vielleicht erkannte sie ihn auch außerhalb seines Büros und in Hemdsärmeln nicht. Er kniff die Augen zusammen, um das Abzeichen besser zu sehen. Die Schiedsrichterin stieg von ihrem hohen Sitz und kam an den Zaun. Sie war eine untersetzte, muskulöse junge Frau mit einem bitterbösen Gesicht und blitzenden Augen.

«Wünschen Sie etwas Besonderes?» fragte sie mit eisiger Stimme.

Wexford überlegte sich alle möglichen Antworten, zweideutige, herausfordernde, sogar leicht lüsterne. Er war Polizeibeamter. Aber Burden kam ihm mit der klassischen Antwort des ertappten Voyeurs zuvor:

«Wir haben nur zugeschaut.»

«Wie wär's, wenn Sie sich jetzt eine andere Beschäftigung suchten?»

«Kommen Sie, Mike», sagte Wexford.

Sie gingen rasch zum Wagen. Die Sportlehrerin sah ihnen finster nach.

«Nennt man sie auch jetzt noch so?»

«Wie meinen Sie das? Ob man sie noch Sportlehrerin nennt?»

Burden schwieg einen Augenblick, dann fügte er, das Gesicht

verziehend, hinzu: «Ich werde es Ihnen sagen, sobald meine neue Tochter elf ist. Wenn sie je zur Welt kommt. Wenn sie je elf wird. Wenn sie und ich zusammen sind, falls sie es wird.»

«So schlimm kann es doch nicht sein.»

«Wirklich nicht? Nein, vielleicht nicht. Vielleicht werde ich mit ihr zusammensein und nicht mit Jenny.»

Es mußte um Burden sehr schlecht stehen, wenn er sich vor Donaldson zu einem solchen Ausbruch hinreißen ließ. Selbstverständlich würde Donaldson kein Wort darüber verlieren. Aber er hörte es und würde nachdenklich werden. Wexford sagte nichts. Burdens Gesicht verschloß sich, sein Blick wurde stumpf, er spitzte die Lippen, und die steile Falte über der Nase, die sich nie mehr ganz glättete, wurde noch tiefer. Der Wagen fuhr an. Wexford blickte sich um und sah Eve zum Sprung ansetzen und den besten Volley des ganzen Matchs schlagen.

«Veronica sollte jetzt eigentlich für ihre Schule Tennis spielen», sagte Wendy Williams, «aber sie ist natürlich viel zu aufgeregt dazu. Sie war heute nicht im Unterricht, und ich mußte mir freinehmen. Ich mußte ihr sagen, daß ihr Vater eine zweite Frau und noch zwei Kinder hatte. Ihr zu sagen, daß er tot ist, war schon schlimm genug.»

Die zweite Mrs. Williams, die er ursprünglich für sanft und lieb gehalten hatte, hatte – wie er jetzt feststellte – auch andere Eigenschaften. Unter anderem die ziemlich unangenehme, die Schuld an jedem Mißgeschick, das ihr widerfuhr, jedem zufällig Anwesenden in die Schuhe zu schieben.

«Ich habe ihr alles erzählt, und zuerst wollte sie kein Wort sagen, aber dann war sie schrecklich verzweifelt.» Die sanfte, kindliche Stimme klang zaghaft. Die Augen wurden groß und feucht wie bei einem Kind, das Reklame für Seife macht. Wexford kam der ketzerische Gedanke, daß sie dieses Verhalten geradezu kultiviert hatte, weil Williams hinter kleinen Mädchen hergewesen war. «Sie werden vorsichtig mit ihr umgehen, nicht wahr? Sie werden nicht vergessen, daß sie erst sechzehn ist? Und sie hat ja nicht einfach nur ihren Vater verloren, es ist viel, viel schlimmer.»

Hier wurde er natürlich nicht in das Schlafzimmer des Mädchens geschickt. Veronica würde herunterkommen, und Wendy würde dabeisein. Wahrscheinlich war Veronica die Tennisspielerin gewesen, für die das dunkelhäutige Mädchen ohne Brille eingesprungen war. Während Wexford noch darüber nachdachte, kam Veronica herein, schüchtern und zögernd, das Gesicht noch immer wie erstarrt. Sie hatte geweint, doch das war schon lange her. Ihre Augen waren trocken, die Lider blaß, aber verquollen. Trotzdem hatte sie sich für diese Begegnung sehr sorgfältig angezogen, ebenso wie ihre Mutter. Derlei Dinge, die andere Männer gar nicht bemerkt hätten, fielen Wexford immer auf. Wendy trug ein schwarzes Baumwollkleid mit weiten Ärmeln, das ein bißchen zu schick war, um wie ein Trauerkleid zu wirken. Veronica hatte einen rosa Faltenrock, ein rosa Sweat-Shirt mit einem goldenen «V» und weißrosa Turnschuhe an. Wahrscheinlich kaufte Wendy ihre Garderobe bei Jickie zu Großhandelspreisen.

«Das sind Chief Inspector Wexford und Inspector Burden, Liebling. Sie möchten dir ein paar Fragen stellen. Keine schweren oder komplizierten Fragen. Sie wissen, daß du einen bösen Schock hinter dir hast. Und ich bleibe die ganze Zeit hier.»

Um Himmels willen, dachte Wexford, sie ist schließlich nicht mehr zehn. Der stumpfe, starre Blick des Mädchens machte ihn nervös.

«Das mit deinem Vater tut mir leid, Veronica», begann er. «Ich weiß, daß du jetzt sehr unglücklich bist und am liebsten in Ruhe gelassen werden willst. Aber deine Mutter hat dir ja erzählt, was passiert ist. Dein Vater ist nicht einfach gestorben. Er wurde ermordet. Und wir müssen herausfinden, wer ihn getötet hat, nicht wahr?»

Ein ihm schon längst vertrauter Zweifel überkam ihn. Mußten sie das wirklich? *Cui bono?* Wen stellte es zufrieden, wer wurde gerächt, wieder zum Leben erweckt? Aber er war Polizist und durfte so nicht denken. Sein Tonfall verriet natürlich nichts von diesen Gedanken. Er sah Veronica an. Was mochte wohl während der Wochen, in denen ihr Vater vermißt worden war, in ihrem Kopf vorgegangen sein? Hatte sie wie ihre Mutter geglaubt, er sei bei einer anderen Frau? Oder hatte sie seine Abwesenheit hingenommen wie alle anderen, wenn er angeblich für seine Firma verreist war oder in Bath den pflichtgetreuen Sohn spielte? Veronica sah Wexford nicht mehr an, sondern blickte zu Boden. Ihr Kopf hing herunter, als sei er zu schwer für den schmalen Hals.

«Können Sie sich noch an den 15. April erinnern?» fragte er. «Es war ein Donnerstag. Ihre Mutter erwartete, daß Ihr Vater am

Abend nach Hause kam, mußte selbst aber länger arbeiten. Doch Sie waren hier, nicht wahr?»

Das «Ja» kam sehr leise. Er hätte es vielleicht gar nicht gehört, wenn sie nicht gleichzeitig genickt hätte.

«Was haben Sie gemacht? Wann sind Sie aus der Schule gekommen? Um vier?» Auch er redete mit ihr, als sei sie zehn, aber etwas an ihrer Haltung, der gesenkte Kopf, die gekreuzten Füße, die geballt auf dem Schoß liegenden Hände, schienen es herauszufordern. Wieder das Nicken, und um nicken zu können, hatte sie den Kopf vorher ein wenig gehoben. «Und wie ging's weiter? Um welche Zeit haben Sie Ihren Vater erwartet?»

Sie murmelte vor sich hin, das wisse sie nicht.

«Wir wußten nie, wann er kam», warf Wendy ein. «Wir wußten es nie. Jede Zeit war möglich.»

«Und ist er gekommen?» fragte Wexford.

«Natürlich nicht. Das habe ich Ihnen doch schon gesagt.»

«Bitte, Mrs. Williams, lassen Sie Veronica antworten.»

Veronica war scheu, nervös, vielleicht auch unglücklich. Den Schock hatte sie jedenfalls noch nicht überwunden. Plötzlich riß sie sich zusammen, als habe sie begriffen, daß es keinen Ausweg gab. Sie mußte sprechen, also brachte sie es am besten schnell hinter sich.

Saras braune Augen sahen Wexford an, und Saras Lippen zitterten leicht.

«Ich hab Tee getrunken. Na ja, eigentlich Cola und dazu etwas gegessen, was Mami mir im Kühlschrank bereitgestellt hatte.» Obwohl Wendy so jung war, gehörte sie zu den Frauen, die ihre Kinder mit ihrer Fürsorge ersticken und sogar soweit gehen, einer Sechzehnjährigen die Mahlzeiten vorzubereiten, als sei sie behindert. «Ich hatte eine Freundin eingeladen – als Sie das erste Mal hier waren, war ich gerade bei ihr –, aber sie rief an und sagte, sie könne nicht kommen. Wenn ich Lust hätte, könnte ich ja bei ihr vorbeischauen.»

«Aber Sie wollten auf Ihren Vater warten?»

Sie war keine Sara, keine Eve Freeborn. Sie wandte den Kopf und sah hilfesuchend ihre Mutter an. Und die Mutter sprang ihr natürlich bei, wie immer.

«Veronica brauchte nicht auf ihren Vater zu warten. Ich habe Ihnen doch gesagt, daß wir eigentlich gar nicht mehr mit ihm rechneten.»

«‹Wir›, Mrs. Williams?»

«Nun ja, was Veronica dachte, weiß ich wirklich nicht. Ich hatte ihr gegenüber noch nichts von einer möglichen Trennung erwähnt. Ich wartete ab, wollte sehen, wie es weiterging. Entscheidend ist, daß Veronica nicht auf ihn zu warten brauchte und auch nicht gewartet hätte – sie hat schließlich ein eigenes Leben.»

Was hatte sie sagen wollen, bevor sie sich unterbrach und diese ungewöhnliche Erklärung über die nicht vorhandene Unabhängigkeit des kleinen, scheuen Wesens abgab?

«Dann sind Sie also weggegangen?»

«Ja, zu meiner Freundin. Aber ich bin nicht lange geblieben. Wir haben Platten gehört, und dann habe ich ihr vorgeschlagen, irgendwohin Kaffee trinken zu gehen. Sie konnte nicht, mußte auf ihren kleinen Bruder aufpassen. Er ist erst zwei. Deshalb war sie auch nicht zu mir gekommen.»

«Da sind Sie wieder nach Hause gegangen, ja? Um wieviel Uhr, ungefähr?»

«Ich bin nicht gleich nach Hause gegangen, ich war noch im Café, allein, im *Castor*. Zu Hause war ich dann gegen neun, und Mami kam etwa zehn Minuten später.»

«Sie müssen enttäuscht gewesen sein, weil Ihr Vater nicht da war.»

«Ich weiß nicht», sagte Veronica. «Ich habe nicht darüber nachgedacht. Es macht mir nichts aus, allein zu sein. Im Gegenteil, es gefällt mir sogar.» Eine erstaunliche Feststellung, zumal sie nicht danach gefragt worden war.

«Du meine Güte!» Wendy war nicht gewillt, das unwidersprochen zu lassen. «Du bist nie allein, wenn ich es verhindern kann. Du brauchst nicht so zu reden, als wärst du ein armes vernachlässigtes Kind.»

Wexford erkundigte sich nach dem Namen der Freundin. Sie hieß Nicola Tennyson und wohnte näher zur Innenstadt. Wendy hatte nichts dagegen, daß Wexford und Burden sich im Haus umsahen und Rodney Williams' Sachen durchsuchten. Wexford hatte das Gefühl, daß sie es so bereitwillig erlaubte, weil sie wollte, daß sie sahen, wie sauber und elegant das Haus und was für eine gute Hausfrau sie war.

Und hier fanden sie dann auch Williams' restliche Kleidung und machten die interessante Entdeckung, daß seine besseren und modischeren Sachen ausschließlich dieser Familie vorbehalten geblieben waren. In dem mit Goldleisten verzierten weißen Einbauschrank hingen Jeans, Western-Hemden, ein Drillichanzug und ein zweiter aus einem modernen steingrauen Leinenmischgewebe. Auf dem Bodenbrett standen zwei Paar Halbstiefel und ein Paar beigefarbene Mokassins aus Ziegenleder. Die Unterwäsche paßte zu einem viel jüngeren Mann als zu dem Teilzeit-Bewohner des Hauses Alverbury Road 31.

«Er bestand aus zwei völlig verschiedenen Persönlichkeiten», sagte Wexford.

«Vielleicht sogar aus dreien.»

«Wir werden sehen. Auf jeden Fall waren es zwei: die eine ein Mann in mittleren Jahren, gesetzt, vielleicht gelangweilt, mit einer Familie, die ihm nicht allzuviel bedeutete, weil sie ihm selbstverständlich geworden war; die andere jugendlich, ziemlich unternehmungslustig – werfen Sie doch mal einen Blick auf die Unterhosen –, nimmt es noch leicht mit seiner jungen Frau auf und führt in dieser kleinen Hutschachtel von Haus ein recht flottes Leben.»

Wexford sah sich im Zimmer um und verglich es mit der Alverbury Road. Auf den Betten lagen Steppdecken, die Fenster hatten Jalousien, auf dem Sitz eines weißen Rohrsessels türmten sich grüne, blaue und weiße Seidenkissen. Und das Bett hatte Übergröße.

«Wahrscheinlich hat er es den ‹Spielplatz› genannt, sagte Burden, das Gesicht verziehend.

«Früher mal», entgegnete Wexford.

In diesem Haus hatte Williams keinen Schreibtisch gehabt, nur eine Schublade in der mit Gold verzierten weißen Kunststoffkommode. Das war Wendys Haus gewesen, daran gab es keinen Zweifel, das Allerheiligste, ausschließlich ihr Herrschaftsbereich. So mädchenhaft, zart und sanft sie auch sein mochte, sie hatte dieses Haus zu dem ihren gemacht, feminin und ausschließlich für sie bestimmt. Rodney Williams war hier immer nur geduldet gewesen, das fühlte Wexford, und ob er bleiben durfte oder gehen mußte, hing von seinem Wohlverhalten ab. Und dennoch hatte er sich von Anfang an nicht sehr gut benommen. Da waren die vielen Reisen gewesen, die «Mutter», die langen Spannen der Abwesenheit. Also hatte sich Wendy mit Blumen, Farben und Seidenkissen ein Heim geschaffen, in dem ihm nur hier und da ein Eckchen zugestanden wurde, als habe sie sich unbewußt – Wexford war überzeugt, daß es unbewußt geschehen war – auf den Tag vorbereitet, an dem sie mit ihrer Tochter allein sein würde. Wexford schaute in die Schublade, doch sie sagte ihm wenig. Wie nicht anders erwartet, enthielt sie nur Papiere.

Das einzig Überraschende war Williams' Führerschein mit der Adresse Alverbury Road.

«Daß er den so rumliegen ließ, war ein ziemliches Risiko», sagte Burden.

«Sein ganzes Leben bestand aus Risiken, er ist sie ununterbrochen eingegangen. Er balancierte gern auf dem Hochseil. Außerdem lesen mißtrauische Ehefrauen Briefe und nicht den Führerschein.»

In der Schublade lagen außerdem noch Rechnungen, Kupons von Kreditkartenschecks, Unterlagen für ein allmonatlich abzurechnendes American Express-Konto. Auf welche Adresse war es ausgestellt? Auf diese hier, ja. Irgendwie paßte es. Visa und Access waren Konten für den braven Bürger, der kosmopolitischere American Express stand dem Playboy besser zu Gesicht. Zweifellos war es Wendy, die die fälligen Rechnungen vom gemeinsamen Konto bezahlte. In der Schublade fanden sich jedenfalls keine, nur eine Zahlungsaufforderung für eine fällige Rate, ein Leasing-Vertrag für ein Fernsehgerät, ein Kostenvoranschlag der Baufirma Godwin and Sculp aus Pomfret mit dem Datum vom 30. März für das Wohnzimmer, das frisch gestrichen werden sollte, und eine Rechnung (mit dem Stempel «Bezahlt») von derselben Firma für den Einbau eines neuen Wasserbehälters im Bad. Darunter lag Rodneys Scheckbuch für das gemeinsame Konto und eine kleine, noch halbvolle Flasche mit Tabletten. Auf dem Etikett stand «Mandaret».

Im selben, dem obersten Stock des Hauses, gab es noch zwei Schlaf- und ein Badezimmer. Veronicas Zimmer war tadellos aufgeräumt, mit einer Menge Schnickschnack und in dem Stil eingerichtet, den einschlägige Zeitschriften in Wendys Kindheit unter Überschriften wie «Ein Traumschlafzimmer für Ihre Tochter» propagiert hatten. Wahrscheinlich hat die arme Wendy als Kind nie ein Traumschlafzimmer gehabt, dachte Wexford. Ihre Jugend hatte wohl mehr Ähnlichkeit mit der von Sara. Hier gab es keine Poster, kein selbstgebasteltes Mobile, aber auch keine Bücher. Das Zimmer gehörte zu einem Mädchen, das nur «sinnend» auf der Fensterbank saß und weiße Söckchen trug.

Die Wendeltreppe, eine gräßlich unbequeme und gefährliche neue Erfindung für alle, die nicht wendig und geschmeidig waren wie Katzen, ging durch die Mitte des Hauses wie eine Riesenschraube durch eine Presse. Im Erdgeschoß gab es eine Duschkabine, eine separate Toilette, und die dritte Tür auf dieser Seite führte in die angebaute Garage. Am Ende des Flurs lag ein Raum, der die ganze Breite des Hauses einnahm. Von dort gelangte man durch eine Terrassentür in einen Patio und den Garten, der ungefähr so groß war wie ein Speisezimmertisch. Das Zimmer, das sich als Eß- oder Arbeitszimmer für Rodney Williams angeboten hätte – wäre ihm eins gestattet gewesen –, diente ausschließlich Wendys Interessen. Eine Nähmaschine und ein Strickapparat standen darin, ein Bügelbrett mit einem Trocken- und einem Dampfbügeleisen, und überall hingen Kleider, ordentlich in Plastikhüllen gepackt, damit sie nicht einstaubten.

Mutter und Tochter saßen immer noch im Wohnzimmer an dem Tisch mit der Glasplatte. Wendy hatte eine Näharbeit in der Hand, ein Taschentuch oder eine Serviette, an der sie mit großer Sorgfalt stichelte. Den kleinen Finger hielt sie abgespreizt, was beim Teetrinken heutzutage als vulgär galt. Veronica knabberte Erdnüsse aus einer Folienpackung. Natürlich trockene, da die anderen Fettflecke machen konnten. Beide glichen zu straff gespannten Federn und konnten es nicht erwarten, daß die Polizisten endlich gingen und sie allein ließen.

«Haben Sie schon von einer Vereinigung oder einem Club namens ARRIA gehört?» wandte sich Wexford an Veronica.

Die Feder sprang nicht. Veronica erschrak nicht. Sie nickte nur. Sie knüllte die leere Erdnußpackung nicht zusammen, sondern strich sie glatt und fing sie an zu falten, zuerst in die Hälfte, dann in Viertel.

«In der Schule?»

Sie blickte auf. «Ein paar Mädchen in der Sechsten und Siebenten gehören dazu.»

«Aber Sie nicht?»

«Man muß über sechzehn sein.»

«Warum Mädchen?» fragte Wexford. «Haldon Finch ist eine gemischte Schule. Warum gehören keine Jungen zu ARRIA?»

Sie war im Grunde ein ganz normaler Teenager. Unter dem spröden Äußeren, der Scheu, dem kleinen Mädchen an Mamis Rockzipfel, gehörte sie zu ihnen. In dem Blick, den sie ihm zuwarf, lag die ganze Verachtung für die an Schwachsinn grenzende Verständnislosigkeit, die für die Erwachsenen so typisch war.

«Nun, es ist eine Frauenvereinigung, verstehen Sie? Sie ist nur für Frauen. Es sind – wie nennt man sie? – Feministinnen. Militante Feministinnen.»

«Dann will ich nur hoffen, daß du dich von ihnen fernhältst, Veronica», sagte Wendy sehr rasch und für sie ungewöhnlich scharf. «Ich hoffe, du hast nichts damit zu tun. Wenn es etwas gibt, was ich von ganzem Herzen verabscheue, dann ist es die Frauenbewegung. Emanzipation! Ich bin emanzipiert, und was hab ich davon? Ich hoffe nur, du wirst klüger sein als ich und dir einen Mann aussuchen, der dich wirklich erhalten kann, der für dich sorgt, einen netten, anständigen Mann, der dich liebt und schätzt.» Ihre Lippen zitterten vor Erregung. Sie legte die Näharbeit aus der Hand. «Ich war für Rodney nicht fraulich genug», sagte sie, als sei das Mädchen nicht anwesend. «Ich war ihm nicht mädchenhaft genug. Ich bin zu hart, zu unabhängig und – und zu erwachsen geworden, das weiß ich.» Sie strengte sich geradezu heldenhaft an, die Tränen zurückzuhalten, und sie gewann den Kampf mit sich selbst. Auch die Stimme versagte ihr nicht. «Vergiß das ja nicht, Veronica, wenn du einmal an der Reihe bist zu heiraten.»

Sergeant Martin bearbeitete die Beschwerde, obwohl er, wie er Wexford erklärte, kaum etwas hatte, worauf er sich stützen konnte. Auch war bisher noch nichts passiert.

«Eine gewisse Ms. Caroline Peters, Lehrerin für Leibesübungen an der Gesamtschule Haldon Finch», sagte Martin. «Miz nicht Miss, wohlgemerkt. Sie wurde richtig pampig, als ich sie Miss nannte, Sir. Sie behauptet, zwei Männer hätten sich während eines Tennisturniers der Mädchen am Zaun herumgedrückt. Haben sich angeblich sehr verdächtig benommen, sagt sie. Sie seien mit einem Wagen gekommen und eigens ausgestiegen, um zuzusehen. Hinterher hat sie die Schülerinnen gefragt, ob die eine oder die andere die Männer vielleicht gekannt habe, doch sie hätten alle verneint.»

Danke, Miss Freeborn, dachte Wexford.

«Lassen Sie die Sache auf sich beruhen, Martin. Vergessen Sie sie. Wir haben Wichtigeres zu tun.»

«Ich soll mich überhaupt nicht mehr darum kümmern, Sir?»

«Du wirst dir hoffentlich einen Mann aussuchen . . .

... der dich wirklich erhalten kann», ermahnt Wendy ihre Tochter. Mütter wollen zwar immer nur das Beste für ihre Kinder, aber ob dieser Rat wirklich so gut ist? Die besorgte Wendy ist schließlich selbst auf einen Bigamisten hereingefallen.

Besser ist da schon dran, wer für finanzielle Unabhängigkeit selbst sorgt.

«Ich nehme es Ihnen ab.» Er würde der Frau schreiben und ihr alles erklären. Vielleicht rief er sie auch an. Sie hatte ein Recht darauf. Sie war eine gute, gewissenhafte Lehrerin, die verantwortungsbewußt handelte. Er durfte nicht über sie lachen – oder erst später, mit Burden.

Sein Besuch in der Liskeard Avenue hatte ihm ausreichend zu denken gegeben. Und über etwas hatte er sich gewundert, und dieses Etwas war weder eine Information noch war es der zündende Funke einer Idee, sondern etwas absolut Negatives.

War es nicht ungewöhnlich, daß sich Wendy, obwohl er sie schon zweimal besucht und lange Gespräche mit ihr geführt hatte, überhaupt nicht für Rodneys zweite Familie zu interessieren schien? Nicht ein einziges Mal hatte sie sich nach der Ehefrau erkundigt, die sie zwar ausgestochen, deren Stelle sie jedoch nicht eingenommen hatte, und auch nach den Kindern hatte sie nie gefragt, die schließlich Halbgeschwister ihrer Veronica waren. War ihre Eifersucht auf diese Familie vielleicht zu groß? Oder hatte sie einen Grund, der mit seiner Ermittlung zusammenhing?

11

Kevin Williams sah seiner Mutter ähnlicher als seinem Vater. Ihn hätte man nicht für Veronicas Halbbruder gehalten. Das genetische Erbe, das bei Sara und Veronica ein so deutliches Merkmal war, hatte ihn übersprungen. Er hatte eine schmale Stirn und einen niedrigen Haaransatz. Von Natur aus war er sachlich, lässig, gleichgültig.

Wexford, der Martin bei sich hatte, war mitten in eine Familienkonferenz hineingeplatzt, wie ihm schien. Ausnahmsweise lief der Fernseher einmal nicht. Mit geradezu überschwenglichem Stolz stellte Joy Williams nur ihren Sohn vor. Wexford blieb es überlassen zu erraten, daß die Frau und das Mädchen, die nebeneinander auf dem gelben Sofa saßen, Hope Harmer und ihre Tochter Paulette sein mußten.

Mrs. Harmer, obwohl rundlicher, hellhaariger und gepflegter als ihre Schwester, sah Joy trotzdem so ähnlich, daß man an ihrer Identität nicht zweifeln konnte. Sie war eine hübsche Frau, die auch in dieser Krise noch Lebensfreude ausstrahlte. Das Mädchen war – um mit Wexfords Enkelsöhnen zu sprechen – «eine richtige Wucht». Paulette war so schön, daß Sara und Veronica neben ihr zu durchschnittlich hübschen jungen Mädchen verblaßten. Sie erinnerte Wexford an ein Gemälde, das er einmal gesehen hatte – an Rosettis Porträt der Mrs. William Morris. Paulette war dunkelhaarig, und ihr Gesicht hatte den gleichen dunklen Schimmer wie das auf dem Bild, ihre Züge waren genauso ebenmäßig, und ihre großen dunklen Augen leuchteten genauso seelenvoll. Als er sie fragte, ob sie Paulette sei, hob sie die träumerischen dunkelgrauen Augen, nickte und wandte dann ihre Aufmerksamkeit wieder der Zeitschrift zu, die sie betrachtete und in der es anscheinend nur Frisuren zu sehen gab.

Kevins Trimester war am Tag vorher zu Ende gegangen, und er war sofort nach Hause gekommen. Aber nicht, um zu bleiben, wie er Wexford erklärte, als sie in dem kahlen Eßzimmer allein waren. Er sei es seiner Mutter schuldig, ihr ein paar Tage beizustehen, aber dann wollte er, wie schon seit einem Monat geplant, einen Freund in Cornwall besuchen und später nach Frankreich zum Camping fahren. Er schien erstaunt, als Wexford sich nach der Adresse des Freundes erkundigte.

«Es wäre uns lieber, wenn Sie das Land jetzt nicht verließen.»

«Sie können mich nicht hier festhalten. Ich habe mit dem Tod meines Vaters nichts zu tun.»

«Erzählen Sie mir, wie Sie am Donnerstag, dem 15. April, den Abend verbracht haben.»

«Ist er da gestorben?» Seine Lässigkeit war mürrischer Verdrossenheit gewichen. Jetzt war er seiner Mutter noch ähnlicher.

«Ich stelle hier die Fragen, Kevin.»

Das wurde nicht unfreundlich gesagt, aber trotzdem sah der Junge ihn an, als habe noch nie jemand in diesem Ton mit ihm gesprochen. Er legte die niedrige Stirn in Falten und verzog gekränkt den Mund.

«Ich habe nur gefragt. Er war mein Vater.»

Das wurde mit gekünstelter und schlecht gespielter Gefühlsduselei gesagt, und Wexford begriff plötzlich, daß es auch in diesem Haus keinen einzigen Menschen gab, dem Rodney Williams etwas bedeutete. Er schien sich die Zuneigung der Menschen immer schnell verscherzt zu haben. Auf diesem Gebiet hatte er jedenfalls seinen verdienten Lohn bekommen.

«Was war an dem Abend los? Was haben Sie gemacht?»

«Zu Hause angerufen, nehme ich an», antwortete Kevin, zu seiner alten Lässigkeit zurückkehrend. «Ich rufe jeden Donnerstag zu Hause an, sonst dreht meine Mutter durch.»

«Telefonieren Sie vom College aus?»

«Nein, die Telefone sind meistens kaputt, und es ist ein ganz schöner Stress, ein freies zu finden.» Kevin schien beschlossen zu haben, Wexfords Fragen, wenn auch widerwillig, über sich ergehen zu lassen. «Ich telefoniere von außerhalb. Das heißt, wir sind immer zu zweit oder zu dritt. Wir gehen in ein Pub. Ich rufe zu Hause an, und Mutter übernimmt die Kosten.»

«Sie werden sich vielleicht besser an diesen Donnerstag erinnern, wenn ich Ihnen sage, daß es der erste nach den Osterferien war.

Der Junge überlegte anscheinend konzentriert. Wexford bezweifelte nicht, daß er von Anfang an genau gewußt hatte, um welchen Donnerstag es ging.

«Ja, ich erinnere mich. Ich rief gegen acht oder halb neun zu Hause an – die präzise Minute werden Sie ja nicht wissen wollen, oder? Mutter war nicht zu Hause. Ich habe mit Sara gesprochen.»

«Waren Sie nicht überrascht, daß Ihre Mutter nicht zu Hause war, wenn Sie anriefen?»

«Ja, es war ungewöhnlich. Sie bildet sich ein, daß die Sonne aus meinem Arsch heraus scheint, aber das haben Sie sicher selbst bemerkt.» Er zuckte übertrieben mit den Schultern. «Ungewöhnlich, ja», sagte er. «Doch es ist schon vorgekommen.»

Noch entrüsteter reagierte Kevin, als Wexford ihn nach den Namen der Kommilitonen fragte, mit denen er im Pub gewesen war. Aber es war nichts als heiße Luft, reine Widerspenstigkeit. Nach einem kurzen Protest nannte Kevin die Namen.

«Wie sind Sie mit Ihrem Vater ausgekommen?»

«Zwischen uns herrschte Funkstille. Wir haben nicht miteinander geredet. Die übliche Situation, nicht wahr?»

«Und wie war das bei Ihrem Vater und Sara?»

«Lassen Sie gefälligst meine Schwester aus dem Spiel!» antwortete Kevin scharf.

Es war unglaublich. Es war genau die Antwort, die ein Junge in Kevins Alter vor hundert Jahren gegeben hätte – wenn man der Literatur glauben wollte.

Wexford bemühte sich, nicht zu lachen. «Gut», sagte er, «lassen wir sie vorläufig aus dem Spiel.»

Als er ins Wohnzimmer kam, fragten Joy und ihre Schwester Sergeant Martin auf Herz und Seele nach Wendy aus. Die Mädchen waren nicht mehr da. Martin antwortete einsilbig und machte ein erleichtertes Gesicht, als Wexford erschien. Joy unterbrach sich sofort, als sie sah, daß er allein war. «Wo ist mein Sohn?» fragte sie so heftig, als habe Wexford ihn bereits festgenommen und in einen Polizeiwagen gesperrt.

Wexford und Burden warteten im Büro des geschäftsführenden Direktors auf Miles Gardner. Wexford hatte ihn nicht mehr gesprochen, seit Rodney Williams tot aufgefunden worden war. Das getäfelte Büro war trotz des strahlend hellen Tages ein bißchen düster und schattig. Auf dem Fensterbrett stand ein kupferner Krug mit Lupinen. Wexford nahm das Foto von Gardners Familie vom Schreibtisch und betrachtete es zweifelnd.

«Ich glaube, ich bin gegen heranwachsende Mädchen überempfindlich geworden», sagte er. «Ich sehe überall welche.»

«Erinnern Sie sich nur an das, was die Sportlehrerin gesagt hat.»

«Ich glaube nicht, daß ich in dieser Beziehung gefährdet bin, obwohl es wirklich hübsche Dinger sind, mit denen wir's zu tun haben. Fast könnte man Williams' Standpunkt verstehen.»

«Er war nichts anderes als ein schmutziger alter Lustmolch», sagte Burden, der ganz vergaß, daß Williams nur drei Jahre älter gewesen war als er.

«Das ist der zweite Frühling, die ewige Hitze in alten Knochen.»

Gardner kam herein und entschuldigte sich, weil er sie warten lassen mußte. Er begann ein paar unaufrichtig klingende Sätze des Bedauerns über Williams' Ableben zu murmeln. Wexford ließ sie eine Weile über sich ergehen und unterbrach ihn dann.

«Wenn Sie Zeit haben, könnten wir zum Lunch ins *Old Flag* gehen», sagte er.

Gardner hatte leider keine Zeit. «Ich habe meiner Tochter versprochen, sie zum Lunch auszuführen, meiner jüngsten, Jane. Sie hat schulfrei bekommen, weil sie zu einer Besprechung an der hiesigen Uni muß. Sie ist ziemlich nervös und hat natürlich Angst, also habe ich sie mit dem Versprechen bestochen, ganz schick mit ihr essen zu gehen.»

Die University of the South war in Myringham. Schon wieder eine Achtzehnjährige ...

«Sie müßten Jane eigentlich nehmen», sagte Gardner und fügte mit einer Art stolzen Bedauerns hinzu: «Das ist für die nächsten drei Jahre das Aus für unsere Ferien im Ausland.»

Wexford sagte, er wolle mit Christine Lomond sprechen, und zwar am liebsten in Williams' ehemaligem Büro. Gardner selbst brachte ihn in dem kleinen, langsamen Lift nach oben. In dem Büro standen zwei Schreibtische und zwei Schreibmaschinen, eine Sierra 3400 und eine Olympia ES 100. Aber die Maschinen waren «sauber». Das Mädchen, das hereinkam, trug ein geranienrotes Kostüm, eine dunkelgrüne Baumwollbluse, um den Hals eine Kette mit einem grünen rautenförmigen Anhänger aus Glas und am linken Handgelenk eine Armbanduhr mit einem rotgrünen Band. Das Haar hatte sie sich stellenweise, wie seine Tochter Sylvia es nannte, «mit Glanzlichtern aufhellen» lassen. Er glaubte ihr allerdings nicht so recht und dachte, sie halte ihn zum Narren. Christine Lomonds Fingernägel waren in dem leuchtenden Karminrot lackiert, das Sevensmith Harding als seine neueste Farbnuance für Haustüren propagierte. Die Finger huschten wie rote Käfer über die Aktenordner. Wie Kartoffelkäfer, behauptete Burden später, der Nagellack verabscheute.

Wexford hatte sie gebeten, ihm ein paar Briefe oder andere Schriftstücke herauszusuchen, die Williams selbst getippt hatte. Berichte, Schätzungen, ja sogar Notizen, die er vielleicht ins Büro mitgebracht hatte. Sie sagte, sie sei sicher, daß er derartige Notizen mit der Hand geschrieben haben würde, förderte auch zwei oder drei handgeschriebene zutage und dann noch mehrere, die ihrer Meinung nach wahrscheinlich auf der Olympia getippt worden waren, jedoch mit einem anderen Typenrad, so daß sie ein anderes Schriftbild hatten. Wexford war sehr interessiert, denn es kam ihm so vor, als sei in der Spitze des großen A ein winziger Fehler.

Das Experiment brachte ihm nichts ein außer der Erkenntnis, wie wenig er über Schreibmaschinen oder zumindest über die Fortschritte wußte, die in der Technologie der Schreibmaschinen inzwischen gemacht worden waren. Die weißen Finger mit den roten Nägeln legten im Handumdrehen einen frischen Bogen Papier in die Maschine, schalteten sie ein, schalteten sie aus, nahmen das Typenrad heraus, setzten ein anderes ein und tippten mit Windgeschwindigkeit eine genaue Kopie von Williams' Verkaufsprognose für die ersten drei Monate des Jahres.

«Wir müssen das Typenrad erneuern, es schreibt nicht mehr ganz gleichmäßig», sagte sie, nahm das beschädigte Rad heraus und warf es in den Papierkorb.

«Wo wohnen Sie, Miss Lomond?»

«Hier. In Myringham. Warum?» Sie wirkte ein bißchen schroff, es war ein Benehmen, das oft «energisch» genannt wurde.

«Haben Sie Mr. Williams gemocht?»

Sie schwieg. Sie schien beleidigt, hatte vielleicht nichts anderes erwartet als eine Untersuchung von Papieren und Schreibmaschinen. Wie alt mochte sie sein? Sechs- oder siebenundzwanzig? Sie konnte aber auch viel jünger sein. Das starke Make-up und die kunstvolle Frisur machten sie älter.

«Nun, Miss Lomond?»

«Ja, ich habe ihn gemocht. Ganz einfach gemocht. Ich habe nicht darüber nachgedacht, ob ich ihn mag oder nicht.»

«Versuchen Sie sich bitte an den Abend des fünfzehnten April zu erinnern. Was haben Sie damals gemacht?»

«Also das weiß ich heute wirklich nicht mehr, da verlangen Sie zuviel.»

Christine Lomonds Lider flatterten. Sie hatte glitzernden meerblauen Lidschatten aufgetragen.

«Versuchen Sie den Abend gewissermaßen einzukreisen, indem Sie überlegen, was Sie am nächsten Tag getan haben», sagte Burden. «Das war der Vormittag, an dem jemand anrief und sagte, Mr. Williams sei krank und käme nicht ins Büro. Hilft Ihnen das?»

«Ich glaube, ich war zu Hause. Allein.»

Das klang nicht abwehrend, schuldbewußt oder verängstigt, sondern eher mürrisch, als hätten ihre Kleidung, die Frisur und das Make-up ihre Wirkung verfehlt.

«Leben Sie mit jemandem zusammen oder allein?»

Das war gewiß eine sehr harmlose Frage. Doch Christine Lomond wurde so aggressiv, daß man den Eindruck hatte, sie wäre Wexford am liebsten mit ihren roten Krallen ins Gesicht gefahren.

«Ich lebe mit niemandem zusammen, und ich war zu Hause und habe ferngesehen.»

Noch ein Fernseh-Fan. Was hatten sie nur früher getan, bevor die Braunsche Röhre die Welt erobert hatte? Er sollte sich eigentlich noch an die Alibis erinnern, die man ihm aufgetischt hatte, als es noch kein Fernsehen gab, aber er konnte es nicht. Ich habe gelesen, genäht, Regale aufgestellt, geangelt, habe Radio gehört, war spazieren, im Pub, im Kino? Vielleicht.

Nur höchst unwillig gab Christine Lomond ihnen ihre Adresse. Sie gab zu, eine Schreibmaschine zu besitzen, eine alte Smith Corona, jedoch keine Reiseschreibmaschine, und sic behauptete, sie stehe im Haus ihrer Eltern in Tonbridge, und sie habe sie nie in ihr Einzimmerapartment nach Myringham mitgebracht.

Als sie in den Empfang hinunterkamen, überraschten sie ein junges Mädchen beim Ausziehen. So kam es dem erstaunten Wexford wenigstens vor. Es unterhielt sich mit der Telefonistin – heute hatte Anna Dienst –, und es war eben dabei, sich ein Baumwollkleid über den Kopf zu ziehen. Lange schlanke Beine in weißen Strumpfhosen, hellblaue Pumps mit gedrechselten Absätzen und ja, ein bis knapp über die Knie reichender Rock, der hinaufgerutscht war und erst zum Vorschein kam, als das Mädchen ihn herunterstreifte, nachdem es das andere Kleidungsstück, offenbar eine Matrosenbluse, ausgezogen hatte. Unter der Bluse trug das Mädchen ein weißes T-Shirt.

Das Mädchen kehrte Wexford den Rücken zu. Es schleuderte die hellblauen Pumps von den Füßen, so daß der eine quer durch den Raum flog und ein Beobachter keinen Augenblick daran zweifeln konnte, wie froh das Mädchen war, die verhaßte Verkleidung loszuwerden.

«Jane», sagte Anna warnend, «hinter dir sind zwei ...»

Das Mädchen fuhr herum. Auf das Vorderteil des T-Shirts waren die Buchstaben ARRIA aufgedruckt.

Was Wexford an dem Haus in der Down Road, Kingsmarkham, zuerst auffiel, war die Tatsache, daß hier bestimmt jeder sein eigenes Zimmer hatte. Daß man es mit jemand teilte, kam gar nicht in Frage. Es war ein sehr großes Gebäude im edwardianischen Stil mit Zinnen und Türmchen und vielen Balkonen. Die meisten dieser Häuser waren in Mietwohnungen unterteilt worden, dieses jedoch nicht. Eine einzige Familie bewohnte es und die (mindestens) acht Schlafzimmer. Und doch hatte Eve Freeborn ihm gesagt, sie müsse bei ihrem Freund in Myringham übernachten, und er könne nicht zu ihr kommen, weil sie mit ihrer Schwester in einem Zimmer schlafe. Vielleicht hatte sie auch keine Schwester. Das würde er bald erfahren.

Im ersten Moment glaubte er, das Mädchen, das ihm die Tür öffnete, sei Eve. Daß es grüne Haare hatte, hatte gar nichts zu bedeuten. Heutzutage wechselten sie ihre Haarfarbe so schnell wie früher den Lippenstift. Auf den zweiten Blick sah er, daß sie nicht einmal eineiige Zwillinge sein konnten. Zweieiige Zwillinge, ja, mit dem gleichen Körperbau und den gleichen Augen. Das war alles. Welche Haarfarbe sie ursprünglich gehabt hatten, wußte nur der Himmel. Wahrscheinlich hatten sie es selbst schon vergessen.

Im Haus roch es schwach nach Marihuana. Ein unverkennbarer Geruch, wie Holzrauch mit einem süßlichen Cologne vermischt.

«Eve?» wiederholte Eves Schwester ungläubig. «Sie wollen mit Eve sprechen?»

«Ist das so schwierig?»

«Ich weiß wirklich nicht ...»

Er hatte ihr seinen Polizeiausweis gezeigt. Schließlich war sie ein junges Mädchen, und es war Abend. Sie sollte keinen Mann ins Haus lassen, der sich nicht ausgewiesen hatte. Aber sie starrte die Karte an, als sei sie ein Haftbefehl für sie oder Eve. Er wurde ungeduldig.

«Soll ich vielleicht einen Fragebogen ausfüllen oder jemanden mitbringen, der für mich bürgt?»

«O nein! Kommen Sie rein. Tut mir leid. Es ist nur, daß ...»

Sie hatte eine aufreizende Art, ihre Sätze nicht zu Ende zu sprechen. Er folgte ihr in die Halle, die so dunkel getäfelt war wie die Büros bei Sevensmith Harding, und eine breite, elegant geschwungene Treppe hinauf, die in eine Galerie mündete. Der Marihuanageruch war hier schwächer, aber immer noch vorhanden. Was ihn an diesem Haus am meisten überraschte, war die Atmosphäre der sechziger Jahre, die hier vorherrschte. An der Wand hing – allerdings unter Glas und gerahmt – ein Poster von John Lennon, der an einem weißen Flügel saß. Auf einem Beistelltischchen stand eine Vase mit getrockneten Gräsern und schäbigen Pfauenfedern. Und nicht zufällig dort vergessen, sondern als Schmuck gedacht, hing da ein altmodisches rotes Seidenkleid mit gestickten goldenen Applikationen. An Rot und Gold hatte nicht nur der Zahn der Zeit genagt, auch die Motten hatten es zerfressen.

«Sind Ihre Eltern zu Hause?» fragte Wexford.

«Sie haben eine Wohnung in London und halten sich die meiste Zeit dort auf.»

Unmöglich zu sagen, ob sie es ihnen übelnahm oder froh darüber war. Die Eltern sind wahrscheinlich selbst kaum älter als vierzig, die Mutter eher noch jünger, dachte er.

«Sie warten am besten hier», sagte Eves Zwillingsschwester. «Ich will nur nachsehen, ob ...»

Die Türen zu allen Schlafzimmern standen offen. Allerdings waren sie nicht wie konventionelle Schlafzimmer eingerichtet. Sie glichen eher Wohnschlafzimmern mit Sesseln, Tischen, Sitzkissen und einer Couch oder einem Diwan mit lässig darübergebreiteter indischer Decke. An den Wänden hingen Poster und waren bunte Ansichtskarten kreuz und quer angepinnt. Wexford setzte sich in einen Schaukelstuhl mit rot, schwarz und weiß lackierten Kufen und einem schmutzigen Spitzenschleier über der Lehne und begann zu überlegen, wie er sich dieses merkwürdige Haus erklären sollte.

Plötzlich begriff er. Nicht die Mädchen lebten in der Vergangenheit, nicht sie waren altmodisch oder lebten absichtlich einen Anachronismus. Die Eltern waren in den sechziger Jahren jung gewesen, hatten sich wahrscheinlich von der neuen begeisternden Freiheit mitreißen lassen und konnten sich nie mehr vom Geist, dem Geschmack und den Sitten jener Zeit befreien. Nicht die Mädchen, die Eltern rauchten Marihuana. Dagegen würde er etwas unternehmen müssen ...

Wie lange wollte sie ihn eigentlich warten lassen?

Er stand auf und trat auf den Flur. Es war kein Mensch zu sehen. Doch von irgendwoher hörte er weibliche Stimmen – Stimmen, die jedoch nicht sorglos und vergnügt klangen, auch nicht murmelten, sondern laut und sehr ernst miteinander sprachen. Eine Treppe führte ins Dachgeschoß, aber die Stimmen kamen nicht von dort oben.

Wexford hörte lautes Gelächter und vereinzelt Applaus. Er ging den Geräuschen nach, kam auf einen kleineren, viereckigen Treppenabsatz. An die Decke hatte jemand, der zwar etwas vom Malen verstand, aber eine völlig ungeübte Hand hatte, eine Himmelskarte gepinselt. Ein Amateurastrologe, der die Kunstakademie besucht hat, dachte Wexford und mußte unwillkürlich wieder an die sechziger Jahre denken. Während er noch überlegte, ob es klug war, in ein Zimmer voller Frauen hineinzuplatzen, ging die Tür auf und zwei Mädchen kamen heraus. Sie blieben auf der Schwelle stehen und musterten ihn erstaunt. Die eine kannte er nicht, die andere war Caroline Peters, die Lehrerin für Leibeserziehung.

Bevor jemand etwas sagen konnte, kam Eve Freeborn aus dem Zimmer und schob die beiden, die ihr den Weg verstellten, mit der Schulter beiseite. Sie trug wieder ihre knallengen Jeans, die Schuhe mit den zwölf Zentimeter hohen Absätzen, aber diesmal mit einer purpurroten Satinbluse, die farblich auf ihr Haar abgestimmt war. Caroline Peters hingegen war wie ein Junge angezogen – oder wie die Jungen sich angezogen hatten, bevor die Punkmode aufkam: Jeans, braune Lederjacke, halbhohe Stiefel, kein Make-up, das Haar ganz kurzgeschoren.

«Entschuldigen Sie», sagte Eve. «Haben Sie lange gewartet?»

«Sie haben uns viertausend Jahre warten lassen», mischte sich Caroline Peter gehässig und rachsüchtig ein.

Sie hatte ihn erkannt und war unangenehm berührt. Oder sah sie in ihm nicht den Polizisten, sondern vor allem den Mann? Wexford war bisher noch nie einer jener militanten Feministinnen begegnet, die für einen totalen Separatismus der Frauen eintreten. Und auf einmal dämmerte es ihm.

«Hab ich vielleicht zufällig eine Versammlung von ARRIA gestört?»

«Sie ist zu Ende», sagte Eve. «Sie ist eben zu Ende gegangen.»

«Wir hätten keine Störung geduldet.»

Wexford sah Caroline Peters an. «Bitte gehen Sie noch nicht. Ich möchte auch mit Ihnen sprechen.»

Sie hob die Schultern und ging ins Zimmer zurück. Eve zeigte mit der Hand lässig auf das andere Mädchen, einen hübschen Rotschopf mit scharfen Zügen.

«Das ist Nicky.»

Im Zimmer, einem weiteren und größeren Wohnschlafzimmer, hingen von der Decke und an den Wänden gestreifte Tagesdecken, so daß das Ganze einem Beduinenzelt nicht unähnlich war. Ungefähr ein halbes Dutzend Mädchen standen herum, und einige bereiteten sich darauf vor zu gehen. Sara Williams und ihre Kusine Paulette waren da. Sie unterhielten sich mit Jane Gardner, und alle drei trugen ARRIA-T-Shirts. Ein farbiges Mädchen, schlank und elegant wie ein Modell, saß mit gekreuzten Beinen auf einem Sitzkissen.

«Ich weiß nicht mehr, wie man ihn nennt», sagte Eve zu den anderen, «aber er ist Polizist.» Sie zeigte der Reihe nach auf die Mädchen: «Jane, Sara, Paulette, Donella, Helen, Elaine. Meine Schwester Amy haben Sie ja schon kennengelernt.»

Caroline Peters schob die Hände in die Taschen ihrer Lederjacke.

«Was wollen Sie?»

«Ich möchte mehr über ARRIA erfahren – für den Anfang.»

«Für den Anfang – ich und eine gleichgesinnte Frau haben ARRIA gegründet. Sie studiert jetzt Philologie und klassisch-antike Literatur in Oxford.» Caroline Peters unterbrach sich und fuhr nach ein paar Sekunden fort: «*Arria Paeta* war eine Römerin, die Frau von *Caecina Paetus*. Selbstverständlich mußte sie seinen Namen annehmen.» Wexford begriff, daß sie zu jenen Fanatikerinnen gehörte, die nie auf einen Seitenhieb verzichteten. «Das antike Rom ist für die Unterdrückung und Ausbeutung der Frauen berühmt und berüchtigt.» Da sie Lehrerin war, wartete sie auf einen Einwurf von Wexford.

Er kam auch – vielleicht zu ihrer größten Überraschung. «Kaiser Claudius», sagte Wexford, der seine Hausaufgaben gemacht hatte, «befahl Paetus, Selbstmord zu begehen, aber er war zu feige. Also nahm seine Frau das Schwert, stieß es sich ins Herz und sagte: ‹Sieh, Paetus, es tut nicht weh ...›»

«Sie haben Graves gelesen!»

«Nein. Smiths klassisches Wörterbuch.» Das Mädchen namens Nicky lachte. «Aber ich weiß nicht, was die Buchstaben auf den T-Shirts bedeuten.»

«*Action for the Radical Reform of Intersexual Attitudes* – Aktion für die radikale Reform intersexueller Verhaltensweisen.»

«Wie schön, daß das Akronym nicht anonym ist und sich auf einen richtigen Namen bezieht. Oder ist es eine bewußte Verschleierung?»

«Vielleicht.»

«Wie viele Schulen sind beteiligt?»

«Kingsmarkham High», antwortete diesmal Eve, «Haldon Finch, St. Catherine ...»

Aber Caroline Peters unterbrach sie.

«Ich unterrichte an der Gesamtschule Haldon Finch. ARRIA wurde vor etwas mehr als einem Jahr in St. Catherine gegründet. Wir haben als Mitglieder nur Frauen über sechzehn aufgenommen, tatsächlich also nur Schülerinnen der sechsten und siebenten Klasse. Ich bin sehr froh, sagen zu können, daß wir sofort großen Anklang gefunden haben – wie könnte es bei einer Organisation auch anders sein, die ausschließlich für Frauen gegründet wurde und in der Männer nichts zu sagen haben?»

Sie sah Wexford mit einem Blick kalten Widerwillens an, bei dem er sich alles andere als wohl fühlte. Er gehörte keiner Minderheit an, man konnte ihn in keiner Beziehung einer Minderheit zuordnen. Doch sie brachte es fertig, daß er sich so vorkam und daß es sich außerdem um eine unterdrückte Minderheit handeln mußte.

«Da wir über eine sehr gut funktionierende Propagandamaschine verfügen, verbreitete sich die erfreuliche Neuigkeit schnell in den anderen Schulen der Umgebung, und bald hatten wir beachtliche Zellen im Pomfret College und der Kingsmarkham High School.»

Die erfreuliche Neuigkeit, dachte Wexford, eine Art ‹Evangelium›, nicht mehr und nicht weniger.

«Wir haben jetzt schon über fünfhundert Miglieder», fügte sie hinzu.

Er war mehr als überrascht und hätte fast durch die Zähne gepfiffen vor Staunen. Wie viele siebzehn- und achtzehnjährige Mädchen gab es wohl in der näheren Umgebung. Kaum mehr als zweitausend Schülerinnen und Berufstätige zusammengenommen. Das bedeutete, daß fünfundzwanzig Prozent zu ARRIA gehörten. Du meine Güte, sie konnten ja fast eine Revolution anzetteln.

«Na schön. Sie haben Abzeichen, Sie haben T-Shirts mit dem Aufdruck ARRIA, sie treffen sich regelmäßig, aber was tun Sie?»

«Wir pflegen so wenig Kontakt mit Männern wie nur möglich», antwortete Caroline Peters bereitwillig. «Außerdem bekämpfen wir Männer mit geistigen und physischen Mitteln.»

Bei diesem Satz spitzte Wexford die Ohren. Sie trug keine Handtasche, aber ihre Kleidung hatte Taschen. Die meisten anderen Mädchen hatten Handtaschen. Er hatte jedoch keinen Durchsuchungsbefehl und auch keine Polizeibeamtin dabei, die die Untersuchung vornehmen konnte.

«Wir haben eine Konstitution und ein Manifest», sagte sie. «Ich nehme an, daß hier irgendwo eine Kopie rumliegt, und ich hab nichts dagegen, daß Sie sie mitnehmen. Seid ihr Frauen alle damit einverstanden?» Beistimmendes Gemurmel wurde laut, und ein paar Stimen klangen unüberhörbar belustigt. «Ich muß Sie jedoch darauf aufmerksam machen, daß es nicht unser Ziel ist, den Männern gleichberechtigt zu sein. Wir wollen weder einen Waffenstillstand noch einen Kompromiß mit ihnen schließen, noch jene wenig zufriedenstellende Entspannung erreichen, wie sie während vergangener Revolutionen zwischen Proletariat und Bourgeoisie zustande gekommen ist. Wie Marx in einem anderen Zusammenhang sagt: ‹Philosophen haben versucht die Welt zu erklären. Wichtiger ist es jedoch, sie zu verändern.› Guten Abend, allerseits.» Sie verließ den Raum und schloß die Tür so leise hinter sich, daß es fast unheilverkündend wirkte.

Stille. Donella, das schwarze Mädchen, verdrehte die Augen und rollte schlehbraune Pupillen.

«Mit physischen Mitteln hat sie nur Selbstverteidigung und so gemeint», sagte Eve. «Wenn man Mitglied wird, ist es Pflicht, einen Kurs in Selbstverteidigung zu belegen, Karate, Judo oder Tai Chi, egal was.»

«Ich denke», sagte Donella, «die meisten finden es einfach super, daß so viel Sport betrieben wird. Er hat, meiner Meinung nach, die größte Anziehungskraft.»

«Euch wird ja nicht entgangen sein, daß wir jetzt dreimal soviel Abendkurse in den Kampfsportarten im Programm haben wie früher», sagte Nicky. «Bei uns gibt es eben eine Wechselbeziehung zwischen Angebot und Nachfrage. So arbeitet ARRIA.»

Das hatte nicht aggressiv geklungen, nur stolz. Sie hob rasch den Arm und ließ ihn mit unglaublicher Wucht heruntersausen. Wexford, ein kräftiger, über einsachtzig großer Mann, war erleichtert, daß dieser Schlag nicht ihm galt. Was sie über Judo- und Karatekurse sagte, traf zu, er selbst hatte schon zu Burden gesagt, er sei froh, daß die Frauen endlich etwas unternahmen, um sich gegen Überfälle und Vergewaltigung zu schützen, die in den letzten Jahren so überhand genommen hatten.

«In Ordnung», sagte er. «Die Kurse dienen der Selbstverteidigung. Wie steht es mit der Aggression? Ich darf wohl annehmen, daß keine von Ihnen zugeben wird, eine Angriffswaffe bei sich zu haben?»

Natürlich gab es niemand zu. Sie sahen auch nicht erschrocken oder schuldbewußt aus. Nur in einem oder zwei Gesichtern glaubte er eine gewisse erhöhte Wachsamkeit zu entdecken.

«Ich gebe Ihnen eine Kopie unserer Satzungen», sagte Eve. «Es stehen keine Geheimnisse drin. Jeder, Frauen und Männer, sollen erfahren, was wir tun. Haben Sie Töchter?»

«Sie sind viel älter als Sie.»

Sie musterte ihn abschätzend, aber nicht unfreundlich. «Nun ja, das ist nur natürlich, nicht wahr? Aber für ARRIA ist man nie zu alt.»

Die Satzung war getippt und fotokopiert. Die Spitzen der großen As und die Oberlängen der kleinen ts waren unbeschädigt. Er steckte das Papier in die Tasche, um es in Ruhe zu lesen. Ihm fiel auf, daß Sara Williams jede seiner Bewegungen beobachtete. Das große blonde Mädchen namens Helen war bei dem Tennisturnier Eves Partnerin gewesen.

«Wenn jetzt wirklich alle gehen wollen», wandte er sich an Eve, «würde ich gern fünf Minuten mit Ihnen allein sprechen.»

Daß er nicht mehr so leichthin und munter, sondern im strengen und sachlichen Polizistenton sprach, schien sie aufzurütteln. Sie fuhr sich mit den Fingern durch den purpurroten Schopf.

«Okay, wenn Sie wollen. Alle sollen verschwinden, richtig?» Sie kicherte, und es klang wie ein Schluckauf. «Nach Hause mit euch, Frauen.»

«Tja, ich denke, ich werde einfach –» sagte Amy und ging langsam und unschlüssig zur Tür.

Sie verabschiedeten sich alle in der allen jungen Mädchen eigenen Art, ob sie nun Feministinnen oder reaktionär sind. Helen und Donella umarmten sich fest, begannen zu kichern, ließen den Kopf jeweils auf die Schulter der anderen fallen. Sara legte die Arme um sich selbst und bewegte sich mit angedeuteten Tanzschritten zur Tür. Jane warf sich ihre Tasche, in der ein dickes Bündel der ARRIA-Satzungen steckte, so schwerfällig über die Schulter, als wiege sie eine Tonne, und verzog gequält das Gesicht. Nicky war in einen Traum versunken und ging umher wie mondsüchtig, blieb weder noch einmal stehen noch sagte sie etwas und hob, als sie durch die Tür verschwand, nur einmal die Hand zum Abschied.

«Sie haben mir ganz schöne Lügen aufgetischt», sagte Wexford, als er mit Eve allein war.

«Das ist nicht wahr!»

«Warum haben Sie mir erzählt, Ihr Freund könne nicht zu Ihnen kommen, weil Sie mit Ihrer Schwester ein gemeinsames Zimmer haben? Das ist ein riesiges Haus, und ich weiß inzwischen, daß Ihre Eltern nur sehr selten hier sind. Aber Sie haben mir gesagt, er könne nicht zu Ihnen kommen, weil Sie zuwenig Platz und keine Gelegenheit haben, mit ihm allein zu sein.»

«Na ja», sagte sie, einen durchtriebenen Ausdruck in den Augen, «das kann ich erklären. Sie finden die Antwort in unseren Satzungen, Paragraph vier.»

Er holte das Blatt mit den Satzungen aus der Tasche. Hier war er, der Paragraph vier. «Frauen» – es hieß nie ARRIA-Mitglieder, wie er feststellte, sondern immer «Frauen», als gehörte die gesamte weibliche Weltbevölkerung der Vereinigung an – «Frauen meiden die Gesellschaft von Männern, wo immer es möglich ist, aber sollte ihre Anwesenheit aus sexuellen, biologischen, geschäftlichen oder beruflichen Gründen erforderlich sein, ist es ratsam und wünschenswert, daß die Frauen die Männer aufsuchen. Es soll den Männern nicht gestattet sein, zu den Frauen zu kommen.»

«Aber warum denn nicht?»

«Caroline und Edwina – das ist die Philologiestudentin, die jetzt in Oxford ist – sagen, das rieche zu sehr nach dem Sultan, der seinen Harem besucht. Man muß es nur richtig durchdenken, wissen Sie. Sobald Sie das getan haben, werden Sie schon merken, was gemeint ist.»

«Deshalb sind Sie also zu Ihrem Freund in die Arnold Road gefahren? Seine Anwesenheit war aus sexuellen oder sogar biologischen Gründen erforderlich?»

«Ja, sind das denn nicht die üblichen Gründe? Gibt es denn auch noch andere?»

«Man kann es anders ausdrücken. Auf ästhetischere Weise, meine ich. Zivilisierter vielleicht.»

«Oh, zivilisierter. Der Mensch hat die Zivilisation geschaffen, und sie taugt nicht viel, oder? Eine Großtat war es jedenfalls nicht.»

Er beließ es dabei. «Haben Sie gewußt, daß Sara Williams die Tochter des Mannes ist, der ermordet wurde und dessen Wagen Sie in der Arnold Road gesehen haben?»

«Damals nicht. Ich weiß es jetzt. Hören Sie, ich kenne sie nur durch ARRIA, und ihren Vater kannte ich überhaupt nicht. Für meine Begriffe hätte sie genausogut keinen Vater haben können.»

Das ließ er gelten. «Miss Peters hat mir nicht viel über Ihre Vereinigung gesagt. Nur, daß es sich um eine Bewegung handelt, die sich wie ein Waldbrand ausbreitet und schon alle Schulen in der Umgebung erreicht hat. Wie verhält es sich mit der – wie soll ich es nennen? – internen Organisation? Wie wird man Mitglied? Zahlen

Sie eine Aufnahmegebühr? Gibt es Rituale wie bei den Freimaurern, zum Beispiel?»

«Wir brauchen kein Geld», antwortete Eve, «also gibt es keine Beiträge. Woher sollten sie es auch nehmen? Der größte Teil unserer Mitglieder geht noch in die Schule. Sie müßten sich das Geld von ihren Vätern geben lassen, und das kommt nicht in Frage. Siehe Paragraph sechs und Abhängigkeit. Die einzigen Unkosten, die wir haben, sind die Fotokopien. Aber auch die kriegen wir umsonst, weil Nicky sie nachts auf der Xerox ihres Vaters macht.»

Er hütete sich, sie auf die versteckte Ironie der Sache aufmerksam zu machen. «Kann jeder beitreten?»

«Jede Frau, die älter als sechzehn und nicht verheiratet ist. Eine verheiratete Frau hat offensichtlich schon kapituliert. Außerdem könnte sie sich nicht an die Regeln unserer Satzung halten.»

«Dann kommt ARRIA für meine Töchter nicht in Frage.»

Sie ignorierte seinen Einwurf. «Ich bin Gründungsmitglied. Am Anfang gab es auch bei uns allerlei Brimborium. Edwina wollte verschiedene Riten und Zeremonien einführen, eine Art Weihe oder Feuertaufe, wenn Sie sich darunter was vorstellen können.»

«Wie sollte die aussehen?»

Er war unglaublich neugierig. Hoffentlich kam sie nicht allzubald dahinter, daß sie unnötigerweise zuviel Zeit an einen Mann verschwendete. Schweigend und nachdenklich überlegte sie sich die Antwort auf seine letzte Frage. Sie war nicht hübsch. Aber vielleicht war das heutzutage nicht mehr wichtig, da Schönheit nicht mehr geschätzt wurde. Sie hatte ein fliehendes Kinn, eine lange Nase und wulstige Lippen, aber eine zarte, cremefarbene Haut. Ihre Stirn war so voller Falten, daß sie wie zerknittert wirkte. Zerfurcht waren die Gesichter älterer Menschen.

«Ein paar von den anderen fanden ihre Ideen gut», sagte sie schließlich. «Sie ist nämlich eine radikale Feministin. Sie meinte zum Beispiel, wir könnten uns bei unserer Revolution nicht auf Marx und seine Prinzipien stützen, weil Marx ein Mann war. Sie sagte, Sexualität sei Politik, und um wirklich frei zu sein, müßten alle Frauen Lesbierinnen werden. Jedes heterosexuelle Verhalten sei Kollaboration mit dem Feind. Nicht einmal Caroline Peters ist je so weit gegangen.»

«Sie wollten mir von den Weihen, von den Aufnahmeriten erzählen.»

Eve schien nur sehr ungern auf das Thema einzugehen. «Sie haben deshalb wirklich und wahrhaftig eine Splittergruppe gebildet», sagte sie. «Sara – die, deren Vater man umgebracht hat – gehörte dazu. Und Nicky Anerley ebenfalls. Sie hatten zum Beispiel etwas dagegen, zusammen mit Männern unterrichtet zu werden. Schulen und Colleges sollten von Frauen geleitet, und nur Lehrerinnen sollten eingestellt werden. Es wäre natürlich das Beste, das Ideal, wenn Sie verstehen, was ich meine, aber es ist ein bißchen phantastisch.»

«Vor allem deshalb, weil Frauen ja erst seit wenigen Jahren zu bestimmten Colleges zugelassen werden, besonders in Oxford.»

«Darum geht es nicht. Denn dann dürfte kein Mann mehr dort studieren. Edwina und die übrigen, die an gemischten Schulen waren, wollten solange streiken, bis sie erreicht hatten, daß keine Jungen mehr aufgenommen wurden. Aber Caroline wollte davon nichts wissen. Wahrscheinlich hatte sie Angst, ihren Job zu verlieren.»

«Und das hat ARRIA gespalten?»

«Na ja, zum Teil. Das war im Sommer und Herbst des vergangenen Jahres. Die Auseinandersetzungen sind mehr oder weniger eingeschlafen, als Edwina im Oktober nach Oxford ging und die anderen nach und nach wieder zu uns stießen. Aber was soll's, ich kann es Ihnen ruhig sagen. Es waren ohnehin nur Phantastereien. Edwina hatte verlangt, daß jede Frau einen Mann töten sollte, um zu beweisen, daß sie eine echte Feministin ist.» Eve warf ihm einen wachsamen Blick zu. «Das bedeutet nicht, daß jede Frau, die Mitglied bei ARRIA werden will, einen Mann umbringen muß. Die Grundidee war die, daß sich drei oder vier zusammentun sollten, und ...»

«Aber das ist nicht die eigentliche Aufnahmezeremonie, nicht wahr? Ein paar davon kann ich Ihnen schildern, wenn Sie wollen.»

12

Mit undurchdringlichem Gesicht las Jenny Burden das Manifest von ARRIA. Sie war jetzt über das Stadium hinaus, trotz ihrer Schwangerschaft noch hübsch aussehen zu wollen. Ihr Zustand ließ sich nicht länger verbergen, und er bekam Jenny nicht. Obwohl sie immer viel jünger ausgesehen hatte, schien sie jetzt zu alt, um noch ein Baby zu bekommen. Ihr Gesicht war zwar nicht faltig geworden, hatte jedoch seine Festigkeit verloren. Die Augen waren tief eingesunken, das Kinn war schlaff. Da sie jetzt nichts mehr auf den Schoß legen konnte, hielt sie die dünnen Blätter des Manifests gegen ein Buch, das sie aufgeschlagen auf dem Tisch aufstützte.

Wexford sah Burdens zufriedenem Gesicht an, daß er sich freute, weil seine Frau sich wenigstens ein bißchen bemühte, die Apathie abzuschütteln, die nach jedem Besuch beim Psychotherapeuten immer schlimmer zu werden schien. Sie revoltierte nicht mehr, ihr Haß auf das Kind war nicht mehr so heftig, sie hatte resigniert. Sie wartete in hoffnungsloser Passivität. Als Wexford gekommen war, hatte sie ihm die Hand gegeben, das Gesicht gehoben, sich die Wange küssen lassen und sich mit tonloser Stimme nach Dora und den Mädchen erkundigt. Und er hatte gedacht: Vielleicht dreht sie nach der Geburt des Babys ganz durch, flieht in eine schizophrene Welt und muß für den Rest ihres Lebens in eine Heilanstalt. Sie wäre nicht die erste, der so etwas passiert.

Jetzt aber las sie die ARRIA-Satzungen und zwar sorgfältig Wort für Wort. Wexford wollte in ihrer Anwesenheit nicht über den Fall Williams reden, und das wußte Burden. Plötzlich fing Jenny an laut zu lesen.

«Regel sechs. ‹Von gewissen seltenen Ausnahmen abgesehen, soll keine Frau finanziell von einem Mann abhängig sein.› – Dann werden die Ausnahmen angeführt. Regel sieben. ‹Alle Frauen sollen sich in einer Kampfsportart ausbilden lassen oder einen Kurs in Selbstverteidigung absolvieren.› Regel acht. ‹Alle Frauen sollen eine erlaubte Waffe zur Selbstverteidigung mitführen, z. B. Ammoniak-Spray, Nadel, Taschenmesser, Pfefferstreuer, etc.› Regel neun. ‹Kein Mitglied darf heiraten, sich gut bürgerlich verloben oder mit einem Mann in einem gemeinsamen Haushalt leben.› Regel zehn ... Wollt ihr auch Regel zehn hören?»

«Oh, ich hab sie gelesen», sagte Wexford. «Sie ist reine Ketzerei.»

Jenny erkannte das Zitat nicht. «Sie müssen natürlich so denken, das ist klar. Vielleicht hätte ich diese Statuten lesen sollen, bevor ich dich kennenlernte, Mike.»

Burden zuckte zwar heftig zusammen, aber er steckte den Schlag ein.

«Damals gab's ARRIA noch nicht. Ich habe erst Anfang des Jahres davon gehört, kurz bevor ich meine Arbeit aufgab. Ich wollte mir schon immer eins von diesen Manifesten beschaffen, aber sie wollten nicht einmal mit mir darüber reden. Ich war ja verheiratet.»

«Was für ein Glück, daß ich eins ergattert habe», gab Wexford zu.

Burden gab sich große Mühe, den Schmerz zu unterdrücken, den Jenny ihm zugefügt hatte. «Ich möchte Regel zehn hören.»

«Na schön. Regel zehn. ‹Frauen, die Kinder haben wollen, sollen den künftigen Vater nach seiner körperlichen Beschaffenheit, seinem Gesundheitszustand, nach Größe etc. sorgfältig auswählen und dafür sorgen, daß die Zeugung sich bei einer Vergewaltigung oder unter Bedingungen vollzieht, die einer Vergewaltigung nahekommen.›»

«Unter was für Bedingungen? Was, zum Teufel, ist damit gemeint?»

«Margaret Mead schreibt», sagte Wexford, «daß die Männer der Arapesh, eines Papuastamms, sich genauso davor fürchten, von Frauen vergewaltigt zu werden, wie in allen anderen Kulturen die Frauen vor der Gewalttätigkeit der Männer zittern.»

«Also, ich denk, mich tritt ein Pferd», sagte Burden, und damit meinte er, wie Wexford wußte, daß er ihn liebend gern nach dem Ablauf von Mechanismen und Techniken gefragt hätte, aber seine Hemmungen nicht überwinden konnte. «Die große Schwäche dieses Manifests ist, daß es hauptsächlich von Lesbierinnen wie Edwina Klein und Caroline Peters verfaßt wurde. Es scheint mir jene Frauen ganz außer acht zu lassen, die Männer wirklich lieben, und das ist garantiert die überwältigende Mehrzahl.»

Jenny sah ihren Mann kalt an. «In den Erläuterungen, die auf die Regeln folgen, heißt es, die Autorinnen wüßten sehr wohl, daß Frauen für Männer Zuneigung empfinden können und sogar etwas – ich zitiere wörtlich –, ‹was man mit sexueller Liebe bezeichnet›, aber um der Sache willen muß man bereit sein, auch einiges zu opfern. Schon früher haben Frauen auf die sogenannte Liebe verzichtet und wurden reichlich dafür entschädigt. Ich lese weiter: ‹Was hat das, was sich so großspurig Liebe nennt, eigentlich für positive Seiten, wenn eine Frau das, was sie ihr bringt, gegen ihre Begleitumstände abwägt; zum Beispiel gegen rücksichtslose Ausbeutung, pornographische Erniedrigung, das Verbot, einen Beruf oder eine eingeschränkte Berufstätigkeit auszuüben, Vergewaltigung, Vater-Tochter-Inzest und die noch immer vorhandene doppelte Moral.›»

«All das scheint mir auf unser Leben kaum zuzutreffen», sagte Burden.

Jenny hatte Tränen in den Augen, die verdächtig glänzten. «Revolutionäre gehen immer ins Extrem», erwiderte sie. «Denk an den Terror von 1793, sieh dir den Stalinismus an. Sind sie nicht extrem genug, schließen sie einen Kompromiß mit dem Liberalismus, lösen ihre Prinzipien sich bald in Rauch auf, und übrig bleibt ein Status quo. Ist nicht genau das mit der großen Frauenbewegung passiert?»

Die beiden Männer sahen sie mit wechselndem Ausdruck an, sie schwankten zwischen Zweifeln und Bestürzung. Burden war ziemlich blaß geworden.

«Wenn diese Mädchen», fuhr Jenny fort, «nur einen Bruchteil von dem erreichen, was sie sich vorgenommen haben, wenn sie den Menschen auch nur annähernd begreiflich machen können, daß auf dieser Welt mit zweierlei Maß gemessen wird und was es mit der ungerechten Benachteiligung der Frau auf sich hat, vielleicht – vielleicht werde ich es nicht mehr so schlimm finden, daß meine Tochter geboren wird.»

Diesmal brach sie nicht in Tränen aus. «Ich weiß, ihr wollt miteinander reden, ich lasse euch allein.» Sie wandte sich zu ihrem Mann um, küßte ihn auf die Stirn und ging schwerfällig zur Tür. Sie strahlte weder Würde aus noch wirkte sie schön, weil das Kind, das sie so schwerfällig machte, unerwünscht war ... Burden streckte einen Finger aus und berührte das ARRIA-Manifest wie jemand, der sich überwindet, etwas anzufassen, gegen das er Widerwillen empfindet.

«Ich habe das Gefühl, daß davon eine Bedrohung ausgeht, die sich gegen mich richtet. Ich fürchte mich davor.»

«Gut, daß Sie aufrichtig genug sind, es zuzugeben.»

«Glauben Sie, daß es mit dieser Forderung, einen Mann zu töten, wirklich etwas auf sich hat?»

Anfangs hatte er es geglaubt. Es war ihm wie eine einleuchtende Lösung vorgekommen und für ganz kurze Zeit wie die einzig mögliche. An diesem Punkt hatte sich seine ganze Haltung gegen Eve verändert. Er hatte unbeschwert mit ihr getanzt, dann war die Musik plötzlich verstummt, und er hatte zugepackt. Es war ein treffender Vergleich. Natürlich hatte er sie mit seinen raschen, barschen Fragen erschreckt.

«Aber niemand hat oder hätte es je getan. Es war reine Phantasterei – wie Gruppensex oder so. Wie eine Orgie. Man denkt darüber nach, wie es wäre, man phantasiert sich was zusammen, aber man tut es nicht.»

«Sehr viele tun es.»

«Okay, okay, das war kein sehr guter Vergleich. Ich will damit nur sagen, daß Phantasie nicht zur Wirklichkeit wird. Die beiden vertragen sich nicht.»

«Tatsächlich nicht? Es gibt doch Menschen, die Phantasie und Wirklichkeit nicht auseinanderhalten können. Nennt man sie nicht Psychopathen?»

Eve war inzwischen klargeworden, daß sie zuviel gesagt hatte. Deshalb hatte sie auch geradezu verzweifelt darauf bestanden, daß es ausschließlich Edwina Kleins Idee gewesen war. Sie habe nicht einmal bei der Splittergruppe Unterstützung gefunden. Nächster Punkt waren die Messer gewesen. Er hatte sie gefragt, was unter «erlaubte Waffen» zu verstehen war. Gehörten auch Messer in diese Kategorie. Keine richtigen Messer, hatte sie geantwortet und ihn mit großen runden Augen angesehen wie ein Kind, das sich vor etwas fürchtet, das es nicht versteht.

«Es ist sehr verlockend», sagte er zu Burden, «sich vorzustellen, daß sich eine Gruppe dieser ARRIA-Mädchen den armen alten Williams schnappte wie einst die thrakischen Mänaden Orpheus, den sie ja dann am Strand von Lesbos zerrissen.»

Burden sah ihn verwirrt an. «Trinken wir ein Bier zusammen?» fragte er.

«Eine gute Idee.»

«‹Das Malz macht Gottes unerforschliche Wege dem Mann viel besser begreiflich, als Milton es kann.›»

«Wie recht Sie haben», sagte Burden mit viel Gefühl.

Er ging hinaus und kam mit zwei Büchsen und zwei Bierkrügen auf einem Tablett zurück. Armer Kerl, dachte Wexford, er hat genug. Wie merkwürdig, daß ausgerechnet das Leben von Mike Burden, der ein so durchschnittlicher, phantasieloser, absolut verläßlicher Mensch war, so dramatisch verlief. Der Prototyp des Mannes, den Kafka beschrieben hatte – des Mannes, den das Leben immer wieder aufspürte und dem es sich ekstatisch zu Füßen warf, obwohl er sich einsperrte, versteckte, den Kopf einzog. Wexfords privater Frieden hingegen blieb ungestört. Gott sei Dank!

«Trotzdem», sagte er, «werden wir eine Menge zu tun haben,

wenn wir alle ARRIA-Mitglieder einzeln überprüfen wollen. Angeblich sind es fünfhundert, vergessen Sie das nicht.»

«Das Mädchen, das Budd niedergestochen hat, ist vielleicht nicht dasselbe, das Wheatley mit dem Messer angriff, und dieses Mädchen wiederum muß nicht unbedingt auch Rodney Williams ermordet haben. Andererseits könnte es sich aber genausogut immer um dieselbe Täterin handeln.»

«Stimmt», pflichtete Wexford ihm bei. «Aber wir wollen nicht schon jetzt von ‹dem Mädchen› reden, das Williams ermordet hat. Kein Mädchen allein hätte die Leiche in den Wagen tragen, dann wieder herausholen und begraben können.»

«Wie ich die Sache sehe, müssen wir aber so denken. Einerseits haben wir die radikalen Feministinnen, von denen wir (a) wissen, daß sie es zumindest in Betracht gezogen haben, einen Mann zu töten, und (b), daß ihre eigenen Regeln sie dazu verpflichten, Angriffswaffen zu tragen. Wir wissen auch, daß Budd möglicherweise und Wheatley ganz bestimmt von ARRIA-Mitgliedern mit dem Messer verletzt wurde. Außerdem haben wir erfahren, daß Williams, seine bekannten Gelüste befriedigend, eine sehr junge Freundin hatte. Ist diese Freundin vielleicht Mitglied bei ARRIA?»

«Was immer in den ARRIA-Satzungen stehen mag», entgegnete Wexford, «wir wissen, daß einige Mitglieder das andere Geschlecht nicht ganz abgeschrieben haben. Eve zum Beispiel, die nachts bei ihrem Freund durch das Fenster klettert. Sie hat das große Opfer nicht gebracht, die Männer nicht aufgegeben. Und wenn Sie einen Mann töten wollen, gibt es kaum eine bessere Möglichkeit, als ihn in eine – wie die ARRIA-Leute es ausdrücken würden – libidoemotionale Beziehung zu verstricken, mit anderen Worten in eine Liebesaffäre.»

Burden trank sein Bier aus. Im Nebenzimmer hatte Jenny eine Platte aufgelegt, Ravels *Pavane für eine tote Infantin.*

«Wer hat das über Malz und Milton gesagt?» fragte Burden.

«Housman. Sein Leben wurde durch eine unerwiderte Liebe zerstört.»

«Ach! Tatsächlich? Warum Raben?»

«Im ARRIA-Emblem, meinen Sie? Es sind Raubvögel, oder? Nein, ich glaube doch nicht. Vielleicht weil sie so rauhe Töne von sich geben? Ich weiß es wirklich nicht, Mike. Jedenfalls sind sie nicht sanft und gehorsam. Sie haben gewissermaßen die Grausamkeit auf ihr Panier geschrieben. Die Grausamkeit der Raben. Sehr passend, finden Sie nicht? In ihrer Haltung gegen die Männer ganz bestimmt. Sie picken nicht mit den Schnäbeln nach uns, sondern stechen gleich mit dem Messer zu.»

«Natürlich nur, wenn sie provoziert werden.»

«Das stimmt. Budd hat selbst zugegeben, daß er das Mädchen belästigen wollte, das ihn angegriffen hat. Vielleicht war er unverschämter, als er uns gesagt hat. Wheatley behauptet zwar, er sei dem Mädchen nicht zu nahe getreten, aber ich glaube ihm nicht so recht. Sie haben versucht, die Mädchen anzumachen, und die Mädchen stachen zu. Da fragt man sich allmählich, was Williams getan hat, nicht wahr?»

Auf dem Heimweg überlegte Wexford, welche Folgen sich aus seinem Besuch im Haus der Freeborns ergaben und was er jetzt zu tun hatte. Sergeant Martin und Detective Bennett hatten dem Haus einen zweiten Besuch abgestattet, und heute vormittag hatte Charles Freeborn, der Vater von Eve und Amy, in Kingsmarkham vor Gericht gestanden, angeklagt, weil er erstens selbst im Besitz von Cannabis gewesen war und weil er zweitens geduldet hatte, daß in seinem Haus Cannabis geraucht wurde. Bennett, der das Zeug bei einer Suche entdeckte, die ihn sehr stark an ein Katz-und-Maus-Spiel erinnerte, hatte den großen, verwilderten Garten methodisch abgesucht. Er hatte im Treibhaus begonnen und war dem sich wie närrisch schlängelnden Pfad durch ein Dickicht aus unbeschnittenen staubigen Sträuchern gefolgt. Der Pfad zog sich kreuz und quer durch den ganzen Garten, wand sich zwischen gespenstischen Blumenbeeten hindurch, wo ein paar schwächliche kultivierte Pflanzen ihre Köpfe durch verfilzte Matten aus Winden, Kriechholunder und Disteln steckten. Eine Pforte am Ende des Gartens führte auf einen Weg, der eine Abkürzung zur High Street war. Bennett hatte sich schon gefragt, ob er eine Meise hatte, weil er sich steif und fest einbildete, der *Cannabis sativa*, der viel Sonne und Platz braucht, könnte hier gedeihen, als er plötzlich vor dem einzigen gepflegten Beet in dem etwa einen halben Morgen großen Grundstück stand.

Er war schon fast wieder beim Haus angelangt, die beengenden, schattenspendenden Bäume lagen hinter ihm. Mitten im zottigen Gras war ein ordentlich mit Steinen eingefaßtes Rechteck ausgespart, der Boden gründlich gegossen und sauber gejätet. Martin hatte erklärt, bei den jungen Pflanzen handele es sich um Tomatensämlinge, aber Bennett wußte es besser. Der Indische Hanf braucht unbedingt Infrarot-Bestrahlung, wenn er die charakteristische halluzinogene Wirkung erzielen soll, und diese Pflanzen badeten darin, denn dieses Beet war die einzige Stelle im Garten, auf die den ganzen Tag ununterbrochen die Sonne herunterschien.

Nicht zum erstenmal grübelte Wexford darüber nach, ob es eigentlich noch moralisch war, sich unter dem Vorwand, etwas nachprüfen und ein paar Fragen stellen zu wollen, Zutritt zu einem Haus zu verschaffen, durch Zufall auf eine verbotene Droge zu stoßen und sofort gerichtlich gegen den Missetäter vorzugehen. Gegen seinen abwesenden Gastgeber, sozusagen. Selbstverständlich hatte er richtig gehandelt. Er war Polizist, und das hatte Vorrang. Das mußte immer Vorrang haben, sonst gäbe es bald ein Chaos ...

Als Ende Juli die Schulferien begannen, hatten Wexfords Männer ungefähr die Hälfte aller ARRIA-Mitglieder gründlich überprüft. Am schwierigsten war es, sie aufzuspüren, da Caroline Peters behauptete, es gebe kein Mitgliederverzeichnis. Wozu auch, da keine Aufnahmegebühr und keine Beiträge zu entrichten waren und Datum und Ort einer Zusammenkunft jeweils mündlich weitergegeben wurden?

Paulette Harmer, Williams' Nichte, Abiturientin wie Sara Williams, war völlig entlastet. Als Budd und Wheatley mit Messern attackiert worden waren, war sie mit ihrem Freund zusammengewesen, mit dem sie sich Weihnachten verloben wollte – was sie wahrscheinlich die Mitgliedschaft bei ARRIA kosten würde. Und den Abend des 15. April hatte sie mit ihren Eltern und ihrer Tante Joy zu Hause verbracht. Eve Freeborn war, bevor sie zu ihrem Freund in die Arnold Road fuhr, mit ihren Eltern und ihrer Schwester zu Hause gewesen. Dasselbe Alibi galt auch für Amy. Für die Zeit der Überfälle auf Wheatley und Budd hatten beide kein Alibi. Ebensowenig wie Caroline Peters, die am Abend des 15. in London an einer Versammlung teilgenommen hatte. Die rothaarige Nicky stellte sich als Nicola Anerley und nicht als die Nicola Tennyson heraus, mit der Victoria Williams befreundet war. Sie war am 15. April auf einer Party gewesen. Helen Blake hatte ihren achtzehnten Geburtstag gefeiert. Zwölf weitere ARRIA-Mitglieder, die auch bei ihr gewesen waren, konnte Wexford von der Liste der Mordverdächtigen streichen.

Die Vernehmung von Jane Gardner führte er selbst durch. Sie war im richtigen Alter, hübsch und lebhaft, ein aktives Mitglied bei ARRIA. Er war es seiner fast freundschaftlichen Beziehung zu ihrem Vater schuldig, selbst hinzugehen und nicht etwa Bennett oder Archbold zu schicken.

Miles war zu Hause, war offenbar eigens zu Hause geblieben. Er war entrüstet und hatte die Absicht, tief beleidigt zu sein. Er und seine große Frau saßen im Wohnzimmer – Wände in *Sevenstar Chinesisch Gelb*, schwarzer Teppich, gelbes Porzellan. Wexford wurde von der als Stubenmädchen verkleideten Putzfrau hineingeführt. Die Gardners sprachen mit ihm in dem entgeisterten Tonfall von Eltern, die einen Schulleiter fragen, warum er ihre Tochter von der Schule verweisen will. Pamela Gardner sagte «Mr. Wexford» zu ihm, obwohl sie ihn früher «Reg» genannt hatte. Da sie keine Möglichkeit hatte, die Putzfrau anders als durch lautes Schreien herbeizurufen, ging sie Jane selbst holen.

«Das ist doch absolut überflüssig», sagte Gardner hart.

Wexford antwortete, es sei reine Routine, und kam sich wie ein Cop in einem uralten Detektivroman von Cyril Hare vor.

Jane kam lächelnd und völlig ungezwungen herein. Dann mußte er die Eltern bitten, das Zimmer zu verlassen. Sie gingen, aber nur widerwillig. Pamela Gardner tat anfangs, als verstehe sie nicht, was er meinte. Dann begriff sie, sah ihn ungläubig an und ging schließlich unter Protest. Sie nahm den Arm ihres Mannes, als sei ihr Heim in seinen Grundfesten erschüttert worden.

«Haben Sie einen Studienplatz bekommen?» erkundigte sich Wexford bei Jane, sobald sie allein waren.

«O ja, vielen Dank. Wir sind uns schon begegnet, nicht wahr? In Dads Büro? Eigentlich habe ich ja nicht daran geglaubt. Ich hatte mich sogar schon in London zu einem Sekretärinnenkurs angemeldet. Meine Schule hat keinen wirtschaftlichen Zweig.»

Wexford sah wieder das Mädchen vor sich, das ganz unbekümmert seine Kleidung wechselte, obwohl man es von der Straße aus dabei beobachten konnte. In «Dads Büro». Und als Jane sich umgedreht und ihn erblickt hatte, hatte sie keine Miene verzogen.

«Haben Sie Rodney Williams gekannt, Jane?»

«Ja, ich hab ihn auch im Büro getroffen. Dad hat uns miteinander bekannt gemacht. Er hatte viel Charme, wissen Sie?» Sie lächelte in der Erinnerung, es sah ein bißchen traurig aus. «Er gab einem das Gefühl, daß man der einzige Mensch auf der Welt sei, mit dem es sich zu reden lohne.»

Sie war, wie Wexford bei sich feststellte, bisher der einzige Mensch, der Williams ein gutes Wort gönnte. Doch sie verdarb diesen Eindruck gleich wieder ein wenig.

«Ich nehme an, so hat er alle jungen Mädchen behandelt.»

War sie eine begeisterte ARRIA-Anhängerin? Hatte sie zur Splittergruppe gehört? Trug sie eine Waffe bei sich? Wo war sie gewesen, als Budd niedergestochen wurde? Wo, als Wheatley verletzt und wo, als Williams ermordet wurde? Auf die beiden ersten Fragen antwortete sie mit ja. Auf die dritte, vierte und fünfte mit großen Augen, entrüstet, ganz gesetzestreue Bürgerin, mit nein. Am 15. April hatte sie ein Kind gehütet, als Budd überfallen worden war, hatte sie ihre jungverheiratete Schwester besucht. Sie konnte sich nicht erinnern, was sie an dem Abend gemacht hatte, als Wheatley mit dem Messer angegriffen wurde. Ohne darauf einzugehen, überraschte Wexford sie mit einer scheinbar völlig unzusammenhängenden Frage: «Welche Schulen in der Umgebung haben einen Wirtschaftszweig?»

«Haldon Finch, und in Sewingbury kann man in der Prima Wirtschaft belegen.» Sie sah Wexford ernst an. «Dad regt sich furchtbar auf, daß Sie mich verdächtigen.»

«Aber davon ist doch keine Rede. Das ist reine Routine.»

«Nun ...» Plötzlich war sie die brave Tochter, pflichtbewußt, fügsam, gehorsam. «Er und Mami sind strikt dagegen, daß sie mir die Fingerabdrücke abnehmen.»

«Sie» bezog sich vermutlich auf die Mid-Sussex Constabulary, oder glaubte sie, er sei mit Stempelkissen und dem übrigen Zubehör bewaffnet hier aufgetaucht? Die Putzfrau führte ihn hinaus. Sie hatte die Schürze abgelegt und trug jetzt einen todschicken Overall. Miles und Pamela zeigten sich nicht. Donaldson fuhr Wexford nach Kingsmarkham und setzte ihn vor seinem Haus ab. Dora telefonierte, schon zum Ausgehen angezogen, mit Sylvia.

Er strich ganz nah an ihr vorbei und küßte sie auf die Wange. Sie erwiderte den Kuß, sagte, lautlos die Lippen bewegend, er solle sich beeilen, und unterhielt sich weiter mit Sylvia. Er ging hinauf, warf sich in den Anzug, den er seinen «besten» nannte – grau wie die anderen, aber nicht so alt und nicht ganz so schäbig. Sobald er pensioniert war, wollte er nie wieder einen Anzug anziehen, nicht einmal ins Theater.

Im Zug erzählte er Dora von den Gardners und fügte hinzu, er habe das Gefühl, daß man sie wohl zu keiner Gartenparty mehr einladen werde. Dora sagte, das mache doch nichts, oder? Ihr sei es jedenfalls egal. Und auch er solle sich deshalb keine grauen Haare wachsen lassen, sondern sich entspannen, ganz besonders heute abend.

«Ich wünschte, ich hätte das Stück gelesen.»

«Du hattest keine Zeit.»

«Für Dinge, die man gern tut, findet man immer Zeit.»

Er ahnte leider nicht einmal, um was es bei *Die Cenci* ging, kannte weder Handlung noch Geschichte des Stücks, wußte nur, daß es lange Zeit auf englischen Bühnen nicht gespielt werden durfte. Als Dora und er in Italien Urlaub gemacht hatten, hatten sie in der Galleria Nazionale in Rom Guido Renis Porträt der Beatrice Cenci gesehen, doch er hätte es nicht mit dem Stück in Verbindung gebracht, wenn Sheila nicht gesagt hätte, es werde auf die Programme gedruckt. Er hätte sich dazu überwinden sollen, das Stück oder Alberto Moravias *Beatrice Cenci* zu lesen, einen Roman, der vielleicht unterhaltsamer gewesen wäre.

Am Anfang sah es so aus, als sei das Stück überhaupt nicht unterhaltsam. Shelley, dachte Wexford, obwohl ihm klar war, daß er sich keine Kritik erlauben durfte, war nun einmal kein Shakespeare. Und hinkte er, als er dieses Drama in fünf Akten in Blankversen schrieb, seiner Zeit nicht zweihundert Jahre hinterher? Dann trat Sheila auf, weiß und grau gekleidet, mit einem Käppchen auf dem blonden Haar. Sie sah dem Porträt nicht ähnlich, doch Wexford wurde von einem so übermächtigen Stolz auf sie erfaßt, daß er alles vergaß, sogar das Stück. Sie hatte ein ungewöhnliches Talent, das nicht nur ihm, sondern auch der Kritik aufgefallen war. Sie brachte Klarheit in verschachtelte und durch Umschreibungen unverständliche Texte, so daß ihr Auftritt alles Dunkle und Geheimnisvolle aufzuhellen schien. So war es auch jetzt, und so blieb es ... Er sah und verstand. Die Fabel und der Sinn des Stückes begannen sich vor ihm zu entfalten, und Shelleys Stil wirkte auf ihn nicht mehr wie ein Anachronismus.

Dora war weniger davon angetan.

«Es steckte mehr dahinter, als ich sehe, das weiß ich», flüsterte sie ihm zu, als sie in der Pause ein Glas Wein tranken. «Sie ertragen einfach die Grausamkeit des Alten nicht mehr, oder? Ich meine, warum ist Sheila hereingestürzt und hat geschrien, ihre Augen seien voller Blut?»

«Ihr Vater hat sie vergewaltigt.» Im nächsten Moment wurde Wexford bewußt, was er da gesagt hatte. «Graf Cenci hat seine Tochter Beatrice vergewaltigt», korrigierte er sich.

«Oh, ich verstehe. Jetzt verstehe ich natürlich. Das ist nicht sehr klar herausgearbeitet, nicht wahr?»

«Ich glaube, Shelley durfte nicht deutlicher werden. Meiner Meinung nach war das Stück wegen des Inzest-Themas so lange verboten.»

Während sie darauf warteten, daß sich der Vorhang zum vierten Akt hob, las Wexford den Essay, den ein berühmter Historiker für das Programm geschrieben hatte. Beatrice, ihre Stiefmutter und ihr Bruder waren hingerichtet worden, weil sie Graf Cenci ermordet hatten. Das war eine historische Tatsache. Es hatte sich wirklich zugetragen. Guido Reni hatte Beatrice gemalt, als sie im Gefängnis war. Später hatte man sie gefoltert, um ihr ein Geständnis abzupressen.

Es war, stellte er bei sich fest, kein Stück, das man gern noch einmal sehen, lesen oder aus dem man zitieren wollte. Als es zu Ende war, gingen sie wie immer hinter die Bühne. Sheila trug jetzt zwar Jeans und Pullover, aber ihr Gesicht war noch immer hinter der Maske aus schimmernder weißer Farbe verborgen, und das Haar hatte sie noch wie für die Hinrichtung hochgesteckt, als sie gerufen hatte:

«... hier, Mutter, binde
den Gürtel mir ... Mein Gott,
wir sind ganz bereit. Gut, 's ist alles gut.»

Auf der Heimfahrt schlief Dora im Zug ein, und Wexfords Gedanken beschäftigten sich mit etwas sehr Prosaischem – mit Schreibmaschinen.

Das Kreis-Schulamt hatte den Hausmeister der Gesamtschule Haldon Finch telefonisch von ihrem Besuch verständigt, und er führte sie jetzt herum. Wexford hatte vor vielen Jahren schon einmal in der Schule zu tun gehabt, als der Kern noch die alte öffentliche High

School gewesen war. Inzwischen gehörten die benachbarten Gebäude einer ehemaligen Klinik mit Rehabilitations-Zentrum dazu. Auch mehrere Neubauten gab es: eine riesige Festhalle, einen großen Komplex aus Glas, Beton und Schiefer, in dem Klassenzimmer, Musikzimmer und Konzertsaal untergebracht waren, und ein Sport-Zentrum, einen Rundbau mit goldfarbenem Dach, in dem sich grell die Sonne spiegelte.

«Das erinnert mich an ein Bild des Goldenen Tempels von Amritsar, das ich mal gesehen habe», sagte Wexford zu Burden.

Der Wirtschaftszweig der Schule war jedoch in keinem neuen Trakt untergebracht. Er war in die drei hintersten Klassenzimmer im obersten Stockwerk des alten High School-Gebäudes verbannt worden, als habe sich die Schulbehörde die Behauptung eines Ministers zu Herzen genommen, der kürzlich erklärt hatte, Kurzschrift und Maschineschreiben gehörten nicht zur Allgemeinbildung und sollten in Schulen nicht unterrichtet werden. Wexford folgte Mike Burden und dem Hausmeister eine bemerkenswerte – und bemerkenswert schäbige – Art Déco-Treppe hinauf und dann durch einen breiten Flur mit gewölbter Decke. Der Hausmeister sperrte die Tür auf, die zu den Klassenräumen des Wirtschaftszweigs führte. Es war eine Doppeltür, ebenfalls Art Déco, mit verschlungenen Ornamenten und Blättern in grünem Schmiedeeisen auf den Mattglasscheiben. Die alte High School war 1930 gebaut worden, und die Klassenzimmer sahen aus, als seien sie seither höchstens einmal frisch gestrichen worden. Sie waren schäbig, grün und cremefarben, mit dem Blick auf Dachfirste und einen schachtähnlichen Hinterhof voller Mülltonnen.

Die Schreibmaschinen standen im allerletzten Raum. Wexford fragte sich, was er eigentlich erwartet hatte? Modernste Textverarbeitungsmaschinen? Offenbar wurden hier die staatlichen Geldmittel hauptsächlich für wissenschaftliche Fächer und Sport verwendet. Außerdem würde ARRIA seinen Mitgliedern wohl kaum Sekretärinnenkurse empfehlen. Es gab hier nicht eine einzige elektrische Schreibmaschine, und ein paar sahen älter aus als das Haus. Burden, der zwischen den Tischen hin und her ging, hatte ein Stück Papier in der Hand, wahrscheinlich mit dem fehlerhaften Schriftbild der Maschine, nach der sie suchten. Wexford kannte es auswendig. Die Spitze des großen A und die Oberlänge des kleinen t waren gespalten, das Komma hatte nur eine Unterlänge.

Als er die erste Remington 315s entdeckte, durchrieselte ihn leichte Erregung.

«Können Sie tippen?»

«Genug, um das zu überprüfen», antwortete Burden und beeindruckte Wexford sehr, als er an die Arbeit ging und alle zehn Finger benutzte.

Bei der ersten waren das A, das t und das Komma in Ordnung. Burden spannte sein Papier in die Walze der zweiten Maschine ein. Das große A war nicht ganz in Ordnung, aber das B, C, D und fast alle anderen Großbuchstaben ebenfalls nicht. Die Oberlängen der Kleinbuchstaben und die Kommas schienen in Ordnung zu sein. Er probierte die dritte Maschine aus, und der Hausmeister sah mit der faszinierten Miene eines Menschen zu, der erwartet, daß sich das Lackmuspapier nicht rot, sondern in allen Regenbogenfarben verfärbt. Die Schreibmaschine schien aber ohne Mängel und produzierte die bisher beste Abschrift. Jetzt war nur noch eine übrig. Burden spannte das Papier ein, doch tippte er diesmal nicht *Jetzt ist es Aber An der Zeit, daß Alle guten Männer der Partei zu Hilfe eilen*, sondern *Aber tausend Tage sind vor Deinem Angesicht wie ein Abend*. Wäre Wexford Freudianer gewesen, hätte er jetzt wissen wollen, warum Burden auf einmal ein Bibelzitat tippte. Vielleicht nur, um den Hausmeister zu verblüffen. Doch egal, warum er es getan hatte, es war nicht die Maschine, auf der Rodney Williams' Kündigungsbrief geschrieben worden war.

«Das wär's dann.»

«Zeigen Sie meine vier Schriftproben trotzdem den Sachverständigen. Wir könnten uns irren.»

«Wir irren uns nicht. Sind das alle Schreibmaschinen, die der Schule gehören?»

«Abgesehen von denen, die beim Kundendienst sind, um gewartet zu werden.»

«Damit rückt er jetzt erst raus», sagte Wexford.

«In den Sommerferien sind immer ein paar beim Kundendienst. Aber nie alle. Das wird im Rotationsverfahren gemacht.»

«Wissen Sie, wie viele es sind, und wohin sie gebracht werden?»

Diese Fragen konnte der Hausmeister nicht beantworten. Aber wahrscheinlich waren es jeweils nicht mehr als fünf. Den Namen der Kundendienst-Firma hatte er nie gehört und hatte auch keinen Lieferwagen mit Firmenaufdruck gesehen, der sie abholte.

«Wir müssen dankbar sein, daß wir wenigstens nur eine mechanische Reiseschreibmaschine suchen», sagte Wexford, als sie die Schule verließen. «Und keine moderne mit Kugelkopf oder Typenrad.»

«Womit bitte?»

«Sagen wir mit einer Schriftart, die sich nicht auswechseln läßt, sonst hätte unser Verbrecher sie herausgenommen und weggeworfen.»

Das Schuljahr mochte zu Ende sein, aber Sport wurde immer noch getrieben. Ein halbes Dutzend Jungen in Shorts und T-Shirts zogen um das größte Spielfeld ihre Runden auf der Aschenbahn, und auf den Tennisplätzen wurden ein Doppel und ein Einzel gespielt. Die Schiedsrichterstühle waren nicht besetzt, aber Caroline Peters war als Trainerin da, und als sie näher zum Zaun kamen, stellte Wexford fest, daß das, was er für das Einzel gehalten hatte, eine Trainerstunde war. Die Schülerin war Veronica Williams.

Das Doppel bestritten Eve und Amy Freeborn mit Helen Blake und einem Mädchen, das Wexford noch nie gesehen hatte. Es gab in dieser Ecke von Sussex tatsächlich noch Siebzehn- oder Achtzehnjährige, die ihm bisher nicht über den Weg gelaufen waren? Er bildete sich nämlich ein, er kenne inzwischen alle vom Sehen und kenne die Namen der meisten. Er und Burden stellten sich an den Drahtzaun und sahen zu wie schon einmal. Caroline Peters machte zwar ein finsteres Gesicht, sagte jedoch nichts. Sie wußte ja jetzt, wer sie waren.

Es war nicht zu übersehen, daß Veronica die anderen Spielerinnen schon weit überflügelt hatte, obwohl sie zwei Jahre jünger war. Sie war die beste Tennisspielerin, die Wexford je auf einem heimischen Platz gesehen hatte. Diesmal schien der Unterschied zwischen dem, was er auf dem Bildschirm zu sehen bekam und dieser Life-Vorstellung nicht so groß. Sie war eine starke, wendige und schnelle Spielerin mit einer genauen Rückhand und mächtigen Schmetterbällen. Als Caroline Peters sie aufschlagen ließ, war ihr Aufschlag so hart wie der von Eve, doch die Bälle kamen immer zu kurz.

Das Doppel wechselte die Seiten. Eve schaute zu Wexford hinüber und wandte dann betont das Gesicht ab. Loyalität gegen ihren Vater, der ihm die Anklage wegen Drogenbesitzes zu verdanken hatte, vermutete Wexford. So etwas war ihm in letzter Zeit häufig passiert.

Polizistenschicksal. Veronica retournierte Caroline Peters' Lob mit einem diagonalem Schlag, den die Lehrerin nicht erreichte. Es ist wirklich mysteriös, woher Menschen ihre Talente haben, dachte Wexford. Man konnte sich nicht vorstellen, daß die zimperliche Wendy Sport trieb oder auch nur eine halbe Meile zu Fuß ging. Und Rodney Williams war seit Jahren nicht mehr in Form gewesen. Trieb die andere Familie Williams Sport? In Saras Zimmer hatte an der Wand ein Tennisschläger gehangen, fiel ihm ein. Doch wahrscheinlich konnte jedes junge, gesunde Mädchen es so weit bringen wie Veronica Williams. Sie war schon sechzehn. Über Schulturniere konnte auch sie nicht mehr hinauskommen. Um mit Tennis Karriere zu machen, war sie schon zu alt.

Das Mädchen, dessen Gesicht und Namen er nicht kannte, fabrizierte einen Doppelfehler. Beim nächsten war der Satz verloren. Sie machte noch einen und schleuderte ihr Racket so wütend zu Boden, wie sie es im Fernsehen einigen Wimbledon-Stars abgeschaut hatte. Wexford und Burden gingen zum Wagen zurück.

«Haben wir schon den Bericht über die Fingerabdrücke, die in Williams' Wagen gefunden wurden?» fragte Burden.

«Sie konnten ungefähr sechzig Abdrücke sichern», antwortete Wexford. «Sie stammen von neun Leuten. Aber die meisten hat ein einziger Mann hinterlassen, und die Spezialisten haben sich darauf geeinigt, daß sie mit an Sicherheit grenzender Wahrscheinlichkeit Williams gehören.»

«Nachdem er neun Wochen in der Erde gelegen hatte, konnten sie ihm wohl keine Abdrücke mehr abnehmen?» sagte Burden.

«Genau. Sie haben die Abdrücke aus dem Wagen mit denen in seinem Schlafzimmer – vielmehr in seinen Schlafzimmern verglichen. Die anderen Abdrücke stammen von zwei unbekannten Männern, möglicherweise denjenigen, die damit angefangen hatten, Greta auszuschlachten, von Joy, Wendy, Sara, Veronica und zwei weiteren Frauen oder Mädchen, die Freundinnen der Ehefrauen oder Töchter sein können – oder auch nicht. Das Steuer wurde abgewischt.»

«Wie kaum anders zu erwarten», sagte Burden.

Nicola Tennyson, Veronicas Freundin, fand es «riesig», sich die Fingerabdrücke abnehmen zu lassen. An den 15. April konnte sie sich allerdings nicht mehr besonders gut erinnern. Sie war nur sicher, daß sie an diesem Abend auf ihren Bruder aufpassen mußte und Veronica vorbeigekommen war. Wann, wußte sie allerdings nicht mehr. Veronica und sie besuchten sich sehr oft, sagte sie.

Ein Satz der bis dahin nicht identifizierten Fingerabdrücke in Greta stammte von ihr.

13

Wheatley sagte, die Frau, die ihn mit dem Messer verletzt hatte, sei überdurchschnittlich groß gewesen. Budd erklärte, er habe ihre Größe nicht abschätzen können, da er sie nur im Sitzen gesehen habe. Das entsprach nicht ganz der Wahrheit. Er hatte sie mit dem Sack über der Schulter weglaufen sehen. Der Sack und das blonde Haar waren das einzige, woran er sich genau erinnerte. Das Mädchen, das Wheatley überfallen hatte, hatte braunes oder irgendwie helles Haar gehabt. Ungefähr achtzehn oder neunzehn. Budd schätzte seine Angreiferin auf zwanzig. Eigentlich konnte sie alles zwischen achtzehn und dreißig gewesen sein.

In beiden Fällen stammten die Verletzungen von großen Federmessern. Es mußte jedoch nicht unbedingt dasselbe gewesen sein. Und auch nicht unbedingt dieselbe Frau. Wexford hätte gern gewußt, was in dem Sack gewesen war. Er glaubte nicht, daß Budd den Sack erfunden hatte. Dazu hatte er nicht genug Phantasie. Den Sack hatte es bestimmt gegeben, einen Müllsack aus Plastik. Warum hatte sie ihn bei sich gehabt?

Es hatte in Strömen gegossen. Diese Plastiksäcke waren wasserdicht. Was hatte nicht naß werden sollen? Die Bus-Haltestelle lag dem Fundort von Rodney Williams' Leiche am nächsten. Doch an dem Abend, an dem Budd überfallen wurde, war Williams schon sechs Wochen tot. Wendy Williams war nicht besonders groß, aber sie war blond, und sie sah viel jünger aus als sie war. Budd könnte sie sehr leicht für Anfang der Zwanzig gehalten haben.

Sie hatte vierzehn Tage Urlaub genommen. Die sie wohl hauptsächlich auf der Polizeistation von Kingsmarkham verbringen wird, dachte Wexford. Veronica saß in dem himbeereisfarbenen Wohnzimmer an dem Tisch mit der Glasplatte und blätterte in der *Vogue*. Er fand, daß sie wie ein Teenager in einem französischen Film aus den sechziger Jahren aussah. Zwar hatte er nicht viele französische Filme aus den sechziger Jahren gesehen, doch sie machte ganz einfach diesen Eindruck, sah aus wie aus dem Ei gepellt mit dem ordentlich geschnittenen, frisch gewaschenen Pagenkopf. Die Kleidung – gelber Latzrock, gestärkte weiße Bluse, schmale Krawatte, weiße Söckchen, himmelblaue Sandalen – war ein bißchen zu kindlich für sie. Ihr Gesichtsausdruck setzte sich zusammen aus 99 Prozent Unschuld und einem Prozent Berechnung.

«Ich habe Sie vor ein paar Tagen Tennis spielen gesehen.»

«Ich hab Sie auch gesehen.»

Warum plötzlich diese wachsame Miene, der Schatten des Unbehagens auf den naiven Zügen?

«Sie sind sehr gut.»

Das wußte sie schon, das brauchte man ihr nicht zu sagen. Ein höfliches Lächeln und dann zurück zur *Vogue*. Wendy Williams kam die Wendeltreppe herunter. Sie ging langsam und gab ihm ausreichend Gelegenheit, ihre wohlgeformten Beine in der hauchdünnen Strumpfhose bis hinauf zu einem cremefarbenen Spitzensaum zu betrachten, der ab und zu aufblitzte. Er hatte keine voyeuristischen Anwandlungen und sah nicht hin, stellte jedoch fest, daß sie ihren Rock festhielt, als ob er sie anstarrte.

Sie hatte sich herausgeputzt. Heutzutage machte sich eine Frau nur zu besonderen Gelegenheiten die Mühe, außer sie tat es zum Vergnügen. Das war allgemein so, nicht nur ARRIA-Doktrin. In den ‹Laden› der Bullen ging man in Jeans und dem Hemd, das man zu Hause trug. Doch das hatte sich noch nicht bis zu Wendy Williams herumgesprochen und würde sich vielleicht nie zu ihr herumsprechen. Wahrscheinlich besaß sie gar keine Jeans. Und Veronica hatte bestenfalls Marken-Jeans mit dem Etikett von Vidal Sassoon oder Gloria Vanderbilt auf der Gesäßtasche. Wendy trug ein hübsches Baumwollkleid, das bestimmt oft gebügelt werden mußte, einen breiten schwarzen Ledergürtel, der ihre mädchenhafte Taille betonte, und rote Schuhe mit Keilabsatz.

Im Wagen breitete sich der Duft ihres Parfums aus. *White Linen* von Estée Lauder, dachte Wexford, der eine feine Nase hatte. Er beschloß, sie in sein Büro mitzunehmen und nicht mit ihr in ein Verhörzimmer zu gehen.

«Sie haben mir noch nicht viel über diese Freundin Ihres Mannes erzählt, Mrs. Williams», sagte er, als sie dort waren.

«Ich habe Ihnen alles gesagt, was ich weiß. Ich habe Ihnen gesagt, daß es ein sehr junges Mädchen war, und mehr weiß ich nicht.»

«Das glaube ich nicht», erwiderte er. «Da ist bestimmt noch mehr, versuchen Sie sich zu erinnern.»

Ihr Gesicht verschloß sich, ihre Miene wurde abweisend. Warum? Warum wollte sie ihm die Identität jenes Mädchens nicht preisgeben?

«Ich wünschte, ich hätte das Mädchen nie erwähnt.» Das klang gereizt. Der Ton einer Mutter, deren Kind quengelnd die Erfüllung eines Versprechens fordert.

«Sie haben gesagt, Sie hätten einen anonymen Brief bekommen.»

Sie zögerte, öffnete den Mund, um mit einer Erklärung anzufangen. Er schnitt ihr das Wort ab.

«Sie haben ihn aber nicht aufgehoben. Sie haben ihn verbrannt.»

«Woher wissen Sie das?»

«Ich will Ihnen jetzt sagen, was ich weiß, Mrs. Williams. Erstens: Nur in Büchern verbrennen die Leute anonyme Briefe. Im Leben ärgern sie sich vielleicht darüber, fühlen sich vielleicht sogar abgestoßen, aber sie verbrennen sie nicht. Einmal schon deshalb, weil die meisten Leute kein Feuer mehr haben. Wo würden Sie zum Beispiel etwas verbrennen?»

Sie sagte nichts. Ein mürrischer, niedergeschlagener Ausdruck machte sie fast häßlich.

«Leute, die anonyme Briefe bekommen, sehen sie möglicherweise nicht gern an. Gewöhnlich verstauen sie sie in einer Schublade, für den Fall, daß wir sie sehen wollen. Oder sie werfen sie in den Müll. Sie haben irgendwo gelesen, daß ‹man› anonyme Briefe verbrennt, nicht wahr? Wahrscheinlich in einem Detektivroman. Die Wahrheit ist, daß Sie nie einen bekommen haben.»

«Na schön, ich habe keinen bekommen.»

«Hat Ihnen nie jemand gesagt, daß Sie die Polizei nicht anlügen dürfen?»

Wexford hatte nicht schroff gesprochen, sondern im Gegenteil fast neckend. Aber Spott, und wenn er auch so mild war, vertrug sie am wenigsten. Sie wurde rot und preßte eigensinnig die Lippen zusammen.

«Ich habe nicht gelogen. Es gab ein Mädchen.» Vielleicht sah sie, daß er im Moment nichts sagen würde. «Es war schon pervers, wie er hinter jungen Mädchen her war, und es hat mein Leben zerstört.» Ihre Stimme hob sich, klang gereizt und klagend. «Als wir uns kennenlernten, glaubte ich, daß er mich liebe. Ich glaubte, er liebe mich, doch jetzt weiß ich, daß er mich nur wollte, weil ich jung war. Und als Veronica unterwegs war, mußte er mich heiraten. Na ja, heiraten. Es ist einfach zu heiraten, nicht wahr? Man kann es immer wieder tun.

Ich habe nie richtig gelebt, ich hatte keine Jugend. Wissen Sie was? Ich bin zweiunddreißig und wurde noch nie von einem Mann in ein gutes Restaurant zum Essen eingeladen. Ich war noch nie im Ausland. Ich hatte noch nie etwas anderes anzuziehen als die Sachen, die ich verbilligt bei Jickie bekomme. Ich hatte nicht einmal einen Verlobungsring.»

Wexford fragte sie, wie sie von der Existenz des Mädchens erfahren hatte. Genau in diesem Moment kam Marion mit einem Tablett herein. Darauf Kaffee, drei nicht sehr appetitlich aussehende Käsesandwichs und drei Cremebiskuits. Wendy musterte die Sandwichs und schüttelte dann vornehm schaudernd den Kopf.

Wexford wiederholte die Frage.

«Rodney hat es mir gebeichtet.»

«Einfach so? Aus heiterem Himmel? Sie waren völlig ahnungslos, aber er gestand Ihnen, daß er eine junge Freundin habe?»

«Das habe ich Ihnen doch gesagt.»

«Warum hat er gebeichtet? Wollte er Sie wegen dieses Mädchens verlassen? Was er Ihrer Meinung nach ja auch getan hatte.»

Auf diese Frage lachte sie wie jemand, der um ein Geheimnis wußte, das nie jemand erraten könnte. Wexford blieb hartnäckig, und sie sah ihn ärgerlich an und antwortete, das habe sie ihm schon gesagt. Sie aß nichts. Er aß ein Sandwich und ließ alles andere für Marion stehen, die einen herzhaften Appetit hatte. Hinterher, dachte er, wird Wendy Williams den Leuten wahrscheinlich erzählen, wir hätten sie stundenlang festgehalten und ihr keinen Bissen zu essen oder zu trinken gegeben.

Er fragte sie wieder nach dem 15. April. Nach dem Abend des 15. April. Wann hatte sie bei Jickie Schluß gemacht und war nach Hause gefahren? Wann war sie in Pomfret gewesen? Das gesamte Personal von Jickie war von Martin, Bennett und Archbold vernommen worden. Niemand wußte etwas. Warum sollte man sich auch an diesen besonderen Abend erinnern? Eines der Mädchen, das in der Abteilung für Damenmoden an der Kasse saß, hatte ausgesagt, wenn Mrs. Williams tatsächlich nicht vor neun gegangen sei, sei das sehr spät für sie gewesen. Am Donnerstag ging sie gewöhnlich kurz nach acht, manchmal sogar schon um halb acht.

Wendy behauptete weiterhin steif und fest, sie sei erst um neun gegangen. Sie blieb dabei. Er bohrte nicht weiter. Er müsse sie noch etwas fragen, sagte er. Sei sie vielleicht mit einem anderen Mann befreundet, da ihr Mann sie doch immer vernachlässigt und sie seit zwei Monaten geglaubt habe, er habe sie verlassen?

«Es wäre nur normal und natürlich. Sie sind noch eine sehr junge Frau. Und Sie haben selbst gesagt, daß Sie das Gefühl haben, man habe Ihnen Ihr Leben und Ihre Jugend gestohlen.»

«Wollen Sie damit andeuten, ich – könnte ein Verhältnis haben?»

«Es wäre doch nur verständlich.»

«Wie ekelhaft! Das wäre wirklich unmoralisch. Ich muß schließlich an meine Tochter denken. Und ich muß Veronica ein Beispiel geben. Nur weil Rodney sich so scheußlich benahm, ist das für mich noch lange kein Grund, das gleiche zu tun. Ich war ihm immer absolut treu, lassen Sie sich das gesagt sein. Ich habe nie einen anderen angesehen, der Gedanke wäre mir gar nicht gekommen.»

Wexford kannte sie und ihre Proteste allmählich. Er sagte kein Wort, dachte sich jedoch um so mehr. Es war jetzt Nachmittag und Burden fing jetzt damit an, ihren gemeinsamen Plan in die Tat umzusetzen. Natürlich war es möglich, daß er nicht funktionierte – doch was würde er aufzeigen oder beweisen, wenn er gelang? Wexford wußte nicht einmal, ob er erwartete, daß er gelang.

Inzwischen fragte er Wendy nach ihrem Leben aus, nach ihren Gefühlen, ihren Reaktionen. Noch immer hatte sie kein Wort über die zweite Familie Williams verloren. Sie war bereit zu akzeptieren, daß Rodney Williams eine bigamistische Ehe mit ihr eingegangen war, ignorierte jedoch die Existenz seiner ersten gesetzlichen Ehefrau. Er hätte erwartet, daß ihre Neugier stärker wäre als alles andere. Oder war sie über derart menschliche Schwächen erhaben? Das war natürlich möglich.

«Mrs. Joy Williams», sagte er mit voller Absicht, «hat einen Sohn und eine Tochter. Ihre Tochter und Veronica sehen sich sehr ähnlich. Was empfinden Sie, wenn Sie an diese Menschen denken?» Ihm war klar, daß er sich wie ein Psychotherapeut anhörte, obwohl ein Polizist bei einer Vernehmung kaum etwas anderes war. Dennoch korrigierte er sich leicht. «Interessiert es Sie denn nicht, etwas über sie zu erfahren?»

«Nein.» Sie errötete wieder, machte wieder ihr eigensinniges Gesicht. «Warum denn? Sie bedeuten mir nichts. Sie können Rodney nicht viel bedeutet haben.»

«Wieso denn das?»

Ihre kleine, beredte Geste sollte andeuten, daß die Antwort klar auf der Hand läge. Wexford sagte, es sei genug für heute, und er lasse sie jetzt mit einem Wagen nach Hause bringen. Sie fuhren mit dem Lift hinunter, und es klappte vorzüglich, denn als der Lift hielt und die Tür sich öffnete, kam ihnen Burden mit Joy Williams entgegen. Einzig und allein um stehenbleiben zu können, tat Wexford so, als habe er etwas mit Burden zu besprechen. Joy starrte Wendy unverhohlen an, und Wendy betrachtete die gegenüberliegende Wand, als sei sie das faszinierendste Beispiel von Innendekoration seit der Entdeckung der Höhlenmalereien von Trois-Frères.

Die beiden Frauen stellten einen rührenden und geradezu grotesken Gegensatz dar. Er war fast zu auffallend, um echt zu sein. Sie glichen einem Cartoon für ein altmodisches Inserat: die Ehefrau, die weder Gesichtscreme, Bohnerwachs, Deodorant und Suppenwürfel verwendet, und die Ehefrau, die sich dieser Errungenschaften bedient. Joy hatte eine Strickjacke über ein Baumwollkleid gezogen, dessen Saum zur Hälfte abgetrennt war und herunterhing. Ihre Schuhe sahen merkwürdigerweise alle wie Hauspantoffeln aus, obwohl sie es nicht waren. Wendy schwankte leicht auf ihren hohen Absätzen, reckte den Hals und setzte ihre reizendste Miene auf. Eine Wolke von *White Linen* schien Wexford plötzlich einzuhüllen. Vielleicht weil Wendy schwitzte. Die größte Ironie des Ganzen war, daß der Mann, um den es ging, sie beide verschmäht hatte.

Burden und Joy stiegen in den Lift. Die Tür schloß sich.

«Wissen Sie, wer die Frau war?»

«Welche Frau?» sagte Wendy.

«Ich meine nicht Detective Bayliss. Ich spreche von der Frau, die eben mit Inspector Burden in den Lift gestiegen ist.»

Sie zog die Brauen hoch, zuckte mit den Schultern.

«Das war Mrs. Joy Williams.»

«Seine Frau?»

«Ja», sagte Wexford.

«Sie sieht aus wie sechzig.»

Oben befragte Burden Joy nach dem Telefonanruf und dem Kündigungsbrief. Warum war sie am Abend des 15. April ausgegangen, anstatt zu Hause zu bleiben und auf den Anruf ihres Sohnes zu warten?

«Ich kann ihm nicht immer auf Abruf zur Verfügung stehen», antwortete sie mit großer Bitterkeit. «Ihm ist es egal, ob ich da bin oder nicht. Er ist wie sein Vater – gleichgültig, lieblos. Ich habe alles für ihn getan, habe den Boden angebetet, über den er ging. Aber ich hätte mir die Mühe ersparen können. Wissen Sie, wo er jetzt ist? In Cornwall. Auf Urlaub. So viel bedeutet es ihm, daß seine Mutter jetzt Witwe ist.»

Das konnte durchaus die Wahrheit sein. Es war durchaus möglich, daß sie endlich begriffen hatte, wohin eine solche Affenliebe führte. Ein Streit, dachte Burden, am Tag bevor Kevin zur Universität zurückfuhr. Er konnte sich vorstellen, was gesagt worden war: «Na schön, warte nur, bis du das nächstemal etwas von mir willst. Ruf ruhig an, mein Junge, aber rechne nicht damit, daß ich zu Hause bin ...» Doch hatte es seither keinerlei Anzeichen dafür gegeben, daß die Anbetung im Schwinden war.

«Wissen Sie, wer die Frau in Begleitung des Chief Inspectors war?»

«Ich kann es mir denken.» Das grelle, klirrende Lachen. «Billiges kleines Flittchen. Er hatte nun mal einen schlechten Geschmack.»

Er fragte sie, ob Sara einen Freund hätte. Unglaublicherweise sagte sie, das wisse sie nicht. Es war ihr offensichtlich wirklich gleichgültig. Haß trat in ihre Augen, als der Name der Tochter erwähnt wurde.

«Und das nach allem, was ich für sie getan habe», sagte Joy, als habe ihre Unterhaltung sich um die Wohltaten gedreht, die sie ihrer Tochter hatte zuteil werden lassen, und um die Undankbarkeit des Mädchens. Burden ließ sie nach Hause fahren. Er hatte das Gefühl, er habe gegen eine Mauer aus Stein angeredet, die höchstens einen oder zwei Zentimeter von seinem Gesicht entfernt war.

Carol Milvey war nicht Mitglied bei ARRIA, aber sie war achtzehn und wohnte nur zwei Häuser von Joy Williams entfernt. Und es war ihr Vater gewesen, der Chef der Mid-Sussex Kanal- und Tiefbau, der Rodney Williams' Reisetasche aus dem Green Pond gefischt hatte – ein Zufall, der bis heute noch nicht geklärt worden war. Sergeant Martin sprach mit ihr. Es war eine kurze Vernehmung, denn Carol Milvey hatte am 15. April mit Mandelentzündung im Bett gelegen und zwei Tage in der Schule gefehlt.

Weitere zehn Mitglieder von ARRIA hatten für den 15. April und für den Tag, an dem Brian Wheatley in die Hand gestochen worden war, ein ausreichendes Alibi. Es war jetzt Anfang August, und die Reisezeit begann. Natürlich fuhren auch ARRIA-Mitglieder auf Urlaub. Die Anerlys hielten sich mit ihrer Tochter, der rothaarigen Nicola, seit Ferienbeginn in Frankreich auf und wurden nicht vor dem 12. August zurückerwartet. Am selben Tag begann man auch bei der Pomfret Office Equipment Ltd nach zwei Wochen Firmenferien wieder zu arbeiten. Wenn die Schreibmaschinen, die in Haldon Finch fehlten, irgendwo in der Nachbarschaft gewartet wurden, konnte es nur bei der Pomfret Office Equipment sein. Keine andere Firma, die Schreibmachinen wartete und reparierte, wußte etwas vom Verbleib der bewußten Remingtons.

Der Wirtschaftszweig des Sixth Form Colleges in Sewingbury war überprüft worden. Dort arbeiteten die Schülerinnen an Mikrocomputern, vier Textverarbeitungsmaschinen und die zehn Schreibmaschinen waren modernste vollelektronische Geräte. Die High School in Kingsmarkham besaß nur eine einzige Schreibmaschine, und sie stand im Büro der Schulsekretärin.

Kevin Williams kam aus Cornwall zurück und fuhr mit sechs gleichgesinnten Studenten auf die Kanalinseln zum Camping. Die Harmers und Paulettes Freund reisten für eine Woche nach Nord Wales und überließen die Apotheke einem indischen Apotheker und seiner Frau, die beide hochqualifiziert, aber stellungslos waren. Sara blieb zu Hause, wo sie zweifellos auf ihr Abiturzeugnis wartete, das sie in der zweiten oder dritten Augustwoche bekommen sollte.

«Ich frage mich wirklich, ob es überhaupt noch so etwas wie ein Abitur geben wird, wenn unser Baby heranwächst», sagte Burden. Er erwähnte das Kind jetzt häufiger, gereizt und verlegen, oder so, als sei seine bevorstehende Geburt schon eine feststehende Tatsache und seine Zukunft mehr oder weniger gesichert. «Wenn sie anfängt zu studieren, bin ich ein alter Mann. In den Sechzigern jedenfalls und pensioniert. Können Sie sich noch an die vielen Formulare erinnern, die man ausfüllen muß? An die Bestätigung des Arbeitgebers über die Höhe Ihres Einkommens und den anderen Kram? Na ja, bis dahin erledigt bestimmt alles der Computer, ein ‹Apricot› des 21. Jahrhunderts.»

«Oder ein ‹Apple›», warf Wexford ein. «Warum nennen Computer-Konstrukteure ihre Produkte eigentlich immer nach Obstsorten? Dafür gibt es bestimmt eine verblüffende Freudsche Erklärung.» Ein gelangweilter Ausdruck ließ Burdens Gesicht erstarren. «Da wir über verblüffende Erklärungen sprechen», fuhr Wexford hastig fort. «Ist Ihnen klar, daß dieser Fall einen Aspekt hat, an den wir bisher kaum gedacht haben? Das Motiv. Das Motiv ist bisher noch kaum zur Sprache gekommen.»

Burden sah aus, als wolle er sagen, die Polizei brauche sich nicht um das Motiv zu kümmern, da Verbrecher sich oft auf Motive beriefen, die dünn und unglaubwürdig waren. Doch er sagte es nicht, sondern fragte zögernd: «Gehen wir nicht davon aus, daß der Mord an Williams das war, was man bei ARRIA Selbstverteidigung nennt?»

«Da gibt es nur eine Schwierigkeit: wenn wir voraussetzen – und das tun wir ja –, daß die Frau oder das Mädchen, das bei Sevensmith Harding anrief und später den Kündigungsbrief schrieb, Williams' Freundin war, hätte es sich doch wohl kaum gegen ihn verteidigen müssen. Budd und Wheatley wurden angegriffen, weil sie die Mädchen belästigten, sexuelle Annäherungsversuche machten. Aber diesem Mädchen, seiner Freundin, waren Williams' Annäherungsversuche doch bestimmt recht?»

«Das hängt möglicherweise davon ab, wie sie ausfielen», wandte Burden in seiner prüden Art ein.

«Meinen Sie damit, daß er sadistisch veranlagt gewesen sein könnte? Oder vielleicht ein Nachthemd von ihr anziehen wollte? Wir haben keine Beweise, daß Williams irgendwie abartig war. Und vergessen Sie nicht etwas? Es sieht so aus, als handle es sich um einen geplanten Mord. Williams wurde mit einem Schlafmittel betäubt und erst dann erstochen. Ich sehe keine Möglichkeit, mir die Theorie zu eigen zu machen, daß Williams seiner Freundin eines schönen Tages vorschlägt, gewagte Sexspiele auszuprobieren, und sie am nächsten Tag hingeht, seine Blutdruck-Tabletten gegen ein Schlafmittel austauscht und ihm, sobald er schläft, ein französisches Küchenmesser achtmal in den Leib stößt.»

«Was für ein Motiv hätten Sie vorzuschlagen?»

«Überhaupt keins. Seine Freundin hätte ihn bestimmt nicht umgebracht, um ihn loszuwerden, sie brauchte ihn ja nur zu seiner Frau, beziehungsweise zu seinen Frauen zurückschicken. Zwar hätte ein Mädchen allein ihn töten, aber es hätte sich der Leiche nicht allein entledigen können. Ein Mädchen mit einem eifersüchtigen Mann oder Freund? ARRIA-Mitglieder haben keine Ehemänner. ARRIA-Mitglieder dürfen sich auch nicht so weit mit einem Mann einlassen, daß eine Dreiecksgeschichte und eine Eifersuchtstragödie daraus entstehen könnte. Aber ist sie ein ARRIA-Mitglied? Existiert sie überhaupt?»

«Wenn man nur im Buch des Schicksals lesen könnte», sagte Burden, ohne zu merken, daß er zitierte und gar nicht mehr an den Fall Williams dachte.

«Wenn man das könnte», erwiderte Wexford, «würde auch der glücklichste junge Mensch, der sähe, was ihm bevorsteht, das Buch zuklappen, sich zurücklehnen und sterben.»

Er fuhr nach Hause, holte Dora ab, und sie sahen sich im Olivier-Theater Sheila in *Der kleine Eyolf* an.

14

Bei Pomfret Office Equipment Ltd wurde am 12. August um neun Uhr dreißig die Arbeit wiederaufgenommen. Es war ein Ladengeschäft mit einem großen Lagerraum dahinter. Die Firma war ein Familienbetrieb und wurde von Vater und Sohn geleitet. Edgar Ovington, der Vater, bestätigte, daß die Schreibmaschinen der Gesamtschule Haldon Finch in seinem Betrieb gewartet und repariert wurden. Und zwar gewöhnlich während der langen Sommerferien. Sein Sohn hatte die Haldon Finch-Maschinen am 26. Juli abgeholt, einen Tag vor Ferienbeginn.

Wexford und Burden folgten ihm in den Lagerraum. Er war voller Schreibmaschinen, mechanischen, elektrischen, elektronischen. Reihenweise standen sie in langen Regalen, und an jeder war ein Anhänger befestigt. Ovington zeigte ihnen die Haldon Finch-Maschinen, drei auf dem unteren, zwei auf dem oberen Bord. Auf den Anhängern stand «H. Finch». Drei Reiseschreibmaschinen Remington 315, zwei Adler Gabrielle 5000. Burden erklärte Ovington kurz, warum sie nach einer bestimmten Schreibmaschine suchten und welche Besonderheiten sie hatte. Er bat um ein Blatt Papier. Ovington öffnete eine Packung siebziggrammiges weißes und zog zwei Blatt heraus.

Ein Fehler in der Spitze des großen A, in der Oberlänge des kleinen t und der Kopf des Kommas verschmiert. Burden legte einen Bogen in die erste Maschine ein und tippte ein paar Zeilen von «O Gott, nimm Alle Angst von mir». Es war das einzige Kirchenlied, das er auswendig konnte. Keine Mängel. Und auch die zweite Maschine war in Ordnung.

«Haben Sie vielleicht bei einer dieser Maschinen Typenhebel ausgetauscht?» fragte Wexford.

«Ich habe sie bisher noch nicht einmal angefaßt», antwortete Ovington.

Burden spannte den Bogen in die dritte Maschine. Hier war das Schriftbild noch klarer als bei den beiden anderen. Sie war offensichtlich nur zur Reparatur gegeben worden, weil zwei Typenhebel hängenblieben.

«Waren das die einzigen Maschinen, die Ihr Sohn aus der Gesamtschule mitbrachte?»

«Die einzigen. Ich kennzeichne sie sofort, wenn sie hereinkommen, damit es ja keine Verwechslungen gibt.»

«Ja, ich verstehe. Es ist also nicht möglich, daß eine Maschine irrtümlich einem Privatkunden zurückgebracht worden sein kann?»

«Ich würde sie wohl kaum einem Privatkunden geben, wenn auf dem Anhänger Haldon Finch steht, oder?» sagte Ovington sauertöpfisch. Er war ein strenger, empfindlicher, mißtrauischer Mensch, der ständig befürchtete, man könnte seine Fähigkeiten oder seine Tüchtigkeit anzweifeln. Burdens Bitte, noch die eine oder die andere Remington ausprobieren zu dürfen, die zwischen den ungefähr zweihundert vorhandenen Maschinen bestimmt zu finden war, stieß bei Ovington auf Widerspruch, und sie wären vermutlich viel zu lange aufgehalten worden, wäre nicht James Ovington, der Sohn, aufgetaucht, verbindlich lächelnd und entgegenkommend. Er war ein großer, kräftiger Mann mit beim Lächeln vorstehenden Zähnen und einem völlig kahlen Kopf.

«Sehen Sie sich ruhig um, probieren Sie jede Maschine aus, die Sie wollen.» Die großen weißen Zähne schimmerten, als sich seine Lippen spannten. «Soll ich Ihnen von jeder Maschine, die wir hier haben, eine Schriftprobe machen lassen?» Er meinte es ernst, es war kein Spott dahinter.

«Das machen wir schon selber», antwortete Burden. «Und wir interessieren uns nur für die Remingtons 315.»

Neben den dreien, die er schon ausprobiert hatte, standen noch zwei im Regal. «Allmächtig ist Dein Arm Allein», tippte Burden, und «Du wehrest All unsren Feinden». Die Maschine war in Ordnung. «Allabendlich im Abendrot, und dann wieder vor tau und tag, sah man das Altbekannte Boot ...» Keine Mängel.

«Besten Dank für Ihre Hilfe», sagte Wexford.

James Ovington erklärte, es sei ihm ein Vergnügen gewesen, und lächelte so breit, daß ihm die Zähne aus dem Mund zu fallen drohten.

«Wahrscheinlich liegt die Maschine irgendwo im Graben oder in einem Teich», sagte Burden.

«Im Green Pond jedenfalls nicht, sonst hätte Milvey sie gefunden.» Wieder wurde Wexford an den bisher noch ungeklärten Zufall erinnert. Das Bindeglied zwischen Milvey und Rodney Williams war jedoch nicht Carol Milvey, denn sie hatte Mandelentzündung gehabt, als Williams starb. Was also war es? Es mußte ein Bindeglied geben. Wexford weigerte sich, ganz einfach zu glauben, daß Milvey die Reisetasche seines Nachbarn rein zufällig im Green Pond entdeckt hatte.

Und der Zufall wurde noch unglaubhafter, war mit Vernunft überhaupt nicht mehr zu erklären, verirrte sich ins Magische und Phantastische, als Milvey am nächsten Tag anrief. Zwar hatte er nicht die Schreibmaschine, aber ein langes französisches Küchenmesser in einem kleinen Zierteich im Park von Green Pond Hall gefunden.

Die drei Teiche im alten Wassergarten, der jetzt völlig verwildert war, waren durch die Quellbäche aus dem Cheriton Forest mit Schlamm, Schlick und feinem Sand gefüllt worden. Wexfords Männer hatten sie gesäubert, als sie den Park durchsuchten, doch inzwischen gab es neue Ablagerungen. Der künftige Forellenzüchter hatte sich noch einmal an die Mid-Sussex Kanal- und Tiefbau gewandt und die Firma beauftragt, eine Lösung für das Problem der Vermurung durch angeschwemmten Schlamm und Sand zu finden.

War das Messer in den Teich geworfen worden, nachdem die

Polizei den Park durchsucht hatte? Oder war es weiter oben in einem Bachbett versteckt gewesen und heruntergespült worden? Es war ein großes Messer mit einem fünfzehn Zentimeter langen elfenbeinfarbenen Plastikgriff und einer dreiundzwanzig Zentimeter langen Klinge. Es hatte eine scharfe und bösartig aussehende Spitze. Am Griff hatte sich in den Vertiefungen um die Nieten herum grauer Schlamm angesammelt, aber nirgends gab es auch nur eine Spur von Rost. Wexford ließ das Messer ans forensische Institut – Abteilung Chemie – nach Stowerton schicken. Die Verbindung zu Milvey war ihm immer noch ein Rätsel. Milvey saß ihm an seinem Schreibtisch gegenüber, und er wußte nicht, was er ihn als nächstes fragen sollte. Ihm kam die abenteuerliche Idee, Milvey und Joy Williams könnten ein Verhältnis miteinander haben. Aber sie war zu abenteuerlich – nicht der fette, langweilige Milvey und die schlampige Joy mit ihren abgerissenen Rocksäumen. Und warum sollte Milvey ihm die Tatwaffe präsentieren, wenn er etwas mit Williams' Tod zu tun hätte?

Ihm blieb nichts anderes übrig, als zu sagen: «Sie sehen doch ein, Mr. Milvey, daß die Situation und Ihre Position sehr verwirrend sind. Der Mann, der nur zwei Häuser von Ihnen entfernt wohnt, wird ermordet. Sie finden zuerst die Tasche, die er bei sich hatte, als er verschwand, und dann ein Messer, das wahrscheinlich die Mordwaffe ist.»

«Irgend jemand», sagte Milvey, der nicht zu verstehen schien, worauf Wexford hinauswollte, «mußte die Sachen früher oder später finden.»

«Kingsmarkham hat ungefähr achtundsiebzigtausend Einwohner.»

Milvey starrte ihn dumm und stur wie ein Ochse an. Endlich sagte er grob: «Wenn ich das nächstemal etwas finde, das der Polizei bei ihren Ermittlungen helfen könnte, halte ich den Mund.»

Während im Labor des forensischen Instituts das Messer untersucht und mit den Abmessungen von Williams' Stichwunden verglichen wurde, stellte Sergeant Martin mit Bennett und Archbold Ermittlungen über seine Herkunft an. Sie verfügten schließlich über eine Liste mit neununddreiig Läden und Warenhäusern, in denen ähnliche Messer verkauft wurden. Aber nur Jickie führte französische Küchenmesser von dieser Marke.

«Wendy Williams mag zwar dort arbeiten», sagte Wexford,

«aber alle kaufen dort ein. Wir. Ihr. Martin fragt das Personal in der Abteilung für Haushaltswaren, ob jemand kürzlich ein französisches Küchenmesser gekauft hat. Sie wissen, wie weit uns das bringen wird. Außerdem führen sie diese Dinger seit fünf Jahren. Wir haben keinen Anlaß zu glauben, das Messer sei eigens für den Mord an Williams gekauft worden. Wahrscheinlicher ist, daß es nicht so war.»

«Ja», sagte Burden, «wir sind noch keinen Schritt weitergekommen.»

«Sie sind zu kleingläubig. Kommen Sie mit, verbringen wir einen Nachmittag bei den Schreibmaschinen. Ich habe da eine Idee, die ich gern überprüfen möchte.»

Ovington sen. war allein im Laden. Zuerst versuchte er, sie unter dem Vorwand abzuwimmeln, er habe zuviel zu tun. Wexford machte ihn freundlich darauf aufmerksam, dadurch könnte er den gewiß falschen Eindruck erwecken, er wolle die Polizei bei ihren Ermittlungen behindern. Ovington brummte leise etwas vor sich hin und führte sie noch einmal in den Lagerraum hinter dem Laden.

Zwischen den Regalreihen hindurchgehend, betrachtete Wexford prüfend die Schildchen, die an den Maschinen hingen.

«Kennzeichnen Sie die Maschinen immer auf diese Weise?»

«Was stimmt nicht damit?»

«Ich habe nicht gesagt, daß etwas damit nicht stimmt. Ich finde nur, daß die Beschriftung nicht sehr klar ist. Was bedeutet zum Beispiel das ‹P. und L.› hier?» Er zeigte auf die Schildchen zweier Smith Coronas SX 440.

«Poster und Lamb im Industriegebiet», antwortete Ovington mürrisch. Er meinte das Industriegebiet in Stowerton.

«Und TML?»

«Tube Manipulators Limited.»

«Und Sie wissen ganz genau, was diese Buchstaben – ich könnte auch Codes sagen – bedeuten? Wenn die Maschinen zurückgebracht werden, ist kein Irrtum möglich? Sie wissen, daß ‹P und L› Porter und Lamb heißt und nicht Payne und Lovell, die Metallwarenhandlung in der High Street hier?»

«Payne und Lovell gehören nicht zu unseren Kunden», sagte Ovington erstaunt.

«Ich glaube, Sie haben sehr gut verstanden, was ich meine. Bei diesem System der Etikettierung können sich sehr leicht Fehler einschleichen. Ich komme jetzt zum Wesentlichen. Es ist meiner Meinung nach wohl mehr schlecht als recht, die Maschinen der Gesamtschule Haldon Finch mit ‹H. Finch› zu kennzeichnen.»

«Es erfüllt seinen Zweck.»

«Angenommen, Sie hätten einen Kunden namens Henry Finch. Wie könnten Sie es verhindern, daß seine Maschine mit einer von Haldon Finch verwechselt wird?»

«Wir haben keinen Kunden, der Henry Finch heißt, deshalb können wir auch nichts verwechseln.»

«Haben Sie andere Kunden, die Finch heißen?» fragte Burden scharf.

«Möglich.»

Es war die merkwürdige Antwort oder eine Version dieser Antwort, die Wexford schon so oft bei Gericht von Zeugen gehört hatte, die sich zu keinem klaren Ja entschließen konnten. «Möglich, daß ich es getan, gesehen, gehört habe ...» Ovington in seinem ölfleckigen alten Anzug, dem Hemd mit dem offenen Kragen, preßte das Kinn an den Hals, spitzte die Lippen, und sein unsteter Blick wirkte schuldbewußt, mißtrauisch und widerspenstig, weil er Wexfords und Burdens Argwohn fühlte.

«Prüfen Sie es bitte nach.»

«Wir haben keinen Henry. Ganz bestimmt nicht. Eine Dame. Überhaupt kein H.»

«Sie vergeuden meine Zeit, Mr. Ovington.»

Darüber freute er sich, verschlagen und boshaft. «Wir haben vor einiger Zeit eine Remington für sie repariert. Aber keine 315er.» Schließlich kratzte er sich am Kopf. «Ich könnte im Buch nachschauen.»

«Das könnte es sein», sagte Wexford zu Burden, als sie einen Moment allein waren. «Sie hätten die Maschinen verwechseln und die falsche zurückbringen können.»

«Wäre ihr das nicht aufgefallen?»

«Vielleicht tippt sie nicht regelmäßig, hat die Maschine vielleicht noch gar nicht benutzt, seit sie von der Reparatur zurück ist.»

Er sah sich die Schildchen der Schreibmaschinen im unteren Regal links der Reihe nach an. P und L, E und Ten, (was konnte das heißen?), TML, HBSS, H. Finch, J. St G, M. Br ... Ovington kam mit einem Geschäftsbuch zurück.

«Miss J. Finch, Bodmin Road 22, Pomfret. Sie hat die Maschine am sechsundzwanzigsten Juli selbst abgeholt.» Er knallte das Buch zu, als habe er eben zu seiner größten Zufriedenheit etwas bewiesen oder einen Verdacht zerstreut.

Am 26. Juli. An dem Tag waren die Haldon Finch-Maschinen abgeholt und hierhergebracht worden. Hat das etwas zu bedeuten, dachte Wexford, oder bin ich auf dem Holzweg? Saß die Freundin mit ihrer Schreibmaschine vielleicht artig in London oder Brighton?

Weder er noch Burden wußten, wo die Bodmin Road war.

«Wissen Sie was?» sagte Burden. «Wendy Williams wohnt in der Liskeard Road, und Liskeard ist ein Ort in Cornwall. Bodmin ist eine Kreisstadt in Cornwall. Vielleicht ist die Straße gleich um die Ecke.»

«Das prüfen wir nach, sobald wir zurück sind.»

Es war gleich um die Ecke. Liskeard Road, Falmouth Road, Truro Road, und die Bodmin Road, die quer verlief, verband sie alle.

«Sie war praktisch Williams' Nachbarin», sagte Burden beinahe aufgeregt. «Und ARRIA-Mitglied, darauf könnte ich wetten. Hier – sie steht in der Wählerliste. Finch, Joan B.»

«Moment, Moment, Mike! Sagen wir – oder nehmen wir vielleicht an –, daß sie irrtümlich eine Haldon Finch-Schreibmaschine abgeholt hat? Oder nehmen wir an, sie hat ihre eigene Schreibmaschine, und es ist die, die wir suchen? Dann hätten wir sie nicht durch logische Folgerungen gefunden, sondern wären durch puren Zufall darauf gestoßen.»

«Ist das nicht egal?» sagte Burden einfach.

Bodmin Road 22 war ein kleines, ausschließlich Wohnzwecken dienendes Haus mit vier Wohneinheiten. Laut Klingelknopf wohnte J. B. Finch im ersten Stock. Sie war jedoch weder am Nachmittag zu Hause noch als sie es um sieben und acht Uhr wieder versuchten. Wexford war seit etwa einer Stunde daheim, als ein Anruf kam, daß ein vierter Mann mit einem Messer angegriffen worden war. Diesmal war die Stichverletzung im Oberarm. Die Wunde war nicht schwer, aber der Blutverlust erheblich.

Der Fall unterschied sich von den anderen dadurch, daß zwei Polizisten, die auf einem Rastplatz an der Umgehungsstraße von Kingsmarkham in ihrem Streifenwagen saßen, seine Schreie gehört hatten. Als sie das Opfer des Überfalls fanden, lag es halb auf einem öffentlichen Fußweg und blutete aus einer Wunde in Schulternähe. Noch während sie sich über den Mann beugten, tauchte unter den Bäumen des Wäldchens auf der Nordseite des Wegs ein junges Mädchen auf. Sie erklärte, sie heiße Edwina Klein und reichte den Polizisten ein Federmesser, von dem sie das meiste Blut abgewischt hatte.

15

ARRIA erwartete eine Show. Die Mitglieder erschienen in Kompaniestärke im Amtsgericht von Kingsmarkham. Wexford hatte den kleinen holzgetäfelten Zuschauerraum noch nie so überfüllt gesehen. Caroline Peters und Sara Williams waren da, die rothaarige Nicola Anerley, Jane Gardner und die Freeborn-Zwillinge, Helen Blake und Donella, das schwarze Mädchen, die Tennisspielerin mit Brille und die Tennisspielerin ohne Brille.

Es sollte natürlich ein Präzedenzfall werden, das hatte Wexford schon vermutet, ehe er mit Edwina Klein gesprochen hatte. Sie hatte nicht direkt den Lockvogel gespielt. Was ist das für eine Welt, wenn man eine Frau, die in der Abenddämmerung allein über einen Feldweg geht, so nennen durfte. Die Wahrheit jedoch war, daß Edwina Klein, seit sie Ende Juni aus Oxford zurückgekommen war, Abend für Abend dort spazierenging und erwartete, überfallen zu werden. Sie war offen und ehrlich zu Wexford gewesen, hatte nichts verheimlicht und zum Beispiel auch zugegeben, daß sie Wheatley angegriffen hatte, als sie übers Wochenende nach Hause gekommen war. Wexford hatte daher auch nichts dagegen gehabt, sie gegen Kaution zu entlassen. Sie hatte versprochen, wieder ganz offen mit ihm zu sprechen, und er hatte ihr geglaubt, mit einer «Vertrauensseligkeit», bei der sich dem Chief Constable die Haare gesträubt hätten.

Zusammen mit Caroline Peters Gründungsmitglied von ARRIA, war Edwina Klein, mager, mittelgroß und hochintelligent, eine Pionierin und Märtyrerin. Sie war von Kopf bis Fuß schwarz angezogen: schwarze Hose, schwarzer Rollkragenpulli, das Haar ganz von einem schwarzen Tuch bedeckt. Ein weiblicher Rabe, die einzige Farbe, die man an ihr sah, war die winzige ARRIA-Anstecknadel, die sie unterhalb der linken Schulter trug.

Was erwarteten die Mädchen im Zuschauerraum? Wahrscheinlich

eine Art Jeanne d'Arc-Prozeß, dachte Wexford. Keine von ihnen wußte, wie es auf einem Polizeigericht zuging, und alle sahen ungläubig drein, als nach fünf Minuten alles vorüber war und Edwinas Fall an das Krongericht verwiesen wurde. Die Anklage lautete auf Körperverletzung. Edwina wurde gegen Kaution auf freien Fuß gesetzt. Sie mußte selbst tausend Pfund als Sicherheit hinterlegen, und mit der gleichen Summe bürgte ihre Großtante für sie, eine ältere Frau, die zwar nicht alt genug war, um Suffragette gewesen zu sein, aber so aussah, als bereue sie es, diese Chance verpaßt zu haben.

Unter empört klingendem Gemurmel verließ der ARRIA-Trupp den Saal. Helen Blake und Amy Freeborn hoben wieder das orangenfarbene Banner mit der Rabenfrau, dem vor der Verhandlung «Saalverbot» erteilt worden war. Die anderen stellten sich hinter ihnen auf, und was bisher eine Gruppe gewesen war, wurde zu einer Marschformation. Hinter dem Banner her marschierten sie über den Hof der Polizeistation hinaus auf die High Street und sangen: «We shall overcome, we shall overcome some day ...»

Joan Finch war mindestens fünfundsechzig Jahre alt. Wexford war nicht überrascht. Es mußte noch ein paar Frauen unter Fünfzig geben, die Joan hießen, aber auch schon vor fünfzig Jahren kam der Name Joan aus der Mode. Burden hatte so sehr darauf gebaut, daß sie das Mädchen war, nach dem sie suchten.

Sie führte sie in den kleinen, dumpfen Raum, der ursprünglich wohl nichts anderes gewesen war als eine Kofferkammer, in dem sie aber jetzt arbeitete, und zeigte ihnen die Schreibmaschine. Es war eine große mechanische Remington, die wenigstens so alt war wie sie. Heutzutage würden die Finger zurückzucken vor diesem Dikkicht eiserner Tasten, die nur mit großer Muskelkraft bewegt werden konnten.

Wie Ovington ihnen gesagt hatte, hatte sie die Maschine am 26. Juli von der Firma Pomfret Office Equipment abgeholt, und es handelte sich zweifellos um ihre Maschine. Sie hatte schon ihrer Mutter gehört und schien ebenso ein Familienerbstück wie eine Uhr oder ein Stück Porzellan.

Für Wexford und Burden war nur wichtig, daß es keine Reiseschreibmaschine Remington 315 war. Das schien Miss Finch unbegreiflich. Sie setzte sich an die Maschine und tippte schnell eine halbe Seite über Männer herunter, die eine Party retteten. Die Ovingtons hatten hervorragend gearbeitet. Die Maschine wies nicht den kleinsten Mangel und nicht die geringste Unregelmäßigkeit auf.

Wexford und Burden gingen zum Lunch in die zwei Häuser entfernte kleine Wein-Bar mit dem bogenförmigen Erker. An einem Ecktisch saß Pamela Gardner mit einer Freundin. Sie sah voller Verachtung durch Wexford hindurch. Ihre Tochter war am Vormittag an ihm vorbeimarschiert, hatte aus voller Kehle und viel lauter als alle anderen gesungen und ihm fröhlich zugewinkt, als seien sie alte Freunde. Edwina Klein wollte um halb drei zu ihm ins Büro kommen, um mit ihm zu sprechen. Das Gericht hatte es ihr zwar nicht zur Auflage gemacht, doch er war sicher, daß sie ihr Versprechen halten würde. «Nur noch drei Wochen», sagte Burden. Er sprach über sein und Jennys Baby. «Sie sagen, daß es pünktlich kommt. Aber wissen können sie das natürlich nicht.»

«Sie wissen viel mehr nicht, als sie je zugeben.»

Burden stocherte in seiner Quiche herum. «Am Anfang hatte sie Sodbrennen, jetzt hab ich es.» Er war blaß, sah gelbsüchtig aus.

«Wollen mal sehen, ob die Harmers nicht ein Mittel zur besseren Verdauung für Sie haben.»

Der präraffaelitische Kopf von Paulette wurde hinter dem Schaufenster der Apotheke sichtbar. Sie half offensichtlich ihrem Vater. Hope Harmer bediente Burden. Es schien ihr unangenehm, daß Wexford und Burden in ihr Geschäft kamen, weil sie sich möglicherweise nicht klarmachte, daß auch Polizisten ein Privatleben hatten und gegen Krankheit genauso anfällig waren wie andere Menschen.

«Hatten Sie schöne Ferien?» erkundigte sich Wexford.

«O ja, vielen Dank, es war sehr hübsch. Sehr ruhig», fügte sie hinzu, wie Leute das gern tun, wenn sie erzählen, wie sie das Weihnachtsfest verbracht haben. Als ob Fröhlichkeit und ein bißchen Betrieb ihre Respektabilität beeinträchtigten. «Alles Schöne muß einmal zu Ende gehen, nicht wahr? Wir hätten noch eine Woche bleiben können, aber meine Tochter erwartet ihr Abiturzeugnis. Es muß jetzt bald soweit sein.»

Dann saß Sara Williams wohl wie auf Kohlen ... «Noch eine zukünftige Ärztin in der Familie?»

«Nein, nein. Paulette hofft, in die Fußstapfen ihres Vaters zu treten.»

Sie lächelte strahlend, versöhnlich, und begleitete sie, ganz altmodische Geschäftsfrau, zur Tür. Wexford kam kurz vor halb drei ins Büro zurück. Edwina Klein wartete schon auf ihn, und er war erleichtert, obwohl er fest daran geglaubt hatte, daß sie Wort halten werde. Neben ihr, im zweiten Besucherstuhl, saß ihre Tante, die als Anstandsdame mitgekommen war.

Wexford war überrascht. Er hatte in Edwina die Verkörperung von Unabhängigkeit und unerschütterlichem Selbstvertrauen gesehen.

«Ich bin zufällig nicht nur Tante, sondern auch Anwältin.»

«Nun gut», sagte Wexford, «aber das soll kein Verhör werden. Ich möchte mich mit Ihrer Nichte nur über verschiedene Aspekte dieses Falls unterhalten.»

«Das sagen sie alle», antwortete die Tante, die Pearl Kaufmann hieß. Äußerlich ähnelte sie der alternden Virginia Woolf, war groß, dünn, hatte ein langes Gesicht, eine lange Nase und volle Lippen. Sie trug ein halblanges marineblaues Seidenkleid und plumpe weiße Sandalen, die ihre Füße sehr groß aussehen ließen.

Edwina trug noch immer Schwarz, hatte jedoch den Rollkragenpulli mit einem ärmellosen schwarzen T-Shirt vertauscht, das der Tageshitze besser angepaßt war. Die ARRIA-Nadel fehlte natürlich nicht, und eine dunkle Sonnenbrille verwandelte Edwinas Gesicht in eine ausdruckslose Maske.

«Er hat mich behandelt, als wäre ich eine Prostituierte, genauso», hatte sie über Wheatley gesagt, als sie zum erstenmal mit Wexford gesprochen hatte. Damals hatte die schwarze Brille ihre Augen nicht verdeckt. Eifer, Ernst und die Begeisterungsfähigkeit der Jugend hatten in ihnen geglänzt. «Natürlich finde ich nichts dabei, wenn ein Mädchen Prostituierte ist. Es ist ganz in Ordnung, es ist gut und schön, wenn man auf so was steht. Es ist nur diese unglaubliche Art, mit der die Männer voraussetzen ...»

«Nur ein paar Männer.»

«Sehr viele. Er hat nicht einmal mit mir gesprochen. Ich habe versucht, mich mit ihm zu unterhalten. Ich fragte ihn, wo er arbeitete und wo er wohnte. Als ich ihn fragte, wo er wohnte, lachte er nur ganz seltsam auf, als hätte ich etwas Unanständiges gesagt.»

«Warum haben Sie sich von ihm mitnehmen lassen? Um genau die Situation herauszufordern, die dann entstand?»

«Aber nein, wirklich nicht. Damals nicht. Ich gebe zu, daß es gestern abend so war, aber bei dem Autofahrer war es ganz anders.

Ich war per Anhalter von London nach Kingsmarkham gefahren, aber der Typ konnte mich nicht weiter mitnehmen.» Sie schien zu überlegen. «Was im Auto passiert ist, hat mich erst auf den Gedanken gebracht, im Wald spazierenzugehen und abzuwarten, was kommt.»

«Erzählen Sie mir bitte, was im Wagen passiert ist, ja?»

«Er fuhr auf einen Rastplatz. Plötzlich konnte er auch reden. ‹Komm, gehen wir in den Wald›, sagte er. Ich wußte nicht, was er meinte. Ich wußte es wirklich nicht. Wissen Sie, was er dachte? Er dachte, ich wollte vorher bezahlt werden. ‹Reichen zehn Pfund?› fragte er. Und dann faßte er mich an.» Edwina Klein legte die rechte Hand auf ihre linke Brust. «Genauso hat er mich angefaßt. Als wär's ein Wasserhahn oder ein Schalter. Er versuchte nicht, den Arm um mich zu legen oder mich zu küssen oder so. Er wollte nur bezahlen und dann sozusagen den Strom einschalten. Ich holte mein Messer raus und stach ihn in die Hand.»

Als sie das erstemal mit ihm gesprochen hatte, war die Tante nicht dabeigewesen, und die schwarzen Scheiben hatten ihrem Gesicht nicht jeden Ausdruck genommen. Sie wirkte jetzt matter, längst nicht mehr so aufmüpfig. Möglicherweise hatte ihr die Gerichtsverhandlung den Schneid abgekauft. Sie wartete fast unterwürfig darauf, daß er mit der Vernehmung begänne.

Miss Kaufmann betrachtete mit geheucheltem Interesse die Landkarte, die an der Wand hing.

«Haben Sie schon andere Männer mit dem Messer angegriffen?» fragte er unvermittelt, obwohl er wußte, daß gegen die Bemerkung Einspruch erhoben werden würde.

Edwina schüttelte den Kopf.

«Wir wollen über das Ungehörige dieser Frage hinwegsehen, Mr. Wexford.» Es paßte zum Benehmen und der Erscheinung der Tante, daß sie sich dieser veralteten Wendung bediente. In einem zeitgemäßen Stil fügte sie hinzu: «Wir wollen vergessen, daß Sie das gesagt haben.»

«Wie Sie wünschen», entgegnete Wexford. «Wenn die Polizei *agents provocateurs*, sozusagen Lockvögel, einsetzt – zum Beispiel eine Polizeibeamtin in ein Kino setzt, in dem wiederholt Frauen belästigt wurden –, steigt die Öffentlichkeit auf die Barrikaden und ganz besonders Leute mit Ihrer Überzeugung. Ein Aufschrei geht durch alle Schichten, wenn ein junger Polizist gezielt eine von

Homosexuellen frequentierte öffentliche Toilette aufsucht. Mit anderen Worten, es ist unrecht, wenn Polizisten so etwas im Interesse der Justiz und zum Schutz des Bürgers tun, aber es ist recht und billig, wenn es um Ihre Prinzipien geht. Es gibt für das, was Sie getan haben, eine ziemlich eindeutige, nicht sehr schmeichelhafte Bezeichnung, nicht wahr?»

Er war zu sanft, zu ritterlich mit ihr umgegangen, das merkte er sofort.

«Scharfmacherin», sagte sie matt. Die Tante zuckte nicht mit der Wimper. «Aber das stimmt nicht, so habe ich mich nicht benommen. Ich bin nur in einem Wald spazierengegangen, mehr habe ich nicht getan. Ich war nicht herausfordernd angezogen.» Verachtung schlich sich jetzt in ihre Stimme, und sie hob den Kopf. «Das würde ich nie tun. Ich hatte Jeans und eine Jacke an. Ich schminke mich nicht. Niemals. Das einzig Provozierende, das ich getan habe, war, daß ich als Frau dort spazierenging.»

«Ich glaube», warf Miss Kaufmann trocken ein, «meine Nichte will damit sagen, daß es nicht möglich ist, sich als Frau ungestraft an bestimmten Orten aufzuhalten. Nur das wollte sie beweisen, und sie hat es bewiesen.»

Er ließ es dabei. Er widersprach nicht mehr, denn er wußte, daß die beiden Frauen recht hatten. Es war eine jener Situationen, in denen ein Polizeibeamter weiß, daß die Argumente der Gegenpartei stichhaltiger sind als die seinen, der aber trotzdem an den seinen festhalten muß. Daß alle Frauen, die nachts allein unterwegs sein wollten, einen Lehrgang in Selbstverteidigung absolvierten, schien ihm die beste Lösung. Die Alternative war, daß sich die Natur der Männer änderte, und das würde vielleicht innerhalb von Jahrhunderten geschehen, aber nicht in Jahren und auch nicht in Jahrzehnten. Er kritzelte geschäftig sinnloses Zeug auf ein Blatt Papier, um eine halbe Minute zu überbrücken und die beiden für eine Weile zum Schweigen zu bringen. Endlich hob er den Kopf und sah Edwina Klein an. Aus irgendwelchem Grund, vielleicht, weil er keine Brille trug, nahm sie die schwarzen Gläser ab. Sofort sah sie wieder ernst und sehr jung aus.

«Ich glaube, Sie kennen die Familie Williams, Miss Klein», sagte er.

Sie war darauf vorbereitet. Von irgendwoher wußte sie, daß das der eigentliche Grund war, warum sie Wexford jetzt gegenübersaß.

«Welche Familie Williams? Es gibt doch zwei, oder?»

«Es gibt in der Umgebung möglicherweise ein paar hundert», erwiderte er scharf. «Es ist ein häufig vorkommender Name. Ich spreche von den Williams', die in Kingsmarkham in der Alverbury Road wohnen. Die Tochter heißt Sara. Sie war heute vormittag im Gerichtssaal.»

Edwina nickte. «Wir sind in dieselbe Schule gegangen. Sara ist ein Jahr jünger als ich.»

«Kannten Sie Rodney Williams? Den Mann, der ermordet wurde?»

Sie antwortete sehr schnell. Miss Kaufmann blickte auf, als wolle sie sie warnen. «Ihn und Mrs. Williams, ja. Sara und ich waren zusammen im Ballettunterricht.» Sie lächelte. «Ob Sie's nun glauben oder nicht.» Miss Kaufmann verdrehte die Augen, als könne sie es kaum glauben. «Sie haben Sara abgeholt, manchmal beide, manchmal nur sie und manchmal nur er. Ich erinnere mich an ihn, weil er der einzige Vater war, der kam. Manchmal saß er während des ganzen Unterrichts da und sah zu.»

... hat heranwachsende Mädchen beobachtet, die in kleinen Tutus herumhüpfen, dachte Wexford. Oder sind es heutzutage ärmellose Trikots?

«Sie haben mich gefragt, welche Familie ich meine», sagte er.

«Veronica Williams kenne ich nur flüchtig.» Edwina zuckte mit den Schultern. «Sie sieht Sara unheimlich ähnlich.»

Plötzlich fühlte er eine starke innere Spannung. Vielleicht war sie ein Bindeglied zwischen den beiden Familien. Sie war bisher die einzige, die beide Familien kannte – oder die zugab, daß sie sie kannte.

«Dann wußten Sie also, daß sie Halbschwestern sind? Daß beide die Töchter von Rodney Williams sind?»

«Nein. O nein. Ich glaube, ich dachte – na ja, eigentlich habe ich überhaupt nicht darüber nachgedacht. Ich weiß es nicht, ehrlich. Vielleicht habe ich sie für Kusinen gehalten?»

«Wann haben Sie Rodney Williams zum letztenmal gesehen?»

«Das ist schon Jahre her.» Sie wurde nervös und ängstlich. Das hatte nichts zu bedeuten. Es bewies nur, daß ihr allmählich klar wurde, welche Rolle ihr hier zugedacht war, daß man ein noch viel schwereres Geschütz gegen sie auffuhr, auf das sie nicht vorbereitet gewesen war. «Ich habe ihn seit Jahren nicht mehr gesehen.»

Kein dramatischer Ausbruch, keine Nervenkrise und auch kein Zögern. «Sie war meine Gegnerin beim Tennis. Als ich noch in der Schule war.»

«Sie ist drei Jahre jünger als Sie.»

«Okay. Klar. Sie war so was wie ein Wunderkind. Noch nicht mal vierzehn und gehörte schon zu den sechs besten Spielerinnen von Haldon Finch.»

Das klang alles vernünftig, mehr als plausibel. Edwina war an dem Abend, an dem Rodney Williams starb, in Oxford gewesen, war eine Woche vor Semesterbeginn hinaufgefahren. Das hatte sie Wexford schon am Abend vorher gesagt und ihm auch ernsthaft und mit genauen Einzelheiten erklärt, wo und bei wem er ihre Angaben nachprüfen könne. Bennett war im Moment in Oxford und prüfte sie nach, doch Wexford war überzeugt, daß Edwina nicht gelogen hatte.

«Sie kennen beide Familien», sagte er jetzt, «aber Sie haben nicht gewußt, daß sie – sozusagen – eine Familie sind? Sie wußten nicht, daß Rodney Williams nicht nur Saras und Kevins, sondern auch Veronicas Vater war?»

«Kevin? Von ihm habe ich noch nie gehört.»

«Saras älterer Bruder.» Er beschloß, ihr gegenüber ganz offen zu sein. Miss Kaufmann saß da und beobachtete ihn, den Mund säuerlich verzogen. «Die beiden Familien wußten nichts voneinander. Die Familie in Pomfret ahnte nichts von der Existenz der Familie in Kingsmarkham und umgekehrt. Sie haben erst einige Zeit nach Rodney Williams' Tod voneinander erfahren. Wenn Sie beide kannten, müssen Sie also gewußt haben, daß Rodney Williams Bigamist war oder zumindest ein verheirateter Mann mit zwei Haushalten. Und wenn Sie es wußten – woher wußten Sie es?»

«Ich habe es nicht gewußt.»

Das kühle Nein enttäuschte ihn. Er hatte geglaubt, dicht vor einem Durchbruch zu stehen. Doch sie schwächte ihr kompromißloses Nein ab.

«Ich habe es nicht gewußt. Ich sagte, sie sähen sich ähnlich, das war mir aufgefallen. Ich erinnere mich, einmal zu meiner Tante gesagt zu haben, sie müßten Kusinen sein.» Edwina sah Miss Kaufmann an, und die Tante nickte schnell und ungeduldig. «Ich kenne beide nicht sehr gut», fuhr Edwina fort. «Das dürfen Sie nicht vergessen. Und mit Veronica habe ich nie mehr als ein paar Worte gesprochen. Und Mrs. Williams – die richtige, meine ich – habe ich hin und wieder gesehen, aber sie erinnerte sich nicht mehr an mich oder so. Und für die andere war ich eine x-beliebige Kundin.»

Er hatte keine weiteren Fragen an sie. Sie hatte Brian Wheatley und Peter John Hyde, der im Wald zudringlich geworden war, mit dem Messer angegriffen und verletzt, aber mit dem Mord an Williams hatte sie nichts zu tun, davon war Wexford überzeugt. Hätte eine Frau ihn getötet, hätte sie eine zweite zu Hilfe holen müssen.

«Das wäre alles, vielen Dank, Miss Klein.»

Sie stand auf und ging langsam und anmutig zur Tür. Sie hielt sich sehr aufrecht, hatte den Kopf aber leicht gesenkt. Tante und Nichte hatten dieselbe Figur, denselben Gang, obwohl fünfzig Jahre sie trennten. Was sollte aus Edwina Klein jetzt werden? Daß sie für schuldig erklärt und verurteilt werden würde, war unvermeidlich. Würde ihr College sie wieder aufnehmen? Oder hatte sie sich ihre ganze Zukunft zerstört? Hatte sie sie um einer von vornherein verlorenen Sache willen aufs Spiel gesetzt? An der Tür, kurz bevor er sie für sie öffnete, sagte sie noch: «Da ist noch etwas. Sie haben gesagt, die Williams' aus Pomfret und die Williams' aus Kingsmarkham hätten nichts voneinander gewußt. Das möchte ich richtigstellen – es stimmt nämlich nicht.»

Wieder stieg Erregung in ihm auf, seine Kehle war plötzlich ganz trocken. «Wie meinen Sie das?»

«Wie ich es sage. Sie wußten voneinander.»

Er nahm die Hand von der Klinke und lehnte sich an die Tür, als wolle er Edwina nicht hinauslassen. Doch Edwina Klein blieb bereitwillig stehen. Sie sah leicht verblüfft, die Tante gelangweilt und geduldig aus.

«Woher wissen Sie das?»

«Weil ich sie zusammen gesehen habe.»

Erleichterung überrieselte Wexford wie Schweiß. Angenehme Kühle breitete sich in ihm aus, und sein Kopf schien ganz leicht zu sein. Ihr war jetzt bewußt, daß sie ihm, ohne es zu ahnen, etwas Wichtiges mitgeteilt hatte, und ihr Gesicht, das dem seinen sehr nah war, nahm einen lebhaften und fragenden Ausdruck an.

«Wen haben Sie zusammen gesehen?» fragte er.

«Die beiden Frauen. Sie saßen im *Precinct Café* in Kingsmarkham und tranken zusammen Kaffee.

«Wann? Wissen Sie noch, wann das war?»

Wenn es erst eine Woche, ja, wenn es auch einen Monat her war, hatte es nichts zu bedeuten.

«Letzte Weihnachten, glaube ich. Es muß Weihnachten oder Ostern gewesen sein, weil ich ja zu Hause war. Das einzige Wochenende, das ich hier war, war das, an dem Wheatley mich mitnahm.» Edwina sprach den Namen Wheatley mit unendlicher Verachtung aus. «Es war aber nicht an jenem Wochenende, und es war auch nicht zu Ostern. Das weiß ich sicher, weil noch Schnee lag.»

«Geschneit», half Miss Kaufmann bereitwillig, weil ihre Nichte jetzt nicht mehr direkt bedroht war, «hat es in der ersten Januarwoche.»

«Dann muß es in der ersten Januarwoche gewesen sein», sagte Edwina.

Sie lächelte, als sei auch sie froh, daß sie endlich helfen konnte. Wexford wußte, daß sie nicht gelogen hatte.

16

Als Wexford in der Alverbury Road 31 die Gartentür öffnete, kam ihm der Postbote mit einem Briefpäckchen in der Hand entgegen. Keiner der Briefe, die von einem Gummiband zusammengehalten wurden, schien für Nummer 29 bestimmt. Das nächste Haus, das er aufsuchte, war das der Milveys, zwei Nummern weiter. Während Wexford ihn beobachtete, wurde ihm plötzlich klar, wie Milvey in den Fall verwickelt worden war. Es war kein Zufall, es war alles ganz einfach und logisch, nur hatte er den Karren vor das Pferd gespannt ...

Wexford klingelte. Im selben Moment schlug es von St. Peter her neun Uhr. Sara öffnete ihm, und zwar so schnell, daß sie direkt hinter der Tür gestanden haben mußte. Sie hatte ein Blatt Papier in der Hand.

«Zwei Einser und eine Zwei», sagte sie und lächelte zufrieden.

Sie hatte das so gesagt, als sei er nur gekommen, um ihre Abiturnoten zu erfahren. Bevor sie die Tür zumachte, mußte sie draußen das Polizeiauto mit Donaldson am Steuer und Marion Bayliss im Fond gesehen haben.

«Herzlichen Glückwunsch», sagte Wexford. «Wo ist Ihre Mutter?»

Sie antwortete nicht. Vielleicht hatte sie die Frage auch nicht gehört, so uninteressiert war sie.

«In St. Biddulph haben sie mir gesagt, daß sie mich auch mit drei Zweiern oder zwei Zweiern und einer Eins nehmen, aber so ist es natürlich viel besser.»

In den Augen des Mädchens brannte leidenschaftliche Erregung, eine fast krankhafte Erregung, die um so bestürzender war, weil Sara sich dennoch so eisern beherrschte, und er hatte sie als Botticelli-Mädchen gesehen, mit sanftem Gesicht, heiter und unschuldig wie ein Frühling ...

«Ich muß gleich meine Kusine Paulette anrufen und fragen, wie sie's geschafft hat.»

Um ein bißchen überheblich zu frohlocken? Oder um nett zu sein? Joy Williams kam aus der Küche, so ordentlich angezogen, wie er sie bisher noch nie gesehen hatte. Er hatte es ihr nicht gesagt, doch vielleicht hatte sie es erraten, daß sie Wendy Williams wiedersehen sollte. Oder Wendy hatte es ihr am Abend vorher selbst gesagt? Er war darauf vorbereitet. Hoffentlich war ihnen klar, daß er inzwischen erfahren hatte, wie lange sie sich schon wirklich kannten. Joy trug Rock und Bluse, beides sauber und adrett. Sie hatte sich das Haar gewaschen und sich die Lippen geschminkt. Aber der Lippenstift war verschmiert, wie so oft bei Frauen, die nur selten Make-up auftragen und achtlos damit umgehen. Wahrscheinlich putzt sie sich immer heraus, wenn sie sich mit Wendy trifft, dachte Wexford. Auch wenn der Haß auf Williams sie einte, waren sie doch Rivalinnen. Außerdem bedeutete eine Allianz zwischen ihnen nicht unbedingt, daß sie sich auch mochten ...

Er hörte Sara telefonieren. «Hast du's auch bekommen? Nun?»

Wenn sie später als Ärztin bei ihren Patienten auch diesen herablassend prahlerischen Ton anschlug, würde sie sich nicht sehr beliebt machen. Eine harte, neurotische kleine Streberin, dachte er, ohne den kleinsten Funken Sorge um ihre Mutter, die im Verdacht steht, ihren Vater ermordet zu haben.

«Aber das ist doch nicht schlecht?» sagte sie gerade. «Es ist ja nicht so, daß du unbedingt Einsen oder auch nur Zweien brauchst.»

Gönnerhaft. Ein bißchen hochmütig. Der Apotheker war natürlich der Arzt der Armen und Verzagten. Ich bitte den Apotheker, daß er mir was für meinen Hals gibt. Oder für den Kopf, den Rükken, die Blasenentzündung, die Blutungen. Er führte Joy hinaus und schloß die Haustür hinter ihnen.

Sergeant Martin und Polly Davies brachten Wendy herein. Am Abend war sie in Tränen ausgebrochen, so hatte sie sich darüber geärgert, daß sie einen Arbeitstag versäumen sollte. Doch der Gedanke, daß sie sich weigern konnte zu kommen – daß die Polizei bisher nur Fragen stellen und überreden konnte –, schien ihr ebensowenig gekommen zu sein wie Joy. Sie waren nicht mit Tanten gesegnet, die Juristinnen waren. Die erste Ehefrau – die Sultana Valideh – saß schon im Verhörzimmer, als Wendy hereingeführt wurde. Sie hielt das ausdruckslose Gesicht abgewandt, und die dunkelbraunen Tieraugen blickten starr an Wendy vorbei zum Fenster.

Wendy trug ein bunt bedrucktes Kittelkleid, am Ausschnitt und an den Ärmeln mit Rüschen verziert. Sie hatte eine weiße Strumpfhose und weiße Schuhe an. Im Beisein von Sergeant Martin und Polly – berichtete Polly später Wexford – hatte Wendy ihre Tochter Veronica in die Arme genommen und innig an sich gedrückt. Und wieder hatte es eine Tränenflut gegeben. Veronica hatte sehr betroffen ausgesehen. Aber Wendy hatte sie fest an sich gepreßt und ihr das Haar gestreichelt, fast als rechne sie damit, Veronica nie wiederzusehen. Und Polly, die gern historische Liebesromane las, sagte, genauso sei es gewesen, bevor Marie Antoinette den Henkerskarren bestieg.

«Lebt wohl, meine Kinder, auf ewig lebet wohl. Ich gehe zu eurem Vater!»

Jetzt erinnerte nur noch Wendys verquollenes und gerötetes Gesicht an diesen Auftritt. Sie warf Wexford einen herzzerreißenden Blick zu. Sie hätte es vorgezogen, von Burden verhört zu werden, von dem sie glaubte, er habe mehr Mitgefühl als der ältere, harte, bitter ironische Mann. Doch Burden war nicht da. Er war in der Alverbury Road und unterhielt sich mit Mrs. Milvey.

«Welche von Ihnen hat zuerst herausgefunden, daß es noch eine zweite Mrs. Rodney Williams gab?» fragte Wexford, sich scheinbar an beide wendend.

«Ich verstehe nicht, was Sie meinen», antwortete Wendy, und ihre Stimme klang noch reizbarer als sonst.

«Ich will mich anders ausdrücken. Wann haben Sie festgestellt, daß Rodney Williams eine Ehefrau hatte? Und wann haben Sie, Mrs. Williams, erfahren, daß Ihr Mann noch einmal ‹geheiratet› hatte.» Er hatte das letzte Partizip Perfekt absichtlich sehr deutlich in Anführungen gesetzt. «Nun?» sagte er. «Ich weiß, daß Sie nicht aufrichtig zu mir waren. Ich weiß, daß Sie sich schon länger kennen. Die Frage ist nur – seit wann?»

«Ich hatte keine Ahnung, daß sie existierte, bis Sie es mir sagten.» Joy sprach auf die ihre eigene müde, leblose Art. «Als Sie mir sagten, mein Mann sei – zu allem anderen – auch noch ein Bigamist.»

«Zu welchem ‹anderen›, Mrs. Williams?»

«Zu seiner Lüge über seinen Job, zum Beispiel.»

Wendy murmelte etwas vor sich hin.

«Tut mir leid, Mrs. Williams, das habe ich nicht verstanden.»

«Ich habe gesagt, ‹und den anderen Frauen›. Ich meine, daß alles andere seine ständigen Weibergeschichten waren.»

«Er hatte nie Weibergeschichten», widersprach Joy. Sie reagierte auf Wendys Herausforderung, wandte sich aber nicht an sie, sondern an Wexford. «Er hatte *sie*, aber andere hat es nie gegeben.»

«Lassen wir ihr doch ihren Kinderglauben», sagte Wendy in die leere Luft, hob die Schultern und lächelte ganz schwach.

«Wann haben Sie sich kennengelernt, Mrs. Williams?» Wexford fand es allmählich ein bißchen peinlich, daß sie beide denselben Namen trugen. Er stand auf, kam um den Tisch herum und wandte sich direkt an Wendy. «Sie dürfen sie nicht so nennen!» platzte Joy heraus. «Sie hat kein Recht, diesen Namen zu tragen! Sie ist Miss Sowieso, wie seit ihrer Geburt. Nennen Sie sie gefälligst auch so.»

«Manieren wie ein Fischweib», sagte Wendy. «Sie ist schrecklich gewöhnlich. Kein Wunder, daß er zu mir gekommen ist.»

«Mieses kleines Miststück! Sehen Sie sich sie doch an, angezogen wie ein kleines Mädchen!»

Das ist eine einstudierte Szene, dachte Wexford. Anders kann's gar nicht sein. Sie spielen mir was vor, ob sie's nun geprobt haben oder nicht. Er rief beide Frauen in aller Ruhe zur Ordnung.

William Milvey war an diesem Tag zu Hause, wo er auch sein Büro hatte, und wartete auf einen Steuerprüfer, für den er Burden zunächst hielt. Daher redeten sie ein paar Minuten lang aneinander vorbei, was für Zuhörer höchst belustigend, für die Beteiligten aber ebenso frustrierend ist.

Zuhörerin war in diesem Fall Mrs. Milvey, eine grobknochige Frau, die oft und gern lachte. Über das Mißverständnis zwischen den beiden Männern wollte sie sich geradezu ausschütten vor Lachen. Doch Burdens Schwierigkeiten waren schnell bereinigt, danach ging alles ganz glatt und hatte sich genauso abgespielt wie Wexford vermutet hatte.

«Meine Frau ist ebenfalls Direktorin unserer Firma, genau wie ich», sagte Milvey großspurig. «Und selbstverständlich kennt sie das Geschäft in- und auswendig und weiß auch immer, was ich gerade tue.»

«Ich muß immer wissen, wo er gerade ist, falls Anrufe kommen», sagte Mrs. Milvey, die nicht so hochtrabend redete wie ihr Mann. «Der fünfzehnte April? Ich sehe mal im Buch nach, soll ich, Bill?»

In dem Moment erschien der Finanzbeamte, ein Mann Anfang Zwanzig, mit einem Aktenkoffer in der Hand. Milvey trennte sich nur widerstrebend vom Schauplatz der interessanteren – und vielleicht auch weniger alarmierenden – Untersuchung, aber er mußte gehen. Er führte den Mann vom Finanzamt in sein Büro und schloß die Tür. Mrs. Milvey lächelte Burden freundlich zu.

«Von Ostern bis Ende April haben sie in der Gegend von Myringham gearbeitet», sagte sie, nachdem sie im Terminbuch nachgesehen hatte. «Mit dem Green Pond haben sie erst einen Monat später angefangen.»

«Sind Sie sicher?»

«Ganz sicher. Da gibt es nicht den geringsten Zweifel. Hier steht es schwarz auf weiß. Green Pond. Einunddreißigster Mai. Außerdem fällt mir jetzt alles wieder ein. Bill hatte für Ende Mai einen großen Auftrag – sollte drüben in Sewingbury einen Teich trockenlegen, aber der Mann stornierte im letzten Moment. Glücklicherweise hatte jemand dem Forellenmenschen in Green Pond Hall unseren Namen genannt, er rief an und fragte, ob Bill den Teich säubern und ausbaggern könnte. Na ja, und da Bill zufällig frei war, weil der andere abgesagt hatte, sagte er, klar, ich fange am nächsten Montag an. Der Forellenzüchter muß ganz schön gestaunt haben.»

Die Bürotür ging auf, und Milvey streckte die Hand nach dem Terminbuch aus. Seine Frau gab es ihm.

«Haben Sie mit jemandem darüber gesprochen?»

«Wahrscheinlich. Es war ja kein Geheimnis und alles streng korrekt. Man erzählt den Leuten doch ganz gern mal eine Neuigkeit, nicht wahr? Und jetzt möchten Sie wissen, ob ich mit meiner Nachbarin Mrs. Williams darüber gesprochen habe, oder?»

«Nun, und haben Sie?»

«Ich hatte damals natürlich keine Ahnung, was mit ihrem Mann los war, das müssen Sie bedenken. Wir trafen uns, als ich einkaufen ging. Bill fuhr eben den Lieferwagen raus, und ich sagte in etwa: ‹Montag fängt er in Green Pond Hall an. Der neue Besitzer will Forellen züchten, haben Sie das gewußt?› So was ähnliches war's jedenfalls.»

«Aber Sie haben ihr zuverlässig gesagt, daß Ihr Mann am Montag, dem einunddreißigsten Mai, anfangen wollte, den Teich zu säubern?»

«Ich bin gar nicht auf die Idee gekommen, daß ich damit Schaden anrichten könnte.»

Hatte sie Schaden angerichtet? Wexfords Vermutung war falsch gewesen. Seinen Überlegungen zufolge hätte Mrs. Milvey Joy erzählen müssen, der Teich sei entweder schon gesäubert oder solle in ein paar Monaten gesäubert werden. Was Mrs. Milvey tatsächlich gesagt hatte, änderte alles, machte es aber nicht verständlicher. Hätte Joy die Reisetasche ihres Mannes, die sie in den Green Pond geworfen hatte, nicht am Wochenende wieder herausgeholt, nachdem sie erfahren hatte, daß die Arbeiten dort schon am nächsten Montag beginnen sollten? Die zweite Möglichkeit war, daß sie die Tasche ursprünglich woanders versteckt und erst in den Green Pond geworfen hatte, *als sie wußte, daß Milvey ihn schon in den nächsten Tagen in Angriff nehmen wollte.* Aber warum sollte sie etwas so Absurdes tun?

Die Ahnung hatte Wexford getrogen. Burden war jetzt drauf und dran, die zweite Möglichkeit zu testen. Soweit er es übersehen konnte, waren sie, trotz Edwina Kleins Aussage, der Lösung des Falles keinen Schritt näher gekommen. Nächste Woche nahm er wahrscheinlich schon Vaterschaftsurlaub ...

Der kahlköpfige James Ovington, der Sohn, war allein im Laden. Er lächelte so breit und freundlich wie immer. Burden fiel jedoch eine neue Eigenheit an ihm auf: er rieb sich ständig nervös die Hände. Der störrische Vater, der sie immer wieder bei ihrer Arbeit behindern wollte, war nicht in der Nähe.

«Wie kann ich Ihnen helfen? Was kann ich für Sie tun?»

«Sie haben hier eine bestimmte Methode, Ihre Maschinen zu kennzeichnen», sagte Burden. «Es ist kein Code, eher eine Art Kurzschrift. Als wir das letztemal hier waren, ist mir eine Maschine mit der Bezeichnung ‹E. Ten› aufgefallen. Ich wüßte gern, was diese Abkürzung zu bedeuten hat. Es war natürlich keine Remington 315, sonst hätten wir uns daraufgestürzt. Meine Frage ist so etwas wie ein Schuß ins Dunkle, und ich weiß nicht, ob ich mich sehr klar ausgedrückt habe.»

«Mir ist jedenfalls klar, daß Sie wissen wollen, was ‹E. Ten› bedeutet, und die Antwort darauf ist kinderleicht.»

«Eric Tennyson», sagte Ovington. «‹E. Ten› hat nichts anderes zu bedeuten als Eric Tennyson.»

Ein zweiter Glückstreffer. «Wissen Sie zufällig, ob er eine Tochter namens Nicola hat?»

«Doch, ich weiß es. Seine Tochter heißt Nicola.»

Die Freundin von Veronica Williams, ihr Heim das Haus, in dem sich Veronica regelmäßig am Dienstag nach der Schule aufhielt. Aber die Schreibmaschine mit dem Anhäger ‹E. Ten› war keine Remington 315. Es sei denn ...

«Eine Olivetti», sagte Ovington. «Sie haben noch eine Maschine, aber ich weiß nicht genau, welches Fabrikat, Mrs. Tennyson erledigt Schreibarbeiten für Leute, ich meine, es ist ihr Beruf.» Ovington sah wieder aus, als fühle er sich nicht wohl in seiner Haut. «Ich glaube, ich sollte es Ihnen sagen.» Das klang, als wolle er etwas beichten, das ihn schon lange schwer belastete. «Es sind meine Freunde. Ich hätte es Ihnen schon sagen müssen, als Sie das letztemal hier waren.»

«Aber warum sollten Sie nicht mit ihnen befreundet sein, Mr. Ovington?»

«Nun ja, weil sie auch Freunde von Mrs. Williams sind. Ich meine die Mrs. Williams, deren Mann ermordet wurde. Seinetwegen führen Sie doch die Ermittlungen durch. Ich will sagen, daß ich sie dort kennengelernt habe, bei den Tennysons.»

«Was wollen Sie mir wirklich sagen, Mr. Ovington?»

Er lächelte wieder, angestrengt diesmal, und die unnatürlich gespannten Muskeln verwandelten sein Gesicht in eine Grimasse. Er rieb sich fest die Hände und verschränkte sie dann im Rücken, um die Geste nicht zu wiederholen. Der gelbliche Lichtschein der flachen Deckenleuchten im Lager fiel auf seinen haarlosen Kopf. Warum verglich man die Köpfe völlig kahler Männer eigentlich mit Eiern? Ovingtons Kopf ähnelte am ehesten einem blankpolierten Kieselstein.

«Noch einmal – was wollen Sie mir wirklich sagen, Mr. Ovington?»

«Ich habe mich mit ihr angefreundet. Mit Mrs. Williams. Es war nichts Unrechtes dabei, das meine ich nicht. Ich lernte sie bei Eric kennen, und wir tranken hin und wieder ein Glas zusammen, gingen spazieren und so. Als es so aussah, als sei ihr Mann nun doch – ich meine, als es so aussah, als sei er für immer gegangen, da habe ich gehofft, es könnte etwas Ernsteres daraus werden.» Er sprach abgehackt, stotternd, unfähig, die Situation zu meistern, in die er sich gebracht hatte. «Es war nichts Unrechtes dabei, das möchte ich noch einmal betonen.»

Burden ließ sich von dem flüchtigen Gedanken ablenken, daß Wendy Williams sich von kahlköpfigen Männern angezogen fühlen mußte. Zuerst Rodney Williams mit seiner übertrieben hohen Stirn, die blank war wie ein Apfel, und dann dieser Kieselkopf.

«Aber ich dachte mir», fuhr Ovington ernsthaft fort, «daß es unrecht von mir wäre – unloyal, wissen Sie –, die Beziehung zu diesem kritischen Zeitpunkt zu verleugnen. So als verließe ich beim ersten Hahnenschrei das sinkende Schiff. Wenn Sie verstehen, was ich meine.»

Burden verstand es annähernd. Diese herrliche Metapher hätte Wexford diebischen Spaß gemacht, dachte Burden. Und jetzt zu den Tennysons. Eine halbe Stunde später erreichte er ihr Haus an dem gegen Haldon Finch zu gelegenen Ende von Pomfret. Mrs. Tennyson teilte ihm mit, ihre Tochter sei beim Camping in Schottland und komme erst am Monatsletzten zurück. Aber vielleicht könne sie ihm helfen?

Ihr Mann hatte die reparierte und gewartete Olivetti vor drei Tagen vom Pomfret Office Equipment abgeholt. Ja, sie habe noch eine kleine Reiseschreibmaschine, die sie benutzte, während die andere einmal im Jahr gründlich überholt werde. Sie zeigte sie Burden: eine Remington 315.

Burden spannte das Blatt Papier ein, das sie ihm gab. «tausend Jahre sind vor Deinem Angesicht wie ein Abend, der vergangen ist ...» Ein Fehler in der Spitze des großen A, in der Oberlänge des kleinen t, der obere Teil des Kommas verschmiert ...

«Ich habe sie bei Gott noch nie gesehen, bis Sie uns hier zusammenbrachten.»

Das war Wendy.

Joy schwieg.

«Ich unterstelle, daß Sie beide sich schon lange kennen. Meiner Meinung nach war es so: Mrs. Joy Williams kaufte eines Tages bei Jickie etwas ein, Sie kamen ins Gespräch und stellten fest, daß Sie mit demselben Mann verheiratet waren. Das war vor etwa einem Jahr. Seither standen Sie miteinander in Verbindung.»

Joy stieß ihr kaltes, rasselndes Lachen aus, das dem Gackern eines Federwilds glich.

«Warum sollte ich es wohl abstreiten, wenn ich schon früher über sie Bescheid gewußt hätte?» fragte Wendy.

Joy antwortete. Sie wandte sich nicht direkt an Wendy, das hatte sie bisher nur getan, um sie zu beschimpfen, aber sie traf die erste Feststellung, die sich nicht feindselig gegen die andere Mrs. Williams richtete.

«Wenn Sie und ich uns schon früher gekannt hätten, hätten wir seiner Meinung nach Rod ermorden können.»

«Ich hätte wahrscheinlich viel eher sie umgebracht», sagte Wendy arrogant. Sie schaute hinunter und entdeckte eine Laufmasche in ihrer weißen Strumpfhose. Wie ein Tausendfüßler kroch sie an der Außenseite ihres rechten Beins hinauf. Joy sah sie auch. Sie heftete den Blick auf die langsam höher gleitende Masche und verzog den Mund fast zu einem Lächeln.

«Jemand», sagte Wexford und sah dabei Joy an, «hat am Freitag, dem 16. April, bei Sevensmith Harding angerufen und gesagt, Rodney Williams sei krank und könne nicht zur Arbeit kommen. Das Mädchen, das den Anruf entgegengenommen hat, ist ziemlich sicher, daß es Ihre Stimme war, Mrs. Williams.»

«Sie kennt meine Stimme nicht. Wie sollte sie auch, wer sie auch sein mag? Ihnen scheint entfallen zu sein, daß ich nicht wußte, daß Rod dort arbeitete.»

Die Tür ging auf, und Burden streckte den Kopf herein. Wendy leckte sich die Fingerspitze und betupfte die Laufmasche, doch es half nichts, die Masche lief plötzlich ein ganzes Stück weiter nach oben. Vielleicht löste das bei Joy rasselndes Gelächter aus. Wexford stand auf, ging aus dem Zimmer und ließ die beiden Frauen mit den beiden Kriminalbeamtinnen allein.

Burden hatte seine Schriftproben ins Labor des gerichtsmedizinischen Instituts geschickt. Er gab Wexford einen zusammenfassenden Bericht über seine Unterhaltung mit Mrs. Tennyson. Sie hatte den Kündigungsbrief nicht geschrieben, und es hatte sie auch niemand darum gebeten. Wendy Williams kannte sie seit Jahren, ihre Bekanntschaft mit Rodney war jedoch nur sehr oberflächlich gewesen. Ihre Töchter waren im selben Alter, gingen zusammen in die Schule, und eine war die «beste Freundin» der anderen.

«Könnte Wendy den Brief getippt haben?» fragte Wexford. «Ich meine, hatte sie Zugang zu dieser Maschine? Wenn es sich um einen vorbedachten Mord handelte, und es sieht mir ganz danach aus, könnte sie den Brief Tage, ja, schon Wochen vorher getippt haben.»

«Mrs. Tennyson zieht sich in ein Zimmer zurück, das sie als Büro benutzt, und tippt dort drei bis vier Stunden täglich. In der Regel benutzt sie die Olivetti, und die Remington wird nicht einmal dort aufbewahrt. Sie steht gewöhnlich in einem Schrank in der Diele, außer ihr Mann oder ihre Tochter brauchen sie. Nicola tippt ihre Schulaufsätze darauf. Das ist an der Gesamtschule Haldon Finch offenbar erlaubt. Kaum zu glauben!»

«Ich finde das recht vernünftig», sagte Wexford. «Außerdem praktisch und völlig harmlos. War Wendy jemals allein in diesem Haus?»

«Anfang April kam sie einmal Veronica abholen. Es war schon dunkel oder spät, oder sie war einfach zufällig in der Nähe gewesen. Die beiden Mädchen waren noch nicht zu Hause, und Mrs. Tennyson mußte noch etwas fertigtippen. Sie hat Wendy fast zehn Minuten allein gelassen, sagt sie, bis sie ihre Arbeit abgeschlossen hatte.»

«Wendy hätte wissen müssen, wo die Maschine aufbewahrt wird. Sie hätte Papier gebraucht. Aber ich finde trotzdem, daß wir der Antwort auf die Frage, wie und wo der Brief getippt wurde, ein gutes Stück näher gekommen sind. Und jetzt wieder zurück zu unserer Schreibmaschine. Was wäre günstiger, als eine zu benutzen, die normalerweise in einem Schrank steht? Es war pures Glück, daß wir von ihr erfahren haben.» Er hörte aufmerksam zu, während Burden ihm von Ovington berichtete. «Ist das ein Motiv, Mike? Wir kommen immer wieder darauf zurück, daß ein Motiv fehlt. Aber wenn Wendy Ovington heiraten wollte ...»

«Wen wollte Joy heiraten?»

«Ja, okay, ich verstehe, was Sie meinen. Wenn sie es getan haben, dann nur gemeinsam, und Joy hätte wohl kaum geholfen, Rodney zu ermorden, damit Wendy jemand anders heiraten konnte.» Wexford trommelte mit der Faust gegen seine Stirn. «Ich bin ein Narr! Da gibt es kein Motiv. Wenn Wendy über Joy Bescheid wußte, war ihr auch klar, daß sie mit Rodney nicht verheiratet war und jemand anders heiraten konnte, ohne mit dem Gesetz in Konflikt zu kommen ... Was ist mit dem Messer? Wir werden nie schlüssig beweisen können, daß es die Tatwaffe war. Es könnte Joy oder Wendy gehört haben.»

«Wendy arbeitet bei Jickie, und die führen solche Messer.»

«Wendy arbeitet dort, aber alle Welt kauft dort ein.» Wexford überlegte einen Augenblick. «Bei dem Zeug, das wir in Rodney Williams' Schlafzimmer in der Liskeard Road gefunden haben, war ein Kostenvoranschlag eines Malers und Dekorateurs, der Wendys Wohnzimmer malen sollte. Und als wir das erstemal dort waren, muß das Zimmer tatsächlich erst kurz vorher renoviert worden sein. Von dieser Firma? Von einer anderen? Von Wendy selbst? Ich finde, daß wir uns darum kümmern sollten. Sie nicht auch?»

Burden sah ihn an. Sie dachten beide daran, daß Rodney Williams erstochen worden war. Ein Stich hatte die Halsschlagader zerfetzt. «O ja, das finde ich auch», sagte er.

Der Tag war sehr warm und stickig, ein drückender, schwüler, fast sonnenloser Tag, wie man sie nur Ende August kennt. In den wenigen Minuten, die sich Wexford und Burden in Wexfords Büro aufgehalten hatten, bei geöffneten Fenstern und ganz leicht in einem kaum merklichen Luftzug schwankenden Jalousien, hatte Wexford die Jacke ausgezogen. Jetzt schlüpfte er wieder hinein und ging hinunter in das Verhörzimmer, in dem die beiden Frauen auf ihn warteten.

17

Am nächsten Tag prangte auf den Titelseiten der meisten überregionalen Zeitungen ein Foto von Joy und Wendy, als sie gemeinsam die Polizeistation von Kingsmarkham verließen. Den sensationeller aufgemachten Blättern gelang es, den Eindruck zu erwecken, daß sie nicht aus dem Gebäude kamen, sondern hineingingen; was die Leser natürlich zu der Spekulation anregen sollte, ob die beiden Frauen vielleicht sogar festgenommen worden waren. Joy hielt sich die Hand vor das Gesicht und Wendy blickte mitleiderregend in die Kameras, eine verzweifelte und verlorene Seele im Kittelkleid eines kleinen Mädchens. Die Laufmasche in ihrer Strumpfhose war grausam deutlich zu sehen. Burden stand in der Nähe, kühl, ziemlich abweisend, in einem neueren Anzug.

«Du siehst jung und sehr gut aus», sagte Jenny beim Frühstück. «Aber viel zu dünn.» Sie rutschte mit ihrem ungeheuren Gewicht auf ihrem Stuhl herum und schob ihn zurück.

«Das macht der Kummer.»

«Wahrscheinlich hast du recht, armer Mike.» Sie hob die Arme und legte sie um ihn. Das konnte sie jetzt nur noch im Sitzen. Er hielt sie fest und dachte: Vielleicht wird noch alles gut, vielleicht stehen wir das durch.

Es war noch nicht neun Uhr, und er trat in einen Morgen hinaus, der alles andere als frisch war. Wieder war es bedeckt, stickig und schwül. Der Himmel war eintönig fahlgrau, die Sonne eine weiße Scheibe, die durch das Grau schien. Solche Tage, dachte er, kennt man nur in England. Fünfzig von ihrer Art nennt man bei uns Sommer.

Wie viele Baufirmen, Maler und Dekorateure gab es in Pomfret? In Kingsmarkham? Und dabei mußte man nicht nur richtige Firmen, sondern Einmann-Betriebe berücksichtigen und auch die Leute, die in ihrer Freizeit schwarz arbeiteten. Wenn er Glück hatte, hatten die Williams' die Arbeit von der Firma ausführen lassen, von der der Kostenvoranschlag stammte.

Er ging nicht gleich in die Polizeistation und war daher nicht anwesend, als Hope Harmer anrief und sagte, ihre Tochter sei verschwunden. Sie sei die ganze Nacht nicht zu Hause gewesen und auch am Morgen nicht erschienen.

John Harmer war in seiner Apotheke, und das Geschäft lief wie sonst auch. Wenn Kunden kein Rezept vorlegten, das erst zubereitet werden mußte, sondern in der Drogerieabteilung Seife oder einen Einweg-Rasierer erstehen wollten, kam Harmer heraus und bediente sie. Er wollte nicht wahrhaben, daß seiner Tochter etwas passiert sein konnte. Sie war eine erwachsene Frau und wußte sich zu wehren, das bewiesen ihre Erfolge beim Judo. Wahrscheinlich hatte ihre Abwesenheit etwas mit diesem Emanzen-Unsinn zu tun.

Paulettes Mutter bediente auch wie sonst im Laden, aber vielleicht nur unter dem Druck ihres Mannes. Sie hatte vom Geschäft aus telefoniert. Was wahrscheinlich den Schlußpunkt unter eine heftige eheliche Szene gesetzt hat, dachte Wexford. Hope Harmer war in einem erbärmlichen Zustand. Sie war eine Frau, der es nur bekam, wenn sie glücklich war. Sie war leicht zufriedenzustellen, und wenn sie zufrieden war, blühte sie auf. Angst hatte bei ihr dieselbe Wirkung wie bei einem Tier, ihr Gesicht fiel ein, ihre Züge erstarrten, ihr glänzendes Haar wurde stumpf, und ihre freundlich blickenden Augen wurden matt und ausdruckslos.

Wexford war mit Martin gekommen, und die beiden waren gewissermaßen Starbesetzung, was für eine einfache Vermißtenanzeige ungewöhnlich war – aber man mußte eben den besonderen Umständen gerecht werden.

«Mein Mann meint, ich konnte ja nichts anderes erwarten, wenn ich sie dauernd mit ihrem Freund ausgehen lasse und ihr auch erlaube, bei ihm zu übernachten. Aber so machen's heutzutage doch alle, und man kann nicht gegen den Strom schwimmen. Außerdem sind sie verlobt, und ich sage immer, wenn man sich wirklich liebt ...»

Sie redete, nur um etwas zu sagen, stockte aber immer wieder und rang die Hände.

«War Paulette gestern abend mit ihrem Verlobten unterwegs?»

«Nein, er ist in Birmingham. Er mußte geschäftlich nach Birmingham.»

Nicht zum erstenmal wunderte sich Wexford darüber, wie unlogisch das menschliche Denken sein kann.

«Aber sie ist trotzdem ausgegangen? Wohin?»

«Das weiß ich nicht. Sie hat es mir nicht gesagt. Es war gegen sieben, als sie ging.»

«Und Sie wollten nicht wissen, wohin sie ging?» frage Martin.

«Ob ich's nicht wissen wollte? Natürlich wollte ich das. Wenn es nach mir ginge, wüßte ich immer, wo sie ist – jede Minute, jeden Tag und jede Nacht. Ich wollte damit nur sagen, daß ich sie nicht gefragt habe. Ich habe mich gezwungen, es nicht zu tun. Als sie jünger war, sagte ihr Vater immer: Ich will wissen, wohin du gehst und mit wem du zusammen bist, aber wenn du erst mal achtzehn und nach dem Gesetz erwachsen bist, kannst du tun und lassen, was du willst. Tja, und jetzt ist sie achtzehn und hat natürlich nicht vergessen, was ihr Vater gesagt hat, und er ebensowenig, und er verbietet mir, sie zu fragen. Außerdem würde mir Paulette sowieso nicht antworten.»

Die bedauernswerte Frau stand zwischen Mann und Tochter und wurde zweifellos von beiden tyrannisiert. Oder war sie froh gewesen, daß man es ihr abgenommen hatte, Entscheidungen zu treffen und Entschlüsse zu fassen?

«Erzählen Sie mir, was später passierte? Sie sind natürlich nicht aufgeblieben, um auf sie zu warten?»

«Ich wollte schon. Weil ich ja wußte, daß Richard in Birmingham ist. Aber John sagte, er dulde nicht, daß ich mich in eine Hysterie reinsteigere. Er nahm eine Schlaftablette und überredete mich, auch eine zu nehmen.»

Wahrscheinlich nahm man bei Harmers bei jeder Gelegenheit Beruhigungsmittel, da sie ja unbegrenzt zur Verfügung standen.

«Heute morgen habe ich – na ja, ich hatte ihre Schlafzimmertür offen gelassen, damit ... Ich meine, wenn sie morgens zu ist, weiß ich, daß sie nach Hause gekommen ist. Ich mußte mich zwingen, meine Tür aufzumachen und nachzusehen. Ihre Tür stand noch offen – es war ein solcher Schock, daß ich ... Ich schaute natürlich hinein, es war ja möglich, daß sie nach Hause gekommen war und die Tür nicht geschlossen hatte. Aber das war nicht der Fall. John war noch nicht beunruhigt. Ich schaffte es einfach nicht, ihm begreiflich zu machen, daß Paulette nicht bei Richard sein konnte, da er doch in Birmingham war ...»

Mrs. Harmer brach in Tränen aus. Anstatt den Kopf auf die Arme zu legen, lehnte sie sich zurück, ließ den Kopf nach hinten hängen und jammerte und weinte. Martin holte John Harmer aus dem Laden, der einen verärgerten und gequälten Eindruck machte. Als er seine Frau weinen hörte, legte er die Hände auf die Ohren. Zwar wurden die Geräusche dadurch nicht gedämpft, doch er gab durch diese Geste zu verstehen, daß es ihn anwiderte, wie sie sich aufführte.

«Sie soll ein Valium nehmen», sagte er. «Das wird ihr helfen, sich zusammenzureißen.»

«Sie sollte lieber nach Hause gehen, Mr. Harmer», entgegnete Wexford. «Und Sie sollten sie begleiten. Vergessen Sie mal für kurze Zeit ihren Laden.»

Godwin und Sculp hatten die Malerarbeiten bei Wendy Williams nicht durchgeführt, wußten jedoch, wer es getan hatte – ein Mann, der früher bei ihnen angestellt gewesen war, sich dann selbständig gemacht hatte und seine alte Firma, wie Burden erfuhr, bei jeder Gelegenheit unterbot. Leslie Kitman aufzutreiben, war nicht so einfach. Er war nicht verheiratet, und seine Mutter wußte nicht genau, wo ihr Sohn war. Sie gab Burden fünf Adressen und meinte, unter einer werde er ihren Sohn wohl finden: es waren eine Farm zwischen Pomfret und Myfleet, ein Mietshaus in der Queen Street, Kingsmarkham, ein Cottage in Pomfret und zwei Häuser in der neuen Siedlung außerhalb von Stowerton. Kitman war in keinem dieser Häuser, aber im zweiten Haus in Stowerton sagte man Burden, wenn er Glück habe, treffe er Kitman in der – Liskeard Avenue.

Und dort fand ihn Burden auch, auf der höchsten Sprosse einer Leiter, drei Häuser von Wendy Williams entfernt. Das Haus glich dem von Wendy, grauer Stein, weiße Verschalung auf der Wetterseite, Panoramafenster. Kitman strich einen Fensterrahmen im obersten Stock. Als Burden, am Fuß der Leiter stehend, hinaufrief, wer er war, antwortete Kitman sofort mit einer ganzen Litanei von Gründen, wieso er die Autosteuer noch nicht bezahlt hatte. Burden hatte den Wagen gar nicht bemerkt und noch weniger, daß die Steuerplakette Ende Juni hätte erneuert werden müssen. Nach einiger Zeit begriff Kitman jedoch und kletterte schnell die Leiter herunter, in der Hand einen triefenden Pinsel, mit dem er den Rasen weiß sprenkelte.

Als Wendy Williams am Abend vorher völlig erledigt von der Polizei zurückgekommen war, hatte sie sich im Bett verkrochen und war nicht mehr aufgestanden. Veronica hatte ihr Tee und Butterbrote ans Bett gebracht. Etwas anderes schien ihr Magen nicht zu vertragen, wenn sie sich aufregte. Joy Williams war mit ihrer Tochter ebenfalls zu Hause gewesen. Zumindest hatten sie sich in demselben Haus aufgehalten. Sara in ihrem Zimmer, wie üblich, Joy vor dem Fernseher. Zwischendurch nahm sie immer wieder einen Anlauf, das Antragsformular für Saras Studienbeihilfe fertig auszufüllen. Kevin hatte, obwohl es Donnerstag war, nicht angerufen. Diesen Gefallen tat er seiner Mutter nur, wenn er im College war, aber nicht, wenn er sich während der Ferien irgendwo herumtrieb.

Das waren die Alibis, die Wexfords Hauptverdächtige beibrachten. Richard Cobb kam am Nachmittag aus Birmingham zurück und schilderte Wexford bis ins kleinste, was er am Abend vorher getan hatte. Wexford fand es offensichtlich zufriedenstellend. Die Polizei in Birmingham würde Cobbs Angaben trotzdem überprüfen. Um sechs Uhr war Paulette noch immer nicht zu Hause, und Wexford wußte, daß sie nie wieder nach Hause kommen würde, er fühlte es im tiefsten Innern.

Der Tag war schwül und wolkenverhangen. Seit Stunden schon hatte ferner Donner gegrollt, Wind war aufgekommen, ein trockener, heftiger Wind, der aber ohne Einfluß auf die Temperatur blieb. Es blieb trotzdem heiß und stickig. Wexford und Burden saßen im Büro des Chief Inspectors. Noch wurde offiziell nicht nach Paulette gesucht. Wo sollte man auch suchen?

«Meiner Meinung nach», sagte Wexford, «hat Paulette Harmer das Phanodorm besorgt, mit dem Rodney Williams betäubt wurde. Sie konnte es, es war für sie mit keinerlei Schwierigkeiten verbunden. Jetzt frage ich mich, ob sie vielleicht die Nerven verloren und jemandem – nun ja, natürlich Joy – erklärt hat, sie werde gestehen, bevor man sie überführe.»

«Es gibt natürlich auch noch eine andere Möglichkeit ...» Burden beendete den Satz nicht.

Wexford schaute geistesabwesend aus dem Fenster. Es war längst Feierabend, aber er hatte keine Lust, nach Hause zu gehen. Das Wetter, die Atmosphäre, die späte Stunde schienen auf etwas zu warten. Der Donner war natürlich schon an sich eine Drohung, ein Zeichen aufziehenden Gewitters, schien jedoch auch eine emotionale Gefahr zu enthalten, als braue sich eine Tragödie zusammen.

«Erzählen Sie mir von Kitman», sagte Wexford. «Alle Einzelheiten.» Burden hatte ihm seine Unterhaltung mit dem Maler schon in groben Umrissen wiedergegeben.

«Er hat am vierzehnten April bei Wendy angefangen. Das Zimmer war tapeziert, sagte er, und er mußte zuerst die Tapeten abreißen. Er brauchte zwei Tage dazu, und als er am Fünfzehnten Feierabend machte, war er noch nicht ganz fertig.»

«Er hätte Sevensmith Hardings *Sevenstarker* benutzen sollen», warf Wexford ein und zitierte: «‹Die saubere, schnelle und glatte Methode, alte Tapeten zu lösen.›»

«Vielleicht hat er das Zeug ja benutzt. Er sagt, die Möbel hätten alle noch an Ort und Stelle gestanden, aber er habe seine eigenen Tücher zum Zudecken mitgebracht. Als er am nächsten Morgen – am Freitag, dem Sechzehnten – wiederkam, waren ein paar Möbel abgedeckt, und die Tücher lagen zusammengefaltet daneben. Doch so war es meiner Meinung nach auch am Morgen des Fünfzehnten und an anderen Morgen. Wendy und Veronica hielten sich ja noch ziemlich viel in diesem Zimmer auf.»

«Ist ihm am Freitagmorgen noch etwas aufgefallen?»

«Ein Fleck an der Wand wäre nach unserem Herzen, nicht wahr? Ein großer Blutfleck. Und die Abdecktüchter voller Blut. Aber es war nichts da, und wenn doch, kann er sich nicht mehr daran erinnern, oder er hat es nicht bemerkt. Sie dürfen nicht vergessen, daß die Wände sowieso verschmiert und fleckig waren. Und am Sechzehnten bekam das Zimmer den ersten Anstrich, und damit war ohnehin alles verdeckt, was eventuell vorhanden war. Etwas ist ihm allerdings aufgefallen, und ich habe ihn nicht danach gefragt. Er ist ganz von selbst damit herausgerückt. Anscheinend hat es ihn seither immer wieder beschäftigt. Eines der Tücher gehörte nämlich nicht ihm.»

«*Was*?»

«Ja. Ich dachte mir schon, daß Sie dabei aufhorchen werden. Er hat ein paar alte Tüchter, die er immer mitnimmt, um Möbel oder Fußböden damit zuzudecken. Es sind Bettlaken, zwei Vorhänge und eine gestickte Überdecke aus dünnem Musselin. Angeblich waren, als er am Fünfzehnten mit der Arbeit Schluß machte, alle Möbel und ein Teil des Teppichs mit seinen Tüchern zugedeckt. Es waren übrigen sechs. Als er am nächsten Morgen wiederkam, lagen drei Tücher zusammengefaltet auf dem Boden. Er dachte sich nicht viel dabei, stellte jedoch fest, daß eins seiner Tücher durch ein anderes ersetzt worden war. Es war neuer als die seinen und viel besser erhalten.»

«Hat er Wendy danach gefragt?»

«Er sagt ja. Am Samstag. Sie behauptete, sie wisse nichts davon. Und ihm war es schließlich egal. Er hatte seine sechs Tücher, und damit war für ihn alles in Ordnung. Man geht nicht zur Polizei, weil einem jemand ein altes Laken weggenommen und ein anderes dafür hingelegt hat. Aber irgendwie habe es ihn beschäftigt, sagt er. Es hat immer wieder in ihm gebohrt, wie er es ausdrückt.»

Wexford nickte. «Die von einem Bettlaken abgerissenen Streifen um Williams' Hals. Die Krümel im Kofferraum.»

«Holen wir uns die beiden Frauen wieder?»

«Aber selbstverständlich.»

Es war Freitag. Der letzte im Monat. Am letzten Freitag im Monat trifft sich ARRIA, dachte Wexford. Nein, am letzten Donnerstag. Gestern vor zwei Monaten war er zu den Freeborns gegangen und hatte eine Versammlung gestört.

Er griff zum Telefon und sprach mit John Harmer. Paulettes Vater hatte jetzt auch Angst, war nicht mehr gelassen und überheblich. Seine Frau schlafe, sagte er. Wahrscheinlich mit einer hohen Dosis Valium, dachte Wexford.

«Es wimmelt bei uns von Polizisten», sagte Harmer.

«Ich weiß», antwortete Wexford trocken. Er fand, daß Harmer sich nicht besonders glücklich ausdrückte, wenn er über die Suchaktion sprach, die Wexford in der engeren Umgebung des Hauses durchführen ließ. Er hörte Harmer am anderen Ende der Leitung laut atmen. Seine Stimme hatte rauh und unsicher geklungen.

«Leider kann ich Ihnen nicht sagen, es gebe keinen Anlaß zu ernster Sorge, Mr. Harmer. Es tut mir sehr leid. Ich denke, Sie sollten auf eine sehr schlimme Nachricht gefaßt sein. Aber sagen Sie Ihrer Frau vorläufig lieber nichts.»

«Sie nehmen doch nicht an, daß ich sie wecken und ihr sagen werde, ihr einziges Kind sei tot, oder?»

Wexford verabschiedete sich höflich und legte auf. Harmers Grobheit bereitete ihm sogar eine gewisse Genugtuung. Sie war unter diesen Umständen mehr als entschuldbar und bewies zumindest, daß Harmer als Ehemann nicht so gefühllos war, wie er geglaubt hatte. Morgen früh sollte die Suche nach Paulette ausgeweitet werden. Bis dahin wußte er vielleicht schon ungefähr, in welche Richtung und wie weit.

Ein paar Regentropfen schlugen gegen die Fenster und sahen aus wie kleine Bläschen im Glas. In der Gegend von Myringham krachte und grollte der Donner. Martin und Marion Bayliss brachten die beiden Damen Williams, und Wexford ging ins Verhörzimmer hinunter, um sie sich vorzunehmen. Wendy in ihrem Kostüm von Jickie, das Haar frisch gelegt – in der Friseurabteilung von Jikkie –, war in Tränen aufgelöst und tupfte mit einem rosafarbenen Papiertaschentuch an ihren Augen herum. Joy hatte noch nie so heruntergekommen ausgesehen: zerrissene Sandalen an den bloßen Füßen, in einem zerdrückten Baumwollkleid, das von oben bis unten geknöpft war und an dem ein Knopf fehlte, ein Tuch um den Kopf gebunden. Sie sah wie eine Frau aus einem jener Flüchtlingsströme aus, wie sie in der neueren Geschichte so oft quer durch Europa zogen. Ihr Gesicht war grau und wirkte verzerrt.

Burden kam herein und setzte sich neben Wexford. Im Zimmer war es so dunkel geworden, daß sie Licht machen mußten. Aber es regnete noch nicht richtig. Als sich niemand die Mühe gab, Wendy zu trösten, und ihr auch niemand eine Tasse Tee anbot, hörte sie auf zu weinen. Mit bockiger Miene holte sie die Packung Papiertaschentücher aus der Handtasche und legte sie demonstrativ vor sich auf den Tisch.

«War Paulette Harmer das Mädchen, mit dem sich Ihr Mann getroffen hat?»

Wexford richtete die Frage an beide Frauen. Es war eine peinliche Situation. Er hatte das Gefühl, Bigamie wie etwas ganz Legales zu behandeln. Joy begann trocken zu gackern, noch verächtlicher als sonst. Wendy sagte, sie habe noch nie von einer Paulette Harmer gehört und wisse nicht, wer das sei.

«Wer war dann seine Freundin?»

«Er hatte keine», antwortete Joy. «Er hatte kein junges Mädchen.» Sie nickte zu Wendy hinüber. «Außer Sie zählen sie zu den jungen Mädchen. Ich würde sie jedenfalls nicht so nennen.»

Wendy schnüffelte und zog ein Taschentuch aus der Packung.

«Nun, Mrs. Williams», sagte Wexford zu ihr.

«Ich habe Ihnen doch schon gesagt, ich weiß es nicht.»

«Im Gegenteil. Sie haben gesagt, es gebe eins. Von diesem sehr jungen Mädchen, das hier in der Nähe bei seinen Eltern wohnt, haben Sie nie gehört? Es existiert nicht?»

Wendy sah Joy an. Ihre Blicke trafen sich. Zum erstenmal hatte Wexford das Gefühl, daß es zwischen ihnen ein geheimes Einverständnis gab. Dann wandte sich Wendy ruckartig ab und schüttelte heftig den Kopf.

«Rodney Williams hatte es auf junge Mädchen abgesehen», sagte Wexford. «Sie selbst sind ein Beispiel dafür, Mrs. Williams. Wie alt waren Sie, als Sie sich kennenlernten? Fünfzehn? Haben Sie deshalb jetzt diese junge Freundin erfunden? Weil Sie wußten, daß das in seiner Natur lag?»

«Ich habe sie nicht erfunden.»

Er merkte plötzlich, daß mit Joy eine Veränderung vorging. Sie zitterte vor Erregung. Ihre Hände umklammerten die Tischkante. Regen trommelte an die Fenster. Burden stand auf und schloß das Oberlicht. Joy beugte sich vor.

«Hat Sara mit Ihnen gesprochen?» fragte sie.

Es lag ihm auf der Zunge zu sagen, daß er hier die Fragen stelle. Aber er sprach es nicht aus. Er tastete sich vorsichtig weiter. «Möglich.»

«Das kleine Miststück!»

Wieso fühlte er, daß die beiden Frauen etwas Gemeinsames besaßen, und dieses Gemeinsame war nicht der tote Mann. Der Regen war jetzt zu einem laut prasselnden Wolkenbruch geworden. Sie haben voneinander gewußt, dachte er. Die Klein hat nicht gelogen. Sie waren miteinander verschworen und sind es jetzt wieder, sie spielen nicht mehr Theater ... Er wandte sich zu Joy um, und es war, als löse sein langsam näherkommender unnachgiebiger Blick eine Explosion aus.

«Na gut, ich sag's Ihnen, wenn Sie's unbedingt wissen wollen.» Ihre Stimme klang heiser. «Er war nicht hinter jungen Mädchen her – nicht hinter x-beliebigen jungen Mädchen. Sondern hinter seiner eigenen Tochter.»

18

So etwas gab es, es war nicht einmal ungewöhnlich. In letzter Zeit war es ein beliebtes Thema für populärwissenschaftliche soziologische Taschenbücher. Doch Wexford wäre nie auf den Gedanken gekommen, daß Vater-Tochter-Inzest bei diesem Fall ein auslösender Faktor sein könnte. Hinterher sollte er sich fragen, warum er nicht daran gedacht hatte, da er seinen Verstand kannte und wußte, wie er arbeitete. Doch jetzt, in diesem Verhörzimmer, mit den beiden Frauen, die ihm am Tisch gegenübersaßen, erinnerte er sich nur an *Die Cenci* und Beatrice und an seine Tochter, die in der Rolle der Beatrice auf die Bühne stürzte und schrie: «O Welt! O Leben! O Tag des Jammers!»

Da hätte er es begreifen müssen. Wendy hatte das Gesicht in den Händen verborgen. Joy hatte die Lippen zwischen die Zähne gezogen und starrte ihn an. Aus ihrem Mundwinkel kroch ein kleines Speichelbläschen. Sie streckte die Hand nach Wendys Papiertaschentüchern aus, zögernd, vorsichtig. Sie beobachtete Wendy wie ein alter Hund, der sich der Futterschüssel nähert, aber nicht weiß, was der junge Hund tun wird. Wendy nahm die Hände herunter. Sie sagte nichts. Sie gab den Papiertaschentüchern einen kleinen Schubs, daß sie in Joys Richtung rutschten. Burden saß mit dem üblichen Ausdruck eisiger Verachtung im versteinerten Gesicht da.

Wexford formte in Gedanken eine Frage, doch bevor er sie aussprechen konnte, sagte Joy:

«Sie ist zu mir gekommen und hat es mir gesagt. Ihrer eigenen Mutter! Seiner Frau! Sie sagte, er sei mitten in der Nacht in ihrem Zimmer erschienen. Er könne einfach nicht warm werden, hat er angeblich geklagt. Er konnte angeblich nie mehr warm werden, seit wir in getrennten Betten schliefen. Das hat er ihr gesagt. Und auch, daß sie ihn wärmen könnte. Warum hat sie nicht geschrien? Warum ist sie nicht weggelaufen? Er kam zu ihr ins Bett und hat es mit ihr getan. Ich werde das Wort nicht wiederholen, das sie benutzte, sie benutzen es alle – dafür. Es passierte, während ich schlief. Ich habe geschlafen, und er hat das mit seiner eigenen Tochter getan.»

Sie lachte. Es klang noch trockener als sonst und rasselte noch stärker, aber es war ein Lachen. Sie sah Wendy an und richtete das Lachen an sie. Und, dachte Wexford, sie mag mit ihr unter einer Decke gesteckt, sie mag es ihr schon längst anvertraut haben, «von Frau zu Frau», aber sie genießt es, es jetzt zu erzählen – in unserer Gegenwart, eine öffentliche, triumphierende Rache, mit der sie Williams bloßstellen kann.

Wie der Therapeut, mit dem Wexford sich verglichen hatte, wollte er sie reden lassen, ohne sie zu unterbrechen oder durch Fragen abzulenken. Wenn sie nur redete! Die Pause dauerte an. Wendy wandte den Blick ab und dem Fenster zu, vor dem der Regen dicht wie ein Vorhang fiel und einem das merkwürdige Gefühl gab, eingeschlossen zu sein. Sie bohrte sich die Finger so fest ins Gesicht, daß sie rote Druckspuren hinterließen. Ohne Aufforderung fuhr Joy fort:

«Sie hat gewartet, bis er zur Arbeit gegangen war, dann hat sie es mir erzählt. Ich bügelte ihr gerade eine Bluse für die Schule.» So ist zur Kränkung noch die Erniedrigung gekommen, wollte sie damit sagen. Daß der Vater die Tochter verführt hatte, wäre für die Mutter weniger kränkend und beleidigend gewesen, wenn sie eins von Kevins Hemden gebügelt hätte, als sie davon erfuhr. «Sie ist richtig rausgeplatzt damit. Sie dachte gar nicht daran, taktvoll zu sein, es mir rücksichtsvoll beizubringen. Er war ja nur mein Mann. Es war ja nur mein Mann, von dessen Untreue sie mir erzählte.» Wieder dieses Lachen, doch diesmal klang es wie ein Gespenst seiner selbst. «Ich wollte es nicht hören. Ich sagte zu ihr, erzähl mir nichts, ich will es nicht hören. Ich hielt mir die Ohren zu.»

Eine abwehrende Geste, die in der Familie Harmer-Williams üblich zu sein scheint, dachte Wexford. Er nickte Joy zu, weil er das Gefühl hatte, ihr irgendein Zeichen geben zu müssen.

«Ich hielt mir die Ohren zu», wiederholte sie. «Da fing sie an zu schreien. Ob es mir egal sei? Ob ich nicht außer mir sei? Natürlich bin ich aufgeregt, sagte ich. Keine Mutter bekommt gern zu hören, daß ihre Tochter so eine ist, nicht wahr? Ich sagte zu ihr: Erzähl das herum, und du reißt die ganze Familie auseinander. Dein Vater muß ins Gefängnis, und was werden die Leute von mir denken? Was soll Kevin seinen Freunden im College erzählen?»

«Wie haben Sie das gemeint, Mrs. Williams, als Sie sagten, Ihre Tochter sei ‹so eine›?» mischte Burden sich ein.

«Das ist doch wohl offensichtlich. Ich will nicht behaupten, daß er nicht schwach war.» Ein Blick zu Wendy hinüber, und dann die Augen flink wieder abgewandt. «Daß er das war, wissen wir alle. Aber er hätte das nie getan, ohne ...»

Sie unterbrach sich und sah Wexford an. Er erinnerte sich, daß Joy ihn vor seinem ersten Gespräch mit Sara mit den Worten «Gehen Sie ruhig hinauf, sie wird nichts dagegen haben. Eher das Gegenteil» zu ihrer Tochter ins Schlafzimmer geschickt hatte.

«Ohne Ermutigung?» sagte er.

Sie nickte ungeduldig. «Sie legte den Arm um ihn, um seine Aufmerksamkeit auf sich zu ziehen. Schließlich war sie nicht mehr zehn. Das habe ich ihr auch gesagt. ‹Du bist nicht mehr zehn› hab ich ihr gesagt. ‹Setzt dich auf seine Knie – was hast du denn erwartet? Aber jetzt halte gefälligst den Mund, das ist das Wenigste, was du tun kannst›, hab ich gesagt. ‹Denk zur Abwechslung auch mal an meine Gefühle.›»

«Und wann war das?»

«Vor Weihnachten. Das weiß ich genau, weil ich ihr noch sagte, sie habe sich eine feine Zeit ausgesucht. Schließlich wollten wir Weihnachten alle zusammensein.»

Wendy, die bisher ein ziemlich gleichgültiges Gesicht gemacht hatte, zuckte leicht zusammen. War ihr endlich klargeworden, wo und mit wem Rodney Williams immer Weihnachten gefeiert hatte? Nicht lange danach, erinnerte sich Wexford, wahrscheinlich in der ersten Januarwoche, hatte Edwina Klein die beiden Frauen im Kaffeehaus gesehen.

«Haben Sie es jemandem erzählt?» fragte Burden.

«Natürlich nicht. Wie hätte ich so etwas herausposaunen können?»

Er wandte sich an Wendy. «Wann haben Sie es von ihr erfahren? Oder sollte ich besser sagen: Wann hat sie Sie gewarnt?»

Wendy war über das, was Joy berichtet hatte, weder schockiert noch überrascht gewesen. Aber sie schüttelte den Kopf. «Sie hat mir nie was gesagt.»

«Aber Wendy!» Wexford hatte das Namensproblem endlich gelöst. «Joy ist irgendwie dahintergekommen, daß Sie existieren, und ist zu Ihnen gegangen, um Ihnen zu sagen, was Rodney für ein Mensch war. Und um Ihnen zu sagen, Sie sollten auf Ihre Tochter aufpassen.»

«Wie käme ich dazu?» rief Joy schrill und gackerte. «Was geht sie mich an?»

«Wendy», fuhr Wexford freundlicher fort, «wollen Sie uns wirklich weismachen, Sie hätten das von Rodney und seiner Tochter Sara nicht gewußt? Wollen Sie uns einreden, was Sie eben gehört haben, sei Ihnen ganz neu? Wenn ich Ihnen erklärt hätte, daß es regne, hätten sie nicht weniger überrascht aussehen können. Joy kam zu Ihnen ins Kaufhaus und sagte Ihnen, wer sie war, hab ich nicht recht? Und zwar eine Woche vor Weihnachten, meiner Schätzung nach. Woher sie wußte, wer Sie sind? Sie hatte Veronica auf der

Straße gesehen, und die Ähnlichkeit mit Sara war ihr aufgefallen. Man kann sie ja wirklich nicht übersehen ...»

Jetzt waren sie überrascht, beide, daran bestand kein Zweifel. Dann war seine Theorie also falsch. Nun, das machte nichts. Es hatte andere Möglichkeiten gegeben: Joy konnte Rodney gefolgt sein, ihn mit Wendy gesehen haben, eine Unzahl von Möglichkeiten.

«Sie lernten sich bei Jickie kennen und trafen sich nach Weihnachten wieder. Bestimmt hat es viele solcher Treffen gegeben.»

Die Augen voller Tränen, sprang Wendy auf und packte eine Handvoll Papiertaschentücher.

«Ich möchte allein mit Ihnen sprechen. Nur Sie und ich ganz allein!»

«Aber selbstverständlich», sagte Wexford.

Er stand auf. Burden wartete nicht, bis er den Raum verlassen hatte, sondern begann sofort mit der Befragung von Joy. Wann war ihr zum erstenmal der Verdacht gekommen, daß Rodney ein zweites Zuhause hatte? Hatte sie ihn je danach gefragt? Über diese Vermutung lachte Joy gerade, als Wexford die Tür hinter sich zumachte. Er ging mit Wendy in sein Büro hinauf. Der Regen hatte nachgelassen, rann, rieselte, tropfte nur noch die frischgewaschenen glänzenden Scheiben hinunter. Die Dämmerung war noch nicht hereingebrochen, und der Himmel war fast durchsichtig grau, denn hinter den Wolken schien die Sonne. Wendy taumelte leicht, als sie den Raum betrat. Wexford hielt es jedoch für unklug, sie anzufassen, auch wenn er sie nur festhalten wollte. Sie griff nach dem Türrahmen und warf Wexford einen jammervollen Blick zu.

In den Sessel, den er ihr zurechtrückte, setzte sie sich so vorsichtig, als glaube sie, plötzlich zerbrechlich geworden zu sein. Sie hatte sich in eine Rekonvaleszentin verwandelt, die zögernd ihre Fühler in die Welt streckt.

«Was wollen Sie mir sagen, Wendy?» Er hatte es jetzt endgültig aufgegeben, eine der beiden Mrs. Williams zu nennen.

Sie flüsterte die Antwort, spielte weiterhin die Kranke, eine gebrochene Frau, die Schultern hochgezogen, mit blassem Gesicht.

«Dasselbe wie sie.»

«Tut mir leid, Wendy, da müssen Sie sich schon ein bißchen deutlicher ausdrücken.»

«Es war bei uns genauso. So wie sie es gesagt hat. Oder – es hätte so sein können. Ich meine, er hätte es getan, aber er ist vorher verschwunden und ließ sich ermorden.»

Wexford ging ein Licht auf. «Sie meinen Rodney machte auch bei Veronica Annäherungsversuche? Ich habe doch richtig verstanden, daß es nur Versuche waren?»

Sie nickte. Die Tränen strömten ihr jetzt aus den Augen. Die Papiertaschentücher, die sie sich vorhielt, saugten sich voll.

«War das, bevor Joy Sie warnte, oder hinterher?»

Ein Schulterzucken, dann begann sie am ganzen Körper zu zittern. Das Make-up wurde von den Tränen abgewaschen, und Wendy zeigte Wexford ein junges, nacktes und verzweifeltes Gesicht.

«Hat er Veronica ein bißchen mehr Aufmerksamkeit gezeigt, als unsere Gesellschaft dem Vater einer halbwüchsigen Tochter zubilligt? Hat sie es Ihnen erzählt, oder ist es Ihnen selbst aufgefallen? Hat er sie geküßt und ihr gesagt, es sei schön, mit ihr allein zu sein, viel schöner, wenn Sie nicht im Weg wären?»

Sie sprang auf. «Ja!» schrie sie. «Ja, ja, ja!»

«Daher haben Sie Ihrer Tochter am fünfzehnten April auch geraten, abends nicht zu Hause zu bleiben, obwohl Sie nicht recht daran glaubten, daß Rodney zurückkommen würde? Sie sagten ihr, sie dürfe es nicht riskieren, mit ihm allein zu sein. Und sie sollte erst wiederkommen, wenn Sie zu Hause wären?»

Schuld lastete jetzt schwer auf ihrem Gesicht, verdrängte die Empörung. Er hatte das Gefühl, daß sie gleich gestehen würde.

«Oder haben Sie Veronica weggeschickt, damit Sie mit Rodney allein sein konnten? Sie und Joy?»

Die Luft war glasklar, der Regen hatte aufgehört, der Himmel schimmerte in zweierlei Blau, einem reinen dunklen Azur und dem rauchigen Blau der sich türmenden Wolken. Neun Uhr, und es wurde allmählich dunkel. Das Regenwasser bildete durchsichtige Pfützen, in denen sich der Himmel spiegelte. Die Luft war ungewöhnlich kühl, beinahe ein bißchen schneidend. Vor morgen früh würde es wieder regnen. Wexford erkannte es an der kristallenen Klarheit der Luft und an ihrem Geruch. Er verließ die Polizeistation zu Fuß und ging immer weiter, um den beengten vier Wänden zu entkommen, der Dumpfheit, den Millionen ausgesprochener Worte, der Last der Lügen...

Wenn jemand früher ein Alibi gebraucht hatte, hatte er gesagt, er sei spazieren gewesen – heute zitierte man das Fernsehen. Sie wüßten nicht, wo sie gewesen seien, eben ganz einfach spazieren. Er hatte ihnen nicht geglaubt. Jeder wußte, wo er spazierenging. Aber heute, dachte er, wüßte ich wahrscheinlich auch nicht, wo ich überall war. Er ging, wenn auch nicht langsam, so doch ziellos dahin, marschierte durch die frische, kalte Luft, um in Ruhe über das nachdenken zu können, was vorgegangen war.

Nichts, was er erfahren hatte, hatte auch nur die geringste Beweiskraft. Er hatte sich erfolglos abgezappelt. Er hatte die beiden Frauen ausgequetscht, hatte ihnen die Daumenschrauben angesetzt, sie durch die Mangel gedreht, es war nichts dabei herausgekommen. Joy hatte gelacht, und Wendy hatte geweint. Er hatte sich immer wieder selbst vorgesagt: Edwina Klein hat die beiden zusammen gesehen. Warum sollte sie lügen? Warum sollte sie so etwas erfinden? Endlich hatte er die beiden nach Hause geschickt. Wendy war einem Zusammenbruch nahe gewesen – oder hatte es gekonnt vorgetäuscht.

Es sei alles klar, behauptete Burden, der ganze Fall sei klar. Endlich hatte sich ein Motiv herauskristallisiert. Joy hatte aus Bitterkeit und Eifersucht und Wendy aus Angst getötet, weil sie fürchtete, Rodney könnte sich ihrer Tochter genauso bedienen, wie er sich Saras bedient hatte. Das Verb war unter diesen Umständen vielleicht ein bißchen unglücklich gewählt, aber nicht ganz unpassend ... Ein Komplott, das man kurz nach Weihnachten zu schmieden anfing, über dem man bis zum Frühling brütete, und das im April endlich reif war.

Mord in einem Zimmer, das am nächsten Morgen frisch gestrichen wurde. Als das Blut gestillt werden mußte, griff man blindlings nach Kitmans Laken und merkte erst zu spät, was man da benutzt hatte.

So mußte es geschehen sein, eine andere Möglichkeit gab es nicht. Vielleicht hatten sie nicht die Absicht gehabt, ihn zu töten, hatten ihm nur gemeinsam gegenübertreten, ihn bedrohen und ihm Angst einjagen wollen. Aber das französische Küchenmesser war zufällig bei der Hand gewesen, hatte vielleicht auf dem Tisch gelegen. Das erklärte natürlich nicht die Dosis Phanodorm, die Williams geschluckt hatte. Das Messer, das Milvey gefunden hatte? Die Maße der Klinge hatten den Abmessungen der Verletzungen entsprochen. Aber das würden Tausende ...

Wexford ging unter tropfenden Limonenbäumen die Down Road entlang. Vielleicht war ihm im Unterbewußtsein längst klar gewesen, daß er hierher wollte. Die großen alten Häuser, Häuser, die mit Fug und Recht Gebäude genannt werden konnten, schienen sich heute abend unter tropfnasses, lebloses dunkles Laubwerk zu ducken. Aus Gräsern, Blättern und im Regen gebadeten Blumenbeeten stieg ein schwerer, grüner Geruch. Irgendwo in der Nähe heulte ein verwöhnter kleiner Hund, den man am Abend alleingelassen hatte, seinen ganzen Jammer in die Dunkelheit. Wexford öffnete die Gartentür des Freebornschen Hauses. Es brannte Licht. Eins im oberen Stockwerk, eins im Erdgeschoß. Die Müllabfuhr war am Morgen dagewesen, lange bevor es angefangen hatte zu regnen, und die Männer hatten den Müll, der reichlich aus den Tonnen herausgefallen war, einfach liegenlassen. Das war so üblich bei Häusern, in denen sie kein üppiges Trinkgeld bekamen. Ein durchweichtes Blatt Papier, das der Regen auf den Kies geklebt hatte, trug das ARRIA-Emblem und war eng bedruckt, doch es war zu dunkel, um die Schrift lesen zu können.

Die Zwillinge kamen beide an die Tür. Er lobte sie wegen ihrer Vorsicht. Sie waren wieder allein im Haus, sich selbst überlassen, die überdrehten Eltern bei irgendeinem Treffen für Hippie-Veteranen. Heute abend hatten beide Mädchen hellblaues Haar und pinkfarbenen Lidschatten, sonst waren ihre fast identischen Gesichter ungeschminkt. Und ebenso identisch wie ihre Gesichter war die Bestürzung, die sich bei Wexfords Anblick darauf malte.

«Wollen Sie reinkommen?» fragte Eve.

«Ja, bitte.» Im Haus roch es nicht mehr nach Marihuana. Das wenigstens hatte er erreicht – ein zweifelhafter Erfolg. Die Mädchen schienen nicht zu wissen, wohin sie mit ihm gehen sollten. Sie blieben in der Halle stehen.

«Gestern abend war ein ARRIA-Treffen», sagte Wexford. «Wo hat es stattgefunden? Hier?»

«Sie werden meistens hier abgehalten», antwortete Amy.

«Also auch gestern abend?»

«Ja.»

Er öffnete eine Tür und schaltete das Licht ein. Vor ihm lag ein riesiger Wohnraum mit bunten Sitzkissen auf einem Parkettboden, der seit mindestens zwanzig Jahren keine Politur mehr gesehen hatte, einem Diwan, über den etwas geworfen worden war, das aus

Peru zu stammen schien; der einzige Sessel war ein Korbmöbel, das von der Decke hing wie eine Schaukel. Eine Glastür ohne Vorhänge mit Blick auf einen scheinbar undurchdringlichen Wald.

Wexford setzte sich in den hängenden Sessel und unterdrückte seinen Schreck, als das Ding sofort hin und her zu schwingen begann.

«Wer war alles hier?»

Amy und Eve wechselten einen Blick, sahen dann Wexford an.

«Die üblichen», antwortete Amy und fügte beiläufig hinzu: «Es sind immer dieselben, die aufkreuzen.»

Sie nickte bei jedem Namen, den er aufzählte: «Caroline Peters? Nicola Anerley? Jane Gardner? Paulette Harmer?» Eve nickte. Sie nickte genauso wie bei allen anderen Namen. «Edwina Klein?»

In seiner Stimme mußte eine Spur von Zweifel gewesen sein.

«Ja, Edwina war hier. Wieso denn nicht?»

«Tja, warum eigentlich nicht? Und warum Sara Williams nicht?»

«Sara ist nicht gekommen», sagte Amy. «Sie mußte bei ihrer Mutter bleiben.»

Also war John Harmers Vermutung, das Verschwinden seiner Tochter müsse etwas mit diesem Emanzen-Unsinn zu tun haben, gar nicht so abwegig.

«Wann war die Versammlung zu Ende?»

«Gegen zehn», antwortete Amy. «Ja, so ungefähr gegen zehn.»

Wenn ihre Schwester auch unversöhnlich blieb, Amy hatte Wexford verziehen, hatte ihr abweisendes Benehmen völlig abgelegt. «Jemand hat mir heute erzählt, Paulette sei die ganze Nacht nicht nach Hause gekommen, und ...» Sie ließ den Satz in der Luft hängen.

«Das hast du mir gar nicht gesagt», warf Eve scharf ein.

«Hab's vergessen.» Amy sah wieder Wexford an. «Sie kam ein bißchen zu spät, sagte aber nicht, warum. Edwina brachte ihre Tante mit. Sie wollte nicht beitreten, nur mal sehen, was vorgeht. Obwohl sie gut zu uns passen würde, sie war schließlich nie verheiratet. Es hat uns gutgetan, einen alten Menschen zu sehen, der Prinzipien hatte und sich daran hielt.»

«Ich habe einen guten Kampf gekämpft», zitierte Wexford sehr frei. «Ich bin ein sauberes Rennen gefahren. Ich habe die Treue bewahrt.»

«Das stimmt. Genau das ist es. Woher wissen Sie das?»

Er antwortete nicht. Den authentischen Wortlaut kannten sie nicht, er war für sie genauso verloren wie für die Generation vor ihnen, ein verstaubter theologischer Wälzer, in jeder Beziehung ein geschlossenes Buch, eine abgetane Sache.

«War Paulette allein, als sie von hier wegging?»

«Die Versammlung war oben.» Eve kühl und unnachgiebig, aber sie hatte gesprochen. «Wir haben die anderen nicht hinausbegleitet. Sie finden schließlich allein raus. Paulette ging mit Edwina und ihrer Tante.»

«Sie mögen das Haus miteinander verlassen haben, aber weggefahren sind sie nicht zusammen», sagte Amy. «Ich hab aus dem Fenster geschaut und hab gesehen, wie Edwina und ihre Tante in das Auto der Tante einstiegen. Paulette war nicht dabei.»

«Was ist dort draußen?» fragte Wexford plötzlich und zeigte auf die hohen Fenster, hinter denen man nur eine dichte Laubmasse sah.

«Das Treibhaus.»

Amy öffnete die Tür, ließ beide Flügel weit aufschwingen und griff nach einem Schalter. Unkonventionell waren die Freeborns zwar, aber nicht feige. Das alte Treibhaus hatte ein gewölbtes Dach und die oberen farbigen Glasfenster in Rot und Grün ein Tulpenmuster im Stil der *Art Nouveau*. Es war voll dunkelgrüner, blättriger Pflanzen, von denen mehrere subtropisch aussahen, viel Wasser brauchten und es auch bekamen. Das im Winter zu heizen, muß ein Vermögen kosten, dachte Wexford, kam näher, betrat das Treibhaus und entdeckte ein oder zwei Orchideen, die samtenen, malvenfarbenen Trompeten einer *Brunfelsia*.

Ohne daß er darum bitten mußte, überflutete Eve den Garten mit Licht. Ein Druck auf einen anderen Schalter ließ eine Bogenlampe auf dem Treibhausdach aufleuchten und eine zweite in den Zweigen einer riesigen Stechpalme. Das Flutlicht war an den sogenannten Garten verschwendet. Er war eine Wildnis, das Gras nicht gemäht, überall wilde Rosensträucher, dornige Brombeerranken, hin und wieder ein hundertjähriger Baum. Und er war riesig, einer jener Gärten, von denen ihre Besitzer mit Recht sagen konnten, sie schützten vor neugierigen Blicken. Sträucher, die um diese Zeit undurchdringlich schwarz aussahen, bildeten die unregelmäßige Begrenzung.

«Im Garten sind wir eigentlich fast nie», sagte Amy.

«Höchstens als Abkürzung zur High Street. Und wenn's geregnet hat und der Boden aufgeweicht ist ...» Wieder ein Satz, der unbeendet blieb. «Dad ist ganz scharf auf das Treibhaus», fuhr sie vage fort. «Er zieht die Pflanzen selbst.»

Ja, dachte Wexford, den *Cannabis Sativa*, aber kaum hier drin. Dazu brauchte man infrarotes Licht, und zwar eine ganze Menge. Er öffnete die Tür zum Garten, eine Glastür aus schmalen grünen und weißen Scheiben. In der kalten Luft hing die Feuchtigkeit bevorstehenden Regens. Wexford entdeckte einen Pfad im Gras, Stücke eines geborstenen Pflasters führten durch etwas, das früher Rasen, jetzt aber nur noch nasses Heu war. Die Mädchen begleiteten ihn nicht. Eve schlang die Arme um den Körper, um sich gegen die Kälte zu schützen. Amy hauchte auf die Scheibe und begann mit dem Finger einen Raben mit dem Gesicht einer Frau zu zeichnen. Wexford ging den Pfad entlang. Das Licht der hohen Gartenlampe reichte nur etwa zehn Meter weit. Wexford holte seine Taschenlampe heraus und knipste sie an.

Das ist der Weg zur hinteren Pforte, dachte er. Ihn mußte Amy gemeint haben, als sie von einer Abkürzung zur High Street sprach. Zuerst schlängelte er sich durch ein Dickicht aus dunklen Sträuchern, Lorbeer und Rhododendren, die vor Nässe glänzten und tropften. Er hatte das Gefühl, durch einen Friedhof zu gehen. Friedhöfe sahen so aus, oft vernachlässigt, mit Schmucksträuchern bewachsen, mit düsteren Bäumen, blumenlos wie dieser Garten, aber anders als dieser Garten voller Grabsteine.

Plötzlich stand er am Zaun und bei der Pforte. Fast wäre er dagegengeprallt. Sie war eine Lücke in der unbeschnittenen Hecke, die parallel mit dem Holzzaun verlief. Von hier aus sah man undeutlich die Rückseiten anderer großer Häuser, zwei davon mit gelben Rechtecken auf schwarzem Grund – erleuchteten Fenstern. Das Licht reichte nicht bis hierher, und der Mond war noch nicht aufgegangen. Der Pfad schlängelte sich durch den ganzen Garten, beschrieb eine elliptische Kurve und führte rechter Hand wieder zurück. Hier wuchs Bambus, der größte Teil halb abgestorben, eine Masse kahler Stämme. Dann verfing sich etwas Stacheliges in Wexfords Regenmantel. Er zog und hörte etwas reißen. Die Lampe anknipsen und nachsehen, was passiert ist ...

Lenk den Lichtstrahl in die Mitte dieses Rondells aus Heckenrosen, Ranken mit bösartigen Dornen – auf einen ausgestreckten Arm, ein mit Erde zugeschüttetes Gesicht, ein Emblem und eine

Abkürzung, Rot auf weißem Baumwollstoff – ARRIA und die Rabenfrau.

Der Garten hatte noch viel mehr mit einem Friedhof gemeinsam als Wexford vermutet hatte.

19

Der zuständige Beamte, Dr. Crocker. Sir Hilary Tremlett, den man aus dem Bett geholt hatte und der einen Kamelhaarmantel über der Schlafanzugjacke und einer grauen Leinenhose trug. Burden, so adrett und kühl wie am Vormittag. Und der Regen, der so heftig war wie bei einem Sommergewitter. Sie waren gezwungen, über der Leiche eine Art Zelt zu errichten.

Sie war erwürgt worden. Mit einer Schnur oder einem Strick, möglicherweise. Das sah Wexford selbst, ohne daß er Dr. Crocker oder Sir Hilary fragen mußte. Die Blitze des Fotografen blendeten ihn, und er mußte blinzeln. Er sah die Tote nicht mehr an. Ihr Anblick machte ihn krank, aber es war keine körperliche Übelkeit, darüber war er hinaus. Kein Pharmaziestudium mehr, keine Heirat mit Richard Cobb, nie würde ihre fremdartige Schönheit sich zu voller Reife entfalten.

Er sorgte sich um die Mädchen, um Eve und Amy, die allein im Haus waren, während ein gleichaltriges junges Mädchen tot im Garten lag. Marion Bayliss hatte versucht, sich mit den Eltern der Zwillinge in Verbindung zu setzen, konnte sie aber unter keiner Telefonnummer erreichen, die ihr die Mädchen gegeben hatten. Von den Nachbarn wurden die Freeborns gemieden. Die Leute, die direkt neben ihnen wohnten, sprachen nicht einmal mit ihnen. Eve fiel Caroline Peters ein, und sie war es auch, die schließlich ins Haus kam und über Nacht blieb. Wexford kroch gegen drei Uhr morgens ins Bett. Dora hatte ihm einen Zettel hingelegt, den er zwar las, aber nicht mehr in sich aufnahm: *Ein Mr. Ovington ruft dauernd hier an und möchte Dich sprechen.* Dora schlief tief und sah im Schlaf sehr jung aus. Er streckte sich neben ihr aus. Das letzte, woran er sich erinnerte, war, daß er ihr die Hand auf ihre noch immer schlanke Taille gelegt hatte.

«Sie ist ungefähr seit vierundzwanzig Stunden tot», sagte Crocker. «Und das entspricht genau Ihrer Vermutung, nicht wahr?»

Wenn man nicht genug Schlaf bekommt, dachte Wexford, fühlt man sich eigentlich eher schwach als müde. Aber vielleicht war das dasselbe? «Womit wurde sie erdrosselt?» fragte er. «Mit Draht? Einer Schnur? Einem Elektrokabel?»

«Weil man sie überall kaufen kann und weil sie praktisch unzerreißbar ist, tippe ich auf eine Nylonschnur, wie man sie zum Aufhängen von Bildern verwendet. Und wo waren Ihre Verdächtigen» – Crocker warf einen Blick auf seine Uhr – «vor sechsunddreißig Stunden?»

«Mit ihren Töchtern zu Hause – sagen sie.»

Wexford vertiefte sich in die Aussage, die Burden von Leslie Kitman, dem Maler, aufgenommen hatte. Sie enthielt eine sehr genaue Beschreibung des verschwundenen Lakens. Was jetzt natürlich nichts mehr einbrachte. Es war vier Monate her, seit dieses Laken, in einem Plastiksack versteckt, von der Müllabfuhr mitgenommen worden war. Und das Messer mit allergrößter Wahrscheinlichkeit ebenfalls. Irgendwie konnte er an Milveys Messer nicht recht glauben. Daß bei Milvey zweimal der Zufall im Spiel gewesen sein sollte, war Wexford einfach des Guten zuviel ...

Die Wände waren fleckig und voller Löcher gewesen, hatte Kitman ausgesagt. Er konnte sich nicht erinnern, ob die Flecke am Morgen des 16. April anders ausgesehen hatten als die am Nachmittag des 15. April. Er hatte Risse und Sprünge mit Spachtelmasse verschmiert, die weiße Stellen hinterließ, sobald sie trocken war. Am 16. und am Vormittag des 17. April hatte er die Rauhfasertapete geklebt und am nächsten Montag angefangen darüberzustreichen.

Sollte sich Wexford die beiden Frauen noch einmal vornehmen? Eine von ihnen hatte vorgestern abend das Mädchen getötet. Um es daran zu hindern, sie durch das Phanodorm zu überführen? Nur eine von beiden oder beide? Joy konnte ohne Schwierigkeiten von Sara erfahren haben, wo sie Paulette finden konnte und daß sie die Abkürzung zur Hauptstraße nehmen würde, um den Bus nach Pomfret zu erreichen.

Burden kam zu spät. Aber auch er war seit gestern morgen auf den Beinen gewesen und sogar noch später ins Bett gekommen als Wexford. Nach Mitternacht wach sein, dachte Wexford, heißt beizeiten wach sein. Er hatte den Spruch immer gemocht, nur wußte man heutzutage nicht mehr, was «beizeiten» bedeutete, und dadurch ging der Witz verloren. Als er ans Zubettgehen dachte, fiel ihm Doras Zettel ein, und er wollte eben nach dem Telefon greifen und Ovington anrufen, als Burden hereinkam.

Er sah nicht müde aus, nur zehn Jahre älter und vierzehn Pfund leichter – besser gesagt dünner. Er trug den steingrauen Anzug mit einem Ton-in-Ton-Hemd und dazu eine rostbraune Krawatte mit schmalen schokoladebraunen Streifen. Sieht aus, als gehe er zu einer Hochzeit, dachte Wexford. Fehlt nur noch die Nelke im Knopfloch.

«Bei Jenny haben die Wehen eingesetzt», sagte er. «Ich habe sie heute morgen um acht in die Klinik gebracht. Es wird sich vorläufig noch nicht viel tun, aber sie wollten sie sofort dort haben.»

«Dann beginnt ab sofort Ihr Urlaub.»

«Vielen Dank. Ich habe gehofft, daß Sie das sagen würden. Die Babies suchen sich auch wirklich die unmöglichsten Zeiten aus. Hätte sie nicht noch eine Woche warten können? Sie soll übrigens Mary heißen.»

«Nach Ihrer Großmutter, nehme ich an?»

Aber Burden hatte vergessen, daß er Wexford erzählt hatte, seine beiden Großmütter hätten Mary Brown geheißen. «Wissen Sie, daß ich daran nie gedacht habe? Dann vielleicht Mary Brown Burden?»

«Vergessen Sie's», antwortete Wexford. «Das klingt nach einer amerikanischen Erweckungspredigerin. Ich höre von Ihnen, nicht wahr, Mike?»

Wenn Wexford Glück hatte, ließ ihm der Pathologe im Lauf des Tages den Obduktionsbefund von Paulette Harmer zukommen, und vielleich hörte er auch etwas aus dem Labor des gerichtsmedizinischen Instituts über die Mordwaffe. Er schickte Martin zu einem Friedensrichter, um ihn zu beschwören, einen Durchsuchungsbefehl für Williams' Wohnung in der Liskeard Avenue herauszurükken. In dieser Hinsicht dürfte es eigentlich keine Schwierigkeiten geben, dachte er. In der Zwischenzeit ließ er sich in das andere Williams-Haus fahren. Ihm war nicht danach, zu Fuß zu gehen, egal, was Crocker ihm empfahl.

Sara mähte das Gras im Vorgarten mit einem kleinen elektrischen Rasenmäher, der eigentlich nur zum Trimmen der Kanten gedacht war. Als Wexford aus dem Wagen stieg, winselte der Motor auf und stand still. Sara, feuerrot vor Zorn, stellte das kleine Maschinchen auf den Kopf und zerrte wütend an einem Kabel. Dabei wiederholte sie zischend immer wieder das eine Wort, das ihre Mutter so verabscheute, mit dem sie jedoch ihren Vater bezeichnete, nachdem er sich an ihr vergangen hatte.

«Ficker, Ficker, verdammter Ficker!»

«Wenn Sie das tun, solange der Strom noch eingeschaltet ist», sagte Wexford, «wird Ihnen das Ding eines Tages die Hand abschneiden.»

Sie beruhigte sich so schnell, als habe er ihr ein Kompliment gemacht.

«Ich weiß. Ich hab mir geschworen, den Strom immer abzuschalten, bevor ich dran herummurkse. Aber diese verdammten Dinger funktionieren nie lange.» Sie zog den Stecker aus der Dose, als tue sie es ihm zuliebe, und lächelte. Heute trug sie ein ARRIA T-Shirt, das gleiche, das die tote Paulette angehabt hatte. «Das ist in diesem Sommer schon die vierte von diesen Spulen, die ihren Geist aufgibt. Wollen Sie zu meiner Mutter?»

Bisher konnte sie noch nichts von Paulette wissen. Er erinnerte sich, wie überheblich und gönnerhaft sie mit ihrer Kusine am Telefon gesprochen hatte, und konnte sich nicht vorstellen, daß es sie sehr treffen würde. Es würde ihr auch ziemlich egal sein, wenn ihre Mutter wegen des Mordes verhaftet werden würde. Vielleicht war es aber für Inzest-Opfer ganz natürlich, gegen alles ziemlich gleichgültig zu sein. Mitleid wallte in ihm auf.

«Ich möchte zuerst mit Ihnen sprechen.»

In der Garage, in der jetzt kein Wagen mehr stand, waren Werkzeuge und stark abgenutzte Gartenmöbel untergebracht. Sara bot Wexford einen Liegestuhl an. Sie selbst setzte sich auf eine umgedrehte Öltonne und fuhr fort, an der widerspenstigen Spule herumzubasteln, die aussah, als werde sie genauso enden wie ihre Vorgängerinnen, von denen drei auf einem Regalbrett neben einem Dutzend nur zur Hälfte aufgebrauchter Büchsen mit «Sevenstar»-Farben lagen.

Wexford nahm an, daß sie die Spule zum Vorwand nahm, ihn nicht ansehen zu müssen, während er mit ihr über ihren Vater sprach.

Als er den Inzest zum erstenmal erwähnte, sehr taktvoll auf das zu sprechen kam, was ihre Mutter ihm erzählt hatte, wurde sie nicht rot, sondern immer blasser. Ihre ohnehin sehr helle Haut wurde milchweiß. Und dann merkte er, daß sich der feine goldne Flaum an ihren Unterarmen aufrichtete.

Er fragte sie ganz vorsichtig, wann es zum erstenmal passiert war. Sie hielt den Kopf gesenkt und versuchte mit der rechten Hand die Spule zu drehen, während sie mit dem linken Daumen und Zeigefinger an der glatten roten Schnur zerrte.

«Im November», sagte sie und bestätigte ihn damit in seiner Meinung. «Am fünften November.» Sie blickte auf und senkte rasch wieder den Kopf. «Es ist nur zweimal vorgekommen, dafür habe ich gesorgt.»

«Haben Sie ihm gedroht?»

Sie zögerte. «Nur mit der Polizei.»

«Warum haben Sie's nicht Ihrem Bruder erzählt? Oder haben Sie's getan? Ich habe das Gefühl, daß Sie und Ihr Bruder sich sehr nahestehen.»

«Ja, wir stehen uns sehr nahe. Trotz allem.» Sie erklärte dieses «trotz allem» nicht näher, doch Wexford glaubte es ohnehin zu wissen. «Ich konnte es ihm nicht sagen.» Das klang, als spreche ein ganz anderes Mädchen. «Ich habe mich geschämt.»

Und ihre Mutter haßt sie. Hat sie es ihr deshalb mit Wonne unter die Nase gerieben? Sie zerrte noch einmal, und die Schnur kam endlich durch, viel zuviel, meterweise lose aufgerollte scharlachrote Litze.

Kevin war am Vormittag unerwartet zurückgekommen. Er mußte sehr unbequem und primitiv gereist sein, denn er lag erschöpft, abgekämpft, schmutzig und ungepflegt auf dem gelben Sofa, die in Stiefeln steckenden Füße auf einer Seitenlehne. Joy hatte ein paar Erfrischungen für Kevin in den Händen, als sie auf Wexfords Klopfen öffnete, ein Tablett mit Sandwichs, Kaffee und etwas in einem Becher, Eiskrem oder Joghurt. Wexford machte die Wohnzimmertür zu und schob Joy in die Küche. Sie war genauso angezogen wie am Tag vorher, sogar das Kopftuch hatte sie sich wieder umgebunden. Um schnell in den Supermarkt zu laufen und etwas für Kevins leibliches Wohl zu besorgen? Sie sah jedenfalls so aus, als habe sie in den Kleidern geschlafen. Er sagte ihr ohne Schonung, daß Paulette gefunden worden war, doch sie wußte es schon. John Harmer hatte sie angerufen, als Sara im Garten war. Das war jedenfalls die Erklärung, die sie Wexford gab. Er sagte ihr, er erwarte sie und Wendy später in der Polizeistation. Er werde einen Wagen schicken.

«Und wer soll für das Abendessen meines Sohnes sorgen?»

«Geben Sie ihm einen Büchsenöffner», sagte Wexford. «Ich bringe ihm gern bei, wie man ihn benutzt.»

Die Ironie entging ihr. Sie sagte, nun ja, ausnahmsweise könne Kevin ja etwas aus der Dose essen. Zumindest schlug sie nicht vor, daß seine Schwester für ihn kochen solle, was – wenn man die Dinge von dieser Seite betrachtete – ein Fortschritt war.

Wexfords nächste Station war die Liskeard Road in Pomfret. Martin hatte den Durchsuchungsbefehl bekommen und war mit Archbold und zwei uniformierten Polizisten, PC Palmer und PC Allison, Kingsmarkhams einzigem schwarzen Polizisten, schon dort. Die völlig verheulte Wendy versuchte sie zu überzeugen, daß es nicht nötig sei, im Wohnzimmer die Rauhfasertapete von den Wänden zu reißen.

An dem Glastisch saß Veronica. Sie hatte offensichtlich am Saum eines weißen Kleides gearbeitet, hatte die Nadel jedoch aus der Hand und das Kleid auf den Tisch gelegt, als die Polizisten kamen. Wexford dachte an das Mädchen in dem Kindervers, das auf einem Kissen saß und an einer feinen Naht stichelte, während es Erdbeeren mit Zucker und Sahne aß. Es mußte ihr Kleid mit dem Muster aus Walderdbeeren und grünen Blättern auf cremefarbenem Grund sein, das ihn an das Kinderlied erinnert hatte. Sie trug wieder eine Strumpfhose, dunkelblau diesmal, und weiße Pumps. Was diese Mädchen einander so ähnlich machte, war unter anderem, daß ihre Gesichter nie verrieten, was sie empfanden. Es waren die leicht melancholischen, ein wenig selbstgefälligen, fast immer teilnahmslosen Gesichter florentinischer Madonnen.

Wexfords Tochter Sylvia hatte eine Katze, die lautlos miaute, nur die Schnauze aufriß, aber keinen Ton hören ließ. Als Veronica «hallo» sagte, mußte er an diese Katze denken, es war ein Gruß für jemanden, der von den Lippen ablesen konnte, nicht einmal ein Flüstern wurde hörbar. Wendy wiederholte ihre beschwörenden Bitten, als er hereinkam, diesmal ausschließlich für ihn bestimmt.

«Tut mir leid, Wendy. Ich verstehe Sie natürlich, aber wir lassen das Zimmer für Sie herrichten.» Oder für jemand anders, dachte er, sagte es aber wohlweislich nicht laut. «Und wir machen ganz bestimmt so wenig Unordnung wie möglich.»

Und sie hatten auch wirklich die Absicht, Sevensmith Hardings *Sevenstarker* zu verwenden, vier große Dosen mit Etiketten, die mit roter Kursivschrift verkündeten, nichts löse Tapeten so schnell, zuverlässig und sauber. Wexford hoffte im stillen, daß es keine allzugroße Übertreibung war.

«Aber wozu?» fragte Wendy immer wieder, sammelte merkwürdigerweise jedoch Nippes und andere Zierstücke ein und stellte sie in einen Wandschrank.

«Tut mir leid, aber ich bin nicht befugt, es Ihnen zu sagen», erwiderte Wexford, zu einer jener Antworten Zuflucht nehmend, die Beamte stets auf Lager haben. «Aber wir haben viel Zeit. Räumen Sie das Zimmer ruhig selbst aus, wenn Sie wollen.»

Schweigend nahm Veronica ihre Näharbeit wieder auf. Sie fädelte neu ein und steckte sich einen rosa Fingerhut an den Zeigefinger.

«Sie näht den Saum ihres Tenniskleides. Heute nachmittag spielt sie im Club-Finale der Frauen.» Der tragische Ton in Wendys Stimme wurde nur durch den Stolz gemildert, mit dem sie das Wort «Club» leicht betonte.

Wahrscheinlich im Tennis-Club Kingsmarkham oder sogar im Mid-Sussex County-Club. «Wir wollen sie nicht daran hindern», sagte Wexford.

«Aber sie wird sich aufregen.» Sie zog ihn durch die schon offen stehende Tür in die Küche. «Sie werden doch nichts zu ihr sagen – ich meine, Sie wissen schon, was? Sie werden sie doch nicht nach Einzelheiten fragen?»

«Ich bin kein Sozialarbeiter», antwortete Wexford.

«Aber es ist ja nichts passiert. Ich habe dafür gesorgt, daß nichts passiert ist.»

Es war Wexford unmöglich, in Rodney Williams, bisher nur Lügner und Betrüger, kein menschliches Ungeheuer zu sehen. Eine Tochter zu mißbrauchen, war schon abscheulich genug, aber es gleich darauf bei ihrer jüngeren Halbschwester zu versuchen ...

«Sie hätten natürlich nie an dergleichen gedacht, wenn Joy Sie nicht gewarnt hätte.»

«Wie oft soll ich Ihnen noch sagen, daß ich die Frau nie gesehen habe, bis Sie – uns miteinander bekannt machten.»

«Sie haben mir noch nicht gesagt, woher Sie wußten, daß Rodney sich Veronica sexuell genähert hatte. Er hat es Ihnen wohl kaum gebeichtet, aber Sie wußten es. Veronica war das sehr junge Mädchen, das ‹zu Hause bei seiner Familie lebt›, mit dem Sie uns ganz schön an der Nase herumgeführt haben, nicht wahr?» Wexford schloß die Küchentür und lehnte sich dagegen.

Wendy nickte, ohne ihn anzusehen.

«Woher haben Sie's gewußt, Wendy? Haben Sie etwas beobachtet? Ist Ihnen etwas an seinem Verhalten aufgefallen, wenn er glaubte, Sie sähen nicht hin? War das bevor oder nachdem Joy Sie warnte?»

«Ich habe nichts gemerkt», erwiderte sie kaum verständlich. «Veronica hat es mir erzählt.»

«Veronica? Das unschuldige Kind dort drüben, das man eher für zwölf halten könnte und nicht für sechzehn? Dieses Kind, das Sie so sorgfältig gegen die schädlichen Einflüsse des Lebens abgeschirmt haben? Dieses Kind soll die liebevollen Küsse, Umarmungen und Komplimente seines Vaters für sexuelle Annäherungsversuche gehalten haben?»

Ein Nicken. Wiederholtes heftiges Nicken.

«Und trotzdem sagen Sie, es ‹sei ja nichts passiert›. Damit meinen Sie – wenn ich Sie richtig interpretiere –, daß es nur zu einem Kuß, einer Berührung, einem Kompliment gekommen ist. Aber Veronica hat darin einen – einen inzestuösen Annäherungsversuch gesehen?»

Wendys Antwort war für sie charakteristisch. Sie brach in Tränen aus. Wexford schob ihr einen Stuhl hin, damit sie sich setzen konnte, und suchte eine Packung Papiertaschentücher, die in diesem Haus nie schwer zu finden waren. Er ging ins Wohnzimmer zurück, in dem der Teppich jetzt mit Tüchern abgedeckt und aus dem Veronica verschwunden war. Allison war dabei, *Sevenstarker* an die Wände zu klatschen und zu verstreichen, während Palmer schon mit einem Stahlwerkzeug die Tapeten abkratzte. Die Ahnung, daß etwas ganz Bestimmtes unter der Tapete war, war wahrscheinlich verrückt, aber davon abgesehen, war es durchaus möglich, daß man bei einer Laboranalyse der alten Farbe Spuren von Rodneys Blut entdeckte. Oder auch nicht. Auf jeden Fall bedeutete es Arbeit für Leslie Kitman. Er konnte nächste Woche wiederkommen und das Zimmer auf Kosten der Mid-Sussex Constabulary wieder herrichten.

Es hatte wieder zu regnen angefangen. Das war wohl das Aus für Veronicas Tennismatch am Nachmittag, denn weder der Tennis-Club Kingsmarkham noch der Mid-Sussex County in Myringham hatte eine Halle. Wexford, der wieder im Büro saß, obwohl es Samstag war, warf einen Blick auf die Uhr. Halb eins. Vor drei Stunden war Burden hier gewesen und hatte ihm gesagt, daß bei Jenny die Wehen eingesetzt hatten und die Geburt seiner Tochter unmittelbar bevorstand. Trotzdem war es noch zu früh, schließlich durfte man von einer Erstgebärenden in Jennys Alter nicht zuviel erwarten.

Irgend etwas bohrte im Hintergrund seines Bewußtseins, etwas, was Wendy gesagt hatte. Im Zusammenhang mit dem Tennismatch, wie er sich einbildete. Aber sie hatte nichts anderes darüber gesagt, als daß Veronica heute nachmittag spielen werde. Warum hatte er das merkwürdige Gefühl, daß in dem, was sie gesagt hatte, die Lösung des ganzen Falles lag? Er hatte, wenn es um Kleinigkeiten ging, oft solche Gefühle, kurz bevor ein Fall eine entscheidende Wendung nahm. Und immer erwies sich die «Kleinigkeit» als etwas ungeheuer Wichtiges, und seine Ahnung trog ihn selten. Die Schwierigkeit war nur, daß er nicht wußte, was es für eine Ahnung war.

Seine Leute waren entweder dabei, Wendys Wohnzimmer auseinanderzunehmen oder – und zwar weitaus die meisten – gingen auf der Suche nach brauchbaren Zeugen in der Down Road von Haus zu Haus und verhörten alle Mädchen, die bei der ARRIA-Versammlung gewesen waren.

Wexford fühlte sich einsam und verlassen. Dora war nach London gefahren und übernachtete bei Sheila in Hampstead. Robin, sein ältester Enkel, wurde heute neun Jahre alt. Die Geburtstagsparty begann in drei Stunden. Crocker spielte am Samstag von früh bis abends Golf. Wexford hätte gern geschlafen, aber tagsüber schlief er nur schwer ein. Was, zum Teufel, hatte Wendy gesagt? Was war es nur? Tremlett schnipselte wahrscheinlich noch immer an der Leiche des armen Mädchens herum ... Paulette hatte Joy das Phanodorm besorgt und gedroht, das nicht länger für sich zu behalten. Nun ja, gedroht nicht gerade, aber sie hatte Joy gewarnt und darauf vorbereitet, daß sie aussagen würde, daß sie Angst hatte, noch länger zu schweigen. Joy hatte Rodney das Phanodorm untergeschoben, es gegen seine Blutdrucktabletten eingetauscht, und die

Tat auszuführen, kostete sie nicht mehr Zeit als eine Fahrt nach Pomfret.

Fahr ihm mit dem Bus zu Wendy nach. Wenn du dort eintriffst, schläft er. Du siehst ihn an, und dir fällt wieder ein, was er dir durch deine Tochter angetan hat. Außerdem ist er mit einer zweiten Frau verheiratet, wie ein Scheich. Und die zweite Ehefrau ist auf deiner Seite, obwohl du sie haßt. Nachdem du ihr die Augen geöffnet und ihr gesagt hast, was er für Begierden hat, ist ihre Tochter in Gefahr. Warum soll er je wieder aufwachen dürfen? Sollten Spuren zurückbleiben, macht das nichts. Die andere hat gesagt, das Zimmer wird morgen sowieso frisch tapeziert und gestrichen. Und wenn du die Leiche lange genug versteckst ...

Morgen früh ruf im Büro an, sag, er ist krank, aber verstell deine Stimme ein bißchen. Die andere wird den Kündigungsbrief tippen, sie kommt unauffällig an eine Schreibmaschine ran, die Freunden von ihr gehört und die man nie aufspüren wird. Dann steckt ihr beide in der Sache drin, du und sie, die beiden Ehefrauen von Rodney Williams, in guten und in schlechten Zeiten, bis der Tod euch scheidet. Die Schlaftabletten hast zwar du ihm gegeben, aber erstochen hat sie ihn. Gemeinsam habt ihr seine Leiche diese halsbrecherische Wendeltreppe hinunter – und durch den Flur in die angebaute Garage getragen. Habt ihn samt seiner Reisetasche in den Kofferraum gezwängt. Gefahren ist sie, weil du's ja nie gelernt hast. Dafür hast du das Grab fast allein ausgehoben. Dir hat es nicht soviel ausgemacht wie ihr, dir die Hände mit Erde zu beschmutzen. Zwei Ehefrauen, die die Tat gemeinschaftlich begangen haben, und was Mord vereint hat, soll der Mensch nicht trennen ...

Wexford war Joy gewissermaßen unter die Haut gekrochen und hätte seinen inneren Monolog beinahe mit einem ihrer fürchterlichen Lacher beendet. Burden würde wahrscheinlich vor dem Abend nicht anrufen, und dann würde er es bei ihm zu Hause versuchen. Wexford fuhr zum *Old Cellar*, aß eine Scheibe Quiche, Broccoli mit Pilzen, trank ein kleines Glas Frascati – schließlich war heute Samstag, wenn es auch nichts zu feiern gab –, und dann zurück in die Siedlung, in der die Straßen nach kornischen Städten benannt waren – Bodmin, Truro, Redruth, Liskeard. Kalt und grau regnete es stetig vor sich hin. Es war das gleiche Wetter wie zwischen Rodney Williams' Verschwinden und der Auffindung seiner Leiche.

In Wendys Wohnzimmer hatten seine Leute ziemliche Fortschritte gemacht. Von drei Wänden war die Tapete schlecht und recht abgelöst. Wexford hätte es allerdings nicht mit «glatt, zuverlässig und sauber» bezeichnet, aber es war nicht übel. Martin hatte jemanden vom gerichtsmedizinischen Institut herbeizitiert. Ein zottiges weibliches Wesen in einem Marine-Overall, das trotzdem den Eindruck machte, als verstehe es sein Fach, kratzte mit peinlicher Sorgfalt bräunlich gefärbten Putz von den Wänden.

Wendy saß im Erdgeschoß in ihrem Arbeitsraum, in dem sie nähte, bügelte und noch alles mögliche tat, und trennte Schnittmuster aus Zeitschriften heraus. Veronica saß bei ihr. Jungfer Rührmichnichtan auf einem samtenen Sitzkissen. Das Turnier fiel heute aus, wie Wexford vorhergesehen hatte. Er erinnerte sich plötzlich, daß er Joy angedroht hatte, ihr «später» einen Wagen zu schicken, und daß er damit eine Krise um Kevins Abendessen ausgelöst hatte. Wie es jetzt aussah, würde es wohl viel später werden ... Oder morgen. Oder von nun an jeden Tag bis in alle Ewigkeit. Nein, so durfte er nicht denken.

Wendy hatte sich umgezogen und trug jetzt ein Leinenkostüm. Vielleicht hatte sie ihre Tochter auf den Tennisplatz begleiten und dem Spiel zusehen wollen, denn Veronica war in Tenniskleidung, als hoffe sie noch bis zum letzten Augenblick, daß das Turnier nicht abgesagt würde. Sie trug einen plissierten Minirock – wer hätte sie sich auch in Shorts vorstellen können? – und ein Oberteil, das fast zu elegant war, um als T-Shirt bezeichnet zu werden.

«Ich nehme an, sie verschieben es auf Montagabend», sagte Wendy mit hoher, zornig klingender Stimme, «und das heißt, daß höchstens halb so viele Zuschauer da sein werden.»

Die Sachverständige vom Gerichtsmedizinischen kam mit ihrem Köfferchen voller Proben die Wendeltreppe herunter. Den Kratzer hatte sie noch in der Hand.

«Ich glaube, mir wird schlecht», flüsterte Veronica.

Mit übertriebener Fürsorge sprang ihre Mutter auf und führte sie hastig in das Bad im Erdgeschoß.

Wexford ging wieder hinauf. Archbold war gegangen, die Sachverständige war auch nicht mehr da. Martin trank Tee aus einer Thermosflasche und die anderen beiden Cola aus der Dose, während sie darauf warteten, daß *Sevenstarker* auf der vierten Wand selbsttätig seine Arbeit erledigte. Wexford hatte eine Anwandlung von Niedergeschlagenheit. Der Raum, vorher ein Heiligtum in Muschelrosa, war jetzt ein einziges Chaos. Ein Schlachtfeld, nannte es Martin, doch Wexfords Meinung nach war Schlachthaus der passendere Ausdruck, denn dazu war es mißbraucht worden, davon war er überzeugt, und deshalb hatte er es jetzt auch auseinandernehmen lassen. Angenommen, er irrte sich? Angenommen, Rodney Williams war ganz woanders ermordet worden?

Zu spät.

Wenn die Polizei verlor, war das Kitmans Vorteil. Man mußte das Handwerk schließlich fördern, wo man konnte.

«Geben Sie mir mal so ein Ding», sagte er zu Martin und zeigte auf die Schaber. Die weißen Stellen zwischen den braunen waren diejenigen, die Wendy selbst verspachtelt hatte, bevor Kitman mit dem Tapezieren begann.

Wexford bemühte sich vergeblich, mit dem Schaber kam er gegen die weiße Spachtelmasse nicht an.

«Soll ich's mal versuchen, Sir?» Allison holte ein Werkzeug heraus, das Wexford für einen Hartmeißel hielt.

«In Ordnung, versuchen Sie's.»

Es wurde Allisons großer Tag. Er hatte sich noch nie besonders hervorgetan, seit er vor zwei Jahren bei der Polizei eingetreten war. Manchmal dachten er und seine Frau, daß man ihn nur genommen hatte, weil er schwarz und nicht weil er tüchtig oder besonders tauglich war. Sie waren Rassesnobs, aber im umgekehrten Sinn. Wochenlang hatten sich alle fast überschlagen, um ihn freundlicher, höflicher und rücksichtsvoller zu behandeln als, zum Beispiel, einen millionenschweren Großvater auf dem Sterbebett. Das hatte nach einiger Zeit nachgelassen. Er fühlte sich in Kingsmarkham auch ein bißchen einsam, wo nur seine Frau, seine Kinder und noch zwei westindische Familien dieselbe Hautfarbe hatten wie er. Doch heute wurde er für alles entschädigt. Heute geschah, was ihn in seinen eigenen Augen zum Hüter des Gesetzes machte.

«Sir, ich glaube, ich hab was gefunden –» begann er.

Wexford war wie der Blitz an seiner Seite. Vor seinen Augen grub Allison tiefer und dankte seinem guten Stern, daß er daran gedacht hatte, Handschuhe anzuziehen. Der Gegenstand steckte, in Zeitungspapier eingepackt, in dem Spalt und war eingegipst worden. Allison kratzte und grub und brach Gips- und Mörtelstücke heraus, legte dann die Hand um den Gegenstand, sah Wexford an, und Wexford nickte.

Das Messer fiel nicht heraus. Es wurde so ehrfürchtig ausgepackt wie ein Kristallglas. Blitzsauber und poliert, daß es wie ein langes Prisma an einem Kronleuchter glänzte, lag es auf seiner Verpakkung.

20

Wexford behielt sie den ganzen Sonntag bei sich, und am Montag berichteten die Morgenzeitungen, eine Verhaftung stehe unmittelbar bevor. Wexford wollte jedoch beide Frauen überführen, nicht nur eine, nicht nur Wendy, sondern auch Joy. Selbstverständlich wurde Wendy des Mordes an Rodney Williams beschuldigt. Die Klinge des Messers, das in der Wand ihres Wohnzimmers eingegipst gewesen war, paßte ihren Abmessungen nach genau in die Wunden der Leiche, und das Messer selbst war in einen Teil der *Daily-Mail* vom 15. April eingepackt gewesen. Wexford wollte aber auch Joy, aber zwischen Joy und dem Verbrechen schien es keinerlei Verbindung zu geben. Die einzigen Beweise, die er hatte, war eine Zeugin, die behauptete, die beiden Frauen zusammen gesehen zu haben, und eine Stimme am Telefon, die wahrscheinlich die ihre gewesen war.

Außerdem hatte Joy ein Alibi. Wendy hatte keins. Den ganzen Tag häuften sich die Indizien für Wendys Täterschaft. Bis Ovington kam. Das heißt, bis zu Ovingtons zweitem Besuch.

Am späten Samstagabend rief Burden an. Wexford war allein zu Hause und saß bei einem Abendessen aus allerlei Resten. Jennys Wehen waren kein falscher Alarm gewesen, hatten im Lauf des Tages aber wieder nachgelassen. Sie behielten sie jedoch im Krankenhaus und überlegten, ob sie die Geburt nicht einleiten sollten.

«Sie wollten doch, daß sie sich noch eine Woche Zeit läßt», sagte Wexford mürrisch. «Also kommen Sie gefälligst wieder zum Dienst.»

Am nächsten Morgen rief Wexford zuallererst Ovington an. Ob Sonntag oder nicht war ihm völlig egal. Als Ovington auf der Polizeistation eintraf, waren Wexford, Sergeant Martin und Polly Davies schon wieder mit Joy und Wendy – der verrückten Flüchtlingsfrau und der zerbrochenen Puppe – im Verhörzimmer. Es war sehr merkwürdig, aber sie hatten sich einander angenähert. Im Aussehen. Der Übergang war irgendwie fließend geworden, und Wexford dachte an Kiplings Fabel vom Igel und der Schildkröte, die sich vereinten, um zu einem Gürteltier zu werden. So weit waren Joy und Wendy nicht gegangen, aber Angst und Qual hatten bei der jüngeren ihre Spuren hinterlassen, und die ältere hatte sich ein bißchen schicker zurechtgemacht, vielleicht weil ihr Sohn wieder da war. Das Kopftuch war auf alle Fälle verschwunden, und sie hatte ordentliche Schuhe an. Wendys Make-up stammte noch von gestern und war verwischt, und die Schultern ihres schwarzen Baumwollkleides waren mit Haaren übersät. Daß sie eine lange Laufmasche hatte, störte sie heute überhaupt nicht.

Wexford ging hinaus, um mit Ovington zu sprechen. Wie gewöhnlich lächelnd, hätte er mit seiner geradezu absurd schmeichlerischen Art nicht einmal den Gutgläubigsten überzeugen können, geschweige denn einen dickköpfigen Polizisten.

«Sie war am fünfzehnten April bei Ihnen?» sagte Wexford. «Sie war nach der Arbeit auf einen Drink in Ihrer Wohnung? Warum hat sie das denn mit keinem Wort erwähnt?»

«Weil niemand wissen soll, daß wir uns schon getroffen haben, als ihr Mann noch am Leben war.»

Das paßte zu Wendy. Das Image einer tugendhaften Ehefrau wollte Wendy ganz bestimmt aufrecht erhalten. Das bewies noch nicht, daß Ovington die Wahrheit sagte. Er versuchte es eben, ein netter, dummer Mensch mit einem falschen Pflichtgefühl.

Zerstreut bedankte sich Wexford dafür, daß er seine Zeit geopfert hatte. Als er zu den beiden Ehefrauen zurückging, kam ihm plötzlich die Idee, daß es nicht unbedingt Joy und Wendy gewesen sein mußten. Die Paarung konnte auch Wendy und Ovington heißen. Aber wer hatte dann bei Sevensmith Harding angerufen?

Wendy weinte. Sie sagte, ihr sei kalt. Es stimmte, daß es für diese Jahreszeit sehr kalt geworden war, doch darauf hätte sie vorbereitet sein sollen, hätte ihre Eitelkeit opfern und einen Mantel mitbringen müssen. Wexford dachte an die vielen Orte in aller Welt, wo die Polizei Wendy ruhig weiterfrieren ließe, die Temperatur, wenn möglich, noch gesenkt, eine leichte Unterkühlung gern in Kauf genommen würde. Man konnte es nicht Folter nennen, wenn man jemanden dazu brachte zu gestehen, indem man ihn frieren ließ ...

«Holen Sie ihr was zum Anziehen», wandte er sich an Polly.

Er ging mit ihnen noch einmal den Inzest durch und bekam wieder nur Geschichten mit riesigen Löchern zu hören. Joy hätte nie geglaubt, daß Rodney so etwas tun konnte, und blieb bei ihrer Behauptung, Sara müsse ihn dazu verführt haben. Sie behauptete auch, Sara hätte ihn ins Gefängnis gebracht, hätte er auch nur ein Wort verlauten lassen. Wendy sagte jetzt, Veronica habe ihr erzählt, Rodney komme neuerdings abends in ihr Schlafzimmer, um ihr einen Gutenachtkuß zu geben, und es sei «nicht angenehm». Genauso, erklärte Joy und vergaß völlig, was sie eben ausgesagt hatte, habe es bei Sara angefangen. Polly brachte eine unförmige Strickjacke, die aussah, als stamme sie aus Urgroßmutters Zeiten und obendrein aus einem Ramschladen. Der Himmel mochte wissen, wo sie das Ding her hatte! Wendy schlüpfte mit offensichtlichem Widerwillen hinein.

Zum Lunch bekamen sie Sandwichs, teils mit Corned Beef, teils mit Eiern und Kresse belegt. Nicht unbedingt ein Sonntagsessen. Um diese Zeit war Wexford den fünfzehnten April mit ihnen durchgegangen und kam zum vergangenen Donnerstagabend. Wendy hatte zwar ihren Mantel, nicht aber ihren Karton mit Papiertaschentüchern vergessen, pfirsichfarbenen diesmal. Sie saß da und schnüffelte immer gleich eine ganze Handvoll.

Kurz vor drei brach Joy endlich zusammen. Sie brach in haltloses Schluchzen aus, wiegte sich auf ihrem Stuhl vor und zurück, heulte und hämmerte mit den Fäusten auf den Tisch. Wexford unterbrach die Vernehmung und ließ eine Tasse Tee holen. Er ging mit Wendy in das Verhörzimmer nebenan und fragte sie nach Ovington. Zu seiner größten Überraschung gab sie zu, daß sie sich am fünfzehnten April von Viertel nach sieben bis ungefähr Viertel nach neun in Ovingtons Wohnung aufgehalten hatte. Warum sie das nicht schon früher gesagt hatte? Sie nannte denselben Grund wie Ovington. Das haben die beiden miteinander ausgeheckt, dachte Wexford.

«Ich hab mir gedacht, Ihnen kann ich's ja ruhig sagen», erklärte sie mit einem Selbstbewußtsein, das ihn beinahe aus der Fassung brachte. «Ich hab bisher nur deshalb geschwiegen, weil Sie alle einem Menschen ja alles zutrauen. Aber inzwischen ist schon so viel Schmutz ans Licht gezerrt worden, daß meine harmlose Freundschaft kaum noch zählt.»

Aber was zählte schon im Vergleich mit einem Messer in der Wand?

Am Spätnachmittag tauchte Burden auf. Er sah aus, als sei er hundert Jahre alt.

«Um Himmels willen», sagte Wexford, «das war doch nicht ernst gemeint!»

Es stellte sich jedoch heraus, daß Burden nicht wußte, was er sonst mit seiner Zeit anfangen sollte. Er begann mit Joy, bemühte sich, ihr Alibi zu knacken. Aber der Tee hatte bei ihr Wunder gewirkt, und sie blieb bei ihrer Geschichte. Sie hatte bei den Harmers ferngesehen. Punktum. Und nach einer halben Stunde ungefähr hatte sie die schlaue Idee, die ihr schon vor Tagen hätte kommen können. Sie brauchte überhaupt nichts zu sagen, wenn sie nicht wollte. Niemand hatte bisher irgendeine Anklage gegen sie erhoben.

Unglücklicherweise war zu dieser Zeit Wendy wieder im Zimmer und hörte, was sie sagte.

Durch die Tränen lächelte sie Joy freundschaftlich zu. «Gute Idee. Dann sag ich auch nichts mehr. Schade, daß mir das nicht früher eingefallen ist.»

Joy sagte nur noch einen einzigen Satz: «Es ist mir eingefallen, nicht Ihnen.»

Im Schweigen vereint, sahen sie Wexford an. Warum sollte er nicht beide anklagen? Wegen Mordes an Rodney Williams, und wenn er es nicht schaffte, sie zu überführen, wegen Mordes an Paulette Harmer. Morgen vormittag Verhandlung vor dem Special Count, Anordnung der U-Haft... Archbold kam herein und sagte, drei Leute wollten Wexford sprechen. Er ließ die beiden schweigenden Frauen bei Burden und Martin und fuhr mit dem Lift hinunter.

In der Halle saß James Ovington mit seinem wortkargen Vater und einer älteren Frau, die er als seine Mutter vorstellte. Aus irgendeinem Grund war Wexford nie der Gedanke gekommen, Ovington père könnte verheiratet sein. Er sah wie eine Wachspuppe aus. Heute mehr denn je, seine Haut war frischer, seine Wangen röter, sein Lächeln blitzender.

«Meine Eltern möchten Ihnen etwas sagen.»

So konnte man es auch ausdrücken. Sie sahen beide nicht so aus, als hätten sie einen anderen Wunsch, als kehrt zu machen und wieder nach Hause zu gehen. Wexford bat sie, ihn in sein Büro im ersten Stock zu begleiten, aber Mrs. Ovington erwiderte, nein, lieber nicht, besten Dank, als sei es etwas Unanständiges, in männlicher Begleitung nach oben zu gehen. Sie einigten sich auf ein Verhörzimmer. Mrs. Ovington sah sich geringschätzig um, als finde sie es nicht besonders gemütlich.

«Also, Vater», sagte James Ovington, «was wolltest du dem Chief Inspector erzählen?»

Allem Anschein nach nichts.

«Du warst doch bereit, herzukommen und es ihm zu erzählen?»

«Nicht bereit», antwortete Ovington sen. «Wenn es sein muß, dann muß es sein. Das habe ich gesagt.»

«Hat es etwas mit Mrs. Wendy Williams zu tun?» ermunterte ihn Wexford.

Sehr bedächtig und unwirsch sagte Ovington: «Ich habe sie gesehen.»

«Wir haben sie beide gesehen», ergänzte Mrs. Ovington, die plötzlich mutig geworden war.

Wexford kam zu dem Schluß, daß hier nur Geduld half. «Sie haben sie also gesehen. Gut. Wann war das?»

James öffnete den Mund, um etwas zu sagen, war jedoch klug genug, ihn wieder zuzumachen. Sein Vater überlegte und meinte schließlich: «Sie hat ein Auto. Sie hat vor dem Laden im Parkverbot geparkt. Aber nach halb sechs ist es erlaubt. Wir haben sie nicht hineingehen sehen.»

Er schwieg, und das Schweigen dauerte an. Wexford mußte wieder drängen.

«Wo hineingehen?»

«In die Wohnung meines Sohnes, natürlich. Wovon ist denn sonst die Rede? Er wohnt in der untersten Wohnung und wir in der obersten.»

«Im vierten Stock», warf seine Frau ein. «Die Alten können sich ja ruhig anstrengen, so ist es nun mal.»

«Wir haben sie aber gesehen, als sie rauskam», sagte Ovington. «Ich hab aus'm Fenster geschaut. Ungefähr gegen Viertel nach neun. Sie ist gestolpert und beinah hingefallen. Na ja, mit den Absätzen! Dadurch hat auch Mutter sie zu sehen bekommen. Komm her, Mutter, hab ich gesagt, sieh dir das an! Mit den Absätzen macht sie's nicht lange.»

«Das war am fünfzehnten April», mischte sich James ein, der sich nicht mehr zurückhalten konnte.

«Das Datum weiß ich nicht.» Sein Vater schüttelte den Kopf. «Aber es war der erste Donnerstag nach Ostern.»

An diesem Abend ging Wexford früh ins Bett und schlief neun Stunden. Er verbot es sich, an die beiden Frauen zu denken – an Joy, gegen die es keine Beweise gab, und an Wendy, die die Ovingtons entlastet hatten. Er hatte die beiden nach Hause geschickt und sie darauf vorbereitet, daß er sie Montag früh sehr wahrscheinlich wieder holen lassen würde. Der alte Ovington hatte nicht gelogen, doch seine Geschichte schloß dennoch nicht aus, daß Joy in Wendys Haus den Mord begangen und Wendy sich später mit ihr getroffen hatte, um ihr bei der Beseitigung der Leiche, der Kleider und des Wagens zu helfen.

Am nächsten Morgen erwachte er mit klarem Kopf und ganz ruhig. Sofort fiel ihm ein, was es war, das Wendy zu ihm gesagt hatte, als sie ihm erzählte, daß Veronica ein Finale im Tenniseinzel bestreiten sollte. Die Bemerkung war deshalb so bedeutsam, weil sie ihn an etwas Bestimmtes erinnert hatte, und auch das fiel ihm jetzt ein, und aus unzähligen Einzelheiten formte sich ganz allmählich und ohne Schwierigkeiten ein Ganzes. Er hatte das Gefühl, sich an eine Safekombination erinnert zu haben und jetzt eine Zahl nach der anderen einzustellen, bis die Tür langsam aufschwang.

«Was war ich doch für ein Idiot!» sagte er laut vor sich hin.

«Ach, wirklich, Liebling?»

«Wenn ich früher dahintergekommen wäre, hätte das arme Mädchen vielleicht nicht sterben müssen.»

«Ach, komm schon», sagte Dora, «du bist nicht der liebe Gott.»

Das Telefon klingelte, als er das Haus verließ. Es war Burden, aber Wexford war nicht mehr zu erreichen, also sprach Dora mit ihm.

Als Wexford ins Büro kam, erwartete ihn der Obduktionsbericht, den Sir Hilary Tremlett eilig herübergeschickt hatte. Wexford las ihn, und Crocker schaute ihm dabei über die Schulter.

Paulette war mit einer sehr dünnen und sehr festen Schnur erdrosselt worden. In der tiefen Kerbe, die um den Hals des Opfers lief, hatte Tremlette rote Verfärbungen entdeckt.

«Die Nylonschnur von der Spule eines elektrischen Rasenkantenschneiders.»

Crocker sah ihn an. «Eine ziemlich ausgefallene Vermutung.»

«Das glaube ich nicht. In Joy Williams' Garage liegen drei solcher Spulen, und wenn ich mich nicht irre, ist eine leer.»

«Fahren Sie hin, um das zu überprüfen?»

«Im Moment nicht. Später vielleicht. Ist es Ihrer Meinung nach ein Vergehen, ein Kind aufzufordern, gegen die engste Familie auszusagen?»

«Wie es in totalitären Systemen passiert, meinen Sie? Oder wie es meiner Vermutung nach passiert. Extremisten glauben immer, daß der Zweck die Mittel heiligt. Es kommt auch drauf an, was Sie mit ‹engster Familie› meinen. Ich finde es schon ein bißchen hart, wenn es um Vater oder Mutter geht. Da bleiben einem die Worte im Hals stecken.»

«Einen Mann zu betäuben, zu erstechen und das Messer in einer Wand einzugipsen, ist auch nicht grade vom Feinsten. Da bleibt mir auch einiges im Hals stecken.» Wexford griff nach dem Telefonhörer, legte aber wieder auf. «Ich muß die beiden Frauen verhaften», sagte er, «und wie die Dinge liegen, wird es mir nie gelingen, die Anklage gegen sie aufrechtzuerhalten. Wann fängt die Schule wieder an?»

Crocker schien über diesen scheinbaren Gedankensprung ein wenig verblüfft. «Die staatlichen Schulen – die älteren Kinder, meine ich – irgendwann in dieser Woche.»

«Dann tu ich's am besten heute, wenn ich sie allein erwischen will, ohne ihre Mutter.» Wexford griff wieder nach dem Telefonhörer und bat diesmal um ein Amt. Es klingelte so lange, daß er schon glaubte, sie sei nicht zu Hause. Dann antwortete endlich Veronica Williams' leise, ziemlich hohe Stimme, indem sie ihre vollständige zehnstellige Telefonnummer nannte. «Veronica?» sagte Wexford. «Hier spricht Chief Inspector Wexford vom CID Kingsmarkham.»

«O hallo, ja.» Hatte sie Angst oder meldete sie sich immer so vorsichtig und ein bißchen atemlos am Telefon?

«Ich habe nur eine oder zwei Fragen an Sie, Veronica. Wann beginnt heute abend Ihr Tennismatch, und wo findet es statt?»

«Im Tennis-Club Kingsmarkham», antwortete sie. «Um sechs.» Und dann hatte sie doch den Mut zu fragen: «Warum?»

Wexford war ein zu alter Fuchs, um das zu beantworten. «Nach dem Spiel möchte ich mit Ihnen sprechen. Nicht mit Ihnen und Ihrer Mutter, nur mit Ihnen allein. In Ordnung? Ich glaube, Sie haben mir eine Menge zu erzählen, oder?»

Die Stille wurde so lastend, daß er fürchtete, er sei zu weit gegangen. Aber nein. Und es kam besser, als er gehofft hatte.

«Ich habe Ihnen etwas zu sagen. Es gibt da ein paar Dinge, die ich Ihnen sagen muß.»

Wexford glaubte ein Aufschluchzen zu hören, doch möglicherweise hatte sie sich auch nur geräuspert.

«In Ordnung. Dann kommen Sie, sobald das Spiel zu Ende ist, direkt hierher. Wissen Sie, wo das ist?» Er beschrieb ihr den Weg. «Vom Club ungefähr zehn Minuten zu Fuß. Ich lasse Sie später mit einem Wagen nach Hause bringen.»

«Ich muß es meiner Mutter sagen.»

«Aber selbstverständlich. Sagen Sie es, wem Sie wollen.»

Klang das übereifrig? «Aber sagen Sie Ihrer Mutter auch unmißverständlich, daß ich Sie allein sehen möchte.»

Als er den Hörer auflegte, wurde ihm bewußt, was für eine Ungeheuerlichkeit er plante. War sie überhaupt zu rechtfertigen? Veronica war sechzehn und hatte entscheidende Informationen für ihn. Das andere Mädchen, das etwas genauso Wichtiges gewußt hatte, war erdrosselt worden, ehe es mit ihm sprechen konnte. Schickte er Veronica auch in den Tod? Würde sie so sterben wie Paulette Harmer? Wäre Burden hiergewesen, hätte er alles mit ihm besprochen, gegenüber dem Arzt war er zurückhaltender.

«Dann fahren Sie also nicht hin?» fragte Crocker, den Wexfords Miene ebenso verwirrte wie das rätselhafte Telefongespräch.

«Das darf ich auf keinen Fall.»

Später, als der Doktor gegangen war, dachte Wexford: Hoffentlich habe ich die Nerven, das durchzustehen. Ein Jammer, daß es noch Stunden dauert, bis es soweit ist. Daß das Spiel am Abend stattfand, hatte jedoch auch einen Vorteil – hinterher würde es bald dunkel werden ... Vorteil! Jetzt ruft sie bestimmt ihre Mutter bei Jickie an, um es ihr zu sagen, dachte er, und sie irgendwie zu überreden, sie nicht zu begleiten. Er mußte das Mädchen heute den ganzen Tag auf Schritt und Tritt beobachten lassen.

Das Telefon klingelte.

Er hob ab, und die Telefonistin verkündete, sie habe eine Miss Veronica Williams für ihn in der Leitung. Ganz schön hochnäsig, die Kleine, sich selbst «Miss» zu nennen!

«Ich könnte jetzt zu Ihnen kommen», sagte die kindliche Stimme. «Das wäre vielleicht einfacher. Dann brauchte Mami sich nicht aufzuregen. Ich meine, dann müßte ich ihr nicht sagen, daß sie mich nicht begleiten darf.»

Er riß sich zusammen, verhärtete sein Herz. «Ich habe zuviel zu tun und kann erst heute abend mit Ihnen sprechen, Veronica. Und ich will, daß Sie's Ihrer Mutter sagen. Bitte! Sagen Sie's ihr gleich.»

Wenn sie noch einmal anruft, dachte er, gebe ich nach und lasse sie gleich herkommen ... Dann konnte er es nicht mehr durchstehen. Würde sie Martin wiedererkennen? Archbold? Palmer? An Allison konnte sie sich ganz bestimmt erinnern. Aber was machte es schon aus, wenn sie sie erkannte? Er selbst würde ja auch dort sein. Auf keinen Fall ließ er sie im Halbdunkel die zehn Minuten vom Club durch eine Seitengasse der Pomfret Road zur Polizeistation gehen. Und ganz besonders dann nicht, wenn sie seine Anweisungen befolgte und den Fußweg nahm, der durch anderthalb Felder führte.

Wieder klingelte das Telefon. Jetzt ist es soweit, dachte er. Ich kann's nicht durchstehen. Ich fahre zu ihr, hole mir ihre Aussage, und das muß mir Beweis genug sein ... Er nahm ab.

«Inspector Burden, Mr. Wexford.»

Burdens Stimme klang merkwürdig, als sei es gar nicht die seine.

«Es ist alles vorüber. Mutter und Kind geht es gut. Jenny hatte heute morgen um neun einen Kaiserschnitt.»

«Herzlichen Glückwunsch. Das ist großartig, Mike. Grüßen Sie Jenny ganz herzlich von mir, und sagen Sie mir bitte, wie schwer Mary bei der Geburt war, damit ich es Dora berichten kann.»

«Acht Pfund und zweihundertfünfundfünfzig Gramm, doch das Baby wird nicht Mary heißen. Wir ändern aber nur einen einzigen Buchstaben im Namen.»

Wexford hatte keine Lust zum Rätselraten. Jenny hat ihn bestimmt gegen seine Überzeugung zu irgendeinem Modenamen überredet, dachte er.

«Und zwar wird aus Mary – Mark», sagte Burden. «Wir sehen uns später. Ein dreifaches Hurra inzwischen!»

21

Auf diesem Fußpfad war schon einmal eine Frau ermordet aufgefunden worden. Daran mochten jetzt alle denken, sogar Palmer und Archbold, der damals wahrscheinlich noch in die Schule gegangen war. Wie Veronica Williams jetzt. Hatte sie je von dem Mord gehört? Sprachen die Leute heute noch darüber?

Die Frau hatte in der Forest Road gewohnt, der letzten Straße, die postalisch noch zu Kingsmarkham gehörte. Gleich dahinter beginnt das zu Pomfret gehörende Gebiet, offenes, unbebautes Land, das sich in einer Richtung bis Pomfret und in der anderen fast bis zur Polizeistation Kingsmarkham erstreckt. Der Tennis-Club liegt jedoch nicht in der Forest Road, sondern in der Cheriton Lane, die mehr oder weniger parallel mit ihr verläuft. Kleinere von Hecken umfriedete Wiesen liegen auf den paar Morgen Land zwischen Tennis-Club und Stadt, und der Fußweg zieht sich an einer dieser Hekken entlang. An einer Stelle umrundet er ein kleines Wäldchen. Ungefähr fünfzig Meter nördlich der Polizeistation mündet er auf der gegenüberliegenden Straßenseite in die High Street.

Wexford beorderte Martin und Palmer mit einem Wagen in die Cherington Lane, er selbst und Archbold wollten im Wäldchen warten, Loring sollte sich beim Match unter die Zuschauer mischen, Bennett Veronica von der High Street entgegengehen und Allison ihr in entsprechender Entfernung folgen.

«Ein Schwarzer sieht für sie bestimmt aus wie der andere, Sir», hatte Allison erklärt. «Das ist in einer Großstadt vielleicht anders, hier draußen trifft es aber zu.»

«Erzählen Sie mir bloß nicht, daß Inspector Burden und ich in Ihren Augen gleich aussehen.»

«Natürlich nicht, Sir, aber das liegt am Alter.»

Das war überdeutlich, dachte Wexford, jetzt weiß ich wieder, wo ich stehe. Burden war bei ihm im Büro, saß neben ihm, wollte unbedingt bei der Besprechung dabeisein, bei der es um den Schutz von Veronica Williams ging. «Sie können wohl auch nicht länger als fünf Minuten ohne uns auskommen», hatte Wexford gebrummt. Doch wenigstens hatte Burden ein bißchen frischen Wind in diesen flauen Nachmittag gebracht.

«Ich begreife nicht, wie ihnen bei der Geschlechtsbestimmung ein solcher Fehler unterlaufen konnte. Ich versteh, weiß Gott, nicht viel davon, aber wenn der Mann XY- und die Frau XX-Chromosomen hat, dann ändert sich das nie, man behält doch das gleiche Geschlechts-Chromosomen-Paar vom Embryo bis ins hohe Alter.»

«Nein, nein, verändert hat sich da nichts. Es ist so: Bei einer Amniozentese werden dem Fruchtwasser Zellen entnommen, aber ungefähr in einem von zehntausend Fällen entnimmt man irrtümlich nicht Zellen des Kindes, sondern Zellen der Mutter. Es gibt eben überall Fehler, und manchmal merken die Ärzte den Irrtum überhaupt nicht, weil das Kind ja tatsächlich ein Mädchen sein kann ... Ich glaube, in diesem Fall wird jemand dafür gradestehen müssen.»

«Der Irrtum hat so viel sinnloses Leid verursacht.»

«Leid, ja», erwiderte Burden, «aber ob es tatsächlich so sinnlos war? Jenny sagt, sie hat dadurch sehr viel über sich selbst erfahren. Sie hat zum Beispiel begriffen, daß sie keine geborene Feministin ist und den Feminismus nicht mehr von einem so emotionalen Standpunkt, sondern objektiver und logischer betrachten muß. Wir wußten beide nicht, wie viele tief in uns verwurzelte altmodische Vorurteile wir hatten. Weil ich nämlich auch so empfand, müssen Sie wissen, ich wollte auch einen Sohn, obwohl ich es nie gesagt habe. Wir haben gelernt, wieviel man noch voreinander verbirgt, obwohl man glaubt, ganz offen und ehrlich zu sein. All das war nicht weit entfernt von einer – wie nennt es Jenny? – gesteuerten Konfrontations-Therapie.»

Es fiel Wexford schwer, ernst zu bleiben. «Wenn ihr nur jetzt, da ihr euren Sohn habt, nicht plötzlich auf die Idee kommt, daß euch eine Tochter doch lieber gewesen wäre.» Er sagte «ihr», aber er meinte Jenny, die er für eine jener Frauen hielt, für die das Unerreichbare immer den größeren Reiz haben würde.

«Selbstverständlich nicht!» rief Burden und machte ein sehr ärgerliches Gesicht. «Schließlich ist es, wie Jenny sagt, doch wirklich egal, solange das Kind gesund ist und alle Finger und Zehen hat.»

Das war ein Klischee, dem Wexford nichts entgegenzusetzen hatte. Hatte Burden, nun da er hier war, vielleicht Lust, Veronica auch zu bewachen? Keine besonders große, antwortete Burden, er müsse ins Krankenhaus zurück. Es sieht nach Regen aus, dachte

Wexford. Wenn es regnete, würde das Match abgesagt, und Veronica würde wahrscheinlich in Pomfret den Bus nehmen, um zu ihm zu kommen.

Aber gegen halb sechs klarte der Himmel auf. Wexford hätte gern gewußt, was die beiden Frauen dachten. Wie hatten sie wohl darauf reagiert, daß sie den ganzen Tag in Ruhe gelassen wurden? Wenn das Spiel nicht glatt mit zwei Sätzen gewonnen wurde, kam Veronica wohl kaum vor sieben Uhr aus dem Club weg. Ob er sich in der Zwischenzeit Kevin Williams vornehmen und sehen sollte, was er aus ihm herausholen konnte? Aber er wollte eigentlich gar nichts aus ihm herausholen. Er wußte es schon. Warum sah er sich nicht ganz einfach das Spiel an?

Wexford war bisher nicht auf den Gedanken gekommen, sich – oder sonst jemand – zu fragen, ob die Turniere des Tennis-Clubs Kingsmarkham vor Zuschauern stattfanden. Das fiel ihm erst ein, als er das Clubhaus betrat. Aber ein munterer älterer Mann, der wie ein pensionierter Offizier der Air Force wirkte, empfing ihn mit offenen Armen. Sie liebten Zuschauer. Wenn es nur mehr davon gäbe! Es feuere die Spieler unglaublich an.

Wexford hatte Martin und Palmer, die in diskreter Entfernung vom Eingang im Wagen saßen, längst bemerkt. Falls Veronica ihn jetzt sah, was beinahe unvermeidlich war, war es am besten, wenn er ging. Dann würde sie ihm später bestimmt nachkommen. Wichtig war, daß sie keine Chance hatte, hier mit ihm zu sprechen. Deshalb ab in die Bar, denn dorthin würde sich eine sechzehnjährige Turnierteilnehmerin gewiß nicht verirren. Der Sekretär, der sah, welche Richtung er einschlug, trabte hinter ihm her und erklärte ihm, als Nicht-Mitglied dürfe er sich leider keinen Drink bestellen, doch wenn er sich zu einem Glas einladen ließe … Wexford nahm die Einladung an.

Die Bar war halbkreisförmig und hatte ein hohes nach außen gewölbtes Fenster mit Blick auf drei der neun Hartplätze, über die der Club verfügte. Wexford trank ein kleines Glas Lager, denn wie in den meisten Clubs dieser Art gab es weder Faßbier noch «echtes Ale». Der Sekretär beklagte mit monoton klingender Stimme das schlechte Benehmen einiger internationaler Tennisstars in der Öffentlichkeit, erwähnte dann, was für eine herbe Enttäuschung der Regen am Samstag für den Club gewesen sei, weil das Finale im

Einzel abgesagt werden mußte. Am Samstag wären viel mehr Zuschauer gekommen, sagte er traurig. Es waren wirklich und wahrhaftig neun Leute dagewesen – er hatte sie gezählt –, und mußten wieder weggeschickt werden. Natürlich konnte man kaum erwarten, daß sie heute wiederkamen. Wexford hatte den Eindruck, daß der Sekretär über jeden Zuschauer, der auftauchte, so glücklich gewesen wäre, daß er ihn auch zu einem Drink eingeladen hätte.

Es wurde sechs Uhr und dann zehn Minuten nach sechs. Sie kommt nicht, dachte Wexford. Dann erschien ein Schiedsrichter und kletterte auf seinen hohen Stuhl. Fünf Segeltuchsessel und eine Holzbank waren für eventuell auftauchende Zuschauer zurechtgestellt worden. Es sah so aus, als blieben sie leer, aber nach einer Weile kamen zwei ältere Frauen in weißen Strickjacken über weißen Tenniskleidern und setzten sich. Zur gleichen Zeit tauchte Loring auf dem Verbindungsweg auf, der von den ein wenig abseits liegenden sechs Plätzen zum Center Court führte. Nach guter englischer Sitte saßen die beiden Frauen in den Segeltuchsesseln auf der äußersten linken Seite der Sitzreihe, und Loring ließ sich am äußersten rechten Ende der Bank nieder. So klug hätte auch Colin Budd sein müssen.

Veronica und ein größeres, älteres und kräftigeres Mädchen betraten den Platz.

«Also dann wollen wir mal rausgehen und sie ein bißchen moralisch unterstützen», sagte der Sekretär und rieb sich die Hände.

Es war bestimmt kalt. Wind war aufgekommen und zerrte an Veronicas kurzem plissierten Tennisröckchen. Im klassischen Stil begannen die Mädchen sich einzuspielen.

«Ich glaube nicht, daß ich hinausgehe», sagte Wexford. «Haben Sie was dagegen, wenn ich von hier drinnen zuschaue?»

Der Sekretär war schrecklich enttäuscht. Er sah Wexford mit einem Blick gekränkten Vorwurfs an.

«Sie dürfen sich aber keine Drinks bestellen, das wissen Sie, nicht wahr? Und Sie dürfen ihm nichts servieren, Priscilla.»

Loring hatte den Jackenkragen hochgeklappt und rauchte eine Zigarette. Der Sekretär kam heraus und lief zu den beiden Frauen, setzte sich neben sie. Das Einspielen, bei dem Veronica klar die bessere gewesen war, war zu Ende, und das Match begann.

Der Tag war so trüb gewesen, daß es bald dämmern würde. Wexfordnfragte sich, ob es wohl lange genug hell bleiben würde oder ob das Spiel abgebrochen werden mußte? Veronica, die den Aufschlag gewonnen hatte, gewann das erste Spiel zu Null, hatte es jedoch nicht mehr so leicht, als ihre Gegnerin aufschlug.

«Sie können ruhig etwas trinken, wenn Sie wollen», sagte Priscilla. «Ich mache das immer so: spendiere dem Gast einen Drink, und wenn ich das nächste Mal von einem Mitglied zu einem Glas eingeladen werde, bezahlt er eigentlich das Ihre. Ich bin nämlich Abstinenzlerin, aber das brauchen die hier ja nicht zu wissen.»

Wexford lachte. «Lieber nicht, aber trotzdem besten Dank.»

«Wie Sie wollen.» Sie kam zu ihm herüber und stellte sich neben ihn, um zuzusehen.

Es stand drei zu drei im ersten Satz. Es sah aus, als werde er ewig dauern. Und dann war er ganz schnell zu Ende. Veronica gewann ihre beiden Aufschlagspiele und nahm ihrer Gegnerin den noch verbliebenen Aufschlag ab.

«Die Kleine ist 'ne Wucht», sagte Priscilla. «Stark wie ein Pferd, mit Armen, die so schnell zuschlagen können wie Peitschenschnüre.»

Es war zwanzig vor sieben, und die Dämmerung brach herein. Veronica hatte die beiden ersten Spiele im zweiten Satz gewonnen, aber das andere Mädchen kämpfte wie eine Löwin. Vielleicht hatte sie noch nie gegen Veronica gespielt. Sie hatte bis jetzt gebraucht, um Veronicas Schwäche herauszufinden, aber endlich hatte sie sie entdeckt. Veronica konnte lange, schnelle Diagonalschläge auf ihre Vorhand schlecht retournieren, während die Rückhand ihr keine Schwierigkeiten bereitete. Mit einem halben Dutzend dieser Vorhandschläge gewann ihre Gegnerin das nächste, das übernächste und die nächsten beiden Spiele, bis es vier zu zwei für sie stand. Das Licht hatte sich bläulich verfärbt, doch die weißen Linien auf dem Platz waren noch deutlich zu sehen, schienen das Zwielicht zu reflektieren.

Und plötzlich war es, als habe Veronica den Trick entdeckt, wie sie mit diesen hart und diagonal geschlagenen Bällen fertig werden konnte. Oder als sei ihr von irgendwo eine Inspiration zugeflogen. Gewiß lag es nicht daran, daß sie ihn entdeckt oder Loring erkannt hatte, der ihr schließlich nie vorher begegnet war. Aber eine neue Kraft beflügelte sie, eine Virtuosität, die sie sich eben erst erworben zu haben schien. So wie jetzt hatte sie noch nie gespielt, davon war Wexford überzeugt. Für eine kurze Viertelstunde spielte sie, als stehe sie auf dem Center Court in Wimbledon und sei nicht durch einen glücklichen Zufall, sondern durch ihr Können dorthin gelangt.

Ihre Gegnerin war ihr nicht gewachsen. In dieser Viertelstunde gewann sie nur vier Punkte. Veronica gewann den Satz sechs zu vier, und das bedeutete für sie den Sieg. Sie warf den Tennisschläger in die Luft, fing ihn wieder auf, lief ans Netz und schüttelte ihrer Gegnerin die Hand. Wexford sagte Priscilla gute Nacht und verließ den Club auf dem Weg, auf dem er ihn betreten hatte, beobachtete jedoch vorher noch, wie die Spielerinnen in dem Pavillon verschwanden, in dem die Umkleidekabinen waren. Loring saß noch immer auf der Bank.

Allison entdeckte er dort, wo der Fußweg in die Felder mündete. Er lag sehr still in dem hohen Gras an der Hecke und wurde fast völlig davon verdeckt. Wexford sah ihn, ließ es sich aber nicht anmerken. Er war ziemlich sicher, daß Veronica an ihm vorbeigehen würde, ohne ihn zu sehen. Der Weg verlief parallel mit der Hecke und schlängelte sich dann um das Wäldchen herum.

Noch immer herrschte jene falsche Dämmerung, die zwischen Licht und Dunkelheit zu schweben schien. Wäre es viel dunkler gewesen, hätte kein ängstliches junges Mädchen es gewagt, diesen Weg einzuschlagen. Aber Veronica Williams war kein ängstliches junges Mädchen, obwohl sie diesen Eindruck machte.

Die Luft war noch feucht und das Gras naß. Wexford ging im Schatten der hohen Hecke den Pfad entlang, überzeugt, daß derjenige, der es auf Veronica abgesehen hatte, im Wäldchen auf sie lauerte. Damit ja nichts versäumt wurde, war Archbold schon seit halb sechs auf seinem Posten. Wexford konnte jetzt nicht mehr zu ihm, wie es ursprünglich geplant war. Das Risiko, daß er gesehen wurde, war zu groß. Tatsächlich hatte er dadurch, daß er sich das Match angesehen hatte, ihren ganzen Plan aufs Spiel gesetzt. Vor ihm breitete ein Ahornbaum, der die Hecke unterbrach, weit seine Äste aus, deren unterste fast den Boden berührten. Er hob sie auf, lehnte sich an den Baumstamm und wartete.

Inzwischen war es halb acht geworden, und er fragte sich, ob sie überhaupt noch kam. Obwohl die Club-Mitglieder nur sehr spärlich vorhanden gewesen waren, hatten sie sich vielleicht doch entschlossen, Veronica im Clubhaus zu feiern. Aber wohl kaum mit Alkohol. Und sie hätte sich bestimmt davor gedrückt, weil sie genauso dringend mit ihm sprechen wollte wie er mit ihr. Dann fiel ihm ein, daß sie ja ganz die Tochter ihrer Mutter war. Gewiß brauchte sie länger als andere Mädchen, um sich umzuziehen und zu frisieren. Vielleicht duschte sie auch. Wendy gehörte zu den Frauen, die noch einen Sterbenden aus dem Bett zerren, um die Laken zu wechseln, bevor der Arzt kommt.

Wexford stand in der zunehmenden Dämmerung unter seinem Baum. Leichter Nebel zog auf. Hin und wieder hörte man in der Ferne auf der Straße von Kingsmarkham nach Pomfret ein schweres Fahrzeug. Nichts sonst. In dieser Jahreszeit und um diese Stunde sang kein Vogel mehr. Hinter sich konnte er den Weg nur etwa zehn und vor sich vielleicht fünfzig Meter weit überschauen, und er kam ihm wie der unbelebteste Fußweg vor, den er je gesehen hatte. Allison würde Rheuma bekommen, wenn er noch lange auf dem nassen Boden liegen mußte und die Kälte ihm in die Knochen kroch. Archbold war, in seine Steppjacke gewickelt, vermutlich eingeschlafen ...

Sie tauchte ganz plötzlich auf. Doch wie hätte sie wohl sonst erscheinen sollen, da sie völlig lautlos und sehr schnell ging? Sie sah aber nicht so aus, als fürchte sie sich. Wexford sah ihr Gesicht einen Augenblick lang ganz deutlich. Es war völlig arglos. Arglos und vertrauensvoll. Sie wußte nicht, daß sie etwas zu fürchten hatte. Konnte man ihre Halbschwester Sara mit einer florentinischen Madonna vergleichen, war sie ein Page der Medici, das kleine Gesicht ernst und traurig, eingerahmt von goldbraunem Haar, das sie halblang und mit einem Pony trug. Sie hatte rosafarbene Baumwoll-Jeans, von der Mutter erstklassig gebügelt, ihre weißrosa Laufschuhe, einen puderblau- und weißgestreiften Anorak und darunter einen weißen Angorapullover an. Den Tennisschläger hatte sie in einem blauen Futteral. Das alles nahm Wexford mit einem Blick wahr, als sie an ihm vorüberkam.

Er wagte nicht, sein Versteck zu verlassen. Es war ja möglich, daß sie sich umschaute. Statt dessen kroch er durch die Hecke und kauerte sich auf der anderen Seite ins Feld. Es war ein abgeerntetes Weizen- oder Gerstenfeld, und die Stoppeln wirkten grau in diesem Licht. Er lief etwa anderthalb Meter über dem Fußweg an der Hecke entlang. Sehr weit vorn sah er jetzt gerade noch ihren Scheitel im Rhythmus ihrer Schritte wippen. Sie hatte jetzt die Ecke des Wäldchens erreicht.

Ein Stacheldrahtverhau versperrte Wexford plötzlich den Weg. Die einzelnen Drähte waren so eng miteinander verschlungen, daß er nicht durchkriechen, und der oberste Draht so hoch, daß er ihn nicht ohne fürchterliche Folgen für seine Hose übersteigen konnte. Er konnte nur kehrtmachen, wieder durch die Hecke kriechen und über die Böschung auf den Weg zurückklettern. Veronica war zu weit weg, auch wenn sie sich umdrehte, konnte sie ihn nicht sehen. Er sprang hinunter, folgte dem Weg um die nächste Biegung, sah Veronica aber überhaupt nicht mehr, obwohl das ganze Wäldchen vor ihm lag.

Das Herz schlug ihm jetzt ganz hoch im Hals. Wenn sie ihrem Widersacher begegnet und in den Wald gegangen, wenn Archbold tatsächlich eingeschlafen war ... Wexford verließ den Weg und stürmte in den Wald. Hier war es dunkler und trockener, und den Boden bedeckten Millionen von Tannen- und Lärchennadeln. Er rannte zwischen den Bäumen durch und prallte mit Archbold zusammen.

«Es ist niemand hier, Sir. Ich habe seit drei Stunden keine Menschenseele zu Gesicht bekommen.»

«Außer ihr», sagte Wexford außer Atem.

«Sie ist eben vorbeigegangen, allein, in Richtung High Street.»

Er kam auf der Kingsmarkham-Seite aus dem Wald heraus, Archbold dicht hinter ihm. Veronica war nirgends zu sehen. Die Hecken waren zu hoch, das Laubwerk zu dicht. Und dann vergaß Wexford alle Vorsicht und die Mörderjagd und rannte auf dem Weg hinter Veronica her, hatte Angst um sie und um sich selbst. Noch vor ein paar Minuten hatte er den Himmel angefleht, daß Bennett nicht plötzlich von Kingsham her auftauchte und alles verdarb. Jetzt hoffte er, daß er käme.

Vor ihnen lag noch ein flaches Feld, das der Weg diagonal durchschnitt. Dann verlief er im rechten Winkel zu dem Feld, parallel mit einer Hecke bis an die Straße. Keine Spur von Bennett. Weil er Veronica gesehen hatte? Oder ihren Angreifer? Konnte er das überhaupt im schnell schwindenden Licht? Die Wiese war grau, die Hecken schwarz, und die Luft so undurchsichtig wie eine vom Himmel gefallene Wolke. Durch den Nebel sah man nur die Scheinwerfer eines oder zweier Autos auf der Pomfret Road, und dahinter ein unregelmäßiges Bündel blasser Lichter, vermutlich die der Polizeistation.

Veronica war wie vom Erdboden verschwunden, die Wiese leer. Am entgegengesetzten Ende, dort wo der Weg auf die Hecke stieß, war eine kaum wahrnehmbare Bewegung auszumachen. Veronica hatte die Diagonale hinter sich und vor sich die letzten hundert Meter. Das noch vorhandene Licht fing sich in ihrer hellen Kleidung, so daß sie wie ein Nachtschmetterling schimmerte, der an dem dunklen Laub vorüberflatterte.

Wexford und Archbold nahmen nicht die Diagonale. Sie wollten es nicht riskieren, gesehen zu werden. Sie liefen dicht neben der Hecke her, obwohl es dort keinen Weg gab. Archbold, der erst dreißig war, überholte Wexford, der seinerseits das Gefühl hatte, noch nie so gerannt zu sein. Die ganze Zeit sah er vor sich den hellen Schmetterling, der auf den Zauntritt zuhielt, über den man auf den breiten seitlichen Rasenstreifen der Pomfret Road gelangte.

Veronica erreichte ihn nie. Das Flattern hörte auf, und auf einmal war jemand bei ihr, am Ende des Feldes, wo die abgestorbenen Ulmen standen, um deren Wurzeln sich ein fast undurchdringliches Dickicht aus Unterholz, Dornengestrüpp und wilden Klematis gebildet hatte. Etwas oder Jemand war aus diesem Dickicht auf Veronica zugetreten und hatte sich ihr in den Weg gestellt. Wexford glaubte einen Schrei zu hören, war jedoch nicht sicher. Es war kein Angstschrei, sondern eher ein Ausruf der Überraschung gewesen. Er raste um die Ecke, lief wie um sein Leben, glaubte, das Herz müsse ihm im nächsten Augenblick zerspringen, rannte wie kein Mann von fast sechzig Jahren rennen sollte.

Und Archbold kam nur ganz knapp vor ihm an. Es war seltsam, daß das Messer auch jetzt noch glänzen konnte, obwohl es schon fast finster war. Wexford sah es aufblitzen, und dann fiel es zu Boden. Archbold hielt Veronica fest, die das Gesicht an seine Brust drückte und sich an seine Jacke klammerte. Wexford ging selbst auf die andere zu. Sie unternahm keinen Versuch wegzulaufen. Sie schlang die Hände ineinander und ließ den Kopf hängen, so daß er ihr Gesicht nicht sehen konnte.

In diesem Augenblick materialisierte sich Bennett sozusagen aus der Dunkelheit, und da blickte Sara Williams wie benommen mit einem Ausdruck leichter Überraschung auf.

«Nehmt sie beide mit», sagte Wexford. «Sie werden des gemeinschaftlichen vorsätzlichen Mordes an Rodney Williams beschuldigt.»

22

«Sie waren es, die sich kannten, nicht ihre Mütter», sagte Wexford. «Edwina Klein hat es mir gesagt, aber ich habe sie mißverstanden. ‹Die beiden Frauen haben sich gekannt›, sagte sie. ‹Ich habe sie zusammen gesehen.› Ich dachte, sie meine Joy und Wendy. Joy und Wendy waren Frauen, Sara und Veronica hingegen Mädchen. Nur daß für ein militant feministisches Gründungsmitglied von ARRIA alle weiblichen Wesen Frauen sind. Genauso wie für die Organisatoren von Sportveranstaltungen. Es ist ein Damen-Einzel, selbst wenn beide Spielerinnen erst fünfzehn sind.»

Burden und der Doktor sagten nichts. Sie saßen alle im Haus des Strohwitwers Burden, tranken den Pulverkaffee des Strohwitwers Burden. Es war alles zu Ende. Beide Mädchen waren hinreichend verdächtig, um vor Gericht gestellt zu werden. Vor ein normales Gericht die eine, vor ein Jugendgericht die andere. Hinterher war Wexford der Presse in die Hände gefallen. Flink und geschmeidig wie die SAS war ein Kamerateam aus seinem Kombi gesprungen, und wieder würde er im Fernsehen zu besichtigen sein. Und dabei aussehen wie hundert, dachte er, nachdem er sich die halbe Nacht um die Ohren geschlagen und mit Sara Williams gesprochen hatte. Die Leute würden den Sender mit Telefonanrufen bombardieren und seinen Rücktritt aus Altersgründen fordern.

«Sie lernten sich natürlich bei einem Tennisturnier kennen. Als ich das zweite Mal mit Sara sprach, entdeckte ich einen Tennisschläger in ihrem Zimmer. Sie spielte nicht annähernd so gut wie Veronica, gehörte nicht zu den ersten oder zweiten Sechs der High School. Sie schaffte es grade noch, als Ersatzspielerin ins Team zu kommen. Doch eines Tages mußte sie einspringen, und ihre Gegnerin war Veronica. Was dann passierte? Ich weiß es nicht, und sie hat es mir nicht gesagt. Ich vermute, daß eins von den anderen Mädchen eine Bemerkung über die Ähnlichkeit zwischen ihnen fallenließ und fragte, ob sie Kusinen seien, da sie denselben Familiennamen hatten. Natürlich reizte das die eine oder die andere der beiden, weiterzuforschen – wahrscheinlich Sara. Und danach war die Sache nicht mehr schwierig, oder? ‹Schau mal, ich hab ein Foto, das sind meine Eltern ...›»

«So was kann einem jungen Menschen schon zusetzen, nicht wahr?» sagte der Doktor.

«Ja, aber es ist auch ziemlich aufregend.»

«Das ist ein recht oberflächlicher Standpunkt», meinte Burden. «Fast würde ich ihn gefühllos nennen. Die beiden Mädchen waren einsam, Veronica verhätschelt und behütet, Sara vernachlässigt, ungeliebt. Mußte es für sie nicht erschütternd und zugleich ungeheuer tröstlich sein, plötzlich eine Schwester zu finden?»

Die Empfindsamkeit, die Burden erst verhältnismäßig spät im Leben entwickelt hatte, weckte in Wexford stets eine Art nachsichtiger Belustigung. Sie galt so häufig den falschen Dingen. Sie ähnelte in gewisser Weise jenen guten Vorsätzen, mit denen der Weg zur Hölle gepflastert ist.

Er wählte seine Worte mit großer Vorsicht. Es waren starke Worte, die jedoch nur zögernd ausgesprochen wurden.

«Sara Williams hat keine normalen Empfindungen – Zuneigung, Liebe, Einsamkeit, das fühlt sie nicht und kann es nicht nachvollziehen. Ich glaube, man kann sie ruhig als Psychopathin bezeichnen. Sie will Aufmerksamkeit erregen und beeindrucken. Ich könnte mir vorstellen, daß sie von ihrer Halbschwester hauptsächlich Bewunderung empfing. Sara ist hochintelligent. Auf geistigem Gebiet ist sie Veronica weit überlegen. Sie ist eine starke, amoralische, gefühllose Solipsistin, ein Mensch, der nur das eigene Ich mit seinen Bewußtseinsinhalten als Wirklichkeit gelten läßt, und sie hat einen furchtbaren Charakter.»

Crocker zog die Brauen hoch. «Sie sprechen von einer Achtzehnjährigen, die von ihrem eigenen Vater mißbraucht wurde.»

Wexford antwortete nicht. Er dachte an das, was Sara im Verhörzimmer zu ihm gesagt hatte. Marion Bayliss hatte an einem Ende des Tisches gesessen, Martin und er selbst ihr gegenüber, und Sara Williams hatte am Kopfende präsidiert und mit hoch erhobenem Kopf ihre Gefühle und ihre Handlungen geschildert. Sie hatte gar nicht daran gedacht, sich zu verteidigen.

«Meine Schwester», hatte sie gesagt, «sieht so aus wie ich. Ich hatte das Gefühl, sie sei ein anderer Aspekt meiner selbst, der schwächere, hübsche, weibliche Teil von mir, wenn Sie so wollen. Ich wollte diesen Teil endgültig loswerden.»

«Warum haben Sie Ihren Eltern nicht erzählt, daß Sie Veronica kennengelernt hatten?»

«Warum sollte ich?»

Bei ihren Antworten blieb einem die Luft weg.

«Es wäre nur natürlich gewesen, wenn Sie Ihren Vater mit dem konfrontiert hätten, was Sie entdeckt hatten.»

Sie war auf ihre Weise aufrichtig. «Es hat mir gefallen, ein Geheimnis zu haben. Es hat mir Spaß gemacht, etwas zu wissen, von dem er glaubte, ich wisse es nicht.»

«Weil Sie ihn dadurch in der Hand hatten?»

«Vielleicht», antwortete sie gleichgültig. Es langweilte sie, wenn sich das Gespräch nicht ausschließlich um sie drehte.

War es das, womit sie ihm gedroht hatte, als es um den Inzest ging? Hatte sie sich ihn damit vom Leib gehalten – im wahrsten Sinn des Wortes?

«Sie haben auch Veronica dazu gebracht, ihrer Mutter nichts zu sagen?»

«Sie hat getan, was ich von ihr verlangte.»

Sie sagte das so wie ein Hundetrainer, der von einem besonders gehorsamen Tier sprach. Für den Trainer ist dieser Gehorsam etwas Selbstverständliches, eine so starke Wirkung geht von seiner Persönlichkeit und seiner Technik aus, so undenkbar ist für ihn eine andere Reaktion. Um das zu verstehen, hätten Crocker und Burden das Mädchen sehen und hören müssen, dachte Wexford. Er konnte nicht einmal versuchen, es ihnen zu vermitteln. «Sara und Veronica trafen sich oft», fuhr er fort. «Sara begleitete Veronica sogar nach Hause, wenn Wendy im Geschäft war. Veronica schwärmte für ihre Schwester, eiferte ihr nach, hätte ihr in allem gehorcht.»

«Hätte?»

«Hat. Psychiater nennen das, was die beiden überkam, *folie à deux*, eine Art Wahnsinn, der von zwei Menschen nur Besitz ergreift, wenn sie zusammen sind und sich gegenseitig beeinflussen. Und immer gibt es in solchen Konstellationen einen, der sich leicht gängeln läßt, und einen, der dominiert.» Wexford schweifte kurz ab. «Wenn ich zurückblicke, kann ich mich nicht daran erinnern, daß Sara Williams je einen Satz zu mir gesagt hätte, der nicht mit ‹ich› anfing oder von ihr selbst handelte.»

Er fuhr mit seinem Bericht fort: «Daß es jetzt eine Verbindung zwischen den beiden Williams-Haushalten gab, führte dazu, daß die Mädchen Informationen austauschten. So hatte Sara zum Beispiel geglaubt, ihr Vater sei bei Sevensmith Harding Firmenvertreter für den Bezirk Ipswich. Und Veronica dachte, ihr Vater sei Verkäufer bei einer Firma für Badezimmereinrichtungen. Sie unternahmen die nötigen Schritte, um die Wahrheit herauszufinden, und das ist ihnen auch gelungen. Schon vor über einem Jahr haben sie festgestellt, was Rodney beruflich wirklich machte, was für eine Stellung er bekleidete, und nachdem Sara ein bißchen recherchiert hatte, wußten sie auch, was ein Marketing Manager im Durchschnitt verdiente.

Sara warnte Veronica vor den sexuellen Neigungen ihres Vaters. Deshalb fürchtete Wendy, er könnte versuchen, ihre Tochter zu mißbrauchen. Nicht, weil sie selbst etwas beobachtet hatte oder Veronica aus einem Kuß und einer Umarmung entsprechende Schlüsse zog, sondern weil Sara ihr sagte, was sie zu erwarten hatte, und Veronica es weitergab, ohne zu verraten, woher sie es wußte. Wie dem auch sei, Sara machte aus Veronica ein völlig verängstigtes Mädchen. Ein völlig verwirrtes und unsicheres Mädchen. Versetzen Sie sich einmal in ihre Lage. Zuerst entdeckt sie, daß ihr Vater eine zweite – die gesetzliche – Ehefrau und erwachsene Kinder hat. Das bedeutet, daß er mit ihrer Mutter nicht verheiratet sein kann und sie daher illegitim ist. Also muß er ein Lügner und Betrüger sein. Er hat sogar eine andere Stellung als die, die er angibt. Und das Schlimmste von allem – er hat seine andere Tochter mißbraucht und hat mit ihr bestimmt dasselbe vor. Kein Wunder, daß sie Angst hatte.

Daß sie Wendy von ihrer Furcht vor einem sexuellen Übergriff ihres Vaters erzählt hatte, führte nur zu Schwierigkeiten zwischen ihren Eltern. Hat Wendy Rodney beschuldigt, und hat er es heftig geleugnet? Da können wir fast sicher sein. Der Streit war jedenfalls so schlimm, daß Wendy glaubte, Rodney werde sie verlassen, sie fürchtete aber auch, daß Veronica dann erst recht in Gefahr sein würde. Wir sehen also, warum sie nicht wollte, daß Veronica am Abend des fünfzehnten April zu Hause blieb. Wenn Rodney doch wieder zurückkam, würde sie mit ihrem Vater allein sein – und zwar zum erstenmal, seit die Sache aufgedeckt worden war.

Aber Veronica hatte jetzt außer ihrer Mutter noch eine andere Freundin und Vertraute. Sie hatte Sara. Und Sara rechtfertigte das Vertrauen, das sie in sie setzte. Sara hatte eine gute Idee, wie man Rodneys Aufmerksamkeit von seiner Tochter – und nicht nur von ihr, sondern eigentlich von allem – ablenken konnte. ‹Vertausch seine Blutdruck- mit Schlaftabletten.› Doch das konnte man nur einmal und im äußersten Notfall tun.

So unwissend auch ihre Mütter sein mochten, Sara und Veronica wußten am fünfzehnten April sehr genau, daß Rodney von der Alverbury Road schnurstracks in die Liskeard Avenue fahren würde. Also tauschte Sara die Tabletten selbst aus, die beiden letzten, die das Fläschchen enthielt. Vergessen Sie nicht, daß wir in der Alverbury Road ein leeres und in der Liskeard Avenue ein halbvolles Fläschchen *Mandaret* gefunden haben. Rodney nahm also seine zwei Mandaret, wie er glaubte, und ließ die leere Packung in seinem Schlafzimmer liegen. Dann fuhr er nach Pomfret. Bestimmt wurde er schon unterwegs schläfrig.»

«Das waren die Phanodormtabletten, die Paulette Harmer besorgt hatte?» fragte der Doktor.

«Ich nehme an, sie hat sie besorgt. Es kommt mir am plausibelsten vor. Aber Paulette mußte nicht sterben, weil sie ein Schlafmittel weitergegeben hatte, obwohl das verboten war. Sie starb, weil die Ereignisse eine Wendung nahmen, die dazu führte, daß sie ihre Gedanken auf den fünfzehnten April konzentrierte, und sie erinnerte sich, wie es wirklich gewesen war. Sie erinnerte sich, daß ihre Mutter an diesem Abend mit Tante Joy telefoniert und erwähnt hatte, sie freue sich, daß Kevin sich an der Uni schon wieder so gut eingewöhnt habe. Und das wollte sie uns sagen, weil sie aus der Zeitung, aus dem Fernsehen und von ihren Eltern wußte, wie stark der Verdacht gegen ihre Tante war. Sie wußte ganz genau, daß ihre Tante an jenem Abend zu Hause gewesen war – um Kevins Anruf um acht Uhr und den ihrer Mutter um Viertel vor neun entgegenzunehmen.»

Das Mädchen hätte Blumen streuen oder in einer Muschelschale den Meereswogen entsteigen sollen. Das Gesicht war weich, unschuldig und ein wenig verschlossen. Obwohl ein winziges selbstzufriedenes Lächeln die Lippen umspielte. Das Haar war von der hohen Stirn straff zurückgekämmt, doch ein paar Strähnchen hatten sich gelöst und lagen wie goldene Ranken auf der weißen Haut.

«Veronica rief mich an. Sie sagte nur, er sei eingeschlafen, wie ich es ihr prophezeit hätte. Ich sagte, ich käme hinüber.»

Wexford hatte sie nur unterbrochen, um zu fragen, warum.

«Nun ja, weil ich es für richtig hielt. Eine solche Chance würde sich mir nie wieder bieten, nicht wahr?»

Er beherrschte sich und fragte nicht, was sie damit meine. Ihre Augen schienen größer zu werden, ihr Gesicht wurde ausdrucksloser.

«Ich sah ihn dort schlafen und dachte, daß jetzt ich Macht über ihn hatte. Ich dachte an die Macht, die er über mich besaß. Ich wurde wütend, wirklich wütend.»

«Und Veronica?»

«An Veronica habe ich nicht gedacht. Ich nehme an, sie war da. Na ja, ich weiß, daß sie da war. Ich sagte zu ihr: ‹Wir könnten ihn umbringen, und damit hätte alles ein Ende.› Ich sagte ihr, sie solle mir ein Messer holen. Ich hab's nicht ernst gemeint, habe nur herumphantasiert. Ich war wütend, und ich war erregt – irgendwie *high*, wie nach einem Drink.»

Folie à deux. War Veronica auch erregt gewesen? Von diesem Mädchen würde er kaum etwas über die Gefühle eines anderen Menschen erfahren.

«Ich nahm ihr das Messer aus der Hand und entfernte die Scheide aus Pappe, in der es steckte. Ich ging zu meinem Vater, der auf dem Sofa lag, und fing an rumzuspielen, fuchtelte mit dem Messer in der Luft herum und tat so, als stieße ich es in ihn hinein. Ich merkte, daß er sehr tief schlief. Ich brachte Veronica zum Lachen mit meiner Pantomime, von der er überhaupt nichts merkte. Ich erinnere mich nicht mehr, warum ich eigentlich aufhörte zu spielen. Ich war so erregt und *high*, daß ich's nicht mehr weiß. Aber so ist es passiert. Eben noch war es Phantasie, und im nächsten Moment war es Wirklichkeit.»

Sie sah über den Tisch hinweg zuerst Marion und dann Martin an. Es war, als fordere sie die ungeteilte Aufmerksamkeit ihres Publikums. Dann schaute sie Wexford mit einem festen Blick in die Augen.

«Ich hob das Messer und stieß es ihm in den Hals, ganz fest, mit beiden Händen. Davon wurde er wach und ächzte oder stöhnte oder so. Also stieß ich noch ein paarmal zu, damit das Blut nicht mehr so herumspritzte. Ich will Ärztin werden, daher wußte ich, daß er aufhören würde zu bluten, wenn er tot war ...»

So abgehärtet Wexford auch war, er brauchte ein paar Sekunden, um Worte zu finden.

«Hat Veronica auch zugestochen?»

«Ich habe ihr das Messer gegeben und gesagt, jetzt mal los. Die

Halswunde war sehr groß, und sie stieß das Messer hinein. Dann lief sie weg und übergab sich.»

«Total verrückt», sagte Burden. «Übergeschnappt.»

«Vielleicht. Ich bin nicht sicher. Wir wollen jetzt nicht anfangen, Psychosen zu definieren.»

«Wie ging's weiter?» fragte der Doktor.

«Das Zimmer war zum größten Teil mit alten Laken abgedeckt. Rodney hatte schon halb schlafend das Haus betreten, sich die Treppe hinaufgeschleppt und auf das Sofa fallen lassen, das auf einer Seite ebenfalls mit einem Laken zugedeckt war. Zufällig an dem Ende, an dem sein Kopf lag. Dieses Tuch, das Leslie Kitman gehörte, fing das meiste Blut auf. Etwas spritzte auch auf die Wand, von der am selben Tag die alte Tapete abgelöst worden war. Sara packte Rodneys Kopf in das Laken und wusch die Wand ab. Veronica hatte sich inzwischen erholt und ordnete sich Sara völlig unter. Sie wusch das Messer ab und hatte dann die Idee, es in die Wand einzugipsen. Damit handelten sie zum erstenmal mit wohlüberlegter Raffinesse. Es geschah noch ein paarmal. In den Wänden waren Risse und Sprünge, die verspachtelt werden mußten, und in der Garage fanden sie ein Paket Spachtelmasse. Außerdem stand dort Rodneys Wagen, den Sara fahren konnte. Sie rollten das Laken zusammen und verbanden Rodney den Hals mit einem der Geschirrtücher, die Wendy bei Marks and Spencer gekauft hatte. Nachdem sie das Zimmer gesäubert hatten, trugen sie Rodney die Wendeltreppe hinunter und durch die Verbindungstür, die aus der Diele direkt in die angebaute Garage führt. Dann legten sie ihn in den Kofferraum seiner Greta aus Granada. Das in Zeitungspapier eingepackte Laken warfen sie in die Mülltonne. Und zwar gegen halb acht.»

«Wie», sagte Burden, «ist es dann möglich, daß Kevin, der um acht Uhr in der Alverbury Road anrief, mit seiner Schwester sprach?»

«Er hat nicht mit ihr gesprochen, sondern mit seiner Mutter. Und selbstverständlich wußten er und Joy sehr genau, daß sie miteinander telefoniert hatten. Sie haben nur gelogen, um Sara zu schützen. Oh, ich weiß, Joy liebt Sara nicht besonders, aber sie ist schließlich ihre Tochter. Sobald sie anfing ernsthaft darüber nachzudenken, wurde ihr bald klar, daß Sara etwas mit Rodneys Verschwinden zu tun haben konnte. Zuerst war sie ehrlich überzeugt, daß er sie verlassen hatte, und bat mich deshalb um Rat. Aber dann änderte sich alles. Ich glaube auch zu wissen, warum. Auf meinen Rat hin rief sie bei Sevensmith Harding an und erfuhr dort, daß *sie* am Freitag, dem 16. April, mit der Firma telefoniert und Rodney wegen Krankheit entschuldigt hatte. Zweifellos glaubte Joy zuerst an einen Irrtum, aber sie behaupteten steif und fest, es sei dieselbe Stimme, ganz sicher. Und Joy wußte, daß Saras Stimme der ihren sehr ähnlich war.

Joy glaubte auch zu wissen, was Sara wegen des Inzests für ihren Vater empfand, das dürfen Sie nicht vergessen. Sie erinnerte sich außerdem, daß Sara am Abend des 15. April nicht zu Hause gewesen war. Also erzählte sie uns und brachte Kevin dazu, das zu bestätigen – was nicht weiter schwierig war, da er der Polizei mißtraut und an seiner Schwester hängt –, daß sie an diesem Abend nicht zu Hause gewesen war und Sara den Anruf entgegengenommen hatte. Handelte sie im Einverständnis mit Sara? Ich bezweifle es. Mutter und Tochter redeten kaum miteinander. Ich vermute, daß Joy sagte, es sei vielleicht klüger, die Sache so zu arrangieren, und Sara stimmte wahrscheinlich mit einem Nicken zu und sagte ja.»

«Sie zeichnen da das Bild einer mütterlichen Frau, die sich selbst opfert», sagte der Doktor, «und das stimmt einfach mit Ihrer bisherigen Meinung von Joy Williams nicht überein. Ihre Geschichte kommt mir vor wie das alte Märchen von der Pelikanmutter, die sich das Fleisch aus der eigenen Brust riß, um ihre Brut zu füttern – und gehört ebenso ins Reich der Fabel.»

«Nein. Joy war ganz zu Recht überzeugt, sie gehe kein allzugroßes Risiko ein. Sie hielt es für ausgeschlossen, daß wir die falsche Person verhaften könnten. Ihr Vertrauen muß während der letzten Tage auf eine harte Probe gestellt worden sein.»

Burden, dem immer wohler zumute war, wenn er sich auf belastende Einzelheiten und Indizien stützen konnte, sagte ungeduldig: «Die beiden Mädchen fuhren Williams' Leiche also in den Cheriton Forest hinauf und gruben ihm mit seiner eigenen Schneeschaufel das Grab?»

«Ein flaches Grab, denn nachdem sie ihn getötet hatten, wollte Sara, daß die Leiche bald gefunden wurde. Es sollten höchstens zwei Wochen vergehen, bis dahin würden, wie sie richtig vermutete, alle Spuren verwischt sein. Es kam jedoch nicht so, wie sie wollte, und es dauerte zwei Monate, bis man den Toten fand.

Eins ging mir ständig im Kopf herum, und zwar das, was ich bei mir den ‹Milvey-Zufall› nannte, der den Fall so unglaublich komplizierte. Inzwischen ist auch das ganz klar. Es gab keinen Zufall. Sara und Veronica versteckten Rodneys Reisetasche – wahrscheinlich im Wald – und hofften, daß sie in den nächsten Tagen gefunden würde. Aber das traf nicht ein. Dann sagte Mrs. Milvey eines Tages zu Joy, daß Milvey am nächsten Tag den Teich im Park von Green Pond Hall säubern und ausbaggern würde, und Sara hörte es zufällig. Sie holte die Tasche und warf sie rechtzeitig genug in den Teich, daß Milvey sie am nächsten Tag finden mußte.»

«Aber warum wollte sie, daß die Leiche entdeckt wurde? Das konnte ihr doch egal sein.»

«Dazu komme ich später.»

«Ich begreife nicht, warum sie sich die Mühe machte, Sevensmith Harding anzurufen und einen Brief zu fälschen, um die Entdeckung hinauszuzögern, und dann alles tat, um sie zu beschleunigen. Das heißt – ich nehme an, daß es Sara war, die bei der Firma anrief. Ihre Stimme ist der ihrer Mutter wirklich zum Verwechseln ähnlich.»

«Sie hat angerufen, und Veronica hat den Brief getippt. Im Haus ihrer Freundin Nicola Tennyson, auf der Schreibmaschine von Nicolas Mutter.»

«Sie begruben die Leiche, versteckten die Reisetasche, und Sara fuhr Veronica nach Pomfret zurück, damit sie vor Wendy zu Hause war. Das war gegen neun. Wendy, die Ovington besucht hatte, mit dem sie ein bißchen flirtete, kam erst um halb zehn. Sara fuhr nach Myringham und ließ den Wagen in der Arnold Road stehen, wo Eve Freeborn ihm kaum eine halbe Stunde später eine Delle verpaßte, als sie einparkte. Wäre Sara ein bißchen später und Eve ein bißchen früher drangewesen, hätten sich die beiden ARRIA-Mitglieder getroffen, was unsere Arbeit wesentlich erleichtert hätte. Aber als Eve kam, saß Sara schon im Bus und fuhr nach Hause.

Am nächsten Morgen schloß sie sich, bevor sie in die Schule ging, im Wohnzimmer ein und rief bei Sevensmith Harding an. Sie hatte Glück, daß um diese Zeit schon jemand in der Firma war, um das Gespräch entgegenzunehmen, aber da sie in die Schule mußte, war sie ja gezwungen, so früh zu telefonieren. Und damit, denke ich, wären alle näheren Umstände des Mordes an Rodney Williams geklärt.»

Burden nahm das Tablett auf. «Noch jemand Kaffee?» fragte er.

Nein, keinen Kaffee mehr, antwortete Wexford. Es sei fast Zeit für ein Bier, nicht wahr? Der Doktor sah ihn mit mißbilligend gerunzelter Stirn an, und er wandte absichtlich den Kopf ab, blickte hinaus in Burdens freundlichen, jetzt wieder gepflegten Garten, in dem die Blumenrabatten wie Kleiderchintz und der Rasen wie ein Stückchen grüner Flanell aussahen. Jennys gelbe Chrysanthemen leuchteten in der Sonne so grell, daß man sie kaum ansehen konnte. Burden öffnete die Terrassentür.

«Das traurige an der Geschichte ist», sagte Crocker, «daß ein Medizinstudium für Sara Williams praktisch unmöglich geworden ist.»

Burden sah ihn an. «Aber St. Biddulph wird sich doch an einer solchen Kleinigkeit wie Vatermord nicht stoßen», sagte er sarkastisch.

«Sie halten es also nicht für gerechtfertigt – nicht für mehr als gerechtfertigt, wenn ein Mädchen seinen Vater tötet, nachdem er es mißbraucht hat und darauf aus ist, der jüngeren Halbschwester dasselbe anzutun? Sie glauben nicht, daß Richter und Geschworene ihr mildernde Umstände zubilligen werden?»

«O doch, ich glaube schon.» Es war Wexford, der an Burdens Statt antwortete.

«Das ist nur gerecht, sie wird also nicht für ein paar Jahre hinter Gittern verschwinden, oder? Sie wird zwar nie die zweifelhafte Ehre haben, Ärztin zu sein wie Ihr hier anwesender untertänigster Diener, aber es wird auch keine übliche Strafe geben?»

«Dessen wäre ich mir nicht allzu sicher.»

«Weil sie den Mord geplant und die Spuren verwischt hat, meinen Sie?»

«Sie hat ihre Kusine Paulette Harmer getötet», sagte Burden.

«Das hat sie tatsächlich, doch das habe ich nicht gemeint. Denn sehen Sie, Rodney Williams hat mit seiner älteren Tochter nie Inzest begangen. Er hat sich auch seiner jüngeren Tochter nie auf diese Weise genähert. Ich bezweifle sehr, daß er überhaupt je versucht hat, jemanden sexuell zu mißbrauchen – und das meine ich im weitesten Sinn des Wortes.»

23

Crocker hatte sofort verstanden, und Wexford überließ ihm die Erklärung. Der Doktor begann in groben Umrissen Freuds «Verführungs-Theorie» zu erklären, wie in dem berühmten Papier von 1896 dargelegt.

«Dreizehn Patientinnen von Freud behaupteten, von ihren Vätern verführt worden zu sein. Freud glaubte ihnen und baute auf ihren Aussagen eine Theorie auf, verwarf sie jedoch später wieder, weil ihm klar wurde, daß er zu leichtgläubig gewesen war. Statt dessen kam er zu dem Schluß, daß kleine Mädchen dazu neigen, sich einzubilden, ihr Vater habe mit ihnen geschlafen. Von da an hatten kindliche Phantasien für ihn große Bedeutung und waren später die Grundlage für seine nicht beweisbare These vom Ödipuskomplex.»

«Soll das heißen, daß Sara sich die ganze Sache nur ausgedacht hat?» fragte Burden. «Aber sie ist doch gewiß kein kleines Mädchen mehr.»

«Auch Freuds Patientinnen waren keine kleinen Mädchen mehr, als sie zu ihm kamen.»

«Ich denke», sagte Wexford, «Sara hatte die üblichen Phantasien einer Tochter über ihren Vater. Als sie älter wurde, las sie Freud. Sie las auch Bücher über Inzest – sie stehen alle in ihrem Schlafzimmer. In der ARRIA-Satzung wird auch der Inzest zwischen Vater und Tochter erwähnt. Hat sie diesen Passus auch gelesen, oder hat sie ihn sogar geschrieben? Auf jeden Fall war sie in ihrer Vorstellung viel enger mit ihrem Vater verbunden als er mit ihr.»

«Woher wollen Sie wissen, daß er sie nicht tatsächlich verführt hat? Männer begehen Inzest mit ihren Töchtern. Ich meine, woher wollte Freud wissen, ob unter seinen dreizehn Patientinnen nicht doch eine war, die nicht phantasiert, sondern die Wahrheit gesagt hatte?»

«Das kann ich nicht beantworten», sagte Wexford. «Aber ich kann Ihnen verbindlich sagen, daß Sara nie von ihrem Vater mißbraucht wurde. Sie gehört nicht zu den Mädchen, denen so etwas passiert. Sie ist weder unwissend noch dumm, weder verschüchtert noch abhängig. Diese Verführung oder scheinbare Verführung folgt dem klassischen Beispiel, wie es in den Büchern steht. Das Mädchen wehrt sich nicht, kämpft und schreit nicht. Es will kein

Aufsehen. Bei der ersten Gelegenheit erzählt es der Mutter, was geschehen ist, und die Mutter reagiert mit Zorn, Vorwürfen und der Beschuldigung, die Tochter habe sich gegen den Vater allzu herausfordernd verhalten. Joy, wie wir wissen, paßt hervorragend zu diesem klassischen Beispiel. Aber Sara? Hätte Sara, ein leitendes ARRIA-Mitglied, eine überzeugte Feministin, sich nicht gewehrt und geschrien, wenn es wirklich geschehen wäre? Sie war mit dem Messer sehr schnell bei der Hand, wie wir wissen. Und sie ist die letzte, die es stört, zu Hause oder sonstwo Aufsehen zu erregen und alles durcheinanderzubringen. Und Sara – ihrer Mutter was erzählen? Nie und nimmer. Die beiden haben seit Jahren nicht mehr richtig miteinander gesprochen. Sara verachtet ihre Mutter. Wenn sie es jemandem erzählt hätte, dann ihrem Bruder Kevin. Nein, es hat keinen Inzest gegeben. Denn wenn es ihn gegeben hätte, hätte sie ihn verschwiegen, um ein Druckmittel gegen ihren Vater in der Hand zu haben, und wäre damit nicht zu Joy gelaufen.

Es war natürlich Sara, die Colin Budd überfallen hat. Wie Sie sich erinnern werden, passierte das am Abend, bevor Milvey anfing, den Green Pond auszubaggern. Sara holte nach Einbruch der Dunkelheit die Tasche aus ihrem bisherigen Versteck im Wald und steckte sie in einen Plastiksack. Als Budd daherkam, wartete sie auf den Bus, der sie ans andere Ende von Kingsmarkham bringen sollte, zur Forby Road in die Nähe von Green Pond Hall. Daß Budd sich für sie interessierte, kam ihr höchst ungelegen. Außerdem hatte sie sich dazu erzogen, immer Ausschau nach ‹sexistischen Annäherungen› zu halten. Sie war ausschließlich in eigener Sache unterwegs, und dieser Mann behandelte sie so, als sei sie ausschließlich als Lustobjekt auf dieser Welt. Ganz bestimmt verlor sie auch ein bißchen die Nerven. Sie stach mit einem Federmesser zu.»

«Wenn alles nur Phantasie war», sagte Burden, der sich wieder der Analyse von Saras Charakter zuwandte, «warum hat sie dann Veronica gewarnt? Warum die jüngere vor etwas warnen, das nie passieren würde?»

«Sie denken, eine solche Phantasterei sei nur was ‹Ausgedachtes›, so daß derjenige, der phantasiert, nicht daran glaubt?»

«Und glaubt er daran? Hat Sara sich eingeredet, es sei wirlich passiert?»

«Ja und nein. Sie hat zugegeben, daß nie etwas geschehen ist.

Andererseits wäre ich nicht überrascht, wenn sie morgen erklärte, es sei doch so gewesen, und auch fest daran glaubte. Dieses Geheimnis weitergeben zu können, dieses schreckliche und abstoßende Geheimnis, muß ihr einen noch größeren Einfluß auf Veronica verschafft haben. Es hat ihre Macht verstärkt. Sehen Sie, Veronica hatte große Angst vor ihr, sie bewunderte sie fast ehrfürchtig, aber die ganze Sache ging ihr schon vor dem Mord an Rodney auf die Nerven.»

Wexford hatte Wendy holen lassen, und sie war ausnahmsweise ruhig und vernünftig. Seiner Meinung nach war die Atmosphäre in seinem Büro angenehmer als in den kahlen Verhörzimmern. Marion und Polly saßen nebeneinander und Veronica ein wenig abseits – bis Wexford hereinkam. Jungfer Rührmichnichtan und der finstere Riese, der neben ihr Platz nahm. Nur konnte sie nicht weglaufen. Es würde sehr lange dauern, bis Veronica Williams wieder vor etwas weglaufen konnte.

Sie war sehr blaß. Seit Wexford sie zum erstenmal gesehen hatte, war ihr Haar ungefähr fünf Zentimeter gewachsen, und sie trug es jetzt ungefähr fünfzehn Zentimeter länger als auf dem Strandfoto. Hatte sie es wachsen lassen, um ihrem Idol und Vorbild Sara nachzueifern? Er hatte sie gefragt, wann sie ihre Halbschwester kennengelernt hatte.

«Im September.» Sie sprach so leise, daß er sie bitten mußte, die Antwort zu wiederholen. «Im September – vor einem Jahr», sagte sie.

«Und wie oft haben Sie sich seither getroffen? Einmal wöchentlich? Öfter?»

Sehr leise: «Öfter.»

Sie gab zu, daß sie ständig miteinander telefoniert hatten. Manchmal war es wie ein Spiel. Sara rief an und sagte, sie sei in fünf Minuten in der Liskeard Avenue, oder sie rief Sara an und sagte, wenn Sara vorsichtig sei und sich nicht sehen ließe, könne sie Rodney und Wendy beobachten, die ihr – Veronica – beim Tennis zuschauten.

«Aber plötzlich war es kein Spiel mehr, nicht wahr? Am 15. April hörte es auf ein Spiel zu sein.»

Sie nickte, und ein Schaudern ging durch ihren Körper wie ein Krampf. «Warum hast du immer alles getan, was sie sagte?» fragte Wendy. «Warum hast du ihr alles erzählt?»

Wie konnte Veronica ihr das beantworten?

«Du hast ihr gesagt, du wolltest zu mir kommen und gestehen, welche Rolle du bei dem Ganzen gespielt hast, nicht wahr?» fragte Wexford sehr sanft.

Veronica sah Wendy an. «Ich dachte, Sie wollten meine Mutter verhaften.»

Ein winziger Triumph blitzte in Wendys traurigen Augen auf. Unter diesen unglaublichen Umständen wurden ihr all die Jahre ergebener Mutterliebe gelohnt ...

Wexford erwachte aus seinen Gedanken, als Burden ein Tablett mit drei Büchsen Bier und allen möglichen Happen hereinbrachte, von denen er sich hauptsächlich ernährte, während Jenny nicht da war.

«Aufwachen!»

«Entschuldigung.»

«Hören Sie, wenn's keinen Inzest gegeben hatte und auch keiner zu befürchten war, wenn Veronica nicht in Gefahr war – was war dann das Motiv für den Mord an Rodney? Von Anfang an hat uns in diesem Fall ein handfestes Motiv gefehlt. Oder wollen Sie sagen, ein Psychopath brauche kein Motiv – oder zumindest kein Motiv, das ein normaler Mensch versteht?»

«Ich habe Ihnen gesagt, daß Saras Verhalten auf vielen Überlegungen beruht, die Außenstehenden zum Teil völlig unbegreiflich vorkommen müssen. Daß sie die Leiche ursprünglich versteckte, zum Beispiel, und später geradezu erpicht war, daß sie bald gefunden wurde. Ich habe Ihnen auch klargemacht – und bin damit bei Ihnen allen nur auf Mißbilligung gestoßen, wie ich glaube –, daß ich mit Sara kein besonderes Mitleid habe. Und zwar deshalb, weil es für das, was sie getan hat, nicht die geringste Rechtfertigung gibt.

Sie hatte ein Motiv, und das war so berechnend und kaltblütig wie das einer jeden Giftmörderin, die einen alten Erbonkel wegen seines Geldes um die Ecke bringt.»

«Aber Rodney hatte doch kein Geld zu vererben», wandte Burden ein.

«Auf den ersten Blick vielleicht nicht, obwohl der Bankdirektor mir gezeigt hat, was für eine Summe auf dem Konto steht, von dem er den monatlichen Unterhalt auf die beiden ehelichen Konten überwies. Es ist jedenfalls so viel, daß er Rodney empfahl, das

Geld zu investieren. Sara hat ihn jedoch nicht ermordet, um ihn zu beerben, und trotzdem war Geld das Motiv.»

«Aber kein Bargeld, nehme ich an», sagte der Doktor.

Wexford wandte sich an Burden. «Sie haben das Thema erst vor kurzem angeschnitten, Mike. Als Sie glaubten, Sie bekämen eine Tochter – und auch das ist relevant. Sie haben gesagt, daß sie später mal mit einer staatlichen Studienbeihilfe an einer Universität studieren sollte. Wissen Sie's noch?»

«Ich glaube. Aber ich begreife nicht, wo da die Relevanz liegt.»

«Sara will Ärztin werden», entgegnete Wexford. «Das heißt, sie wollte Ärztin werden, sollte ich wohl sagen. Und obwohl es immer schwieriger wird, einen Studienplatz zu bekommen, wußte sie, daß sie die Fähigkeiten hatte, einen zu ergattern. Ihre Eltern rieten ihr jedoch davon ab. Und in diesem Stadium muß das für sie wie ein klassischer Fall von elterlichem Widerstand gegen ihren Berufswunsch ausgesehen haben, der daher rührte, daß sie eine Tochter und kein Sohn, eben ‹nur› eine Frau war. Bei Joy verhielt es sich vermutlich tatsächlich so. Ihr wäre es nicht recht gewesen, hätte Sara mehr Erfolg und schließlich einen gesellschaftlich höherstehenden Beruf gehabt als Kevin.

Anfangs kümmerte sich Sara nicht um den Widerstand der Eltern. Ich spreche natürlich von der Zeit vor etwa einem Jahr. Sara erinnerte sich, daß der Vater, nachdem ihr Bruder den Studienplatz in Keele ergattert hatte, vom Bezirksschulamt das Antragsformular für Studienbeihilfe zugeschickt bekam. Damals interessierte sie sich kaum dafür. Und ganz gewiß hat sie das ausgefüllte Formular nicht gesehen. Aber sie wußte, je höher das elterliche Einkommen, um so geringer die Beihilfe. Dem großen Fragebogen lag noch ein kleineres Formular bei, auf dem der Arbeitgeber des Vaters eine Erklärung über das Bruttogehalt, Überstundenentgelt, über Bonus, Dividende, steuerpflichtige Nebeneinnahmen und Abzüge abgeben mußte. Sie erinnern sich bestimmt noch an das Formular, Mike, das Sie seinerzeit an die Mid-Sussex Constabulary schickten, als Sie um Studienbeihilfe für John und Pat ansuchten?»

Burden nickte. «Allmählich dämmert's bei mir.»

«Vor zwölf Monaten lernte Sara dann Veronica kennen. Als der Schock über diese Begegnung langsam abklang, als das Vorhandensein dieser zweiten Familie viele Ungereimtheiten im Leben ihres Vaters erklärte, begann Sara die nackte Realität zu überschauen. Ihr Vater mochte behaupten, er wolle aus ästhetischen Gründen nicht, daß seine Tochter Medizin studiere, er wolle es nicht, weil es sich nicht schickte oder weil sie ja doch heiraten werde und das Geld dann hinausgeworfen wäre, und so weiter und so weiter. Das alles mochte er anführen, aber der eigentliche Grund war ein ganz anderer. Als Sara feststellte, daß er sowohl ihre als auch Veronicas Mutter über seine Stellung und sein Einkommen belogen hatte, unternahm sie Schritte, um festzustellen, was er eigentlich tat und wieviel er verdiente. Als sie es wußte, begriff sie. Wenn er das Antragsformular ausfüllte, würde er wahrheitsgemäß angeben müssen, daß er im Jahr nicht 10000 Pfund, sondern zweieinhalbmal soviel verdiente, und er hätte keine Möglichkeit, die Behörden so zu täuschen wie ihre Mutter, da er die Bestätigung von Sevensmith Harding beibringen mußte.

Wenn nun das elterliche Einkommen zehntausend Pfund pro Jahr beträgt, müssen laut offizieller Tabelle die Eltern ungefähr 470 Pfund zum Studium beisteuern, verdienen Vater oder Mutter oder beide hingegen 25000 Pfund, müssen sie etwa 2000 Pfund selbst aufbringen. Rodney hatte zwei Haushalte und zwei Familien, er bezahlte schon für Kevin in Keele einen hohen Betrag – vergessen Sie nicht, daß er der Bewilligungs-Behörde die Wahrheit über sein Einkommen sagen mußte, egal, was er seinen Frauen erzählen mochte. Als Sara das alles wußte, war ihr klar, woher der Wind wehte. Für sie würde er nie und nimmer 2000 Pfund im Jahr ausgeben. Und als sie ihn ohne Umschweife fragte, ob er das Formular für sie ausfüllen würde, sobald man es ihm zuschickte, antwortete er, das käme gar nicht in Frage. Sie habe gar nicht das Zeug dazu, Ärztin zu werden, und er tue ihr nur etwas Gutes, wenn er sie nicht dazu ermutige.»

«Ein richtig mieser Typ», sagte Crocker.

Wexford zuckte mit den Schultern. «Der Fehler liegt bei uns, wenn wir die Eltern-Kind-Beziehung in einem falschen Licht sehen. Wir betrügen uns selbst, indem wir uns einreden, daß alle Eltern ihre Kinder lieben und das Beste für sie wollen.»

«Hätte Sara auf dem zuständigen Amt mit einem verständnisvollen Beamten gesprochen, hätte sich für ihr Problem bestimmt eine Lösung gefunden. Gewiß hätte man Rodney irgendwie umgehen können, oder? Es muß doch zahlreiche Fälle geben, in denen Eltern ihren Kindern das Studium nicht gestatten wollen und sich deshalb weigern, das Antragsformular auszufüllen.»

«Wahrscheinlich. Aber Sara ist erst achtzehn. Und bedenken Sie doch: hätte sie getan, was Sie vorschlagen, hätte sie preisgeben müssen, daß ihr Vater ein Lügner und Betrüger, daß er Bigamist war und ihre Mutter hintergangen hatte. Und wie lange hätte das alles gedauert? Es hätte vielleicht bedeutet, daß sie ein Jahr warten mußte? Was wurde dann aus ihrem Platz in St. Biddulph, einer Universität, an der Studienplätze so rar sind wie Goldstaub, an der es eine ellenlange Warteliste für Studienbewerber gibt, die alle darauf brennen, angenommen zu werden? Sie entschloß sich daher, es zuerst mit Überredung zu versuchen und, wenn das nichts nützte, den Vater eiskalt zu erpressen.»

«Sie hat ihm gedroht, Joy die Wahrheit zu sagen und Veronica zu überreden, ihrer Mutter die Augen zu öffnen, wenn er nicht bereit war, das Formular auszufüllen?»

«Sie hatte die Absicht, es zu tun. Sie hatte aber noch ein bißchen Zeit, da sie ja noch nicht einmal wußte, wie ihre Abiturnoten ausgefallen waren. Das Antragsformular kam bestimmt nicht vor Juli. Und sie hatte auch noch den Inzest als Druckmittel. Den hatte es natürlich nie gegeben, aber Joy glaubte daran, und Veronica hatte eine Todesangst davor. Wenn alles andere schiefging, konnte Sara auch noch zu dieser Waffe greifen, um Rodney wirksam zu erpressen. Deshalb war sie auch so glücklich, als sie sah, welche Wirkung sie mit ihren Warnungen bei Veronica erzielte. Veronica begann sich vor jedem Zeichen der Zuneigung ihres Vaters zu fürchten. Sie wollte nicht mehr mit ihm allein sein, und wenn das unumgänglich war, wollte sie ihn gewissermaßen ‹handlungsunfähig› sehen. Sara besorgte das Phanodorm und jagte Veronica nur noch größere Angst ein, weil sie sich zu einem so ernsten Schritt entschloß.

Um wieviel einfacher war es doch, ihn zu töten! Da lag er nun und schlief, der potentielle Zerstörer ihrer Zukunft. Töte ihn jetzt, in diesem Zimmer, das bald sauber und makellos sein, in dem keine Spur des gewaltsamen Todes zurückbleiben wird. Befrei die Welt von ihm, nutz die Gelegenheit! Vielleicht ist es sogar eine Heldentat. Hatten sie es in den ARRIA-Statuten nicht fast zur Bedingung gemacht, daß man, um Mitglied zu werden, einen Mann töten mußte? Veronica wird dir helfen, weil sie ihn jetzt auch haßt und eine tödliche Angst vor ihm hat...

Aber angenommen, die Leiche wird nie gefunden? Angenommen, die Wochen vergehen, der Juli kommt – der August – und mit ihnen das Antragsformular, und du kannst in die entsprechende Rubrik, in der es heißt: *Falls Vater verstorben, bitte angeben*, nichts hineinschreiben, weil außer Veronica und dir niemand weiß, daß er tot ist? Du hast dein Abitur gemacht, und die Zeit vergeht – der Augenblick ist gekommen, in dem du dafür sorgen mußt, daß die Leiche möglichst schnell entdeckt wird.»

«Man könnte sagen», warf Crocker ein, «daß es vorsätzlicher Mord war, der aus einem Impuls heraus begangen wurde.»

«Das könnte man. Denn weil Sara eine so vielschichtige Persönlichkeit ist, war es auch ein vielschichtiger Mord. Ein Ritualmord – vergessen Sie nicht, daß sie Veronica aufforderte, ebenfalls zuzustechen. Ein Rachemord – Sara hatte sich selbst so halb und halb und Veronica ganz überzeugt, daß der Inzest Tatsache war und keine Phantasterei. Als Sara Rodney erstach, war sie eine Frau aus einem klassischen Mythos, war sie Beatrice Cenci. Es war ein experimenteller Mord, eine Art Vivisektion, begangen von Sara, der Wissenschaftlerin, die sehen wollte, ob so etwas möglich war, ob man es tun konnte. Es war ein Mord aus Abscheu und Enttäuschung. Rodney, den sie einmal angebetet hatte, hatte sich als schmutziger Bigamist erwiesen, der eine zweite Tochter hatte, ein Ebenbild ihrer selbst, das er mehr liebte, als er je sie geliebt hatte. Aber vor allem, trotz all dieser anderen Faktoren, war es ein Mord, mit dem sie sich einen Vorteil verschaffen, den sie beging, weil sie um jeden Preis ihr Ziel erreichen wollte. Alles in allem ist sie wohl nicht der Mensch, den ich mir als Hausarzt wünsche, und noch viel weniger angenehm wäre es mir, mich und die Meinen von ihr operieren zu lassen. Vielleicht hatte Rodney also doch recht, wenn er ihr sagte, sie eigne sich nicht für den Arztberuf. Wer weiß? Vielleicht war es nicht nur der Geiz, der aus ihm sprach, war er doch nicht ganz der miese Typ, für den Sie ihn halten. Vielleicht ahnte er im Charakter dieser Tochter, ohne sich dessen je bewußt zu werden, abnormale Züge, zerstörerische Züge, auf die er anspielte, als er ihr sagte, sie habe nicht das Zeug dazu, Ärztin zu werden.»

Wexford stand auf.

«Machen wir Schluß für heute», sagte er. «Mich zieht es zu Heim und Herd und der Frau meines Herzens.»

Burden begann das Zimmer aufzuräumen und stellte Gläser und Teller auf dem Tablett zusammen. «Und morgen kommt die Frau meines Herzens wieder nach Hause.» Er wirkte froh, zufrieden und hoffnungsvoll, als sei sein Glück nicht fünf Monate lang ernsthaft gefährdet gewesen. «Eine ihrer ehemaligen Schülerinnen von Haldon Finch hat sie und das Baby besucht. Ein ARRIA-Mitglied. Sie hat Jenny gesagt, das Rabensymbol bedeute, daß die Frauen jetzt den ganzen Unrat aufräumen, den die Männer in der Welt zurückgelassen haben. Wir hatten da so einige Zweifel.»

«Ach ja!» Wexford blieb in der Tür stehen. «Fast hätte ich etwas vergessen. Williams' junge Freundin ...»

Sie sahen ihn an. «Williams hatte keine junge Freundin», sagte Burden.

«Und ob er die hatte. Sie hatte nichts mit seinem Tod, nichts mit diesem Fall zu tun, also ging es uns kaum etwas an. Aber ein Mann wie Williams – es lag in seiner Natur, es war unvermeidlich. Seine beiden Frauen wußten es, sie fühlten es. Wahrscheinlich hatte er immer eine junge Freundin, eine ganze Reihe, immer schön eine nach der anderen.

Von der letzten stammten die Fingerabdrücke im Wagen, die wir keinem Familienmitglied zuordnen konnten. Kein Wunder, daß sie sich sträubte, als wir sie ihr abnehmen wollten. Sie haben sich natürlich bei Sevensmith Harding kennengelernt. Im Büro.»

«Jane Gardner ...»

«Mit ihr war er am fünfzehnten April in Myringham verabredet. Zuerst wollte er ihr beim Babysitten Gesellschaft leisten, dann die Nacht mit ihr im Cheriton Forest Hotel verbringen. Warum hätte er denn sonst eine Reisetasche mitgenommen, die nur eine Garnitur Unterwäsche zum Wechseln, Zahnbürste und Zahncreme enthielt? Aber die Schlaftabletten fingen an zu wirken, als er durch Pomfret fuhr, und anstatt sich mit Jane zu treffen, schaffte er es gerade noch bis in sein Haus. Sie dachte, er habe sie sitzenlassen. Und als er verschwand, glaubte sie, er sei mit einer anderen durchgebrannt. Ich habe heute vormittag mit ihr gesprochen, und sie hat alles zugegeben. Da wir die Täterin verhaftet hatten, brauchte sie ja nicht mehr zu schweigen.»

«Wie sind Sie ausgerechnet auf sie gekommen?»

«Ich weiß nicht. Ich hab's wohl erraten. Als ich mit ihr redete, war sie die einzige, die für Rodney Williams ein gutes Wort hatte.»

Wexford verließ das Haus und schloß Burdens pfauenblaue Haustür hinter sich.

Ruth Rendell

Dämon hinter Spitzenstores
(2677)

Durch das Tor zum Himmlischen Frieden
(2684)

Der Pakt
(2709)

Flucht ist kein Entkommen
(2712)

Die Masken der Mütter
(2723)

Alles Liebe vom Tod
(2731)

Die Grausamkeit der Raben
(2741)

Der Tod fällt aus dem Rahmen
(2754)

Die Verblendeten
(2763)

GERHARD ROTH

DIE SCHÖNEN BILDER BEIM TRABRENNEN

FISCHER TASCHENBUCH VERLAG

Fischer Taschenbuch 5400
Mai 1982
Fischer Taschenbuch Verlag GmbH, Frankfurt am Main
Lizenzausgabe mit freundlicher Genehmigung
der S. Fischer Verlag GmbH, Frankfurt am Main

Umschlagentwurf: Jan Buchholz/Reni Hinsch
Foto: Art Reference/Th. Zimmermann
Gesamtherstellung: Hanseatische Druckanstalt GmbH, Hamburg
Printed in Germany
880-ISBN-3-596-25400-0

INHALT

KINDHEIT

für Thomas Beckermann

Licht war das erste,
was mich erschreckte.
Der gelbe Geruch der Toilette.
Geköpfte Schlangen.
Gesetz der Schwere.
Nachts die Umarmung
wie Totschlag im weißen Bett.
Stimmlos.
Die Strümpfe Qual.
Dir schenkte ich goldene Broschen –
nicht nur im Traum –
Buchstaben und Ziffern.

Trachtengewand trug ich
zur Schule.
Aufdringlicher Irrer im Garten!
Krachende Bodendielen.
Nähe der Blätter.
Am Tag Augenflimmern –
Kreide auf schwarzer Tafel
wie Schnee.
Die Gedanken lahm.
Sich in Luft auflösen –
nicht nur im Wachen –
im Schlafen wie im Traum.

(1980)

JUGEND

für Alfred Kolleritsch

Meine Begabung: Scham
Ich habe nichts erfahren.
Ein Tier der Verzweiflung lehrte mich
Haß.
Sorgsam hüte ich ihn
für spätere Tage.
Ich traue Euch nicht.

(1980)

SELBSTGESPRÄCH (I)

Oft stelle ich mir vor, ein Hund zu sein. Ich genieße diese Vorstellung. Nicht nur, daß ich mir einbilde, wie ein Hund zu denken, ich bilde mir auch ein, wie ein Hund auszusehen. Das gibt mir Kraft. Wenn ich jemanden nicht mag, kann ich ihn anbellen; ist er mir angenehm, gebe ich es zu erkennen. Ich gehe meinen Bedürfnissen nach und verstecke sie nicht schamvoll. Oft denke ich mir, wir sollten von den Tieren lernen und sie nachzumachen versuchen (Bienen, Bussarde, Katzen, Walfische, Seidenraupen). Wir haben uns in uns selbst vernarrt, halten uns tatsächlich, trotz aller Rückschläge, für die höchstentwickelten Wesen. Ich aber finde, daß die Tiere uns überlegen sind. Auch Pflanzen sind uns überlegen und Steine. Auf meinem Tisch habe ich einen Bergkristall liegen, der schon immer im Besitz meiner Familie war. Seit ich weiß, daß in ihm unsichtbare Schwingungen, also Bewegungen herrschen, mag ich keine Grenzen mehr zwischen einer belebten und angeblich unbelebten Natur ziehen. Möglicherweise sprechen die Steine. Zumindest verändern sie ihre Temperatur, geraten ins Kollern, verändern auch nach den Witterungseinflüssen ihr Äußeres. Und erst die Pflanzen und noch mehr die Tiere! Wenn ich mir insgeheim die Frage stelle, ob es eine Wiedergeburt gibt oder nicht, dann kommt es mir vor, daß es als höchste Strafe bestimmt ist, als Mensch wiedergeboren zu werden, während man zuvor Wasser war oder Luft oder ein Vogel. Was wissen wir vom Leben der Luft? Welche unsichtbaren Bilder und Töne sind in ihr verborgen, an die wir nicht im entferntesten denken?
Ich hätte nichts dagegen, zu Luft zu werden oder in eine Pflanze oder ein Tier verwandelt zu werden. Natürlich denke ich an das Schicksal der Hühner und Schweine in den Ställen, aber ich denke auch an die verschiedenen Schicksale von Menschen, an Kriege, Hungersnöte, Gefängnisse und Irrenhäuser. Und wahrscheinlich ist es so, daß die Menschen nicht nur untereinander Krieg führen, sondern auch mit den

Tieren. Ich selbst nehme an diesem Krieg teil, in dem ich den »Feind« verspeise, aber das liegt nur daran, daß ich schwach bin. Vielleicht liegt es auch daran, daß ich den Tod als nicht so große Strafe empfinde. Ich habe keine besondere Angst vor dem Tod. Ich suche ihn nicht, wenngleich ich schon öfters daran dachte, mich zu töten. Aber schon an diesen Einfällen, mein Leben selbst zu beenden, erkenne ich im Vergleich zu den Tieren, wie unterlegen wir Menschen sind. Den Tieren würde es kaum einfallen, sich das Leben zu nehmen. Auch ein Hund würde sich selbst nicht Gewalt antun. Die Tiere, bin ich mir sicher, lieben sich selbst. Das ist ihre Unschuld. Ich glaube nicht, daß die Menschen sich selbst lieben, eher das Gegenteil. Die meisten sind mit sich unzufrieden: Schauen sie in den Spiegel, hassen sie sich womöglich, denken sie an ihr Leben, das sie bisher geführt haben, graust es sie. Dabei dürfen sie zusätzlich ihren Empfindungen nicht freien Lauf lassen, sondern müssen so tun, als gefalle ihnen ihr Spiegelbild und als seien sie mit ihrem Leben unzufrieden. Ich glaube nicht, daß ein Hund sein Leben bereut oder sein Aussehen in Frage stellt und das ist auch richtig so. Hinkt er, so versucht er mit Behendigkeit zu hinken, ist er blind, so versteht er es aus sich heraus als Blinder zu leben. Er nimmt sein Leben im Grunde hin, wie das Wetter. Die sogenannten Geisteskranken halte ich überhaupt für die einzigen Menschen mit Würde. Und wie behandeln wir sie? Wir sperren sie ein, weil sie uns stören, weil sie uns bei unseren Verstellungskunststücken und unserer Heuchelei im Wege sind, bei unserer Raffgier und unserer Lieblosigkeit. Die meisten Geisteskranken werden nur gewalttätig, weil wir sie auf leise und unaufhaltsame Weise vernichten. Sie fühlen das, auch wenn wir uns dessen oft selbst nicht bewußt sind.

Was mich an den Tieren anzieht, ist in einem Satz: Sie tun, was sie tun. Wenn sie werben, werben sie, wenn sie horchen, horchen sie, nicht wie wir Menschen, die alles abprüfen und verdrehen und das Gegenteil zu tun vorgeben, was wir gerade tun. Wir werben und tun so, als würden wir nicht werben, wir hassen und tun so als würden wir nicht hassen, wir lieben nicht mehr und tun so als würden wir noch lieben, wir trauern nicht und tun so, als würden wir trauern, wir sind voller sexueller Vorstellungen und geben uns moralisch, wir tun so, als glaubten wir an etwas, und es ist uns gleichgültig, wir tun so, als freuten wir uns über etwas und wir langweilen uns, wir tun so, als schätzten wir jemanden und wir sind neiderfüllt. Ist es möglich, diesen oder jenen Menschen zu lieben, fragen wir uns im Vorhinein, statt es zu versuchen. Ist es richtig, zurückzubellen, wenn der Vorgesetzte einen anbellt, zweifeln wir, statt ihn anzubellen. Und ich bin zur Überzeugung gekommen, daß dieses Überlegen, dieses Abwägen, diese gründliche Verstandesarbeit uns vor uns selbst schuldig werden läßt. Nicht ein Verstoß gegen Gesetze des Zusammenlebens (jeder hat sein eigenes, mysteriöses, willkürliches und skurriles Gesetzbuch im Kopf), sondern die vorangestellten Überlegungen, das Abprüfen macht uns vor uns selbst schuldig. Und wie vieles unterlassen wir nur, weil uns der Verstand in die Irre führt. Wie viele Menschen würden die Liebe eines anderen erfahren haben, wenn sie es gewagt hätten, ihm ihre Zuneigung zu zeigen! Nur ihrer Verstandestätigkeit danken sie es, daß sie gescheit sind, aber allein. Nehmen wir statt dessen einen Hund: Er hält mit seiner Zuneigung nicht hinter dem Berg. Kaum gefällt ihm eine, scharwenzelt er schamlos um sie herum, auch ist er bereit, sich sofort um sie zu schlagen. Ein Hund weiß, was Frauen lieben. Und wir? Wieviel Überwindung kostet es uns, unsere wahren Gefühle auch nur für Augenblicke zu zeigen.

(1980)

SELBSTGESPRÄCH (2)

An diesem Morgen erwache ich als Hund, blinzle zwischen den Vorhängen ins Freie, gähne, strecke mich und tappe zur Küche. (Mir würde es nichts ausmachen, eines Morgens zu erwachen und tatsächlich ein Hund zu sein, davor hätte ich keinen Schrecken.) Nach dem Frühstück schlafe ich noch eine halbe Stunde. Dann gehe ich – meinem inneren Drang folgend – ins Freie und spaziere ins Grüne. Unterwegs treffe ich ein hübsches Mädchen, es gefällt mir und ich gehe auf es zu, lache es an, sage etwas Komisches. Das macht ihm Spaß. Leider ist seine Mutter dabei und zieht es am Mantel weiter, es dreht sich jedoch noch einige Male nach mir um. Die Luft ist frisch, die Vögel fliegen aus den Baumwipfeln und zwitschern. Im Gasthaus esse ich eine Bratwurst und trinke drei Krügel Bier. Ich achte nicht auf meine Figur. Da mir die Kellnerin gefällt, gebe ich es zu erkennen, sie schaut mich aber nicht an. Also muß ich heftiger um sie werben. Ich spreche sie an und verwickle sie in ein Gespräch, aber ich lasse sie kalt, also gehe ich wieder. Auf meinem Rückweg treffe ich eine alte Bekannte aus der Nachbarschaft, eine Studentin. Ich habe sie schon öfters gesehen, diesmal unterhalten wir uns auf mein Lächeln und meinen Gruß hin augenblicklich. Beim Sprechen beschnuppern wir uns sozusagen, und nach einigem Hin und Her folgt sie mir auf mein Zimmer, und dort geschieht es. Hierauf schlafe ich eine Stunde, blicke auf die Uhr und schlafe weiter. Am Abend treffe ich mich mit Freunden, wir spielen in der Andritzer Hauptschule Hallenfußball, was wir gerne machen. Auch schwimmen und jagen wir gerne, nächsten Sonntag nehmen wir an einer Treibjagd teil. Einer meiner Freunde ist Polizist, er hat eine gute Stellung, ist pragmatisiert. Seine Spezialität ist die Haschischjagd. Andere Freunde von mir sind Bergführer, Zirkusartisten, Förster, Sozialarbeiter (Blindenhund), beim Wachtdienst oder Kindergärtner. Ich bin Privatier, sozusagen Leibsekretär eines alten Herrn: Höre mir seine Geschichten an,

nicke, wärme ihn, wenn ihm kalt ist und beschütze ihn auch. So verdiene ich mir auf leichte Weise mein Brot.
Manchmal erwache ich und nehme mir vor, den ganzen Tag zu widersprechen. Ich möchte den ganzen Tag über das Gegenteil dessen reden, was die anderen sprechen, nicht um mich zu bestätigen, sondern weil dadurch alles zur Möglichkeit wird. Vielleicht ist das Gegenteil das Richtigere. Oft, wenn ich mich bei einer Sache nicht richtig auskenne, drehe ich sie zuerst in das Gegenteil um, und wenn ich das Gegenteil sehe, sehe ich das Wirkliche als das Gegenteil, das ist angenehm und lehrreich. Übrigens ist allein der Widerspruch für sich ein Vergnügen. Sie setzen sich zur Arbeit und sagen laut: »Ich arbeite nicht gerne.« Am Abend, wenn Sie vom Büro nach Hause gehen, sagen Sie »Auf Nimmerwiedersehen«. Dem bösartigen Partner wünschen Sie einen schlechten Morgen. Im Gasthaus sagen Sie, das Mittagessen habe Ihnen nicht geschmeckt, und es sei zu teuer. Dem Chef sagen Sie, Sie können ihn nicht leiden. Einem lästigen, aber wichtigen Kunden erklären Sie, Sie seien verärgert über seinen Anruf und würden ihm auf keine Weise behilflich sein.
Während der Hund nur eine Wahrheit kennt, kennen wir Menschen mehrere. Die Tages- und die Nachtwahrheit zum Beispiel. Die Geschichten werden bei Tag anders erzählt als bei Nacht, aber nicht nur die Tages- und Nachtwahrheiten kennen wir. Geht man davon aus, daß der Mensch nicht lügt, dann hat er verschiedene Wahrheiten: Die Wahrheit im nüchternen Zustand, die Wahrheit im Rausch, die Wahrheit der Geliebten gegenüber und die Wahrheit der Ehefrau gegenüber, die Wahrheit den Kindern gegenüber und die Wahrheit den Bürokollegen gegenüber, die Wahrheit den Freunden gegenüber und die Wahrheit sich selbst gegenüber. Wir ziehen die verschiedenen Wahrheiten an wie Kleidungsstücke. Genauso, wie wir uns im Theater festlich anziehen, ziehen wir für den Vorgesetzten unsere beste Seite an, zu den Kindern gehen wir als (Schein-) Heilige verkleidet, zur Frau im Alltagsgewand, zur Geliebten sportlich, im Rausch sehen wir uns manchmal mit einem Schlag nackt, vor den Freunden in der Badehose. Und ein Hund? Er weiß einfach von selber, was er zu tun hat. Der überlegt nicht lange, ist mit einem Wort mit sich im reinen. Für unsere menschlichen Sorgen hätte er bestenfalls ein Gähnen übrig.

Wäre ich tatsächlich ein Hund, würde ich jetzt nicht diese Geschichte schreiben. Es genügte mir, daß sie mir eingefallen ist, und ich würde sie sofort wieder vergessen. Zukunftsangst hätte ich keine. Ich wüßte, daß mir nichts geschehen könnte. Ich vertraute auf mich selbst. Ich wüßte, daß ich vieles ertragen könnte, weil ich genügsam wäre und meine Genügsamkeit schon erprobt hätte. Ich wäre nicht anspruchsvoll, ich brauchte keine bestimmten Möbel. Schlafen könnte ich auch auf dem Fußboden. Kleidung bräuchte ich keine besondere, mir genügte mein Fell. Mein Essen müßte nicht aus mehreren Gängen bestehen, obwohl ich Leckerbissen nicht abgeneigt wäre. Ich würde mich noch freuen können: Freuen, wenn man sich um mich kümmert, mir Aufmerksamkeit schenkt. Andererseits könnte ich, wenn es mir nicht paßt, für einige Zeit das Weite suchen. Ich könnte drohend knurren, wenn ein Fremder meine Ruhe störte. Ich bräuchte weder elektrischen Strom noch das Fernsehen, das Theater, Bücher, Filme, Schallplatten, die mir das Leben verschönten oder erklärten. Ich würde mit meinem Leben eins sein.

Aber im Laufe jeden Tages verliere ich selbst immer wieder die Kraft, mich als Hund zu sehen (ja es kostet einige Anstrengungen und Intelligenz, den Gedanken eines Hundes zu folgen), und zurück bleibt nur ein angenehmes Gefühl der Möglichkeit, eines Tages wie ein Hund zu sein.

(1980)

Der Arzt im Abendanzug
»Darf ich Platz nehmen?«
Die Manschetten duften
nach Rasierwasser.
Was soll die Blume im Knopfloch?

Auf dem Tisch die Konserve
mit geschälten Pfirsichen
aus Kalifornien.
Schnee.
Der Schaukelstuhl zwitschert wie ein Blaukehlchen.

»Stellen Sie mir ruhig einen Scheck aus«,
sagt er.
»Ich war Sanitäter.«

In der Stille
erinnert die Tapete an Venedig
und das Ziffernblatt
unter dem Glassturz
ist eine
gelbe Landschaft.

Er flüstert wie Seidenpapier.
Das Leintuch macht mich frieren.
Die Fliesen glitzern wie ein Tiefseeaquarium.

Lateinische Vokabeln deklinieren
und durchs Mikroskop glotzen,
sagt er,
Weingläser wie Dotterblumen pflücken!
und schaukelt mit dem Stuhl.

Trinkt spanischen Cognak
und spricht Froschdeutsch.
Cincinnati schrumpft auf die Größe
eines Schmetterlings zusammen,

Ich habe Arsenik als
Sicherheitsnadel
im Gilettäschchen.

(1962)

ITALIENISCHER BADEORT

Eine Skizze

Ich lag auf dem schwarzen Stahlrohrbett. Plötzlich kribbelte es auf dem Arm. Ich griff hin, kratzte, drückte ... Sekunden später kribbelte es wieder. Vorsichtig zog ich mein Hemd aus und faßte schließlich ein kleines, käferförmiges Insekt, das ich vor Abscheu sofort zerdrückte. Ich zog mich aus und stellte mich unter die Dusche. Anstelle von Wasser kam ein Gezisch aus der Dusche, nach einigen Sekunden eine rostrote Brühe, die einen Medikamentengeruch absonderte. Ich gabs auf und ging zurück in das Zimmer. Es war schon dunkel und daher hatte ich das Licht aufgedreht, das auf- und abflackerte. Ich stand nackt da und trocknete mich ab. Dann zog ich die Roll-Läden hoch.

In der Nacht erwachte ich mit Halsschmerzen. Ich kleidete mich an und suchte eine Apotheke, kaufte Penicillin, ein Fieberthermometer. Kaum hatte ich die Temperatur gemessen, fiel mir das Thermometer aus der Hand und zersplitterte auf dem Steinboden. Glasscherben lagen herum und Dutzende größere und kleinere Quecksilberkügelchen, die ich mit Notizpapier und Papiertaschentüchern nur zum Teil einfangen konnte. Verärgert legte ich mich auf das Bett.

Nachdem ich am Morgen einige Stunden untätig im Bett gelegen war, ging ich mit Halsschmerzen zum Hafen. In der Auslage eines Spitzenwarengeschäfts, in der Handarbeit ausgestellt war, flatterte ein Schmetterling, der hinter der Scheibe ebenso schmutzig aussah, wie die Ausstellungsstücke. Er war in einer Vakuumröhre gefangen, die Luft würde langsam ausgepumpt, eine Gefrierpumpe angeschlossen, Eisblumen auf der Auslagenscheibe ...

Plötzlich erweiterte sich die Straße und ging in einen Obst- und Gemüsemarkt über. Schwarze Melanzane, orangengroße Pfirsiche, zweifaustgroße gelbe und grüne Paprikas, Äpfel, Erdbeeren, Trauben, Melonen usw.

Die Trauben sahen aus wie sezierte Bronchien, die Paprikas wie grüne Herzen ertrunkener Selbstmörder, die Tomaten

wie Mägen von Tuberkulosen, die aufgeschnittenen Melonenstücke wie Oberschenkelmuskel mit kleinen schwarzen Krebsmetastasen, die Erdbeeren wie gezuckerte Rachenmandeln aristokratischer Damen, die Quitten wie Augen erblindeter Wale, die Melanzane wie Gebärmütter aus geschnitztem Ebenholz. Ein Bauer bot monströse Margeriten an, verschlungenes, grünes Nervengeflecht.
Ein paar Schritte ging ich zwischen den Marktbuden, dann stand ich vor dem Eingang zu einer Fischhalle. In Kübeln und Tassen: Kleine und größere Eisstücke, Würfel, Eisblöcke, Fenster aus trübem, grünen Glas, mit Draht verstärkt. Lange Tische. Zwischen Eiswürfeln, auf Operationstassen: Tote Fische, rote, bleiche, blaue, grüne, graue, weiße, Embryos in allen Entwicklungsstadien, fleischige Käfer, eine Leichenhalle für Fische, darunter kleine und größere Haie. Die kleinen etwa 30 cm lang: Blauhaie, die Augen starr aufgerissen, das Maul sichelförmig und wie verklebt geschlossen. In einem Behälter lag ein großer Fisch. Ich fragte den Verkäufer, ob er mir den Fisch zeigen könne. Ja, einen Moment. Er drehte sich um, machte ein paar Handgriffe – drehte sich wieder mir zu, und hob den Fisch hoch, in einer Hand hielt er immer noch das Messer, mit dem er gearbeitet hatte. Es war ein gefleckter Hai, 1,40 bis 1,60 groß, er hob ihn ganz hoch, zeigte mir das Maul, die Flossen. Er fühlte das Schaurige, das von dem gewaltsam getöteten Fisch ausging, auf sich übertragen, den Dompteur eines Leichnams. Ich machte zwei Aufnahmen, bedankte mich – er ließ den Fisch voller gespielter Gleichgültigkeit zurück in den Behälter fallen.
Ein grauer Fisch zuckte noch, zunächst das einzige Tier, an dem ich eine Bewegung feststellen konnte. Später sah ich bei einer kleinen Languste noch das Häutchen einer Luftblase, das schwach aufgepumpt wurde und wieder schlaff zusammenfiel. Einmal durchlief ein Zucken die dünnen Beine. Ein Bursche schnitt daneben mit einer Schere Köpfe und Flossen von Fischen ab. Die alte Frau mit grauen Haaren stand mit einer schwarzen Spitzenbluse und der Gummischürze vor einer weißen Waage. Niemand brüllte. Niemand war aufdringlich. Hier waren Leichenwäscher, Metzger, Juweliere, Kriminelle. Gerade als ich das dachte, sah ich einen Hai, dem ein Auge herausgerissen worden war.
Wieder auf der Straße. Jemand wurde in der Öffentlichkeit

rasiert. Der Rasierte saß stumm mit dem weißen Tuch um den Hals, auf dem eine Fliege herumspazierte, vor seinem eigenen Spiegelbild. Ich wurde angesprochen. Da ich den Mann nicht verstand, zuckte ich mit den Schultern. Der Mann schüttelte den Kopf, ging weiter, sprach jemand anderen an. Ich stand inzwischen vor einem Metzgerladen mit gerupften Hühnern auf einer Marmorplatte in der Auslage. Die Köpfe hingen am langgezogenen Hals. Rinderhälften, glatt in der Mitte durchgetrennt. An einer Schnur baumelten von der Decke die Innereien.
Dann fielen mir die zahlreichen Vogelkäfige auf: An Weinschenken, Lebensmittelgeschäften, Privathäusern: Vogelkäfige. Darin befanden sich zumeist Kanarienvögel. Eine Frau: Dicklich, Warzen im Gesicht, führte auf dem ausgestreckten Finger einen kleinen zerrupften Vogel spazieren. Kinder blieben stehen und bestaunten den zahmen Vogel. Die Alte nahm das zum Anlaß, um milde zu lächeln und dem Vogel ein paar Worte zuzuflüstern. Worauf dieser mit seinem Schnabel in den Mund der Alten fuhr und ihn küßte.
Zurück in das Hotel. Schnell gegessen. Ein Glas umgestürzt, es fiel um und zersplitterte, obwohl es einen massiven Eindruck gemacht hatte. Ich ging in mein Zimmer, legte mich auf das Bett, schlief ein und träumte: Die toten Fische lagen schlaff auf Marktbuden, inmitten all des herrlichen Obsts und Gemüses und inmitten von bunten Blumen, die ihren Duft verströmten.
Am Nachmittag ging ich zum Strand. Ein marokkanischer Straßenhändler bot mir eine 1½ m lange Pendeluhr zum Kauf an, die er unter dem Arm trug. Später trieb ein kleiner toter Polyp auf der Wasseroberfläche. Der Strandwart fischte ihn heraus. Ich sah seine geöffneten goldschwarzen Augen, den weißen Bauch, die weißen Fangarme, die schlaff herunterhingen. Ich brach bald auf, um in das Hotel zurückzukehren. Unterwegs kaufte ich an einem Zeitungsstand eine Automobil-Zeitung. Da ich durstig war, setzte ich mich in ein Lokal auf der Straße. Ich gab meine Bestellung auf. Nein, hier würden nur Melonen verkauft. Ich ging in mein Hotelzimmer, und betrachtete die Abbildungen in der Zeitung.
Am Abend ging ich die Hauptstraße hinunter. In der Hauptstraße befand sich eine geräumige Villa. Eine große Kinder-

schar saß in der Dunkelheit im Garten, auf kleinen Stühlen, von einem schwachen Scheinwerfer bestrahlt und ließ sich unterhalten. Nonnen in weißen Gewändern schwirrten herum wie lepröse Gespenster. Ein Film wurde vorgeführt. Der Papst erschien farbig und flimmernd auf der Häuserwand – er segnete, sprach, man hörte ihn jedoch nicht sprechen, es war ein Stummfilm.

Der Projektor summte. Die Kinder starrten wie gebannt auf die Häuserwand, die sonst leer war und von der plötzlich der Papst riesig, bunt und farbig wie ein Traumbild herunterlächelte.

Am Morgen vor dem Frühstück, meine Halsschmerzen hatten nachgelassen, reinigte ich meine Brille, die dabei zerbrach. Ich steckte sie ein, frühstückte und erkundigte mich nach einem Optiker. Mir fiel eine Geschichte ein, in der ich eine ähnliche Szene bereits beschrieben hatte. Nach einigem Herumfragen fand ich den Laden in der Viale Roma, trat ein und legte die Brille auf das Pult. Noch bevor ich etwas sagen konnte, beugte sich der Optiker über meine Brille, richtete sich auf und erklärte mir, daß er sie nicht reparieren könne. Die Brille sei irreparabel kaputt, er könne mir höchstens eine neue, stabilere anfertigen. Ich ging zum Hotel zurück, und erzählte dem Chef den Vorfall. Er nahm die Brillenfragmente in die Hand und versprach mir, er werde sich darum kümmern. Ich ging wieder zum Strand hinunter. Vor dem Eingang zum Bagno saß ein bettelnder Junge auf der Straße. Er streckte das rechte Bein vor, wobei er den Fuß mit der Sohle auf den Boden aufsetzte, um den Eindruck der Verkrüppelung zu erwecken. Ich gab ihm 100 Lire für seine Darbietung. Ich hatte keine Lust, mich umzuziehen und in der Sonne zu liegen, daher setzte ich mich in das kleine Restaurant, das zum Bagno gehörte und trank eine Grappa. Nach einer halben Stunde ging ich zurück zum Hotel. Der Junge saß noch immer am selben Fleck auf der Straße, nur hatte er diesmal das linke Bein ausgestreckt. Als ich zum Hotel zurückkam, saß niemand im Speisesaal. Die Wein- und Limonadenflaschen standen auf den Tischen. Ich fuhr mit dem Lift in den zweiten Stock und setzte mich auf die Terrasse. Zu Mittag kam der Chef an meinen Tisch, legte die reparierte Brille auf die Serviette und erklärte mir umständlich, daß die Reparatur dem Optiker eine Stunde Arbeitszeit

gekostet habe. Ich bezahlte ihm wortlos die 1000 Lire, die er verlangte.
Am Nachmittag nahm ich den Film aus dem Fotoapparat und gab ihn zum Entwickeln.

Zu dieser Geschichte.
Geschrieben habe ich diese Geschichte in der Hotel-Toilette. Rechter Hand war ein Bidet und die Dusche, vor mir eine Balkontüre mit geschlossenen Rollbalken. Der Raum war mit weißen Kacheln, auf welchen ein blaues Muster abgebildet war, geschmückt, ferner mit einem Boden aus schönen, viereckigen Steinen von gelber Farbe.
Was mir beim Schreiben auffiel, war, daß mir so viele Worte fehlen. So z. B. beim Gemüse, mehr noch bei den Fischen, die in Dutzenden verschiedenen Arten herumlagen und deren Namen ich nicht wußte. Hätte ich die Fische gekannt, so hätte ich sie jetzt aus meinem Wissen heraus beschreiben können. Aber dann wäre es eine andere Geschichte geworden.

(1973)

CZERNYS TOD

Fragment

Im September hatte sich Czerny ein Zimmer gemietet, das, als er es betrat, ihm folgenden Anblick bot: Die Tapeten wiesen ein blaues Muster auf, auch die Vorhänge waren blau und durch diesen gleichsam blauen Kanal konnte er auf einen Garten mit Bäumen sehen. Czerny bewohnte den ersten Stock des Hauses zusammen mit einer 50jährigen Lehrerin, während die Parterrewohnung unbewohnt und ausgeräumt war, da der Besitzer, ein pensionierter Verwaltungsbeamter, nur zu seinem Haus fuhr, um den Garten zu pflegen.
Am Morgen erwachte Czerny sehr früh. Er lag im Bett und las. Seine Hände hielten das Buch, die Oberarme lagen bis zu den abgewinkelten Ellbögen auf dem Bett. Er kam vom Lesen ab. Ein schwaches Gefühl der Fremdheit überkam ihn; diese Unterarme, diese Hände waren etwas anderes, nicht er. Er vertiefte sich in den Gedanken und wirklich: Er fühlte seine Unterarme nicht mehr, seine Finger nicht mehr, er bewegte sie nicht, er konnte sie nicht bewegen. Er lag untätig auf dem Bett. Endlich atmete er tief ein und bewegte die Hände. In den Ellbögen saß ein Kitzeln, als seien sie schwach geworden. Er erklärte sich den Vorfall mit mangelnder Durchblutung und machte sich keine weiteren Gedanken darüber. Er wusch sich, nahm ein frisches Hemd und verließ das Haus. In der Stadt frühstückte er in einem Restaurant, durch dessen Scheiben die Aufschrift DR. JUST'S CUR UND BADEANSTALT – TÄGLICH GEÖFFNET VON EINS BIS DREI in großen Lettern auf einer Häuserwand zu sehen war. Er bezahlte und betrat das Haus. Im ersten Stock bemerkte er, daß ihm ein Mann folgte. Der Mann hielt einen Hut in der Hand. Auf seiner Stirne sah man die rote Linie, die vom Eindruck des Hutes stammte. Er fragte Czerny nach dem Doktor. Czerny antwortete, er wisse es nicht, er sei fremd hier. Der Mann blickte Czerny verwirrt an. Czerny trat einen Schritt zur Seite und sagte, daß sich die Ordination vermutlich im nächsten Stockwerk befände. Das Stiegenhaus war ziemlich

schmal, daher ließ es sich nicht vermeiden, daß Czerny den Mann streifte, als er an ihm vorbeiging. Auf der Straße spazierte Czerny langsam weiter. Unwillkürlich griff er nach seiner Geldbörse. Sie befand sich aber nicht dort, wo er sie hingesteckt hatte. Er durchsuchte sämtliche Taschen, fand die Geldbörse jedoch nicht. Er lief zurück und suchte die Straße ab. Im Haus mit der Aufschrift konnte er weder eine Ordination, noch eine Spur des Mannes finden, der ihn nach dem »Doktor« gefragt hatte. Er läutete bei der Hausbesorgerin und erhielt die Auskunft, daß kein Arzt in diesem Haus wohne. Die Badeanstalt sei überdies schon seit längerem nicht mehr in Betrieb.
Nach einigem Suchen fand er eine Polizeistation mit grüngestrichenen Möbeln. In einer Ecke stand ein Eisenöfchen, das ihm – sobald er es gesehen hatte – Mißtrauen einflößte, wieder zu seinem Geld zu kommen. Ein Polizist hörte Czerny zu, wobei er ihm fortlaufend ins Gesicht starrte. Zum Schluß fragte er Czerny nach dem Namen und Czerny mußte den Vorfall in aller Ausführlichkeit zu Protokoll geben. In der Nacht erwachte Czerny.
Er hatte ein Geräusch gehört, als würde jemand stöhnen. Czerny glaubte, es durch die Zimmerwand vernommen zu haben. Er stand auf und legte den Kopf an die Wand.
Es blieb still. Czerny tappte wieder zu seinem Bett, vor dem ihm, er wußte nicht warum, plötzlich graute.
Er ging hinunter in den Garten. Die Wolken flogen langsam und nieder am Himmel. Czerny stellte sich vor, er befände sich am Grunde eines polaren Meeres und blickte hinauf und die Wolken trieben am Himmel, wie Eisberge.
Plötzlich überkam ihn ein Gedanke an den Tod. Manchmal überfiel ihn der Gedanke daran wie eine Gewalttätigkeit und erschreckte ihn; es gab jedoch auch Momente, in welchen ihm der Tod als etwas Selbstverständliches schien, das man herbeiwünschen konnte.
Er ging zurück in sein Zimmer, sah die Schuhe unter dem Waschtisch und drehte das häßliche Nachtkästchenlämpchen, das auf der Marmorplatte stand, aus. Er nahm eines seiner Bücher und betrachtete die Abbildungen: Die bunten Schmetterlinge, die so gezeichnet waren, daß ihr rechtes Flügelpaar abgetrennt vom Körper war, da das linke Flügelpaar die Unterseite, das rechte aber die Oberseite darstellte,

die Nummern und Buchstaben unter den Schmetterlingen, die auf die Beschreibung verwiesen, die Querschnitte durch Tierleiber, durch Spinnen, Krebse, Quallen, Süßwasserpolypen und Würmer, die Schädelskelette von Rindern und Vögeln, große Tafeln mit den Mendelgesetzen: Fliegen, Blüten, Katzen, die sich verwandelten und verfärbten.
Er klappte das Buch zu. Er setzte sich in die Straßenbahn.
Den Vormittag verbrachte er in den Hörsälen zwischen fremden Menschen und ausgestopften und in Glasgefäßen präparierten Tieren. Er beteiligte sich an keinem Gespräch. Den Heimweg aber fühlte er sich unruhig und unzufrieden. Er wußte, daß er Angst vor der Stille des Zimmers empfinden würde.
Als er sich dem Haus näherte, sah er, daß mehrere Polizei-Fahrzeuge den Zaun entlang abgestellt waren. Vor dem Gartentor standen zwei Männer, die auf ihn zugingen. Sie baten ihn, ihnen in das Haus zu folgen. Er ging an den ausgeräumten Parterreräumen vorbei, aus welchen das Echo der Schritte ertönte.
In der Küche wartete der Verwaltungsbeamte mit unbekannten Männern.
Kaum hatte Czerny die Küche betreten, als er – ohne daß ihm ein Stuhl angeboten wurde – ausgefragt wurde. Wo er gewesen sei? Wie lange? Wer das bezeugen könne, usf.
Czerny wollte zuerst nicht antworten, bevor man ihm erklärt habe, was vor sich gegangen sei, aber seine Fragen und Einwände blieben unbeantwortet. Im Laufe des Verhörs erklärte der Mann, der ihm die Fragen gestellt hatte, daß sein Name Klein sei und daß er die Ermittlungen, die Ermordung der Lehrerin betreffend, leite. Er erläuterte in kurzen Worten, daß die Frau am Vormittag vom Hauseigentümer zufällig entdeckt worden sei, als dieser, da um 11 Uhr noch die Rolläden zum Fenster der Lehrerin geschlossen gewesen seien, an ihre Tür geklopft habe. Er habe die Frau mit blutigem Kopf auf dem Boden liegend gefunden. Klein vermutete, daß die Frau mit einem stumpfen Gegenstand erschlagen worden sei.
Fast den gesamten Nachmittag zogen sich die Fragen und Gespräche hin, bis Czerny gegen Abend gehen durfte.
Er betrat sein Zimmer und sah sofort, daß es durchsucht worden war. Diese Erkenntnis demütigte und beruhigte ihn

zugleich. Während er für die Fragen in Anspruch genommen worden war, hatte man wie eine höhere Gewalt, die sich über alles hinwegsetzen durfte, sein Eigentum durchwühlt. Andererseits konnte man im Zimmer nichts gefunden haben, das irgendeinen Anhaltspunkt für eine Verdächtigung ergeben würde. Er legte sich auf das Bett. Dabei fiel ihm ein, daß er in der Nacht ein Stöhnen vernommen hatte.

Er suchte Klein und traf ihn im Garten. Klein stellte ihm einige Fragen. Dann bedankte er sich, bevor er sich verabschiedete. Czerny ging in das Haus zurück; die Tür zum Zimmer der Lehrerin war versiegelt. Vor dem Haus stand ein Kriminalbeamter. Czerny hatte seit dem Frühstück nichts gegessen, verspürte aber keinen Hunger. Nach einer kurzen Unentschlossenheit setzte er sich an den Tisch und schrieb einen Brief an seine Mutter. Er konnte den Brief kalt und überlegt, Punkt für Punkt abfassen, trotzdem kam ihm das Widerfahrene wie ein Traum vor. Er ging zur Wasserleitung und trank lange aus der geöffneten Hand, die er unter das fließende Wasser hielt. Mit nassen Fingern setzte er sich zurück an den Tisch, trocknete die Finger mit dem Taschentuch und schrieb weiter.

Am nächsten Morgen, halb aus dem Schlaf heraus, fragte sich Czerny, ob sein Einsamkeitsempfinden nicht einem Mangel an Metaphysik entspränge. Spielerisch dachte er daran, daß er nichts anderes sei als eine einwandfrei gebaute Anordnung von Zellen. Und sein Innenleben? Eine Folge chemischer Prozesse? – Achtzig Prozent Wasser, der Rest Kalium, Kalzium, Eiweiß, Eisen, Aminosäuren, Fermente, Hormone, Enzyme, untereinander in chemische Prozesse verstrickt – das sei die gesamte Erklärung für seine Existenz. Das schlafe, lese Zeitung, esse, gehe herum. Angst, eine innersekretorische Fehlsteuerung oder Folge von Elektronenüberschuß oder Eiweißzerfall. Melancholie eine Stoffwechselstörung, verursacht von einem chronisch entzündeten Appendix, einer eitrigen Zahnwurzel oder einer überfunktionierenden Schilddrüse. Zu seiner eigenen Überraschung empfand Czerny diese Vorstellung als angenehm. Vielleicht würden alle Naturrätsel in einigen Jahrhunderten jedermann für eine geringfügige Gebühr in den Bibliotheken zugänglich sein. Er spann den Einfall weiter. Das Denken war ein Zusammenspiel von Fermenten, Hormonen, Säuren, Basen und sonst

nichts. Aber was setzte dieses Zusammenspiel in Bewegung? – Und weiter, wie konnte es zum Beispiel »Schuld« geben, wenn alles das Resultat chemischer Prozesse war.
In diesem Moment klopfte es. Czerny sprang auf und öffnete. Der Verwaltungsbeamte stellte eine Flasche Milch auf den Tisch. »Das habe ich Ihnen mitgebracht«, sagte er.
Er nahm unaufgefordert Platz und erzählte Beobachtungen, die er über die Lehrerin gemacht hatte. Czerny las im Pyjama, während der Verwaltungsbeamte sprach, das Geschriebene des vergangenen Abends. Der Verwaltungsbeamte sprach zunächst weiter, verstummte aber langsam und ging mit beleidigtem Gesicht, ohne die Flasche Milch mitzunehmen. Czerny trat ans Fenster. Der Kriminalbeamte vor dem Haus war verschwunden.
Er kleidete sich an, kaufte eine Schachtel Zigaretten und eine Zeitung. In der Zeitung fand er einen Bericht mit einem Bild der Ermordeten.
Die Flasche Milch stand noch immer auf dem Tisch.
Czerny packte einen Teil seiner Wäsche in eine Tasche. Er zerriß den Brief, den er geschrieben hatte und fuhr in die Stadt. In einem Geschäft, dessen Auslagen angefüllt waren mit gebrauchten Mänteln, Hosen, Joppen, Schuhen, aber auch mit Möbelstücken, Radioapparaten usf., kaufte er einen schwarzen Zweireiher. Er zog sich in einer der muffigen, aus schmutzigen Tüchern gebildeten Umkleidekabinen um. Dann fuhr er zum Bahnhof, löste dort eine Fahrkarte, suchte den Zug und verstaute die Tasche im Gepäcknetz über einem Fensterplatz.
Czerny wartete, bis der Zug anfuhr. Sein Blick fiel auf die Knöpfe des Zweireihers. Er stellte fest, daß einer der Knöpfe nicht von derselben Art war, wie die anderen. Er zwang sich beim Fenster hinauszusehen, während der Zug langsam anfuhr.
Czernys Vater war Landarzt in der Obersteiermark. Das Haus lag außerhalb eines kleinen Dorfes, ein im bäuerlichen Stil gehaltenes, einstöckiges Gebäude. Vor dem Haus erstreckte sich eine Wiese mit Obstbäumen, wenige Schritte hinter dem Haus begann der Mischwald.
Dr. Czerny praktizierte in einem Anbau zu diesem Haus. Seine Praxis war mit den nötigen Apparaten ausgerüstet, die mit der Zeit eine elfenbeingelbe Farbe angenommen hatten.

Er hatte zuerst in Bologna und Graz Medizin studiert, dann in Wien Veterinärmedizin, bevor er sich auf dem Land als Arzt niedergelassen hatte. Sein Vater, im Zivilleben k. u. k Verwaltungsbeamter und im Ersten Weltkrieg Leutnant, war 1950 an einer Lungenentzündung gestorben. Die Mutter, ebenfalls bereits verstorben, hatte in den letzten Jahren ihres Lebens unter einer schweren Herzkrankheit und nahezu völliger Blindheit gelitten. Dr. Czerny selbst war Nationalsozialist gewesen, ohne sich allerdings besonders hervorgetan zu haben. Dafür hatte man ihm 1945 kurzfristig die Erlaubnis, zu praktizieren entzogen, ihm diese jedoch nach seinem Beitritt zur Sozialistischen Partei zurückgegeben. Seither kümmerte er sich nicht um Politik, ja, er verachtete sie sogar. Er beschäftigte sich mit Akupunktur, die er bei der Landbevölkerung nicht anwandte, während Patienten aus den umliegenden größeren Orten ihn aufsuchten, um sich behandeln zu lassen. In mehreren Holzkästchen hatte er verschieden starke Nadelsätze aufbewahrt. Diese Kästchen standen auf seinem Tisch in der Praxis, an der Wand hingen Wachstuchtafeln, welche die verschiedensten Teile des menschlichen Körpers mit den aufgezeichneten Akupunkturpunkten darstellten.
An Sonntagen spazierte er zwischen Obstbäumen im Garten herum, rauchte, hob abgefallenes Obst vom Boden auf, oder genoß es, in Ruhe unter den blühenden Bäumen zu spazieren. Ab und zu nahm er eine Einladung zur Jagd an. Jahre zuvor hatte er Briefmarken gesammelt und eine beträchtliche Sammlung im Laufe der Zeit zusammengetragen, bis plötzlich sein Interesse daran erlosch und er von da ab seine Briefmarken nur noch als Geldanlage betrachtete, die er in einem Fach des Wohnzimmerkastens lieblos aufbewahrte.
Dr. Czernys Frau war eine hübsche, kastanienbraune Frau mit einer Neigung zur Hypochondrie. Häufig klagte sie über Übelkeit, Schwindelanfälle, Gallen- und Magenschmerzen. Sie nahm die verschiedensten Medikamente, da sie kein Verlangen hatte, die Akupunkturmethode an sich anwenden zu lassen. Ihr Vater, der aus einer Glasbläserfamilie stammte, lebte in einem Altersheim in Leoben und sie besuchte ihn häufig, trotz seiner Klagen, die er jedesmal mit Ausdauer vorbrachte. Ihre Mutter war mit 55 Jahren an Krebs gestorben, eine einfache, fröhliche Frau, mit wasserblauen Augen.

Obwohl ihr Tod bereits zehn Jahre zurücklag, sprach Frau Czerny häufig von ihr und litt unter ihrer Abwesenheit.
Czerny erreichte das Haus. Es war fünf Uhr Nachmittag. Durch ein Fenster konnte er die Patienten im Warteraum sitzen sehen. Er betrat das Haus. Das Haus war leer. Er zog die Schuhe aus und setzte sich in das Wohnzimmer. Fliegen saßen auf der Fensterscheibe. Czerny sah, daß, wenn zwei zusammenstießen, sich beide drehten. Das Klavier warf seinen Schatten. Blumenblätter lagen auf dem Boden, die Balken waren halb geschlossen. In einem Einsiedeglas befanden sich blutrote, blaßblaue, schneeweiße Zyklamen, die aussahen wie kleine, gefärbte Flügelhauben von geistlichen Pflegerinnen. Die Stengel ragten als blatt- und zweiglose Unterwasserbäume aus dem Wasser. Gegen obenhin war das Wasser von Luftperlen durchsetzt. Die Bläschen lösten sich und schwebten an die Oberfläche, sobald Czerny das Gefäß bewegte. Es war ihm, als seien die Funktionen und Geräusche des Hauses entseelt, als befände er sich in tiefster Abgeschiedenheit. Er beschloß sitzen zu bleiben und zu warten. Manchmal hörte er eine Fliege aufsummen und mit einem feinen Pochen gegen einen Gegenstand stoßen. Er öffnete die Balken. Gleich darauf vernahm er ein Geräusch, aus dem er schloß, daß seine Mutter zurückgekehrt war. Sie trug einen kleinen Hut mit einem Schleier, der auf Czerny peinlich wirkte. Czerny erzählte mit teilnahmslosen Worten seine Erlebnisse, um keine Gefühlsreaktionen zu erzeugen, dennoch war seine Mutter beunruhigt und stellte ihm Fragen, die ihm den Eindruck von Mißtrauen vermittelten. Er trug die Tasche in das Zimmer und machte einen Spaziergang, ohne mit seiner Mutter nochmals zu sprechen.
Am nächsten Tag fuhr er mit dem Frühzug zurück in die Stadt. Die Holzstiege hatte geknarrt, eine Vorhangschnur hatte gegen die Fensterscheibe geschlagen. Czerny hatte gerade das Vorhaus betreten wollen, als er die Stimme seiner Mutter gehört hatte. Er hatte angehalten und gelauscht. Beim näheren Hinhören hatte er bemerkt, daß seine Mutter betete. Er war eine Minute schamerfüllt und regungslos dagestanden und hatte auf jedes Geräusch gelauert, hatte Angst vor einer unbeabsichtigten Bewegung empfunden, da er befürchtet hatte, seine Gelenke könnten ein Geräusch von sich geben. Schließlich hatte er sich in das angrenzende Arbeits-

zimmer des Vaters geschlichen. Er hatte die Schreibtischlade geöffnet und in den Papieren gewühlt. In einer Schublade hatte er die Pistole gefunden und sie an sich genommen. Er stand auf dem Perron des Kleinstadtbahnhofes. Der Zug fuhr ein.

«In meinem Gehirn herrscht Nordpolkälte«, dachte er.

In der Stadt kaufte er schwarzen Zwirn und einen passenden Knopf. Er schüttete in seinem Untermieterzimmer die Flasche Milch, die noch immer auf dem Tisch stand, in den Ausguß und nähte den schwarzen Knopf an. Am Nachmittag ging er zur Universität. Die Pistole hatte er unter den Kopfpolster gelegt. Was ihn selbst überraschte, war die Tatsache, daß er gut schlief. Er verbrachte die Nacht traumlos. Er kaufte sich eine Zeitung, fand aber nur eine kleine Notiz über den Mord. Im Laufe des Tages besuchte ihn Klein. Man hatte herausgefunden, daß die Lehrerin am Abend nach seiner Ankunft ermordet worden war. Czerny konnte sie also in der Nacht nicht stöhnen gehört haben, da sie zu diesem Zeitpunkt bereits tot gewesen sei. Klein entschuldigte sich für die Belästigung. Czerny bat Klein Platz zu nehmen, während er sich auf das Bett setzte. Klein bat ihn, nochmals zu schildern, was er am betreffenden Abend gemacht habe. Er hörte ihm aufmerksam zu. Dann entschuldigte er sich ein zweites Mal für die Störung und wollte gehen. In der Tür hielt er an und erzählte von seinem Sohn, der nach der Reifeprüfung ebenfalls Biologie studieren wollte. Czerny antwortete mit belanglosen Sätzen. Klein grüßte und ging.

Czerny trat an das Fenster. Er sah Klein nach, wie er den Kiesweg hinunter bis zum Gartentor ging. Die Pistole unter dem Kopfpolster fiel ihm ein. Er schlug den Polster zurück und griff nach der Waffe. Es kam ihm vor, als sei der Besitz der Pistole eine Gefahr für ihn. Man brauchte sie nur zu entdecken und würde ihn nach den Gründen fragen, warum er sie besaß. Vor allem würde er keinen Waffenschein vorweisen können. Er nahm einen Schal, wickelte die Pistole ein und versteckte sie unter der Schmutzwäsche.

Nach dem Mittagessen suchte der Verwaltungsbeamte ihn auf und fragte ihn, ob er ihn zum Begräbnis begleiten wolle. Czerny sagte zu. Eine Stunde später fuhr er mit einem Taxi, das der Verwaltungsbeamte bestellt hatte, zum Friedhof. Der Verwaltungsbeamte saß neben ihm im Fond, einen Hut auf dem Kopf. Handschuhe in den Mantelsäcken. Das Auto hielt. Czerny warf einen langen Blick auf die Marktbuden mit Blumen und Kerzen. Die Pistole hatte er eingesteckt. Er gab dem Drang, sie zu sehen, nach und bat den Verwaltungsbeamten, auf ihn zu warten, da er die Toilette aufsuchen müsse. Dann fragte er sich nach den Toiletten durch, die er außerhalb der Friedhofsmauern fand. Er schloß sich in eine der beiden Kabinen ein. Die Kabinen waren frisch gestrichen und so war der ganze Raum voll von einem Gemisch aus Kot, Urin und Lack-Geruch. Er nahm die Pistole heraus, steckte sie aber gleich wieder ein.

Er verließ die Kabine, vor der jetzt eine bleiche Frau mit einem Wintermantel und einer Wollmütze auf dem Kopf stand. Die Wollmütze reichte ihr bis über die Ohren.

Sie verlangte eine Gebühr. Czerny bezahlte.

Der Verwaltungsbeamte wartete noch immer dort, wo Czerny ihn verlassen hatte.

Der Platz vor dem Aufbahrungsgebäude war von Neugierigen und Schulkindern überfüllt. Czerny wurde von einem Unbehagen befallen. Er bemühte sich, unter den Leuten zu verschwinden, aber der Verwaltungsbeamte ließ ihn nicht aus den Augen. Czerny gelang es trotzdem, sich unauffällig zu einer Gruppe zu stellen, die etwas abseits stand.

Er sah jetzt den Verwaltungsbeamten mit einem Mann sprechen. Dann sah er, wie der Verwaltungsbeamte nach ihm Ausschau hielt. Czerny wich auf eine Anhöhe, die sich inmitten des Friedhofs erhob, aus. Er empfand es angenehm, unbemerkt auf dem Hügel zu stehen und – nachdem das Begräbnis begonnen hatte – die Menschen unter sich vorbeigehen zu sehen. Abermals griff er nach der Pistole.

Dann drehte er sich um und schlenderte den langen Weg zwischen den Bäumen hindurch bis zum Friedhofstor.

Am Abend klopfte es.

Czerny hatte die Pistole gerade auf den Tisch gelegt. Er versteckte sie rasch unter dem Kopfpolster.

Im Stiegenhaus stand der Mann, mit welchem der Verwaltungsbeamte beim Begräbnis gesprochen hatte. Der Mann bat um eine Unterredung. Er sei ein Verwandter der Ermordeten, sagte er. Er sei Apotheker.

Er dachte nach und starrte auf den Fußboden.

Czerny sagte, daß er das Zimmer erst seit kurzem bewohne.
»Haben Sie sie nie gesehen?« fragte er.
Czerny wiederholte, daß er erst seit wenigen Tagen das Nebenzimmer bewohne.
»Ich weiß, ich weiß«, antwortete der Mann. Dann fragte er Czerny, ob ihm etwas aufgefallen sei. Er wartete die Antwort jedoch nicht ab, sondern ergänzte: »Aber das hätten Sie ja sicher der Polizei erzählt.« Hierauf reichte er Czerny die Hand und ging.
Die nächsten Tage verliefen ruhig.
Nach Beendigung einer Vorlesung wurde Czerny von einem Assistenten eingeladen, einen emeritierten Zoologie-Professor zu besuchen.
Der Professor wohnte inmitten alter Möbel und sich stapelnder Bücher. Auf einem Kasten lag ein Fischbehälter. In einer Ecke lehnten Angeln. Der Professor setzte sich an den Schreibtisch und begann zu erzählen. Die Natur sei verarmt, sagte er. Als Kind habe er aus einem Bach in einer Stunde 150 Krebse gefangen. Das sei 1905 gewesen. Als Jugendlicher sei er einmal in der Nacht in der Nähe von Hainburg in Niederösterreich gewandert. Da es eine warme Sommernacht gewesen sei, habe er auf einer Wiese geschlafen. Am nächsten Morgen habe er festgestellt, daß er sich auf einen Fleck Wiese gelegt hatte, der von mehreren Dutzend Frauenschuhblüten bewachsen war. Er habe wenige Tage später mit einem Wiener Botanikprofessor darüber gesprochen. Oft sei er mit einer Laterne auf ein von Seifenkraut bewachsenes Feld gegangen und habe Schmetterlinge gefangen.
Schmetterlinge, die heute zu den seltensten Exemplaren gehören, habe er damals nicht einmal beachtet, so häufig seien sie gewesen. Jetzt begegne er gewissen Exemplaren nur noch unter außergewöhnlichen Umständen. Kürzlich habe sich ein Blaues Ordensband in sein Badezimmer verflogen. Er habe es in der Badewanne entdeckt und sei von dem merkwürdigen Zusammentreffen des Badezimmerinterieurs mit einem seltenen Schmetterling betroffen gewesen.
Czerny betrachtete den Professor, während dieser seinen Erinnerungen nachhing. Der Schädel war klein, die Haut hatte eine ungesunde rötliche Farbe, der Schnurrbart über der schmalen Lippe war schütter und grau, ebenso waren die

Haare schütter und grau. Die Fingernägel waren an den kleinen Fingern sehr lang, an den übrigen Fingern gepflegt und kürzer. Er trug einen Goldring mit einem Wappen. Der Schädel ruhte auf einem runzligen Hals und Czerny dachte an ein Amphibienwesen, das ungerührt dasaß und sprach.
Der Professor streckte den Ringfinger aus. Czerny bemerkte erst jetzt einen nicht allzugroßen Höcker aus Haut knapp über dem mittleren Fingergelenk.
Hier sei er von einer Ringelnatter gebissen worden. Er habe die fliehende Schlange als Ringelnatter erkannt und sei trotz des Schmerzes nicht besorgt gewesen. Ringelnattern habe er übrigens sehr genau beobachtet. Mehr als einmal habe er sie schwimmend in Teichen beobachten können, als sie Fische jagten und diese an Land verschlangen. Einmal habe er eine Ringelnatter gerettet, die in der Nähe eines Wehres in einen Wasserstrudel geraten sei, aus dem sie sich selbst nicht mehr habe befreien können. Er wisse nicht, warum er dies getan habe, obgleich er doch Ringelnattern nicht möge, da sie Fische fressen. Zu Schlangen habe er überhaupt keine besonderen Beziehungen. Von einem Haus in der Wachau aus habe er z.B. einmal eine Äskulapnatter beobachtet, die einen Finken verschlungen habe. Die Äskulapnatter habe den Finken zwar wieder erbrochen, doch seien dessen Federn bereits so verklebt gewesen, daß er gestorben sei. Auch habe er Ringelnattern gesehen, die einen lebenden Frosch in einzelne Teile zerrissen hätten.
»Zwei Dinge fallen mir auf«, fuhr er fort, »das immer Kleinerwerden von Naturräumen und das Verschwinden der Tiere aus der Umwelt. Auch riesenwüchsige Tiere sind seltener geworden als früher.«
Er habe in einem Aufsatz gelesen, daß Doderer im Jahre 1911 in der Nähe der Raxalpe, wo er als Gymnasiast die Ferien verbracht hatte, eine Ringelnatter mit hühnereigroßem Kopf aufgespürt habe. Doderer habe die Schlange auf zweieinhalb Meter Länge geschätzt. Im selben Aufsatz berichte er vom Fang eines Wels oberhalb der Wiener Reichsbrücke noch im Jahre 1955, dessen Gewicht 25 kg betrug und der 1 m 60 lang gewesen sei.
Heute laufe man zusammen, wenn man überhaupt einen Wels oder eine Ringelnatter zu sehen bekomme. Auch seien die Kenntnisse der Menschen von Pflanzen und Tieren

katastrophal. Die Menschen seien wortarm der Natur gegenüber geworden und könnten die ihnen begegnenden Pflanzen und Tiere nur mit Ähnlichkeiten zu den wenigen Pflanzen und Tieren, die sie kennen, beschreiben. Namen, Lebensweise, Blütezeit und Unterscheidungsmerkmale gegenüber ähnlichen Gattungen seien selbst bei den jetzt noch relativ am häufigsten anzutreffenden Tieren und Pflanzen weitgehend unbekannt. Die Natur der Pflanzen kenne man in erster Linie von den Pflanzen und Blumen, die in den Parks wachsen, von den Tieren kenne man gar nur noch die Fliegen und Bienen und vielleicht einige Vögel. Dabei sei das Naturbedürfnis des Menschen ein ursprüngliches. »Sie müssen das Buch WALDEN von Thoreau lesen«, sagte der Professor und zeigte mit einem Finger auf Czerny. Es enthalte besonders schöne Beschreibungen über die Eisdecke des Waldensees, über Ameisenkämpfe, über das Fischen, über Pflanzen, Vögel und Insekten und über das Leben in der Natur. Bücher wie Walden oder z. B. Huckleberry Finn oder Moby Dick oder die Jack London-Abenteuergeschichten oder die Lederstrumpferzählungen könnten niemals mehr verfaßt werden, weil die Natur parzelliert und in den Profitbetrieb eingeordnet sei.
Der Professor zündete sich eine Zigarette an. Dann erhob er sich und erklärte, daß es spät sei.

(1975)

Das erste was ich verspürte war Abenteuerlust. Es war eine seltsame Romantik, Dollarnoten in den Hosensäcken zu haben, in ein gelbes Taxi zu steigen und durch die schilderübersäten Straßen zu fahren.

Ich war nicht bereit, mich zu ängstigen, bevor etwas geschah. Im übrigen war mir nichts fremd. Das Seltsame war, daß alles für mich sowohl neu war, als auch Erinnerung. Was ich sah kam mir nicht nur bekannt vor, sondern es war es auch. Mit dem Kopf hatte ich mich oft genug hier befunden. Es war, als würde ich in einen laufenden Film projiziert. Alles um mich war speziell für mich geschaffen. Wenn der Chauffeur mich etwas fragte, las er seine Rolle aus einem Drehbuch. Ich war eine erfundene Figur und genoß es. Ich hätte mir eine Spiegelbrille aufsetzen und mit einem Klappmesser spielen können. Ich sah den Frauen auf der Straße lange nach, als könnte ich sie alle haben.

Plötzlich war ich durstig und ließ vor einer Bar anhalten, bezahlte und ging mit meinem Koffer hinein. Es war 4 Uhr nachmittags, ich hatte meine Schecks eingesteckt und das ganze Bargeld, aber das machte mir keine Sorge. Im Gegenteil. Ich fühlte mich ungeheuer stark und war bereit, jeden Moment zurückzuschlagen. Ich stellte mich gar nicht menschenscheu an die Theke und bestellte einen Bacardi und ein Bier. Ich war ganz glücklich, daß alles funktionierte, daß man es mir SELBSTVERSTÄNDLICH brachte. Sie waren auf meine Rolle hineingefallen. Was war ich – na? Bürstenverkäufer? Abgetakelter Vertreter? Vorbestrafter? Jonathan Svensson, der geheime Weltmeister im Schachspiel? Ein genialer Chirurg? Hatte meine Frau mich soeben verlassen? Oder nein, noch besser, war sie soeben gestorben? Hatte man mich gerade aus meinem Job gefeuert? Jedenfalls war ich geheimnisvoll. Vielleicht hatte ich vorhin meine Geliebte erschlagen und trug eine Bibel in der Tasche? Vielleicht war ich ein Scheckbetrüger?

Ich blickte aus dem Barfenster und sah ein Stück Amerika durch die Glasscheibe. Ich ließ alles geschehen. Von mir aus hätten sich zwei neben mir halb totschlagen können, mich hätte es kalt gelassen, ich hätte mich nicht gerührt. Wenn ich auch nicht wußte, wer ich war, eines wußte ich, daß ich abgebrüht war... Ich hatte eine Menge auf dem Kasten. Deshalb bewegte ich mich auch wenig, war ganz langsam, wenn ich meinen Kopf drehte, das Glas hob. Ich behielt die Übersicht. Es geschah nichts, und das schrieb ich meiner Stärke zu. In diesem Augenblick sprach mich eine junge Schwarze an, die sich inzwischen neben mich gesetzt hatte. Sie zeigte auf ein Stück wegstehenden Zwirns an meinem Ärmel und als ich überlegen lächelte, versuchte sie ihn zunächst abzubeißen, was ihr nicht gelang, dann nahm sie ein Streichholz und brannte es einfach weg. Sie fragte, wo ich wohne.
Im Hotel, sagte ich.
In welchem Hotel?
Na, da drüben, sagte ich, über der Straße.
Ah, Wellington, sagte sie.
Ja, Wellington.
Es war alles durch und durch literarisch.
Vielleicht rührte es davon her, daß ich meine Anonymität so stark fühlte, daß ich sie genoß, auskostete. Ich war jeder und niemand. Ich hatte einen Koffer bei mir, und die Schwarze sah ihn jetzt.
Oh, was ist in Ihrem Koffer? fragte sie.
Mein toter Hund, sagte ich.
Warum, um Gottes willen, tragen Sie Ihren toten Hund mit sich herum?
Ich muß mich erst daran gewöhnen, daß er tot ist, sagte ich.
Sie machte einen nachdenklichen Schluck aus ihrem Whiskeyglas.
Soll ich Sie massieren? fragte sie. Das wäre ganz angenehm, dachte ich, aber bevor ich es noch hatte sagen können, warf uns der Barkeeper laut schreiend zur Tür hinaus. Soweit ich ihn verstand, hatte er etwas dagegen, daß die Schwarze in seiner Bar auf Kundenfang ging. Mir war's egal, auch als sie zum Abschied so nebenbei das Whiskeyglas fallen ließ und dem Barkeeper dabei unverschämt ins Gesicht blickte, tat ich, als sei das nichts Besonderes für mich.

Und da fiel mir ein, daß ich Humphrey Bogart war. Das war keine große Überraschung für mich, denn ich hatte mein Gesicht ohnedies kaum bewegt, und auch nur wenig gesprochen.
Auf der Straße sagte ich ihr, daß sie nicht mitkommen könne mit mir. Ich sagte ihr, daß mein Freund in meinem Zimmer schlafe.
Jetzt? Welche Nummer mein Zimmer habe?
Welche Nummer? Ich ließ mir eine einfallen, und sie gab mir zum Abschied einen Kuß. Sie sagte, sie würde mich gegen acht besuchen. Ich hatte Lust, mich zu betrinken.
Die Straße war jetzt nur noch eine Kulisse für mich. Ich nahm mir im Hotel Wellington ein Zimmer, ließ mir eine Flasche Whiskey auf das Zimmer bringen, öffnete den Koffer und blickte aus dem zwölften Stock auf die Seventh Avenue.
An der Tür hatte ich einen Hinweis bemerkt, wie man die Schlüsselkette anlegen, welche Schlösser man versperren solle undsoweiter, und ich dachte mir: VOR MIR müßt ihr euch in acht nehmen. Ich kann meine Zimmertür unversperrt lassen, ich bin es, der den Schrecken verbreitet.
Ich ging zurück auf die Straße und genoß es, unhöflich zu sein, dem Portier ins Gesicht zu starren, ohne seinem Gruß zu danken, jemandem, der in mich hineingelaufen war, nur kurz ins Gesicht zu sehen und über seine Entschuldigung hinwegzugehen, als SPÜRTE ich NICHTS, als SÄHE ich NICHTS, als HÖRTE ich NICHTS, als lebte ich nur im Kraftfeld meiner eigenen Schwingungen.
Ich ging in eine der Peep Shows und spielte mir ein paar Pornofilme auf einem Bildschirm vor, die Minute für 25 Cents.
Die Kinovordächer aus Glas am Times Square machten, daß ich Bob Dylan hörte. Ich ging in das Viewmasterbild hinein, und als mich ein hagerer Typ mit Hut plötzlich beschimpfte, war ich GLÜCKLICH. Ich leistete mir den Luxus, schnell zu gehen, als hätte ich es eilig. Ich wünschte mir, daß mir jemand in die QUERE kommen sollte, obwohl ich nicht wußte, wie ich reagieren würde. Dann bemerkte ich, daß es Aggression war, die mich in den Zustand des Wohlbefindens versetzt hatte. Zunächst kam es mir lächerlich vor, dann versuchte ich, dieses Wohlbefinden wieder herzustellen, aber es war nicht mehr da. Zurückgeblieben war eine dürre Pose. Da waren auf

einmal die Sirenen eines Polizeiautos, SO BEDEUTUNGSVOLL, und ich war nur noch verloren, eine Null, nichts. Etwas löste sich in mir, und ich ging langsam in das Hotel zurück. Es war jetzt eine andere Langsamkeit als zuvor.
Ich war müde und schwer. Ich fragte mich, ob mein Kopf schmerze, aber er war nur schwer. Ich war noch immer unverwundbar, aber auf eine melancholische Weise. Ich fühlte mich in der 7th Avenue sicher. Ich war ein trauriger Spaziergänger, der sich einen HOT DOG kaufte und die NEW YORK TIMES, obwohl ich wußte, daß ich sie nicht lesen würde. Ich steckte sie mir unter den Arm. Im Hotelzimmer öffnete ich die Flasche Whiskey. Es war schön, aus dem Zahnputzglas zu trinken. Ich dachte nach, welche Zimmernummer ich dem Mädchen angesagt hatte, aber es fiel mir nicht mehr ein. Das beste war, ich würde mich in die Hotelhalle setzen.
Ich ging runter und wartete. Gegen ¾ acht dachte ich mir, ich wolle das Schicksal prüfen und ging zurück in mein Zimmer, und eine halbe Stunde später hatte ich genug vom Schicksal und mir, und ich setzte mich in eine andere Bar um die Ecke, wo ich ein Baseballspiel im Fernsehen sah und nichts mitbekam.
Ich war seltsam aufgekratzt müde und hörte zwei glatzköpfigen Bürohengsten zu, die über Nazis und Germans redeten.
»Weißt du, woran man die Germans erkennt, wenn sie nach Amerika kommen?« fragte der eine nach einer Weile, »Sie tun, als befänden sie sich auf einem anderen Planeten. –«
Und ich drehte es um und ging als Marsmensch in mein Hotel zurück. Alles verwundete mich auf einmal, und ich hatte nur Angst, ich könnte ETWAS VERGESSEN. Ich wollte mich genau an alles erinnern können, was ich sah, und fühlte eine Besessenheit, aufmerksam zu sein. Ich SUCHTE nicht mehr wie früher, sondern lief in Gedanken all dem nach, was mit mir geschehen war, und dachte nur daran, es mir zu MERKEN. Im Hotelzimmer schrieb ich ein halbes Notizbuch voll und auf einmal war es nicht mehr so, daß nur der vergehende Augenblick voll Bedeutung war, sondern auch das Vergangene und immer mehr das Vergangene, meine Vergangenheit, die mir auf einmal so gegenwärtig war, daß ich wach blieb bis es hell wurde. Um acht Uhr ging ich zum Frühstück hinunter, ich gab meinen Schlüssel beim Portier ab

und da sah ich in der Hotelhalle meine Freundin aus der Bar, die sich im gleichen Augenblick von ihrem Stuhl erhob und lächelnd auf mich zukam. Ich tat, als hätte ich die ganze Zeit auf sie gewartet.

(1977)

Man geht hinein in den langen Traum.

1. Im Zeitlupentempo öffnet sich die Tür des Schlosses. Der Blick fällt in die Küche. Die Fenster sind vergittert und so hoch, daß man nicht hinausblicken kann. Der Traum wird ein Angsttraum. Auf dem Tisch liegt das Buch. Die Küchengehilfinnen machen sich an die Arbeit. Das Saure muß im rechten Verhältnis zum Bitteren, Salzigen und Süßen stehen, das Gehirn soll auf alchemistische Weise stimuliert werden. Das Alchemistische geht jählings über ins Kannibalische, indem der Träumer den endloslangen stummen Vorgang des Fleischschneidens betrachtet und plötzlich durch das laute Zerhacken von Knochen erschrickt. Dann eröffnet sich die ästhetische Komponente. Die Lebewesen aus der Luft, aus dem Wasser, von der Erde verwandeln sich in Escalop vom jungen Reh mit Ragout financier, in Silberlachs blau gesotten, Suppe mit Kaisereiern etc. Fortlaufend wechseln sich die Komponenten ab. Der zeitliche Wechsel wird immer kürzer: Ein Lachs wird ausgenommen, das Gold und Silber der Bestecke reagiert blitzend auf das einfallende Sonnenlicht, Fleisch wird in dicke Sauce a la Soubis getaucht. Fürst Heinrich tritt auf. Er stopft die Hand in den geschlachteten Kapaun und hält das tote Tier der Köchin und den Küchengehilfinnen vors Gesicht, wie eine Handpuppe. Das Mahl beginnt. Bettler, die aussehen wie auf Bildern von Brueghel warten auf die Abfälle. Sie werden verjagt und verlassen unter Drohungen das Schloß. Der Fürst begibt sich wieder in die Küche. Er mustert den schönen Körper der Köchin. Die Nachspeise wird serviert. Die Sonne sinkt. Die Kerzen werden angezündet. Vor dem Schloß steht der Jäger. Sein Ohr kennt das Rauschen, wenn einem Tier das Fell abgezogen wird, es kennt das Knacken der Federn, die in der Haut der Fasane, Wildenten und Schnepfen haften. Auf dem Deckel der Kloake liegt der Bettler Greß. Er lauscht dem

* Roman, Salzburg 1972.

Glucksen der vom Schloß herunterplumpsenden, verdauten Speisen. Er liegt auf der Holzplatte und horcht. Alles horcht und lauert. Der Fürst schläft tief.

2. Am Abend verläßt der Diener das Schloß. Er arbeitet als Gärtner. Im Glashaus vor dem Schloß wachsen die Kamelien. Vor dem Schloß steht die große Kiefer. Die Fenster sind noch erleuchtet. Der Kopf des Dieners wird durchsichtig und man sieht die Bilder der Gedanken wie Dias. Die Gedanken sind Erinnerungen, kleine farbige Miniaturen, denen manchmal eine gewisse Beweglichkeit gegeben ist. Jemand in dem Bild reicht eine Zigarre, ein Silbergriff dreht sich nach oben usf.
Am Morgen spiegelt sich der Diener in der gewellten Scheibe des Herrschaftsganges. Er hat drei Münder, drei Ohren, drei Stirnen, sechs Hände. Er reinigt das Gold- und Silberbesteck. Er sieht seine blauen Augen im Goldteller. Als er aufblickt, steht vor dem Fenster die Gräfin. Sie trägt eine Säge in der Beuge des rechten Arms. Hinter dem Brauhaus liegt der Garten, in dem der Diener seine Pfirsichbäume gepflanzt hat. Die Gräfin betritt den Garten und sägt. Die gelben Tränensäcke unter ihren Augen leuchten.
Der Diener verläßt am Abend das Schloß. Das Innere seines Kopfes zeigt nur die Abbilder, die seine Augen projizieren.

3. Der Philosoph Zählingsar drückte als Knabe, wenn er nachts wach lag, die Daumen in die geschlossenen Augen und versank unter den buntschillernden Farbbildern, die er erzeugte und deren Umraum ihn in andere Welten forttrug.
Traum im Traum.
Er setzt sich, geht er unter die Leute, mit dem Rücken zu ihnen. Die hinter ihm sitzen, hat er vor sich im Spiegel, den er in der Hand hält. Steckte er den Spiegel ein, steckte er die Welt ein.
Er wohnt, um zur Musik eine engere Beziehung zu bekommen, bei einem Fräulein namens Altdorfer. Im Zimmer fliegen bunte Vögel... In der Mitte des Zimmers steht ein Klavier, auf dem sich türmt, was das Fräulein zum Essen braucht. Sie kocht auf einem kleinen Ofen ihr Essen. An der Wand hängt ein Kasten, dessen Tür weggebrochen ist. Die freiliegenden Fächer sind mit Briefbündeln vollgestopft. Aus

diesen Bündeln zieht sie Briefe und liest sie Zählingsar vor. Sie tut es, um ihm zu beweisen, daß ihr Offizier sie nur einmal geküßt habe. Nach einem Konzert sei das geschehen. Sie anerkennt nur eine Tätigkeit, das Klavierspiel. Das Fräulein glaubte in Zählingsar ihre letzte Erinnerung an die Musik gefunden zu haben. Sie schenkte ihm ein Programmheft, in dem ihr Name und das Stück stehen, das sie vorgespielt hatte. Zählingsar entfernt die Tür zwischen seinem und des Fräuleins Zimmer und freut sich, wenn das Fräulein unter dem Türbogen steht und zu ihm hinsieht, wenn er im Bett liegt und liest. Er schließt die Fenster und verdunkelt sie, um die Zeit auszulöschen. Er arbeitet an seinem philosophischen Werk, das er in blaue Notizbücher schreibt. Nach vielen einsamen Tagen öffnet Zählingsar die Fensterläden. Die Vögel des Fräuleins flattern auf, die Tapeten leuchten, der Staub, der auf den Tischen, Betten und Schränken liegt, glänzt. Zählingsar verläßt für einen Nachmittag die Stadt. Am Abend kehrt er zurück und findet das Fräulein krank. Sie liegt auf den schwarzen Leintüchern und fiebert. Der Arzt, der zum Fräulein kommt, beantwortet nicht Zählingsars Fragen. Gleich nach der Injektion schläft das Fräulein ein. Zählingsar sucht einen Park auf und liest zur Ablenkung griechische Philosophen in der Originalsprache. Er kehrt zurück. Er drückt die Türschnalle leise hinunter. Er bemerkt, daß die Tür versperrt ist. Er geht zum Vermieter und erfährt, daß das Fräulein gestorben ist.

4. Manchmal fährt der Fürst für längere Zeit fort. Man weiß aber, daß er in Venedig von seinem Palast in den Kanal schaut oder in die Oper geht. Kommt er irgendwohin, wo eine Frau schwanger ist, reist er ab. Kindern weicht er aus. Aufgrund seiner Ansichten über die Fortpflanzung wirft der Pfarrer dem Fürsten Verderbtheit und einen Hang zu Irrlehren vor. Der Fürst geht durch den Park und hat überaus angenehme Empfindungen. Die grünen Wasserpflanzen im Teich erfreuen ihn. Eines Tages schlägt er das Tagebuch auf und liest den Satz: *Mich gelüstet nach Rosalie Ranz.* Er kann sich nicht erinnern, diesen Satz geschrieben zu haben. In seiner Nachdenklichkeit bevölkert sich sein Kopf mit Menschen und Zimmern seiner Kindheit. Die Bösartigkeit seiner Erinnerungsbilder wird zur Methode, die Ästhetik produziert.

Seine Erinnerungen gleichen den Collagebildern, auf welchen sich in der Mode der Jahrhundertwende gekleidete Personen absurden Situationen gegenüberstehen. Der Fürst sieht sich selbst im imaginären Interieur seiner Erinnerungen als einen kleinen Knaben auf einer braunstichigen Fotografie, welche ein Fotograf in einem eiskalten Atelier versteckt hinter dem mysteriösen schwarzen Tuch angefertigt hat. Die Sexualität ist auf die Kategorie des Voyeurtums verwiesen, welches seinerseits abseitige Bilder produziert. Der Fürst ruft Rosalie Ranz. Er ist allein mit ihr im Zimmer, spricht ihr eigentümlich schwermütig und wahnsinnig zu. Da öffnet sich die Tür und die Gräfin und der Diener betreten den Raum. Die Gräfin verläßt mit Rosalie Ranz den Raum, der Fürst fordert den Diener auf, ihm den Bart zu rasieren. Der Diener tut, was ihm befohlen wird. Dann wäscht er den Rasierpinsel. Die Barthaare des Fürsten schwimmen auf dem seifigen Wasser. Der Fürst erzählt einen Traum. Er stülpt seine Geschlechtlichkeit mit Worten nach außen. Der Jargon seiner Sätze ist resignativ. Selbst das Grauen wird zu einer Form der Resignation. *Versteck den Bart, nimm einige Haare und ringle sie in das Medaillon an Deiner Uhr*, sagt er zu dem Diener.

5. An einem Sonntag erschießen A. und O. die Katze der Anna Holzapfel. Lange stehen sie bedrohlich und stumm vor dem Haus, wie in einer Wildwestgeschichte. A. hält in seinen Händen ein Gewehr und starrt auf das Fenster der Anna Holzapfel. Anna Holzapfel ist Wäscherin im Schloß. Der Pfarrer Wagner ist aufgestanden und blickt vom 1. Stock auf die Straße. Schließlich geht Anna Holzapfel vom Fenster. A. und O. bemerken, daß Anna Holzapfel die Absicht hat, in den Hof zu kommen. A. schießt. A. und O. laufen weg. Anna nimmt die tote Katze und geht mit ihr zurück ins Zimmer.

6. In der Geschichte vom Goldfasan wird beschrieben, daß die Herrschaften vor der Jagd unter dem Balkon des Schlosses standen und lange, grüne Mäntel und Hüte mit bunten Federn trugen. Daß sich etwas abseits davon die Büchsenspanner aufhielten. Daß die Treiber mit ihren Stöcken im Schnee stocherten. Daß die Herrschaften über die im Sommer frisch gerechten, jetzt freigeschaufelten Wege ihren Weg

zur Jagd gingen. Daß die Jäger, Jagdgäste und Treiber den ihren nahmen, der durch die Lindenallee führte, hinaus auf die Felder, die an den Park anschlossen. Daß der Königsfasan den Schnee rot färbte. Daß die Fasane in den Eiskeller neben dem Schloßteich kamen. Daß es regnete. Daß dem Jäger von seinem Hut aus Hasenwolle das Wasser in blauen Fäden über das Gesicht lief.

7. Die alte Lipp liegt seit drei Jahren im Bett, im Gasthaus zur Sonne. Ihr Haarzopf, den sie einst als Knoten getragen hat, fliegt im Kreis, wenn sie sich im Bett aufsetzt und schreit. Was man ihr zum Essen bringt, wirft sie im Zimmer umher. Manchmal nimmt sie zum Scheine etwas an, aber sobald sie allein ist, vermischt sie es mit ihrem Kot. Unten auf der Straße hört man sie, wenn sie oben schreit, daß sie verhungern müsse. Man gebe ihr nur ihre eigenen Sachen zu essen, und so habe sie immer weniger. Sie läßt sich ihr Eigentum als Geschirr bringen, das sie zerschlägt, als Rahm, den sie sauer werden läßt, als Fleisch, das sie unter die Decke stopft, als Torte, die sie nach dem Spiegel wirft, als Fisch, den sie ausspuckt, als Butter, die sie auf den Leib schmiert, als Sekt, in den sie ihren Zopf taucht. Dabei blickt sie immer auf das geweihte Bild, auf dem der Weltheiland mit blauem Mäntelchen als Kind abgebildet ist. Die Nußhäher schreien, die Wildenten schwimmen im Schilf. Nach dem Tode der Lipp findet man überall versteckte Gegenstände, Besteck aus Silber, Uhren und Porzellan.

8. Als ich die Geschichte *Von den weißen Särgen* las, dachte ich oft an Kolleritsch. Ich hatte ihn im Sommer 1971 in seinem Ferienhaus in Brunnsee besucht. Er saß im violetten Samtrock vor dem rotlackierten Tisch im Garten, vor uns war das Haus, das von dichtem Laubwerk bewachsen war. Er sagte mir, daß sein Vater sehr krank sei. Er sei Gutsverwalter gewesen, jetzt aber sehr krank. Das Haus ist ein fester, schöner Bau mit einem Musikzimmer, Geweihen und ausgestopften Vögeln an den Wänden. Man sitzt im Garten und schaut auf den großen Teich. Plötzlich tauchte eine Gestalt mit wirren, grauen Haaren am Fenster auf und starrte zu uns herüber, zögerte und verschwand wieder. Obwohl dies das einzige Mal war, daß ich den Vater sah, berührte mich die

Nachricht, daß er gestorben sei, eigenartig. Am Tag vor dem Begräbnis rief ich in Brunnsee an und Kolleritsch erzählte mir, daß im Augenblick gerade Bauern der Umgebung im Vorraum knieten und Rosenkranz beteten. Auf diese Weise verknüpfte sich meine Erinnerung mit der Geschichte. *Von den weißen Särgen.* Als ich die Geschichte *Von einem platonischen Mahle* zum ersten Mal gelesen hatte, es war spät in der Nacht, träumte ich in einem sehr langen Traum Einzelheiten dieser Geschichte.

(1972)

ICH BIN EIN ZUSEHER AUF FUSSBALLPLÄTZEN

Mit neun Jahren stand ich zum erstenmal auf einem Stehplatz. Ich konnte nur einen Teil des Spielfeldes sehen und verstand nicht, was vor sich ging. Ich glaube, daß mich dann die Freude der Zuseher zum Sportplatzbesucher gemacht hat. Wenn ich an die zahllosen Spiele zurückdenke, die ich seither gesehen habe, so fällt mir die merkwürdige Ungesetzmäßigkeit auf, mit welcher die bildhaften Erinnerungen entweder nur Standbilder sind oder flimmernde Schwarzweißfilme oder farbige, tiefenscharfe Cinemascope-Filme. So sehe ich z. B. von einem Spiel Sturm gegen LASK, von dem ich nicht einmal mehr das Resultat weiß, stets folgende Szene vor mir:

Ein Mann mit einem offenen Ledermantel springt über die Barriere, die den Stehplatz vom Spielfeld trennt, läuft mit wehendem, offenen Mantel über das halbe Spielfeld und ohrfeigt den verblüfften LASK-Torhüter. Wenige Schritte hinter ihm folgten, ebenfalls mit wehenden Mänteln, zwei Polizisten, die jedoch nicht mehr eingreifen konnten. Der Mann wurde natürlich gefaßt und – wie es mir damals vorkam – zu grob abgeführt, da er sich, sobald er ergriffen war, nicht mehr wehrte. Was diese Erinnerung trotz der ansonsten vorhandenen Ähnlichkeit mit einer Slapstick-Szene von dieser unterscheidet, ist gerade jenes letzte Bild, das mich zutiefst erschreckte... Wohin wurde der Mann gebracht? Was hatte man mit ihm vor?

Eine andere Raufszene hingegen habe ich, so glaube ich, bereits damals wie ein Stück Theater aufgefaßt. Beim Spiel Sturm gegen Simmering warf ein über das fortwährende Foulspiel der Simmeringer aufgebrachter Zuschauer eine Bierflasche von der Sitztribüne auf das Spielfeld, die einen Simmeringer Spieler ins Kreuz traf. Dieser stürzte zu Boden, die Simmeringer traten ab, kamen jedoch wenige Minuten später auf das Spielfeld zurück und beendeten das Match.

Denke ich an einzelne Spiele, so bin ich mir heute nicht sicher, ob meine Erinnerungen daran nicht durch Erzählungen anderer oder durch wiederholtes Sprechen darüber nur noch Karikaturen oder Heldenepen sind. So fällt mir immer wieder das Spiel Sturm gegen Austria Wien ein, bei dem der damals rasenlose Sturm-Platz von Lachen übersät war. Die Spieler waren sämtlich durchnäßt und schmutzig und landeten immer wieder in den riesigen Wasserlachen.

Eine andere Erinnerung ist ein 3:2-Sieg von Sturm gegen Kapfenberg. Das Spiel fand in Kapfenberg statt, und ich erlebte zum erstenmal, daß das Publikum die Sturm-Spieler wie Feinde behandelte, so wie ich es bei den Gegnern am Sturm-Platz für richtig befunden hatte. Als wir dann wieder mit dem Bus nach Hause fuhren, malte ich an die beschlagenen Scheiben in Spiegelschrift und großen Ziffern das Resultat, um die Kapfenberger Anhänger zu ärgern.

Denke ich an einzelne Spieler, so sind deren Namen stets mit Geschichten verbunden: Ein Tormann war dafür bekannt, daß er betrunken aufs Spielfeld lief. Ein Verteidiger hatte nach einer Zecherei einen Kumpanen totgeschlagen. Ein Mittelstürmer hatte immer wieder versucht, den Ball mit der Faust, die er blitzschnell einsetzte, ins Tor zu boxen, wenn er ihn mit dem Kopf nicht erreichen konnte. Ein Spieler hatte nur einen Arm und ließ den amputierten Stummel beim Laufen rotieren wie einen Propeller. Ein Tormann fing während eines Spieles eine Maus und zeigte sie dem Publikum usw. Wenn man sich mit einem langjährigen Sportplatzbesucher unterhält, so bemerkt man, wie jeder einzelne Spieler, an den man sich erinnert, durch einen Satz sofort typisiert wird. An jenen erinnert man sich wegen der Frisur, an diesen, weil er einen Eckball direkt ins Tor schießen konnte, an einen anderen wiederum, weil er versteckte Fouls beging. Das geht so weit, daß man, falls einem der Name nicht sofort einfällt, den umgekehrten Weg beschreitet, indem man den typisierenden Satz voranstellt: Wie hieß doch jener Spieler, der einen Outeinwurf über 30 m zuwege brachte? Wer hat einmal am vollbesetzten Platz die Hose heruntergezogen? – Auch an ganze Spiele erinnert man sich auf diese Weise. Gegen welchen Verein wurden drei Elfmeter verschossen? Oder: In diesem Spiel brach sich der Linksverbinder das Schienbein, so daß man das Krachen bis zum letzten Tribünenplatz hören konnte.

Das Besuchen eines Fußballplatzes wird von stets gleichbleibenden Tatsachen begleitet: Oder kann man sich vorstellen, daß der Lautsprecher nicht die Mannschaftsaufstellung bekanntgibt? Oder: Die Mannschaften laufen ohne Musikbegleitung auf das Spielfeld! Das Publikum applaudiert nicht. Der Schiedsrichter wirft keine Münze auf. Der Schiedsrichter unterbricht mit keinem Pfiff das Spiel. Ein Tormann hält keinen Schuß. Ein Stürmer trifft bei jedem Versuch ins Tor. Jeder Paß kommt an. Es gibt keinen Freistoß. Es gibt kein Foul. Kein fliegender Verkäufer bietet Waren an. Es gibt keine Halbzeit-Pause. Die Toiletten sind nicht überfüllt. Sämtliche Spieler spielen gut. Niemand steht abseits. Der Schiedsrichter ist nicht schwarz gekleidet. Nach dem Spiel liest man nicht den Bericht in der Zeitung. Auf den Sportplatz zu gehen mit dem Motiv, man wolle das Publikum beobachten, ist dumm. Die Beobachtungen, die man auf dem Sportplatz macht und die das Publikum betreffen, sind automatische, zufällige Beobachtungen. Folgender Vorfall ereignete sich z. B. auf dem Wiener Rapidplatz: Ein ca. 30jähriger Mann kam mit zwei Grazern vor dem Spiel ins Gespräch und zeigte ihnen aus Sympathie seine Haarflechten auf der Kopfhaut, indem er sich nach vorn beugte und die betreffenden Stellen von Haaren freimachte. Beiläufig erklärte er, daß er allerdings, sobald das Spiel beginne »ein anderer Mensch sei«. Und wirklich, kaum hatte das Spiel begonnen, drohte er den Grazern Gewalt an, wobei sich sofort ein Unbekannter aus dem Publikum anschloß.
Nie werde ich jenen Grazer Zuschauer vergessen, neben dem ich zwei Jahre lang auf dem Stehplatz Tribüne Nord gestanden bin. Er war klein, trug dicke Brillen, durch die seine Augen wie farblose Perlen herausschimmerten, hatte eine blaurote Nase, ging äußerst mühsam auf zwei Stöcken und litt überdies an einer gewaltigen Sprachstörung, so daß ich nur unter größten Anstrengungen seine Absichten erraten konnte, sobald er mich ansprach. Die Spielzüge der eigenen Mannschaft kommentierte er mit: »Vollkommen richtig!«, jede Schiedsrichterentscheidung hingegen, die seinem Verein einen Nachteil brachte, sowie jedes Foul an einem »eigenen« Spieler beantwortete er mit Schimpforgien, aus welchen hin und wieder die unflätigsten Wörter herauszuhören waren. Der Speichel lief ihm dann übers Kinn, und er schaute sich

nach einem Bierverkäufer um. Einmal urinierte er vollangezogen auf dem Tribünenplatz, so daß er in einer Pfütze stand. Niemand gab dazu einen Kommentar ab. Dann blieb sein Besuch plötzlich aus, und ich habe ihn seither nie wieder gesehen. Vermutlich ist er gestorben. Ein bekannter Sportplatzbesucher war auch ein Eisverkäufer, der durch lange Sprints auf der Aschenbahn die Aufmerksamkeit der Zuschauer erregte und unter dem Spitznamen »Zatopek« bekannt war. In den letzten Jahren war er häufig betrunken und feuerte für gewöhnlich gerade dann die Mannschaft an, wenn es ansonsten der Großteil der Zuschauer für angebracht hielt, zu schweigen. Er ist, glaube ich, vor einem Jahr an einem Herzinfarkt gestorben.

In dem Monolog »Fußball-Länderkampf« beschreibt Karl Valentin seine Eindrücke von einem Fußballspiel. Er betritt das Stadion und fragt nach der Drehbühne und findet schließlich doch die Tribüne. Er kann den Anfang nicht erwarten, wird ungeduldig und schreit aus Leibeskräften. Nie würde er den Anblick vergessen, wie auf dem riesigen Festplatz dieser kleine Fußball lag – einsam und verlassen. Hätte er Tränen dabei gehabt, so hätte er dieselben geweint. Als es zu regnen anfängt, ist er überzeugt, daß die Menschen vom Affen abstammen. Denn wie bekannt, machen doch die Affen alles nach. Beim ersten Regentropfen öffnet Valentin seinen Regenschirm, und siehe da ..., alle 45 000 Menschen machen es ihm nach. Endlich beginnt das Spiel. »Enden tat das Spiel mit dem Sieg der einen Partei, die andere Partei hatte den Sieg verloren. Es war vorauszusehen, daß es so kam«, schreibt Valentin. Hier irrt er aber.

(1972)

Leopold Stastny ähnelt einer Figur von Samuel Beckett. Er wohnt, seitdem er in Wien lebt, in einem Hotel. Er bezeichnet sich als Einzelgänger und Wien als eine gefährliche Stadt. Hier gäbe es nur ein Entweder-Oder, nämlich Hochzeit oder Begräbnis. Er hat eine starke Empfindlichkeit Worten, Sätzen und Konventionen gegenüber entwickelt. Eine Zeitlang hat er die Frage, wie es ihm gehe, mit »Das geht Sie einen Dreck an« beantwortet. Auch fällt ihm auf, daß bestimmte Worte plötzlich auffällig oft in den Zeitungen gedruckt werden, derzeit sei es das Wort »echt«. Er steht dieser Wortinfluenza mit Abneigung gegenüber. Dieselbe Abneigung empfindet er, von beliebigen Menschen an beliebigen Orten auf Fußball angesprochen zu werden. Dieser sei nur ein Teilaspekt seines Lebens.
Leopold Stastny hat am liebsten »schönes« Wetter, dabei ist es ihm gleich, welche Jahreszeit herrscht, obwohl er ein ausgeglicheneres Klima vorziehen würde, zum Beispiel Neuseeland. Er geht prinzipiell gern zu Fuß und hat mehrere verschiedene Zweistundenspaziergänge erkundet, die er abwechselnd macht. Mit dem Ober im Hotel hat er ein sehr gutes Auskommen. Er spricht ihn mit dem Vornamen an, der Ober bleibt auf »Sie«-Distanz. Das ist bei Stastny weder Herablassung noch Gleichgültigkeit, sondern eine bestimmte Art von Höflichkeit. Der Ober, ruhig, gewandt, findet bei Stastny alles in Ordnung. Er sagt, daß auch der »Schmäh« bei ihm stimme.
Stastny liest Kriminalromane, am liebsten gepflegte, englische, zum Beispiel von Edgar Wallace; die amerikanischen Kriminalromane, Chandler etwa, dessen »Betrogen und gesühnt« er gerade gelesen hat, mag er nicht so sehr, weil ihm die darin verwendete Gangstersprache nicht sympathisch ist. Auch Charles Dickens liest er. Besonders gut haben ihm die »Pickwickier« und »Oliver Twist« gefallen. Aber lesen ist für ihn in erster Linie eine Beschäftigung, mit der er Zeit ausfüllt,

eine Art Mittel zur Zeitraffung. Er geht auch in die Oper oder schaut sich eine Operette an. Am Nationalfeiertag war er im Museum.
Er sei so lange vor Bildern von Rubens und Tizian gestanden, daß er nicht mehr zu den modernen Kunstwerken gekommen sei. So gehe es ihm immer, wenn er sich mit Kunst befasse. Zu modernen Kunstwerken habe er keine Beziehung, jedoch wolle er damit kein Urteil über diese abgeben. Kunstwerke würden oft erst verstanden, wenn die betreffenden Künstler bereits gestorben seien.
Zu Mittag setzt er sich allein in den Speisesaal des Hotels. Er ißt das Tagesmenü und trinkt ein Glas Wasser. Alkohol trinkt er nur selten und wenig. Nach einem bestimmten Quantum fange er nämlich zu singen an, Operettenlieder, und leider singe er auch noch schlecht.
Er raucht langsam und ruhig ab und zu eine Zigarette. Bei allem, was er tut, hat man den Eindruck, daß er nichts überhastet. Er vertraut den Ergebnissen seines Denkens mehr als den Gefühlen. Diese Eigenschaft produziert Distanz. Stastny ist jedoch kein Stoiker. Die Nacht vor und die Nacht nach einem Spiel verbringt er zumeist schlaflos, eine halbe Stunde vor Beginn eines Spiels ist er unansprechbar. Er kann sehr böse werden und hat sich auf diese Weise Respekt und Feinde geschaffen. Jedoch ist er kein Mensch, mit dem man nicht gern zusammen wäre. Seine Höflichkeit ist kein Automatismus, trotzdem macht er jemandem die Tür auf oder holt den Ober, damit man eine Bestellung aufgeben kann.
Mit Kindern im Hotel wechselt er Scherzworte.
Die Arbeit des Trainers ist für ihn ein Handwerk, bestenfalls ein Kunsthandwerk. Er legt Wert auf die Feststellung, daß die Position des Trainers im Fußballbetrieb überschätzt werde. Trainer würden zumeist in Krisen deshalb ausgewechselt, weil es leichter sei, den Trainer auszuwechseln als eine Mannschaft. Der Trainer sei nur ein Faktor, der dazu beitrage, ob eine Mannschaft Erfolg habe oder nicht. In erster Linie komme es auf die Spieler an. Dann natürlich auch auf die Vereinsführung.
Seit er zurückdenken könne, sei er vom Fußballspiel fasziniert gewesen. Das Spiel als Selbstzweck interessiere ihn allgemein, jedoch – außer Fußball – nur als Außenstehender,

als Zuseher. Er spielt nicht Roulette, hat aber manchmal zugesehen. Ebenso spielt er nicht Toto. Rechnen und Denken scheinen für ihn nahezu dasselbe zu sein. Übrigens war Stastny früher einmal Prokurist.
Wenn man ihn nicht über Fußball befragt – sonst schaltet er gern auf Interviewsprache –, kommt es vor, daß er seinerseits zu fragen beginnt. So interessiert ihn, wieso man sich über viele Schriftsteller bei der Lektüre ihrer Bücher Vorstellungen mache, die sich dann beim persönlichen Kennenlernen in das Gegenteil verwandelten. Er erwähnt den moralischen Schriftsteller, der in seinem Privatleben selbst unmoralisch sei. Er bohrt mit Fragen in keiner Richtung weiter, sondern hört zu und schweigt.
Am Nachmittag wird er vom Hotelier in das Südstadtstadion gefahren. Wir fahren hinterher, und als ich während der Fahrt immer seinen weißen Hinterkopf sehe, denke ich daran, daß er sich selbst als Einzelgänger bezeichnet. Sein Sohn und sein Bruder leben in Kanada, von seiner Frau ist er geschieden.
Auf dem Fußballplatz sitzt er, ohne viel zu sprechen, auf der Tribüne. Ab und zu reagiert er heftiger und macht von sich aus eine Bemerkung. Zuschauer, die jeden Paß kommentieren, mag er nicht. Er wird sehr nervös, wenn Zuschauer sich von den Sitzen erheben, um sich einen Tee mit Rum zu bestellen, oder wenn beim Platznehmen dadurch, daß Zuspätkommende sich Zeit lassen, seine Sicht verstellt wird. »Setzen! Setzen Sie sich doch nieder!« ruft er und hat gleich darauf wieder das unbewegliche Gesicht wie immer.
Nach Ende des Spiels gibt er mir schnell die Hand. Ich bin größer als er und stehe auch um einen Treppenabsatz höher, so daß es ein komischer Abschied wird. Ich sehe noch einmal sein blasses Gesicht, das durch die signifikante Nase an einen weisen tropischen Vogel denken läßt, dann ist er unter den Zuschauern verschwunden.

(1972)

TECHNIK DES NATUREMPFINDENS GEGEN KUNST DER TECHNIK

Als ich im September 1972 Peter Handke in Kronberg besuchte, fand ich unter Schallplatten ein Cover mit folgendem Bild: In einem Farmerhaus, dessen Interieur auf die Jahrhundertwende verweist, steht in der guten Stube die Farmersfrau mit blauweiß gestreifter Bluse, knöchellangem Rock, darüber die ordentliche weiße Schürze, das Haar zu einem Schopf hochgekämmt. Mit einer Hand berührt sie den Tisch, den ein großes kariertes Tuch bedeckt. Auf dem Tisch ein Grammophon, darüber, an der Wand, ein Telefon mit Sprechmuschel und Hörrohr, das in der Gabel hängt. Durch das geöffnete Fenster sieht man in das Freie auf ein blühendes Feld. Die technischen Gegenstände fügen sich in diesem Bild, ohne irgendeine Ordnung zu zerstören, ein. Die Natur ist ein Teil der Einrichtungsgegenstände, die technischen Gegenstände sind ein Teil der Natur. Natürlich spielt dabei auch eine Rolle, daß die technischen Gegenstände schon von jener Patina bedeckt waren, die nach ihrer Funktionslosigkeit im Laufe der Jahrzehnte entsteht. Ein ähnliches Gefühl, wie das durch den Cover hervorgerufene, registrierte ich bei ruhigen schönen Flügen über den Wolken, wenn gelbe und orangerote Streifen am Himmelsrand erscheinen und die Wolken darunter wie ein blaues Eismeer, das die Illusion erzeugt, man könne über es hinwegspazieren, ruhen.

Bekannt für die Schilderung friedvoller Eintracht zwischen Mensch und Natur ist Adalbert Stifter. Der Verfasser des Buches »Die Verbesserung von Mitteleuropa«, Oswald Wiener, bezeichnet Stifter richtig als Psychotechniker. Die Figuren in Stifters Werken sind psychisch programmiert. Ein Schaltplan ist für die einzelnen Stimmungen erstellt. Die psychischen Funktionen ergeben sich aus der zugedachten Rolle. (Der verzweifelte Versuch eines im Inneren chaotischen Menschen, sich an der Ordnung, der Naturgesetzlichkeit, der Schönheit festzuklammern.) Vergleicht man dazu die Figuren bei Dostojewskij und deren Verhältnis zur

Natur, so wird die maschinell ablaufende Psyche Stifterscher Personen um so deutlicher.
Ein beliebtes Thema ist auch, das Grausame, Mächtige der Natur darzustellen. In einem Mickymausheft habe ich einmal eine Geschichte gelesen, in der Donald Duck mit seinen drei Neffen in einem Wald Ferien machte. Die friedvolle, üppig Schönheit und Nahrung schenkende Natur wird durch einen Waldbrand plötzlich zu einem grausamen Ungeheuer. Diese Ambivalenz zwischen friedvoller Ruhe und latenter Bedrohung ist schon auf den chinesischen Holzschnitten dargestellt, auf welchen der Mensch als winzige Kreatur unter mächtig blühenden Zweigen oder auf schmalen Pfaden riesiger Berge gezeigt wird.
Während diese Art von Naturerfahrung immer schwieriger zu erleben ist, ermöglichte es die Wissenschaft, die optischen Dimensionen der Naturerfahrung ungeheuer zu erweitern. Berühmt sind zum Beispiel Fotografien aus dem Weltall, auf welchem die Erde aus 200 000 Kilometer aufgenommen, als ein blauer Planet inmitten der Dunkelheit leuchtet, oder jenes von Gemini XI, 1966 aufgenommene Bild, auf dem man Nordafrika vom Golf von Sirte bis Ägypten, als Teil eines brennenden, roten Feuerballs sieht, oder eine Aufnahme des Mondes aus 100 000 Kilometer Entfernung, auf der der Mond als blaugrüne, stark beschädigte Billardkugel im Kosmos leuchtet. Die Elektronenmikroskopie andererseits bietet Bilder, die wie abstrakte Gemälde anmuten. Ein Kopfhaar, ein Blutströpfchen, ein Salzkörnchen, Blütenstaub, offenbaren plötzlich eine Vielfalt von Strukturen; von meinem Medizinstudium her ist mir der Anblick histologischer Präparate unter dem Mikroskop als eine eigentümlich abstrakte Bilderausstellung des menschlichen Körpers lebhaft in Erinnerung. Ebenso haben die Querschnitte, die in Lehrbüchern von Mensch, Tier und Pflanze zu sehen sind, eine veränderte Betrachtungsweise der Natur impliziert.
Anton von Webern hat diese mikroskopische Optik in seinen Streichquartetten musikalisch ausgedrückt. Ich erinnere mich an einen Film, in dem zu den sechs Bagatellen für Streichquartett Pflanzen und Kristalle aus nächster Nähe aufgenommen, gezeigt wurden und an den Eindruck der Identität, den ich bei Betrachten der Bilder und dem Anhören der Musik gewann.

Jenes Gerät, das die Reproduktion dieser Bilder überhaupt erlaubt, der fotografische Apparat, ist selbst eine Maschine, die im Laufe ihrer Entwicklung immer mehr »sehen gelernt« hat. Den Entwicklungsprozeß kann man anhand des ersten Fotoalbums der Welt, das in den Jahren 1830 bis 1839 entstand, verfolgen. Der französische Finanzbeamte Hippolyte Bayard hatte dieses zusammengestellt. Die ersten Bilder in dem Album ähneln zarten Aquarellen mit bräunlichen Regentropfen. Auf Seite acht gelingt dann zum ersten Mal ein »Image direkt nach der Natur«: Häuser und Landschaften, die allerdings nur ganz blaß zu erkennen sind. Immer deutlicher ist unter den Farbschleiern zu entziffern, was dargestellt werden soll. Schließlich stellt ein Bild den Fotografen selbst dar. Er sitzt auf einer Bank vor Topfblumen, zu seinen Füßen befindet sich eine Gießkanne, im Hintergrund das Laub des Gartens. Es könnte ein in Braun gehaltenes Bild von Paul Klee sein.

Obwohl auch die vom Menschen erzeugte Natur: Bibliotheken, alte Zinshäuser, Altwarenhandlungen, Anstalten, Kirchen und Friedhöfe ein durchaus poetisches Fluidum erzeugen können, ebenso die technischen Geräte wie Taschenuhren, Eßwerkzeuge, Spielautomaten oder Fahrräder, ist die Sehnsucht des Menschen nach der »ursprünglichen« Natur unvermindert. Auch wenn sich diese Natur in der Wissenschaft als ein nahezu okkultes Spiel von winzigen Teilchen, von Regelprozessen und chemischen Reaktionen darstellt, will sich der Mensch offensichtlich das ganzheitliche Gefühl der Naturerfahrung bewahren, indem er die Natur zu einem friedlichen Gegenpol idealisiert. Die moderne Kunst kann diesen Zwiespalt jedoch nicht in dieser Form überwinden, sondern muß die neuen Informationen integrieren. Stifter schreibt im »Nachsommer«: »Der Mensch stört leider durch zu starke Einwirkungen, die er auf die Nerven macht, das feine Leben derselben, und sie sprechen zu ihm nicht mehr so deutlich, als sie sonst wohl könnten. Auch hat ihm die Natur etwas viel Höheres zum Ersatz gegeben, den Verstand und die Vernunft, wodurch er sich zu helfen und sich seine Stellung zu geben vermag.«

(1973)

Claude Simon, der zerebrale Artist, blickt mit gerunzelter Stirn ein wenig leidend und skeptisch von der rückwärtigen Umschlagseite seines Romans »Die Schlacht bei Pharsalos«. Betrachtet man das Bild länger, so gewinnt man den Eindruck, daß Simon in einen imaginären Spiegel blickt oder daß er durch den Betrachter hindurch auf ein Objekt starrt, das seine Aufmerksamkeit erregt. Dem intelligenten Blick entspricht eines der großartigsten Bücher, das ich in den letzten Jahren gelesen habe: Ein Augenpaar diktiert einem Gehirn eine Wahrnehmungsfolge, ein Gehirn reagiert darauf, indem es sich mit assoziativen Bildern überschüttet, um damit eine Schutzschicht gegen die Wahrnehmungsexplosionen zu erzeugen. Denn das Gehirn quillt über von gespeicherten, knallbunten Bildern, die sich ihrerseits durch die Reize der einströmenden Außenwelt mit traumhafter Eindringlichkeit als Laterna-magica-Wirklichkeit dem Bewußtsein anbieten.

Der Titel »Die Schlacht bei Pharsalos« läßt die irrige Vermutung aufkommen, es handle sich um einen historischen Roman, tatsächlich steht er für den lateinischen Text gleichen Titels, der die Ereignisse um die Schlacht Cäsars gegen Pompejus 48 v. Chr. beschreibt. »Im Kampf mit der Sprache hat der Junge einst mühsam den lateinischen Text übersetzen müssen. Der tastenden Suche nach der richtigen Übersetzung gleicht die Suche nach jenem Ort in Thessalien, wohin der Erzähler aufbricht, um nichts zu finden als ein von Steinen übersätes Feld. In der Erinnerung verweben sich Pharsalos und Flandern; Visionen aus dem spanischen Bürgerkrieg, ein Fußballmatch, Faustschläge verdichten die Bildstruktur, immer wieder durchkreuzt von einem anderen Leitmotiv, dem Koitus« (Klappentext).

Eine zusammenhängende Story aus dem vielschichtigen

* Darmstadt 1973.

Sprachgeflecht dieses Buches destillieren zu wollen, hieße eine materielle Schablone über eine Vision zu legen. Simon sendet die Botschaft seines von einem großartigen Beziehungs- und Beschreibungswahn befallenen Bewußtseins, das besessen ist, neue Wahrnehmungen zu registrieren, besessen, sie in Beziehung zu setzen und besessen, sich in okkulte Erinnerungsbilder zu versenken. Jede Wahrnehmung wird als gleichwertig beschreibbares Element betrachtet und mit anderen in Beziehung gesetzt, so daß durch die Aneinanderreihung ein schillernder Kosmos aus Einzelheiten entsteht. »Die Schlacht bei Pharsalos« S. 231: »O. liest in einer Kunstgeschichte das Kapitel über die deutschen Maler der Renaissance: Niemals gehen sie auf dem direktesten Weg zum allein Wesentlichen und zum Logischen.

Das Detail verbirgt immer das Ganze, ihre Welt ist nicht in sich zusammenhängend, sondern besteht aus nebeneinandergesetzten Ausschnitten. Sie geben auf ihren Gemälden einer Hellebarde die gleiche Bedeutung wie einem menschlichen Gesicht, einem leblosen Stein die gleiche, wie einem sich bewegenden Körper, sie zeichnen eine geographische Karte, sie verwenden bei der Verzierung eines Gebäudes, auf eine Uhr mit kleinen Figuren ebensoviel Sorgfalt wie auf die Statue der Hoffnung oder des Glaubens, behandeln diese Statue mit dem gleichen Verfahren wie diese Uhr ...«

Von der ästhetischen Abenteuerlichkeit des Schreibens fasziniert, jongliert Simon mit Worten, wirft sie so schnell durch die Luft, daß sie für den Betrachter im Flug ihre Form ändern, prüft ihre Elastizität und erliegt selbst der Faszination, die von ihnen ausgeht. Die Schlacht bei Pharsalos wird so zu einem sprachlichen Gewebe aus Mikroaufnahmen von magischer Leuchtkraft, die sich in kaleidoskopartiger Weise zusammenfügen und Geschichten erzählen: Kühle, irrwitzige, reale, phantastische, pflanzlich wuchernde, blutige, farbige, kristallinisch funkelnde Geschichten.

(1973)

A

Das Zimmer, in einem Haus in der Zinzendorfgasse in Graz, war sehr klein, eine von Pongratz gemalte Ikone hing an der Wand, die weiß war. Über seinem merkwürdigen Bett befand sich ein Bücherbord, es war so niedrig über dem Bett befestigt, daß er sich leicht den Kopf anschlagen konnte, wenn er sich im Schlafe aufsetzte. Weiters fielen mir damals auf: eine goldgerahmte Briefmarke, Taschenbücher, ein weißer Kasten, ein Teppich, eine häßliche Bronzesäule, ein polnisches Plakat, das an der Kastentüre klebte und auf dem ein roter Damenkopf auf schwarzem Hintergrund zu sehen war, sowie ein altmodischer grüner (?) Lampenschirm aus Glas, der auf dem Kasten lag. Die Zimmerecke neben dem geöffneten Fenster war in Plafondnähe aufgestemmt, man konnte Ziegel sehen und zwei Eisenrohre. Die Werkstatt befand sich ein paar Schritte über den Hof – links. Äußerst geduckt und eiskalt! Sie setzte sich aus zwei niederen Räumen zusammen, besonders die Türstöcke waren sehr nieder. Mappen, Zeichnungen lagen auf dem Boden, ein Plakat von Chagall und ein buntbemaltes Packpapier waren an eine Wand genagelt, sowie eigene Werke. Mir fiel damals ein besonders schönes Bild auf, »Peter Pongratz malt vom Zug aus Wiener Neustadt im Nebel«, das Pongratz mir später einmal schenkte.
Ich hatte ihn an diesem Tag auf der Straße stehend – er wärmte sich an der Sonne – getroffen und ich hatte ihn in ein Gespräch über die Kunstausstellung »TRIGON 65« verwickelt, in dem wir bald verschiedener Meinung waren und manchmal ein bißchen aneinander gerieten. Schließlich bat er mich in das Zimmer und las mir etwas aus einem schmalen Bändchen von Kokoschka vor (ich weiß nicht mehr was es war), aber so schnell, daß ich wenig verstand. Dann gingen wir in den Hof. – Wir hatten aufgehört zu diskutieren und ich hatte den Eindruck, daß ich mich zu sehr verteidigt hatte, statt meine Gedanken genau auszudrücken. Pongratz rollte

auf dem Katzenpflaster des Hofes zwei großformatige Zeichnungen aus. Anschließend gingen wir in die Werkstatt. Dort zeigte er mir weitere Zeichnungen. Von den meisten war ich begeistert, wollte es aber nicht offen kundtun und so mußte meine Zustimmung etwas gekünstelt geklungen haben. Bald darauf kam seine Freundin, Inge Fischer, die jetzt seine Frau ist, und sie gab mir die Hand. Dann beugte ich mich weiter über die Zeichnungen, hatte aber ein unangenehmes Gefühl, weil Peter Pongratz und Inge Fischer hinter mir standen und flüsterten, bzw. sich auch zwischendurch lauter unterhielten. Manchmal war es still und ich hatte Angst, daß sie hinter meinem Rücken Gesichter schnitten und mich verspotteten, jedesmal wenn ich eine Bemerkung zu einem Blatt machte. Natürlich war mein damaliger Eindruck falsch. Ich bekam eine Zigarette angeboten, von der mir noch eine Stunde später die Brust schmerzte. Nach einigen Minuten ging ich. Die Sonne schien warm und es war ein heller Abend, als ich aus der Werkstatt ins Freie trat.

B

Am nächsten Tag besuchte ich Pongratz wieder. Pongratz hatte mir am Vortag erzählt, daß er sich für die Malerei Geisteskranker interessiere, und ich brachte ihm ein paar medizinische Zeitschriften mit Artikeln und Illustrationen zu diesem Thema. Als ich eintrat, saß Peter Handke im Zimmer. Er sagte, daß er Schimpfwörter für eine »Geschichte« suche. Seine Finger kamen mir sehr lang vor. Er ging gleich weg und unmittelbar darauf kam Inge Fischer. Es kam zu einem Gespräch, welches, glaube ich, meine Erlebnisse in Schweden wenige Monate zuvor zum Inhalt hatte. Mehr weiß ich heute nicht mehr darüber.
Wir haben uns dann noch öfters getroffen. Ich las ihm aus meinen Notizbüchern vor, er schenkte mir das »Wiener Neustadt-Bild«. Dann übersiedelte er nach Wien.

Auszug aus den Visionen des Peter Pongratz

1. die gelben staphylokokken leuchteten präzise am roten abendhimmel auf bzw. entströmten geräuschlos dem mund. die hand berührte die lippe wie eine tangente. auf den blättern glänzte durchsichtiges grünes gelee und erzeugte krypton, so daß man kleine sauerstoffbläschen erkennen konnte. PONGRATZ' gehirn funkte alphawellen in die magische luft. vor seinen beinen ballten sich die makromoleküle. das ohr hing schlaff das gesicht hinunter. er lächelte. der pfarrer ließ wein servieren. die weinflasche erwärmte sich auf dem warmen tischchen und warf roten schatten auf die tischplatte. das gras unter den füßen wuchs knisternd. der pfarrer kratzte sich die wadenmuskulatur. als der kuchen auf den tisch gestellt wurde, fühlte er, wie speichel unter der zunge entstand. von weitem beobachtete er die küchenhilfe, wie sie den salat wusch. der pfarrer blickte dem schmetterling nach, der immer höher in die luft stieg.

2. die zeit tickte im körper weiter. plötzlich fiel PONGRATZ ein, daß diese szene nur die *wiederholung* einer völlig identen szene war, die er irgendwann erlebt oder geträumt hatte. sogar als er mit der hand über die tischplatte fuhr, erkannte er, daß er eine völlig gleiche erinnerung an diese situation hatte, nur daß jedes einzelne ereignis erst im *nachhinein* bekannt wurde und er nicht in die zukunft sehen konnte. (die zukunft stellte er sich als einen materielosen, vierdimensionalen mathematischen körper vor, dessen hypotenuse die eigene fleischlichkeit war.)

3. der tierarzt nahm den schwarzen hut vom kopf. das gesicht war schlecht rasiert. sofort begann er zu sprechen. aus angst vor dem aufziehenden regen bat er den pfarrer und PONGRATZ ins haus zu gehen. in einer vase blühten gelbe, weiße und blaue wiesenblumen. auf einer blume kroch ein kleiner käfer herum. der regen begann auch gleich vom himmel zu prasseln und verwandelte sich in einen eintönigen landregen, der das knirschen der fuhrwerkräder verstärkte.

4. PONGRATZ schritt über die weite wiese, an deren horizont er die erdkrümmung erkennen konnte.

1. PONGRATZ' körper konnte flüssig werden und auf dem leintuch zerrinnen und zu boden tropfen. ein feines gefühl der depersonalisierung (wie ja schon durch kafkas »verwandlung« berühmt, nichtsdestotrotz erlebte er unabhängig davon eine ähnliche orginalität). er lief die stiege hinunter, über das trottoir. die sonne schien heiß und verdampfte ihn. aus schwindelerregender höhe blickte er auf die dächer, indes ihn die wolke mit sich nahm.
2. gleich darauf erwachte er, er erkannte als erstes die orange auf dem nachtkästchen, sodann die marmorplatte des nachtkästchens, sodann den plastiklampenschirm, sodann den vorhang, sodann ergänzte er den rest des zimmers im kopf.

1. das mechanische der justiz ratterte aus den geöffneten fenstern des gerichtssaales. PONGRATZ' federhalter kreischte linien auf das papier. der angeklagte mußte vortreten. er nahm das taschenmesser und bohrte es in die armbeuge. sofort war sein weißes hemd von blut überschwemmt und es roch nach sauren fischen. er griff in die rocktasche und legte das taschenmesser als beweisstück auf den tisch. er nahm das gebiß aus dem mund. der sachverständige betrachtete es unter der lupe. das gebiß wurde mit der nummer 5 bezeichnet und zu den beweisstücken gelegt. der sachverständige führte dem angeklagten einen urinkatheter ein. der angeklagte protestierte. alle drehten sich empört nach ihm um. es waren 90 prozent greisinnen mit schleiern vor dem gesicht, winzigen hüten und dicken brillengläsern. der gummischlauch des katheters platschte aus der hose auf den fußboden und methylblaue chemikalien verunreinigten das gerichtsgebäude. der saaldiener erschien mit zeitungspapier und wischte die chemikalien vom boden auf, wobei er die nase rümpfte.
2. an den gelbgestrichenen wänden waren glasvitrinen aufgestellt, die folterwerkzeuge und präparierte menschliche organe zeigten. der richter hieb mit dem hammer auf den tisch. im selben augenblick lachte PONGRATZ höhnisch. er wurde des saales verwiesen.

1. das wasser dampfte in der badewanne. PONGRATZ legte den strauß astern auf das klavier und öffnete den deckel. die nackte tauchte den kopf in das heiße wasser. eilig griff sie

nach dem schuhkarton mit den lockenwicklern. dann drehte sie sich die haare mit unzähligen lockenwicklern ein und stülpte zu guter letzt ein feinmaschiges haarnetz über das lockengebilde. die haare waren so gespannt, daß die gesichtshaut nach oben hin verzogen war. PONGRATZ spielte ein nocturno. er trug übrigens einen gestreiften anzug mit einem blütenweißen taschentuch in der brusttasche.
2. er warf die astern in das heiße wasser, worauf diese auf den weiß emaillierten grund sanken.
3. er ging in die küche und tauchte das rohe fleisch in eigelb und brösel und ließ es sodann in der pfanne brutzeln, die frau kam im bademantel in die küche. sie löffelte schweigend joghurt. PONGRATZ konnte mehrmals ihre rote zunge im mund sehen.

1. worauf es ankommt, ist, die potentielle krankheit nicht zum ausbruch kommen zu lassen, dachte PONGRATZ, als er die stufen zu seinem zimmer hinaufschritt. er nahm die whiskyflasche von der fensterbank. PONGRATZ' katze war durch die explosion eines gasöfchens ums leben gekommen, wobei besonders der kopf völlig verbrannt worden war.
2. er wandelte unter dem endlosen glasdach der bahnhofsstation, bis ihn der auftauchende detektiv in das verrostete pissoir trieb. bald fühlte er die abenteuerlust erneut erwachen, trank aber vorsichtshalber tee. die warteräume empfingen ihn mit nikotingestank, körperwärme und einem gedämpften lärmpegel von ca. 40 phon.
3. die straßenbahn, ein ungetüm aus eisen und sperrholz, schüttelte seine knochen durch, brachte ihn aber doch unversehrt zurück in seine wohnung. ein heiligenbildchen war mit einem reißnagel am türstock befestigt.

1. PONGRATZ konnte seine augen nicht losreißen von den fingerdicken zehennägeln des bauern, der barfuß in der stube saß. der krug most stand unter der uhr, die mit an langen ketten befestigten gewichten aufzuziehen war. die junge frau ordnete die fliederzweige in einem einweckglas. eine fliege summte.
2. er erwachte durch das geschrei von kleinen kindern oder durch menschenähnliche tierlaute. und wirklich wurde unter seinem zimmer, dessen morgenkälte ihn geweckt hatte, ein

schwein geschlachtet. der metzger saß mit blauer schürze auf dem rücken des schweines und bohrte ihm das schlachtmesser in den hals. aus dem mund des metzgers entwichen dampfende atemwolken.
3. er kleidete sich an. von den dachbodenbalken hingen maiskolben, die ihm wie fossile aus bernstein vorkamen. wie jeden morgen litt er unter magenschmerzen.

1. er saß da und wartete auf das bild, das sich in unregelmäßigen abständen an der wand, an der auch die pendeluhr hing, zeigte, und zwar handelte es sich um einen hautlosen menschen, der der gipsfigur in automatischen instituten glich, anhand welcher den studenten der muskelaufbau des menschlichen körpers demonstriert wird.
2. als die figur nach stundenlangem warten wieder auftauchte, verschwand PONGRATZ hinter dem schwarzen tuch des fotografierapparates und betätigte den auslöser. ohne sich weiters um das schicksal der erscheinung zu kümmern, zog er sich in sein labor zurück.
3.das rote licht hatte sich gespenstisch auf seine gestalt gelegt. der laborraum war mit watte gepolstert, wodurch kein laut nach außen drang. als die fotoplatte entwickelt war, erschien das bild *Naturgeschichte 1*.

(1973)

Zum ersten Mal sah ich Ida Szigethys Bilder im vergangenen Sommer. Ich stand vor dem Fenster und hielt die Diapositive gegen das Licht und die farbigen Bilder erinnerten mich daran, wie ich mit meinem Großvater das Panoptikum in Graz besucht hatte. Nicht nur das Leuchten der Bilder, sondern auch die Mischung aus Fremdem und Vertrautem, die das Poetische dieser Bilder ausmachte, riefen Erinnerungen in mir hervor. Die andere Wirklichkeit, die aus dem Augenblick und der Erinnerung entsteht, wenn beide plötzlich miteinander verschmelzen, die etwas vom Traumhaften und Gegenständlichen zugleich hat, ist in Ida Szigethys Bildern stets gegenwärtig. Sie erinnern mich an Autobiographisches, an Fragen nach der Bedeutung einer Erfahrung, nach dem, wie Bilder, die ich sehe, sich in mir verwandeln. Andere Bilder wiederum wirken auf mich wie Experimente zwischen Phantasie und Wirklichkeit, indem verbindliche Zusammenhänge aufgehoben und nach einem inneren Magnetismus neu zusammengefügt werden. Ich halte nichts davon, Ida Szigethys Bilder naiv zu nennen. Alles Schöpferische ist naiv oder nicht naiv, ohne daß man damit etwas erklärt und ohne daß man sich fragen muß, was Wahrnehmungen und Gedanken für einen selbst bedeuten. Ida Szigethys poetische Bilder beziehen mich in die Geschichten ein, die sie erzählen und sie regen mich an, meine eigene Geschichte aus ihnen kennenzulernen.

(1974)

New York liegt mit 11 Millionen Einwohnern an dreizehnter Stelle der US-Kriminalitätsstatistik. Täglich werden 4,33 Morde verübt (achtmal mehr Farbige als Weiße kommen gewaltsam ums Leben), 579,29 Diebstähle und 82,19 Vergewaltigungen. Außerdem werden 302,95 Autos täglich gestohlen. 30 000 Polizisten sind gegen die Kriminalität eingesetzt.

Am 9. September um 22 Uhr betrat ich mit Wolfgang Bauer den Nachtgerichtshof, ein düsteres Gebäude an der Ecke zwischen Centre Street und Baxter Street. Ich fragte einen hünenhaften Polizisten nach dem Verhandlungsraum. Er glotzte mich mit seinen Mastochsenaugen an, drehte die Popmusik, die aus einem Kofferradio strömte, ab und zeigte mir mit ausgestrecktem Arm den Weg.

Der Verhandlungsraum ist braun und holzgetäfelt, von der Decke hängen quadratische Neonleuchten, und auf den abgesessenen Bänken sitzen vereinzelt Gestalten: Eine alte, blasse Frau wie aus einem Hitchcock-Film, mit weiß-schwarzgemustertem Staubmantel und einer schwarzen Handtasche, die sie gegen ihren Bauch preßt, ein bärtiger Neger ohne Schneidezähne in einem schwarzen Hemd mit großen aufgedruckten Erdbeeren, daneben ein anderer Neger, mager, nervös, der das kleine Mädchen neben sich anfaucht, weil sie laut spricht, während gerade der Richter hinter dem auf einem Podium aufgestellten Tisch Platz nimmt. Er setzt sich unter die Wörter: IN GOD WE TRUST, die an der Wand zu lesen sind, blickt nicht auf, steckt sich eine goldgerahmte Brille in sein Gesicht, das von Falten zerfurcht ist, und jetzt fällt auf einmal auf, wie klein er ist. Man sieht außer dem Kopf und den Händen nur ein Stück des Talars über dem Tisch, und der gepolsterte Ledersessel, auf dem er sitzt, scheint zu groß für ihn zu sein.

Einige neue Zuschauer haben sich eingefunden, der Richter blättert stumm in einem Akt, da öffnet sich eine Wandtüre

neben der Ecke, in welcher die amerikanische Flagge lehnt, hinter der Türe werden die Eisenstäbe einer Gefängniszelle sichtbar, und ohne besondere Eile oder Aufmerksamkeit werden einige Angeklagte hereingeführt, die sich später als zwei Zuhälter, ein Taschendieb, ein Schläger und eine Prostituierte, die einen Kunden abgestiert hat, herausstellen. Bis auf den Schläger sind alle schwarz. Der erste Angeklagte tritt vor, der junge Pflichtanwalt, übrigens ein junger schöner Mensch mit modischem hellblauen Anzug, breiter Krawatte und gepflegtem langen Haar, das in der Mitte des Kopfes gescheitelt ist, wechselt ein paar Worte mit ihm. Der Ankläger, ein massiver, grauhaariger Mann im weißen, kurzärmeligen Hemd, macht nicht viel Aufhebens aus seiner Angelegenheit, sagt im Plauderton irgend etwas zum Richter, der zeigt keine Reaktion, sondern blättert weiter im Akt, dann schlägt er den Akt zu: 500 Dollar oder 3 Tage Arrest.
Der nächste. Der Schläger tritt vor, und das Ganze wiederholt sich. Zwischendurch gähnt der Richter, ohne es verbergen zu wollen, und einer der Gerichtsbeamten ruft laut: »QUIET PLEASE«, wenn es im Zuschauerraum zu laut wird: Alles erweckt den Eindruck von Sinnlosigkeit, sowohl die nahezu stummen Verhandlungen, als auch die emotionslosen Angeklagten, die sich schon von vornherein mit allem abgefunden zu haben scheinen. Die Urteile werden ohne Hammerschläge gefällt, jedoch deutlich vernehmbar, wie auch die Angeklagten laut aufgerufen werden. Eide werden rasch und unpersönlich als leider Zeit kostendes Ritual abgelegt, mit den Gedanken ist man ganz woanders.
Die Mutter des kleinen Negermädchens wird hereingeführt. Das Kind springt lachend auf, die Mutter winkt, der Vater ermahnt das Kind, ruhig zu sein, aber auf seinem Gesicht ist die Freude, seine Frau unversehrt und guter Dinge wiederzusehen, unverkennbar. Er rückt zwei Reihen vor und wartet – möglichst nahe dem Richtertisch –, bis seine Frau an der Reihe ist. Inzwischen sitzt ein Neger im Buschhemd auf der Wartebank und grinst freundlich, als ginge ihn das Ganze nichts an. Als er sich eine Zigarette in den Mund stecken will, sagt ihm die Mutter des kleinen Mädchens, daß im Verhandlungsraum das Rauchen verboten sei. Der Neger steckt die Zigarette trotzdem – ohne sie anzuzünden – in den Mund, nimmt sie aber gleich darauf wieder heraus und verstaut sie

wieder in der Zigarettenschachtel. An allen seinen Bewegungen erkennt man die Bestrebung, Angst nicht sichtbar werden zu lassen. Die Mutter des Mädchens ist an der Reihe, sie soll irgend etwas gestohlen haben, es wird jedoch so leise gesprochen, daß man der Verhandlung kaum folgen kann. 300 Dollar oder zwei Tage Arrest. Der Anwalt rät etwas, die Frau denkt nach, nickt, dann wird sie durch eine Wandtüre zurück in eine Zelle geführt.

Ein Polizist im blauen Uniformhemd nimmt sie in Empfang. Der Vater verläßt stumm mit dem kleinen Mädchen den Verhandlungsraum durch die Messingtür, durch die auch jene Angeklagten gehen, die die Geldstrafe oder Kaution sofort zu erlegen in der Lage sind oder freigesprochen werden.

Bis zwei Uhr in der Früh immer dieselbe Routine, dieselbe Resignation, dieselbe Atmosphäre des Alltäglichen. Ich drehte mich nach Wolfgang Bauer um, der in einer Bankreihe hinter mir gesessen war, ich glaube, ich wollte ihn auf etwas Bestimmtes aufmerksam machen, aber sein Kopf hing über der Brust und erweckte den Eindruck, daß er schon schlief.

(1974)

MANFRED BOCKELMANN/CHRISTIANE KRÜGER, »MAGIC HOLLYWOOD«*

Als ich 1973 nach Hollywood kam, suchte ich als erstes Graumans Chinese Theatre – jenes Kino, neben dem in Betonplatten die Hand- und Fußabdrücke von Filmstars zu sehen sind, wie Fossile aus einer langen vergangenen Zeit. Ich stieg mit meinen Schuhen in die Abdrücke von Humphrey Bogart, Gregory Peck, John Wayne und Kirk Douglas, griff in die Fingerabdrücke von Marilyn Monroe, Joan Crawford und Bette Davis und dachte an die vielen Stunden, die ich in Kinos verbracht hatte und was mir die Namen dieser Schauspieler bedeutet hatten. Ich dachte mir, daß das Ganze etwas von Fetischismus hatte und es war mir egal. Diese Stadt hatte für mich etwas vom Gestank abgestandenen Zigarrenrauches in kleinen Büros, dem Duft von Parfüm und Lippenstift, dem säuerlichen Geruch von Silberdollars in einer schwitzenden Hand. Sie hatte etwas von Traum und Rücksichtslosigkeit, Sex und Sadismus, Monroe und Manson, Walt Disney und Al Capone, das zu jedem Gedanken sofort einen Gegengedanken erzeugt.
Sie hat jenes Flair von Traum und Geld, Ehrgeiz und Weisheit, Künstlichkeit und Nacktheit, das dem Leben von Abenteurern anhaftet und doch ist es unglaubwürdig, wie die Lügengeschichte eines Abenteurers. Ich ging zur Kinokasse und kaufte eine Karte, ich wußte gar nicht, was gespielt wurde. Ich dachte mir, daß es phantastisch sei, hier in Hollywood in Graumans chinesisches Kinotheater zu gehen und einen ganz neuen Film zu sehen, den man in Österreich erst ein Jahr später sehen konnte und vielleicht würde Liz Taylor zufällig neben mir sitzen und sich auf den ersten Blick in mich verlieben. Eine hübsche Platzanweiserin führte mich in das dunkle Kino und auf der Leinwand sah man die Ortstafel von Stuttgart und ein synchronisierter Harald Leipnitz stritt sich gerade mit einer synchronisierten Ruth Maria Kubitschek in einem Opel herum …

* Kempfenhausen 1974.

Das fiel mir als erstes ein, als ich den Bildband MAGIC HOLLYWOOD aufschlug und – wie der Zufall es wollte – gerade die farbige Abbildung des Chinese Theatre sah. Ich kramte meine Notizbücher heraus und suchte die Notizen, die ich mir in Hollywood und Beverly Hills gemacht hatte und als ich dann wieder im Bilderbuch las und die Bilder anschaute, war alles wieder da: Die Palmen am Sunset Boulevard, die Sterne mit den Namen von Schauspielern, die im dunklen Steinmosaik des Gehsteigs eingelassen sind, die merkwürdig verschnörkelten und märchenhaften Häuser in Beverly Hills, wie Paul McCartney eines bewohnt, die innere Distanz zu den Namen, die Vorsicht vor dem Allzuumschwärmten und doch eine dumme Hoffnung, Humphrey Bogart würde mich plötzlich ansprechen und um Feuer bitten, das Geborgensein in den vielen Bildern, der Schwemme von Plakaten und Geschäftsschildern und die Ahnung um den Dreck, die Lüge, das Elend, die dahinterstecken.
Hollywood ist die Stadt der Spieler und sie spricht die Spielerseite des Besuchers an. Wer diese Eigenschaft nur in geringem Ausmaß besitzt, wird von dem Drumherum nur geringfügig angetan sein. Aber ich halte nichts davon, Erlebtes beim Schreiben künstlich so umzuformen, daß das Gegenteil dessen herauskommt, was man tatsächlich gefühlt hat. Dieser Gefahr ist Manfred Bockelmann, der Bruder Udo Jürgens', ganz und gar nicht zum Opfer gefallen. Seine schönen Bilder, die Texte, die etwas von der Melancholie, der Herzlichkeit und dem Haß widerspiegeln, die dort als das natürlichste Gemisch aus allem strömt, nimmt man so zwanglos und interessiert auf, als habe sich Bild für Bild, Gespräch für Gespräch ganz natürlich und unarrangiert zu diesem Buch zusammengefügt. Scheinbar ganz einfach entsteht wieder diese unglaubliche Mischung aus Kunst, Kitsch, Kapital, Korruption und Kritik, Prof. Hacker neben James Stewart, Peter Bogdanovich, Stuntman Lance Rimmer, Tourist Tom, Schuhdesigner Fred Slatten, Produzent Erwin Yablans, Howard Hawks, Henry Mancini, der Starkostümbildnerin Edith Head, und so weiter und so weiter.
Die Realität Hollywoods, und das trifft dieser schöne Bildband genau, ist die Realität des Astronauten auf dem Mond – am Bildschirm betrachtet: Sie hat etwas Unwirkliches an

sich, etwas Sinnloses und Überflüssiges und doch starrt man gebannt auf sie, denn sie hat auch etwas vom leuchtenden, ekelhaften, phantastischen und sehnsüchtigen Traum, der die Menschen bewegt.

(1975)

Der Fan betritt Monte Carlo als die Stätte, in der sein Traum spielen wird. Er ist diesem Traum nachgereist und hat sein tägliches Dasein mit dem ersten Kilometer abgelegt, der ihn näher an seinen Traum herangeführt hat. Wenn Lauda den Grand Prix gewinnt, so gewinnt er ihn nicht nur für sich, sondern oft im gleichen Maß für diesen Fan. Wenn Regazzoni in die Leitschienen rast, so ist nicht nur ihm ein Malheur passiert, sondern auch gleichzeitig dem Fan, der schließlich der Träumer ist.

Ein Stück abgebrochenes Metall von einem Rennwagen wird zur Reliquie, einem materiellen Splitter aus dieser anderen Welt, einem Fundgegenstand aus dem kurzen Traum, den er mit dem Gefühl überraschter Freude in seinen Händen hält, wie ein Archäologe einen kostbaren Fund. Wenn der Fan seinem Sieger zujubelt, dann jubelt er sich auch selbst zu, denn der Sieger ist etwas von ihm selbst.

Das Auto gehört unsichtbar zum Rennfahrer; ein Formel-I-Pilot ist innerhalb wie außerhalb der Rennbahn ein Fabelwesen, das – statt ein menschlicher Körper mit Pferdefuß oder ein Stierkopf mit menschlichem Körper – ein Kopf in einem Formel-I-Rennwagen ist.

Fürst Rainier von Monaco zum Beispiel ist ein Fabelwesen, das ein unsichtbares Schloß und einen unsichtbaren Thron mit sich trägt, und die Rituale, die diese unsichtbaren Dinge beschwören, sind die Landeshymne, die beim Erscheinen des Fürsten gespielt wird, die Dudelsackkapelle in schwarzen Fellmützen und roter Uniform und dunkelgrünen Umhängen und Mützen, sind das Strammstehen und die Zurückgezogenheit des Fürsten.

Seine Aura hat etwas vom süßlichen Geruch in Museen, während die Aura des Rennfahrers etwas von der aufgeregten Stimme eines Sportreporters im Radio hat. Dementsprechend verhält sich der Fan dem Fürsten gegenüber auch, als habe man ihn vor dem Betreten der Rennbahn durch eine Schleuse geführt, in der sich ein Museum befindet.

Er sieht es als Dekoration, die für andere bestimmt ist, aber es schmeichelt ihm, daß sie für ihn gedacht ist, und er würde enttäuscht sein, wäre sie plötzlich nicht mehr da. Aber sogleich, wenn Graham Hill in Zivil entlang der Leitschienen die Zielgerade bis zu den Boxen hinunterspaziert, bricht Jubel aus, Fahnen werden geschwungen, jemand versucht sich auf einer Trompete.

Die Ehrenbezeigung des Fans ist nicht die exakt gespielte Musik der Dudelsackkapelle, sondern der flatternde falsche laute Ton der Trompete. Wenn Graham Hill lächelnd dem Publikum zuwinkt, so lächelt er jeden einzelnen persönlich an und winkt jedem einzelnen zu. Und wie zur Bestätigung, daß sein Traum Realität ist, daß seine Welt, von der er ein winziges bißchen hofft, daß er sie miterfunden hat, *wirklich* ist, fragt der Fan seinen Nachbarn (der alles ebenso gesehen hat), ob er es tatsächlich gesehen habe, oder er erzählt es ihm, als ein Berichterstatter seiner Traumwirklichkeit.

Der Fan bereitet seinen Traum gewissenhaft vor. Wollen wir einmal das Stadium vor der Abreise außer acht lassen, beginnen wir mit dem ersten Schritt, einen oder zwei Tage bevor der große Traum beginnt: dem Betreten der Stätte des Ereignisses. Der Straßenverkehr flutet durch die bereits mit Leitschienen abgesicherte Strecke. Dem Fan erscheint es, als sei dies ein Zeichen, daß Monte Carlo schon in seinen Besitz übergegangen ist.

Er besichtigt sein Amphitheater und da er die Brücke mit der Aufschrift Marlboro, die Plastiktücher mit Reklameinschriften an den Leitschienen vom Fernsehen, von Zeitungsbildern, vielleicht vom Vorjahr kennt, empfindet er die erste Freude darüber, daß er tatsächlich den richtigen Traum träumt.

Er sieht den dichten Wald der leeren blauen und grünen Klappstühle auf den Tribünen entlang der Strecke und er denkt, daß dies der Platz für die *Zuschauer* sei, wobei er sich nicht miteinbezieht. Je mehr Zuschauer auf den Tribünen sein werden, um so wertvoller wird ihm sein Traum werden.

Die *Zuschauer* aber sind nur ein Teil seiner selbst, wie die Fahrer und der Hafen und die Kurve beim Casino.

Von den Bäumen hängen in dichten Abständen Lautsprecher (auch das eine Vorfreude, sie entdeckt zu haben) und vor den

Tribünen sind schon die Fangnetze aus Drahtgitter befestigt. Sofort stellt sich der Gedanke an *Gefahr* ein. Dem Fan ist dieser Gedanke recht. Er stellt ihn zwar nicht auf die gleiche Stufe wie den Rennfahrer, aber er bringt ihn in seine Nähe.
Seine Vorstellung reicht spielend aus, einen Formel-1-Boliden über die Leitschienen gegen diesen Fangzaun fliegen zu sehen, er weiß auch, daß kleine Metallstücke durch die Löcher in den Maschen wie Geschosse in die Tribüne knallen können, und es stellt sich nach dem ersten heldenhaften Gefühl doch etwas wie eine kleine Besorgnis ein, sofort aber wehrt die Unvorstellbarkeit des eigenen Todes diese Besorgnis ab, und zurück bleibt, nachdem er vielleicht prüfend am Fangzaun gerüttelt hat, die Bestätigung seines Mutes.
Verfügt der Fan über ein Fahrzeug, so fährt er für gewöhnlich die Strecke ab. Er kennt die Geschwindigkeiten, mit denen die Rennfahrer in den einzelnen Passagen fahren, auch sind ihm die Namen der Passagen geläufig: die Casino-Kurve, die Mirabeau-Kurve, das Tunnel, die Schikane, die Gasometerkurve usw.
Zu jeder dieser Passagen gibt es viele Geschichten und der Fan kennt einige davon, hat sie gelesen, gehört oder am Fernsehschirm selbst gesehen. Sie fallen ihm jetzt augenblicklich ein, und er fühlt sich wohl, die Schwierigkeit und Gefährlichkeit der Strecke in seiner Phantasie so zu steigern, bis er nur noch Bewunderung für die Rennfahrer und sich empfindet.
Es ist eine freudige Bewunderung, die ihn animiert, die Passage mit quietschenden Pneus nehmen zu lassen, aber dazu hat er keine Gelegenheit, da sich zumeist gerade ein schwerfälliger Autobus um die Kurve quält oder der Verkehr zu dicht ist.
So bleibt es auf der Rennstrecke ruhig, und wenn der Fan einige Runden gedreht hat, sieht er nicht mehr nur die Straße, sondern auch kleine Einzelheiten: die Palmen vor dem Casino, die Möwen über dem Meer, die weißen Jachten am Hafenbecken. Vor der Abbiegung zur Gasometerkurve sieht er eine große Menschenmenge und obwohl er nun eigentlich die Absicht hatte, *seinen Sitzplatz* auf der Tribüne zu suchen, bleibt er stehen, und folgt seinem Instinkt bis zu jenem Punkt, wo sich die dichteste Menschentraube befindet.
Was es hier zu bewundern gibt, ist eine Art Filmvorschau, ein

Trailer des Traums: Entlang dem Quai Antoine I stehen unter oder vor bunten Zelten die Boliden, mit denen das Rennen bestritten werden soll. Es sind nicht nur beliebige Rennwagen, sondern die Bestandteile seines Traumes und der Fan verknüpft sie sofort mit Erwartungen, den Fahrern, den kommenden Ereignissen an den Boxen, den Erinnerungen an vergangene Rennen.
Während er sich zwischen der Menschenmasse zu den Zelten schiebt, werden kleine Filme in seinem Kopf abgespielt, die ihm in ungeordneter Reihenfolge all das vorspielen, und er hat Angst, etwas zu *übersehen*.
Ein Teil der Rennwagen ist aufgebockt, Mechaniker haben die Verschalung entfernt und arbeiten an den Motoren. Im abgesperrten Teil der Ferrari-Box entdeckt der Fan Lauda, leicht gebückt, in einer roten Windbluse und die Menschen außerhalb der Absperrung fotografieren, filmen, blicken gebannt hin, *warten auf etwas*, ohne zu wissen, worauf.
Niemand wagt, *ihn* anzusprechen, und auch als Hunt seinen Rennstall betritt, berührt man ihn nur und so vorsichtig, als habe man ihn unabsichtlich gestreift.
Die Sonne scheint, und im Kopf des betrachtenden Fans wird es wieder ruhiger, denn er läßt sich anstecken von der Ruhe, mit der die Mechaniker ihre Arbeit verrichten, sich die Fahrer vor den Zelten unterhalten und die beiden Insassen im roten Feuerwehrjeep wie gemütliche Mitglieder einer Freiwilligen Feuerwehr vom Lande vor sich hindösen.
Später blickt er einmal durch einen Spalt in das Zelt, in dem Ferrari-Mechaniker am Auto arbeiten, bis abrupt ein Reißverschluß vor seiner Nase zugerissen wird.
Dann geht er ohne Hast, mit kleinen Unterbrechungen vor den einzelnen Firmenzelten, an denen er wiederum vorbeikommt, zurück und begibt sich auf die Suche nach seinem Tribünensitz, von dem aus er am nächsten Tag das Rennen sehen wird.
Am Sonntag um 10 Uhr, fünfeinhalb Stunden vor dem Grand Prix, regnet es in Strömen. Ich habe den Fan aus der Obersteiermark vor einer Stunde in einem überlaufenen Café kennengelernt und höre ihm zu, während draußen auf der Straße Fußgänger mit den wunderlichsten Regenmänteln, Kappen und Schirmen vorbeiziehen.
Für fünf Francs habe ich mir einen einmal verwendbaren

dünnen Nylon-Regenmantel »Made in Hongkong« gekauft und falle nicht weiter auf, da er mir nur bis knapp über den Nabel und bis zu den Ellenbogen reicht und – es handelt sich mangels an Herrenmodellen um ein Damenmodell – von einer zartrosa Farbe ist.
Durch das Gewimmel von rasch gekauften Sonnenhüten, Sonnenschirmen und dominierenden Nylonhäuten, in welchen die glücklichen Besitzer aussehen wie Lebensmittel in Frischhaltepackungen, sehe ich ab und zu einen Farbfleck an der Casino-Kurve vorbeiwischen. Eine kurze Zeit lang benützen die Fahrer die Gelegenheit, die Autos vor dem Rennen zu testen, und die ganze Stadt dröhnt vom Brüllen der Motoren, das von den Häusern vielfältig reflektiert wird.
Im Laufe der fünf Stunden vor dem Rennen, während denen ich in die Geschichte des Motorsports eingeführt werde, gelingt es mir, irgendwie den Fan auf die Pressetribüne zu schwindeln, wo er das gesamte Rennen über steht (und damit auch andere Zuschauer zwingt, das Rennen im Stehen zu verfolgen).
Er steht zumeist stumm da, fragt mich, wenn er eine Durchsage im Lautsprecher nicht versteht, und lacht mich an, wenn er etwas entdeckt: die Feuerlöscher, von den in orangen Monturen und schwarzen Kappen gekleideten Streckenposten, den Hubschrauber, der über dem Hafenbekken kreist, Gummistücke von einem Reifen, die während des Rennens plötzlich auf der Rennbahn liegen und von einem Streckenposten mit einer Fahne aus der Rennstrecke geangelt werden.
Alles wird für ihn zu einem kleinen *Genuß*: die heranfahrende Formation der Boliden vor dem Start, der Sprühregen, der hinter den Reifen der Fahrzeuge beim Start bis zu den Wipfeln der Bäume aufsteigt, und der als ein feiner, kalter Hauch auf sein Gesicht zurückfällt.
Als durch den Wechsel von Regenreifen auf Trockenreifen für kurze Zeit Verwirrung eintritt, wendet er sich erregt seinem Nachbarn zu, denn die *Übersicht zu verlieren*, ist das Schlimmste, was dem Fan passieren kann. Er verliert sozusagen für diese Zeit seinen Traum, er ist ausgeschlossen, kann die Bilder nicht mehr zusammenfügen, sie eilen ihm davon, und er fühlt plötzlich, daß er allein ist. Er ist ratlos.
Um so mehr Freude empfindet er, wenn er den Faden wieder

gefunden hat, und ist ihm das von selbst gelungen, so empfindet er es, als habe man ihn hinters Licht führen wollen, er aber hat dieses Manöver durchschaut, was automatisch seine Mitteilsamkeit anregt. So ist er stolz, als an den Boxen plötzlich heller Rauch aufsteigt, daß er sofort weiß, daß Andrettis Wagen Feuer gefangen hat, und wenn die Fahrer an der Tribüne vorbeijagen, so *wartet* er darauf, daß er als erster eine Veränderung der Reihenfolge bemerkt.

Natürlich ist Lauda der Favorit des Fans aus der Obersteiermark. Schon vor dem Rennen erzählt er mir eindringlich von ihm, als müßte er mich überzeugen, und wovon er mich tatsächlich überzeugen will, ist die Qualität *seiner* Entscheidung für den Fahrer.

Aus diesem Grund ist er geneigt, hinter jedem Fehler des Fahrers während des Rennens eine Widrigkeit zu suchen: Sei es, daß ein anderer Fahrer ihn vor der Überrundung *absichtlich* blockiert, sei es, daß das Reifenfabrikat, mit dem sein Fahrer ausgestattet ist, von schlechter Qualität ist, sei es, daß die Boxenbesatzung schlecht arbeitet oder sich für seinen Firmenkollegen mehr ins Zeug legt, als für den Favoriten des Fans.

Natürlich gibt es das alles, aber der Fan erlaubt *nur* diese Gründe, so lange, bis er selbst vom Fahrer enttäuscht ist, dann aber *verweigert* er seinem Favoriten – und sei es zu Unrecht – jegliche Entschuldigung.

An diesem Tag aber gibt es keine Widrigkeit, bei der der Fan Schutz suchen muß. *Sein Favorit* gewinnt das Rennen, und als der Ferrari-Rennleiter Montezemolo über die Leitplanken springt, um vor dem vorbeirasenden Wagen Lauda zuzujubeln, von den Polizisten aber sofort gepackt und, obwohl sich heftig sträubend, wie ein zu allem entschlossener Selbstmörder wieder hinter die Leitplanken gezerrt wird, wäre der Fan gerne an seiner Stelle gewesen, um *allen* zu zeigen, daß sie nur *seinen* Traum geträumt haben.

(1975)

Als Franz Roth, vierfacher Auswahlspieler, 29 Jahre, 1,78m groß und 80 kg schwer, die Bayern mit 1:0 in Führung schoß, konnte er nicht ahnen, daß er einem Schriftsteller auf der Nordtribüne damit zu einer Titelzeile verhalf, die ein großer Wunsch seiner Jugendjahre gewesen war.
Dieser Schriftsteller, wollen wir ihn aus Verehrung zu Norman Mailer weiterhin so nennen, saß zwei Stunden vor dem Spiel mit Peter Handke im Café Le Murat, ein paar hundert Meter vom Prinzenparkstadion entfernt, und sah bei einem Glas Wein gut gelaunt dem Aufmarsch der Fans zu, die in immer dichteren Schwärmen zum Stadion strömten. Schon zu Mittag hatte er einen einsamen Bayernfan mit rotweißer Mütze und schlaff herunterhängender Bayernfahne auf einer Bank sitzen sehen, und das Bild hatte etwas Trauriges und Schönes an sich gehabt.
Ein wenig später hatte er einige Leeds-Fans mit blau-weiß-gelben Schals und Mützen, Papierrosetten mit der Aufschrift LEEDS UNITED an der Brust, beobachtet, die folgendermaßen vorgegangen waren, um an ein paar Flaschen Whisky heranzukommen: Zwei Fans hatten das Spirituosengeschäft betreten und sich, obwohl sie kein Französisch verstanden, ausführlich von der Qualität der einzelnen Weinsorten unterrichten lassen (was in Paris leicht möglich ist, da es den Franzosen völlig gleichgültig ist, wenn ein Ausländer sie nicht versteht), während zwei andere unbemerkt Whiskyflaschen aus einem Korb vor dem Geschäft entnommen hatten und dann eilig über die Straße davongelaufen waren.
Jimmy Armfield, der Trainer von Leeds, hatte im häßlichen Betonbunkerraum unter dem Stadion nach dem Spiel einen Augenblick an der Pfeife gesogen, sich in weißem Sakko und weiß-grau-schottengemusterter Krawatte nach vorn gebeugt und auf die Frage eines Journalisten, was er von den Aggressionen der Leeds-Fans halte, geantwortet: »Football is in England to a lot of people a way of life.«
Dieser Ausspruch hatte dem Schriftsteller deshalb besonders

gut gefallen, weil Cramer und Armfield für diese Pressekonferenz vor eine weiße Kinoleinwand gesetzt worden waren und – von den Scheinwerfern der Fernsehleute angestrahlt – gewirkt hatten wie Kino-Idole in einem dreidimensionalen Film. Und selbstverständlich war ihm Armfield in diesem Augenblick wie ein übrigens ziemlich glaubwürdiger Schauspieler, der gerade in einem Werbespot Reklame für diesen »Way of life« macht, vorgekommen.
Aber noch sitzt der Schriftsteller im Café Le Murat und unterhält sich mit einem pickelübersäten Leeds-Fan, der am gelben Trikot die blaue Nummer 6 trägt, über die Qualitäten von Franz Beckenbauer, während sein Kollege mit der Nummer 7 schweigend zuhört.
Seine Nase ist von getrocknetem Blut verkrustet und die Oberlippe ist dick angeschwollen, daß sie aussieht wie ein zerquetschtes Hühnerherz. Beide blicken ihn ungläubig an, als er meint, daß Bayern das Spiel gewinnen werde.
Zwar hatte der Schriftsteller für dieses Spiel keinerlei Prognose erstellt, aber es interessierte ihn zu erfahren, was die beiden antworten würden. Die Antwort war, daß die Fans ihm den Rücken zukehrten, und sich wieder mit ihrem Bier beschäftigten. Der Schriftsteller war für sie gestorben. Er hatte sich gewissermaßen selbst erledigt.
Eine Stunde später quetschte sich der Schriftsteller zwischen drängenden Zusehern zur Nordtribüne und atmete, als er Platz genommen hatte, einmal auf. Das Match würde erst in 50 Minuten beginnen, und so konnte er sich in Ruhe umsehen.
Das Prinzenparkstadion ist ein schönes, völlig überdachtes Stadion, in dem es nur Sitzplätze gibt. Es ist ein merkwürdiger Anblick, in dem noch ziemlich leeren Stadion zu sitzen und durch die große Öffnung in der Mitte auf den Himmel zu schauen. Dieser blaue Ausschnitt Himmel wirkt wie ein natürliches Dach, das irgendwo ganz weit oben befestigt ist. Ein Vogel schwebt still über das Stadion und der Rasen leuchtet grün.
Aber der Lärm der Fans läßt den Schriftsteller nicht träumerisch werden. Die orangenen und blauen Plastiksitze füllen sich langsam und im gleichen Maß nimmt der Lärm zu. Und langsam beginnt auch das Schauspiel auf dem Rasen. Funktionäre in weißen Sakkos und schwarzen Hosen bevölkern das Spielfeld, dann stellen sich junge Männer in hellblauen

Trainingsanzügen hinter die Spielfeldabsperrung, eine Militärkapelle spielt und Turner in weißen Hosen und roten und blauen Leibchen machen einen Massenhandstand auf hereingetragenen Barren.

Die Sonne scheint und bringt die orangenen Sitze zum leuchten, und wenn die Fans heftig ihre Fahnen schwingen, dann weht ein Windhauch über die Köpfe der Sitzenden. Es gibt keinen unbeteiligten Sektor mehr im Stadion, alles lebt und prickelt. Sobald die Bayern-Fans mit rhythmischen »Bajeern«-Chören beginnen, antworten die Leeds-Fans mit scharfen »United«-Chören. Ist der Höhepunkt an Lautstärke erreicht, dann gehen die Chöre in Applaus und Trompetentöne über. Der Schriftsteller befindet sich in einem Abschnitt des Stadions, der vorwiegend von Bayern, zum Teil mit Lederhosen, Gamsbärten und rotweißen Schildmützen, besetzt ist; und da er sich nicht am Lärm beteiligt, wird er, ein wenig hämisch, gefragt, ob er denn ein Anhänger von Leeds United sei. Selbst wenn der Schriftsteller Anhänger von Leeds United gewesen wäre, hätte er sich im Hinblick auf den beträchtlichen Alkoholspiegel des Fragestellers bestenfalls als Franzose ausgegeben und so getan, als verstünde er die Frage nicht, so aber verneint er die Frage mit gutem Gewissen, und da er Deutsch spricht, hat er von nun an nichts mehr zu befürchten.

Um 20.08 Uhr, das Stadion ist bis auf den letzten Sitzplatz gefüllt, sieht der Schriftsteller, wie, vom Jubel der Zuschauer begleitet, hinter dem Gegentor auf der Südtribüne in großen Buchstaben Bayern München – Leeds United 0:0 aufleuchtet, und gleich darauf stellt er fest – es ist mittlerweile dunkel geworden –, daß die Scheinwerfer eingeschaltet wurden. Nun ist der Lärm der Zuseher so stark geworden, daß eine Verständigung kaum noch möglich ist. Und dieser Satz hat mit Recht auch die Bedeutung, daß der Lärm eine Verständigung zwischen den Leeds- und Bayern-Fans verhindert und verhindern soll.

Es gibt nur noch den sprachlosen Lärm und – wie wir später sehen werden – die Gewalt. Es ist oft behauptet worden, daß der Sport eine Ersatzfunktion für den Nationalismus erfülle. Nun, vielleicht. Der Schriftsteller hatte diese Frage schon mehrmals überdacht und war zu der Ansicht gekommen, daß der Nationalismus zwar häufig versucht, sich des Sportes zu

bemächtigen, der Fan aber mit seiner Mannschaft ein Stück seines eigenen Lebens verteidigt. Und eine ziemlich gleichlautende Antwort würde nach dem Spiel ja auch Jimmy Armfield geben.
Vorerst gibt es aber noch keine Zwischenfälle im Zuschauerraum, der Auftritt der Mannschaften und die Mannschaftsaufstellungen werden bejubelt und dieser Jubel hört von nun an das ganze Spiel hindurch nicht mehr auf. Jeder Paß wird von den Anhängern und jeder Fehlpaß vom Gegner gefeiert. Es ist, als würde das Publikum einfach keinen Mißerfolg ihrer Erwartungen zulassen. Im Augenblick sind noch alle Fans vom Sieg ihrer Mannschaft überzeugt, aber wenige Minuten später wird der rechte Außendecker der Bayern, Andersson, von Sanitätern in weißen Kitteln hinausgetragen und während die Fotografen mit orangenen Rückennummern wie irre, mit Ziffern versehene Insekten, hinter das Bayerntor schwärmen, wird der Schriftsteller Zeuge eines Boxkampfes zwischen einem jungen Engländer mit gewellten Haaren und einer dicken Hakennase, und einem Bayern, der klein, drahtig, mit dem Gesicht eines Fuchses schnell die Oberhand gewinnt. Mit einem harten Schlag in den Bauch läßt er den Leeds-Fan in die Knie gehen und im selben Moment, als er ausholt, um ihm von unten ins Gesicht zu schlagen, stürzen sich mehrere Leeds-Fans auf ihn und schlagen ihn ihrerseits nieder.
Sekunden später ist die Szene vorüber, einige Ordner und zwei Polizisten zerren den Bayern und einen der Leeds-Fans zum Ausgang, und damit wandte sich auch der Schriftsteller wieder dem Geschehen auf dem Spielfeld zu. Durch die lebhafte Anteilnahme der Zuseher erscheint es ihm jetzt, als fänden die Zuschauer jede noch so unwichtige Bewegung eines Spielers *entscheidend.* Aber gerade dadurch, daß *alles* vom Publikum für wichtig genommen wird, erinnert sich der Schriftsteller der Künstlichkeit der Situation, und er erinnert sich auch an einen Nachmittag im New Yorker Madison Square Garden, als er einer Fernsehübertragung folgte, die den Stuntman Evel Knievel beim Versuch, den Snake River mit einem Düsenmotorrad zu überspringen, zeigt. Auch damals hatte das Publikum jeder Geste von Knievel *Bedeutung* unterlegt, wodurch dem Schriftsteller das Ganze plötzlich ziemlich gleichgültig geworden war.

Aber offensichtlich waren die Fans nun vom Spiel so gefangengenommen, daß sie gar nicht mehr anders *konnten*, als ihre Erregung in Lärm umzusetzen. Und obwohl das Spiel zusehends schlechter wurde, gab es keine kritischen Ausrufe. Leeds hatte die Oberhand und der Bayern-Trainer Dettmar Cramer führte dies nach dem Spiel auf die Verletzungen von Andersson und Höneß zurück. Während Cramer sich im Betonbunker die Hose hinaufgekrempelt und dem Schriftsteller ein nacktes, zierliches, behaartes Bein gezeigt hatte, an dem er die Verletzungen von Höneß und Andersson demonstrierte, hatte er erklärt, warum das Spielkonzept der Bayern zusammengebrochen war, und der Schriftsteller hatte ihm schweigend zugehört und nachdenklich auf das behaarte Bein geblickt.
»Im übrigen«, so hatte Cramer gesagt und begonnen, seine Hose wieder hinunterzukrempeln, »im übrigen haben wir gewußt, daß Leeds die stärkere Mannschaft sein wird und daher mußten wir defensiv spielen.« Aber das Spiel wurde immer schlechter, auch wenn mächtige Schlachtgesänge und ein wogender Fahnenwald darauf hätten schließen lassen, daß die Zuseher es mit einem prächtigen Spiel zu tun hatten.
Einmal betrachtete der Schriftsteller längere Zeit hindurch den Tormann der Bayern, Sepp Maier, der mit seinen großen gelben Handschuhen aussah wie ein seltsames Amphibienwesen. Der Schriftsteller hatte eine gewisse Vorliebe für diesen Spieler, da er ihm die im großen und ganzen durchaus angenehme Vorstellung vermittelte, Karl Valentin spiele Fußball. Maier schien an diesem Tag ziemlich zu leiden.
Nur selten kamen die Bayern aus ihrer Hälfte und Leeds hatte zu Beginn einige scharfe Schüsse auf sein Tor abgefeuert. Er ging ruhelos zwischen der Torlinie und einer imaginären Linie, von der ihm sein Gefühl sagte, er dürfe sie nicht übertreten, ohne Gefahr zu laufen, überhoben zu werden, auf und ab. Dann, in der 67. Minute, die Seiten waren schon gewechselt worden, und der Schriftsteller hatte sich zur Pause mit einem Bayern-Fan unterhalten, der sich unverdrossen am Spiel erfreut hatte, schienen für Maier seine Alpträume Wirklichkeit geworden zu sein.
Der Ball befand sich *hinter ihm* im deutschen Tor und nur der zum Linienrichter laufende Schiedsrichter konnte ihm so etwas wie Hoffnung geben. Warum der Schiedsrichter dieses

Tor dann tatsächlich nicht anerkannt hatte, wußte nach dem Spiel Dettmar Cramer ebensowenig wie Jimmy Armfield. Aber, obwohl der Schriftsteller das Tor von Leeds im ersten Augenblick mit Genugtuung zur Kenntnis nahm, da es dem Verlauf des Spieles entsprochen hatte, war er dem Schiedsrichter nachträglich dankbar, hatte er es ihm doch – ohne es zu wissen – ermöglicht, seinen Namen als Torschütze gegen Leeds auf den Titel der Geschichte zu setzen.
Vom 1:0 durch Roth weg hatte der Schriftsteller später den Eindruck gehabt, in einem Trichter zu sitzen, in dem er dem Lärm ausgeliefert war. Nach dem 2:0 für Bayern führte einer der leuchtend blauen Spielfeldposten wie zum Symbol einen leeren, im Scheinwerferlicht glitzernden Rollstuhl hinter dem Leeds-Tor vorüber, und hinter dem Bayern-Tor leerten sich die Sitzplätze und zwischen den Menschen entstand ein Muster aus den leeren orangenen Lehnen, wie die Zeichnung auf dem Panzer einer Schildkröte. Und dann entdeckte der Schriftsteller, daß einige Buchstaben der Leuchtschriftanzeige ausgefallen waren und nur noch BAYERN MUNICH : LE UNITED 2:0 zu lesen war, als hätten sich die Buchstaben mit den abwandernden Zuschauern verkrümelt.
Eine Viertelstunde nach Spielschluß packte ein einsamer Fotograf am Spielfeldrand seine Ausrüstung zusammen, die Scheinwerfer waren ausgeschaltet, und überall lagen Flaschen, Teile von den Plastiksitzen, weiße Papierseiten und Pappbecher herum, die verdrossene Leeds-Fans auf die Bayern-Mannschaft geworfen hatten. Größere Gruppen von Polizisten stiegen vor dem Stadion in die Bereitschaftsautos. Die Leeds-Fans aber waren fassungslos. Viele waren still geworden und trugen ihre Fahnen wie überflüssige Spazierstöcke mit sich. Langsam bewegten sie sich vom Prinzenparkstadion weg, schläfrig und nur wenig miteinander sprechend. Vor einem Autobus lagen auf einer Decke einige Engländer auf der Straße und rauchten mit geschlossenen Augen und nackten Bäuchen, die aus den verschobenen Trikots gerutscht waren. Der Schriftsteller aber bemerkte zu seinem Erstaunen, daß er sich ein gewisses Machtgefühl nicht absprechen konnte, wenn er daran dachte, daß es ein Spieler mit seinem Namen war, der Leeds United geschlagen und dies alles verursacht hatte.

(1975)

Im Roten Marmorecksalon, wie der Raum wegen des roten Marmorfußbodens heißt, wartete ich keine zehn Schritte von jener Stelle entfernt, an der Dollfuß nach dem Attentat im Juli 1934 verblutete, auf den Bundeskanzler. Über dem Tischchen mit einer irritierenden Spiegelplatte hängt an der gegenüberliegenden Wand ein großes Gemälde, auf dem man in einer Art Morgenrot- oder Abendrotstimmung mehrere Dutzend feierlich gestimmter Politiker und Beamter lebhaft wie eine Grabinschrift den Staatsvertrag abschließen sieht. Ich erfuhr übrigens, daß zwei oder drei der Personen auf dem Bild beim Abschluß des Staatsvertrages nicht dabeigewesen seien, es jedoch trotzdem geschafft hätten, auf das Bild zu kommen.
Um 11 Uhr wurde ich zum Bundeskanzler gerufen. Dr. Kreisky saß leger auf seinem Stuhl. Eine Hand hing über die Stuhllehne nach hinten, mit der anderen hielt er manchmal seine Brille, die er nur selten aufsetzte. Zu meiner Überraschung sprach er in der Folge des öfteren schnell, und verschluckte ab und zu eine Silbe, so daß ich genau aufpassen mußte, um ihn zu verstehen; zumeist jedoch sprach er ruhig, aber nicht so langsam, wie ich es aufgrund der Fernsehauftritte erwartet hatte. Für gewöhnlich, so sagte er, komme an jedem Montag um 11 Uhr der Gewerkschaftspräsident zu ihm. Er halte es für wichtig, daß Leute, die Entscheidungen treffen, regelmäßig konferieren, aber er habe wegen der Rede, die er am nächsten Tag im Parlament halten müsse, fast alle Termine abgesagt. Er kann seinen Stolz darüber, daß er seine Reden selbst schreibt, nicht verbergen, ruft die Sekretärin und fordert sie auf, zu sagen, wie das vor sich gehe, wenn er eine Rede verfasse. »Nun«, so berichtet die Sekretärin kurz, »der Bundeskanzler schaut zuerst sehr viel in Büchern nach.« Er diktiere die Rede ohne Notizen, unterbreche aber das Diktat manchmal längere Zeit, um auf- und abgehend nachzudenken. Dann erzählt Kreisky, daß die Reden in

Österreich schon einen Tag, bevor sie im Parlament gehalten werden, schriftlich an die anderen Parteien ergingen, »damit sich die ihre Zwischenrufe ausdenken können«. In England wäre das ganz undenkbar; er könne sich zum Beispiel nicht vorstellen, daß Wilson, einen Tag bevor er seine Rede hält, diese den Konservativen zeigte.
Kreisky hatte die Rohfassung seiner Rede schon erstellt, ging sie jetzt mit einem Sekretär Seite für Seite durch, fragte nach Zahlen, replizierte sie, änderte. Als der Sekretär das Zimmer verlassen hatte, begann Kreisky über seine Auffassung von Politik zu sprechen. Er machte den Eindruck eines Mannes, der sich seine Gedanken sorgfältig überlegt hat, bevor er sie ausspricht, mitunter aber beim Sprechen laut denkt. Das gab seinen Gedanken, auch wenn er sie zum hundertsten Male aussprach, etwas Improvisiertes und Überraschendes und erweckte im Zuhörer eine Atmosphäre von Vertraulichkeit. Ich hatte zum eigenen Erstaunen den Eindruck, Kreisky lasse mich an folgenschweren Gedanken teilhaben.
Als er mir erzählte, daß er es für das Schlimmste halte, wenn ein Politiker seine Identität durch die Politik verliere, wartete er meine Antwort ab, bevor er mir Beispiele nannte und obwohl er mir von Anfang an vermutlich aus prinzipiellen Überlegungen Vertrauen entgegenbrachte, gab er mir den Eindruck, daß ich das Vertrauen immer mehr gewänne. Freilich ist es ein Problem, einen Menschen nur auf das Rationelle hin zu untersuchen; immerhin besteht die Gefahr, das Berechnende zu einem wesentlichen Charakterzug zu stilisieren, aber Kreisky entgeht dieser Gefahr durch seine Vielseitigkeit.
Er ist gewiß ein Mann, der das Komödiantische in der Politik liebt und so seltsam es klingen mag: Gerade das Komödiantische ist es, das Kreisky seine Identität bewahren läßt. Er hat keine starre Vorstellung von sich und nimmt, obwohl selbstbewußt, selten eine Pose ein. Das Komödiantische an Kreisky ist nicht die Lust nach starrer Inszenierung, sondern die Neugierde, eine Situation durchzuspielen. Als ich nach einer Unterbrechung gegen 15 Uhr wieder gerufen wurde, saß Kreisky in einem kleinen Zimmer hinter seinem Arbeitsraum. Vor ihm ein Tischchen von der Größe einer mechanischen Nähmaschine, darüber ein einfaches Tischtuch, darauf ein Teller mit einer Salat-Gurke, einer Tomate, einem hart-

gekochten abgeschälten Ei, Salami, Wurst, 4 Äpfeln, Schwarzbrot und finnischem Diätbrot. »Das esse ich zu Mittag«, sagte Kreisky erklärend, während ich an dem leicht wackeligen Tischchen Platz nahm. »Ich gehe zu keinen Diners und auch zu keinen Cocktails, wie man sich das so vorstellt.« Dabei blickte er melancholisch auf die Salat-Gurke, schält sie ab und steckte sich eine Scheibe in den Mund. Ich saß in dem kleinen Zimmer, in dem sich noch ein altes Holzbett mit Decken und einem Polster und ein Arzneischrank befanden und hörte dem Sekretär zu, der die Post vorlas. Ab und zu läutete das Telefon auf dem kleinen Tischchen, Kreisky hob ab, meldete sich mit »Hallo«, schluckte hinunter, bevor er antwortete und animierte den Sekretär mit einem Brummton, weiterzulesen. Er hatte jetzt ein anderes Taschentuch in der Brusttasche seines Sakkos, holte es heraus, wischte sich über die schwitzende Stirne und brummte, die Post kommentierend, beim Reden vor sich hin. Wenn ihm etwas wichtig erschien, so hob sich seine Stimme und er begann schneller zu sprechen.
Während nun der Sekretär und der Bundeskanzler je einen Apfel von der Marke Granny Smith zu essen begannen, wurde eine Liste mit Namen von Zeitungen begutachtet, die Mittel aus der Presseförderung wünschten. Bei einem der Namen hielt der Bundeskanzler an und fragte mich, während er an einer Apfelscheibe kaute, ob ich eine Zeitung mit Namen »Das Ziegeneuter« kenne. Er wußte die Antwort im vorhinein, reagierte auch nicht darauf, und da, glaube ich, war er wirklich so gut wie Emil Jannings. An diesem Nachmittag wird Kreisky von einer jugendlichen Blasmusikkapelle aus Bremerhaven ein Ständchen gebracht. Kreisky tritt im Nieselregen auf den Balkon und schickt den Manipulanten (so der Amtstitel), der ihn unter einen Schirm nimmt, weg und verlangt einen Mantel, den er sich, ohne in die Ärmel zu schlüpfen, umhängt. Seine Haare, die den Eindruck machen, daß sie in der Früh naß gekämmt werden, ringeln sich durch den Regen stärker ein. Wenig später empfängt er die Blaskapelle, plaudert mit den Jugendlichen, führt sie herum, lädt sie auf Kaffee und Kuchen ein. Man kann nicht sagen, daß Kreisky das Repräsentieren genießt, aber man merkt ihm auch keinen Unwillen an. Im Gegenteil, Kreisky ist geradezu ein Meister des Repräsentierens. Er findet den

richtigen Ton und ist selbst dann von großer Natürlichkeit, wenn er Ernennungen und Verleihungen vornimmt. Er schüttelt jedem die Hand, macht ab und zu eine Bemerkung, ist aber zurückhaltender als mit den jungen Musikern aus Bremerhaven. Wahrscheinlich spielt Kreisky nicht viel mehr als die meisten Menschen, aber wahrscheinlich spielt er besser. Vielleicht verhält es sich so: Dadurch, daß einige ausgeprägte Eigenschaften Kreiskys populär sind, wirken sie wie gespielt und Kreisky scheint das zu wissen, und Gefallen daran zu finden.

Nachdem er gegen 17.30 Uhr im SPÖ-Parlamentsklub über die wirtschaftliche Situation und über seinen Staatsbesuch bei Bundeskanzler Schmidt gesprochen hatte, hatte er sich dann noch bis 18.30 Uhr am Podium sitzend, eine Brille auf der Nase, mit Abgeordneten unterhalten. Es ist nicht nur so, daß Kreisky seine Zeit opfert, mit Sicherheit spricht er selbst gerne, und wenn er sich in ein Gespräch verwickelt hat, was relativ leicht der Fall zu sein scheint, ist seine Zeiteinteilung wenig ökonomisch. Das hat den Vorteil, daß derjenige, der mit ihm spricht, meist von sich aus das Gespräch einem Ende zuführt, um dem Bundeskanzler nicht zuviel von seiner Zeit zu nehmen und daß der nicht unrichtige Eindruck zurückbleibt, der Bundeskanzler habe ausführlich mit einem gesprochen. Beim Hinausgehen berichtet Kreisky dem Gesundheitsminister Frau Leodolter, daß er sich beim Tennisspielen eine Muskelzerrung zugezogen habe. Er sei zu hoch gesprungen, sagt der Bundeskanzler und sieht die Frau Minister mit ernstem Gesicht an, greift in die Brusttasche nach seinem Taschentuch und wischt sich die Stirn ab. Dann hat Kreisky plötzlich einen etwas verbeulten Hut auf dem Kopf, und während er in das Auto steigt, meint er, daß ich heute einen Faulenzertag erlebt hätte, wie um sich abzusichern, daß er auch genügend Fleiß gezeigt hat. Aber die Rede spielt an diesem Tag tatsächlich die größte Rolle. Bis halb acht arbeitet Kreisky sie mit dem erschöpften Sekretär durch, dann kommt er wieder aus seinem Arbeitszimmer, den zerdrückten Hut auf dem Kopf, die Hände hinter dem Rücken. Er spricht jetzt etwas schneller und wieder ein wenig undeutlich, und es klingt, als würde es ihm einen Genuß bereiten, sich mit undeutlichem Sprechen auszurasten. Im Hof steigt er in seinen Rover. Er hat die Absicht, selbst zu

chauffieren, aber das Lenkradschloß klemmt. Der Wachposten wird aufmerksam, gleich darauf jedoch kommt der Chauffeur und behebt das Problem. Während der Fahrt spricht Kreisky wieder von der Rede, die er am nächsten Tag halten wird. Er glaube, daß es zu einer Restriktion kommen werde, sagt er. Man müsse nur in das Ausland blicken. Wenn es den anderen schlechter gehe, könne das in Österreich nicht ohne Auswirkung bleiben.
Er fährt das Auto bis zu seinem Haus, dann begleite ich ihn in die Grinzingerstraße, wo ein Heuriger des SPÖ-Abgeordnetenklubs zum Abschluß der Parlamentssession stattfindet. Auf dem Weg dorthin ist er zerstreut. Er antwortet nicht immer auf meine Fragen, aber er vermittelt nicht den Eindruck von Unhöflichkeit. Andererseits weiß er Unhöflichkeit auch bewußt einzusetzen. Als ein Abgeordneter beim Heurigen seine Zustimmung zu einem Vorschlag hören will, zeigt Kreisky ihm seinen Unwillen schon dadurch, daß er ohne ihn anzusehen, stumm weiterißt, und ihm dann, als er ausgesprochen hat, kurz ins Gesicht blickt und wieder weiterißt, ohne zu antworten.
Der Hutrand hatte in seinen Haaren eine zusätzliche Welle erzeugt und ein Brillenbügel hing wie immer, wenn er die Brille eingesteckt hatte, aus der Brusttasche des Sakkos. Als er die Gaststube betreten hatte, hatten die Abgeordneten und Minister applaudiert. Kreisky hatte leutselig Hände geschüttelt und einzelnen zugenickt. Aber es war nichts von selig dabei gewesen, sondern es geschah eher abwesend, was ja am besten Bescheidenheit ausdrückt, ohne dabei Sentimentalität zu strapazieren. Die Heurigenmusik spielte, es wurde gesungen, und Kreisky machte sich langsam und sorgfältig über warme Zunge, Brathuhn und Stelze. Zwischendurch las er Akte oder wechselte einige Sätze, um dann wieder aufmerksam und ohne Hast weiterzuessen.
Offensichtlich fühlte er sich nun besser als zu Mittag, als er sich mit einer rohen Salat-Gurke hatte beschäftigt, während ein Sekretär ihm die Post vorgelesen hatte.

(1975)

Als ich die ÖVP-Zentrale in der Kärntnerstraße in Wien betreten hatte, war ich voll skeptischer Erwartung gewesen. Der Großteil der österreichischen Presse hatte nicht genug Eifer entwickeln können, die neuesten Witze und Aphorismen, Formulierungen und lose hingestreuten Gedanken Dr. Taus' mit einem schwer verhohlenen Jubel wiederzugeben und der sachliche Beobachter hatte feststellen können, daß auch die sozialistischen Blätter Wirkung gezeigt hatten: Ihr großer alter Mime saß in Wörishofen und schaute Taus und seiner eigenen Partei vorerst zu, als wollte er abwarten, wo es schwache Stellen gab.
Vermutlich genoß er es, ein wenig den Unbeteiligten zu spielen und zuzusehen, wie die Presse aus Taus einen Mann formte, der mit den Sozialisten und schließlich mit dem Bundeskanzler umspringen würde und der in jeder Lage Formulierungen wie: daß Österreich nicht nur mit der linken Hand regiert werden dürfe, nur so aus dem Ärmel schüttelte. Was für ein Mann für die Journalisten, für die Kreisky eine Nummer zu groß war und Schleinzer um einiges zu farblos!
Während nun Kreisky in Wörishofen mit einer Mischung aus Genuß und Sorge Taus und seiner eigenen kopflos reagierenden Partei zusehen mochte, sammelte Taus scheinbar mühelos Punkte. Das lag zunächst auch daran, daß er nicht so sprach wie ein Politiker, auch nicht wie ein sehr guter: Taus sprach wie in einem früheren Sinne »geistreiche« Journalisten geschrieben haben, und er konnte dies sehr ausgiebig tun.
Wenn ich allerdings Taus am Fernsehschirm zugesehen hatte, hatte er mich immer an die politischen Studentenvertreter an den Hochschulen erinnert: Unwesentliches wurde künstlich aufgeblasen und möglichst tiefsinnig und energisch diskutiert, ja, vor allem ging es um das Niveau und die Haltung und weniger um das Wesentliche. Mein Mißtrauen hatte sich jedenfalls bei jeder »brillanten« Formulierung, die man in den Zeitungen nachlesen konnte, vertieft.

An jenem Montag aber, an dem ich die ÖVP-Zentrale betrat, war gerade der Vorhang für diese Form von Festspielen gefallen. Am Sonntag war bekannt geworden, daß der Nationalratsabgeordnete der ÖVP, Helbich, versucht hatte, einen Redakteur der »Kronen-Zeitung« zu bestechen, ein Vorfall übrigens, der Gelegenheit bot, sich wieder die zur unreflektierten Gewohnheit gewordene Abscheu vor der »schmutzigen« Politik gegenseitig bestätigen zu können.
Natürlich war auch der Sekretär, der auf mich zukam und mir erklärte, daß ich nun sehr wenig vom Tagesablauf Dr. Taus' zu sehen bekommen könne, aus der Fassung. Ich würde Taus erst um 11 Uhr bei der Pressekonferenz im Klub »Concordia« treffen, bei der das Buch »Taus und Busek« von Alexander Vodopivec vorgestellt würde, aber die Bestechungsangelegenheit würde vermutlich im Vordergrund stehen.
Bevor ich beschreiben will, welchen Verlauf diese Pressekonferenz nahm, muß ich noch erwähnen, daß ich sie mit einer Befriedigung erwartete, da es mich interessierte, wie weit es mit rhetorischer Brillanz her sei, wenn es um eine Krisensituation ginge. Jeder dieser gedankenlosen Sätze, die sich mit Taus' »hoher Intelligenz«, seinem »messerscharfen Verstand«, seinen »außerordentlichen Menschenqualitäten« befaßt hatten und was dergleichen noch mehr über den »eiskalten Cäsar« kolportiert worden war, hatte in mir nur noch Unwillen hervorgerufen.
Der Presseklub »Concordia« befindet sich in einem hellen, mittelgroßen, von Neonleuchten beschienenen Raum. Auf den Stühlen mit Schreibbrettern saßen erwartungsvoll Journalisten und die Reporter des Fernsehens verbreiteten mit der aufgestellten Kamera die Atmosphäre eines wichtigen Ereignisses. Nur kurz wurde über das Buch von Alexander Vodopivec gesprochen, das dieser in acht Tagen niedergeschrieben haben soll – was man ihm anmerkt –, dann begannen die Journalisten ihre Fragen zu stellen, die sich nur noch um die Bestechungsaffäre drehten.
Während nun Busek anfangs versuchte, rhetorische Nebelkerzen zu werfen, und damit den Eindruck erweckte, auch selbst im Nebel verschwinden zu wollen, unterbrach Taus ihn bald und gab zu verstehen, daß er an einer schnellen Klärung des Falles interessiert sei. Wenn es sich um eine

Rollenverteilung gehandelt hatte, dann hatte Busek von Anfang an den Verlierer zu spielen gehabt, über den Dr. Taus würde siegen und dadurch mit nur geringfügigem Verlust aus der Sache aussteigen können. Aber es hatte eher den Eindruck gemacht, als hätte Busek sein Image als »brillanter Formulierer« weiterpflegen wollen oder daß er diesem Image bereits selbst zu erliegen begonnen hatte, während Taus die Lage deutlicher erfaßt hatte.
Er war bemüht, einen entschlossenen Eindruck zu machen, man hatte diesen Vorsatz schon gespürt, als er Platz genommen und anfangs stumm zugehört hatte. Seine Gesichtsmuskulatur hatte sich verhärtet, der Zeige- und Mittelfinger einer Hand lagen am Ohr, die übrigen Finger vor dem Mund und sein Blick war auf die Tischplatte oder über die Köpfe der Journalisten gerichtet, dann wieder zwickte er sich nachdenklich in die Wange, griff sich ans Kinn oder die Nase, hielt den Daumen an die Wange und zuckte mit den Nasenflügeln.
Die Pressekonferenz war ihm sichtlich lästig. Er hatte sich ihr stellen müssen, noch bevor er zum Handeln gekommen war, aber es waren vom Vorfall bis zur Pressekonferenz bereits fünf Tage verstrichen gewesen, die er, wie er sagte, wegen des Wahlkampfes nicht habe nützen können; wurde er angesprochen, dann bildete sich eine steile Falte auf seiner Stirn, sein Blick wanderte zum Fragesteller, vor sich hin oder zur Decke, aber er wirkte dabei nicht unruhig.
Neben seinem Vorsatz, entschlossen zu wirken, hatte er sich vermutlich auch vorgenommen, den Eindruck von Ruhe und guter Vorbereitung zu erwecken, und obwohl seine Hände etwas von Nervosität verrieten, gelang es ihm, nicht fahrig, angestrengt oder überrumpelt zu wirken. Auch hatte er darauf verzichtet, vom Fall abzulenken, wie Busek, dem man angemerkt hatte, daß er sich hatte als das bewähren wollen, was man von seinem Image erwartet haben mochte. Diesmal hatte er sich in der Annahme verschätzt, und Taus – der, wie gesagt, Busek den Vortritt hatte lassen – zog sich zunächst dadurch aus der Affäre, daß er sie zu bereinigen versprach. »Ich gebe zu«, so sagte er, »100000 S sind ein unverhältnismäßig hoher Geldbetrag für drei bis vier Maschinschreibseiten. Worum es hier geht, sind Fakten. Wir werden die Fakten untersuchen, uns ein Urteil darüber bilden und eine Entscheidung treffen.«

Taus hatte sich auf das trockene, aber sichere Wortreservoir seiner Berufserfahrung zurückgezogen und er fuhr noch am besten damit. Ziemlich sicher ist er kein großer Schauspieler. Er ist vielleicht – erinnere ich mich an eine Fernsehaufzeichnung, in der man ihn als Redner in einem Grenzdorf sah – das, was man sich unter einem modernen Hochschulprofessor vorstellt, dessen Äußerungen grundsätzlich ein Gewicht beigegeben wird, das dann außerhalb des Fachbereiches oft nur Banalitäten vergolden hilft. Dr. Taus wußte, daß er sich auf Themen wie Moral in der Politik jetzt nicht einlassen durfte, ohne nicht gleichzeitig in die Gefahr des Seiltänzers zu gelangen. Er ließ sich auch gar nicht darauf ein.
In Gedanken hatte er längst die Entscheidung, die bis zum Abend fallen sollte, im voraus getroffen und diese Pressekonferenz galt es nur zu übertauchen, ohne Porzellan zu zerbrechen. Er hatte rasch und trocken agiert, hatte keinen Fehler gemacht, aber das Glanzvolle, die Schlagfertigkeit hatten ihn diesmal verlassen, und da die Erwartungen sehr hochgeschraubt gewesen waren, war es für mich eine Bestätigung meiner Skepsis gewesen.
Nach der Parteisitzung am Nachmittag hatte ich am Abend gegen 20 Uhr einen Termin in Dr. Taus' Wohnung, einem unauffälligen Reihenhaus am Rand von Wien. Die Wohnung ist gepflegt, aber sie verrät auch eine gewisse Achtlosigkeit gegen Äußerlichkeiten. Taus saß im Hemd auf der Polsterbank, und wenn ich mir vorstellte, daß er der Kanzlerkandidat einer großen Partei ist, empfand ich Sympathie.
Ich möchte gleich vorwegnehmen, daß ich auch bei diesem Gespräch nichts von jener in der Presse bejubelten Brillanz feststellen konnte, es war jedoch eine Lust am Denken, am gut funktionierenden Gehirn. Er war nachdenklich und fing langsam an, den Fall für sich zu bewältigen. Indem er alles nur als eine Serie von Fakten betrachtet hatte, war es ihm gelungen, innerlich unbeteiligt zu bleiben; er konnte den Fall wie eine Belästigung auffassen und diese Methode hatte ihm geholfen, eine rasche Entscheidung zu fällen. Nun aber hatte er bemerkt, daß damit auch für ihn der Fall noch nicht aus der Welt geschafft war.
Er sah jetzt nicht mehr nur einen Einzelfall, den man vom Tisch wischen konnte, indem man ihn bereinigte, sondern sprach von der Gefahr für die Demokratie, die mit der Affäre

verbunden war. Den Ruf nach dem Ordnungsstaat habe es ja schon immer gegeben, den Ruf nach dem Staat als Ordnungsmacht. Wenn er an die wirtschaftliche Situation denke, die in den nächsten drei Jahren zu erwarten sei, und an die Gefahr, die damit sowieso für die Demokratie verbunden sei... Er blickte versonnen auf einen Gobelin an der Wand.

Es gab ihm offensichtlich wieder Trost, daß er das Ganze nicht mehr nur als einen Fall, der hauptsächlich ihn anging, betrachten konnte, sondern daß es ihm gelungen war, ihn in allgemeine Fragen zu entrücken. Und so sehr diese Überlegung auch stimmte, es war nicht das, was ihn im Moment am meisten beschäftigte. Einmal versuchte er, die Tatsachen zu verkleinern, indem er 100 000 S als gar nicht so großen Betrag bezeichnete, aber auf den Hinweis, daß das einem durchschnittlichen Jahresverdienst in Österreich entspreche, korrigierte er sich sofort mit der Bemerkung, daß er die Dimension der Zahl aus der »Sicht der Bank« überlegt habe.

Auf die Frage, was am Nachmittag während der Parteisitzung, die zur Rücklegung der Nationalratskandidatur Helbichs geführt hatte, geschehen sei, antwortete er, daß er – wenn er »eine dramatische Begabung hätte« – jetzt ein ähnliches Stück würde schreiben können wie die »Zwölf Geschworenen«. Da habe es alle menschlichen Reaktionen gegeben, sagte er, jene, die um ihren Sessel zitterten genauso wie jene, die nur formal denken könnten... Am übelsten aber seien die, die aus dem Ganzen noch Kapital schlagen wollten. Wenn er die Bilder an sich vorbeiziehen lasse, die er vom Nachmittag im Kopf habe, und an die denke, die er für ministrabel halte... das wäre schon sehr aufschlußreich gewesen.

Wie er eine rasche Entscheidung habe herbeiführen können, ob er mit seinem Rücktritt gedroht habe? – Er habe am Vormittag einem, von dem er gewußt habe, daß er am meisten Angst habe, etwas in dieser Richtung angedeutet, sagte er und lächelte, als habe er einen Witz gemacht.

Er lehnte sich, wie um kein Mißverständnis aufkommen zu lassen, entspannt zurück und trank einen Schluck Mineralwasser. Vielleicht hatte es ihm an diesem Tag genügt, nur Dr. Taus gewesen zu sein, während der Super-Taus auf ihn selbst von den Plakatwänden geblickt hatte.

(1975)

Die Bilder von Peter Pongratz erinnern mich an Erinnerungen an die farbigen Abbildungen in Lexika und Naturgeschichtebüchern, an Heiligenbilder und Lehrtafeln, die ich als Kind gesehen habe; sie sind verschmolzen zu *einem* Bild, überlagern einander, und die Zeit ist in ihnen aufgehoben.
Wenn ich sie betrachte, bekomme ich ein Gefühl der Sehnsucht, und obwohl mich die Bilder an Erinnerungen erinnern, ist es keine Sehnsucht nach Vergangenem, sondern nach der Möglichkeit, daß Gegenstände und Bilder nicht nur das sind, was sie aus Gewohnheit für mich sind.
Als Kind habe ich oft geträumt, daß ich Abgründe hinunterstürze; einmal habe ich mir dann im Traum vorgenommen, den Abgrund NICHT hinunterzustürzen, sondern hinabzuschweben, und von da ab habe ich mich in Träumen auf der Flucht gerettet, indem ich auf einen Abgrund zulief und meinen Verfolgern entflog. Ich begann in meinen Angstträumen nach Abgründen Ausschau zu halten, weil sie für mich die Rettung waren. Als ich immer vergeblicher Abgründe suchte, stellte ich mir im Traum vor, daß – während ich lief – sich ein Abgrund vor mir auftun würde, und plötzlich hatte ich gelernt zu fliegen. Ich konnte mich in die Luft erheben und einen weiten Satz machen, wie in einem schwerelosen Raum. Der Zustand geistiger Schwerelosigkeit, das Hinwegsetzen über die Schwere der Begriffe, ist eine ähnliche Erfahrung für mich, wie das Fliegen in den Träumen es war.
In den schönen, bösen und irrwitzigen Bildern von Peter Pongratz sehe ich *diese* Schwerelosigkeit als etwas Selbstverständliches wieder.
Pongratz nimmt mich mit auf seinen Flug, er zeigt mir etwas, was man früher eine wundersame Welt nannte. Es ist eine Welt des wunderlichen Friedens. Die Technik ist in den Bildern zur Natur geworden, genauso wie das Metaphysische, alles lebt und hat sich ineinander verwoben. Auch an

Erinnerungen anderer Erfahrungen erinnere ich mich: das Lesen von Alice im Wunderland, das Hören der Lieder der Beatles oder das Betrachten von Wasser und Licht in den Bildern von Caspar David Friedrich. Oft bekam ich Lust zu schreiben, wenn ich seine Bilder anschaute. Das Gewirr von Bildern im Kopf, das ich anfangs automatisch niederschrieb und das ich jetzt mühsam ordne, aber ohne das ich vielleicht gar nicht schreiben würde, das Gefühl der Buntheit und Greifbarkeit von Details, die in meiner Erinnerung auftauchen, Bilderfolgen wie in Filmvorschauen im Kino – es ist der Zustand VOR dem Niederschreiben, der Anfang, der Zustand der Unschuld – das erkenne ich in den Bildern von Pongratz wieder. Und vielleicht ist es nur eine Sehnsucht nach Unschuld, die ich meine, böse und gut sein zu können, friedlich und verstört wie ein unschuldiger Narr. Es wäre schön, könnte man die Bilder von Peter Pongratz BETRETEN, mit einem Yellow Submarine in das schillernde Meer tauchen, an der Seite von Jules Verne in unterirdische Stollen eindringen, um seltsame technische Geräte zu finden, mit einem Fesselballon hinter die Berge zu fliegen, um zu sehen, was dahinter ist.

Und es wäre schön, an einem Sonntagvormittag einen Spaziergang in der Natur zu machen und einen Engel zu sehen, der ein Kind über eine Brücke führt, unter der das Wasser tost – denn was ist schöner als der Traum des endgültigen Geborgenseins.

(1975)

Er wohnte im Sommer in Schwarzau, in Niederösterreich, in einem Bauernhaus, nahe der Hauptstraße. Vor dem Haus befindet sich eine Tischlerwerkstatt und daneben ein kleiner Garten mit Blumen und Gemüse. Ich habe ihn dort einmal fotografiert und dabei bemerkt, wie scheu er war und daß er ein Fotografiergesicht gemacht hat. Einmal, als wir spät in der Nacht erst weggingen (ich war mit meiner Frau und den Kindern oft bis Mitternacht bei ihm und habe Fische gegessen und Wein getrunken), steckte er seinen Kopf (er wohnte im ersten Stock) zwischen den Blumen auf der Balkonseite durch und blökte mit tiefer Stimme Urlaute zu uns herunter. Er erzählte auch gerne Witze, und aus seinem Blick konnte man erkennen, daß es ihm große Freude machte, wenn man darüber lachte. Oft erzählte er denselben Witz mehrmals in der Woche, aber es war trotzdem nie peinlich, mehrmals zu lachen. Einmal erfand ich, um ihm Freude zu machen, ein kleines Problem, das mit dem Schreiben zusammenhing. Er ging ganz ernst und ruhig darauf ein und erzählte mir eine Geschichte aus seinem Leben, die auf dasselbe herauskam. Er rauchte gern Pfeife und trank gerne Whisky, und manchmal übertrieb er ein bißchen, weil er es mochte, daß seine Frau deswegen mit ihm schimpfte. Wenn er aber etwas tat, was ihm richtig schien, und seine Frau war besorgt, dann überging er sie oder wurde für kurze Augenblicke zornig, sog an seiner Pfeife und bewegte im Anschluß daran ein paar Mal stumm die Nase. Seine Frau hatte mir einmal Fotografien gezeigt, »als er noch jünger war«. Und auf den Fotografien hatte er ein fleischiges Gesicht, und ich dachte mir, daß man sich damals vor seinem Zorn fürchten konnte.

Wir gingen am Abend oft fischen. Er trug immer ganz selbstbewußt seine schöne englische Angel, und er hatte immer einen schwarzen Trachtenhut mit grünem, breitem Band auf dem Kopf, Gummistiefel an den Füßen und oft eine grüne Joppe am Körper. Ich nahm die Blechbüchse, in die die geangelten Fische gesteckt wurden (sie wurde mit Wasser gefüllt, und die gefangenen Fische schwammen darin herum, daß man es an seinem Körper fühlte, wenn man die Büchse umgehängt hatte), und manchmal, wenn wir nicht »auf Vorrat« fischten, hängte ich mir einen alten Rucksack um, und auch dann spürte ich noch, wie ein getöteter Fisch plötzlich aufzuckte.

Wir gingen die Hauptstraße hinauf und bogen dann zum kleinen, klaren Fluß ab, und ich erinnere mich daran, daß es ganz natürlich war zu schweigen, wenn wir kein Gesprächsthema hatten. Wir gingen schweigend, und er sagte ab und zu den Namen einer Blume oder einer Pflanze, weil er wußte, daß es mir Freude machte. Wenn ich genaueres wissen wollte, wußte er zumeist eine Geschichte aus seiner Kindheit, die er mit Erklärungen über die Pflanze verband.

Er hatte verschiedene Plätze, an denen er fischte: Gerne stellte er sich auf ein Wehr, das zwei bis drei Meter über das Wasser ragte und warf von dort die Fliege aus, und er hatte es gerne, wenn wir dabei nicht sprachen. Er war still, und ich konnte im Wasser die Forellen schwimmen sehen, und die Sonne ging langsam unter. Er sagte mir, daß er gerne bei Sonnenuntergang fischte, die Engländer würden es »evening-rise« nennen.

Holte er einen Fisch vom Wehr aus dem Wasser, dann war er behutsam, aber zugleich ein wenig erregt, und ich fürchtete hin und wieder, er könnte ins Wasser fallen. Ein anderer Platz, an dem er gerne fischte, waren die Gebüsche unter dem Wehr. Man konnte von dort aus die Fische zwar schwer von den Steinen unterscheiden, aber das ging offenbar nur mir so, denn er deutete mit spitzem Finger auf einen Fleck und sagte: »Das ist ein ganz großer!«

Da er immer (aus sportlichen Gründen, wie er sagte) mit der Fliege fischte, die man ja werfen muß, verfing sich die Angelschnur häufig im Gestrüpp. Am Anfang wartete er geduldig, bis ich die Schnur aus dem Gezweig genestelt hatte, und bat mich zu prüfen, ob die künstliche Fliege noch in Ordnung sei, und warf dann mit einem kleinen Räuspern die Angel aus. Des öfteren aber verwickelte sich die Schnur wieder im Gestrüpp, und er wurde dann immer ungehaltener mit sich und den Fischen und dem Gestrüpp und räusperte

sich laut und kaute stumm oder zwischendurch schmatzend auf seinen Lippen und wäre gerne zornig geworden.
Er tötete die Fische sehr ungern, zeigte es mir aber und war froh, daß in der Folge immer ich es tat. (Mir fällt nachträglich noch ein, wie seltsam er aussah, wenn ich die Angelschnur dem Gestrüpp entwand – er hielt die Angel zu mir hin, wie ein Körperteil, und ließ wirklich alles über sich ergehen, wie wenn ich ein verletztes Körperteil von ihm versorgte.)
Das Töten der Fische ist nicht ganz leicht, da die Fische sehr glitschig sind, und wenn man sie zu fest in der Faust hält, kann es passieren, daß sie einen Laut ausstoßen. Hörte er das, dann tadelte er mich für Sekundenbruchteile mit einem Blick, setzte dann aber sofort ein schläfriges Gesicht auf.
Wir waren oft eine oder mehrere Stunden unterwegs, und als ich einmal beim Gehen an ihn anstieß, merkte ich, daß er ganz verschwitzt war.
Franz, ich war per Du mit ihm, aß Fische nicht übermäßig gerne, doch er mochte es, wenn seinen Gästen die Fische schmeckten, die er gefangen hatte. Wir saßen in seinem kleinen Wohnzimmer, seine Frau kochte (sehr gut!), und wir unterhielten uns. Er mochte es, wenn ich ihm sagte, daß mir seine Bücher oder einzelne Erzählungen gefallen hatten. Er sprach dann mit mir sehr genau darüber, als wollte er sich vergewissern, daß ich sehr genau gelesen hatte. Über Politik sprach er etwas unbeholfen, ich glaube, es störte ihn, *nur* von Politik zu sprechen, ohne daß gleichzeitig seine persönliche Geschichte damit verbunden war.
Als der Sommer vorüber war, sahen wir uns seltener, da ich wieder arbeiten mußte und am »Großen Horizont« schrieb, aber wir telefonierten ab und zu, und er kam auch zu meinem Theaterstück (»Lichtenberg«) und besah es sich ein wenig verwundert, wie ich glaube. Ich nehme an, daß es ihm nicht sehr gefiel. Am Weihnachtstag besuchten Wolfi (Wolfgang Bauer), Fredi (Alfred Kolleritsch), Zankl (Horst), Gunter Falk, Holzinger (Alfred) und ich ihn in seiner Wohnung. Er freute sich darüber, wir tranken den guten Dirndl-Schnaps, und plötzlich fragte er uns, ob wir glaubten, daß wenigstens eine Seite aus seinem Werk »etwas wert sei«. Mir kam vor, daß er sich zuvor hatte überwinden müssen, das zu fragen.
Drei Wochen später war er tot. Ich habe ihn noch am Vortag vor seinem Tod gesehen. Er lag in der Zweiten Medizini-

schen Klinik des Grazer Landeskrankenhauses, und es war ein trüber, nebliger Abend. Sein Gesicht war gelb, und die Wangen waren tief eingefallen, und er hatte Mühe mit dem Atmen. Er wollte sich (ohne Attitüde) nichts anmerken lassen und fragte mich, wann wir wieder einmal ein »Bier zischen« gingen. Ich gab ihm die Hand, er hielt sie fest, solange ich dort war. Eine Zeitlang hörte man ihn nur atmen, ab und zu hüstelte er, dann sagte er einmal: »Vergeßts mich nicht.« Er sagte auch, daß wir »Jungen« das Schönste im Alter für ihn gewesen seien. Ich machte ein paar Witze, und er hatte es gerne und machte ein so friedliches Gesicht dazu, daß ich auf diese Weise fortfuhr, ihn zu unterhalten. Dann verfiel er plötzlich, und die Bartstoppeln und die dunkler gefärbten Lippen und die nervöse Hand auf der Bettdecke ließen ihn elend aussehen. Am nächsten Tag besuchten Fredi und Wolfi ihn, und als sie die Tür aufmachten, war er gerade gestorben.

(1975)

1

Aus dem Fenster habe ich wunderbar weit auf die verschneiten Berge gesehen. Als ich den Koffer auspackte, polterten die Kinder, die schon seit ein paar Tagen hier waren, die Stiegen herauf und überredeten mich, den Stall anzusehen; sie zeigten mir die jungen Kälber, die Pferde, die Hühner und die Hasen. Vor dem Stall lag lehmiger, gelber Schnee, und der Hund wedelte mit dem Schwanz, wenn er die Kinder sah.
Ich bemerkte wieder, wie ich automatisch das Idyllische sehen will, wenn ich am Land bin.
Am nächsten Tag schneite es ein wenig, und wir fuhren mit Freunden zur Liftstation, und ich sah den Kindern zu, wie sie heruntergefahren kamen. Sie waren ungeheuer stolz und zeigten mir die Schwünge, die sie gelernt hatten, während ich mir überflüssig vorkam, wie ich im Mantel am Pistenrand stand.
Am Abend tranken wir Wein, und bevor ich schlafen ging, hatte ich plötzlich Lust, einen der großen Eiszapfen vor meinem Fenster abzureißen. Ich hielt ihn sinnlos in der Hand, und er tropfte sofort auf den Boden, so daß ich ihn zurück ins Freie warf. Dann schneite es zwei Tage ununterbrochen. Der Bub der Bäurin suchte am Nachmittag vergeblich nach seinem Schistock, und auch die Bettwäsche, die im Freien aufgehängt war, versank immer tiefer im Schnee. Manchmal ging ich kurz vor die Haustür, um frische Luft zu atmen, und einmal spazierten wir in der Nacht durch den Wald und fühlten uns geborgen.

2

Ich habe seit fünfzehn Jahren keine Lust mehr verspürt, Schi zu fahren. Es ist mir zu umständlich, mich in Schischuhe zu zwängen, die Schi anzuschnallen, und auch, daß ich ein Auto benötige, um dorthin zu kommen, wo ich fahren kann. Ich habe den Sommer lieber: das Grün auf den Bäumen, einen Gastgarten im Freien, das Schwimmen. Aber ich war gerne in Tscharra. Einmal gingen die Kinder – obwohl es schneite – hinaus und sprangen über eine kleine Schischanze, die sie sich gemacht hatten, und der Hund lief um sie herum, tief eingesunken im Schnee, so daß nur sein Kopf herausragte. Die Kinder schrien und lachten, und wir spielten im Gastzimmer Karten und waren alle nahe beisammen.

3

Im ersten Stock des Hauses lag die kranke Großmutter. Ich habe sie nie gesehen, die Kinder des Bauern erzählten mir von ihr. Sie stand nicht mehr auf, aber die Kinder gingen zu ihr und redeten ihr gut zu. Vom Bett aus konnte sie nur den gelblichweißen Himmel sehen, von dem der Schnee fiel. Wenige Tage später ist sie gestorben, und ich mußte an das Fenster denken, als ich es erfuhr.

4

Als es den Kindern langweilig wurde, spannte der Bauer ein Pferd vor einen großen Schlitten und fuhr mit ihnen durch den Wald. Ein anderes Mal durften sie mit den Pferden im Schnee reiten und die Tiere füttern helfen. Ihre Freude war so ansteckend, daß auch meine Freunde und ich die ganze Zeit über fröhlich waren. Meine Frau fuhr im Mantel mit Kinderschiern einen kleinen Hang hinunter, und am Abend zündete der Bauer ein großes Osterfeuer vor dem Haus an, es war wie zum Abschied, denn wir fuhren am nächsten Tag.

5

Später habe ich den Film gesehen, den mein Freund in den paar Tagen gedreht hatte. Es war ein warmer Sommerabend, durch das geöffnete Fenster hörte man einen Frosch quaken, und der Freund ließ beim Vorführen manche Szenen langsamer oder schneller laufen oder mehrmals hintereinander; er spielte den Film zwischendurch zurück oder rasch nach vor und meine Frau fuhr im Mantel verkehrt den Hügel hinauf und der Hund raste wie der Teufel durch den Schnee und die Kinder stiegen sinnlos ununterbrochen auf das Pferd und wieder hinunter, aber vielleicht hätten wir das in Tscharra wirklich so gemacht, wenn es möglich gewesen wäre.

(1975)

Günter Schimunek blickt sanft lächelnd der Katze nach, die von seinem Schoß weggesprungen ist und jetzt auf dem Spielautomaten an der Wand hockt. Auf meine Bitte hin setzt er den Spielautomaten mit einem Achselzucken in Gang, so als wollte er damit jedes Gespräch über den Automaten unterbinden, dann folge ich ihm in sein Atelier, ein kleines Zimmer, für das die Bilder zu groß wirken. Sie lehnen auf den Boden gestellt an der Wand, am Kasten, großformatig gemalt und noch ohne Rahmen – seltsam bleiche Gesichter, Puppenköpfe, Puppenkörper, Kunststoffmenschen: Sterilisiert und ohne Blut sind sie zu leblosen Haltungen erstarrt, sind zu MATERIAL geworden, aus dem Pflanzen wuchern, zu Fleischstümpfen, deren Gesichtszüge unter einem Hautballon versteckt sind. Das Gras, das auf einem der Bilder aus den Mündern von sechs einander überdeckenden Frauengesichtern wächst, macht die Gesichter selbst zu etwas Pflanzlichem, die augenlosen Kinderköpfe mit roten Lippen, die seltsam künstlich wirken, scheinen auf einem anderen Bild aus einer fernen eisigen Welt zu kommen. Alle diese Gesichter und Körper sind wie anonyme artifizielle Wesen eines zeitlosen Raumes, sie erzählen die Science Fiction des Todes. (Einige Male war ich überrascht, als ich beim Anblick eines Toten NICHT erschrak, sondern mich sogar beruhigt fühlte – und doch störte mich eine Leere, die ich jedesmal empfand. An diese nicht ungetrübte Friedlichkeit dachte ich bei seinen Bildern.) Am besten in Erinnerung sind mir seine beiden Selbstporträts: Eines der beiden hängt in seiner Wohnung, es stellt sein Gesicht mit einer großen Kopfwunde dar, das andere zeigt ihn doppelt und spiegelverkehrt. Mir fielen sofort die russischen Holzpuppen ein, in welchen man, wenn man sie öffnet, eine zweite findet, und öffnet man diese, wiederum eine andere und so weiter. Ich dachte, daß er seine Verletzlichkeit und seine Sehnsucht nach Identität ganz richtig und ehrlich gemalt hatte, und verspürte eine große Zuneigung bei diesem Gedanken.

(1975)

Meine stärkste Erinnerung an die Schule ist die Angst. Ich habe sie dadurch bekämpft, daß ich mich anpaßte und manchmal, indem ich der Angst vorauseilte und etwas Verbotenes tat. Es war einfach das System der Schule, das diese Angst und das fremde Verhalten erzeugte. Ohne Verstellung wäre man verloren gewesen, und das Verstellen wurde zu etwas Automatischem, gegen das ich lange ankämpfte, ohne es je ganz überwunden zu haben. Noch heute träume ich manchmal, in die siebente Klasse zurückversetzt zu sein und eine Lateinschularbeit machen zu müssen – in einem fremden Raum unter fremden Menschen. Plötzlich fällt mir ein, daß ich die Matura schon gemacht habe, und ich gehe zu dem Professor und erkläre es ihm, aber er glaubt mir nicht. Er sagt, daß ich – wenn ich die Matura schon gemacht hätte, die Übersetzung ohnedies schaffen müßte, was jedoch nicht der Fall ist, da ich kein Wort des Textes verstehe.
Lange habe ich eine Abneigung gegen alle Professoren gehabt, einfach deshalb, weil ich mich von ihnen erpreßt fühlte. Die meisten Dinge, mit denen ich mich beschäftigen mußte, ließen mich kalt. Es gab eigentlich so gut wie gar nichts, aus dem ich schließen konnte, was mir in Zukunft Freude machen könnte. Ich dachte damals »wozu ich geeignet wäre«, denn Freude war etwas, das es nur außerhalb der Schule gab, und alles, was Freude machte, stand im Gegensatz zur Schule.
Niemals mehr kam ich mir so dumm vor wie damals. Mein Verhalten wurde oft aufsässig, ich wehrte mich, indem ich mich verstellte und so tat, als berührte mich das Ganze nicht. Die Lüge war die Wahrheit und die Wahrheit die Lüge. Man glaubte einem nicht, wenn man die Wahrheit sprach, wenn man sagte, daß man eine Aufgabe einfach nicht machen *konnte*, da war es besser, man schrieb sie ab, ohne sie zu verstehen. Zu Hause log man, wenn man schlechte Noten bekam, verschwieg sie, zögerte den Zeitpunkt hinaus, an

dem man es seinen Eltern sagte. Man wurde bei diesem und jenem ERTAPPT, irgend etwas wurde einem NACHGEWIESEN, man wurde BEURTEILT, GEPRÜFT, AUSGEFRAGT, es gab KARZER und Schul-HAFT. Die Folge war, daß man sich mit Lügen, Anpassen, Verheimlichen behalf, und so bekam man diese Verhaltensweisen schließlich wie Lerngegenstände, als in langjähriger Praxis erprobte Lebenslehre mit auf den Weg.
Selten habe ich später Menschen in anderen Berufen so kleinlich und gleichzeitig so selbstsicher Urteile fällen hören, wie manche Professoren es taten. Wehleidig bezogen sie das Faulsein eines Schülers als Beleidigung auf sich, jedes Nichtkönnen, jedes Desinteresse, dabei waren viele von ihnen auch an ihrem eigenen Lehrfach desinteressiert. Andere wiederum bereiteten es mit wichtigem Eifer auf, als sei es zum Beispiel *unumgänglich*, zu wissen, daß Pippin II. 687 nach Christus bei Tertry den Hausmeier von Neustrien-Burgund besiegte und fortab als MAJORDOMUS das ganze Reich regierte.
Nicht was man gelernt hatte, was man wußte, war wichtig, sondern die NOTE, die man erhielt. Und die NOTE war auch das, womit einem am liebsten gedroht wurde. Warum haben wir aber gerade die gutmütigen Lehrer, die sich nicht recht durchsetzen konnten, gequält? – Vielleicht steckte bei niemandem Absicht dahinter. Es geschah ja vieles unabsichtlich: Professoren sahen sich »gezwungen«, jemanden durchfallen zu lassen, und selbst wußte man gar nicht, was man seinen Eltern »antat«, wenn man ein schlechtes Zeugnis erhielt. Dafür wurde man vorne und hinten kontrolliert, überwacht, wie auch Professoren sich selbst oft verhielten, als würden sie in einem fort überwacht und beurteilt.
Das wichtigste war die NORM. Man sollte ihr angehören, sollte sie erfüllen. Ich habe nichts gegen die Norm, aber sie war der absolute Maßstab. Seit einiger Zeit kenne ich jüngere Professoren, und wenn ich mit ihnen spreche, bemerke ich so etwas wie Resignation. Ich habe oft den Eindruck, sie tun etwas, woran sie nicht recht glauben, und das einzige, was ihnen Geborgenheit geben kann, ist der Versuch, gerecht zu sein. Vereinzelt versuchen manche auch aus sich selbst heraus die Arbeit anders zu machen, aber es ist möglich, daß die Schüler das oft nicht bemerken, weil sie schon seit der Volksschule zu sehr in ihrem Verhalten beeinflußt wurden.

Die Schule brennt. – Der alte Wunschtraum von Schülern, mag sein, daß ihn auch manche Lehrer und Professoren träumen. Aber es geht nicht darum, daß das Gebäude brennt, brennen müßte das Schulsystem, der Klassifizierungsautomatismus, dem Lehrer wie Schüler unterworfen sind.

(1975)

Die Atmosphäre eines Trabrennens in Baden hat etwas Traumhaftes. Es regnete, und der Trabrennfahrer Günther Grün kleidete sich in einem kahlen, weißen Raum mit nackten Bodenbrettern um. Ich hatte Grün am Morgen in der Krieau getroffen. Es war ein ruhiger, schöner Tagesanfang gewesen, und meine morgendliche Niedergeschlagenheit hatte sich in der friedlichen Ruhe der Krieau langsam verflüchtigt. Ich war sehr empfänglich gewesen, nur das Idyllische zu sehen und während ich zusah, wie Grün ein Pferd in den Stall führte, das vom Training mit weißem Schweiß bedeckt war, als sei es mit nasser Seife beschmiert, überließ ich mich dem Gefühl, ein träger Müßiggänger zu sein mit einer Art schläfrigen Genusses: Ich sah einem gefleckten Windhund zu, der sich in der Sonne ausstreckte, hörte das hohle Klappern der Hufe vorbeitrabender Pferde, das Zwitschern einer Amsel, sah die aufgestellten Sulkies an den Wänden der Ställe lehnen, als seien sie dort für eine lange Zeit abgestellt und sah Grün den Stall betreten, an dessen geöffneten Türflügeln zwei vertrocknete Lorbeerkränze mit gelben und rotweißroten Schleifen befestigt waren.
Günther Grün ist ein athletisch gebauter, gut aussehender, nicht sehr großer Mann mit einem wachen Verstand; er erzählt gerne Geschichten, liebt die Geselligkeit, ist in seinem Beruf aber ein cleverer Rechner. Er verwendet nicht gerne die Peitsche, sondern verläßt sich lieber auf die Stoppuhr, die er bei jedem Rennen mit sich führt und die ihm, da er die Pferde, die er fährt, zumeist vom Training her genau kennt, exakte Auskunft gibt, was das Pferd zu leisten imstande ist. Er richtet sich daher auch weniger nach den Gegnern, als nach den Stoppungen, die er während jeden Rennens in Abständen von 250 Metern durchführt. Verletzungen betrachtet er nicht als Zufallsprodukte, sondern als logische Resultate, inwieferne ein Mensch oder ein Pferd den physischen Beanspruchungen gewachsen ist. Wir unterhielten uns

einige Zeit über Glücksbringer und den Aberglauben von Sportlern, aber ich hatte den Eindruck, daß ihn dieses Thema eher störte, weil es nicht in seine Beziehung zur Realität paßt. Er glaubt zu sehr an das Prinzip von Ursache und Wirkung, an das Kalkül, als daß er Begriffen wie Pech oder Glück einen Platz einräumen möchte. Glück ist für ihn ein unpassendes Wort für die Summe aus Arbeit, Genauigkeit und Management; er sagt lieber Erfolg oder Mißerfolg und erklärt, welche Ursachen hinter dem Pech stehen und auf welche guten Gründe sich das Glück im speziellen Fall zurückführen läßt. Aber hier bricht sich seine Weltanschauung mit der der leidenschaftlichen Spieler auf der Rennbahn. Denn obwohl die Spieler über Pferde und Fahrer bis in kleine Einzelheiten Bescheid wissen, obwohl sie oft schon seit langen Jahren zu Rennen gehen, so tasten sie beim Abschluß ihrer Wetten doch im leeren Raum. Für sie ist die Trabrennbahn eine riesige Roulettemaschine und die Pferde und die Fahrer in den bunten Dressen sind für die Dauer eines Rennens die Objekte, die sie mit ihrem Glück oder Pech verbinden.
Ich kletterte die steile Holztreppe, die zu Grüns Umkleidezimmer in Baden führt, hinunter und spazierte zu den Wettbüros. Aus den Lautsprechern erklang Marschmusik. In einem Winkel parkte ein Feuerwehrwagen und in der großen, mit Butterblumen und Margeriten bedeckten Wiese, die von der Rennbahn eingeschlossen wird, stand unbewegt ein schwarzgekleideter Mann neben einer altmodischen Kutsche. Es hatte etwas stärker zu regnen begonnen, doch es war angenehm im warmen Regen zu gehen und den Menschen vor den Schaltern der Wettbüros zuzusehen. Auf der Rennbahn wurden die Pferde aufgewärmt, eines trug die Gesichtsmaske, die aussieht wie der Kopfschutz eines Fechters, und Grün fuhr im Regendreß vorbei mit einer Schutzbrille aus feinem Draht unter dem gelben Helm, wie ein Insekt mit hervorquellenden Facettenaugen.
Durch die Kassenfenster der Wettschalter, die sowohl zum Eingang hin als auch zur Rennbahnseite geöffnet sind, sieht man einen Ausschnitt der Rennbahn, als blickte man durch einen Rahmen auf ein dreidimensionales Bild. Das Gebäude hat etwas von einem k.-u.-k.-Bahnhof oder -Postamt oder von einer Kasse zu einem Freibad in der Zeit der Monarchie. Als ich einen Mann im karierten Hemd mit Sonnenbrille

längere Zeit anstarrte, drehte er plötzlich seinen Wettschein um und blickte mich mißtrauisch und herausfordernd an, als fühlte er von meiner Anwesenheit eine anonyme Bedrohung ausgehen.

Im ersten Rennen sprang Grüns Pferd, er mußte es zurücknehmen und seine Konkurrenten vorbeiziehen lassen. Die Pferde schnaubten nach dem Rennen erschöpft, die Fahrer schwiegen. Nichts unterbrach die melancholische Stimmung. Aber die Pferde schwitzten, wie ich es am Morgen in der Krieau gesehen hatte, daß ihr Fell mit weißem Schaum bedeckt war, und später bürsteten Pferdeknechte den Schweiß aus den Fellen, der in Form von Sprühregen zu Boden prasselte. Immer wieder fing mich das Traumhafte ein, ließ mich vor den Buchmachern anhalten, die die Wettkurse mit Kreide auf kleinen Tafeln anschrieben, vor den Spielern, die ihre Köpfe in die Programmzeitungen beugten und mit dem näherrückenden Start von einer wachsenden Unruhe erfaßt wurden, vor der mit einer rotweißroten Fahne bespannten Tribüne, in der die Zuseher saßen wie in einem Hörsaal aus einem Sigmund-Freud- oder Robert-Koch-Film und hinter den Sonnenschirmen des Cafés, zwischen welchen man die Pferde vorbeitraben sah. Später, als die Sonne herauskam und die Fahrer in gelbes, dampfendes Licht tauchte, saß ich im Café, die Hände auf der weißen, kühlen Tischplatte, während ein kleiner Mann mit dem Gesicht eines Idioten vor mir auf und ab ging, die Schläfen kahlgeschoren, Hosenträger über dem Hemd, den schiefen Kopf schüttelnd und immer wieder fassungslos Sätze stammelnd. Er ging zur Rampe vor und wartete den Autostart ab, blickte versonnen der schwarzen Limousine nach, die wie eine stählerne Libelle mit der Startvorrichtung davonschoß, wandte seinen Blick jetzt den Fahrern zu und als sie sich auf der Gegengeraden vor den riesigen Kastanienbäumen befanden, drehte er sich mit einem Ruck weg und ging auf die Ställe zu.

Als im sechsten Rennen Übleis wegen Behinderung auf den zweiten Platz zurückversetzt wurde, kam Leben in die Zuschauer. Es wurde kurz debattiert, dem nun siegreichen Fahrer zugejubelt, aber man hatte den Eindruck, daß das Publikum mit den Gedanken bereits beim nächsten Rennen war. Es fiel schnell wieder in die gewohnte Ruhe zurück und der beginnende Abend verwandelte die Trabrennbahn in eine

grüne, unwirkliche Unterwasserlandschaft, in der der verglaste, runde Wettschalter neben der Tribüne als ein gigantisches Schneckenhaus ruhte und die Kastanienbäume schwerfällig im Luftwasser schaukelten. Die Jugendstilarchitektur des Richterturms verwandelte sich in den leblosen Chitinpanzer eines festgewachsenen Meerestieres und Günther Grün schwebte in seinem Dreß »Die neue Welt«, rotweißgestreift, weiße Sterne auf blauem Grund, als ein farbiger Fantasiefisch über die Rennbahn.
Es war kein erfolgreicher Nachmittag für Günther Grün gewesen. Er stand zwischen den Pferden und ließ sich nichts anmerken. Er ist seit 18 Jahren Trabrennfahrer und der Rennsport macht in seinem jungen Leben eine lange Geschichte aus. Er hat Rennen gewonnen, die zählen, die wie ein Schild den Alltag abfangen, durch das ein Rennachmittag wie dieser nicht eindringen kann. Er hat das Derby gewonnen, und das fällt ihm vielleicht gerade jetzt für den Bruchteil einer Sekunde lang ein. Und während ich daran dachte, sah ich zu, wie ein Pferd, das sich in einem Rennen am Knöchel verletzt hatte, genäht wurde. Es stand geduldig da, den Kopf, der von einem Knecht gehalten wurde, leicht gesenkt, mit großen Augen. Der Veterinär kniete vor dem verletzten Fuß und verarztete mit ruhigen Händen die Wunde, von der kein Zuschauer Kenntnis hatte.

(1975)

Mit jeder Eintrittskarte erhält der Besucher des *Circus Roncalli* die Möglichkeit, an der Realität der Träume des André Heller teilzuhaben. Er kann nachvollziehen, was beim Transformierungsprozeß aus Hellers Kopf unter das Dach des Circuszeltes verloren gegangen ist.

Tatsächlich soll das Experiment zeigen, wieviel »Wirklichkeit ein Traum kostet, ohne zu Grunde zu gehen, und wieviel Traum die Wirklichkeit verträgt«.

So formuliert es Heller für mich in einem Taxi, auf der Fahrt zum ehemaligen Schlachthof St. Marx bei Wien, wo das Circuszelt zum ersten Mal aufgestellt wird. Er ist selbst fasziniert von der Frage.

Es ist naheliegend, gleich zu Beginn von Geld zu sprechen, denn wie der Circus ist auch das Geld mit einem Magnetfeld von Träumen behaftet. In diesem Falle soll beim Eintauschen des Geldes in Ware dieses Magnetfeld vergrößert werden zur »Größten Poesie des Universums« (Heller).

Um diesen Traum zu inszenieren und als »transportablen Erdteil« einzurichten, haften Heller und Circusdirektor Bernhard Paul mit (umgerechnet) 210 000 Mark, die österreichische Tabakregie sponserte rund 100 000 Mark, die Stadt Wien 70 000, das Unterrichtsministerium 40 000. Sollte der Traum zu Schaum werden, dann »kannst nur noch ein Ticket nach Djakarta kaufen und brauchst nicht mehr wiederzukommen« (Heller).

Heller sieht im Circus neben einem Traum von einer riesigen Dimension, der an Wirksamkeit für alle Schichten durch nichts zu übertreffen sei, und gegen den die Schaubühne am Halleschen Ufer eine Elfenbeinturmfabrik sei, den Ausdruck höchster Künstlichkeit, größter Todesnähe und unmittelbarster Angst. Auf die Frage, was ihn mit dem Circus am engsten verbinde – die Suche nach neuen Bildern? Die Erinnerung an Kindheitserinnerungen? Oder beides? – antwortet Heller sehr schnell: Die Erinnerung an die Kindheit ist das stärkste Motiv, Erinnerungen zu beschwören, Assoziationsdepots zu räumen, wenn das nicht zu geschwollen ausgedrückt sei...

»Es ist ja ein Wunder«, sagt Heller, »daß ein Mensch auf einem Drahtseil geht, aber es ist auch ein Wunder, daß er ›an sich‹, zum Beispiel auf der Straße geht.« Seltsam, meint er, nur weil wir etwas beherrschten, sei es automatisch banal.

Später, beim »Arenawirt«, in dem einstmals die Schlächtergesellen ihren Schnaps tranken, repetiert Heller das Circusprogramm, und während er spricht, fällt mir auf, wie schwierig es bei ihm ist, Inszeniertes von Spontanem auseinanderzuhalten. Die Lust, zu verblüffen, die manchmal ein Drang ist, schlägt sich sowohl bei seinem Projekt als auch bei seiner Erzählweise nieder. Was ist spontaner Einfall, was Kalkül? Was ist beim Erzählen neu hinzugekommen durch ausgesprochene Worte oder vorgestellte Bilder, und was wird nun wie ein Fakt eingebunden, was ist bereits Durchdachtes? Ich bemerke, während ich zuhöre, eine seltsame Bereitschaft in mir, gerade beim Circus das Unglaublichste zu glauben. Der Verstand zieht sich auf eine merkwürdige Kategorie von Naivität zurück.

Das Wort Circus erzeugt eine eigenartige Selbstverständlichkeit zu Bezeichnungen wie »fliegende Menschen«, »Feuerschlucker«, »Schwerelosigkeit«, »unsichtbar«, und doch gibt es auch Bezeichnungen, die die Erdenschwere des Vorwandlers spüren lassen: Dompteur, Illusionist, Seiltänzer... Sie sind nur noch ein glitzerndes Kostüm, übergeworfen über physikalische Gesetze; die Schneider, die sie verfertigt haben, heißen Nüchternheit, Skepsis, Wissen... Der »fliegende Mensch« wird vom Poeten gesehen, der »Artist« von jenem, der aus Beunruhigung die Geborgenheit in dem sucht, was man Wirklichkeit nennt. Wir anderen, die wir weder darauf verzichten wollen, zu träumen, noch auf den Genuß, uns etwas erklären zu können, sind hinundhergerissen zwischen beiden. Was bleibt, ist Unsicherheit: Wie wird Feuer geschluckt? Wie verbiegt jemand durch bloße Betrachtung einen Löffel? Wie kann ein Zauberer einen Menschen in der Luft schweben lassen?

Die Erklärungen dafür sind eigentlich böse Worte: Trick... Schwindel, Taschenspielerei... und trotzdem sind diese

Worte oft nur eine Abwehr gegen die Sehnsucht, glauben zu können, was man sieht...
Kann ein Mensch, der sich einen Circus ausdenkt, anderes sein als fliegender Mensch und übender Athlet zugleichen, als Schwereloser, der jählings zu Tode stürzen kann? Die Berechnung, die Arbeit, die Geduld, der Fleiß, der Schweiß, und der Glaube, das Unmögliche möglich zu machen, können für Momente Eintritt gewähren in eine Wirklichkeit, von der man in guten Augenblicken träumt.
André Heller genießt den Balanceakt auf dem Drahtseil zwischen Anziehungskraft und Schwerelosigkeit. Er ist der eitle Gehirnakrobat, den das Staunen des Publikums zu immer schwierigeren Kunststücken animiert, der bereit ist, für das Staunen alles zu versuchen, auch das Lächerliche. Worum es ihm geht, ist Verblüffung und wie alle, die verblüffen wollen, genügt ihm oft der Ansatz, das Konzept, und es ist nicht seine Stärke, sich selbst zu kontrollieren.
Im Trivialen, Vordergründigen hat er den Drang, das Wunderbare zu zeigen, auch wenn er das Wunderbare gewaltsam erzeugen muß, auch wenn er beim Erzählen oft aus Mangel an wirklicher poetischer Kraft, banaler ist als das Banale. Natürlich hat er die Droge Traum geschluckt, aber er über- oder untertreibt gewohnheitsmäßig, um zu beeindrucken; es geht ihm nicht nur um den Traum, sondern im gleichen Maß um sich selbst. So entsteht beim Zuhören ein eigenartiger Wechsel von Inspiration und »auf der Hut sein«, wobei der jeweilige Zustand schon der Anfang des anderen ist.
Der Traum besteht zunächst aus drei Teilen: Einer »normalen« Tiershow, die Heller als »Hommage an die Rentner« bezeichnet, und deren Außergewöhnlichkeit nur darin besteht, daß sie traurig ist, weil sie aus so wenigen Tieren besteht: Stachelschwein, Lama, Affen. Außerdem wird ein Kommunikationszelt aufgestellt, in dem die Versatzstücke gezeigt werden, aus welchen die abendländische Kultur besteht: Visconti-Chaplin-Fellini-Filme, Hellers Privatbibliothek, die »Body-Art-Ausstellung« des Steirischen Herbstes 1973 wird mitgeführt, und natürlich sorgen »sinnlos schöne Hostessen« für eine angenehme Atmosphäre. Das Zelt ist den ganzen Tag über bei freiem Eintritt geöffnet. Vor dem Hauptzelt, in dem zwei Stunden lang geträumt werden soll, erwarten Stelzengeher und der Direktor in rotem Frack

den Zuschauer. Aus dem dunklen Zelt ist – nach Hellers Konzept – ständig lauter Trommelwirbel zu hören, während in der Mitte der Arena eine menschliche Marionettenfigur im Margritte-Kostüm mit zunehmendem Licht zum Leben erwacht und später zum »Engel der möglichen Wunder« wird, der die Zuschauer wie ein warnender und beschwörender Schutzengel anstelle eines Conferenciers durch den Traum führen soll.

Im Laufe einer 7minütigen Pantomime explodiert das Engelskostüm und verschwindet an den Marionettenfäden in der Circuskuppel, der »Engel« erscheint plötzlich als glitzernde Spiegelsäule in einer Kunststoffhaut, die von tausend Spiegelchen bedeckt ist, vor dem Publikum, – wie ein Schmetterling, der sich aus der häßlichen Bodennähe seines Raupenkörpers zu einem trunkenen Luftwesen verwandelt.

Ich habe den Engel Wolfgang Sebastian Bauer (25) im Studioraum des »Dramatischen Zentrums-Wien« in der Lehargasse gesehen, während er für die Pantomime zusammen mit dem Choreographen Pierre Byland (38) und seinem Assistenten André Riot Sarcey (35) trainierte. Er hat am Reinhardt-Seminar in Wien studiert, ging dann zum Altmeister der Pantomime, Etienne Decroux, war beim »Spiel der Mächtigen« in der Strehler-Inszenierung »Edelstatist« und lebt derzeit in Berlin, ein großer, schlanker, schöner Mensch, mit dunklen Haaren und langen Gliedern, die ihm bei der Arbeit das Aussehen eines dürren, geschäftigen Vogels verleihen.

Die stille Atmosphäre wird nun von seinem rhythmischen Pfeifen, dem Zungenschnalzen und dem leisen TAKTAK unterbrochen, mit dem er seine Übungen begleitet. Man erhält den Eindruck von Besessenheit und dem seltsamen Körperritual eines Wahnsinnigen. Bald bemerke ich, wie sehr die angestrebte Leichtigkeit das Resultat von schwerer körperlicher Arbeit und Willensanstrengung ist.

Er bezeichnet seine Arbeit zurückhaltend, als Training für eine Idee, »die sehr schön wäre«, – und Heller antwortet dazu später, daß er eben noch zu wenig an diesen Traum glaube, sich noch zu wenig bewußt sei, daß alle, die an dem Circus beteiligt seien, »die Partikel des Traumes« seien, »aus welchen der Traum sich zusammensetze«. Die Probleme des Engels aber sind im Augenblick anderer Natur.

Wie kann man das Margritte-Kostüm von seiner Spiegelhaut reißen, ohne die Spiegel zu beschädigen? Werden die Spiegel nicht durch die Bodenakrobatik zerbrechen? (Heller später: Die Spiegel seien so klein, daß keine Gefahr bestünde.) Werden die Verschlüsse des Kostüms funktionieren, daß sie sich während der Pantomime nicht öffnen? Immer stärker drängt sich der Gedanke auf, wie seltsam, daß der »Poetische Circus« in so starkem Ausmaß von der Technik abhängt. Zum Beispiel soll David Hercey von der Royal Shakespeare Company mit seinen Lichtmaschinen für die poetischen Effekte sorgen: Er soll es in der Circuskuppel gewittern lassen, wenn die Trapezkünstlerin emporschwebt, Schnee soll fallen, wenn die Bären ihre Kunststücke in der Arena machen, aber gleichzeitig soll die Technik unsichtbar bleiben, was bereits selbst ein Circuskunststück wäre. Die Technik muß allgegenwärtig sein, ohne daß sie als Realität zu bemerken ist, auf diese Weise würde der »Poetische Circus« zu einem Circus, in dem auch die Technik ein Artist ist, der alles erst möglich macht, indem er sich selbst wegzaubert.
Heller nennt das, »die Technik poetisch machen« und will damit auch wieder den einzelnen Artisten, der beim Circus konventioneller Art so etwas wie der alleinige Vollbringer des »Wunders« ist, in das Zentrum seines Traumes rücken.
Wie aber verhält es sich beim künstlichen Gewitter in der Circuskuppel: Wird die Trapezkünstlerin dadurch nicht geblendet werden? Wie werden sich die Bären verhalten, wenn Lichtschnee fällt? Wird in diesem Falle, gerade beim »Poetischen Circus«, nicht eine neue Form des Dompteurs kreiert, nämlich der Techniker, der Hellers Ideen der Technik beibringen muß, der also die Technik dressieren muß?
Und dann die Reparaturanfälligkeit der technischen Geräte und Maschinen: Verlangt sie nicht außergewöhnliche Improvisierkunst? Heller ist sichtlich wenig beunruhigt von diesen Gedanken. »Die Technik wird menschlicher für ein menschliches Programm.« Für Pierre Byland den Choreographen, der in Paris an der LECOQ-Schule Theaterakrobatik und Improvisation unterrichtet, der mit Handkes »Mündel« 1970 auf Tournee ging und immer wieder selbst Theater spielt, ist dieser Circus ein »wunderbares Theaterstück«. Er sieht die Technik als Faktor, den es notwendigerweise auch beim Theater gibt, über manche Probleme lächelt er. Wie lautet

doch der von Heller verfaßte Text, mit dem der »Engel der möglichen Wunder« die Vorstellung einleitet:
»Meine Herrschaften willkommen. Hier an der Grenze zwischen Traum und Wirklichkeit / Die Stunde der Verwandlung hat dieses Zelt erreicht / Nichts ist unmöglich, wenn wir es stark genug beschwören. Feuer, Wasser, Erde sind uns untertan / Der Schrei, die Träne. Die Verzückung, das Lachen, die Unvernunft, die Anarchie der Poesie warten auf ihre Erlösung durch unsere Wünsche / Was Sie in den nächsten Stunden nicht erleben sollten, entzieht sich Ihnen, weil Sie nicht daran glauben / Meine Herrschaften, in wenigen Sekunden, in Bruchteilen von Sekunden ist es so weit. Die Vorstellung des Circus Roncalli beginnt. Es werde Circus!!!!!!!!!!«
Circus aber ist es währenddessen schon geworden. Während im Zelt der Platz von Livrierten angewiesen wird, bricht »irgendwo« ein Feuerwerk aus, kleine Kunststücke werden gezaubert (zum Beispiel Münzen aus der Nase gezogen und andere Kleinigkeiten). Es muß so sein, als »ob das Wunder nicht mehr zurückzuhalten wäre«, erklärt Heller. Auch während der Vorstellung müsse es fortlaufend »Happenings« geben: Eine schöne Frau drängt sich mit einem Segelschiff durchs Publikum und fragt, wo es zum Meer geht, ein Liliputaner zwängt sich mit einem Goldfischglas durch die Reihen, ein verkleideter Artist mit einem ein Meter hohen Zylinderhut, in dem ein Fenster aufspringt und aus dem alles mögliche herausfliegt, kleine Löwen werden zum Streicheln herumgereicht, persönliche Briefe von André Heller an Zuschauer ausgeteilt, Artisten stecken Federn und Goldregenstäbe in die Taschen der Zuschauer, damit diese dann zu Hause Erinnerungen an den Circus vorfinden – 40 bis 50 solcher »poetischer Augenblicke« will Heller während der Vorstellung »verschenken«.
Der Engel Baur ist der Ansicht, Heller mache einen Circus aus Circuszitaten (zum Beispiel: zwei Clowns, die sich auf einer Bühne eine Clownsnummer ansehen): die literarische Verwirklichung einer Circusidee. Heller dazu: »Ich bin unheimlich stolz. Die Surrealisten und Dadaisten haben diese Form von Circus gewollt, aber niemand hat es gemacht.«
Wie geht es weiter? Neben dem Engel gibt es im Konzept noch eine Entsprechungsfigur. Sobald der Engel seine Ansage beendet hat, stürmen die Artisten in »anarchistischem«

Getümmel in die Arena. Darunter der Choreographie-Assistent André Riot Sarcey, ein Schüler von Pierre Byland, als Zuschauer verkleidet, der aus Begeisterung zum Circus mitspielen möchte. Er wird, da man alles von »unten auf« lernen müsse, zu den Livrierten gesteckt und darf dort bei den Umbauten helfen.
Als reiner Tor macht er alles falsch und findet sich in der zehnten von fünfzehn Nummern im Löwenkäfig, bei dessen Aufstellung er geholfen hat, eingeschlossen. Als die Löwen den Käfig betreten, versteckt er sich in seiner Angst unter einem im Käfig aufgestellten Bett. Gegen Ende der Nummer legen sich die Löwen in das Bett und André kommt als Löwe verkleidet darunter hervor. Er läßt den Dompteur durch einen brennenden Reifen springen und dirigiert zum Abschluß – als Löwe verkleidet – den Abbau des Käfigs. In der letzten Nummer dann findet man ihn als Clown vor – auch die Tolpatschigkeit hat in der Verwandlung ihre Funktion.
In den zweieinhalb Stunden treten ineinander verwoben ein Mensch auf, der auf Händen geht (tatsächlich hat dieser Artist bereits auf Händen den Großglockner erstiegen), der einen Tagesablauf auf Händen nachvollzieht und nur umfällt, wenn er auf den Füßen gehen muß, ein indischer Magier, der laut Byland einen schwarzen Panther in eine Frau verwandeln, laut Heller aber einen schwarzen Panther in einen leeren Käfig zaubern soll (beides erscheint plötzlich ebenso glaubwürdig wie unglaubwürdig), zwei Trampolinkünstler, ein Säbelbalance-Artist, ein Jongleur auf einem Schlappseil, lebende Bilder mit Goldfarbe bemalt, die man nach spätestens 20 Minuten abschminken muß, damit die Darsteller nicht in Gefahr geraten, zu ersticken, ein Bärendompteur, der seine Tiere auf Schneebällen in die Arena balancieren läßt, eine Trapezkünstlerin im Regenbogenkleid, ein Löwenbändiger, zwei Feuerschlucker, die sich mit meterlangen Flammen bespucken, ein chinesischer Magier, der in eine Vase 120 Liter Wasser füllt, um aus ihr 60 Meter Seide, zwei Frauen, zwei Enten und zwei Hasen zu zaubern und die beiden Frauen dann mit brennenden Wurfmessern in der Dunkelheit an einem Wandschirm einzumessern, acht Bodenakrobaten und Clowns.
Zwei dieser Clowns habe ich im Dramatischen Zentrum bei der Probe gesehen: Renato (54), Wiener Musikclown, hat

u. a. sieben Jahre im »Circus Berlin« gearbeitet, aber auch als Kinderclown in einem Warenhaus, wo ihn Hellers Zirkusdirektor Bernhard Paul entdeckt hat. Er hat ein strahlendes, optimistisches Gesicht. Sein Partner Fredy Cotrelli (57), mit dem er u. a. in einer »Spaghetti-Nummer« auftritt, bereiste mit »Hagenbeck« und »Busch« 27 Länder. Was sie an diesem Circus anziehe? Daß es nicht die übliche Circusfabrik sei, in der die einzelnen Nummern gleichsam am Fließband, aber ohne inneren Zusammenhang vorgeführt würden. Der »Poetische Circus« kehre zum Ursprung, zur romantischen Idee zurück, er sei eine große Erinnerung.
Da weder Byland noch Riot Sarcey nach drei Wochen Arbeit Geld gesehen haben (beide sollten jedoch es noch am gleichen Abend erhalten) und immer wieder von Geldschwierigkeiten gesprochen wird – Heller spricht während der Taxifahrt nach St. Marx zu mir von »jeder Menge finanzieller Probleme« – frage ich, inwiefern sie diesen Circus nur für eine Idee hielten, die zum Scheitern verurteilt sei? Und ob sie die Probegagen erhalten hätten? – Nein, warum? Mit Sicherheit sind sie Traumpartikel wie Heller sie wünscht, mit einer oft fassungslosen Vertrauenssucht klammern sie sich an die Verwirklichung einer Idee, gleichzeitig dabei einsam und eifersüchtig wie Karikaturen ihres Berufes.
Wenn von Problemen gesprochen wird, ziehen sie sich zurück: Ich kann nur mein Bestes geben ... die finanzielle Frage ist Angelegenheit von Herrn Heller ... Sie wollen spielen, und das ist bei ihnen mehr als Profession. Vielleicht müssen Circusmenschen, um zu überleben, Lebensartisten sein, die wir mit unseren bürokratischen, von Sicherheitsstreben verseuchten Gehirnen nicht begreifen können, in denen für höchstens zwei Stunden *Circusbetrachtung* Platz geblieben ist. In einer kurzen Pause aber sagt Renato doch: »Der Traum fängt da an« und untermalt seinen Satz mit der Fingerbewegung, die Geldzählen ausdrückt. Vom ganzen Circus kennen sie fast nur ihre Nummer, alles andere erscheint ihnen vage.
Partikel des Traumes, nannte Heller es, aber zum Vorschein kommt ein hierarchisches Prinzip, ein bekanntes Abbild gesellschaftlicher Systeme. Die Träume bekommen Erdenschwere, sobald sie wirklich werden sollen, nicht nur bei gesellschaftlichen Systemen, auch bei der »Größten Poesie

des Universums«. Circusdirektor Bernhard Paul wird zwangsläufig zum Saboteur des eigenen Traums. Auch das kennt man.

»Wo sind die Eier für die Clownnummer?« fragt Ricardo.

»Wo ist das Fressen für die Löwen?« antwortet der Circusdirektor, gegenüber Heller zwangsläufig in der schlechteren Position. Heller wird zu den Vorstellungen sporadisch kommen, Paul reist mit. »Für Paul ist der Circus eine wesentliche Idee«, sagt Heller, »für mich ist er nur der Teil einer Umzingelungstaktik.«

Angeblich haben einige Techniker und ein Schminkmeister noch kein Geld gesehen und daher gekündigt. Der Stoff, aus dem die Träume sind, heißt Geld. Aber nicht für alle, nicht für den Träumer, nicht für jenen, für den die Faszination des Traumes etwas bedeutet. Er bedient sich beim Träumen unreflektiert gesellschaftlicher Systeme, die aus einem bestimmten Nährboden zwangsläufig wachsen. Wem gehört unsere Sympathie? Gerade im Falle »Poetischer Circus« ist es schwieriger zu beurteilen als anderswo. Sieht man eine Pleite, so ist es nachträglich leicht, Partei zu ergreifen, sieht man die Vollendung, ebenfalls. Heller ist tief in die Partitur seines Traumes verstrickt. Sein Circusfilm muß laufen, ohne daß er technische Tricks in Studios zur Hilfe nehmen könnte, sein Film ist life und muß jedesmal funktionieren; da kann das Geld nur ein Teil seiner Überlegungen sein.

Während der Clownproben kommt er in braunem Overall und schwarzem Mantel mit Pelzkragen in das Dramatische Studio, kümmert sich um Details, spielt vor. Gegen Ende der Probe fragt er, ob es Schwierigkeiten gäbe oder ein Unbehagen? – Eine Kiste soll für die Nummer herbeigeschafft werden (in diesem Circus soll es keine serielle Nummer geben!), von der Größe eines Eisschranks ... »Vielleicht gehn wir in ein Elektrogeschäft, und die schenken uns das.« Dann erzählt Heller, wie der Weißclown aussehen wird: Er war bei der Frau Wollschläger, einer Pailettennäherin, das Kostüm werde sehr schön. Schließlich: »Ich habe heute nacht keine Minute geschlafen.«

Fredy: »Reden's von mir? Sie können als Gedankenleser auftreten.«

Heller: »Sans net depressiv, sans euphorisch, was haben Sie für Probleme?«

Ja, das Affen-Kostüm für eine Szene fehle. Heller hat aus dem Burgtheaterfundus Kostüme ausgeliehen. »Für 100 000 Schilling borgen die uns Löwen, Affen, Gladiatoren, ich muß ihnen nur garantieren, daß ich sie nicht mehr zurückbringe. Ich habe jetzt vier verschiedene Affen. Einen von einer Nestroy-Inszenierung, da bleibt das Gesicht des Darstellers sichtbar.«

Fredy: »Wir brauchen einen lieben Affen für die Kinder.«

Heller: »Dann darf das Gesicht nicht herausschauen.«

Was habe ich tatsächlich auf dem Schlachthof St. Marx gesehen, den Heller für die Proben und zum Aufbau von der Gemeinde Wien zur Verfügung gestellt bekam? Ich habe dasselbe Gefühl wie drei Wochen vor der Premiere eines Theaterstückes. Alles ist nur in den Ansätzen vorhanden. Alte, restaurierte, schöne Circuswagen, einige modernere, Eigentum der herbeigereisten Artisten, der geschlossene Löwenkäfig, herumstreunende Hunde, ein paar Circusarbeiter. Auf dem zusammengetretenen Gras des Platzes vor der Straße 4 liegen einige Masten, in Kreisform sind die blauen Eisenbolzen in den Boden getrieben. Heller spricht mit dem Manegenmeister, den Arbeitern, dem »Handgeher«. Während wir durch die Hallen des Schlachthauses gehen, an deren Wänden noch die Eisenschienen mit den Transportrollen für die Tierkadaver hängen, während ich das Knirschen der Schritte auf den Glasscherben und dem herabgefallenen Verputz höre, bleibt Heller immer wieder stehen, um mit dem chinesischen Magier und Messerwerfer Holt zu plaudern, um die Eisengestelle für die Sitze zu zeigen, den gezimmerten Zaun.

Einmal frage ich Arbeiter in einer Halle, aus welchen Gründen sie gerade zum Circus Roncalli gegangen sind? Zum Teil sind es nüchterne Motive: Arbeit, Geld, Reisen, zum Teil sehen manche in der Idee tatsächlich etwas Besonderes, sie wollen daran teilhaben, es reizt sie die Verwandlung, selbst (wie es vorgesehen ist), in Kostüme zu schlüpfen, Masken überzuziehen, z. B. »einen Fuß von einem Vogel Strauß zu haben und mit einem Käfig mit einer Milchkanne am Rükken« durch das Publikum zu gehen. Die fünfzehn Artisten, sagt Heller, würden alle mit voller Lebensgeschichte angekündigt werden, mit allen Verwundungen, Abenteuern, Geschenken von Maharadschas – aber in diesem Augenblick würde ich gerne die Lebensgeschichte eines Jugendlichen in einer gelben Kunststoffjacke hören, der mit leuchtenden Augen darauf wartet, von Heller in seinen Traum aufgenommen zu werden.

Als wir die Schlachthalle verlassen, sucht eine Taube unter dem Glasdach flatternd nach dem Ausgang, begleitet von einer langsamen, traurigen Armbewegung Hellers. »Es glaubt ja keiner, daß etwas daraus wird«, sagt Heller. »Wir sind das Gespött in den Artistenkreisen. Man hat uns mit den schlechtesten technischen Geräten hineingelegt.«

Aber er sagt es, als spräche er von der Vergangenheit, als sei alles schon überwunden, als zeige man alte Narben vor. Ist es zu früh, jetzt schon nach dem Ende zu fragen?

Für Heller soll der Circus drei Jahre laufen, Bernhard Paul würde sicher weitermachen. Das Wort »Ende« stört ihn, alles müsse irgendwie weitergehen oder sich verwandeln. Ein Sturm zum Beispiel, den der Clown Renato als das »Schlimmste« bezeichnet, was einem Circus passieren könne, der in Sekundenschnelle einen Traum beenden könne, ist für Heller »überhaupt kein Trauma«. Für ihn wäre ein Sturm die perfekte Vorstellung vom Ende eines Circus ... ein Brand oder ein Sturm. Das wäre der perfekte Abgang. Denn immer stünde man vor der Frage: Wie löst sich das wieder auf?

Er will niemanden traurig machen, aber für ihn, der 80mal im Jahr auf der Bühne steht und Lifekonzerte gibt, ist der Abgang ja wirklich eine Frage. Und das Ende einer Vorstellung? – Es dürfe kein Ende im üblichen Sinne geben, sagt Heller. Man müsse auch am Schluß den Eindruck haben, die Vorstellung gehe weiter, Affen würden mit Artisten in der Circuskuppel turnen, ein Ei würde hereingetragen, aus dem ein Liliputaner als Weißclown steige, Konfetti würde auf das Publikum geworfen, Maskenfiguren hielten ihm Spiegel vor das Gesicht, zeigten ihm schöne Fahnen, ließen es eine Pythonschlange berühren und führten es langsam aus dem Zelt heraus, begleiteten es mit Instrumenten und kleinen Kunststücken auf den Weg in die Stadt zurück. Das müsse mindestens 10 Minuten bis eine Viertelstunde dauern, denn das gewöhnliche Ende im Theater sei immer, als ob man in der Früh plötzlich neben einer häßlichen Frau aufwache.

Als wir St. Marx verlassen, ist gerade eine Bodenplatte, auf der ein Mast befestigt werden soll, zum zweiten Mal ausge-

brochen, und drei Arbeiter mit schweren Eisenhämmern treiben die Bolzen rhythmisch wieder in die Erde, als spielten sie auf einem Musikinstrument.
Im Circusbüro liegen dann schon die Masken aus dem Fundus des Burgtheaters, ein Blütenkranz, den Marianne Hoppe getragen hat, ein Brustpanzer Ewald Balsers, Masken einer Strehler-Inszenierung, Kokoschka-Entwürfe, Ritterschwerter, Vogelköpfe, ein chinesischer Lackhut mit Glöckchen, ein Hirschkopf, eine nackte Salomebrust aus Gummi, Mickeymausohren mit Wikingerhörnern, ein Löwen-, ein Fisch-, ein Wolfskopf, Commedia-del-Arte-Masken und andere aus einem durchsichtigen Plastikmaterial, Umhänge, ein Zauberhut.
»Die Musiker kommen morgen«, sagt die Sekretärin.
»Die Noten liegen im Café Hawelka«, meint Heller und schlüpft unter eine Maske.
Auf der Eisenbahnfahrt dann, spät in der Nacht, die Frühlingsblüte ist schon vorbei, beginnt es plötzlich heftig zu schneien, und ich sehe in der fahl beleuchteten Dunkelheit Schneeflocken auf die Baumkronen fallen, als würde David Hercey von der Royal Shakespeare Company die Natur mit einer Lichtmaschine verzaubern.

(1976)

Verschiedene Bauernhäuser vom Vierkanthof bis zum Bregenzerwälderhaus, Schmieden, Rauchstubenhäuser, Mühlen, Alm- und Köhlerhütten, Stadel und Getreidekästen kann man im Freilichtmuseum Stübing bei Graz sehen und begehen.
Schon im Burgenlandhaus war es die Finsternis in den Räumen, die auf die Mühseligkeit des Lebens, die Einsamkeit, die Armut und den Tod der Menschen, die darin gelebt hatten, hinwies. Finsternis herrschte fast überall: In der Holzknechthütte, in den Stuben, in den Ställen, in den Arbeitsräumen. Manchmal sah ich von Innen vor den kleinen Fenstern die grünen Blätter von Blumen, die man in Töpfe gepflanzt hatte und die den Eindruck erweckten, sie würden das Haus mit einem grünen Schirm beschützen. Aber was wirklich HERRSCHTE, war Finsternis, während das wenige Licht, gefiltert durch Pflanzen, nur einen EINDRUCK ERWECKTE. In der Schmiede war es so finster, daß ich an Stelle durch das Glasfenster in das Haus hineinzuschauen, mein gespiegeltes Gesicht hinter den Blumen sah. Die Aufseherin sagte: »Daran haben sie sich GEWÖHNT – Luft und Licht und Sonne haben sie nicht viel gebraucht.« Was aber haben sie gebraucht? Den Mangel an Schlafstätten, um enger aneinanderzurücken und menschliche Wärme empfinden zu können und nicht nur Beengung, nicht nur das Drückende der niederen Decke, die Angst? Angst ist es, die Finsternis hervorruft und Finsternis ruft Angst hervor. Die Fenster, sagte die Aufseherin, mußten so klein sein, weil früher soviel Ungeziefer – WÖLFE und BÄREN – herumgelaufen seien. Aus der Selbsteinkerkerung, dem Joch der Arbeit, aus dem Der-Natur-Ausgesetztsein, aus diesem Kreislauf von Angst, Finsternis, Angst gab es nur den Ausweg der VERWANDLUNG. Die Religion und die damit verbundenen Geschichten konnten einen Raum erleuchten wie ein buntes, lichtdurchschienenes Kirchenfenster. Die Blumen, auf den Kasten oder das Bett gemalt, blühten

Winter und Herbst, sie waren eine dauernde stille Hoffnung, drückten etwas von Vertrauen aus, wie man einem Menschen vertraut, vor dem man Achtung hat.
Nicht weit vom Bienenstand befindet sich eine kleine Holzkapelle. Auf einem Tisch eine große Vase mit Sonnenblumen. An der Wand hängt ein Votivbild, auf dem ein Mann mit auffällig langer Nase und erhobenen Händen vor einem Bett und daneben die Frau mit dem Kind am Arm zu sehen sind. Über ihnen in einer bläulichen Rauchwolke, die den Himmel darstellt, Maria, die hier UNSERE LIEBE FRAU VON HEILBRUNN heißt, mit Krone und Jesusknaben, den Blick aus einem Gemisch von Stolz, Leid und Liebe ins Nichts gerichtet, wodurch sie etwas von jener Unantastbarkeit bekommt, die strenge, gerechte Märchenkönige in der Vorstellung von Kindern haben. »Zur Danksagung der augenscheinlichen Gefahr, da meine sechsjährige Tochter in einer gefährlichen Krankheit lag, durch die Fürbitt Maria wurde sie wieder gesund«, steht unter dem Bild. Es hängt da wie ein leuchtendes DOKUMENT, ein Beweis. Die Bereitschaft, Wunder zu erleben, die Genugtuung, davon zu hören, daß es sich HIER ereignete, daß es UNSERE Liebe Frau von HEILBRUNN war, ist etwas, das das Leben, wenn auch nur für eine bestimmte Zeit, von SINN durchdrungen erscheinen läßt. Während unsere Gegenwart der ichlosen Urlauber sich durch eine immer dümmere Selbstverständlichkeit und Abgestumpftheit ausdrückt, ist man hier betroffen vom Widerstand gegen eine verdummende Stumpfheit, gegen die schleichende Lähmung der drückenden Verhältnisse, gegen das Ausgeliefertsein. Jedes Aufbegehren muß eine fast unmenschliche Anstrengung gewesen sein, selbst der süßliche Geruch alten Holzes in den Häusern erstickt wie eine stetige Ermahnung an die Unveränderlichkeit jede Hoffnung.
Zwischendurch kann man auch Beruhigendes sehen: Das Buchweizenfeld vor dem oberösterreichischen Vierkanthof, einen Garten mit Blumen und bunten Glaskugeln, eine Bank vor der Haustüre oder aufgeschichtete Holzscheite und den Gemüsegarten vor der Hammerschmiede, in dem eine Frau zwischen großen, von Raupen zerfressenen Kohlköpfen und blühenden Erdäpfelstauden Unkraut zupft. Auch der Kachelofen, das gemachte Bett und der Tisch in der Stube der Hammerschmiede scheinen Geborgenheit im Einfachen aus-

zudrücken, tatsächlich aber ist es eine zwangsläufige Kargheit. Diese Einfachheit ist keine wiedergewonnene, kein absichtlicher Rückzug zu primitiven, naiven Dingen, die als magische Gegenstände eine Stimmung von Schlichtheit, Zufriedenheit und Einklang herstellen sollen, sondern Abgerungenes, Ungelenkes, das mit Schweiß Erreichbare.

Obwohl die einzelnen Häuser nicht bewohnt sind, ist man durch lebendige Einzelheiten immer wieder betroffen. Ein Hühnerstall unter der Sitzbank in der Rauchstube, das Werkzeug eines Wanderschusters, sein abgesessener Hocker, die zerrissenen Schuhe, der Kienspan auf dem Tisch, der jede Viertelstunde abgebrannt war. Wie mühevoll es war, Licht zu haben. Alles schien Mühe und Herausforderung gewesen zu sein. Vielleicht war es wirklich das gescheiteste, sich dem Leben anzuvertrauen, wie man sich dem Tod anvertraut, auch wenn die Nähe zum Leben, die Nähe zur Natur eine Nähe zu den Schrecken des Lebens und der Natur bedeuteten.

Auf dem Rückweg blieb ich vor der wasserbetriebenen Holzsäge stehen und schaute hinein. Plötzlich bewegte sich das hölzerne Triebwerk und die Säge setzte sich für Augenblicke ächzend in Bewegung, da sich das Wasserrad gedreht hatte. Dann war es wieder still, als sei das Vergangene endgültig dem Zukünftigen gewichen.

(1976)

Die beiden Bände mit kurzer Prosa aus dem Nachlaß von Hermann Hesse, die von Volker Michels im *Suhrkamp Verlag* herausgegeben wurden, ergeben zusammen eine aufschlußreiche Selbstdarstellung des vor hundert Jahren geborenen Dichters. Nach der 1973 erschienenen Ausgabe von »Die Kunst des Müßigganges« (Suhrkamp-Taschenbuch 100) folgte der Band »Kleine Freuden« (Suhrkamp-Taschenbuch 360).

Es ist bezeichnend, daß der erste Band »Die Kunst des Müßigganges« zwar jedes Jahr nach seinem Erscheinen neu aufgelegt werden mußte, jedoch kaum irgendwo besprochen wurde. Bezeichnend ist es für die Form des Konservativseins der deutschen Literaturkritik, die sich fortlaufend Betätigungsfelder mit Grenzen zuweist, innerhalb welcher sich eine Zeitlang Literatur abspielen darf, die als interessant gilt. Abgesehen davon, daß Taschenbuch-Neuerscheinungen ohnedies auf geringes Echo seitens der Kritik hoffen dürfen, ist Hesse ein Autor, auf den sich die Kritik derzeit lieber nicht einläßt. Noch ist man sich nicht im klaren, ob Hesse »zeitgemäß« ist, denn »zeitgemäß« ist einer der Begriffe, mit denen die literarischen Betätigungsfelder abgesteckt werden.

Erstaunlich ist diese Fragestellung bei einer Literatur, die der unruhigen und unglücklichen Geschichte Deutschlands in diesem Jahrhundert standgehalten hat, obwohl Hesse nicht nur in der Zeit des Nationalsozialismus viele Jahre abseits der Öffentlichkeit oder in Widerstand zu ihr lebte. Hesse war seiner Vorstellung vom Dichter als Versteher, Tröster und Wegweiser treu, einem Dichter, der weder etwas Besseres noch etwas Geringeres ist als ein Minister, Ingenieur oder ein Volksredner, der aber etwas vollkommen anderes ist als diese. In den »Politischen Betrachtungen« steht das vielgedruckte Zitat: »Ein Beil ist ein Beil, und man kann damit Holz spalten oder auch Köpfe. Eine Uhr aber oder ein Barometer sind zu anderen Zwecken da, und wenn man mit ihnen Holz oder Köpfe spalten will, gehen sie kaputt, ohne daß irgend jemand davon Nutzen hat.«

Wie kann für unsere Gegenwart, in der Uhren und Barometer zum Strohdreschen verwendet werden, und in der sich Uhren und Barometer, könnten sie denken, häufig selbst für Dreschflegel hielten, ein Buch, das sich »Die Kunst des Müßigganges« nennt, und ein anderes mit dem Titel »Kleine Freuden« von Wichtigkeit sein? Wie können 70 Prosastücke mit Titeln, wie »Wintertage in Graubünden«, »Promenadenkonzert«, »Weinstudien«, »Moderne Versuche zu neuen Sinngebungen« (übrigens aus dem Jahre 1926) oder »Literarischer Alltag« etwas enthalten, was den Leser im Zeitalter der Atombombe, der Computer, der permanenten Abrüstungskonferenzen und der permanenten Aufrüstungen, der erstickten Fische in den Flüssen und der ewigen Angst des Zukurzkommens auf seine eigene Person zurückführt? Und wie können Geschichten unserer Zeit – wenn auch nicht Gegenwart – zeitlos zeitgemäße Literatur sein, in denen das Herz »schmerzlich bewegt« wird, Gedanken »hold« sind, in denen es Gesichter mit »schönen, traurigen Zügen« gibt oder gar »Backfische ununterbrochen in grundloser Glückseligkeit kichern«?

Hesses Qualität besteht im Anteil nehmen und Anteilnahme vermitteln, im geduldigen Abtasten eines Gedankens, seiner ruhigen Entwicklung und Darstellung in einem einfachen, vollendeten Deutsch. Kaum bei irgend jemandem anderen in der deutschen Literatur entsteht der Eindruck des Dabeiseins und des Miterlebens mit größerer Unmittelbarkeit und Nachvollziehbarkeit wie bei Hermann Hesse.

Die 70 kurzen Prosastücke in dem Band »Kleine Freuden« sind während Hesses langem Leben in der Zeit von 1901 bis 1962 zumeist in Tageszeitungen erschienen, wie der »Neuen Zürcher Zeitung« oder dem »Berliner Tagblatt«, und in Ichform geschrieben. In ihrer Gesamtheit geben sie einen genauen Eindruck vom Leben eines Schriftstellers in der ersten Hälfte unseres Jahrhunderts. Da sind die Weltkriege, auf die Hesse auch in späteren Prosastücken immer wieder zurückkommt, wie in der Skizze »Herbstabend im Studierzimmer« aus dem Jahr 1918: »Jetzt, wo die Welt sich gedreht hat und die Dinge, die wir Narren und Dichter vor drei Jahren gesagt, zur Marktwahrheit geworden sind, jetzt freut uns diese Marktweisheit nicht mehr, und wir haben uns wieder zurückgezogen, machen Gedichte, treiben Kindereien ... Der Verstand und die Zeitung sagen uns, daß wir damit bitter unrecht tun, daß wir der Zeit nicht gerecht werden, daß wir nicht sozial genug sind. Unser Herz indessen weiß es anders, und darum ist es mir auch nicht im mindesten ernst mit den Sorgen darum, ob unser ganzes Sein und Tun noch einen Wert und Sinn habe. Niemand hat mehr Sinn, niemandes Tun hat mehr Wert als das meine – soviel habe ich von der großen Zeit gelernt, deren Größe wir damals den entzückten Kriegsparteilern nicht glauben wollten, und die uns nun so allmählich doch klar wird, weit über alle jene Konjunktur-Philosophen hinaus.« Andere Prosastücke beschäftigen sich mit Hesses Reisen nach Indien und Italien, wie in dem verträumten »Venezianischen Notizbüchlein« mit Schilderungen von Fußwanderungen durch die Schweiz und Deutschland, die sehr lange her und märchenhaft wirken. Gerade in diesen Geschichten fasziniert nicht nur Hesses persönliches Erleben, sondern auch der beiläufige Blick in alltägliche Augenblicke einer vergangenen Zeit. Hesse verbindet diese Augenblicke mit Gedanken, die seine eigene innere Landschaft zeichnen.

Zu Hesses Arbeitsweise gehört es, Gedanken zu soeben gelesenen Büchern in biographische Schauplätze zu binden und sie dadurch aus einer vorgeblichen Objektivität zu etwas Persönlichem zu machen. In der Geschichte »Mai im Kastanienwald« (1927) zum Beispiel schreibt Hesse über den Kuckuck und den frühlingshaften Laubwald. »Zwei Nachmittage«, setzt Hesse dann fort, »verbrachte ich auch im Moos unter einer alten, noch kahlen Kastanie mit den ›Künstlerbriefen über Kunst‹ ... Und dann habe ich da noch ›Das Schloß‹ von Franz Kafka, einen Roman aus dem Nachlaß des Dichters, eine Dichtung voll tiefen, magischen Spiels. Es soll in Deutschland noch immer einige Personen geben, welche fähig sind, einer Dichtung genießend gerecht zu werden – mag es auch nur eine Legende sein, ich wende mich an diese legendäre Gemeinde und verspreche ihr, sie werde in Kafkas ›Schloß‹ einen echten Edelstein finden. Sollten jene paar echten Leser wirklich noch existieren, so werden sie in diesem Roman nicht bloß den Zauber und Beziehungsreichtum eines Traumes mit echter Traumlogik finden, sondern auch eine deutsche Prosa von ganz einziger Sauberkeit und Strenge. Bald wird es hier Sommer sein. Bald wird der Wald dichtgrün zusammenwachsen, und in den Lichtungen wird das dünne, zarte Waldgras hochschießen, und nachts werde ich die Eule rufen hören...«

Das Wesentliche an Hesses tagebuchartigen Prosastücken ist, daß in allen Beobachtungen und Gedanken, in allen Sätzen und Nebensätzen, im Kleinen wie im Großen immer der eigensinnige Hesse sichtbar wird: liebevoll, großzügig, streng, pietistisch und sehnsüchtig. So liest man dieses Buch, wie man dem fallenden Schnee zuschaut. Ab und zu streckt man eine Hand aus und fängt eine Flocke und betrachtet ihre Vollkommenheit, während alles langsam weiß wird. In der Geschichte »Aus Martins Tagebuch« schreibt Hesse über jene Nächstenliebe, die dem Menschen zwar nicht erlaube, sich selber zuliebe das kleinste Sittengebot zu übertreten, ihm aber gestatte, für die Gemeinschaft, für Volk und Vaterland »auch das Furchtbarste« zu tun. Denn einen anderen zu lieben gelte für besser, sittlicher, für edler, als sich selbst zu lieben. Und da die Eigenliebe der Urtrieb sei, neben der die Nächstenliebe nicht gedeihen konnte, habe man sich eine maskierte, erhöhte, stilisierte Selbstliebe in Form einer Art von Nächstenliebe auf Gegenseitigkeit erfunden...« So wurde die Familie, der Stamm, das Dorf, die Religionsgemeinschaft, das Volk, die Nation zum Heiligtum.«

Zu Beginn dieser Gedanken schreibt Hermann Hesse: »Der Grund aller Weisheit ist: Glück kommt durch Liebe. Sage ich nun ›Liebe deinen Nächsten!‹, so ist das schon eine verfälschte Lehre. Und es war vielleicht der Urfehler, daß man immer beim Nächsten anfangen wollte.«

Die Bäume vor meinem Fenster würde Hesse jetzt winterkahl finden, aber von weitem würde er viele Knospen an den Zweigen sehen, und wenn er seinen Kopf an meinem Schreibtisch heben würde, würde er in den frühlingshaftblauen, sonnenbeschienenen Himmel blicken.

(1976)

Ein Besuch bei Alexander

Als ich das Niederösterreichische Krankenhaus für Psychiatrie und Neurologie in Gugging bei Klosterneuburg betrat, stand ein schmutziger Leichenwagen vor einem der Gebäude, und vor dem Pförtnerhaus kehrten Insassen in Anstaltskleidung den Asphaltweg. Eine Patientin mit wirren Haaren sprang neugierig hoch, um über den Rand der Milchglasscheibe in den Leichenwagen zu sehen. Sie schaute mich an, wie man jemanden anschaut, den man zu einem Gespräch auffordern möchte.

Alexander H. wartete vor dem grünen Pavillon, in dem sich die geschlossene Männerabteilung befindet. Nachdem Primarius Navratil uns miteinander bekanntgemacht hatte, gingen wir in den Anstaltspark, wo wir uns auf eine Bank setzten. Vor zehn Jahren hatte ich das erste Gedicht von Alexander gelesen, es hieß »Der Morgen« und war in »Schizophrenie und Sprache« abgedruckt. Ich hatte es in mein Notizbuch geschrieben. Es lautete:

Im Herbst da reiht der Feenwind
da sich im Schnee die
Mähnen treffen.
Amseln pfeifen heer
im Wind und fressen.

Mir fiel auf, daß Alexander seine Linke hielt, als trage er einen imaginären Spazierstock. Er starrte vor sich auf den Kiesweg und sprach stockend und leise und ich betrachtete ihn jetzt genauer. Er war klein, aber sein Kopf war groß und das Gesicht sah müde und alt aus und ähnelte einem Fisch. Er hatte eine Hasenscharte, die er durch den gesenkten Kopf zu verbergen suchte, sie war schlecht operiert und schien ihn zu bedrücken. Von Anfang an machte er einen abwesenden linkischen Eindruck. Wenn er durch eine meiner Fragen betroffen war, schob er den Unterkiefer, der ohnedies nach vorne stand, weil ihm oben und unten die Vorderzähne fehlten, weiter vor und ließ ihn kraftlos fallen, so daß sein Mund weit offen stand und man die großen, gelben Zähne auf der Seite sah.

Unser Gespräch war nur ein Fragen und Antworten. Ich fragte, er antwortete. Er sprach kaum einmal aus eigenem Antrieb. Er *antwortete* nur, wartete auf meine Fragen, starrte vor sich auf den Kies. Er trug keine Anstaltskleidung, sondern einen grauen, schmutzigen Anzug. Er war stolz darauf. Die meisten Patienten haben nicht einmal eine eigene Kleidung. Man hatte mir gesagt, daß er gerne rauche; ich bot ihm eine Zigarette an, und er sagte zu meiner Überraschung, er rauche nicht mehr.

Vom Teich, vor dem wir saßen, erhob sich ab und zu flatternd und schäumend eine Ente, und ich sah den wenigen, müde spazierenden Patienten nach, die an uns vorbeigingen. Ich fragte ihn, was ihm am meisten fehle, und er sagte, die Freiheit.

Er starrte vor sich auf den Kiesweg, und sein Unterkiefer klappte herunter, und seine Hände zitterten. Ein Patient, groß, stark, kam vorbei und bat mich um eine Zigarette. Ein anderer mit Anzug und Weste, Schnurrbart, rauchte Pfeife und setzte sich auf die Bank gegenüber.

Alexander machte Pausen zwischen den Sätzen, als müßte er sich überwinden, zu sprechen, als tauchten Erinnerungen in ihm auf, die ihn erschreckten und die er abwehren mußte, bevor er weiter sprechen konnte. Manchmal verweigerte er eine Antwort. Er konnte schweigen, wie jemand mit einer Antwort sich Respekt verschaffen kann, aber dann zitterten seine Hände so stark, daß ich das Bedürfnis hatte, ihn zu berühren.

Ich las ihm sein erstes Gedicht »Der Morgen« vor, er hörte aufmerksam zu und antwortete auf meine Frage, daß er sich daran erinnern könnte, und ließ wieder den Unterkiefer fallen. Ich ließ ihm Zeit und fragte ihn dann, ob er jetzt ein Gedicht schreiben könne, mit dem Titel »Alexander«.

»Nein.«

Ich hielt ihm das Notizbuch hin und redete ihm zu, es zu versuchen und er schrieb in Kurrentschrift:

Alexander
In der Schule war ich froh
In der Klasse war ich immer so
gelernt habe ich sehr viel
zu Hause und in zivil Alexander

Auch ein zweites und drittes Gedicht mit den Titeln »Der Besuch« und »Sommer« schrieb er folgsam.
Er dachte immer ein wenig nach, ließ sich Zeit, aber es machte nicht den Eindruck von Mühsamkeit. Die Hände, die er zuvor nervös gerieben hatte, zitterten jetzt nicht mehr, sondern hielten ruhig den Bleistift.
Auch Johann Hauser, ein einundfünfzigjähriger Maler, der weder lesen noch schreiben kann – er ist im selben Pavillon wie Alexander Herbrich untergebracht –, antwortete auf die Frage, was ihm am meisten fehle: »Die Freiheit fehlt mir am meisten. Den ganzen Tag muß ich studieren, studieren, nachstudieren muß ich den ganzen Tag.«
Mit Primarius Navratil und Hauser ging ich zuerst in die Bastelstube. In der Küche saß ein Patient in Anstaltskleidung, gebückt, trübsinnig mit zurückgekämmtem Haar neben der metallenen Kaffeekanne, aus der es dampfte. Von der Decke hing ein brauner Fliegenfänger, auf dem tote Fliegen klebten. Im Nebenraum saßen fünf Männer vor den Basteltischen, alle in Anstaltskleidung.
Ein kleiner Alter mit Adlernase, vorstehendem Kinn, machte sich an den Primarius heran. Sein Oberkörper war so eingefallen, daß das schlotternde Hemd zwischen den Knöpfen geöffnet und sein weißrosa Bauch zu sehen war. Er beschwerte sich umständlich und kaum vernehmbar. Irgend etwas war mit einer Tasche los. Navratil: »Wo ist sie jetzt, die Tasche?« Patient: »Im Bett unter der Matratze.«
In der Anstalt gibt es zu wenige Kästen, kaum irgendwo besteht ein Platz, an dem die Patienten ihr persönliches Eigentum aufbewahren können. Die Kleider müssen am Abend auf einen Wagen gelegt werden und werden am Morgen wieder zurückgegeben. Persönliches Eigentum wird oft mutwillig beschädigt. Und natürlich wird auch gestohlen, wenngleich das Problem besteht, wo man das gestohlene Gut verstecken kann, sofern es nicht eßbar oder zum Rauchen bestimmt ist. Ich habe kaum Nachtkästchen

gesehen. »Der Patient würde einen Kasten brauchen«, sagt Primarius Navratil zum Pfleger. Der nickt nachdenklich. Pause. Und wir gehen wieder hinaus. Die Männer, die sich von ihren Plätzen erhoben hatten, schauten uns nach. Auf den Tischen lagen geflochtene Körbe, schmiedeeiserne Lampen, Bilderrahmen und davor standen die Männer und schauten uns noch immer fragend stolz an. Hauser kam uns aus einem Winkel über den Hof nachgelaufen, ungelenk, mit eckigen Bewegungen.

Er war mürrisch. Ich hatte eine Stunde zuvor mit ihm gesprochen, und er hatte Verwünschungen und Drohungen ausgestoßen, daß ihm weißer Speichel auf die Lippen getreten war. Zweimal hatte er zu schimpfen aufgehört und lautlos geweint. Dann war er plötzlich mit seinem Mund ganz nahe an mein Ohr herangekommen und hatte mir zugeflüstert, daß man ihn habe umbringen wollen, hier. Er wisse, wer das war. Er starrte mich Zustimmung fordernd an. – In dieser Stimmung hatten wir mit der Besichtigung begonnen und Hausers Zustand war inzwischen nicht besser geworden. Auf jede Frage oder Anregung winkte er verächtlich ab und zog die Unterlippe nach unten. Außerdem blieb er einige Schritte hinter uns und brütete die meiste Zeit vor sich hin.

Plötzlich nahm Navratil seinen weißen Mantel von der Schulter und hängte ihn um Hauser. Von da ab kämpfte Hauser mit einem Drang, fortlaufend zu lächeln. Er machte ein ernstes Gesicht, aber es verzog seinen Mund, sobald man Notiz von ihm nahm und ihn mit Herr Doktor oder Primar ansprach. Er durfte den Ausbildungsraum aufsperren und das zukünftige Kaffeezimmer, das voll war mit Bildern von Patienten.

Am Geländer eines Steges der zu dem Haus führt, lehnten Patienten und schauten einem Caterpillar zu, der Erde für ein neues Gebäude aushob. Hauser, der bis jetzt mit dem weißen Mantel herumstolziert war, mußte den Mantel wieder ausziehen, da die anderen Patienten sonst eifersüchtig würden. Er tat es widerspruchslos und fiel in seine alte Stimmung zurück. Auf dem Steg stand ein Dicker mit Schildkappe und einer riesigen, adernzerfurchten Nase, die aussah wie ein seltsames hypertrophisches Riechorgan. Andere, an deren Gesicht man fast durchwegs eine Störung erkennen konnte.

Wir gingen durch den überfüllten Speiseraum, und der Oberpfleger zeigte uns einen Schlafsaal mit 20 weißen Betten, sehr sauber, geschrubbter Bretterboden, rotweißkarierte Bettwäsche.
Die Sonne fiel durch große Fenster, als sei sie besorgt, Wärme und Licht zu verbreiten. Die Habseligkeiten der Patienten waren hinter einem blauen Vorhang vor dem Schlafraum untergebracht. Hinter dem Vorhang befand sich ein schmales Brett in Kniehöhe, auf dem Hüte lagen und Taschen und Hemden, einiges hing an Mauerhaken an der Wand, aber im großen und ganzen gab es keinen Platz. In den Aufenthaltsräumen wieder Fliegenfänger, die honigfarben und melancholisch von der Decke hingen und auf deren Papier tote Fliegen klebten. Ich wechselte mit einigen Patienten ein paar Worte, aber ich fühlte mich beschämt, hier eingedrungen zu sein und eine Besichtigung zu machen. Zum ersten Mal dachte ich, daß das Wort *Eindruck* stimmt. Was ich sah, hat etwas in mir eingedrückt. Als wir hinausgingen, sah ich den bleichen, runzligen, mageren Alten in Anstaltskleidung, der schon Habt Acht gestanden war, als wir eingetreten waren.
Hauser trottete hinter uns her, in seinem Gesicht spiegelte sich Verachtung. Er verachtete die Kranken, die Räume, die Pfleger. Es hatte den Eindruck, als wollte er sagen: *Mir könnt ihr nichts vormachen*, ihr fallt darauf hinein, ich jedoch weiß, was wirklich geschieht, wie es hier wirklich ist.
Schließlich die geschlossene Abteilung. Im Gang lungerten scharenweise Patienten. Es gab verschlossene, neugierige, argwöhnische, traurige, leblose Gesichter. Einer kam auf uns zu, entsetzt, empört, in der Hand hielt er einen schönen, dunkelbraunen Filzhut, der an der Krempe dreimal durchstochen war und am Kopfteil einen langen Schnitt aufwies. Er hält uns nur den Hut hin, erniedrigt durch seine Wehrlosigkeit. Ob er einen Verdacht habe? – Nein, das sei schon der dritte Hut! Man habe ihm schon drei Hüte »zerschnitten«. Navratil: »Na, brauchen Sie denn einen Hut?« Patient: »Ja, die Sonne, ich muß ihn aufsetzen.« Navratil: »Es ist ja nicht so viel Sonne da ...« Patient ab.
Wir treten in das Zimmer des Malers Prinz. Er ist 70 Jahre alt, seit fast 35 Jahren hospitalisiert, er ist klein, zart, trägt einen Dostojewskibart.

Früher war er Fleischhauer. Auf einem seiner architektonischen Bilder hat er neben einem mit Lineal gezeichneten Gebäude Statuen, Vögel, Ornamente und Menschen mit Fahnen gemalt, die Fahnen mit Hakenkreuzen, alles sehr merkwürdig. Ich fragte ihn nach den Hakenkreuzen. Das sei nur ein kulturelles Symbol, sagte er nebenbei und kommt sofort auf seine Arbeiten zu sprechen. Es ist nicht ganz klar, was er will, aber offensichtlich handelt es sich um Baupläne, um Entwürfe, die er für Gugging zeichnet und bei irgendeiner Architekturstelle einreichen will. Er erklärt mir ganz verwickelt und kompliziert, wie das Haus architektonisch aufgebaut sei, vor allem, was sich hinter den Mauern befände und das Labyrinth dahinter wird in der Erklärung auch zu einem sprachlichen Labyrinth. Der Primar schlägt ihm vor, mir eine der Zeichnungen zu verkaufen, aber Prinz ist über den Wunsch bestürzt. Er braucht die Arbeiten ja für sein Projekt. Seine Absage ist eine halbe Bitte, aber er ist entschlossen, sich zu behaupten.
Navratil: »Aber Sie brauchen ja Geld. Sie brauchen ja immer Geld.« Prinz (ganz verschämt): »Nein, die Bilder kann ich nicht hergeben, Herr Primar. Sehen Sie, das ist so eine Arbeit!« Navratil: »Aber dann kommen Sie wieder zu mir, wenn Sie Geld brauchen. Sie bekommen 100 Schilling für das Bild.« Prinz (verschämt): »Nein, Herr Primar« – und er fängt wieder an, das Labyrinth zu erklären.
Ich gebe ihm das Geld. Prinz nahm es nebenbei und legte es auf den Tisch.
Ich sagte ihm, er solle darauf aufpassen, doch für ihn war Geld jetzt nebensächlich. Er wollte das Labyrinth erklären, das er nicht gezeichnet hatte, das hinter den Mauern der Gebäude verborgen war.
Ich sah aus dem Fenster in den Anstaltspark und dachte an Alexander. Alles an ihm hatte eine schwermütige Empfindsamkeit ausgedrückt. Selbst seine gestörte, leise Aussprache hatte etwas Würdevolles gehabt. Ein starker Körpergeruch war von ihm ausgegangen, und als ich mich zu ihm hinuntergebeugt hatte, hatte ich in seinem Ohr einen feinen weißen Belag wie Wachs gesehen. Aber es hatte mich nicht vor ihm geekelt; er hatte sich durch jede Erniedrigung, durch jede Demütigung etwas bewahrt, das ihn seine Würde zu behaupten half. Auch wenn er beim Gehen seine Hände leicht nach

vorne gestreckt und nach oben zur lockeren Faust geballt hielt, als trage er eine Schürze, verlor er nichts von seiner stillen Würde.

Am Nachmittag war der Park voll gewesen mit Anstaltsangehörigen. Sie waren auf den Bänken gesessen, nebeneinander, aber ohne Unterhaltung. Einige mit großen Schildmützen und Brillen wie Bertolt Brecht auf einem Foto. Eine Frau in einem roten Kleid, dick, klein, einen Sonnenhut aus Stroh auf dem Kopf, eine Strohtasche in der Hand, kam uns prüfend ansehend näher. Wir saßen vor einem gelben Tisch auf einer buntgestrichenen Bank. Ich hatte ihn gefragt, wie er sich die Zukunft vorstelle. Er hatte lange nachgedacht, dann hatte er resigniert die Hände zusammenfallen lassen. Er bewegte stumm den offenen Mund. Einige Zeitlang antwortete er nur mit »Ja« und »Nein«. »Möchten Sie eine Frau?« – »Ja.« – »Mögen Sie Kinder?« – »Nein.« – »Was denken Sie über die Liebe?« – »Gar nichts.« Ich hatte den Eindruck, daß wir am Nullpunkt angelangt waren. Die große Trauerweide am Teichufer rauschte und die Topfpalmen im Gras bewegten sich im Wind. Ich fragte ihn aufs Geratewohl nach Kindheitseindrücken, und zu meiner Überraschung erzählte er eine kleine Geschichte von einem Hochwasser, das er erlebt hatte, und einem Seiltänzer mit Namen Strohschneider, der in Stockerau ein Seil vom Rathaus bis zum nächsten Gebäude gespannt hatte und mit einer Stange über das Seil balanciert sei. Ich bot ihm eine Zigarette an, und diesmal nahm er sie, ohne zu zögern. Ob er etwas besitzen möchte? – Einen Renault, sagt er. Er zündete sich die Zigarette an und schaute mich kurz an. Ob er Angst vor dem Tod habe? – Nein, antwortete er mit Bestimmtheit. Nach dem Tod käme die Wiederauferstehung, die sei »ein schwacher Lichtschimmer«. Ich fragte ihn daraufhin, wen er liebe. Niemanden, sagte er ruhig. Und wer ihn liebe? – Auch niemand ... Ja, was er glaube, daß die Menschen über ihn dächten, die außerhalb der Anstalt leben. – Die würden schimpfen über ihn. – Ja, warum? – Sie würden sagen, er sei ein Todel ... Um ihn abzulenken, frage ich ihn daraufhin, was er den Leuten, die seine Gedichte lesen, sagen möchte, worauf sie besonders achten sollten? – »Der Anfang und der Schluß sind das Wichtigste.« – »Und was dazwischen ist?« – Könne man sich ja leicht vorstellen.

Eine Biene summte um seinen Kopf, und er ließ es geschehen. Ob er jemanden hasse? – Nein. – Auch in der Erinnerung, aus der Vergangenheit niemanden? – Nein. – Ob er manchmal singe? – Zu Weihnachten, da singe er »Stille Nacht, heilige Nacht«. – Ob er es mir vorsingen wolle? – Er tut es, ohne zu zögern. Er singt leise und starrt den Kies an. Er singt die ganze erste Strophe. Ich sitze mit einem Mann auf der Bank, der Gedichte geschrieben hat, die zum Schönsten zählen, was die österreichische Lyrik in der Gegenwart hervorgebracht hat, es ist Sommer und er singt »Stille Nacht, heilige Nacht« für mich. Einmal hat er geschrieben: »Alexander ist ein Prophet des Mittelalters, der es ermöglicht, Gottes Vers zu ebnen. – Landen in der See des Südens Italia.« Ich frage ihn nach seinen Träumen, ob er sich an einen Traum erinnern könne? Nein. Und dann, nach einer Pause, erzählt er, ein Kollege habe drei Steine in der Hand gehalten, auf der Schmierseife war. Er sei mit dem rechten Zeigefinger darübergefahren, und da sei er aufgewacht.

Er hat sich über die Tischplatte gebeugt und sein Gesicht ist nun vom reflektierenden Gelb der Platte beschienen. Er sieht aus wie ein trauriger, weiser Chinese. »Die ist besonders schön, die gelbe Farbe«, sagt er auf einmal. Und dann nichts mehr. Die Farbe Blau habe er verehrt, antwortet er auf meine Frage, welche Farbe ihm besonders gefalle. Er schreibt jetzt wieder zwei Gedichte in mein Notizbuch, nachdem ich ihn dazu aufgefordert habe. Eines mit dem Titel »Der Pfirsich«, ein zweites mit dem Titel »Gelb«. Es sind einfache, kindliche Gedichte ohne Bedeutung, aber vielleicht ist dies seine einzige Möglichkeit, Widerwillen gegen die Aufforderung auszudrücken. Ich frage ihn, ob er sich mehr Besuch wünsche, und er antwortet, das könne er nicht sagen. Ein abgefallenes Blatt fliegt über den Tisch, auf dem noch Pfützen vom gestrigen Regen liegen. Das Blatt taumelt vorbei, wird aufgewirbelt, fällt vor seine Füße. Als ich ihn frage, ob er etwas zum Gedicht »Der Pfirsich« dazuschreiben wolle, sagt er entschieden: »Es ist fertig.« Wir sprechen dann noch eine halbe Stunde über das Leben in der Anstalt und er antwortet mir stets willig, aber ohne Anzeichen von Anteilnahme. Wieder fliegt ein Blatt über unsere Köpfe. Ich mache ihn darauf aufmerksam und sage: »Blatt ist ein schönes Wort.« Er nickt. Und ich frage ihn, welche Wörter er schön

fände. »Sonne«, sagt er nachdenklich. »Sterne... Die Nacht... Die Uhr.«
Er drückt die Zigarette aus und behält den Stumpen in der Hand. Nach einiger Zeit steckt er den Stumpen in sein Uhrtäschchen, schnell und auf eine überraschende Weise gewandt, als hätte er eine große Übung im Verbergen. Ohne es zu wollen, muß ich aber meine Aufmerksamkeit verraten haben, denn er wendet betreten den Kopf zur Seite, als er meinen Blick auffängt.
Ich: »Die Uhr ist ein schönes Wort. Vielleicht haben Sie Lust, darüber zu schreiben?« Alexander: »Es gibt aber verschiedene Uhren.« Ich: »Schreiben Sie über Ihre eigene Uhr.« Er nimmt das Notizbuch, denkt nach, legt den Bleistift weg. »Da weiß ich auch nichts«, sagt er. Ich: »Oder die Sterne.« Wieder nimmt er das Notizbuch, den Bleistift. Denkt nach. Legt den Bleistift weg. »Da weiß ich auch nichts«, sagt er wieder.
Ein Gewitter kommt auf, der Wind wird stärker und hinter den Bäumen ist der Himmel schon schwarz. Ich bemerke jetzt, wie müde er schon ist, und wir stehen auf und gehen zurück. Er trägt klein und vom Leben *mitgenommen* die große Plastiktasche in der Hand. Die Haare nach rückwärts gekämmt. Den Unterkiefer vorgeschoben. Er geht mit gesenktem Kopf bis zum Anstaltsgebäude, ohne links und rechts zu schauen. Dort läutet er an die Tür, hinter der er eingesperrt ist, wartet, bis ein Pfleger sie öffnet, und *verschwindet* dann in der Dunkelheit des Ganges. Ein Gedicht von ihm lautet:

Ein bisserl aufpassen und
langsam scheiden. So ist
das möchte ich haben. Ja
so schneiden.

(1976)

Ich lebe seit einem dreiviertel Jahr abwechselnd auf dem Land, und zwar in der Südsteiermark in der Nähe von Gleinstätten. Das Leben dort ist eine seltsame Mischung aus Idylle und Katastrophe, Entbehrung und Reichtum. Nirgendwo ist der Mythos der Arbeit noch so greifbar und lebendig wie auf dem Lande. Nirgendwo bedingt die Arbeit eine Klassenlosigkeit wie dort. Der »reiche« Bauer ohne Arbeitskräfte, der allein mit seiner Familie und seinen landwirtschaftlichen Maschinen von 5 Uhr früh bis 10 Uhr nachts seiner Arbeit nachgeht, ist zwar Besitzer, aber der Grundbesitz und das Vieh besitzen eher ihn als er sie. Die meisten sind nicht in der Lage – sowohl finanziell als auch aus zeitlichen und organisatorischen Gründen – Urlaub zu machen, die meisten spüren bei Krankheit, schlechter Ernte oder Tierseuchen die negativen Auswirkungen persönlich, als seien sie selbst schuld daran. Die Nebenerwerbsbauern wiederum, verbringen nahezu ihre gesamte Freizeit auf dem Feld oder im Stall.

Nach kurzer Zeit habe ich von Arbeitsunfällen, Todesfällen, Fällen von Wahnsinn und Trunksucht erfahren, die sich hier unversteckt und für alle sichtbar abspielen, wobei die Menschen auf dem Lande in vieler Hinsicht wesentlich großzügiger und »menschlicher« reagieren als in der Stadt. Dies gilt sowohl für das, was man moralisch nennt: Bei »wilden« Ehen, unehelichen Kindern, großen Altersunterschieden von Frauen mit Witwenpensionen zu jungen Männern, Vorbestraften, Menschen, die eine Zeit lang in einem Sonderkrankenhaus verbracht haben, Kindern, die immer wieder »sitzenbleiben«, als auch was den Einsatz persönlicher Hilfe betrifft. Wer in der Stadt ist zu Freundschaftsdiensten bereit, die schwere körperliche Arbeit aber keinen Profit bedeuten?

Wer nimmt einen Verwandten zu Hause bei sich auf, der in nervenärztlicher Behandlung gestanden hat, ohne ihm zu mißtrauen? Wer wohnt mit vielfach Vorbestraften unter einem Dach? Es ist klar, daß es die Verhältnisse sind, die das Verhalten produzieren. Aber welche großartigen Verhaltensweisen hat die Stadt produziert, in der wir Arbeiten verrichten, zu denen wir so gut wie keine Beziehung haben, mit Nachbarn leben, zu denen wir so gut wie keine Beziehung haben und über andere Menschen urteilen, von denen wir nichts wissen. Viele der dummen Vorurteile gegenüber der Landbevölkerung würden nicht existieren, wenn die Menschen aus der Stadt sich plötzlich in bäuerlichen Situationen wiederfänden, wie sich Bauern oft unvorbereitet städtischen Situationen ausgesetzt sehen.

Warum ist ein Bauer, der silberne Uhren sammelt und zu Hause Geld spart dümmer als eine Familie, in der die Eltern berufstätig sind, um sich ein Auto leisten zu können, das seinen Wert nahezu vollends eingebüßt hat, wenn es erst ausbezahlt ist? Warum ist ein Städter gescheiter, der in einem Büro sitzt und darüber nachdenkt, wie er mehr Büstenhalter, Skischuhe, Taucherflossen usw. verkauft oder der es gelernt hat, Dutzende von überflüssigen Formularen weiterzuleiten, als ein Bauer, der weiß, wie man eine Kuh melkt, ein Kalb zur Welt bringt, Schweine aufzieht und Pfirsiche züchtet? Was ist besser an den Städtern, die ihre Väter und Mütter in den Badezimmern der Spitäler allein und hilflos sterben lassen im Vergleich zu den Bauern, die ihre Familienmitglieder auch noch als Sterbende zu behalten gewillt sind, ja auch noch als Tote bis zur Verabschiedung.

Die Beantwortung der Frage wäre insoferne von Interesse, als die Bauern, wenn sie nicht vom Fremdenverkehr unterstützt und dann auch zugleich in ihrem Wesen verändert und zerstört werden, eindeutig die sozial am meisten benachteiligte Bevölkerungsschicht in unserem Lande sind. Ihre Waren werden ihnen zu beschämenden Preisen abgekauft, ihre ausgeschundenen Körper werden belächelt, ihre auf die Bewältigung der Umwelt ausgerichtete Intelligenz wird verspottet. Außerdem sind sie einfach Objekte in politischen Auseinandersetzungen. Benachteiligt von der Politik im Allgemeinen sind sie naiv geblieben in ihren politischen Entscheidungen. Die Benachteiligung der Bauern und ihre Unsicherheit spiegelt sich in den ländlichen Häusern wider. Als Opfer der Bevorzugung der Städter nehmen sie die

»überlegene Kultur« des Städters an: In nackten amerikanischen Küchen sitzen sie wie traurige Fabriksarbeiter vor dem flimmernden Fernsehgerät, an der Wand ein hundertfach reproduziertes Landschaftsbild, auf den Schnapsgläsern tausendfach reproduzierte Blumen, auf den Kleidern pflanzliche Muster und Blumen aus kilometerlangen Autobahnen gleichen Stoffes. Ihre eigenen Sehnsüchte sind die Gewebe, aus denen der clevere Stadtmensch seinen Profit macht, mit denen er sie mehr und mehr einfängt, um sie schließlich zu Gastarbeitern in einem Staat zu machen, in dem der Stadtmensch das Sagen hat.

Wenn die Zerstörung nicht mehr gut zu machen sein wird, wenn der platte und seelenlose Materialismus der Städte sich ausgebreitet haben wird, wird der Mensch sich künstliche Bauernhöfe schaffen, die genauso armselig und traurig sind wie die Plastikbäume neben amerikanischen Highways in Florida. Vorher aber wird über alles noch zu berichten sein.

(1978)

FUCHSJAGD MIT MAX FRISCH AN DEN UFERN DES ZÜRCHER SEES

Bevor ich Max Frisch in Zürich traf, stellte ich mir vor, ich müßte ihn als Chinesen mit schläfrigen Lidern und einem lebhaften Verstand beschreiben, und im entfernten dachte ich an chinesische Bestatter in Wildwestfilmen. Ich traf ihn nicht zum ersten Mal und doch war es auf eine bestimmte Weise neu, denn ich sollte über ihn schreiben und meine Freude war deshalb verbunden mit der Last der Absichten. Auf dem Flug beschloß ich, alle Absichten zu vergessen und mich frei von Verpflichtungen zu fühlen. Und da ich mir ohnedies keine Fragen ausgedacht hatte, fiel es mir um so leichter, mir nichts vorzunehmen. Als wir uns dann in seiner Appartementwohnung begrüßten, stellte er mir eine rothaarige Frau Mitte dreißig vor; sie trug Brillen, ihr Haar war hochgesteckt, in einer Hand hielt sie ein beschriebenes Papier. Offenbar war sie sehr beschäftigt. Frisch hatte sie mir als »Alice« vorgestellt und plötzlich englisch gesprochen und ich hatte kurz an »Lynn« gedacht, die in der Erzählung »Montauk« als amerikanische Freundin beschrieben wird.

Frisch war enttäuscht. Am Vortag hatte er Proben zu seinem Stück »Triptychon« im Zürcher Schauspielhaus gesehen und beschlossen, »nicht mehr hinzugehen«. Der Regisseur, sagte er, sei nervös, man fasse ihn als Belästigung auf, da fahre er lieber. (Da Max Frisch ohnedies die Absicht hatte, nach New York zu fliegen, wie ich wußte, würde er die Abreise eben vorverlegen.) Das Telephon läutete, er meldete sich und führte ein Gespräch auf Schwizerdytsch, in dem er sich über das Theater beklagte (er könne nicht in seiner Wohnung arbeiten, wenn »die da oben« probten) und ich sah mich ein wenig um. Die Wände waren weiß, einige Graphiken, Parkettböden. Das Zimmer war geräumig, dezent möbliert, eher nüchtern. Ein Bücherregal mit einer kleinen, alten Photographie einer Frau (seiner Mutter), ein Kamin mit einem Abzug, Ledercouch und Lederfauteuils, ein Speisetisch mit Stühlen unter einem runden Metallampenschirm,

ein Fernsehapparat, eine Stereoanlage und ein hölzerner Lehnstuhl, in dem er gerade mit dem Gesicht zum Fenster saß und telephonierte. Eine Stützmauer trennte das Wohnzimmer vom Vorraum. Dort bemerkte ich einen kleinen Saurier auf Rädern, der wie Kinderspielzeug vor der Wand stand – offenbar bestand ein Zusammenhang zwischen ihm und dem Roman »Der Mensch erscheint im Holozän«.
Inzwischen hatte Frisch, an der Pfeife saugend, die er von Anfang an geraucht hatte, das Gespräch beendet und sich mir gegenüber hingesetzt. Sein Gesicht wirkte auf eine überraschende Weise schülerhaft, die dicke Hornbrille ließ seine Nase kleiner erscheinen. Etwas in seinem Gesicht war nicht gealtert, ich dachte zunächst, es hänge mit seinen vollen Wangen zusammen, dann aber bemerkte ich, daß es die Nase war. Er schaute mich an und wartete offenbar darauf, daß ich damit begänne, ihm eine Frage zu stellen, und so fing ich an, darüber zu reden, woran ich beim Lesen seiner Bücher gedacht hatte. Er meinte, was Geiser, der in »Der Mensch erscheint im Holozän« ohne besondere Kontakte zu seiner Tessiner Umwelt auf einem Berg lebt, betreffe, daß auch er keine Beziehung zur Landbevölkerung habe. Sie sei nur an »Affari« (Geschäften) interessiert, sagte er und macht mit den Fingern die Bewegung des Geldzählens. Nur »Affari«, alles nur »Affari«. »Wenn sie von mir etwas im Radio oder aus der Zeitung hörten, sprachen sie mich nur darauf an, daß es gute ›Affari‹ sein müßten. Ich habe dort kaum Umgang mit den Menschen gehabt« (das Haus im Tessin habe er sich – als er gerade Geld gehabt hätte – wegen Alfred Andersch gekauft, der dort sein Nachbar gewesen sei) ... Er geht hinaus, Wasser fließt und er kommt mit einem Glas Whisky zurück. Außerdem, fährt er fort, sei die Popularität für ihn ein gewisses Hindernis, Umgang mit Menschen zu haben. Erst seit er Alice kenne, treffe er in New York jetzt auch »andere« Menschen. Aber in Zürich sei das schwierig. »Neulich hat mich beim Fleischhauer die Verkäuferin angesprochen«, sagt er »und gefragt, ob ich Schauspieler sei. Als ich verneint habe, hat sie mir mit Bestimmtheit erklärt, daß sie mich vom Fernsehen kenne. – ›Sie sind Schriftsteller!‹ – Dann hat sie mich natürlich mit dem Dürrenmatt verwechselt.«
Er trägt einen blauen Pullover und graue Cordhosen, von der

Straße dringt gedämpfter Lärm herauf. Manchmal verharrt er beim Sprechen auf einem Buchstaben, überwindet das Hindernis und spricht weiter. Alles um mich hat das Fluidum des Geradlinigen, Sauberen, Abgezirkelten, Rationalen und erinnert an seine Bücher. Aus den wenigen Unterrichtsstunden »Darstellende Geometrie«, die ich in der Schule noch verstehen konnte, glaube ich mich an ein Verfahren erinnern zu können, bei dem die Punkte eines Körpers oder einer Figur auf ein Koordinatensystem aufgetragen und sodann auf eine Gerade, die die »Wahre Größe« heißt, übertragen werden. Erst dann ist es möglich, die dreidimensionalen Körper in die eine Dimension des Blattes Papier oder der Schultafel zu bringen (Ich bezweifle, daß ich den Vorgang richtig geschildert habe). Wenn ich an die Erzählung »Montauk« denke, in der Max Frisch, wie er sagt, bis an seine »Schamgrenze« gegangen ist, sehe ich vor meinem inneren Auge eine geometrische Figur auf weißem Papier, die Brösel eines Radiergummis und einen gespitzten Bleistift. Er habe lange gezögert mit einer Veröffentlichung, betont er.
Ich antworte, daß gerade »Montauk« ein Buch gegen die herrschende Normalität sei, gegen das Versteckenspiel mit den eigenen Wünschen, Gedanken und Erfahrungen vor den anderen. Dieses Buch, in dem er als verheirateter Mann ein Wochenende mit einer Geliebten beschreibt, sei deshalb wichtig, weil ein als »seriös« geltender Schriftsteller bei der Wahrheit bleibe und sich zu ihr bekenne. »Mein französischer Übersetzer«, antwortet er darauf, »ein Kommunist, hat auf meine Frage, ob er Bedenken habe, das Buch zu übersetzen, entgegnet, nein, dieses Buch sei ein politisches Buch.« Vor der Zeit der »Sexualbefreiung« hätten Sympathie und Sexualität nicht genügt, um mit einem Partner zu schlafen – »es mußte immer die große Liebe sein. Das habe ich mir auch lange selbst eingeredet, wenn ich mit einer Frau zusammen war: daß es die große Liebe ist. Die Sexualbefreiung ist dann aber plötzlich eine Verpflichtung geworden. Man ist dumm dagestanden, wenn man nicht jede sich bietende Gelegenheit wahrgenommen hat, das war auch schon wie ein Zwang«.
Wir schwiegen kurz. Da mich seine Ansichten über Tod, Gewalt und Selbstmord (»Vereinigung Freitod«, Tagebuch II) interessierten (und von jeher ist der Selbstmord ein Problem, das mich beschäftigt, und von jeher gibt es kaum

eine längere Periode, in der ich nicht daran denke, wenngleich die Ursachen wechseln) und da mir, als wir einander gegenüber Platz nahmen, ohne einen besonderen Grund ein Satz aus »Stiller« eingefallen war, der mir jetzt nicht mehr aus dem Kopf ging, sprach ich ihn aus und fragte ihn, welche Bewandtnis es damit habe. Ich hatte übrigens nur ein Fragment des Satzes in Erinnerung, das ungefähr so lautete: Er (Stiller) wüßte seinem Anwalt zu erzählen, was geschieht, wenn man sich eine Kugel in die Schläfe schießt... Zu meiner Überraschung konnte sich Frisch an den Satz nicht mehr erinnern. Ich wiederholte ihn, erklärte mein Interesse, daraufhin erhob er sich und begann, die Pfeife im Mundwinkel, das Glas in der Hand, im Zimmer herumzugehen. »Ich habe nie einen Versuch unternommen, aber die Einladung zum Selbstmord ist immer wieder da. In der Jugend war das stärker, aber mit dem Älterwerden ist es seltener geworden... Im Vordergrund ist immer der Gedanke gestanden: Wann ergibt sich der Augenblick, in dem ich den anderen meinen Tod zumuten kann. Diese Überlegung ist mit der Zeit immer wichtiger geworden. Und eines Tages kommt der Punkt, an dem man nicht mehr die Vitalität hat, sich umzubringen. Man nimmt sich zwar vor, es zu tun, wenn man beispielsweise unheilbar krank würde, aber man macht es dann doch nicht... Warum haben die Menschen in den KZs nicht Selbstmord begangen, obwohl sie wußten, was auf sie zukam?« Er rätselt darüber nach, pafft die Pfeife, schweigt und sagt plötzlich: »Mit zunehmendem Alter verliert man die Vitalität, es zu tun.«
»Ich erinnere mich«, falle ich ein, »daß ich in Glücksmomenten an Selbstmord gedacht habe.«
Max Frisch: »Ja, aus Überschwang... In der Jugend war das manchmal da.«
Ich: »Und ich frage mich, ob Sie wissen, weshalb Sie es nicht getan haben?«
Max Frisch: »Die Angst vor dem Schmerz, vor dem technischen Versagen könnten Hindernisse sein.«
Ich: »Wenn die Möglichkeit bestünde, auf einen Knopf zu drücken und man wäre tot, hätten Sie es getan?«
Max Frisch: »Sicher... Ich denke, die Grundstimmung, sich zu töten, wäre eine Leichtigkeit, eher etwas sehr Schwebendes.« Dabei macht er eine Figur wie ein Ballettänzer, stellt

einen Fuß auf die Spitze, die Pfeife im Mund und führt mit den Händen Flatterbewegungen aus.
Aber sofort schränkt er auf eine Frage ein, daß eine starke Ablehnung seiner Arbeit für ihn nie ein Grund zum Selbstmord gewesen wäre. Das hätte nur seinen Trotz erweckt, »es denen doch zu zeigen«. Zurückgehalten hätte ihn übrigens auch, daß man Menschen kenne, die Mitleid mit einem hätten, denen man das Mitleid aber nicht gönne. Oder die Sorge, daß einem »der Akt« womöglich aus der Hand genommen würde. Die Gefahr von Störung oder gar eine Störung selber, »versauten« einem den Akt.
Da der Selbstmord häufig ein umgepolter Mord ist, sich also der Haß auf einen anderen Menschen gegen den Betreffenden selbst gerichtet hat, und da mir die Möglichkeit, in ein kriminelles Geschehen verstrickt zu werden, nicht unmöglich erscheint, kommen wir auf Verbrechen zu sprechen. Max Frisch, noch immer auf und ab gehend, gibt zur Antwort, er verspüre »keine Affinität« zu Verbrechen. Nicht die Angst vor Strafe sei es, die ihn davor zurückgehalten habe ... wenngleich ihm die Frage, wie komme man 60, 70 Jahre durchs Leben, ohne jemanden ermordet zu haben, berechtigt erscheine ... Es hätte manchmal so wenig gefehlt ... »Ich habe die Vorstellung«, sagt er auf einmal ruhig und sich wieder setzend, wobei er eine Schachtel Zündhölzer in der geschlossenen Hand hält, »daß ein Verbrechen wie ein Traumereignis passieren könnte: Daß man vor jemandem steht und dieser ist tot, ich habe den Revolver in der Hand und der Tote hat die Munition aus der Waffe im Leib. Man kann eindeutig nachweisen, daß ich es gewesen bin, aber ich bin es trotzdem nicht gewesen. Und in einer Gerichtsverhandlung, bei der ich als Täter überführt werde, würde ich zum Schluß nur sagen können: Ich bin es nicht gewesen ... ich bin es nicht gewesen ... Vor einem Jahr habe ich zum ersten Mal einem Mordprozeß beigewohnt, es handelte sich um einen Transvestiten, der seine Frau ermordet hatte. Ich bin froh, daß ich kein Geschworener gewesen bin, denn ich glaubte ihm sein (nicht gespieltes) Gefühl, unschuldig zu sein, und daß er sich nicht erinnern konnte. Ich glaube auch, daß es so etwas gibt wie ein Hereinbrechen von außerhalb der Persönlichkeit liegenden Motivationen ... Ich habe zum Beispiel nie den Trieb verspürt, jeman-

den vor die U-Bahn zu stoßen und trotzdem könnte ich es gemacht haben.«

»Kennen Sie nicht den Drang zur Gewalttätigkeit?« falle ich ein.

»Nein. Ich kenne ihn nicht.« Er steht auf, stellt das Glas auf den Tisch und beginnt, wieder im Zimmer herumzuwandern. »Die Wut des Vernachlässigten könnte ein Grund sein, gewalttätig zu werden. In einem ekstatischen Zorneszustand wäre es vielleicht möglich. Kennen Sie die Szene im Tagebuch II, wo sich ein Mann und eine Frau in einer Skihütte aufhalten und der Mann bemerkt, wie sich die Frau anderen Burschen zuneigt und der Mann geht Holzhacken?... Ich habe gerade einen Stamm vor mir liegen, auf den ich mit der Axt einschlage, da kommt die Frau zu mir heraus und will mit mir reden. Ich sage ihr, sie solle weggehen, sie will aber nicht, ich wiederhole es und hebe die Axt und sie geht weg... ich weiß auch nicht, was daraus geworden wäre, wenn sie geblieben wäre... Jähzornig bin ich schon... Liebhaber erschlägt Freundin mit der Axt...« Nach einer Pause fügt er hinzu: »Das sind Fragen, die permanent offen sind, bevor es getan ist. Daß es nicht geschehen ist, ist keine Antwort auf die Frage.«

»Könnten Sie ein Tier töten?«

Er denkt angestrengt nach. Wenn er überlegt, spricht er leiser und seine Aussprache hat etwas Nasales, es klingt, als seien seine Nasengänge verstopft. Geräuschvoll saugt er die Luft durch die Nasenlöcher, bevor er antwortet: »Ich muß immer vorsichtig sein«, spricht er langsam, »sehr vorsichtig... wenn man so ein Computergedächtnis hätte, würde man erstaunt sein, was da hervorkäme... Nein, nie gemacht... was natürlich überhaupt nichts heißt –«

(Ich habe an eine Geschichte »Nochmals Eifersucht« im »Tagebuch I« gedacht, in dem er beschreibt, wie er eine Krähe erschießt, und an einen Absatz im Buch »Stiller«, in dem geschildert wird, wie »White« eine Katze zu vertreiben versucht, wie er sie vom Haus wegjagt, ihr das Büchsenfutter verweigert, vor dessen Gestank er sich ekelt, und sie schließlich in den Eisschrank steckt, in der Absicht, sie zu töten, und erst nach einiger Zeit wieder herausläßt.)

»Um auf den Mordprozeß gegen den Transvestiten zurückzukommen«, ist Max Frisch fortgefahren, »fällt mir ein, daß der Anwalt – er war ein Schafskopf – den Mörder als jemanden bezeichnete, der keiner Fliege ein Bein krümmen könnte, was natürlich nicht heißt, daß er nicht eine Frau erdrosseln könnte ...«

Nachdenkend geht er immer dieselbe kurze Strecke im Zimmer auf und ab, leert das Glas, geht wieder in die Küche und bereitet sich abermals einen Drink.

»Ich habe nie von meinem Vorteil an körperlicher Kraft Gebrauch gemacht ... da ist die Gefahr viel größer, daß ich selber aus dem Fenster springe«, setzt er fort, »oder daß der Zorn so groß wird, daß ich Lust habe, etwas mir Liebes, was mir selbst gehört, zu zerstören, zum Beispiel, daß ich eine meiner Dunhills auf dem Boden zerschmettere ...«

»Wen?«

»Dunhills, das sind ganz teure Pfeifen.«

»Das haben Sie gemacht?«

»Ja, das ist zwei-, dreimal vorgekommen ... so was kann passieren, daß sich die Pfeilrichtung des Zorns umkehrt, ... aber der Partner ist ungeheuer sicher ...«

Schauplätze der Gewalt jedoch stoßen ihn ab, antwortet er auf meine weiteren Fragen. Boxen sei für ihn grauenhaft ...

»Ich war einmal in Theresienstadt«, wirft er ein, » ... die Folterinstrumente ... das Lager ... das anzusehen hatte bei mir nur moralische Gedanken zur Folge ... Von einem Schauplatz der Gewalt würde ich weggehen ...«

»Wenn in Ihrem Haus ein Gewaltverbrechen geschehen würde, würden Sie sich nicht zum Schauplatz begeben?«

»Nein, das würde ich nicht machen ... das könnte ich nicht machen, was natürlich Ausdruck einer ambivalenten Angst ist, man könnte so etwas selber tun ...«

An dieser Stelle fiel mir auf, daß er häufig von »man« sprach, wenn er sich selbst meinte (und nachprüfend beim Schreiben stelle ich fest, daß ich einige Male das »man« in »ich« verwandelt hatte). Ich glaube, er entzog sich mir auf diese Weise wie ein schlauer Fuchs. Im Grunde genommen war unser Gespräch ein Schachspiel. Ich hatte begonnen, offen Notizen zu machen, aber ich empfand kein anderes Bedürfnis, als seine Ansichten kennenzulernen, während er, der auf meine Fragen gewartet hatte, nur das preisgeben wollte, was er auch nicht gedruckt zu sehen ablehnte. Ich fragte ihn, welche Vorstellungen er mit dem Tod verbinde, nachdem er

sich in seinem letzten Stück »Triptychon« damit auseinandergesetzt hatte und wie sehr er den Tod fürchte.
»Vor meinem Tod habe ich keine Angst«, antwortete er ohne nachzudenken. »Vor dem Sterben schon; vor dem Schmerz.« Er stelle sich den Tod als Nichtexistenz vor, »als völlige Nichtexistenz«. »Ich glaube nicht«, ergänzte er, »an eine der Persönlichkeit verhaftete Wiedergeburt. Das ist in der letzten Zeit das Entscheidende geworden. Früher war diese Vorstellung eher vage... ich hatte nie Erlösungshoffnungen, ich hatte auch nie die Erwartung eines Gerichtes, eher, daß das Nichtsein eine Erlösung ist, aber auch damit ist es jetzt vorbei. In meinen Träumen ist die zentrale Empörung nicht, daß ich sterben muß, sondern die Frage: Warum jetzt?«
»Haben Sie häufig Todesträume?«
»Ja, das kommt öfters vor. In den letzten Jahren häufen sich solche Träume.«
»Welcher Art?«
»Daß man vor einem Sarg steht und hineinsteigen soll... Ich frage dann: Wer bestimmt das? Und wieso jetzt? Haben Sie sich nicht in der Person geirrt? Und dann – das ist ja bekannt, daß man sich an den Gedanken klammern kann: Es ist nur ein Traum, jetzt ist es Zeit, aufzuwachen – wache ich auf.«
»Ist es jemand Bestimmter, der Sie auffordert?«
»Das sind einfach die anderen. Sie wirken nicht als Feinde, sondern es ist so.«
»Meine Großmutter träumte, der verstorbene Großvater hielte in einem Zug am Grazer Bahnhof und forderte sie auf, einzusteigen. Sie träumte das mehrmals und war sicher, daß sie – wenn sie einsteigen würde – auch sterben würde.«
»Ja, die Einwilligung würde genügen und ich bin überzeugt, ich würde sterben... ich weiß nicht, warum diese Träume kommen, durch welchen Tagesablauf sie bedingt sein könnten. Die kommen von irgendwoher und unmittelbar vor dem Aufwachen erkenne ich sie und denke: Scheiße, schon wieder! Die Forderung hat immer etwas Bürokratisches...«
»Wie bei einer Kafkageschichte.«
»Ja, es sind Leute, die ich kenne, die keinen Anteil nehmen, weder positiv noch negativ – Beamte... Ich träume schubweise sehr viel.«
»Manchmal verlängert sich ein Traum in den Tag, und das ist

ein Zustand, als sei man nicht recht bei Verstand. Ich denke, wenn ich in einer Diktatur in eine Anstalt gesperrt würde, so würde ich bald zu zweifeln beginnen, ob es nicht doch zu Recht geschehen ist.«

Er überlegt länger. »Ansätze, daß man verrückt ist, sind, glaube ich, bei uns allen vorhanden. Daß sich plötzlich im Wachzustand alles ›reimt‹, daß man ›weiß‹, wie alles ist, so etwas wie Paranoia – und erst am nächsten Tag sieht, es war eine gewaltsame Deutung. Wenn man schreibt, hat man eine hohe Verfügungsmacht über Personen, über den Ablauf von Dialogen. Ab und zu gelingt einem dabei eine Stimmigkeit. Jetzt aber sind Sie in der Wirklichkeit und es kommt zu keiner Stimmigkeit. Die Situationen sind vage und offen und man hält sie nicht aus. Das ist der Punkt, an dem der Wahn mit der kreativen Phantasie in Beziehung tritt... Allgemein ist es so, daß die Eifersuchtssituation am meisten mit solchen Zuständen zu tun hat, zum Beispiel, wenn man sich mit einer Frau in einem Landhaus aufhält und man hat einen Verdacht und es läutet das Telephon, der Anrufer aber meldet sich nicht, sondern legt auf... In Eifersuchtssituationen ist es mit einem Schlag ganz klar, *warum* der andere aufgelegt hat... das ist der leichteste Einstieg in den Wahnsinn.«

»Aber ich bin davon überzeugt, daß der Wahnsinn auch Schutz sein kann.«

»Das ist wahr. Robert Walser zum Beispiel war nicht verrückt, er hat nur eine Rolle angenommen, die ihn abschirmte. Er ist nicht mehr zuständig, er hat sich von der Zuständigkeit freigesprochen – dadurch befindet er sich nicht mehr in der Hölle der Unsicherheit... Wenn einem ein Arzt sagen würde: ›Sie sind manisch-depressiv‹ – so wäre das auch eine Befreiung; da hätte man sich sein kleines Irrenheim aufgebaut, in das man sich bei Bedarf zurückziehen kann... Ich habe einen Panzer von Rationalität, was mir das Aussehen von Bravheit gibt. Ohne die schriftlichen Spuren würde ich mir den Vorwurf machen, daß ich so furchtbar brav bin. Wenn einem aber die Biographie vorgelegt würde, sieht das wieder anders aus. Wir haben dadurch, daß wir schreiben, eine Spurensicherung. Und auch die Möglichkeit, uns latenter Gefahren spielerisch zu entledigen... Aber«, sagt er wieder aufstehend, denn wir haben verabredet, daß ich mir einen Film über ihn, der gerade in einem Zürcher Kino läuft,

ansehe, »ich rede 17mal rationaler, als ich handle. Das ödet mich an.«
Im Vorraum bücken wir uns zum Holzsaurier hinunter, ein Geschenk von Peter Bichsel, und Max Frisch zeigt – ihn kurz über den Parkettboden schiebend – daß er beweglich ist. Auch er kleidet sich an (eine abgetragene, dunkle Glanzlederjacke und eine Schildkappe). Die große Brille im Gesicht gibt ihm etwas von einem Staunenden. Es ist ein heller Frühlingstag, wir nehmen eine der blauen Straßenbahnen und die übrigen Fahrgäste drängen uns aneinander, daß sein Gesicht ganz nahe vor mir ist und ich eine Falte, die von den Mundwinkeln abwärts läuft, bemerke. Inzwischen hat er begonnen, mir seinen Tagesablauf zu erklären: Am Morgen stehe er regelmäßig auf, um Zeitungen zu kaufen, »damit ich mich anziehe«. Jeden Tag arbeite er drei bis vier Stunden, die Arbeit gebe ihm Halt, er wüßte nicht, was er sonst tun sollte. Nur nach der Trennung von seiner Frau Marianne habe er ein Jahr nicht gearbeitet.
Am Ufer des Zürcher Sees treiben Scharen von Tauchern und Schwäne dahin, Möwen fliegen über die sonnenglitzernde Oberfläche und in der Ferne vereint sich das Wasser in einem dünnen Strich mit der dunstigen Luft. Wir steigen an der nächsten Haltestelle um und laufen auf die wartende Straßenbahn zu, Frisch mit flinken Füßen und erhobenem Kopf. Wir erreichen die Straßenbahn jedoch nicht und gehen zu Fuß weiter. Offensichtlich begleitet Frisch mich zum Kino. Er ist nicht außer Atem, zwischendurch läßt er die Bemerkung fallen, daß er in die Sauna ginge. Als wir auf einem Platz angelangt warten, bis wir die Fahrbahn überqueren können, frage ich ihn, ob ihm das Abschiednehmen schwerer falle oder das Verlassenwerden, und ohne nachzudenken antwortet er: Das Verlassenwerden. »In einer Beziehung ist es wie bei einer Schaukel«, fährt er fort, »einmal ist der eine oben, dann der andere, einmal fällt es dem einen leicht, den anderen zu verlassen, dann ist es wieder umgekehrt. Das geht oft über Jahre. Und natürlich ist es nach einer längeren Zeit bitter, wenn man mit dem Verlassenwerden konfrontiert wird und gerade unten ist.«
In den Schaufenstern des Piccadilly-Kinos sind einige Bilder ausgestellt, Frisch, mir vorauseilend, hält vor einem Farbbild, auf dem eine Frau in einem Liegestuhl am Meer zu sehen ist,

und sagt: »Das ist Lynn.« Er löst eine Karte, streckt sie mir hin und verschwindet. Und ohne zu wissen warum, denke ich, nun beginne ein Identitätsspiel, ich weiß nur noch nicht welches. Der Film ist merkwürdig und verstärkt mein Gefühl: Max Frisch ist ausschließlich in Dokumentaraufnahmen zu sehen und hören, während die Personen seines Lebens darin mitwirken und über ihn sprechen. Auch die amerikanische Freundin »Lynn« ist nur schattenhaft in grobkörnigen Amateuraufnahmen, die von Max Frisch stammen, zu sehen. Zum Teil geht es um Lynn, zum Teil um Frisch. Mehrmals wird die Einstellung einer langen Stiege, die zu einem Strand in Montauk führt, gezeigt, an der ein Warnschild mit der Aufschrift WATCH YOUR STEP befestigt ist, und ich fasse es wie einen Hinweis auf, meine Aufmerksamkeit zu steigern. Und während ich langsam den Eindruck gewinne, Lynn und Alice seien ein und dieselbe Person, verspricht sich die Schauspiellehrerin Lynns, die gerade Auskunft gibt, und sagt tatsächlich Alice statt Lynn. Und sogleich fällt mir die Photographie im Schaufenster des Kinos ein und wie mir Frisch die Eintrittskarte hinstreckte. Und durch die Art, in der der Film gedreht ist, ist längst der Eindruck entstanden, Max Frisch lebe nicht mehr. Es ist als sei er tot und doch weiß ich, daß er im Augenblick irgendwo in Zürich in der Sauna sitzt und bei dem Gedanken, wie ich mir den Film anschaue, stumm in sich hineinkichert. (Ich bin nicht Stiller. Mein Name ist White.)
Gegen fünf Uhr gehe ich an der Uferpromenade des Zürcher Sees entlang zurück zum Hotel, das übrigens gerade renoviert wird. Auf die Böden der Gänge sind Plastikmatten gelegt, dumpfes Hämmern, die Möbel sind mit weißen Tüchern zugedeckt, in einem Stockwerk türmt sich ein Wäschehaufen und ein Hausbursch reinigt die Stiegen. Als ich ihm ausweiche, entdecke ich an der Wand eine Serie von Bildern einer englischen Fuchsjagd. Hunde, Pferde, rotbefrackte Jäger, nirgends ein Fuchs, erst auf dem letzten, das mit »The Kill« betitelt ist, ist das Ende der Jagd dargestellt; auf einem Acker, ganz in der Ferne, ein Rudel Hunde, einer der Jäger, inmitten von ihnen, hebt einen roten Fleck in die Höhe: Den Fuchs. Ich denke an den Film, an Lynn-Alice, an Max Frisch und mich und suche in meinem Zimmer den Satz aus dem Buch »Stiller« heraus, an den Max Frisch sich nicht mehr

erinnern konnte und schreibe ihn auf einen Notizzettel: »Sowie ich zur wahren Geschichte komme, sowie ich mitzuteilen versuche, was nicht mehr mit Photos zu belegen ist, beispielsweise, was geschieht, nachdem man sich eine Kugel in die Schläfe geschossen hat, putzt mein Verteidiger sich die Fingernägel, wartet nur darauf, mich zu unterbrechen mit irgendeiner Lappalie.« Auch die Sätze, in denen beschrieben wird, wie White eine lästige Katze loszuwerden versucht und sie schließlich in den Kühlschrank steckt, finde ich und ich beschließe, sollte sich die Gelegenheit dazu ergeben, danach zu fragen.

Es war schon dunkel geworden, als ich das Haus betrat. Alice saß mit geöffneten, langen Haaren, die ihr bis zur Hüfte fielen, da, und als auch ich mich setzte, fragte mich Max Frisch als erstes, wie mir der Film »gefallen habe«. Ich antwortete, er hätte den Eindruck erweckt, als ob er, Max Frisch, schon gestorben sei.

»Und ich habe Ihnen die Karte gegeben, wie der Fährmann über den Styx«, erwidert er. (Er freut sich über die gelungene Inszenierung, nachdem ich ihm aber vom Versprecher der Schauspiellehrerin erzählte, der ihm, wie er sogleich feststellte, entgangen war, wurde er nachdenklich und besprach sich auf Englisch mit Alice.) Wir unterhielten uns eine Weile über den Film, abwechselnd auf Englisch und Deutsch. »Alice hat die Berlitz-Schule besucht«, erklärt Frisch, er sei erstaunt gewesen, mit welchen Sätzen dort Sprachen gelehrt würden: »Haben Sie den Geburtstag Ihres Chefs nicht vergessen?« – »Nein, ich habe den Geburtstag meines Chefs nicht vergessen.« So radebrechten wir eine Weile herum, dabei kam heraus, daß Frisch Alice sechs Jahre nach »Montauk« in New York wiedergetroffen hatte. Er war nicht mit der Absicht nach Amerika geflogen, sie wiederzusehen. »Wir haben uns ab und zu einen Brief geschrieben ... es bestand eher ein loser Kontakt. Vor einem Jahr habe ich ihr geschrieben, daß ich komme, und dann haben wir uns eben getroffen, seither sind wir zusammen.« Später las ich ihm den Satz mit der Kugel in der Schläfe vor. Er nahm das Blatt Papier in die Hand und trug stockend, denn meine Schrift ist klein und schwer zu entziffern, Wort für Wort Alice vor. »Ich habe ganz vergessen, daß ich das geschrieben habe. Ich weiß auch nicht mehr, wie ich darauf gekommen bin«, sagte er dann.

Wir machten uns mit der Straßenbahn zu einem italienischen Lokal auf, wo wir aßen und Rotwein tranken und im Laufe des Abends fragte ich ihn nach der Katze im Eisschrank und er bestätigte mir, daß sich die Geschichte tatsächlich zugetragen hatte. Natürlich habe er die Katze wieder herausgelassen; sein Freund Honegger habe übrigens, als er das Buch gelesen hatte, tadelnd den Kopf über den Vorfall geschüttelt. Und plötzlich gibt er dem Gespräch eine Wendung, indem er in Kürze alles wiederholt, worüber wir am Vormittag gesprochen haben und abschließend feststellt: »Eigentlich haben wir über Ihre Probleme gesprochen« (was natürlich stimmt). Und für einen Augenblick ist es wie im Film, in dem er nicht als Person vorkam, sondern nur als literarische Figur, es ist, als sei er entwischt, wie er auch dem Film entwischt war. Aber gleich darauf zündete er eine dicke Zigarre an, suchte, während er vergeblich an der Zigarre saugte, mit der Flamme des Streichholzes (ein beiläufiges Gesicht machend) unsicher nach dem Anfang (denn er hatte die Brille für Weitsichtigkeit nicht bei sich oder wollte sie nicht wechseln) und saß im selben Augenblick wieder am Wandtisch des italienischen Restaurants und gab sich der Arglosigkeit hin. Und als wir dann mit Alice alberten, ob sie mehr Irisches oder Englisches an sich habe, und als er stolz seine schmutzigen Fingernägel über den Tisch hielt, war gleich wieder seine Nähe zu verspüren, wie am Vormittag, als wir unser langes Gespräch gehabt hatten.

Am nächsten Tag bat er mich um Verschiebung unserer Verabredung auf 12 Uhr. Als er die Tür öffnete, hielt er ein Glas Bier in der Hand: »Wie geht es Ihnen?« fragte er. Ich antwortete, ich hätte Kopfschmerzen, worauf er lachte und erwiderte: »Das war die letzte Flasche Wein, ich habe Sie gewarnt ...« Wir stiegen in seinen silbergrauen Jaguar. In der Tasche meines Mantels hatte ich eine Ausgabe des »Triptychons«, die er mir, bevor er weggegangen war, gewidmet hatte. Zuvor hatte er einen Druckfehler ausgebessert. (»Es sollte ›Du hast einen schönen Tod gehabt, Martin‹ heißen, statt ›Du hast einen schönen Tag gehabt‹.«) Wir hielten kurz an einer Tankstelle, dann ging die Fahrt am Zürcher See entlang zum Pfannenstil, einem Ausflugsberg in der Nähe der Stadt. »Ich habe mir den Wagen 1967 gekauft, weil ich die Absicht hatte, große Reisen damit zu machen – daraus ist aber

nichts geworden«, sagt er, wieder auf das Auto zurückkommend.
»Bilder, die ich beim Reisen sehe, regen mich zum Schreiben an. (»Der Dürrenmatt dagegen«, bemerkt er, »ist ein philosophischer Schreiber, der braucht nicht zu reisen, sondern kann zu Hause an seinem Schreibtisch sitzen bleiben.«) Ich fahre aber auch weg, um nicht immer diese Dorfperspektive zu haben. Mich langweilen meine eigenen Reaktionen auf den Mief hier. Da bin ich so mitten drin. Und dazu kommt noch eine Angst vor dem Sichfixieren oder dem Fixiertwerden. Wenn man verreist, hat man die Chance, neu anzufangen. Die Möglichkeiten, die man in seiner Anlage hat, sind ohnedies beschränkt genug – und das wenige sollte zum Zug kommen... Eigentlich ist es nicht so sehr das Reisen, sondern die Ortsveränderung. Der Identitätswechsel ist viel wichtiger. Es ist die Ungewohntheit der Situation, die mich mobilisiert und andere Reaktionen erzeugt.«
Wir haben die Autobahn erreicht und ich erzähle ihm, wie sehr mich der Roman »Stiller« beeindruckte, als ich ihn zum erstenmal vor mehr als zehn Jahren las. »Wir können kein Lob empfangen, hier«, antwortete er darauf. »Das ist das Protestantische in mir – wenn zu mir jemand sagt, mir gefällt Ihr Buch, muß ich gleich entgegnen: Ja, aber... und einen Einwand vorbringen. Ein Amerikaner würde sagen: Ja, danke. Thank you. Die Norddeutschen können ihre Gefühle noch weniger zeigen (Berlin ist etwas anderes). Und wenn sie es versuchen, ist es peinlich. Übrigens, beim ›Stiller‹ war das merkwürdig. Die erste Auflage betrug 3000 Stück. Neulich hat man mir im Verlag meine Korrespondenz gezeigt. Ich habe damals, 1954, geschrieben, daß, sollte es zu einer zweiten Auflage kommen (das ist keine Koketterie), ich einiges ausbessern möchte. Der ›Stiller‹ war anfangs mein am trägsten verkauftes Buch.«
»Und die Kritik?«
»Ich habe mehr Glück gehabt als andere Schriftsteller.«
»Kennen Sie das Nachwort von Turgenjew zu ›Väter und Söhne‹?«
Nein, antwortet er, er sei ein langsamer Leser und lese darum nicht viel.
Das Nachwort, sage ich, richte sich an die jungen Schriftsteller und Turgenjew bezeichnete es als Rat und Bitte: Man

möge sich niemals erklären und rechtfertigen, gleichgültig wessen man beschuldigt würde, und sich nie die Mühe geben, Mißverständnisse aufzuklären.
Max Frisch: »Ja, das hat der Beckett konsequent gemacht. Wir haben den Fehler gemacht, daß wir alles interpretiert haben. Wir waren so bestrebt, aus Gutwilligkeit zu zeigen, was wir uns für Gedanken gemacht haben. Das war ein Fehler.«
Ich habe das Notizbuch auf den Knien liegen und stelle ihm Fragen, die mir am Vormittag eingefallen sind. Das Gespräch kommt auf Alice und Frisch und er bezeichnet die Beziehung zu ihr als sehr anstrengend, da er nicht begabt sei für Fremdsprachen. Wenn er müde sei, spreche er ein schauerliches Englisch. Aber das sei ihm, wenn er sich in New York befinde, egal. »Ich bin gerne in New York.«
»Und in Zürich?«
In Zürich könne er sich nicht allzulange aufhalten. Neulich habe er in einem Gasthaus einer Gruppe von Männern beim Kartenspielen zugehört, ihnen zuhören müssen, denn sie seien am Tisch hinter seinem Rücken gesessen. Die Unterhaltung sei trostlos gewesen. »Und weil ich den Dialekt hier gut verstehe, krieg ich genau mit, wie mies das ist. Alles war Fremdtext, was sie geredet haben. Nicht, daß ich Literatur erwartet hätte, aber als ich im Gasthaus saß und zuhören mußte, da war nicht EIN Satz, nicht ein Satz, der ... zum Schluß habe ich mich umgedreht. Wenn ich die Gesichter vor der Unterhaltung gesehen hätte, hätte ich ihnen dieses Nichtniveau nicht zugetraut. Ich hätte zwar nicht erwartet, daß sie über die Relativitätstheorie sprechen, aber ich war überrascht, wie viel schlechter der Text war, als das Aussehen dieser Kerle.«
Wir fahren bergauf, links und rechts Wiesen mit Schneeflekken. Max Frisch bemerkt meinen Blick und sagt: »Den März habe ich furchtbar gerne ... bevor der Frühling anfängt, wenn das Knallgrün noch nicht da ist.«
Ich bin bemüht, beim Fahren etwas zu notieren und antworte: »Was Sie vorhin erzählt haben, klang misanthropisch.«
Frisch, ruhig dahinfahrend (das Autofahren behagt ihm sichtlich): »Misanthropisch sehe ich nur die eigenen Leute, die Deutschschweizer. Das ist wahr, daß ich diese Brut nicht

leiden kann, natürlich, weil man diese Züge auch selber hat, das ist verbunden mit einem gewissen Selbstekel.«
Wir fahren an einem Wald entlang, zersägte Baumstämme liegen aufgestapelt in einer Wiese, kahle Obstbäume, vereinzelte Bauernhäuser mit Misthaufen, Telegraphenmasten. Langsam kommt Sonnenlicht durch den diesigen Himmel.
»Auf den Pfannenstiel habe ich die ersten Fahrradausflüge gemacht, man ist dort mit den Mädchen eingehängt spazierengegangen...«
Und unvermutet rasch sind wir auf der Höhe angekommen. Auf jeder Seite der Straße ein Gebäudekomplex: Ein Gasthaus und ein Bauernhof. Heroben scheint die Sonne. Auf einem Silo die Schweizer Flagge, eine schwarze Katze, die über die Wiese läuft und das Kra-Kra von Krähen in der Luft, nirgends ein Mensch. Wir gehen zum Gasthaus, aber ein Schild an der Eingangstür verkündet, daß es noch zehn Tage geschlossen ist. Max Frisch: »Das ist zu lang.«
Wir steigen wieder ein und fahren nach Küssnacht zum See hinunter. »Wissen Sie«, beginne ich, »daß, gerade als ich vor Ihrem Haus stand, ein roter Firmenwagen mit der Aufschrift ›Angst‹ vorbeifuhr?«
»Ja, das ist ein Name hier.«
»Für mich hatte es etwas mit Ihren Büchern zu tun.«
»Ein Kritiker hat mich einmal den Dichter der Angst genannt, das ist wahr. Ich glaube aber nicht, daß ich mehr von Angst gepeinigt bin als andere sensible Leute. Die Angst wird beim Schreiben nur zugegeben, wie Sehnsucht oder Enttäuschung. Im Leben ist sie nicht so zentral.«
»Wann haben Sie sie am stärksten empfunden?«
»Beim Partnerwechsel, wenn man auseinandergeht (ich habe mich an das ›man‹ inzwischen gewöhnt), wenn man keine Bezugsperson hat... ja, wenn die Bezugsperson sich aufgelöst hat, den Zustand fürchte ich. Da ist so ein Loch. Es ist ja auch ein Verlust von Selbstvertrauen damit verbunden... Da hat man ein Büchlein mit Telephonnummern, damit man die Leute anrufen kann, das macht man aber nicht. Man will nicht eine Niederlage erleiden, z. B., daß jemand einem sagt: Ja, gerne, ich fahre drei Wochen in die Ferien und dann können wir uns treffen. Dadurch entsteht eine ungewollte Zurückgezogenheit...« Er stockt und schaut auf die Straße. Wir fahren wieder am See entlang.

»Ich zeige Ihnen jetzt das Haus meiner Schwiegereltern... Ich habe damals versucht, an die Bürgerlichkeit zu glauben und eifrig zu sein als Bürger... Ich habe eine richtige Bürgerehe geschlossen, mit drei Kindern. Mein Schwiegervater war Pathologieprofessor, Schweizer aristokratisches Bürgertum.«
Er weist auf mehrere schöne Häuser und einen Garten.
»Man nennt diese Gegend am See wegen der wohlhabenden Leute auch die ›Goldküste‹.«
»Haben Sie Schuldgefühle?«
»Ich habe Schuldgefühle und könnte nicht sagen, was ich unter Schuld verstehe, zumindest nicht genau. Aber ich könnte auch nicht sagen, ich bin unschuldig. Um Dinge, bei denen ich Schuldgefühle haben könnte, habe ich mich immer herumbewegen können, da bin ich ganz gut zurechtgekommen. Das ist von der Egomanie die peinlichste Seite, wenn man sich verantwortlich fühlt, wenn ein Partner deprimiert ist. Da ist natürlich auch ein Hochmut drinnen... Habe ich wegen der Kinder Schuldgefühle empfunden? (Er denkt nach)... ein schlechtes Gewissen... Schuldgefühle, so weit bringe ich es nicht.«
Wir haben das Gasthaus »Zur Sonne« erreicht und halten an. Frisch steigt aus und tritt mehrmals prüfend gegen den Hinterreifen des Jaguars.
»Schuldgefühle«, sagt er, »das ist ein zu großes Kleid für mich.«
»In ›Montauk‹ steht der Satz: Lynn soll kein Name für eine Schuld werden.«
»Ja, das habe ich geschrieben...« Nach einer Pause: Das sei in »Montauk« ein illusionärer Satz gewesen. Übrigens seien nicht alle Namen Namen für eine Schuld gewesen, sondern auch für Irrtümer.
Beim Essen: Eglifisch, Geschnetzeltes, Rösti, unterhalten wir uns über Feuersalamander, Eidechsen (die in seinem Haus im Tessin manchmal vom Fensterbrett in das Zimmer fallen), Siebenschläfer (die ihm das TV-Kabel durchgebissen haben), und Maulwürfe. Draußen scheint die Sonne. Frisch bringt mich wieder zum Hotel zurück, wir verabschieden uns kurz und im Hotelzimmer schlage ich das Buch auf, in das er mir die Widmung geschrieben hat. In großen Buchstaben steht dort: »Auf Wiedersehen, nicht erst am Styx.« *(1981)*

Einige Zeit lang streifte ich im Park um das Landesmuseum in Zürich herum, ohne den Zirkus zu finden. Es war ein warmer Sommermorgen, von den nahen Straßen drang Lärm in die künstliche Abgeschiedenheit des Parks. Schließlich fragte ich einen Gartenarbeiter, der auf einen kleinen braunen Wagen unter einem Baum zeigte, an dem ich schon vorübergegangen war: CIRCUS MAUS stand auf dem Fahrzeug von der Größe eines Doppelschranks. Der Wagen hatte runde vernickelte Fenster wie Bullaugen. An der Rückseite war eine orangefarbene Markise ausgezogen, unter der ein Pferd graste. Links davon der grüngestrichene Kutschbock, rechts ein zweites, kleines Wägelchen auf drei Gummirädern, aus dem es raschelte, schabte, knarrte, als seien Ratten darin gefangen. Ich untersuchte das Fahrzeug und fand Tiere und eine perlengeschmückte Dame auf die Breitseite gemalt, darüber stand »Kassa«. Übrigens waren die dargestellten Tiere im Zusammenhang mit einem Zirkus ungewöhnlich: eine Taube, eine Ratte, ein Hahn, eine Siamkatze, ein Schwein und ein Hund.

Ich setzte mich, nachdem ich vergeblich an die Tür des Wohnwagens geklopft hatte, unter den Ahornbaum, durch dessen Blattwerk Lichtflecken auf den Boden fielen, und zündete mir eine Zigarette an. Nach einer Weile kam ein etwa dreißigjähriger Mann in Jeans und kariertem Hemd angelaufen, und nachdem ich gesagt hatte, wer ich sei, fing er ohne Unterbrechung zu arbeiten an. Dabei redete er halblaut mit mir, es machte jedoch eher den Eindruck eines Selbstgesprächs. Sein Haar war kurz geschnitten, an einem Ohr trug er einen silbernen Ring und um den Hals ein Kettchen mit einer Bärenkralle.

Er öffnete den kleinen Wagen und ließ eine weiße Ente, ein geflecktes Hündchen, eine Siamkatze und ein Zwergschwein heraus, die sofort in der Wiese herumliefen. Nach einem besorgten Blick auf die Tiere fragte er mich, ob ich ihn darauf aufmerksam machen könne, wenn sie wegzulaufen versuchten? Dabei hatte er in größter Eile begonnen, die Türen zu seinem Wohnwagen zu öffnen und Sitzpolster, einen Schlafsack, zwei Koffer, Turnschuhe, eine Gaslaterne und eine Lederjacke ins Freie zu räumen. Dann nahm er Schaufel und Besen, kehrte den Pferdemist zusammen, gab der Ente Wasser, band den Hund am Kutschbock fest und redete abwechselnd mit den Tieren und mir. »Leben kannst du nur, wenn du spielst. Ich muß jetzt abbauen und zum Hechtplatz fahren, wo ich eine Genehmigung habe, aufzutreten. Hier kann ich bloß übernachten«, sagte er.

Unter Rufen und Nachahmen der Laute lockte er hierauf die Tiere in den kleinen Käfig, schloß sie dort ein, legte drei Bretter an den Wohnwagen und forderte mich auf, ihm beim Schieben zu helfen. Er zog und ich schob den Tierwagen, aus dem es aufgeregt bellte, quakte, miaute, gurrte und krähte, in den Wohnwagen, worauf es zu meiner Überraschung augenblicklich still wurde. Nur der Hund jaulte und winselte.

Gerade als wir auf die Straße wollten, schiß das Pferd. Der Zirkusdirektor springt herunter vom Kutschbock, holt Besen und Schaufel, kehrt den Mist zusammen, während ich das Pferd beruhige. Dann muß ich den Verkehr aufhalten, und während wir im Straßenlärm dahinkutschieren, erfahre ich, daß Herr Gugelmann, so heißt der Zirkusdirektor, der Behörde 40 Franken pro Tag für die Spielgenehmigung zu bezahlen habe.

»Zürich ist eine Scheißstadt. Die Menschen so unfreundlich, eine Scheißstadt.«

Wir fahren durch das Verkehrsgewühl, die Hufe des Pferdes rutschen beim Bergauffahren aus, ich muß abspringen. Die Autofahrer nehmen keine Rücksicht auf den von einem Pferd gezogenen Zirkuswagen, hupen und sind ungeduldig. Natürlich hat Herr Gugelmann Angst, daß das Pferd scheut, Angst vor den vorbeirasenden Fahrzeugen, zudem mangelt es ihm an Ortskenntnissen. Und auch ich bin nervös geworden, während ich abwechselnd auf der Kutsche sitze und neben ihr herlaufe. Im Augenblick empfinde ich nichts als Ekel vor den Autos, den Menschen, in Sakkos und Krawatten, den zornig-schläfrigen Büro-, Rasierwasser- und Kosmetikgesichtern, die durch die Windschutzscheibe starren. Aber auch der Zirkusdirektor in seiner lächerlichen Verbissenheit, der mehr Stallbursche und Kutscher als Unternehmer ist und dessen Vorhaben mir als verbohrte Don Quichotterie erscheint, geht mir auf die Nerven, zudem kommandiert er – selbst nervös – herum und sagt zu mir: »Jetzt kann ich nicht reden, jetzt muß ich aufpassen«, obwohl ich ihm keine Frage gestellt habe und es mir ohnedies recht ist, wenn er schweigt und auf den Verkehr achtet. Er ersucht mich um nichts, gibt bloß halbe Anweisungen von sich, die er jedoch, indem er sie nur zur Hälfte ausspricht, indirekt als Bitten formuliert.

Als wir auf der Straßenbahnschiene fahren, gleiten die Hufe des Pferdes nun auf dem Eisen aus. Daraufhin, als es ihm gelungen ist, das schwerfällige Fahrzeug zwischen die Eisenstränge zu lenken, sagt er plötzlich: »Man kann auch das Jahrhundert besiegen.« Er habe Landwirtschaft studiert, fährt er fort, und möchte sich später einen Bauernhof kaufen, mit Tieren ... »Ich wünsche mir«, sagt er voller tiefer Abneigung, die ich sofort mit ihm teile, »daß einmal das Benzin ausgeht und die ganze Wirtschaft kaputtgeht.«

Der Hechtplatz liegt neben einer lärmenden Baustelle, und seine Zufahrt ist durch einen rot und weiß gestrichenen Holzzaun so behindert, daß es kaum möglich ist, mit dem Zirkuswagen durchzukommen. Ich springe ab und halte zunächst den Verkehr auf, dann gebe ich Zeichen, ob wir links oder rechts an den Balken streifen, schließlich bleibt der Wagen mit einem Hinterrad am Lattenzaun hängen. Der Zirkusdirektor: »Das ist eine Stadt! Diese Stadt! Am besten, ich fahre wieder!« Ich leide stumm mit. Auf eine Andeutung hin halte ich wieder das Pferd, und er schiebt den Wagen zurück, aber beim nächsten Versuch verfängt sich das Rad abermals. Jetzt ist der Mann völlig verzweifelt. Ich schiebe mit aller Kraft, er lenkt das Pferd, und es ist uns inzwischen völlig gleichgültig, wem wir beim Rückwärtsfahren die Planken eindrücken.

Hierauf vollzieht sich alles in umgekehrter Reihenfolge. Das Pferd wird abgeschirrt, das Stroh ausgeschüttet, der Tierwagen herausgezogen, die Türchen werden geöffnet, die Tiere auf den in praller Hitze liegenden Platz gelassen, und als die Ente im Brunnen schwimmt und die Katze von Kindern gestreichelt wird, hat sich schon ein Gespräch zwischen dem Zirkusdirektor und den Passanten entwickelt. Der Zirkusdi-

rektor ist jetzt redelustig. Rasch hat er das Ungemach abgeschüttelt, zwar kommt er nicht zur Ruhe, aber im Gehen, Eilen, Pferdemistaufkehren, Tierefüttern, dem Aufstellen von winzigen Podesten, Chromständern, einer Tonbandanlage, einer Pappuhr, die die nächste Zirkusvorstellung anzeigt, einem Plakatständer mit Zeitungsausschnitten findet und sucht er immer Zeit für ein paar Worte, vergißt sogar eine halbe Minute lang seine Eile, um dann noch geschäftiger seine Handgriffe auszuführen.
Mit den Tieren lebt er in einem Einverständnis der Laute. Selbst wachsam wie ein Tier, bemerkt er, daß einer der Gäste des am Platz liegenden Restaurants dem Hund Fleisch von seinem Teller hinwirft, aber auch einen Betrunkenen vom Aussehen Albert Einsteins, der das Pferd mit einer exotischen Pflanze aus einem Blumentopf füttern möchte. Er überwacht, was der Hund frißt, verscheucht den Betrunkenen, gibt dem Pferd, das mit dem Huf auf dem Katzenkopfpflaster scharrt, Heu.
Nachdem er einen zerrissenen Zylinder und ein paillettenbesticktes Stück Stoff, das einem Sargtuch ähnelt, ausgebreitet hat, zieht er sich in den Wohnwagen zurück, um sich zu schminken. Herr Gugelmann, wir sind uns inzwischen ein wenig nähergekommen, schminkt sich als »Schweizer« Clown zurecht, mit roter Nase, weißer Unterlippe und umrandeten Augen, sowie einem Senn-Käppi und Holzpantinen. »Das ist eine Verarschung«, sagt er sogleich, während er noch vor dem kleinen Rasierspiegel im Wagen steht und sich anmalt.
Es ist mittlerweile zwei Uhr nachmittags, und die Sommerhitze ist noch stechender geworden. Einige Neugierige haben sich angesammelt, inzwischen hat Herr Gugelmann ein Tonband mit Zirkusmusik abgespielt. Früher, sagt er, hatte er einen Leierkastenspieler, aber es sei ihm zu schwer gefallen, auch noch auf diesen achtzugeben. Übrigens mißfielen ihm an seinem eigenen Zirkus drei Dinge: die Tonbandanlage, die Gummiräder des Wagens und die Markise für das Pferd. Alles, was modern sei, führt er aus, gefalle ihm nicht. Er habe das Jahrhundert zurückgedreht, auch wenn er auf Gummireifen fahre. Die Gaukler seien seine Vorbilder. Diese hätten auch auf Marktplätzen gespielt, nicht wie die Zirkusse, die an die Peripherie der Städte ausweichen müßten, weil alles

durch Einkaufs-, Vergnügungs- und Sexzentren zerstört sei. Und die Gaukler hätten – wie auch er – von der Hutkollekte gelebt und Rücksicht auf die Behörden nehmen müssen.
Er zieht einen schwarzen, geflickten Frack über, setzt den Zylinderhut auf und beginnt mit der Vorstellung. Die Musik hat Neugierige angelockt, die stehengeblieben sind, um dem mikroskopischen Geschehen beizuwohnen. Auf einem der Podien sitzt die Siamkatze, unter ihr nehmen zwei gefleckte Ratten Zuflucht. Auf anderen Podien hocken die übrigen mit Glitzerhalsbändern und -gürteln und bunten Bändern geschmückten Tiere, die Ente wartet in einer halbierten Waschschüssel. Nebenan rattern Preßlufthämmer, von der Straße hört man die Start- und Bremsgeräusche der Autos, und im Halbkreis der Zuschauer sitzen die Tiere unter der Sonne und verbreiten als einzige in dieser chaotischen Hektik Würde. Ihre Anmut und Unschuld läßt sie die Situation umkehren: Vor uns sitzen Weise, rundherum gaffen und rasen Tiere.
Zuerst balanciert die Katze über ein Gestänge, die Ratten folgen ihr. Jedesmal werden die Tiere von Herrn Gugelmann mit kleinen Leckerbissen belohnt.
Es geschieht nichts Außerordentliches in diesem Zirkus, und doch ist er ungewöhnlich: Der Hahn spielt auf einem Miniaturklavier (natürlich spielt er nicht, sondern pickt Futter zwischen den Tasten heraus), das Zwergschwein schaukelt auf einer Wippe, die Ente rutscht ein Brett hinunter, der Hund geht auf seinen Hinterbeinen und springt durch einen mit Kunstblumen verzierten Reifen, und zum Schluß verabschieden sich die Artisten, indem sie Männchen machen.
Die Vorstellung dauert nicht länger als man benötigt, um eine Zigarette zu rauchen. Hinterher geht Herr Gugelmann mit dem Zylinder herum, stellt die Pappuhr um eine Stunde weiter, kehrt den Mist hinter dem Pferd zusammen, trinkt vor dem Restaurant ein Glas Bier, redet, läßt sich fotografieren und antwortet Lokaljournalisten. Er pudert die von einem schlechtangepaßten Kummet wundgescheuerte Stelle unter dem Pferdehals, schaltet die Musik ein und aus, achtet darauf, daß die Kinder, indem sie mit der Katze spielen, sie nicht zu fest drücken, kommt bei mir vorbei und klopft mir auf die Schulter: »Es wird immer besser hier«, ruft er mit seiner roten Nase und dem weißgeschminkten Gesicht. »Die haben den Platz irrtümlich zweimal vergeben, an mich und

an jemand anderen. Da hab' ich nachgegeben. Man sieht, daß es gut ist, wenn man großzügig ist. Gerade vorhin hab' ich einen Anruf bekommen, mit einer Einladung nach Singen für 14 Tage. Und dann spiele ich wieder hier. Und heute abend gebe ich auf der Lundiwiese am Zürcher See bei einem Theaterfestival eine Vorstellung.«

Gegen acht Uhr abends komme ich auf die Lundiwiese. Mittlerweile regnet es in Strömen. Wie war es jetzt wohl auf dem Kutschbock gewesen? – Am Seeufer standen buntgestreifte Zirkuszelte, aus denen das gelbe Manegenlicht durch Öffnungen ins Freie drang, Glühbirnen leuchteten an Kabelsträngen, und unter einer großen Trauerweide vor dem Wasser fand ich den Zirkuswagen wieder. Das Pferd stand unter der Markise, und Herr Gugelmann saß auf einem Pferdesattel in seinem Wagen. Draußen wurde es immer dunkler, während wir langsam in ein Gespräch kamen. Ich muß klarstellen, daß es nichts gab, was romantisch war. Der Wagen war nicht ganz dicht, so daß Wasser eine Wand hinunterlief. Der Raum war so eng, daß man sich (auf dem Boden sitzend) kaum bewegen konnte. Draußen fing es zu gewittern an, und der Zirkusdirektor warf immer wieder besorgte Blicke durch eines der Bullaugen auf das Pferd. Er hatte sein Selbstvertrauen wiedergewonnen und war widerspenstig, was sich darin äußerte, daß er abwechselnd Mißtrauen zeigte, dann wiederum beschämt war. Ich erfuhr, daß er früher anstelle der Zwerghühner mit Seidenhühnern gearbeitet habe, die hätten jedoch so flaumige Federn gehabt, daß sie schwer das Gleichgewicht hätten halten können. Wenn Kinder an die Vorrichtungen gestoßen seien, seien sie heruntergefallen, da habe er sie verschenkt. Er streifte Asche in seinen Holzpantoffel, schaute nach dem Pferd und sagte: »Die Wanderratten werden bald sterben. Ich habe jeden Tag Angst, daß eine tot im Käfig liegt. Die werden nur zwei Jahre alt, sind aber schon zweieinhalb.«

Ich: »Was machst du, wenn sie tot sind?« Gugelmann: »Ich hab' so ein Gefühl, daß es bald so weit ist. Leute haben mir Junge versprochen und haben sie dann nicht gebracht. Ich nehme nur Junge. Ein paar Tage lasse ich sie zu mir in das Bett und stelle den Käfig daneben auf. Mit der Zeit gehen sie von selbst in den Käfig... Dann gewöhne ich sie an die Katze. Natürlich muß ich aufpassen, daß die Katze sie nicht frißt. Ich gebe ihr eins mit dem Finger auf die Nase oder hebe die Stimme, die Tiere kennen ja meine Stimme... Sie weiß, daß sie ihnen nichts tun darf. Ich muß aufmerksam und ausdauernd sein. Um ein Tier abzurichten, braucht man Einfühlungsvermögen, Konsequenz und Fleiß. Ich lebe mit den Tieren zusammen, daher läuft das. Am Abend und in der Früh mache ich alle Türen auf und lasse sie rennen und fliegen. Wenn ich ganz zu Hause in Basel bin, lasse ich sie überhaupt sich frei bewegen. Die Tauben- und Hühnerflügel sind nicht einmal gestutzt.«

Ich: »Und wie alt ist die Katze?«

Gugelmann: »Die habe ich schon 15 Jahre.«

Ich: »Ich habe bemerkt, daß ihre Augen tränen.«

Gugelmann: »Ja, das ist chronisch. Ich habe einen Arzt, der mir alles kostenlos macht – aus Idealismus – einen Tierarzt in Basel. Nur für die Medikamente verlangt er Geld... der hat sie schon mit allem möglichen behandelt... bei Rassetieren kommt so etwas öfters vor.«

Ich: »Und der Hund?«

Gugelmann: »Der Hund ist zweieinhalb Jahre. Ein Glatthaar-Foxterrier. Das Pferd, denke ich, ist vier. Eine Stute. Ursprünglich hatte ich kein Pferd für den Zirkus vorgesehen. Anfangs hatte ich den Rattenzirkus, also nur Ratten. Die ließ ich durch brennende Reifen springen, das war eine Persiflage auf Raubtiernummern. Ich hatte zwölf Ratten, die konnte ich leicht per Bahnfracht verschicken. Jetzt, wo ich den Zirkus etwas vergrößert habe, denn die Ratten sterben so früh, und ich muß sie immer wieder abrichten, so daß es mit der Zeit unmöglich wird, davon zu leben, wollte ich ein Pony haben. Aber mit einem Pony käme ich auf der Landstraße nicht weiter, da habe ich nach langem Suchen eine Schindmähre gekauft, in Schaffhausen, bei einem Händler für Schlachtpferde, das ist eine Geschichte für sich.«

Ich: »Wie bist du auf die Idee mit den Ratten gekommen?«

Gugelmann: »Ich war Tigerdompteur. Ich habe auch Löwen abgerichtet. In Sydney hatte ich eine Straußennummer. Der größte Zirkus, in dem ich gearbeitet habe, war der Zirkus Ringling. Dann hat mich ein Löwe angefallen und mir den Arm verletzt.«

Ich: »Wo?«

Gugelmann: »In Österreich in Braunau.«

Es ist mittlerweile völlig dunkel geworden. Gugelmann nimmt einen Schluck aus der Whiskyflasche, und im Laufe der weiteren Unterhaltung stellt sich heraus, daß ich den Zirkus kenne, bei dem er verunglückt ist, und auch den Zirkusdirektor, der – als Gugelmann nach zwei Monaten aus dem Krankenhaus entlassen wurde – wollte, daß er mit dem Gipsarm im Löwenkäfig auftrete. Das würde, so war seine Idee, noch mehr Zuschauer anlocken, wenn er bei der Ansage betonen könne, wie gefährlich die Tiere seien und zum Beweis den verletzten Dompteur vorstelle. Zirkusse dieser Größenordnung seien so, sagt Gugelmann mit einem Achselzucken.

Ich: »Ein Artist hat mir gegenüber behauptet, der Zirkus sei etwas wie ein transportabler Faschismus.«

Gugelmann: »Der Zirkus lebt von der Ausbeutung... In großen Zirkussen werden alle Vorfälle eleganter gelöst. Wie in der Großindustrie. Wahrscheinlich kann ein Zirkus ohne Ausbeutung nur in der winzigsten Dimension bestehen oder auf der Basis der Beteiligung aller.«

Der Regen läßt etwas nach; und Gugelmann erzählt mir kurz und zurückhaltend in knappen Sätzen Bruchteile seines Lebenslaufes: Geboren 1947 in Zürich, aufgewachsen in Olten, nach der Pflichtschule gegen den Willen der Eltern landwirtschaftliche Lehre, da er »von Anfang an einen Hang zu den Tieren« hatte. Außerdem hatte er schon früh an den Zirkus gedacht. Er hatte Hasen über Hindernisse springen, Wellensittiche durch Reifen fliegen lassen und dergleichen. Nach der landwirtschaftlichen Lehre habe er anderthalb Jahre die Kunstgewerbeschule in Basel besucht (übrigens habe er den Tierwagen selbst bemalt). Schließlich sei er aber doch zum Zirkus gegangen und dort als Stallknecht wegen seines Fleißes, seiner Pünktlichkeit und seines Wissens aufgefallen. Dann habe er begonnen, Ponies zu dressieren und eine Laufbahn als Dompteur eingeschlagen.

Draußen wird es langsam heller, und der Regen läßt nach. Es ist eine merkwürdige Unterhaltung. Gugelmann wartet darauf, daß ich ihm eine Frage stelle, und ist dann über jede Frage verwundert. Aber plötzlich beginnt er einen kleinen Vortrag zu halten: »Ich möchte gar nichts anderes haben«, sagt er, um keinen Zweifel aufkommen zu lassen. »Ich kann mich mit dem, was ich mache, identifizieren. Am Morgen rede ich mit den Leuten, mit den Kindern. Ich spiele gerne für Kinder! – Wenn ich einen großen Zirkus sehe, das Licht, das ist eine amerikanische Show. Du hast keinen Kontakt mehr zu den Leuten. Alles ist Selbstzweck: Die schmücken sich mit den schönen Tieren. Wenn ich die großen Zirkusse anschaue, da ist ja keine Stimmung, da ist alles künstlich. Ich mache, was mir Spaß macht. Ich kann noch auf den Marktplätzen spielen. Wenn ich in einem großen Zirkus stehe, sehe ich niemanden. Aber wenn ich mit meinen Tieren auftrete und die Kinder sehe und wenn ich spiele, dann vergeß ich alles.«

Ich: »Hast du ein Machtgefühl empfunden im Löwenkäfig?«

Gugelmann: »Wenn ich im Löwenkäfig war – das stimmt –, habe ich schon ein Machtgefühl empfunden. Aber ich finde es grausam, wenn sich der Dompteur mit dem Fuß auf den Löwen stellt. Das ist eine Geschmacklosigkeit.«

Ich: »Könntest du dir vorstellen, wieder bei einem großen Zirkus zu arbeiten?«

Gugelmann: »Ich möchte nie mehr in einem Zirkus mit hungrigen Löwen angestellt sein. Wenn man sich die Affen in einer Manege ansieht, das ist eine Erniedrigung ... Und vieles im Zirkus beruht auf Menschenverachtung. Alles, was man schlecht gemacht hat, bekommt man im Leben zurück. Ich habe in meinem ganzen Leben nicht ein einziges Tier verkauft. Wenn ich es hergeben muß, verschenke ich es. Leider ist es noch immer eine Ware – dem Gesetz nach.«

Ich: »Welche Ängste hast du?«

Gugelmann: »Ich kann mir vorstellen, was das ist. Aber ich habe keine Angst. Ich habe keine Angst. Das Alleinsein bereitet mir manchmal Unbehagen. Und auf Reisen befürchte ich, daß die mich auf blöde Parkplätze verweisen, wo ich das Pferd nicht bewegen kann.«

Wir kommen wieder auf den Zirkus zu sprechen, in dem er verunglückt ist, aber er will nicht so recht darüber reden. Es sei im Löwenkäfig geschehen, der sehr schmal gewesen sei. Am Morgen, beim Probieren, habe es sich ereignet, er möchte jedoch nicht, daß ich darüber schreibe, in der Branche kenne jeder jeden. Dann plötzlich hebt er den Kopf mit dem kurzgeschnittenen Haar. Er ist ein drahtiger, kleiner

Mensch, zäh, schnell und intelligent, mit einer Weichheit, die sich schwer bestimmen läßt.
»Doch, ich weiß, wovor ich Angst habe«, sagt er, »vor gewissen Menschen, die Macht haben, habe ich Angst.«
Am nächsten Tag treffen wir uns um zwölf Uhr unter der Trauerweide auf der Lundiwiese. Er kommt mir auf dem Pferd entgegengeritten, ich habe ihm das Frühstück von meinem Hotel mitgebracht, und während er sich Butter mit dem Hufmesser auf das Brot schmiert, sagt er: »Wenn eine Frau in einem Pelzmantel zu meinen Vorstellungen erscheint, dann breche ich ab, denn meine Tiere könnten sich fürchten.«
Er steht auf, striegelt das Pferd, pflegt die aufgescheuerte Wunde und erklärt mir auf meine Frage, daß das Paillettentuch aus einem ehemaligen Kostüm von ihm gemacht sei. Den Schmuck für die Tiere hingegen beziehe er aus »Brokkenhäusern«, in denen es alte Hochzeitskleider zu kaufen gebe. »Das Glitzerzeug legen die alten Frauen für mich zur Seite, und ich mache daraus, was ich brauche.« Wieder ist er geschäftig, läuft um den Wagen herum, erneuert die Streu in den Tierkäfigen und beschließt zuletzt, in die Stadt zu fahren, um einzukaufen. Zuvor aber bringt er mir zwei dicke Ordner, mit Zeitungsausschnitten und Briefen von Ämtern. Es handelt sich neben den Kritiken und Ankündigungen um 128 Schriftstücke vom Circus Maus an Ämter, von Ämtern an Circus Maus: Genehmigungen, Ablehnungen, Taxen, eine deprimierende Lektüre: »Berlin, Senator für Wissenschaft und Verkehr, 9. 7. 79: S. g. Herr Gugelmann! ... leider kann ich Ihnen aus rechtlichen Gründen keinen Straßenplatz auf öffentlichem Straßenland zur Verfügung stellen ...«
»Stadt Freiburg im Breisgau, 26. 6. 79, Amt für Öffentliche Ordnung – Polizeibehörde – Wir bestätigen den Eingang Ihres o. a. Schreibens und teilen Ihnen mit, daß wir Ihrem Antrag auf Durchführung einer Sonderveranstaltung mit Ratten in der Fußgängerzone in Freiburg i. Br. leider aus grundsätzlichen Erwägungen und aus Berufungsgründen nicht stattgeben können – Haußhälter, Stadtoberinspektorin«, undsoweiter, undsofort. Zwar wird für den hartnäckigen Gugelmann da oder dort eine Gesetzeslücke, das heißt eine Spielmöglichkeit entdeckt, aber es ist eine kräfteraubende Auseinandersetzung mit unsichtbaren Gegnern. Gegen

diese hat er nur seine Geschicklichkeit, seine Schreibmaschine im Wohnwagen und einen dunklen Anzug, um sich zur Wehr zu setzen. Nach zwei Stunden kommt Gugelmann zurück, mit einem Lammfell für die wundgescheuerte Stelle des Pferdes, Tierfutter, einem Kofferradio (»für den Wetterbericht«) und einer Tonbandkassette mit der Fünften von Beethoven. Sofort spielt er die Kassette ab, während er seine Tätigkeiten aufnimmt und versucht, Mütter abzuwimmeln, die ihn um eine Vorstellung bitten. Herr Gugelmann verweist auf den drohenden Regen, zeigt zum dunklen Himmel, schüttelt den Kopf, gibt aber nach, als Kinder ihn umringen. Es wird für ihn ein Wettlauf mit der Zeit, den die Wartenden nicht verstehen, denn Regen würde für Gugelmann bedeuten, daß er alle Handgriffe umsonst gemacht hätte. Er schaltet die Zirkusmusik ein, baut auf. Die ersten Tropfen fallen, aber er läßt sich mit seinen Vorbereitungen nicht davon beeinflussen.
Ich: »Laß das Schminken, es beginnt zu regnen.«
Gugelmann: »Das ist ein Prinzip von mir: Ich mache es nur vollständig. Nur wenn ich es so mache, wie immer, ist es, wie ich es will. Und ich will es nur auf diese Weise machen.«
Die Kinder schauen ihm beim Schminken zu. Seine weiße Hose ist schmutzig geworden. Endlich, nach mehr als einer halben Stunde, hat er sich so weit umgezogen, daß er die Tiere herausnehmen kann. Zuerst wird den Tauben an jedes Bein ein blaues und ein rotes Band gebunden, dann werden die übrigen Tiere geschmückt, und die Katze wird auf eines der Podeste gesetzt. Das Schwein ist wegen des einsetzenden Regens widerwillig, nur auf den Kommandoton des Dompteurs hin läßt es sich dazu bewegen, auf das Podium zu steigen. Aber die Katze läuft miauend davon, auch der Hund wehrt sich dagegen, in den einsetzenden Regen hinauszulaufen. Gugelmann postiert den Hahn auf dem Gestell und versucht dann, die Katze einzufangen. Zuerst ist sie unter dem Zirkuswagen.
»Mini«, ruft Gugelmann. »Mini.« Die Katze miaut als Antwort. Gugelmann läuft ihr, kriecht ihr nach, greift kniend zwischen Zirkuswagen und Tierwagen, aber die Katze entkommt miauend auf den Kutschbock. Dort faßt er sie und stellt sie, ihr gut zuredend, wieder auf das Podium. Sie aber sucht sofort Schutz vor dem nun stärker werdenden Regen,

indem sie sich unter dem Bauch des Schweines versteckt, und während der Zirkusdirektor mit seiner Ansage anhebt, läuft sie neuerlich davon. Im nächsten Augenblick bricht Gugelmann die Vorstellung ab. Mit unterdrücktem Ärger sagt er: »Wenn es regnet, wollen die Tiere nicht im Freien spielen. Sie lassen sich dann nicht zwingen.« Es sieht traurig aus: Der Regen, die Tiere auf dem Podium, die miauende, fliehende Katze und der als Almsenn geschminkte Direktor, der seine Artisten zurück in die kleinen Käfige entläßt. Und jetzt beeilt er sich auch wieder, alles zusammenzuräumen: die Podien, die Musikanlage. Ich stehe unter der Trauerweide, er kommt her und flüstert: »Ich hab's gesagt, daß es regnen wird. Ich hab's gegen meine Überzeugung getan, das ärgert mich.« Und noch immer verärgert, lehnt er das Geld ab, das man ihm geben will. »Keine Vorstellung – kein Geld«, ruft er. So schnell es geht, räumen wir zusammen, denn es regnet nun heftig. Zuletzt verstaut Gugelmann sein Kostüm in einen kleinen Handkoffer mit der Aufschrift »CIRCUS MAUS«. Das Pferd hat inzwischen geschissen, das Publikum hat sich verzogen, und im zerfetzten Chapeauclaque finden sich zwei Münzen.

(1981)

Hamburg

Von meinem Fenster aus sehe ich das Neonschild *Atlantic* blinken, und die gelbe Leuchtschrift auf polierten Limousinen: *Taxi*. Ich habe die Gesetze der Physik verworfen, ich glaube nicht an Descartes. Du hast mir mit großen Brüsten das Leben vorgespielt, ich habe Deinen Arsch gefickt. Das Böse zieht mich an wie verrostetes Eisen. Nie wolltest Du meine Flügel sehen, Du hattest Angst vor der pestschwarzen Luft. In dieser Stadt, in den Armen salziger Flüsse und im Schatten der Schiffe hast Du mich stumm bluten gesehen. Ich haßte den Lärm der Autos und mein Gehirn. Nur die silbernen Fische in den blaugestrichenen Läden waren mir Trost, die Schlafenden unter den Rolltreppen und die traurigen Türken. Hier fühlte ich mich wie auf sonnenversengter Erde. Ich betäubte mich mit Kartoffelschnaps und Soave – ich betrachtete meine Scheiße, alles war Angst. Nachts kam das dunkle Tier, um mich zu töten. Ich war dem Sterben nah. Ich blätterte in Katalogen mit Abbildungen von Waffen, bohrte mich in unbekannte Frauen. Ich haßte Euer Leben, das auf heliumgefüllten Rettungsreifen im Abwasser schaukelte, den Gestank der Fäulnis und des Unrats. Das Böse gab mir Kraft. Ich sah den alten Mann in der U-Bahn sterben, Paare gegen Bezahlung kopulieren, ich sah die stille Vornehmheit der Geschäftsviertel, während mein Kopf besessen war von Gewalttätigkeit. Ich bin das Ungeziefer, das ihr töten sollt. Ich zernage die Wurzeln der schönen Blumen, ich beschmutze das Licht. Im Museum wünschte ich, Bilder zu zerschneiden, an den Gasthaustischen zu sterben, in stickigen Bordellzimmern zu träumen. Ich sprach mit der Tarantel. Ich kannte den nächtlichen Asphalt der Gehsteige, den mitternachtsstillen Hausflur, den dumpfen Geruch leerer Nachtbars. Benommen taumelte ich in die anbrechenden Tage, jedermanns Bruder. Die Leoparden mieden mich. Ich hatte eine verrückte Sehnsucht nach Hühnern und Grashalmen. Las Márquez und Faulkner. In wirbelndem Schnee stapfte ich durch die Viertel der Reichen, schaute in beleuchtete Fenster und sah Menschen reden. Einmal zertrümmerte ich ein Glas beim Italiener, in der Musicbox sang Gigli. Die Einsamkeit war das wachhaltende Gift. Beiläufige Gespräche mit dem alten Buchhändler. Die Nylontaschen waren schwer von Flaschen mit italienischem Wein. Ich erwachte aus unbelebten Nächten in leere Morgen.

Venedig

Diese Stadt im Wasser ist voll Trauer. Vergiß die Mikroskopie erinnerter Bilder in den Nebeln überheizter Badezimmer. Im Winter waren die Vaporetti mit Kirschen beladen, Mohren hackten das Eis von den zugefrorenen Kanälen. Ich sprach nichts, stumm trank ich den süßen Aurum. Unter den riesigen Ventilatoren eilten die Kellner mit weißen Schürzen und Silbertabletts zwischen den Tischen hin und her. Schmutzige Heiligenbildchen auf den Pflastersteinen. Ich dachte an Selbstmord. Ich wußte nicht, worauf ich wartete. Schlich mich durch goldwarme Kirchen, in denen ausgestopfte Bischöfe in Kristallsärgen ruhten, hing in nachmittagsleeren Restaurants herum mit aufgeknöpftem Mantel und zitternden Händen. Nachts verkroch ich mich in Deinen Leib, der voller schlechter Träume war. In der Apotheke vor dem Hotel brannte Licht, halbe Kälber hingen an den Fleischhaken der Metzgereien. Ich kaufte die Brünner Pistole Modell 75, die Patronen ließ ich klirrend in den Aschenbecher fallen. Auf der Straße pfiff das Gummizeug der herumstreifenden Polizisten. War das ich? Was wollte ich? Ich wandelte durch die Marmorklippen des Friedhofs, roch den süßen Duft der Grabblumen, suchte Ezra Pound. Wir sprachen vom Ätna und Spionen. Vom Krankenhaus kamen die schwarzen Boote mit Särgen und infizierten Laken, die man zwischen Haufen von Tintenfischen verbrannte. Müde gähnten die weißgekleideten Barkeeper in nackten Eissalons. Die durchnäßten Socken hängten wir über die Zentralheizung, dann verloren wir uns in unseren Körpern. Im Waschbecken trocknete der Regenschirm, die Kanarienvögel zwitscherten in Käfigen, die Erde war aus purem Gold.

Ich war das Opfer, das nicht starb. Männer in schwarzglänzenden Lackschuhen sprangen in yellow cabs, um sich ins Chinesenviertel chauffieren zu lassen. Dort tagte auch nachts das Gericht, und vertrocknete Gänse wurden als Wärmflaschen in die Betten der Alten gelegt. Hier durfte ich fremd sein. Die Sommer starben in kurzgeschalteten Neonleitungen. Ich trank unter dem braunen Himmel, der vergiftet war von den Abgasen verrosteter Fabriken. Wenn ich den Schneider im Gerumpel der Subways, das aus den Kanalgittern drang, vor der *Singer*-Nähmaschine sah, grüßte ich meinen Großvater. In Harlem war ich zu Hause. Die Angst stank aus den verwüsteten Gebäuden und den herumlungernden Gestalten. Alles war wie betäubt von einem unbekannten Gas. Im Central Park die einsamen Jogger in Selbstgespräche verwickelt mit ihrem leeren Gehirn. Ich wußte nicht, was ich tat. Den Tod wünschte ich zu hören in dieser verrotteten Stadt aus gläsernen Türmen, die meine Heimat war. Nachmittags flüchtete ich in peep shows, um der Sprache meines Körpers zu lauschen. Alles war *ich*! Unter dem regenglänzenden Dach der Kutsche saß ich mit einem Strauß Veilchen und dachte an die Hölle. Hier baute General Wellington ein Hotel und verspeiste Austern auf Eis. Der Drink kostete einen Dollar. Ich stromerte herum, wie ein Seelenloser. Ich war süchtig nach Bildern. Es gibt eine bessere Welt, und wenn wir zugrunde gehen beim Gedanken, sie erfinden zu müssen.

II

Gelähmt von der erwarteten Stadt. Die Beine sind fremd. Ich fürchte mich nicht vor den Polizeisirenen, aber das gedämpfte Schließen der Lifttüren erstickt mich. Meine Hoffnung ist, nicht mehr zu leben. Ich reise in die architektonischen Schluchten, um Krokodile zu sehen. Meine Trauer muß ich verbergen wie ein Gebrechen. Der Untergang im Kino ist die Droge, die wir uns im Leben nicht gestatten. Ich spreche zu Dir, Hydranten, der seit Ewigkeiten aus dem Asphalt ragt, ich wünsche, daß der Polizist an der Ecke mich schlägt. Das Leben rieselt in unvergleichlicher Wärme durch die Streets. Damals war ich voller heimlicher Phantasien. Mein reiner Kopf träumte von Feuerland. Ich bin der, der die

Gazetten liest und im Gewühl verschwindet. Ich sitze in den Subways, um Euch zu töten. Wir leben im Jenseits, ohne es zu wissen.

Santa Monica

Das Haus über der Bucht umspielt von Möwen. Zwischen lichtschimmernden Wasserflaschen kopulieren Hunde, im Radio die Rolling Stones. Ein Ort außerhalb der Welt. In der blauen Küche lag der blutige Fleischhammer, durch das Fenster sah ich Palmen und Brechts Bungalow. Ich warf meine alte Haut ab, stundenlang palaverte ich mit dem farbigen Irrenarzt. Ich beschloß nicht älter zu werden, steckte die Flasche Whisky in eine Tüte und betrank mich. Auch unter Menschen war ich allein. Am Morgen sah ich Ratten auf den Bäumen, im Nachbargarten wehten die Stars and Stripes. Lautlos glitten die Cabriolets auf der Straße vorbei, versickerten zwischen den Hügeln. Von weitem sah ich, wie eine Tankstelle ausgeraubt wurde. In meinem Kopf saßen Skorpione und warteten darauf, mich zu verwirren. Ich hatte weder Gesichter, noch wußte ich, was ich vor hatte. Ich schrieb, um nicht zu vergessen.

II

Über die lange Holztreppe stieg ich auf den Himmel zu, nachts kletterte ich in das Fegefeuer. Du lagst wach in der Dunkelheit, ich schwieg. Ich verlor Dich in Hollywood vor Graumans Chinese Theatre, als ich die Abdrücke von Marilyn Monroes Händen im Beton betrachtete. Auf den Gehsteigen blitzte eine neue Milchstraße, die Planeten hatten fremde Namen. Es gab eine Sonnenaufgangsstraße. Wir waren schimmernde Strahlentierchen in einem Wassertropfen, unsere Sprache war verstummt. Vor uns lief der Mann mit dem weißen M auf dem Rücken. Als er hielt, blickte ich in seine Basedow-Augen und erkannte mich.

Las Vegas

In der Wüste eine Fata Morgana aus Neon. Unterwegs zum Tal des Todes stellte ich mich dem inneren Gericht, das ich hasse. Die Slot Machines ließen mich kalt, ich bezog die rasenden Ziffern nicht auf mich. In billigen Hotels wurde lautlos gestorben, nur der Cola-Automat brummte. Ich stolperte durch magische Nächte, tagsüber starrte ich auf die verschneiten Berge in der Ferne. Gab es sie? Ich selbst war unwirklich. Tiere hinter Glas bewegten die farbigen Glücksräder, aufgerissenes Papier von Geldrollen trieb über Highways. Ich wollte meine Zukunft sehen, ich wollte die neue Sprache hören, die kommen muß.

II

Eine Stadt voller Wespen und Schlangen, die unter dem farbigen Stoff des Zirkuszeltes gefangen sind, eine Stadt der betäubenden Gifte, des künstlichen Blutes. Das Gras ist aus Polyäthylen. Ich bin hier nicht geboren. Ich sehe mich in den Spiegeln hinter den Theken, den Windschutzscheiben der Autos, im Glas der Auslagen. Ich habe den Wunsch, zu verlöschen.

Obergreith

Aus tiefem Schlaf erwachte ich in fremder Landschaft. Warmer Wind rauschte im Mais. Der Staub der Ödnis haftete an meinen Schuhen. Ich fand mich auf farbenprangenden Hügeln, umschwirrt von lebhaften Vögeln: Elstern, Pirolen, Spechten, Bussarden. Im Kopf noch immer den Traum vom Paradies, den Blick auf Vergängliches gerichtet. Es gibt keinen Ort, an dem ich bleibe. Ich tauchte hier ein wie in stilles Gewässer. Kälte nahm mir den Atem. Die Toten lagen in blumengeschmückten Särgen, Fliegen starben auf klebrigen Streifen, ich vertraute mich den Füchsen an. Im Herbst waren die Schüsse der Jäger zu hören, wie todbringende Armeen durchstreiften sie die Wälder. Ich stapfte mit ihnen über Stoppelfelder, erschlug Nußhäher mit dem Wanderstock und trug den erlegten Hasen. Meine Fremdheit war blutig. In langen Winternächten hörte ich nichts als das ferne

Bellen der Hunde und das Nagen von Getier unter den Bodenbrettern. Ich war ein gelber Kern auf einem Maiskolben, die aufgeschlagene Schale einer Teichmuschel, die Feder eines Habichts, der Zeiger auf der silbernen Taschenuhr. Ich schaute durch das eisblumenüberzogene Fenster zurück in die Kindheit, in der ich der betenden Prozession folgte. Stumm sprachen die Dinge zu mir: Der Hufnagel in der Hand des Schmieds, ein ausgestopfter Vogel, ein Küchenstuhl, der gemauerte Ofen, die Weinfässer im Keller, die Kalkschicht am Grunde des ausgelassenen Fischteichs, blutrote Äpfel, Reif auf dem Farnkraut, die alte Tankstelle, die Heiligenfigur in der Kapelle. Mein Laster war, mich selbst zu vergessen. Ich war der Tote auf dem Grabstein, der marmorne Engel. Das brennende Herz im Kirchenfenster war mein eigenes. Ich war die leere Bierflasche auf dem Wirtshaustisch, die zerdrückte Packung Zigaretten, die Mauer, von der der Verputz geblättert war. Ich war das Brennholz in der Hütte, die verfaulte Tomate. Das Kreidezeichen an den Haustüren. K+M+B, ich war der kreisende Bussard, der Baumstumpf und der Nachtfalter, der um das Licht schwirrte. Ich träumte von der Hölle, die die Welt war, und erwachte in der Stille. Die Dämonen sind überall.

(1981)

Kindheit. In: *manuskripte*, Sonderheft für Alfred Kolleritsch, 1981

Jugend. In: *manuskripte*, Sonderheft für Alfred Kolleritsch, 1981

Selbstgespräch (1). In: *Neue Kronenzeitung* (Steiermark-Ausgabe), (Graz), 6. 12. 1980

Selbstgespräch (2). In: *Neue Kronenzeitung* (Steiermark-Ausgabe), (Graz), 13. 12. 1980

Das Zimmer (1962). In: *manuskripte* 51/1977, S. 6

Italienischer Badeort. Eine Skizze. In: *manuskripte* 41/1973, S. 35/36

Czernys Tod. Fragment. In: P. Laemmle/J. Drews (Hrsg.), *Wie die Grazer auszogen, die Literatur zu erobern*. München 1975, S. 51–63

Ankunft. (Kurzes Filmdrehbuch). In: *Pfaffenweiler Brevier* 1977, S. 10–14 (gesendet vom Saarländischen Fernsehen. Dezember 1976)

Alfred Kolleritsch, »Die Pfirsichtöter«. In: *manuskripte* 36/1972, S. 67–68

Ich bin ein Zuseher auf Fußballplätzen. In: *Neue Kronenzeitung* (Steiermark-Ausgabe) (Graz), 1. 10. 1972

Eine Figur von Beckett. In: *Neue Kronenzeitung* (Wien), 19. 11. 1972

Technik des Naturempfindens gegen Kunst der Technik. In: *Neue Kronenzeitung* (Steiermark-Ausgabe) (Graz), 11. 2. 1973

Claude Simon, »Die Schlacht bei Pharsalos«. In: *Kleine Zeitung* (Graz), 25. 2. 1973

Über Peter Pongratz. In: *Protokolle* 1/1973 S. 17–20. (auch in: Peter Pongratz, *Zeichnungen, Bilder, Druckgraphik*. Freiburg i. Br., 1975)

Über die Bilder von Ida Szigethy. In: *Katalog der Galerie am Rabensteig*. Wien, 29. 3. 1974

Night Court. In: *Neue Kronenzeitung* (Steiermark-Ausgabe) (Graz), 29. 9. 1974

Manfred Bockelmann/Christiane Krüger, »Magic Hollywood«. In: *Kleine Zeitung* (Graz), 16. 2. 1975

Der Traum des Fans in Monte Carlo. In: *Kleine Zeitung* (Graz), 18. 5. 1975

Roth schlägt Leeds United. In: *Kleine Zeitung* (Graz), 1. 6. 1975

Kreisky und Emil Jannings. In: *Kleine Zeitung* (Graz), 21. 9. 1975

Taus und Super-Taus. In: *Kleine Zeitung* (Graz), 14. 9. 1975

Erinnerungen an Erinnerungen. In: Peter Pongratz, *Malerei – Zeichnung – Graphik.* Wien/München, 1975

Über den 90jährigen Franz Nabl. In: Franz Nabl, *Frühe Erzählungen.* Hrsg. Peter Handke, Salzburg, 1975, S. 149 bis 150 (auch unter dem Titel »Erinnerung an Franz Nabl«. In: *Neue Kronenzeitung* (Steiermark-Ausgabe) (Graz), 20. 7. 1975

Kurze Erinnerung an Wintertage in Tscharra. In: *Winterspiele. Neue Skigeschichten.* Hrsg. Peter Weiermair. Salzburg 1975. S. 95–97

Notiz zu Günter Schimunek. In: *manuskripte* 46/1975

Die Schule brennt. In: *Neue Kronenzeitung* (Steiermark-Ausgabe) (Graz), 29. 6. 1975

Die schönen Bilder beim Trabrennen. In: *Neue Kronenzeitung* (Wien), 17. 10. 1975

Der Circustraum des André Heller. Unter dem Titel: »Der phantastische Zirkustraum des André Heller«. In: *Pardon,* 15. Jg., Heft 6, Juni 1976, S. 75–81

Anmerkungen zum Freilichtmuseum in Stübing. In: *Neue Kronenzeitung* (Steiermark-Ausgabe) (Graz), 30. 8. 1976

Hermann Hesse, »Kleine Freuden«. Unter dem Titel: »Versuche zur Sinngebung«. In: *Kleine Zeitung* (Graz), 17. 4. 1977

langsam scheiden. Ein Besuch bei Alexander. In: *Alexanders poetische Texte.* Hrsg. Leo Navratil. München 1977, S. 193–199 (vorabgedruckt in *Frankfurter Allgemeine Zeitung,* 30. 10. 1976)

Vom Landleben in der Steiermark. In: *Neue Kronenzeitung* (Steiermark-Ausgabe) (Graz), 26. 2. 1978

Fuchsjagd mit Max Frisch an den Ufern des Zürcher Sees.

Zum siebzigsten Geburtstag des Schweizer Schriftstellers. In: *Die Presse* (Wien), 16. 5. 1981 (Beilage); Erstveröffentlichung (gekürzte Fassung) ZEIT-magazin Nr. 21, 15. 5. 1981

Circus Maus. In: *Zeitmagazin* 46/1981, 6. 11. 1981

Orte. In: *Neue Rundschau*, 1/1982